姜戎——著
天鵝圖騰
Swan Totem

天鵝圖騰

目錄 Contents

序

愛與美的極致與悲痛
——姜戎談《天鵝圖騰》創作

我這個人平時很少與外界接觸，因為這三十多年來，我一直在構思和寫作兩部書，一部《狼圖騰》已出版十六年，另一部《天鵝圖騰》剛剛面世，所以一向不願意被瑣事應酬打擾，以保持我對蒙古大草原的新鮮純淨的感覺。

我先簡單地講一講寫這兩部書的意圖。我是一個有非常強烈的理想追求的人，自由、平等、博愛、民主，是我心底裡、骨子裡追求的目標。中國傳統文化的積澱太深厚了，深厚到什麼程度呢？從鴉片戰爭以後，凡是自由、民主、博愛這些現代價值觀及其成果，移植到華夏土壤上，種一棵死一棵，移一棵枯一棵。到了當代，最核心的東西基本上還是沒有活下來。這就是文化土壤的問題。

很多朋友曾經問我：你怎麼不再參與各種社會活動了呢？為什麼去做「寓公」寫書？我回答說，這就好比在一片鹽鹼地裡種樹，那些自由、平等、博愛、民主的優質樹苗都活不成。近代以來，很多志士仁人都迫切地希望把那些偉大的樹苗移過來，卻一次次失敗，而且損失了犧牲了很多人。你遇到這種情況，是先改造土壤呢？還是先移栽樹苗？我早就認識和發現了這個問題，我覺得這麼幹是不行的，浪費了我們短暫的寶貴的生命。我當時就下了決心，首先必須改造文化土壤！

我的興趣比較廣泛，讀書非常多。從西方的世界來看，民主革命以後，推翻了封建帝制，然後復辟，再革命，再復辟……最後他們發現未經啟蒙、改造的文化土壤不行，於是繼續搞文藝復興，宗教改革，啟蒙運動。經過土壤改良後，理想社會的種子才能扎下根長成參天大樹。那麼改造土壤用什麼方式最好呢？主力軍是什麼？很顯然是文學藝術。假如我寫一篇有分量的理論文章，寫得再好，頂多幾百人上千人看，影響不了大部分人的觀念。只有文藝可以普及大眾直擊人心，而且我本來就是文學藝術愛好者，自幼學畫，小學時進西城區少年之家美術組，初中時進市少年宮美術組，高中時考進中央美術學附中，深受俄羅斯和西方美術和藝術的薰陶。還讀過大量的中外經典文學作品，在這方面有我的長處。文學可以成我的一個大事業，我願傾其所有之力去做。

我為什麼會寫《狼圖騰》和《天鵝圖騰》？因為我在草原當知青的時候，就想到了兩個非常重要的問題，後來研究歷史，又進一步發現：西方發達民族的祖先都是遊牧民族。原始白種人、雅利安人，都是遊牧民族。遊牧民族進入現代社會之前，經濟比較落後，但它有一個最基本的特點，沒在草原上生活過的人絕對認識不到：遊牧民族天性是自由的，自由是他們的靈魂，是他們生存的主要手段。自由是遊牧民族的本質，這是生產方式決定的。

而農耕文化則完全相反，它需要守土，你種了兩畝地，你不守土不耕耘出去遠遊，一回來那兩畝地已經變成了一片荒草，你還吃什麼？所以農耕民族的生存基礎就是守，守土。幾千年農耕文明守土的必然性，造成了中國人的保守習性。遊牧民族一遊就活，一守就死。我放過羊我知道，蒙古牧民一個月搬一次家，有的時候二十天搬一次，蒙古包周圍十幾里的草吃完了，牧民就要搬家。不搬家全家的牲畜都得餓死，人也沒法活。所以遊牧與資本具有共性：哪兒草場好，就遊到哪兒去；資本是哪兒好賺錢，就流向哪兒去。但別的部落也發現這個草場好怎麼辦呢？那就打，狼精神就上來了，善戰的草原狼就成了牧民的老師和崇拜的圖騰。資本也是這樣。所以我發現整個草原上有一種精神是值得漢人吸取和提倡的，這就是自由剛勇的狼精神，應該用這種精神來改良中國人的性格。尤其是中國從農耕為主的時代，進入現代商業、大工業和資訊產業時代。

我的另一個發現就是天鵝。天鵝的精神是什麼？我這部鵝書的腰封上有幾句話，就是「狼圖騰是黑色的，天鵝圖騰是白色的。狼圖騰象徵著自由與剛勇，天鵝圖騰象徵著愛與美」。我解釋一下：自由與剛勇，愛與美，一共包括了西方主要的三個神——自由神、愛神、美神，這三個神是中國傳統文化中是沒有的。中國有財神、灶神、門神等等，都非常「實用」，接中國人的「地氣」。

中國的婚戀觀是怎樣的呢？民間流行的是「嫁漢嫁漢，穿衣吃飯」。「人生一世，吃穿二字。」跟愛與美完全不搭界。所以愛和美作為觀念性的理想目標，在中國的價值觀裡是缺位的。中國的價值觀就是安穩地活著，沒有對於「自由」的嚮往。可是世界上如果沒有自由，就沒有自由創新精神所創造的現代世界，在中國也沒必要授予抗日戰爭英雄「獨立自由勳章」。而愛與美，和自由是同級別的神與價值觀，沒有愛與美，生活還有什麼意思。我們都希望追求美好生活，如果沒有美，哪有美好？沒有真正的愛與美，社會上的假惡醜必定氾濫成巨災。

所以，狼的自由與剛勇精神和天鵝的愛與美精神，恰恰是發達國家主要精神的核心。我當時就有一個雄心，想把這兩個精神，通過兩個圖騰把它表現出來。細心的讀者會發現，兩本書的最後都有一條：腹稿於一九七一年。其實狼與天鵝兩本書，幾乎是同時構思的，這兩本書像太極圖一樣，是一種遊牧文化的兩個方面，是剛柔相濟、相互作用的整體。但起初的構思，只有非常模糊的輪廓。《狼圖騰》為什麼寫得這麼難，因為我的對手是幾千年文化的深厚沉澱，傳統觀念難以撼動。所以我的書必須要寫得真實又真實、精彩又精彩、神奇又神奇。圖騰，就是至高無上的精神崇拜物，需要豐富紮實飽滿的故事內容，把它填充、支撐起來。

七十年末期到八十年代初，我在中國社科院讀研究生的時候，導師說你們寫書千萬別寫大題目，而要寫中題目、小題目，因為大題目你沒有幾大卷四五卷是寫不透的。可是我就選了「狼圖騰」這麼大的題目，寫起來要費很大的勁。幸好，我到了草原一開始就見到狼群，畏懼狼也喜歡狼，《狼圖騰》裡大部分的故事都是我親歷的和直接採訪得來，掌握了很多很多狼故事。七十年代的草原還有很多狼群，那是真實的。好多我們同時插隊的知青都能證明。《狼圖騰》總算完成了，我把《狼圖騰》的大題目大系統填滿並支撐起來了。很大程度上改變了國人幾千年來對狼和狼精神的無知與偏見。

那麼《天鵝圖騰》呢，寫起來就非常麻煩和困難。寫這部書要比《狼圖騰》難十倍。為什麼？第一，在我們插隊的時候，天鵝崇拜在表面上幾乎已經看不到了，那時候，黃教、喇嘛教都被剷除了，更古老的敬拜天鵝圖騰的薩滿教，也早就蕩然無存。只有牧民愛天鵝，憎恨外來戶殺天鵝的感情，還有或鮮明或隱蔽的遺存。《狼圖騰》裡寫的天鵝，是插隊知青時代的天鵝故事，裡面包括外來戶大肆公開殺天鵝，吃天鵝的殘忍事情。但要是把《天鵝圖騰》裡天鵝崇拜的故事，放到插隊知青時期的話，肯定不真實，也與《狼圖騰》基本精神不相配。

寫《天鵝圖騰》最難的第一個問題是時代問題，放在我草原下鄉的七十年代絕對不行。我插隊的時候，知青根本不知道有天鵝圖騰那個說法，即使有，也會被當作「四舊」毒草被打倒。那放在什麼時代呢？只能放在清朝的時候，因為清朝的時候，薩滿教還在，薩滿法師還在，天鵝崇拜、救天鵝養天鵝放天鵝的這種高貴的風尚還存在。《天鵝圖騰》時代背景必須放在滿清中後期，主要為了歷史的真實。

故事發生的時代背景確定以後，我要為這本書下的功夫，就是把草原最純淨、最純美的那種狀態呈現出來。我現在七十多歲，在草原的時候只有二十多歲，純淨草原的天鵝湖畔、天堂般的生活狀態始終保留在我心裡。

記得當年我就有意識地設法尋找六、七十歲的人，請他們講以前的故事、傳說、情節和細節，陸續搜集了那個時代許許多多的天鵝故事，但還有好多天鵝的故事沒寫進去。比如說，我舉個例子，當年旅蒙商隊已有火槍，為了防馬匪。有兩個漢人拿著槍去打天鵝，那時，草原牧民敬拜天鵝，天鵝不怕人，經常飛得離人很近。其中有個老獵人「砰」地一槍打死了一隻天鵝，那天鵝落在岸邊水裡，旁邊小伙子剛要起身去撈獵物。老獵人按住他說，別動別動，那隻飛走的天鵝，準保會再回來的。果然過了一會兒，另一隻天鵝瘋了似地飛落到伴侶身旁，哀傷地叫著，想去救牠，但馬上又被火槍打死了。

這樣的故事我知道不少，你說能寫到《天鵝圖騰》裡嗎？我覺得不能寫，因為太殘忍了，與《天鵝圖騰》唯美純淨的格調不符。但這個故事，證明天鵝伴侶確實是一生相愛相伴相守的。書裡女主人公薩日娜在一首詩歌裡唱道：「**天鵝的命是同愛同死的命，天鵝的愛是同跳同停的兩顆心臟**」，是這樣，非常感人。有很多很多這樣的故事，所以我要躲開人群，保存心裡那種純淨草原的感覺。我生活在我的草原天堂，對那麼多天鵝故事進行篩選提煉，小說構思才慢慢成熟。

第二個問題。這也是我在《狼圖騰》寫完以後，過了那麼多年才完成《天鵝圖騰》的原因。蒙古草原的一大特色，就是蒙古人個個都是天生的歌手，喜歡用唱情歌來表達愛，如果你寫蒙古的愛與美，不寫情歌的話，等於迴避了草原愛情的主要表現形式。我很愛詩，但從來沒寫過詩，《狼圖騰》裡頭有一段民謠是我自己寫的。但在《天鵝圖騰》裡一下子寫那麼多詩，需要花費很多功夫。《天鵝》寫作中我前後寫了二十多首詩，最後選了十幾首詩。其中的天鵝詩有八首，而且都比較長，四段或五段，每段四行字、五行字、六行字的都有。我花了很多年時間研究詩歌，非常難。後來，漸漸找到詩歌的感覺，寫詩寫到動情之處，必然會有一種強烈的衝動。有的詩歌我在十幾分鐘之內就寫下來了。但也有幾首詩，反覆改了好幾年。現在書出版以後，各方讀者的回饋大多認為詩和故事情節結合得自然而緊密。詩歌的問題解決了以後，我才感到這部書具備了草原詩意的品質。

還有一個問題也是很難的。現在愛情故事已經寫濫了，大家都不敢碰這個題目。怎麼才能把愛情寫得有新意，而且把自己想表達的對愛的理解寫出來，這特別難。後來我仔細研究，發現了一個秘密，蒙古族牧民的愛情表達，跟漢族（尤其知識份子、小資）的愛情不一樣。蒙古族人的愛，不是說，而是唱、是做——做實事，一件一件一件做給你，他不說「我愛你，我愛你」，獻給你九十九朵玫瑰，一次獻，兩次獻，不是這樣，他是給自己愛的人，做許許多多的具體的事。

這本書裡男主人公巴格納向女主人公薩日娜示愛，總共只有一首詩，那也是最後逼得沒辦法才唱出來。他平時沒有語言表達，而是用一個一個行動表現自己的愛。大行動是做客棧，小行動是捕魚，炸魚、賣魚、不間斷地給薩日娜送魚糧菜的鵝食、送馬、撿蘑菇、搭建抗雪災的大棚等等一系列的事情。我寫愛情小說是蒙古人教給我的：我做的一切就是為了救你，先救下來再說，我得不到你的愛，但是我可以把你救下來，因為不救下她的話，她就會賣身為奴。

所以這個故事具有蒙古族的特點，蒙古人不是口頭表達愛，而是用一件一件所做的事來表達。所以我就按照蒙古族表達愛的方式，把一件事一件事寫得非常細，所有做的事都是愛。巴格納就是為了一個目標，救下他愛的薩日娜，這種愛是可信的，真實的。感動我自己也打動讀者。我們知青當年在蒙古包裡，蒙古人非常善良，他們對知青的關心，就是一件事一件事幫你做好，不是說而是做。我再提醒一下，你們看的時候，要仔細體會那一件又一件的事，這樣也把蒙古原生態的生活方式和生活過程全看到了，就會身如其境，置身於純淨美麗的蒙古大草原，相信他們的愛就是這樣純粹、執著，濃烈而真實。

我認為這部《天鵝圖騰》，它的精神純度、文學詩意，以及對靈魂的觸擊度上，要超過《狼圖騰》。當然《天鵝圖騰》達不到《狼圖騰》那種緊張激烈的情節衝突、追求自由的精神價值的高度。但是在情感上，在藝術上，在美學上是超過狼書的。兩部書各有千秋，都是圖騰級別的。我是學美術的，最崇拜什麼？維納斯，愛與美之神。可惜中國沒有這個神。你在這本書裡能看到天鵝就是維納斯。我們需要自由神，我們也需要愛神與美神，有自由神、愛神、美神與我們同在，這樣的生活才是值得過的。

大家也許很想知道，我在寫作這兩部書的時候，是一種什麼狀態？我寫《狼圖騰》的過程中，經常有這種情況，忽然感覺到自己的靈魂不知道到哪兒去了，不是忘我，而是我不存在了，完全找不到自己了，靈魂飄飄上升，有一種宗教般的崇高感。寫到最後，我必須要把一塊乾的白毛巾放在桌旁，眼淚不是一滴一滴地滴，而是湧出來的。那種狀態就像神秘的網一樣，把那些虛誇、浮躁、華麗的詞彙都過濾掉了，筆下自然流出那些順暢的詞句。所以我認為寫小說，語詞的運用是第二位的，主要是要有那種寫作狀態和感覺。

這幾年我寫《天鵝圖騰》的時候，也同樣出現了那種宗教般的崇高的狀態。我的靈魂好像又有飄飄升天的感覺，自己找不到自己。寫到感情衝動的時候，眼淚止不住地往下掉。我有一位較我年輕許多的朋友，是個億萬富翁了，看鵝書的時候多次流淚，他每次看到流淚的地方，都要把那一頁用照片拍下來發給我，我發現打動他的都是詩。我覺得很奇怪，他流眼淚的地方，恰恰也是我流淚的地方，基本上是我倆同步共鳴的幾個點，也是藝術家最想達到的那種巔峰狀態。

在這部書裡，我還創新了一種方式：將天鵝與人混在一起、以人鵝不分的方式來寫愛與美、寫愛情、寫詩歌。使這部書進入一種「人間」難以到達的「天堂」境界。作家應該是靈魂的設計師和建築師，要打動讀者的靈魂，只有先打動自己的靈魂，才能夠創造出「百年之書」。

獻給
愛與美的圖騰——草原天鵝

獻給
敬拜保護天鵝神鳥的蒙古草原人

1 狼圖騰之外，還有天鵝圖騰

薩滿教中所表現的原始漁獵民族圖騰觀念……天鵝圖騰崇拜在動物圖騰中占很高的地位，被視為是神的使者。

——富育光《薩滿論》

我們都把狼作為圖騰崇拜，首先是在蒙古人中有這樣的依據。

——〔蒙古〕高陶布·阿吉木《藍色蒙古的蒼狼》

蒙古草原的愛與美，是每年早春北歸故鄉的天鵝帶來的。

這年，白災（雪災）之後的初春，東烏旗額侖草原一個寬闊湖泊的水面和上空，剛剛返回故鄉的大群天鵝，輕柔舒展地跳著飛著天鵝舞，宛若雨後陽光下耀眼的白雲。如不細心看，誰也不會注意在滿天滿湖的白雲裡、在人們的眼前，正在上演陣容恢宏的天鵝情愛之舞。草原的早春是天鵝的戀愛季節，美麗高雅的天鵝們遮蓋了寬廣的藍天和湖泊。

舞蹈著的天鵝漸漸飛落湖面，凫水的天鵝們轉入優柔修長的鵝頸舞。低垂著愛意的頭和彎曲的頸，含情悠悠地表達問候、請求。雌鵝的曲頸慢慢扭向東，彷彿在說，我要飛向東面啦；雄鵝的彎頸也幾乎同步優雅地扭向東，好像在答，我也跟你飛往東；雌鵝的曲頸又溫柔地轉向西，雄鵝的彎頸也輕輕地扭向西。然後雄鵝再扭，雌鵝再隨。當愛到情濃難抑時，情侶會繞頸親昵，比牧人情侶雙臂摟脖勾頸，顯得更加專一和纏綿。每日幾番深深表愛和求愛之後，雄鵝們昂頭伸頸向天鳴叫高歌，雌鵝們也伸長脖頸高聲唱和，邊舞邊唱，然後集體轉入快節奏：五六對七八對地組成一個個舞圈，天鵝們爭先恐後，伸頸抬高又落下，落下又抬高，與嘹亮的歌聲一起一伏，像情侶鞠躬、像夫妻對拜。

當歌到興頭，舞到樂透，天鵝情侶們就會在水裡踮踏寬大的黑腳蹼，全身聳體向上。面對面、喙對喙、胸對胸，擁抱似的撲打巨大的翅膀，猛烈搧起潑水節般狂歡的水花，深深陶醉其中。然後，在水面上撲翅蹬蹼助跑，踏出打水漂似的串串白色水花，飛離水面。再抖乾水珠，鑽入白雲，衝霄而上，展翅兜風翱翔，歡愛的歌聲滿天飛揚。

湖邊草坡，站著一位身穿舊夾袍、紮著褪色緞腰帶的蒙古姑娘。她苗條柔弱，天鵝蛋形臉，深眼窩，長著西域式眉梢高挑的烏黑彎眉和綠寶石般晶亮閃光的眼睛。她望著陽光刺目的天空，追尋著白雲中的白鵝，並不斷向天上的鵝群揮動著柔軟的雙臂，好似一對天鵝的長脖頸。她的淚水宛如初春尖尖冰凌上的融水滴淌。她用蒙古短調唱道：

草原上有一隻孤影般的天鵝，
常年在淒涼湖面對影獨舞哀歌。

獨舞裡始終是雙雙繞頸的訴說，
哀歌中永遠是漂動的淚波。

日夜思念救她的情郎亡夫，
是他將那饑狐拖入水中一同沉沒。
她的心如冰河開江般爆裂，
風雪過後才似夢鵝般恍惚婀娜。

從春花初開舞到秋月衰落，
來年蘆葦未綠，她已站在空巢上靜默。
暖春，忍看姐妹們幸福地抱窩，
初夏，聽不到自己雛鵝啄殼破殼。

年年孤獨萬里隨鵝隊飛南國，
再無夫妻領飛小鵝的天樂。
摯愛是天鵝天命的唯一，
專一是天鵝天愛的心諾。

所有天鵝都不會打攪她雙影獨舞，
所有天鵝都不會陪她忍受寂寞，
所有雄鵝都不會奢望她再返愛河，
所有天鵝都能看見她身旁那隻鵝。

她又用詞少曲長，含有顫音、滑音和拖音的蒙古長調唱道：

夫君啊。
我夢見你已與天鵝群同歸。
請早日把我接走。
可是，小巴圖該託付給誰？

顫抖綿長的歌聲慢慢喚來許多天鵝。長調未畢，已有二十多隻天鵝向她飛來，在她的頭頂上空盤旋鳴叫，然後低飛下降。天鵝腳腕上大多拴有新舊不同的馬鬃細辮和綢帶。忽然，天鵝們像旋風般降落到她的身邊，然後圍著她，用巨大的翅膀擁抱她、用頭頸蹭摩她的雙腿和腰腹，左一下、右一下，上一下、下一下，高聲歡叫，像遠途歸來見到阿媽的孩子。她眼中湧淚，蹲下身挨個摟抱親吻牠們，又像擁抱自己的情郎。天鵝們也挨個用長脖頸纏繞她的脖子，表達天鵝的愛和問候。她被一層層白羽白翅包裹得猶如一朵碩大白花中的花蕊。她是花心，天鵝們是花瓣，激動地合攏又開放，開放又合攏，最後，把親愛的鵝媽媽裹成了一個蒙古草原上最大的白色花蕾，快樂旋轉並慢慢膨脹。天鵝姑娘閉上眼睛，感到自己彷彿要被天鵝天使們裹托著起飛，飛向天堂……

天鵝巨花又緩緩開放，她慢慢站起身來，天鵝公主王子們歡喜地圍著她舒卷開合、又歌又舞，掮起一團團還未被綠芽遮沒的秋草和早春的細碎花葉。她哭得高興，哭得衝動，也哭得更加哀傷。三年前的此時，她是和阿爸、自己的情郎巴圖一起來迎接北歸的孩子們的，再以前的十幾個早春也是如此幸福。有的天鵝孩子黑色腳腕上的馬鬃細辮還是巴圖給繫上的。這些被阿爸和他倆救養過的鵝孩子們，已經度過了喪失鵝爺爺的悲傷三年和失去鵝阿爸痛苦的一年多。所以，牠們歸來後就用加倍的愛來安慰自己的阿媽。

天鵝媽媽打開一個瘦窄蒙古枕頭大小的長方形口袋，把口袋裡五六斤的麥粒在草地上倒成長長一溜，好讓每隻鵝都能吃到。她歉疚地說：你們的爺爺和阿爸都不在了。我打不了多少食，家裡又欠了重債，實在拿不出原先那麼多的糧食來迎接你們了，真對不住你們啊。

說罷又啜泣不止，天鵝們也發出陣陣的哀鳴，像看到鵝群裡喪偶的長輩、同輩一樣。她見鵝孩子們不吃食，便強忍住淚，用平和的聲調說：見到你們平安飛回來，我高興啊。沒事了，快吃點東西吧。飛了那麼遠，餓壞了吧。湖裡的冰還沒有全化，淺水裡的草還吃不到多少。吃吧，吃吧。明天我再去借點糧食來餵你們。

饑餓但懂事的天鵝孩子們都不爭不搶，吃了一會兒就把地上的麥粒吃光了，然後又圍著媽媽，用鵝吻傾訴著長久的思念。

忽然，鵝群飛了起來。一個男子的聲音從她的身後傳來：薩日娜，我給你帶來了大半袋麥粒，讓天鵝們不要怕。

薩日娜疲憊地回頭望去，見一個滿面淚光、長著一雙黑褐色眼睛、比她大四五歲的高個子蒙古騎手，從不遠處快步走來，在她腳旁放下一個三十多斤重的糧食口袋。他怕嚇飛天鵝又迅速退回到較遠處。天鵝姑娘惱怒地叫道：又是你。昨天已經告訴你千萬不要跟過來，天鵝是不願意生人靠近牠們的。你看看，天鵝被你嚇飛了。今年好不容易等到剛飛回來的天鵝，就被你給攪了。

騎手說：對不起，對不起。我這就走。你揚揚食，再把天鵝叫下來吧。

說罷，他很有禮貌地後退。

薩日娜一邊向還在頭頂繞飛的天鵝招手，呼喚牠們飛下來，一邊說：巴格納，你要是個蒙古人，在這種時候就不會來打攪我。你快快離開！

巴格納慌忙說：是，是。我走，我走。聽了你的歌，我的心都碎了。可我真的不是來打攪你，是來給天鵝送糧食的。你鄰居塔娜姑娘告訴我，這幾天你正到處借麥粒呢。我帶來的這些糧食，都是最飽滿的麥粒，是我從商隊拿來的。你的鵝孩子、鵝朋友從千里萬里外飛回來，應該讓牠們吃飽啊。我最敬拜天鵝和狼。

他又往後走了二十幾步，走到他的黑鬃馬旁邊才站住。**在蒙古草原，天鵝是蒙古人心目中的神鳥**。這樣的距離，任何一隻天鵝見到人都不會驚飛的。他望著天鵝們重又慢慢落下，看到薩日娜優雅痛苦地拋灑麥粒。美麗的天鵝姑娘和天鵝，襯著滿天滿湖的白雲，宛若夢中仙境……

直到天鵝吃飽，歌舞落幕，天鵝在薩日娜的頭頂上空繞飛了三四圈，開始飛向湖泊深處，巴格納才騎上馬，向天鵝姑娘大聲說：我要去追趕商號的車隊了，有什麼事情要我幫忙，就讓來往的車隊轉告我。

然後，快馬離去。

薩日娜看了看只剩下五六斤麥粒的口袋，又摸了摸，裡面沒有夾藏任何贈物、字條和情書。這是她收到過的最乾淨的口袋。她走近湖邊，又從懷裡掏出一個馬蹄袖大小的生羊皮口袋，朝蘆葦深處呼喚：小巴圖，小巴圖……

騎馬走遠的巴格納，是全國最大的旅蒙商號——大盛魁的雇員。大盛魁是清廷特許成立、有深厚官府背景的大商號。他給這家商號的東線商隊做蒙漢翻譯兼經商。巴格納是東烏珠穆沁旗反清蒙古貴族的四世後代，屬於寬泛的蒙古黃金家族的血脈家系。

在康熙在位中期，巴格納的先祖和六個烏珠穆沁旗的蒙古貴族被誅殺時，家族也被株連。一些獲得赦免但被抄沒了家產的家族，被就地嚴加看管，或像狼一樣，在牧區和農區城鄉秘密遊走謀生，靠著具有反清情緒的蒙古貴族和漢族民間的同情和掩護，頑強度日。

到了巴格納這一代，由於時日久遠，才受雇於大盛魁，近幾年才從西線轉到穿越東烏旗的東線商道。在蒙古各條漫長的商道上，由漢人組成的旅蒙商隊極需蒙漢翻譯，而這樣的人才十分稀缺。旗盟蒙古貴族上層念他是蒙古黃金家族的血脈，也就對大盛魁商號雇用他的這一舉動睜一眼閉一眼了。何況，該商號有朝廷官府背景，他的一舉一動盡在官府的掌控之中。

巴格納，蒙古語的語意是「支柱」，也是薩滿教中寓意很深的一個詞，與北斗星有關，而北斗星又是蒙古人夜戰和馬群夜牧的指路星。他的爺爺和阿爸，曾以給歸化、張家口等商貿城市的蒙古大貴族官員和大旅蒙商當家庭教師為生。他的爺爺、阿爸和阿媽早已相繼故去，他們生前，都曾希望他能像支柱一樣撐起這個漂泊的家和自己的人生。他童年、少年時期就跟著他父母的一個學生、也是和他們相交很深的朋友秦川生活。秦川是大盛魁商號一位股東的兒子，後來慢慢子承父業，成為這家商號東線的老闆。他很關照巴格納，曾送他上私塾，再把他送到商號大店鋪學做生意，後來又向官府出面擔保，讓他到商隊做翻譯和經商。提心吊膽的落難貴族後裔生活，使巴格納練就出堅毅謹慎的性格和多重生存本領。他蒙漢兩通，農牧兩知，經商亦是內行。

巴格納前一年就聽說過額侖草原天鵝姑娘薩日娜的淒慘故事。薩日娜，蒙古語的語意是月光。她的祖上是西部蒙古部落的貴族，但後來在部落與部落的內戰中落敗，部落殘餘的人被收編到獲勝的部落，貴族的身分就此喪失。

她的父親蘇米亞是一位蒙古學者，曾在青海、西藏的佛學院學佛十幾年，後來因為他同情愛護草原古老但受排擠的薩滿教，並與老薩滿法師保持友誼，便不適合進入寺院。而且他還是喜歡草原的世俗生活，便通過遠親舉家搬遷到烏珠穆沁草原。因為烏珠穆沁部落也是從蒙古西部遷到這裡的。旗府看他學問大，而額侖烏拉蓋蘇木（鎮）缺少人才，就把他調派到額侖蘇木，任草擬和管理文牘的文官，還擔負給全蘇木孩子們教書識字的職責。

薩日娜的阿爸虔誠敬拜能飛越喜馬拉雅的神鳥天鵝，他對草原牧人說，**救一隻天鵝比轉搖一千遍經筒更敬佛，救千隻天鵝則能超越六道輪迴**。每年冬初，他都會救養無力南飛的病鵝和落單小鵝。薩日娜長得還沒有鵝高的時候，就跟著阿爸救養天鵝，小天鵝就是她童年冬季最貼心的朋友和玩伴，她和小鵝一起長大，她們會用各種方式和手勢「說話」。童年時，她還有一個鄰居家的小哥哥巴圖，他也天生喜愛天鵝。在冬天，他天天到她家來幫她餵鵝養鵝，和天鵝一起跳舞唱歌。兩個小玩伴兩小無猜，從小到大，像一對小鵝一樣快樂長大。薩滿老人都說，他倆是草原上受天鵝品性滋養得最本真靈透的一對「兄妹」。在少年時，他倆心裡就想成為像天鵝情侶一樣的牧人情侶。

可是就在阿爸患病去世，他倆準備結婚，共同支撐這個快要被重債壓垮的家的時候，有一天，薩日娜與她的兩個弟弟突然染上急性重病。她的情郎巴圖冒著白災中的白毛風去幾十里外請蒙醫。然而，在回來途中，雪越下越大，白毛風也越加暴虐凶狠，兩匹馬頂風行進，呼吸困難，寸步難行。巴圖立即下馬，毫不猶疑採用蒙古人在暴風雪中最後的救急方法。他對蒙醫說：這麼大的雪，這麼猛的風，還帶著這麼重的藥箱，兩匹馬馱不動兩個人。弄不好兩人兩馬都得凍僵，只能讓一人騎兩馬。家裡有三個發高燒的病人，鄰家也有幾個，得趕快去救，不能耽擱。你是我請來的醫生，我也得保全你的命，你就牽上我的馬，雙馬輪騎，趕緊去救我心愛的未婚妻和兩個弟弟吧。我是馬倌，能扛得住白毛風，我能在雪地裡慢慢拍出一堵雪牆來擋風雪的。

蒙醫只得騎一馬牽一馬，繼續趕路。然而，從小一直跟隨巴圖的大黃馬不肯拋下主人，跺蹄刨雪嘶叫著就是不走。巴圖急得連連指著家的方向，大喊：快去救薩日娜！薩日娜！並狠狠地抽了牠兩下馬鞭。大黃馬聽明白了主人的意思，痛苦地長嘶了幾聲，拚命地拽著蒙醫往家艱難地跑。後來薩日娜三姐弟和幾個鄰居得救了。可她的情郎哥哥巴圖卻再也沒有回來。蒙醫說，那位好小伙那會兒自己也染上了重病呢，比那兩個弟弟的病情還要重。我摸過，風雪裡他皮帽下的額頭是燙手的，雪一刮進去就化成水。他是冒著重病頂著大風雪，去為他的未婚妻和弟弟們請醫生的。額侖的老人都說，敬拜天鵝和狼的蒙古男人都有為妻兒捨命的勇氣。

蒙醫還說，巴圖心善，他的馬也善啊。他一到薩日娜的蒙古包，那匹大黃馬就掙著轠繩要回去接巴圖，他就把轠繩繞繫在馬鞍上，讓牠走了。可是白毛風太猛，雪太厚，直到天大亮也沒有把巴圖接回來。當風雪停歇，馬倌們才在大黃馬身下找到了已被雪掩埋的巴圖，大黃馬也已被凍得半僵，仍然站在那裡給主人擋風擋雪，可是再也抬不起馬蹄把主人從雪裡刨出來了，只能發出一聲聲悲哀的嘶鳴……

部落的女人說，那些年，薩日娜家為了給她阿爸治病，欠了黑商號那麼重的債，三分多的利，利滾利，到這年已經合五百多隻大羊的銀子，光今年要還的利息就合一百五六十隻羊。要是還不上今年的債，她就要被賣身為奴，賣掉蒙古包、牛車和她阿爸一櫃子車的藏書去抵債了。草原連年白災，家家都不富裕，也都怕再遭遇滅頂的大白災。誰也不知道可憐倔強的薩日娜還能撐多久，大夥都提心吊膽，怕從她家裡再傳來什麼不幸的消息。人們知道她的心早已死，隨她的情郎一起走了。

天鵝姑娘是個出名的才女歌手，從小她就跟她的阿爸學寫詩編歌，還學會用古老草原歌的曲調再加上她自己的曲調來編新曲。聽姑娘們說，她寫了好多首悼念她情郎的情歌，但她從來不給大夥唱，只對她的情郎和天鵝唱。有一個同部落的女歌手說，她曾遠遠地聽過幾段，那歌很美很冷，讓人聽得心裡結霜發抖……

自此，巴格納漂泊的人生開始有了指針，他的心毫不猶豫地朝那個老舊的蒙古包飛去。

2 美貌耀眼的名花

十六世紀前，烏珠穆沁部落與衛拉特蒙古一同在阿爾泰杭蓋「烏珠穆山」一帶居住，以畜牧業為主兼營葡萄業……十五世紀末，成吉思汗第十六代嫡孫巴圖孟克達延汗長子圖魯博羅特帶領部屬從阿爾泰杭蓋「烏珠穆山」遷徙至漠南，居於察哈爾萬戶屬地。十六世紀二〇至四〇年代，圖魯博羅特長子博迪阿拉克汗三子翁衮都拉爾號所部為「烏珠穆沁」形成烏珠穆沁部落。現今烏珠穆沁人姓氏，傳統習俗及加工畜產品方法等與蒙古國巴彥烏列蓋省薩格賽蘇木牧民的加工方法相似，兩地牧民牧養同一種羊，可以證明烏珠穆沁人早先住在衛拉特與喀爾喀交界地——阿爾泰杭蓋「烏珠穆山」一帶。

——《東烏珠穆沁旗志·人口民族》

春末夏初，山坡草甸被雪水和春雨漫灌過的牧草，長得如同沃土肥地裡的馬蓮、野韭那樣茁壯，蔥綠厚密的草層已達一尺多高。蠕動的羊群不像在草地上走，而像是在草浪上刨遊。大群阿爾泰種的額侖肥尾羊，剛剛從吃光草的春草場搬遷過來，之前又被凍餓了半個冬季，在吃相上比蒙古草原狼還要貪狂。羊們饞得羊眼眶裡瞪出了牛眼，羊嘴巴裡流出了比狼口水還多的綠湯，把羊腿與草染成一色。當瘋長的春草還沒有完全長成高高夏草的時候，初夏的額侖羊卻自個兒快速搭出肉架子，看上去就像初秋肥羊一般。有的大羯羊（騸羊，閹割了的公羊）快頂上二歲牛，大羊羔壯碩得如新生的牛犢。天性貪食的阿爾泰羊，繼續像窮兵敗將搶劫富裕集市那樣搶吞肥苗勁草，嫩草被掐了尖，野苜蓿、野豌豆、野山蔥等好草被整棵吞食。草原上空瀰漫著濃重的草汁清香，草原人棕紅色的臉上、手上像是被塗抹了一層薄薄的草露花露，在湛藍的天光下微微泛出紫紅釉般的亮色。

額侖草原一派災後重生的盎然和勃發。遠處的姑娘和女人們壓抑了一冬一春的情歌聲，彷彿綠草波浪般地起伏蕩漾。馬背上搖搖晃晃地歪倒著一個又一個酗酒後的大小馬倌、牛倌和羊倌。

主管東烏珠穆沁旗草原牧業和皇家貢羊的一等協理台吉（蒙古大貴族）伊登札布，像蒙古武將那樣騎著高壯的烏拉蓋突厥馬，細細查驗五六群貢羊的膘情。陪伴他的是額侖草原道爾基蘇木長（鎮長）、札那副蘇木長、幾位旅蒙大商號的畜牧主管和一位長著藍色眼睛、豔麗熱辣、具有突厥血統的蒙古姑娘。

這位美人是額侖草原耀眼的名花——娜仁其其格，蒙古語的意思是太陽花。她不是貴族女兒，也不是牧奴，而是普通牧人的女兒。但父親偏癱，家裡人口多、債務重，而且借的也是旅蒙商號的高利貸。這些年草原上白災頻仍，已有一些牧民被捲入債務奴隸的漩渦，娜仁其其格只能期待自己嫁入貴族豪門或富家才能擺脫滅頂之災。得知伊登札布等幾位貴族來訪，便借駿馬、借緞袍、借新靴，打扮得像一束豔麗的草原山丹花，主動前來陪侍。她快馬一到，如同雲開天晴，飛來一隻美麗輕盈的草原雌鶴，驟然沖淡了公務的沉悶。幾位貴族都露出笑容，伊登札布睜大了圓圓的鷹眼，招了招手，將她喚到自己的身邊，並轡而行。

大台吉伊登札布有了藍眼睛美人貼身陪伴，談興忽然像優酪乳缸裡的氣泡，咕咕翻騰，一冒出奶水酸湯就噗噗開花。他對道爾基蘇木長說：這哪像是四五年裡連遭兩場白災的災區啊。要是聖駕親臨此地視察，非得定我欺君之罪不可……去年那場白災可把王爺和我嚇壞了，要是供應京城的貢羊斷了頓，那皇族和蒙古王公還不得斷了咱們的頭。幸虧你們額侖羊頂了上去，還補了別的蘇木的虧欠。

臉形消瘦、皺紋深刻的蘇木長道爾基說：額侖烏拉蓋牧場草高草壯草質好，是全蒙古最好的草場。羊種又是蒙古最好的西域阿爾泰種，尾巴肥大，比別的地方的羊更貪吃，更容易上膘。最好的草場加上最好的羊種，自然更抗寒，也就能養出全蒙古最肥美的貢羊。這些年兩場白災都沒把額侖壓垮。

娜仁其其格笑盈盈地說：我們額侖的兩位蘇木長都是畜牧大行家，愛牛羊和草場比自家的孩子還愛哪，管得可嚴可細了。大夥都說全旗再也挑不出比他倆更好的蘇木長了。大台吉，您就放心吧。

伊登札布搖搖頭：那也別大意。草原遊牧除了最怕定居開荒燒草場，就是怕大白災。去年白災的厚雪沒到了小腿肚子，還不算太大。要是再加上一場一尺厚的雪，幾百年積攢下來的羊群一夜就會全被埋死。所有牧草也全得被雪蓋沒，牛馬也得餓死，整個部落不是破產，就是把原部落拆散，把人分派到沒遭災的部落當二等部落民，再不就是替朝廷去打仗尋活路。

寬額寬臉、高鼻深目的札那歎道：這幾次白災一回比一回大，我也害怕。老人們說下回興許更大。這些年的年景邪乎啊。薩滿老法師說，蒙古草原隔上一兩百年就得來上個幾十年的白災和大白災的災期。難道新一撥的白災期讓咱們給趕上了？真晦氣啊。

伊登札布說：這些年確是隔三岔五就來一場不小的白災，往後的年份還不好說。咱們真得想法子抗大白災。大清皇族和蒙古王公的主食是羊肉，吃羊就吃烏珠穆沁羊，特別是額侖羊。貢羊要是出了差錯，那可就是天大的事。

兩位蘇木長都說：那是，那是，可不敢大意啊。

伊登札布又看了看幾位旅蒙商號的商人，鄭重地說道：從大元朝開始，大元的大汗、大清的皇族和蒙古王公，就專吃烏珠穆沁羊，吃了幾百年了。滿蒙是姻親，大清的蒙古后妃和蒙古王公就把烏珠穆沁羊帶進了京城。所以咱們這兒的羊就是當朝紫禁城點名要的羊了。清廷規定，每年烏珠穆沁東西兩旗每四五人就得上貢一隻羊。除此之外，東烏旗府還得特貢五六百隻頂尖羊，有時候還更多。全旗的貢羊一年加起來總共有好幾千隻哪。京城王公大臣要得更多，額侖羊出了差錯，誰都保不住你們。我自個兒也不敢絲毫懈怠，我這個貴族跑得就跟傳令兵似的，三天兩頭就得往各個蘇木和部落的草場跑，辦皇差累啊。

幾位能大概聽懂蒙古話的旅蒙商人說：大台吉治理草原牧業有方。有目共睹，聲名遠揚啊。

兩位蘇木長說：大台吉辛苦，榮耀。

娜仁其其格笑得眼睛藍光閃爍，向伊登札布貼過身去，說：大台吉辦皇差，多給咱們烏珠穆沁草原爭光啊。在蒙古貴族裡頭，也就數您最懂咋樣管草原，管貢羊和馬群……

她眼裡的藍色波光，像春風中藍湖的漣漪，連續不斷地向伊登札布漂去。

大台吉以老行家的銳眼，有目標地抽查了六七群貢羊之後，隨道爾基來到他的三等台吉的大蒙古包。伊登札布下馬進包之前又專門走到廚房包，把晾曬在包頂、剛剝下來的羊皮翻了半張，查看皮毛花色。

道爾基忙說：在全東烏旗誰敢糊弄您哪。沒錯，這就是您早上在貢羊群裡挑的那隻羊，新三歲羯羊，有一百六七十斤重。還有一隻是新三歲的母羊，也有一百二三十斤重。這隻母羊清明沒下羔，不用餵奶，春膘上得最快最足。留著您明兒驗吃。

伊登札布說：驗這隻就成了。大清皇族一半是蒙古血脈，是不是烏珠穆沁上等貢羊，他們一口就能吃出來。今年頭撥貢羊就要上路了，我一直提著心吊著膽哪。貢羊上貢，我得把好這頭一道關。

幾位部落上層以及旅蒙大商號的畜牧主管，在道爾基的貴族大蒙古包門旁恭敬迎候。伊登札布進包後在北部主座位盤腿落座，包內支撐蒙古包頂蓋的兩根碗口粗的紅漆松木柱異常氣派，地上鋪著厚氈和濃烈西域風格的地毯，主座前擺著一張長方形的紅漆描金圖案矮桌。眾貴客在東西兩邊的矮桌前盤腿落座後，娜仁花微笑著給大台吉和貴客們敬上散溢著奶香、黃油香和炒米香的粉紅色奶茶。

伊登札布笑道：娜仁其其格真是越來越漂亮了，眼睛更藍了，皮膚更白嫩了。趁著自個兒的藍光最亮眼，趕緊嫁個好人家吧。

娜仁花苦笑道：我有藍眼睛，可還是沒有貴族和富家來娶我呀。咱們旗的貴族比起其他旗的貴族少很多，嫁不進去呀。

伊登札布一手托起娜仁其其格的手，另一手又拍拍她的手背，說道：你等著，我幫你找。我就不信，額侖這麼漂亮的藍眼睛姑娘沒有貴族要。是平民咋啦，藍眼睛綠眼睛是眼睛中的貴族哪，比在座的幾個貴族的「等級」都高。貴族落難咱就得幫。

道爾基笑道：您何不自個兒娶了娜仁其其格呢？您的福晉不是已經過世好幾年了嗎？

札那在一旁搖頭道：沒那麼省事吧。聽說京城有好幾家滿族大貴族想跟伊登札布結親哪，能推得掉嗎？

道爾基對伊登札布說：娜仁花當不了福晉，就當第三第四哈敦（蒙古王族貴族的王妃、正妻及其他配偶的稱呼）也成。只要進了台吉府，她往後的日子就有著落了。您娶個藍眼睛哈敦，生兩個孩子最少也能得著一個藍眼睛兒女吧。娜仁其其格是我家的親戚，沒出六代，要不我早就讓她當我的第三哈敦了。這些年藍眼睛姑娘越來越少。您再不娶，往後該後悔了。

札那說：唉，滿蒙大通婚以後，烏珠穆沁部落的藍眼睛、綠眼睛越來越少了，一兩百個人裡面有一個就不賴了。往後還得少啊。

伊登札布笑而不語，轉頭對幾位漢商和部落眾首領說：西域突厥部落真厲害啊。早在成吉思汗以前，蒙古北邊的「林中百姓」和咱們一些部落祖先遷到西域阿爾泰山區的葡萄山附近駐牧，前後經歷了一兩百年，那兒的突厥部落跟遷過去的蒙古部落一聯姻，就把部落一半後代的眼睛變漂亮了，出了不少綠眼睛藍眼睛的孩子哪。後來戰亂，達延汗的長子才把咱們部落調回蒙古東部這兒的。咱們部落可是成吉思汗——忽必烈——達延汗的直系黃金家族的後代啊，駐牧到這兒也已經快有兩百年了，這都過去多少代啦，竟然還會有藍眼睛綠眼睛的姑娘冒出來。蒙古人從骨子裡喜歡藍色，像騰格里一樣藍；也喜歡綠色，像大草原那樣綠。

眾客商紛紛恭維道：恭聽大台吉一席話，勝讀十年蒙古書啊。

伊登札布滿意地笑道：從前我們蒙古人做草原生意可比你們強多了。蒙古突厥大駝隊橫穿沙漠戈壁，恢復了絲綢茶葉羊馬商道，做成了全世界最大的生意。沒有經商本事、沒有蒙古騎兵萬里護路和建立提供食宿的驛站客棧，能做成那麼大的生意嗎？

在藍色天光下，藍眼睛太陽花終於將三大銅盆熱氣騰騰、鮮香撲鼻的手把肉陸續端上桌，並給伊登札布等貴客斟滿了酒，做了一個請的優雅手勢。伊登札布卻擺擺手，慎重地說：驗貢羊事大，不能沾酒，一滴也不成。等驗完了再飲。

眾人放下酒杯。伊登札布抬眼望了一下蒙古包天窗木格上面的藍天，默默禱告，然後低頭首先挑了一長塊帶骨羊肋條，肉層有兩指寬，兩指多厚：一層肥，一層瘦，一層筋膜，一層扁扁的肥泡，層層疊疊，飽含汁水。他從肋條中下部割下一方塊肉，然後向上側頭，迅速將肉和湯汁送入口中，慢慢品汁嚼肉。幾位部落上層和旅蒙商人望著伊登札布，忐忑又期盼。

伊登札布一邊品嚼，一邊長歎道：還是那麼鮮美好吃，地道的烏珠穆沁額侖貢羊。跟災前的味道絲毫不差，京城的皇族和蒙古皇親國戚準保滿意。這撥貢羊可以放行了。

他看眾人還在等著往下聽，便讓太陽花坐到自己身旁，笑道：今兒娜仁其其格陪我飲酒，我高興。為啥年年要驗吃這塊肋條肉？今兒就跟你們講講這裡面的道理吧。因為這塊肉有肥有瘦，有骨香有鮮湯，有存肉汁的夾層。蒙古美食家都說，「原汁原味，汁在先；有汁有味，沒汁哪有味？」大坨瘦肉肥肉太緊太實，裡面能存得住原味肉汁嗎？可是羊肋條肉裡面就能存得住。為啥東西滿蒙漢都愛吃牛排羊排豬排，就是因為肋條肉夾層多，裡面藏有原味肉汁。肋肉鮮美，才是好貢羊。

眾人頓悟，紛紛下刀切割羊排，嘬吮肉汁。就連娜仁花美人都扭著腰、撒著嬌向伊登札布討要肋條肉塊吃。大台吉親自下刀切下一塊，並用另一隻手托護著餵到娜仁的嘴裡。她高興得不斷向大台吉拋寶石藍光。

道爾基笑道：從前都知道羊排肋條肉好吃，也知道您每次要驗的就是這塊肉，可還是沒鬧明白為啥好吃。今兒我跟大台吉您學了一招。往後哪個羊倌和牧奴不給我好好放羊，想糊弄我，我就用這法子驗他，看他還能不能嘴硬。

眾人皆說這招厲害。

伊登札布說：頭狼沒點本事能服眾狼嗎？

他終於端起酒杯開始飲酒，與娜仁花歡笑對飲，又跟漢商和下屬說：我就再跟你們說說秋末冬初驗貢羊的竅門吧。這秋冬羊是一年中最肥、上貢數量最大、也是一年最後一批貢羊，京城皇族一冬的羊肉食就靠牠了。所以，驗這批貢羊更不能出一點差錯。這時候驗羊不光要驗羊排肋條肉，還得驗胃包網油。羊的秋膘上得足不足，一驗網油就能驗準。咋驗？只要拿根火筷子挑一片生網油架在火上烤，如果嗞嗞只滴油不出聲、一會兒就整片燒著的，那就是足膘貢羊；不足膘的羊，網油一烤就刺刺啦啦響，又滴油又滴水，整片燒不著，還濺得爐灰亂飛。這種羊就不合格，整群羊就不能上貢。不過，這些羊還能賣給京城的那些涮羊肉店的。

眾人紛紛點頭。

伊登札布說：還好，你們額侖羊年年都能過關。

伊登札布吃下整根肋條肉，又吃了幾片羊胸椎的脆肥肉和兩段羊肥腸，便和隨同來驗收、有官府背景的大盛魁商號牧商，交代貢羊接送的時間地點。大盛魁能從三條草原路線慢慢趕羊，再南下經古北口入京城。他們千里長途趕羊不僅不掉膘，竟然還能上些膘。伊登札布對該商號趕羊的技藝讚不絕口。

札那副蘇木長一直沉默不語，心事重重。他的心病是大白災，貢羊養得再好，大白災一下來就會被雪全部埋死，再好的驗羊訣竅又有多大用處？如何防大白災、抗大白災才是頂要緊的事。

他插空問伊登札布：商號的一些人說，多蓋一些帶頂的棚圈和草圈，就可以扛住大白災。您看成嗎？

伊登札布是個老派蒙古貴族，酷愛和固守遊牧。他的心病是蒙古草原上越刮越起勁的賣地、墾荒和種糧風。他認為這是朝廷暗中削減蒙古草原的疆域，從根子上削弱蒙古勢力的釜底抽薪之策。札那的話像是在他的心口上戳了一刀，羊道酒興驟冷。他沒想到在蒙古最豐美的、養育皇家貢羊的草原上，部落首領居然也想蓋棚圈了。札那雖然是每年俸祿只有四十兩白銀的末尾第四等台吉，可也是蒙古貴族啊。

他吃驚不小，重重地蹾了一下酒杯，瞪圓鷹眼道：萬萬不可！哪怕犧牲一個萬戶也不可！聖主成吉思汗說過，「**蒙古的強大靠的就是遊牧**。」一建棚圈草圈，人就懶得遊牧，就想定居了。定居農耕是草原的頭號瘟病，比野火、白災還厲害。一旦染上，草原準死。牧場準保變沙地，牛羊死絕，連駱駝都養不活。看看地圖吧，原先東南西南的好牧場已經往西北退了一兩百里了。再看看蒙古本部察哈爾，當年達延汗金帳汗廷的所在地，那可是蒙古水草最好的牧場。結果咋樣？它西邊的四個旗一搞招墾定居，才幾十年，原來的優良牧場就成了一片半沙地了。那兒的羊，個頭越來越小，連咱們額侖羊的一半還不到。這不都是咱們在幾十年裡親眼看到的嗎？草原定居是個大禍害。

札那不敢再問。這個理，牧區主官們都明白。但是大白災來了，牛羊被雪埋，牧人真要被逼得去賣兒賣女、借高利貸或去打仗？

伊登札布很清楚他和道爾基兩人的兩塊心病，他也知道這就是蒙古草原幾百年來並會一直持續下去的主病。大白災再厲害，就算是埋死了全部牛羊，但草原還活著。可一旦定居，過度踩踏、放牧或農耕，草原必死，人和牲畜最終都活不成。所以，如何既能保住草原和遊牧，又能扛住大白災，是他這個主管東烏珠穆沁旗草原牧業的台吉天大的難題。他恨不得想請王爺用一千隻貢羊的價碼，來懸賞能解開這道草原民族難題的人。

伊登札布想了想，對札那說：我倒有個主意，你可以試試看。你那個烏拉蓋河邊的客棧，閑了兩年一直不恢復營業，王爺都生氣了。商號的商頭們一見到我，也都求我早點讓這家客棧開業。要是你把客棧做好了，就能掙到大錢。就算牛羊讓白災埋了大半，客棧還能用賺的錢，再買回牛羊，幫部落恢復牧業。

札那歎道：我咋不著急啊。可我找不到可靠、懂經商，又是蒙漢通的掌櫃。

大台吉說：我想了好些日子了，我倒是有一個人可以推薦給你。這人你認識，是大盛魁商號的巴格納。他的爺爺和阿爸原先住在歸化城，他爺爺學問好，被一個蒙古大貴族悄悄聘為家庭教師。後來，他爺爺去世後，他的阿爸又子承父業，被一個張家口的旅蒙富商請去當蒙古文教師。巴格納從小在蒙漢雜居的地方長大，後來讀完私塾，又到大盛魁商號學經商，是個蒙漢通。小伙兒很能幹。這條商道上的許多大買賣都是經他翻譯和牽線做成的，商道幾個旗的大小官員和部落首領都認識他。

札那說：我知道他是經商的一把好手，人也實在，我都請過他兩次了。可是他都沒答應。他說他喜歡跟商隊跑長途，像天鵝、大雁那樣秋去春來。還說客棧冬季停業半年，部落都遷到冬季草場去了，掌櫃得留守客棧，空蕩蕩、孤零零，還要看守裝滿貨物的倉庫，誰待得下去啊？

伊登札布說：我有法子讓他幹。清廷嚴禁蒙古人長途經商，嚴禁越旗通商、通牧和通婚，只准官府掌控的漢人商隊長途販運。巴格納是蒙古貴族罪臣之後，本不該到漢人的商隊謀差的。只是因為早些年，商隊裡的漢人沒人懂蒙古話，商隊沒有蒙漢通咋能做成買賣？大盛魁向官府請求多次，又為他做了擔保，上面這才讓他幹的。這幾年旅蒙商隊裡懂點蒙古話的漢人多起來了，巴格納又是咱們東烏旗的人，所以只要我下令，他就得乖乖地去你的客棧當掌櫃。

前幾年旁邊那個旗的一個罪臣後代，因為一句反詩被朝廷「快捕速斬」，我也得把巴格納再看得緊一點，不能再讓他當「遊商」，要讓他當「坐商」。我也怕他到處亂跑亂交友，給我惹事，這回我得用你們一個部落來盯住他。他要是能在你們的蘇木娶妻生子，那我就更放心了。這孩子到底是黃金家族的後代，聰明能幹，嘴也很嚴，還有蒙古貴族的品行，他的一舉一動我都清楚。不過，讓巴格納當掌櫃，只是讓他幹掌櫃的活，當二掌櫃。正式的大掌櫃你還得讓你的兒子來當。你們在旁邊盯著他幹，還要跟他學漢話，學記帳，學做生意。

札那微笑道：我明白。這樣安排太好了，等他從漠北克魯倫河一回來，我就給他傳你的令。我挺喜歡這個孩子的。他祖上那麼大的一個家，到這會兒，只剩下這棵獨苗苗了，蘇木的老人們都心疼他啊。

第二天，兩位部落首領陪同伊登札布去查驗額侖最北邊一個嘎查（村）小部落的草場和羊群。五六匹快馬在青翠的緩坡大草場跑了幾十里，突然發現斜對面的山坡上有一群狼正在圍捕一小群黃羊，十幾隻黃羊剛跑過山坡，就被那邊埋伏的狼撲倒。當滿脖子是血，受傷折返的大黃羊剛露出身，又被這邊的狼群撲殺。幾隻逃出包圍圈的黃羊，眨眼間就消失在草叢中。狼和黃羊都奔躍有力，絲毫未受到去年白災的損傷。

伊登札布急忙勒馬，大喜道：太好了。你們蘇木的草場驗收合格了。回去跟王爺一說，王爺保不齊再賞一片草場讓你們管。蒙古老話說，「**狼多的地方，草場就好。狼少的地方，草場就賴。**」我這次驗草驗羊，一路過來，查看了幾個蘇木，大白天的只在你們的地界見著了狼群。沒錯，全旗就數額侖的草場和貢羊最好。狼群作證，騰格里準點頭。

道爾基笑道：您滿意我就放心了。您不順便再驗驗貢黃羊？獵手見面分一半。咱們去跟狼群要兩隻吧。要不要帶一隻肥的回去孝敬孝敬王爺，他準保好久沒吃上新鮮黃羊肉了。

伊登札布擺擺手說：不啦，人不搶狼食，狼也就不搶貢羊了。狼多抓些黃羊、旱獺、野兔、老鼠、蝗蟲、螞蚱，額侖的草場就更好了。走吧，正事要緊。

札那說：狼和黃羊抗白災比人強。白災一來，總是黃羊和狼最先逃脫；白災一過，又總是黃羊和狼先回額侖。

伊登札布點頭道：人還真得跟狼和黃羊學抗災。

狼群已退到坡頂後，在高草叢中，探著小半個身子遠遠望著人馬，想跑但又捨不得剛被撂倒的五六隻大黃羊，有的羊還在抬頭蹬腿噴血。伊登札布撥馬讓開狼群，繞道急行。

晚上，伊登札布回到道爾基蒙古包的駐紮地。娜仁花早已在蒙古包西北坡後百多步遠的草地上，鋪好了蒙古地毯，矮桌上放著酒壺酒杯，奶食肉食。當飲酒者坐著飲酒的時候，是看不到蒙古包的。道爾基陪伊登札布飲了兩杯酒，留下話，讓娜仁其其格好好伺候大台吉，就起身回包。

月色朦朦，牧草茵茵，青葦沙沙，蚊蟲尚未飛起。娜仁花和伊登札布飲了幾杯酒以後，她便把單袍右胸上的銀扣解開，將右肩單袍全部下褪到腰部，再把整條玉臂伸出袍外，半胸突突袒露。這是幾百年來，蒙古額侖草原女人表達真心邀請的傳統「手勢」。如果對象是陌生人，或不太願意、不太接受和看不懂的人，她會再加上一句口語：哈囉那，哈囉那。蒙古語的意思是太熱了，太熱了。如果人家確實不願意、不接受或看不懂。那麼，她就把胳膊再伸回袖筒裡，再把袍子從腰部提到肩頭，便可輕易化解尷尬——太熱了，你就不要多想了嘛。然而，娜仁花並沒有說哈囉那。伊登札布不是陌生人，也看得懂。何況，她相信，烏珠穆沁大草原不會有不接受她邀請的男人。

伊登札布放下酒杯說：我都快五十了，要是再年輕十歲，準保讓咱倆都爽快半夜。可是，這些天我騎馬轉圈跑了兩三百里，今天有點累了。

娜仁花微笑道：蒙古女人都說，騎馬百里的男人，準是能幹的高手。您就再騎個半里一里吧，您不騎，我可要騎您啦。蒙古突厥女人的騎術可是天下第一。

大台吉笑臉舒展，長途硬鞍的勞頓彷彿消除大半。他輕輕握住娜仁花的月光玉臂，說道：今兒咋啦，白天遇見一群狼，夜裡又碰上一條厲害的小美狼。

娜仁花的眼裡放出令人眩暈的藍色夜光，微笑道：**蒙古老話說「野外遇狼是吉兆」**嘛。說完便解帶去袍，輕盈地「翻身上馬」，俯身輕拍輕揉輕蹭，為伊登札布放鬆肢體，再慢慢按摩熱身，把全身還有戰力的熱血推送到前沿突出的攻擊陣地。然後揚鞭啟程，慢走輕跑，漸漸將疲馬恢復成戰馬。當血到渠成之時，騎手突然開始衝奔，在原地上下激烈顛簸，拍馬急跑，夜行零里。一會兒又換了更高超的騎術再狂奔，上下顛簸得更快更猛烈。然後突施騎術特技，抱馬半滾，仰面望月，來迎擊更沉重、有力、急促的高潮衝刺。奔了一程又一程，歇了一站又一站，推了一次又一次。藍眼睛蒙古女騎手讓大台吉和自己「爽快半夜」。

草原上空，月已西沉，兩狼癱倒。伊登札布嘆服。

半晌。娜仁花不忘問：娶嗎？

已暈了頭的大台吉答道：驗畢，上上等，放行。噢，不對。娶，一準娶。先娶你當哈敦，過一兩年再扶正當福晉。再不行，就不要福晉，只跟你這個漂亮哈敦過了。

星光下，藍眸晶瑩，娜仁花淚下。她把頭伏在大台吉的胸脯上說：您真是個好台吉，您才是真正的貴族。高利貸太重了，每年的利息都還不清，今年還逼我本息全還。您不娶我的話，我就要被商號賣為奴隸了。小勝奎商號太惡，專門找有漂亮眼睛的姑娘的家庭放高利貸，還不上的話，就把姑娘帶走。這些年漂亮眼睛的姑娘，價碼越來越高。我有一個綠眼睛的好朋友薩日娜，也欠了這家商號的重債，快被賣身為奴了。您真得整整這個惡商號啊。

伊登札布困乏得眼睛睜不開，嘟噥了一句：還有這種事？

3 奔向天鵝姑娘

在第三級天國，馬非常疲憊，為了緩解疲憊感，薩滿召喚來一隻鵝。這隻鵝現身說：「卡加克！卡加克！我在這兒，卡姆！」薩滿騎著鵝，繼續他的升天之旅。他描述升天的過程並模仿鵝的叫聲。

——〔美〕米爾恰・伊利亞德《薩滿教》

清朝……從烏珠穆沁二旗每十人徵羊二隻。而烏珠穆沁左翼旗每年還進貢五百隻羊。

——《東烏珠穆沁旗志・歷史沿革》

巴格納隨大盛魁七八十輛牛車的大商隊，離開了額侖蘇木，眼前還不斷閃現薩日娜優雅輕盈地與天鵝跳舞唱歌的畫面，還有那巨大的白色天鵝花蕾和轉動開合的花朵。他的耳畔又迴盪起淒美決絕、渴望升天與情郎相會的天國歌聲，那悲愴裂痛、碎人心魄的故事，更是不斷盤桓在他的腦中。歌聲、詩韻和畫面，一遍又一遍地浸透他的身心，使他的整個靈魂也被一層又一層地暈染上薩日娜的悲情色調。他挪移不開自己的思念，夢遊般地默唱天鵝姑娘的那首天鵝歌，雖然詞曲還不能完整地背唱下來，但那主要的歌詞，卻像蒙古鋼刀鑿刻高山石岩碑文那樣，深深刻在他的心上：

……

摯愛是天鵝天命的唯一，

專一是天鵝天愛的心諾。

所有天鵝都不會打攪她雙影獨舞，

……

所有雄鵝都不會奢望她再返愛河，

所有天鵝都能看見她身旁那隻鵝。

巴格納全身不由得冷颼颼地戰慄起來，一種不亞於薩日娜的絕望苦痛，已經蔓延到他的全身。他感到似乎永遠也追求不到薩日娜專一的愛，即使他能像她的情郎那樣在暴風雪裡捨棄性命去救她，也不可能有他倆在十幾年救養小天鵝的歲月裡，養成的愛根了。而那在心裡長了十幾年堅韌的愛，是由童年清純稚愛的毛毛鬚根慢慢長成的啊……但是，既然此後自己心中只有天鵝姑娘，那麼，不管往後能不能追求到她的愛，也一定要幫助她還清重債，逃離被賣身為奴的火坑。再守護陪伴她終生，看著她的美，聽著她的歌，再接近她與天鵝歌舞的仙境。他感到這已成為他生命中唯一的夢想……他騎著馬，遠遠地跟在長長的車隊後面，然後撥馬轉身回望，胸膛內的思念慢慢醞釀成歌，終於噴湧而出。他用拖音的蒙古短調向薩日娜的方向隔空遙唱：

親愛的薩日娜天鵝，
你是夢中經常驚醒我的神鵝。
我渴望同你再去救養小鵝，
成為終生愛你護你的鵝。

你倆救養了十幾年的天鵝，
可如今你我都還年輕，
還可以再救養幾十年的鵝，
與天鵝跳幾十年的舞唱幾十年的歌。

難道不能再養育出你曾失去的愛？
難道我不能成為你情郎的轉世靈鵝？
可是你的鵝已是你的佛，
佛會告訴你，他不是轉世鵝。

我是朝廷罪臣之後，又被封禁了歌喉，
我頭上隨時會降下黑災白禍。

我不知怎樣用我無望的人生，
換取你的自由和永恆的歌。

歌罷，他像一隻飛向黑暗天空的天鵝，不知天上的哪一顆星，是他的指路星。他一路上苦苦思念，也冷靜思索如何營救：首先，必須離開商隊到薩日娜的額侖蘇木部落居住。但騎馬放牧不是他的專長，到蘇木當個文職小吏，上面一定不准。而且這兩種活計的收入都很微薄，還不如他在商號的薪酬豐厚，無法幫薩日娜按期償還重債高利貸。

他費盡腦汁，還是茫無頭緒。當他跟著商隊從漠北克魯倫河返回的途中，他突然想到副蘇木長札那曾經找過他兩次，想請他當額侖蘇木客棧的掌櫃，薪酬相當優厚，年終還可分紅。但當時他謝絕了。他清楚自己的身分，朝廷能讓他活著已算天大的恩典。如果不是礙著他祖上在蒙古部落中的名望，興許早就讓他「消失」了，但也是因為他祖上在草原上的聲望，朝廷只許他像隻蝸牛那樣不聲不響地縮在薄薄的蝸牛殼裡，在不見日光之地荒度一生。如果他膽敢弄出點動靜來，就必定把他一腳踩碎，連宣他的罪、關他的牢都嫌麻煩。客棧的位置和設施太好了，幹好了，名聲一大，立即就會觸犯大忌。他也害怕套上家庭的枷鎖，牽連未來無辜的家人。還是當一頭自由自在的孤狼，在茫茫草原默默無聞地了此一生吧。

然而，薩日娜怎麼辦？她眼下的處境似乎比他的境況更凶險。這會兒他對這個客棧心動了。為了她，再沉重的枷鎖他也要扛起來，即使被一腳踩碎……四五年前，額侖蘇木在烏拉蓋河畔北岸建了一個客棧。這個客棧就在張家口通往呼倫貝爾和漠北克魯倫河流域的商道旁邊，本來就是為這條商道開辦的，但後來不知為何關閉了。他這兩年多次隨商隊路過這個只有一對中年外來夫婦看守的上鎖客棧，商人們都覺得可惜。水草豐茂、富裕的額侖烏拉蓋草原，自古就是蒙漢、蒙滿和蒙古內部的兵家必爭之地。成吉思汗在這一帶打敗過強敵塔塔兒部，報了殺父之仇，並把此地變成蒙古帝國崛起的基地之一；明成祖五次征伐蒙古草原，最後就病死在離此地不遠的地方；清朝康熙年間，蒙古準噶爾汗國噶爾丹大汗橫掃北蒙古喀爾喀三部，又在烏珠穆沁烏拉蓋河畔，只派出兩萬騎兵就全殲四萬清軍，兵鋒銳不可當，直逼京城，朝野震動。後康熙三次親征才擊敗噶爾丹。

額侖烏拉蓋草原是流淌著鮮血、牛奶和財富的地方。這裡過去根本就沒有客棧，直到百年戰亂結束，近幾年東南、西南遠處的旗和蘇木陸續建起幾個客棧以後，此地也總算建了一個。開始的兩年深受商隊、旅客和牧人的歡迎。但他不明白該客棧為何又棄之不用？旅蒙商都說越深入純遊牧區腹地，就越找不到會經商的人。馬倌坐不住，羊倌不懂漢話，牛倌不會算帳，擠奶女人對炒菜做飯更是一竅不通。所以這個位置奇佳、商旅必停的客棧，就是沒人能把它經營下去。

可是，以他多年經商的眼光來看，這個客棧是能夠做好的：這個客棧不僅是兵家必爭之地，而且往後也必將會成為商家的必爭之地。這裡的幾個蘇木是整個錫林郭勒盟乃至整個蒙古最濕潤富饒的牧場，湖泉眾多，畜牧產品的品質上乘。烏珠穆沁額侖頁羊、烏拉蓋突厥戰馬、草原紅牛、口蘑、綿羊皮、羔皮、羊毛、山羊絨、駝毛、旱獺皮、狐皮、狼皮等都是全國的上等名貨，只要拿到貨就能掙足利。

這裡又是蒙古草原最重要的鹽道，西南邊三百多里西烏旗的額吉淖爾大鹽池是蒙古草原最優良的食鹽產地，整個蒙古東部和東北部的食鹽主要靠這條商道供應。額吉淖爾鹽池的鹽顏色稍稍發烏，叫作青鹽，品質純淨，味道鹹鮮獨特，用它煮出的牛羊手把肉最好吃。青鹽、磚茶、布匹、糧食和鐵鍋等鐵器，是整個蒙古草原牧人過日子一天也不可缺少的東西。春夏秋三季每天往東北邊、北邊運鹽運貨的駝隊、勒勒車隊和馬車隊源源不斷，大多路過這家客棧，這條商道是整個蒙古東部和東北部的活命線。在這個節骨眼的地方建起的這個客棧，必有厚利。但利越厚，敵越多。雖然官府年年對他的審查登記還沒有取消，但他不惹事、不招眼，自己的日子也過得還算安穩尋常。假如真的去接手客棧，必然將面臨兩難境地：如果自己把一家荒涼的客棧辦紅火了，那就必定惹人眼紅，惹火燒身；如果客棧辦不紅火呢，那就掙不到足夠的錢幫薩日娜逃離火坑。然而，巴格納很快就想明白了，燒身就燒身吧，薩日娜才是他心中的唯一，只要火坑裡的火燒的不是她，就行。他想，還有一個部落的首領，又是蘇木的貴族、副蘇木長罩著自己，興許能安全些，再加上自己放低身段，不爭功不搶功，把功勞都記在別人的身上，也許不會惹人忌恨，真有可能幫上薩日娜。既然再無其他路可走，那就拿出自己卑微無望的生命為他所愛的尊貴天鵝拚一把吧。

驀然，他感到自己冰冷孤寂的內心世界，第一次有了一絲光亮，便立即橫下心，去抓這唯一的生機，無論如何也要讓客棧和薩日娜起死回生。巴圖能為她捨命，他巴格納也能。

一路上，他開始細細回想多年來，在東西商道住過的客棧各自的長處與短處，與路上見到的客棧掌櫃長聊的客棧經營之道。

大商隊返回額侖草原地界，當快接近薩日娜蒙古包駐地的時候，巴格納向商頭買了商隊自帶自用的兩大袋糧食，一袋是麵粉，一袋是麥粒馬料，每袋都有五十斤。他還有一個布包，裡面裝有在自家商號買的兩塊湖北磚茶，還有在其他商隊買的三件蒙古單袍。他把三個袋包馱到馬背馬胯上，一併拴緊紮牢。然後，牽著馬快步朝薩日娜的蒙古包走去。車隊還要到蘇木駐地停留幾天，銷貨、換貨、收貨並休整。

馬上就要見到薩日娜月光天鵝了，巴格納望著遠處蒙古包的炊煙，唱著自己心中的歌。但他依然惴惴不安，見面時絕不能向她表達愛，一絲一毫都不可以。此時，「愛」對於她來說，是血淚、是奪命劍、是不可觸碰的致命傷。她的生命只有兩層薄薄的筋膜在護著：一層是天鵝，一層是兩個弟弟。如果沒有這兩層牽掛，她早就融入月光去尋找夜空裡的情郎了。他只能去關照她的那兩層牽掛，加厚那兩層膜，才能護住她脆弱的心。一大袋麥粒給她的天鵝，一大袋麵粉主要是給她兩個弟弟的，再加上兩件男孩的單袍。只有那件漂亮的女式蒙古單袍，是特意給她的。但他擔心這仍然可能會劃傷那兩層膜。

他走得小心翼翼。她家的大白狗已經認識他，吼了兩聲便住了口。他從懷裡掏出一塊糖遞給牠，大白狗馬上朝他搖尾巴，叼住糖，把糖咬得咔吧響，吐出嚼軟的糖紙，再把吐不出的紙隨糖一起吞下。

他向蒙古包慢慢走去，並高聲喊道：薩日娜，薩日娜。我是巴格納，我又給你帶來更多的麥粒和糧食啦。然後，站住了腳。

薩日娜和兩個衣袍灰舊的弟弟出了門。她只站在門旁，冷冷地望著他，似乎還在為他打攪她與天鵝的重逢相會和偷聽她的歌生氣，可那天她還是接受了那袋麥粒，並餵了饑餓的天鵝呀。她望見馬背上馱著兩個沉甸甸的糧食大口袋，只得忍住了氣。巴格納連忙對兩個弟弟大聲說：我給你們帶來一袋麵粉，還給你倆帶來兩件新單袍和兩條新腰帶。

兩個小弟弟高興地迎上來，他從懷裡掏出一包糖果遞給十三歲的大弟弟額利和九歲的巴特爾。然後，他就卸下糧食口袋，把馬轠繩交給額利，再扛起麥粒袋往蒙古包走。到了門口，薩日娜淡淡地說：我替天鵝和弟弟謝謝你。把糧食放進包裡吧。

當巴格納把所有東西放進蒙古包後，薩日娜打開布包，拿出上面的兩件小單袍、兩幅腰帶和兩塊磚茶，放到身旁舊地毯上。而把那件漂亮的女單袍和一幅緞腰帶原封不動地包好，平靜地還給了巴格納。

巴格納稍稍舒了一口氣。

薩日娜潤亮的綠眼睛稍稍閃了一下，說：要不是看在你英勇的祖先面上，要不是看你也那麼愛天鵝，我是不會讓你進家門的。

她用手指了指爐上的銅茶壺，讓巴格納自己倒茶。他倒出了一碗顏色很淡的溫熱的奶茶，雙手捧住那份溫暖，捨不得喝，直到茶快涼了，才大口喝乾，然後又倒了一碗，再雙手捧住……擦得很乾淨的舊矮桌上空無一物，既沒有盛放鮮奶豆腐和優酪乳豆腐的盤子，沒有放黃油塊、炒米的碗罐，也沒有像羊拐骨大小、金黃色的蒙古黃油餜子。

巴格納環顧了一下蒙古包和傢俱陳設：包架倒不小，曾經的富家骨骼還在，但圍氈已破舊露洞，頂蓋內氈也已被四腿四箍的鏤空火撐子爐冒出的煙熏黑，每根頂蓋烏尼椽木杆上都是一層灰膩。地毯中間部分已磨出布面，上面還攤著一件沒做完的富人家的緞面棉袍，看樣兒是她用此針線活來維持一家的生計。她食指尖還戴著蒙古厚牛皮頂針，好像剛才還在細心縫絎。

她身旁針線木盒裡有許多線團，還有一塊一寸半見方的氊子，氈塊兩端插著十幾根長短不一的針，以便存放和選用。包內西北面的佛龕前面有一個同酒盅差不多大小的佛燈，燃著黃豆那點大的光亮。東北邊有一個油漆剝落的靠牆櫃，兩扇櫃門中間有一把黴綠斑斕的銅鎖空掛著。櫃子上面放了一摞裝在扁長木盒裡的書籍。他站起身，細細流覽，其中有《大藏》等部分佛經分冊、《善說寶藏》、史書《蒙古源流》，還有四五部手抄本詩集……木盒未蒙灰塵，擦得乾乾淨淨。這是巴格納第一次在草原部落的蒙古包裡看到這麼多的書籍和詩集。這些曾是他爺爺阿爸阿媽和秦川叔叔喜歡的東西，也是他最喜歡的寶貝啊。在這個蒙古包，曾經的富家學者的文氣還依然延續著，這才是巴格納從心底最想救援和嚮往的一個家，一種家道和一個苦撐這個家的女主人。

巴格納說：怪不得你的歌寫得那麼好。原來你家有這麼多的書啊。好想到你這兒借書看。

薩日娜冰冷地問道：這段日子，你為啥常來打攪我？別的小伙子早就不來了。一有人來打攪，我就心痛意亂，幾天都緩不過勁兒來……

巴格納輕聲說：對不起。我聽許多額侖人講了你的故事，也聽了你的歌，很是心酸難受。我家四代也遭受過兩次慘禍……我直到現在還被官府盯著呢。可這會兒，你的處境要比我的危險得多。我只是想幫你，想把我看到的、你和天鵝唱歌跳舞的美麗仙境，長久保留下來，想讓你再寫出更多更動人的歌。

薩日娜說：可我知道誰也救不了我，你也別費心了。弄不好你也會被拖垮的。

巴格納稍稍提高了聲音說：我還是一定要幫你，幫你的兩個小弟弟，幫你想救的那些不能南飛、可憐的小鵝。這次我來，就是想告訴你，我打算去接手你們蘇木的客棧了，札那副蘇木長以前找過我兩次，很想讓我當客棧掌櫃，可我一直沒有答應。因為跑長途，幾千里風餐露宿、歷經艱險，可以幫我忘記心裡的苦痛，也可遠遠地避開官府。可是，這會兒我改主意了，我馬上就要去找札那，答應接手客棧。這條商路是條富路。我想我能讓它興隆起來的。我打算今年先幫你還清這一年的利息。我幹了七八年的長途，有些積蓄，都存在商號裡，讓他們「錢生錢」去了。再加上我的薪酬和分紅，要是不夠的話，我再想辦法借一點，那就差不離了。商號裡我有幾個好朋友呢。再過兩年，等客棧做好做富了，就把你家的債全部還清。幫你把兩個小弟弟撫養成人，幫你救養更多的小鵝。

薩日娜依然輕淡地說：謝謝你的好意。草原上的事都很難做成，你的打算能不能成，還不好說。就算能成，我也沒法報答你。我跟你還不熟，這種平白無故的恩惠我是從來不會接受的……我想你聽了我的歌，應該是知道我的。

巴格納點頭道：是的，我懂。可是，你就是不為你自個兒著想，也得為兩個弟弟、為要靠你救養的小鵝著想啊。再說，不能還債，你的自由咋辦，那是比生命和詩歌更寶貴的東西。說到報答，你這會兒給我的東西就很多了，讓我的心都感到沉甸甸的，我一生都報答不完……

天鵝姑娘仍然沒有一絲笑容，說：你還算是蒙古貴族的後代。

巴格納發現能和薩日娜說上一些話，深感意外，他抑住自己的些許喜悅，又說：我知道你家祖上也是蒙古貴族，那咱倆算是同命了，同命就更能知道對方的心。

薩日娜擰了擰食指尖上的牛皮頂針，用膝蓋從棉袍內部頂緊袍面，低下頭，不再說話，開始從上到下行針頂針，給緞面棉袍絎縫，固定棉袍內裡的棉絮。巴格納知趣地連忙起身告辭。

巴格納走出門，兩個弟弟將他送到牛車旁。他對大弟額利說：謝謝你。上次要不是你告訴我姐姐在哪裡，我還見不到你姐姐和天鵝跳舞唱歌呢。也替我謝謝你家的鄰居塔娜姑娘，她給我講了好多你姐姐的事情哪。

薩日娜忽然走出蒙古包，快步朝他走過來，巴格納很是驚喜，對薩日娜說：我一有消息，就會讓人告訴你的。我要是真能當上客棧掌櫃，那就忙得沒白天黑夜了。你多多保重，咬牙挺住，給我半年的時光吧。我相信騰格里、天鵝神會保佑你的。

薩日娜伸出手，把巴格納留在蒙古包裡的那個裝有漂亮女式單袍和腰帶的布包，拴到他馬鞍的鞍條上，然後扭頭便走。

巴格納沒料到薩日娜出門不是來給他送行的，頭上便冒出虛汗，尷尬得無地自容。他騎馬慢走了十幾步，回頭看，兩個弟弟還在向他招手，薩日娜卻已進了包，連個背影都沒有留給他。他怪自己太粗心，還是劃疼了她的傷口。他無論再怎樣向她表示誠意，就算能與她一起再救養幾十年小天鵝，也比不過已為她付出生命的巴圖英雄鵝。他真不該送她那件袍子，應該像第一次乾乾淨淨地送她那袋鵝糧那樣。尊重她的「唯一」，小心守護她的「專一」。對草原英雄的「遺孀」，再大的幫助都是應該和必須的，如果把當上客棧掌櫃當作某種「優越」，在神看來那是一種罪過。這樣高傲尊貴的天鵝，是不會接受任何方式的憐憫的。他想，薩日娜一定會把他看低一截。他應該在當上掌櫃以後，再托人轉告她。可是，他其實並沒有絲毫的「優越感」，他之所以提前告訴她，只是因為無時無刻不在擔憂她心中的那根支柱斷裂……

他內心像是一片快被野火燒著的枯黃草原。他想當那轉世鵝的夢想，瞬間便像薄冰那樣被天鵝啄碎。他用蒙古馬靴後跟磕了磕馬腹，向札那的蒙古包急奔而去。

4 草原少年的夢

遊牧的喀爾喀人（現占蒙古國人口絕大多數的主體蒙古族人——引者注）也自稱為孛兒帖赤那人（即蒼狼人——引者注）。蒙古黃金家族的「孛爾只斤」一姓的含義就是「灰色的主人狼」。

——〔蒙古〕高陶布・阿吉木《藍色蒙古的蒼狼》

中國在西元一四七〇—一五二〇、一六二〇—一七二〇及一八四〇—一八九〇年間的低溫期，正是……第三次小冰期出現時間。那時冬季異常寒冷，江西柑桔園多次受毀滅性凍害，太湖、漢水、淮河等經常封凍。在「小冰期」裡仍有相對的溫暖期間隔出現。

——朱炳海、王鵬飛、束家鑫主編《氣象學詞典》

下午，巴格納走進札那的大蒙古包，一家人正好在商量一件家事，都在家。全家人見到他很高興，似乎都很盼望他來。蒙古草原人好客，好打聽外面世界發生了什麼，全家更喜歡聽這位漢商車隊中唯一的本旗蒙古人，講南來北往的故事。巴格納和札那全家人一邊喝奶茶，一邊大聊商隊在漠北克魯倫河草原的興隆生意，克魯倫河是蒙古人的母親河，是元太宗登基的聖地。那裡水草豐茂，畜產品、獸毛皮聞名於世。商號車隊運過去的絲綢磚茶、金銀首飾和瓷碗銅壺鐵鍋等俏貨被一搶而空，換回大量名貴皮毛，如貂皮、水獺皮、狐皮、貉皮、山羊絨等等，一趟下來就有四五倍的賺頭。這讓札那全家聽得很眼熱。札那老人一向很看重巴格納，這次也沒有直接向他傳大台吉伊登札布的令，而是委婉地詢問道：上兩次我請你當客棧掌櫃的事，你是不是再好好想想啊？我還是打算請你來做客棧掌櫃。實在不成，就先幫我兩年，這期間我再想法子找人。旗裡一直在催我呢。

巴格納見札那還是像以往那樣懇切，微笑道：這些年跑長途跑得有些累乏，有時路上還會遭遇洪水、冰雹，牛馬生病受傷拉不動車等等的大麻煩。我想了好些日子，我也想在草原能有個自己的家。還是聽您的，回到祖輩的草原家鄉，當您的部下吧。

札那喜出望外，問道：真的想好了？

想好了。

那就一言為定。

巴格納請札那馬上派傳令騎手，趕到即將暫停在道爾基蘇木長駐地的商隊，請商隊把他接手額侖客棧的事情告訴道爾基和這條商道的總商頭秦川，並讓車隊把他的行李順便送到河邊客棧。他知道這條商道的所有商號商隊，都盼望這個客棧能早日開業。秦川大哥如果得知是他接手客棧準會特別高興。

札那全家人詳細聽了巴格納接手客棧的全盤方案，都開心得像天上飄落下一片片絲光閃亮的綢緞。

札那的長子，英武高挑的白依拉興奮地問：你真能讓原來只能換一塊半磚茶的一隻羊，換兩塊半磚茶？

巴格納答道：能。我來給你們算算看。咱們常喝的磚茶，在這兒向商號車隊買，平常年景一隻大羊只能換一塊半磚茶，可是在張家口一隻羊可換四五塊，除去人工長途運輸等成本，商人能賺一倍多的利。要是咱們自己做，最少也能賺四五成的利，因為，大小商號每趟都會帶很多磚茶，可每次也不一定能銷光。客棧一開，準保會有商號把他們的貨拿來寄存。我們就可以向他們收取寄存費用。我可以在淡季向商號買一批貨，存在客棧到旺季再賣，還可以把商號秋季回內地那些賣不掉的尾貨廉價買下，這不就可以用一隻羊換兩塊半磚茶了嗎？

札那的二兒子布赫朝魯問：一張上等狐皮，在張家口能換多少磚茶？

巴格納說：六七塊磚茶吧。

布赫朝魯叫道：差這麼多啊？在這兒我賣一張上等狐皮，商號只給我兩塊半磚茶。

札那家的長媳，長著美麗灰眼睛的斯琴高娃（蒙古語的意思是聰明美麗）問：那綢緞、腰帶和靴子呢？

巴格納說：跟狐皮差不多。張家口和這兒也有一兩倍的差價。

札那的第二哈敦問：袍子上用的銀扣子和銅扣子也是這樣嗎？

慈祥和善、頭髮灰白潤亮的額吉也問：做夏天單袍的白綢和白布的價錢呢？

是的，也差不離。

額吉歎道：怪不得我年輕時候見過的幾個窮小販，趕著一輛破牛車，背著貨筐到草原做買賣，現在都成了大富商了。有個人去年還專門托大盛魁商號的人，送給我一匹上等緞子謝我。那年要不是我看他穿著單薄，送了他一件舊皮袍，他早就凍死在白毛風裡了。

札那十六歲的小女兒圖雅姑娘，越聽越感興趣。眨著西域式的黑長睫毛，睜大葡萄般的黑眼睛問道：你要是當了掌櫃，能把我喜歡的花頭巾、好看綢緞、腰帶、漂亮的首飾和小玩意都讓商隊帶來嗎？從前每次車隊帶來的好東西全都讓別人先搶走了。

巴格納笑道：咋不能呢？你想要啥，我都可以讓他們帶來。帶來以後就存在客棧裡專門給你留著。我雖是掌櫃，更是你家的兵嘛。

圖雅咯咯笑道：那往後來了好東西，就要讓我第一個挑。我也真想跟你學做生意。

札那笑著對女兒說：你未來的婆家，他們那兒也正在建客棧，你要是學會做生意，就可以當女老闆啦。往後你在那個貴族蘇木長家裡就沒人敢小看你。這一百多年，懂生意的蒙古人越來越少了。

然後又對巴格納說：你再接著說，讓我心裡更透亮些。

巴格納說：咱們得想盡一切辦法，躲開朝廷禁令。長途經商不准咱蒙古人做，可是給朝廷特許的商隊提供食宿的客棧是可以做的。咱們就跟旅蒙商號搭夥做坐商、做生意，再加上咱們自己賣自產的牛馬羊，牛皮羊皮羔皮，羊絨羊毛馬鬃，狐皮獺皮貉皮，還有口蘑黨參黃花杏核什麼的，都客棧自個兒收。還收別的部落的，然後再賣給商號，也能賺不少。咱家的客棧是官府批的，只要跟商號合夥幹，這些都能做。這麼說吧，旅蒙大商號，買，最少賺四五分利；賣，最少也賺四五分利。一年下來貨款滾幾個來回，掙幾倍的利都不難。

巴格納繼續說：還有，客棧經營來往客商食宿，商隊車馬添加草料，修理牛車馬車都能有不小的收入。這是客棧第二項大收入。如果讓我幹，我兩年就能把您從前投的本錢收回來。幾年下來就能積攢不少銀子。牛羊怕大白災，但客棧的房子，存下的銀錠、磚茶、綢緞、布匹和青鹽不怕大白災，就是大白災來了，牛羊馬損失大半，咱們還可用錢買回牲畜再翻本。

札那滿面笑意，喝了口奶茶說：騰格里真是幫我啊。給我送來我最想要的人。開客棧經商，是個幫襯牧業和抵抗大白災的好路子。伊登札布一直在催我走這條路哪。

他停了停，忽然有些擔心地問道：還有一件要緊的事要問你，你寫詩嗎？前幾年旁邊那個旗，有個罪臣的後代就是因為一句詩被砍了頭。你可千萬別因為這個給我惹大事。

巴格納忙解釋道：我很喜歡詩，從小就喜歡，我能背誦兩三百首蒙漢詩歌，到這會兒還是喜歡讀、喜歡聽，可我就是不敢寫詩。自從祖上家裡變故以後，我家有五條嚴格家規：「不習武，不寫詩，不聚會，不酗酒，不亂性。」我家三代單傳，家裡的男人不得不小心，從來不敢違背家規。

札那點頭道：蒙古貴族家規很嚴，尤其是烏珠穆沁部落的貴族和後代都很愛惜家族榮譽。你家的家規前三條最要緊，後兩條也很重要。你的先祖眼光看得透啊。蒙古這會兒的光景不太妙。大清朝廷雖然幫蒙古平息了百年內亂戰亂，但也亡了四百多年的蒙古國。這年頭，寫詩會要人的命，亂性也會要人命的。你這兩條守不住，客棧也就整不好了。你的眼睛很純很乾淨。我相信你。

札那繼續說：好吧，還是說正事。這個客棧是旗府讓咱們蘇木建的。伊登札布就是想從大清朝廷手裡爭回一些蒙古人的經商權。可是蘇木長道爾基怕擔風險不願建，後來伊登札布就讓我把客棧建起來了。這個客棧地處純牧區，在漠南的最北邊，離多倫、張家口和歸化這些商貿城市很遠，四頭不著邊，請人難啊。第一年客棧剛開張的時候，旗府和大盛魁商號合夥請了一個內地客棧掌櫃來管這家客棧。開頭兩年挺紅火。大清朝廷為了防止蒙古人經商變富變強，脫離管控，嚴禁蒙古人建商隊到內地、西域和俄羅斯經商。但草原沒有商隊，蒙古人就很難過日子，滿族人又不會做生意，那咋辦？朝廷就只好把商隊長途販運的大事交給漢人的旅蒙商去做。所有大商號都有官府背景，有些商號的老闆還被封了官。可是官府對漢人的旅蒙商也管得很嚴，沒有朝廷和官府發的經商「部票」，也就是商號常說的「龍票」，決不准做買賣。要是查出無票經營就按走私罪論處，人坐牢，貨沒收。誰查出走私，就把查出的貨獎給誰一半。更厲害的是，嚴禁旅蒙商與草原蒙古女人通婚，嚴禁攜帶家眷行商、在草原蓋房定居。後面這幾條這麼一管，這位掌櫃就受不了了。第二年冬初，他把一年攢下來的貴重皮毛精貨和大部分錢款全都捲跑，到這會兒都找不見個人影。連旗府和大商號都找不到能幹、可靠、還能長期住下來的掌櫃，那我上哪去找？

札那雙手拍膝，樂道：你來了正好，你是蒙古人，祖上就是咱們旗的人，你又熟悉這條商道、商號和經商的門道，整個東烏旗真是再找不著像你這樣合適的人了。好吧。這個客棧就交給你管。不過對外面還得說白依拉是大掌櫃，你是二掌櫃，可啥事都由你來管。上回客棧營業的時候白依拉就是大掌櫃。可他主要的事還是在部落，管四群馬和馬倌。

巴格納心中暗喜，說：這樣安排最好。

額吉笑道：你往後就在客棧成家立業吧，額侖的漂亮姑娘、出色歌手很多，她們都會到客棧買賣東西的，等你的客棧幹紅火了，你準能挑上一個你最滿意的，我也幫你挑……

巴格納連忙說：謝謝，謝謝。

札那又問：修繕客棧、雇工、買料、添置東西還需要多少銀子？折合多少隻羊？

巴格納答道：這還不好說，等我到客棧仔細看過、算過，才能報給您，我會儘量節省的。大盛魁商號要是知道我接管這家客棧，準保會給我放貸的。抓商機要快，草原經商只有半年時間，冬天大雪一封山封路，全蒙古的商隊都得停業。我估摸大盛魁商號的幾撥牛車隊、馬車隊和大駝隊，這幾天就要路過咱們的客棧，我是這家商號的老雇員了，對車隊行程很清楚。昨天我們就碰見去呼倫貝爾的車隊呢。我明兒就去客棧。

札那笑道：成！幹活像打仗，有你祖輩的果敢勁兒，是做買賣的一把好手。孩子啊，伊登札布早就告訴過我，你沒有阿爸阿媽了。往後你就把這兒當你的家吧，像你祖上在草原那樣的家。

巴格納感激地說：好的，我真想在草原有個家。

幼年失去父愛、少年失去母愛的巴格納眼睛濕潤，幾乎就要脫口叫札那阿爸了。此刻，他已放下了自己最初的擔憂，真想託付天鵝將這個消息飛送給薩日娜，也好讓她早些放鬆一下那顆絕望的心。草原部落的消息總是與馬蹄一樣快，他相信只要傳令騎手一到道爾基蘇木長的部落和商號車隊，他接管客棧的事情就會傳遍部落，也會很快傳到薩日娜的耳朵裡的。他要為她做的第一件大事總算敲定。

札那對白依拉說：叫人上馬群去把我的那匹大白馬牽來，給巴格納掌櫃配一匹快馬，商戰如馬戰，沒快馬哪成啊。他這會兒是客棧的人了，原來他騎的馬還給商號吧。你倆快去準備吧。

圖雅姑娘叫道：阿爸，我也要去客棧，去看看客棧咋開業，想跟巴格納哥哥學做生意。反正我在家裡也沒啥事可幹。我很饞客棧做的羊肉大蔥餡餅，還想從先路過的商隊挑好看好玩的東西哪。

札那笑道：成，你就跟你大哥一塊兒去吧，先住上個把月。不過，你大哥啥時候回來，你也要一塊兒回來。以後再去的話也這樣。成嗎？

圖雅姑娘一口答應道：成。

5 商道上的利益

以天鵝等鳥體鳥圖鳥塑像卜占吉凶、象徵吉利避邪的習慣，在北方諸民族中十分普遍。

——富育光《薩滿教與神話》

第二天上午，白依拉、圖雅和巴格納騎馬去客棧，三人後面是四輛牛車，一輛載著兄妹倆，還有僕人莫日根和其木格小倆口的行李家當。其他兩輛裝的是廚具、馬鞍、客棧用具、木匠工具、兩大罐羊油。另一輛載著雜物和三隻被拴住四腳的大肉羊。牛車後面還順牽著兩匹光背馬，一匹是客棧的備用馬，一匹是巴格納原來在商隊騎的黑鬃馬。

白依拉對巴格納說：阿爸給你的這匹大白馬，是他第三好的馬，又快又有長勁兒，連我弟弟布赫朝魯想要，阿爸都沒捨得給，看來阿爸是要把你當作兒子看待了。他很敬重你的先祖，全蘇木的人都敬佩。這麼多年來，那麼多的商隊裡面，就你一個是咱們旗的蒙古人，大夥早就把你當自家人，都盼著你來接手這個客棧，把它辦好。

巴格納深深歎道：下回我見到札那就叫他阿爸。剛才臨走的時候，我就想叫他阿爸的，可是我從三歲起就沒叫過阿爸了。

初夏的額侖草原，山花盛開，草香撲鼻。一對對百靈鳥雙雙飛，雙雙唱。在草原，百靈是空中的歌王，只有百靈鳥才能在飛行中連續不斷地唱歌，也能快速搧翅懸停在空中歡樂獨唱。那歌聲清脆婉轉，悅耳動聽，變化多端。這一隻百靈唱完，另一隻就會接著唱。寬廣的額侖草原上百靈鳥多得數不清。三人一路走，一路都是歌聲，草原的鳥語花香讓三人的心情都異常舒暢。三人縱馬奔向茫茫草海，清涼的夏風將圖雅、白依拉的白綢單袍和巴格納的白布單袍，吹得像大海中小船鼓脹的風帆，吹得三人像互相追逐嬉戲的白色海鷗。圖雅快樂得像個小姑娘那樣，鞭馬衝到鮮花最密最豔的地方，放慢馬步，仰頭高唱：

百靈鳥，雙雙飛，
草原天空碧，
百花清露滴。
唱呀叫呀好甜蜜，
忽然落到草叢裡。

百靈鳥，好甜蜜，
為啥落到草叢裡？
草叢裡，更歡喜，
搧著翅膀疊在一起做遊戲。

百靈鳥，雙雙飛，
飛了半圈又落地。
窩旁跑來小馬駒，
看著小小的鳥蛋好驚奇。
百靈鳥，雙雙啄，啄鼻子，
馬駒癢癢得又逃又跳打噴嚏。

巴格納笑得肚子疼，說：真是太有意思啦。我還從來沒有聽過這麼好玩、好笑的兒歌呢。這是哪個部落的歌？

白依拉有點得意地笑道：這是圖雅妹妹小時候自個兒作的兒歌。那時候，她在咱們蘇木辦的學堂裡讀書，老師蘇米亞是個學問家，從前在青海、西藏的佛學院學過十幾年。後來旗府把他派到咱們蘇木當文官，還讓他教孩子們讀書識字。他會作詩，還教孩子們寫兒歌寫詩。他教得最好的兩個學生，就是他女兒薩日娜和我妹妹圖雅。

巴格納心中的情感猛然波濤般湧起，他有些結巴地說：真……真的啊？怪不得圖雅的歌這麼不一般。小才女啊。這首兒歌充滿孩子氣，很生動，沒想到連小馬駒打噴嚏都能寫進歌裡。你是咋想出來的？

圖雅笑道：是薩日娜姐姐幫我改的，她阿爸也幫著改了一兩個字。薩日娜的歌寫得更棒，我們兩人是最要好的朋友。那時候我從部落到蘇木上學，就住在薩日娜的家裡。上完課以後一起玩，一起唱歌寫歌，晚上睡在一個皮被裡。她阿爸蘇米亞老師會唱好多好聽的蒙古、西藏、青海和西域的歌，還有佛家的歌。我倆越愛聽，就越想學。蘇米亞阿爸早就開始教薩日娜寫歌寫詩了，我上學以後又開始教我。他教得可嚴了，每天都讓我倆背詩背歌詞，短詩一天一首；不短不長的詩，兩天一首；長詩四五天、七八天一首。然後，再教我倆咋寫歌詞，咋寫詩。

巴格納好奇地問：蘇米亞阿爸是咋教的？

圖雅微笑道：他說，要寫最有意思的，最能讓自己心跳和暗自發笑、流淚的事情；千萬不要寫別人寫過的東西；要懂得「兵貴藏計，詩貴藏意」，要學會巧妙藏詩。歌詞和詩一定要精煉，要像從牛奶裡提煉出黃油，等黏稠的粗油浮到牛奶表面，取出來放在長布袋裡，等攢夠了就用火熬，再撇掉油渣，才能成為黃油，成為詩和歌。一桶牛奶，是母牛吃了一兩畝青草才精煉出來的，一桶牛奶卻只能煉出一小勺黃油啊。寫詩歌還要有美麗的景物、新奇的比喻、心中感動的真情……他還說了好多哪，以後再跟你說。

巴格納驚歎道：啊，怪不得你們姐妹倆能寫出唱出那麼好的歌。原來你倆有這麼了不起的老師指教啊。他說的這些，也讓我開了竅。你剛才唱的歌，薩日娜和蘇米亞阿爸幫你煉得真純啊，這首歌裡面就藏了你心裡好多的願望啊。

圖雅樂道：你也聽出來啦？去年，我把這首歌唱給了我的男朋友聽，他聽了恨不得馬上就把我娶回家。我倆是在那達慕大會上認識的，他也是個好歌手。他聽了我的幾首歌以後，就讓他的阿爸阿媽請人到我家來提親了。

巴格納說：我也想聽你的歌……可這會兒，我還是想聽你講講薩日娜。

圖雅愉快地說：好吧。薩日娜的阿爸和我阿爸額吉也是最好的朋友。她和她阿爸的綠寶石眼睛可漂亮了，我真羨慕她。唉，不過薩日娜好慘啊，她的未婚夫巴圖是全蘇木最棒的馬倌和賽馬手，又是個讓人尊敬的英雄。蘇木所有的姑娘都愛他，我也愛他。他倆從小到大都在天鵝群裡長大，兩人就是一對天鵝，誰也別想插進去。沒想到她的命運這樣悲慘，我一想起她就想哭。我有一段日子沒見到她了，這次到客棧我得抽空去看看她，再把她接到客棧來住幾天。

巴格納悲喜交加，他沒想到圖雅姑娘與薩日娜是這麼親密的姐妹，便急於想求她幫他接近薩日娜，他說：我聽不少人講過薩日娜的故事，讓我聽得好心疼。我給她送過餵天鵝的麥粒，還看到她和天鵝們一起唱歌跳舞呢，她真不像是人間凡女。我相信草原上任何小伙只要聽過看過她和天鵝的歌舞，他的心裡就再不會有別的女人了……可她誰都不想見，整天沉在她的思念和悲傷裡。我真的好想幫她早點還清債。

他又想了想說：圖雅妹妹，我沒想到你跟她是這麼親的好姐妹，那我就跟你說實話吧，我接手這個客棧就是為了薩日娜。圖雅妹妹，請你千萬要幫幫我早點再見到她，我天天擔心她會撐不住。

白依拉勒了勒馬，問道：你接手客棧真的是為了薩日娜？

巴格納說：真的。要不，我真不敢接。

白依拉歎道：怪不得昨晚斯琴高娃跟我說，巴格納忽然願意接手客棧，還說想在額侖草原上有一個自己的家，沒準是相中了咱們部落的哪個姑娘，多半就是天鵝姑娘薩日娜。在咱們蘇木哪個姑娘能跟薩日娜比啊。你沒丟掉蒙古貴族真正的仗義啊。我家也一直在幫她，可是部落每年上交的貢羊數太大，這些年又接連遭白災，全蘇木三個部落需要幫的人太多了……咱們蘇木多數小伙都愛薩日娜，可誰都知道，她是天鵝姑娘，再也不會嫁人了。巴圖確實是她唯一的雄鵝，整個旗盟也再沒有比得過巴圖的小伙了。

圖雅說：那我也明白了。我和她從小就是最要好的姐妹，我最懂她，她的心真是跟巴圖一起走了，早已不在人間。這十幾年來我親眼看到他倆是咋樣相愛的，讓我好羨慕，好心痛。我們都會幫她還債的，我也常常提心吊膽，怕她撐不住。有你這個客棧掌櫃幫她，會好一些。過幾天我就帶你去見她。

巴格納連連道謝，感激萬分。

白依拉說：你要是能把客棧辦好，與許能慢慢幫她還清債。不管她會不會答應你，也要先把她救出火坑。我一準幫你辦好客棧。

中午，三人下馬在牛車古道旁等牛車。牛車趕到後，五個人就地簡單野餐，喝了幾碗從氈子包裹的銅壺裡倒出來的溫奶茶，飽飽地吃了手把肉和奶豆腐，便隨著牛車慢慢走，慢慢聊。

下午日光偏黃時，三馬四車翻過一道較高的山梁，就看到了西南邊的客棧。讓他們三人沒想到的是，原先那個只有一對中年夫婦看守的荒涼客棧，竟然很熱鬧。商隊的十五六輛馬車和六七十輛牛車，停在客棧南大門外的車道上，排成了長隊。跑近一看，幾個人好像在爭吵或懇求什麼。

巴格納大喜道：客棧還沒開張，就有商隊急著來投宿了。準保是我們大盛魁商號的車隊，別家商號的車隊沒這麼大。自家人來了就得趕緊讓他們進，正好讓他們自己先簡單收拾一下客房和院子。

三人快馬衝到客棧大門前。看院的張富貴是蒙古族，四十五六歲，一臉絡腮鬍子，眼裡透著精明，是半農半牧區來的外來戶，蒙漢通。他對白依拉說：大掌櫃，你來了正好。他們非要進院，說菜地那口井的水渾，給牛馬飲水也不方便，非要進院用那口好井，還想住裡面。我跟馬車隊的掌櫃戧戧了半天，沒承想他們商號的牛車大隊也趕過來了。來了這麼多的人車我哪架得住，只好鎖上大門，站在門外守著。

商隊的商頭和幾位商人領班一看到巴格納，呼地圍了過來，連聲高叫：巴格納，巴格納，你咋來啦？

於是親熱地跟巴格納又是擁抱、又是拍肩、又是捶胸。商號東線老闆秦川四十三四歲，一副爽快、幹練又儒雅的樣子，再加上遊商的風塵僕僕。他見了巴格納滿面笑容，說：昨天我路過旗府，正要趕往呼倫貝爾，恰好碰上你們車隊派來找我的人，說札那聘你當客棧的掌櫃，你也答應了，這可是件大事啊，我就連忙掉頭到這個客棧來等你了。這事真成了？

巴格納笑道：成了，是二掌櫃。然後向他介紹白依拉，說：札那的長子白依拉才是大掌櫃，可主要的事讓我管。又轉身向白依拉介紹秦川：他是老秦大哥，是大盛魁商號經營這條商道的主管，是我的頂頭上司，也是我的好大哥，跟親大哥一樣。我就是在他照看下長大的，小時候我管他叫叔叔呢。

老秦連忙用帶河北口音的蒙古話對白依拉說：不用多說啦，咱倆是老相識了。上回商號給你家推薦的那個掌櫃，把客棧弄垮了，真是太對不住你們家了。這回你們請巴格納當掌櫃就妥了。他是我們商號的人，是我的弟弟，這回我來擔保，我拿這條線半個商號的車隊做抵押，成不？

白依拉擺擺手說：不用啦。巴格納是自己人，和我們是同一個烏珠穆沁大部落的人。他的一個祖輩為了蒙古草原把命都捨掉了，我們全蘇木的人咋能不相信他呢。

巴格納又向老秦大哥介紹圖雅，說：她是札那的女兒圖雅。是來幫客棧開業的，還想跟我學做生意。

老秦笑道：認識認識，在那達慕大會上還聽過你唱歌哪，百靈小歌王啊。

圖雅公主般大方地笑道：塔賽白諾（您好）。您的蒙古話講得很好啊。

老秦說：這還是跟巴格納的阿爸和巴格納老弟學的哪，他學啥都快，還特會教人。我們商號這條道的人說的蒙古話，都是他教的。

巴格納對老秦說：那今兒客棧就算正式開張。

老秦忙說：對啦，今天就開張。還不開院大門，這麼好的生意還不趕緊做。

白依拉笑著高聲說：成，今天額侖客棧正式開張。又對老張說：開門吧。

巴格納對大夥說：裡面還沒收拾，先湊合著用。今天吃住全免費，都是老朋友老熟人了，請大夥幫忙收拾。往後，這裡就是你們的家……

正說著，莫日根的四輛牛車也快步趕到。眾人看到車上有三隻大肉羊，都饞得呼喊起來：晚上有新鮮羊肉吃啦。

白依拉馬上吩咐莫日根殺一隻大羊待客，秦川也連忙派了一個車夫幫他殺羊。老張開了鎖打開院大門，人們隨兩位掌櫃和老秦進了門。院內荒草滿地，房簷下蛛網飄動，窗紙泛黃半破。有些泥牆皮龜裂脫落，露出裡面的土坯磚，連房頂牆頭都長有一些青草，隨風搖擺。但院子不小，比內地普通的車馬店要大得多。院牆一人多高，是用草泥坨堆刮出來的。院內西部是幾大排石基土房，東邊是停馬車、牛車和駝隊的大空場。停車場西北邊的靠牆位置是一排馬廄，院東的井台很結實，能瞅見清水在深深的井下閃著暗光。

老秦忙招呼手下牽馬車進院，停車飲馬餵料。牛車隊太大，只能在院外卸車，牽牛進院飲水。老張兩口子領著商隊的人鏟割院內雜草，順便餵牛，清掃餐室、客房、伙房和兩大排通鋪房。

三十二三個人分頭忙乎，就像亂兵進了荒村。

白依拉招呼老張讓他開掌櫃房。老張邊掏鑰匙邊說：頭個月，旗裡兩個佐領和幾個騎兵路過非要住店，我只好收拾了幾間房讓他們住，還給他們做了飯菜，一文錢也不敢收。這也是札那關照過的，這些武官得罪不起，他倆每人手下都有一百五十個蒙古騎兵哪。

白依拉接過兩把鑰匙，又交給巴格納一把，三人開門進屋。這是全客棧最好的房間，外屋是大半間灶房，裡屋寬敞明亮，窗紙完整，白牆乾淨，被垛整齊靠牆，還蒙著薄毛氈。桌椅箱櫃、炕席、炕桌上只有一層薄薄的灰塵，只要稍稍打掃便能入住。巴格納的簡單行李已被車隊送來放在炕上。

白依拉說：這間房咱倆住。你長住，我臨時住住。

巴格納很是滿意，笑道：這間掌櫃房很氣派，我喜歡，這就是我以後的窩巢，再也不走了。

接著又去看隔壁圖雅的住房，比掌櫃房小不少，但也有小半個外灶間，圖雅也很滿意。

她連忙喚其木格收拾房間，並把裝行李家當的牛車牽過來。老張又帶其木格到後排房，把她和莫日根住的夥計房間先看了看。

白依拉、巴格納和秦川隨老張在院內仔細地查看了一個多時辰，商量如何打理這個客棧。到羊油燈點亮的時候，老秦和巴格納便有了一致的新想法，並向白依拉解釋為啥這樣做。白依拉連連點頭。

遊牧和遊商都有快速安營紮寨、埋鍋造飯的本領。當白依拉、圖雅、老秦、巴格納、老張和商人們走進小餐室的時候，大圓桌上已經擺滿了酒菜：手把肉、蔥爆羊肉、溜羊肝、羊肉炒野韭菜、羊肉炒蘿蔔片、羊肉炒黃花，還有商隊帶來的五香豆腐乾、熏肉、花生、草原白酒等等。另兩個一大一小的餐室，專門為車夫、夥計準備的飯菜也很豐盛。

主人和客人酒過幾巡，又一通狼吞虎嚥後，老秦顯得格外興奮，和白依拉、圖雅、巴格納、老張等人乾了一杯酒後，用漢話說道：在這塊全蒙古最偏僻又是最重要的風水寶地，咱們總算有個家了。在這個節骨眼的地方辦好一個大客棧，這對商號和部落都大有好處。剛才我和兩位掌櫃商量過了。我們打算就在客棧建一個大盛魁商號的貨倉和收購銷售分店。在院子西邊再建一排倉庫和工房，由商號出資。再聘請巴格納當大盛魁商號分店的店長，分店贏利兩家共用。

這條商道的商號贏利薄厚，就看在這兒有沒有貨倉。商號也可以在這兒建個換牛站。這樣，咱們車隊就能比別的商號車隊走得更快，先搶到精貨好貨，而且還可以多跑幾趟，讓半年的商季做出八九個月的生意來。

老秦喝了一杯酒，繼續說：商號早就想在這兒辦這個貨站了。可就是找不到合適的人。這下好了，大家都知道巴格納是咱商號公認的誠實可靠的人，他的老闆是部落首領札那，更是仁義守信、讓人敬重。他們就是本地人，冬季駐守在這裡，咱們大可放心。這回咱們兩家的合夥經營準能成功。建這家合營分店，總店也準保高興。

眾人喝彩。

巴格納顧不上吃東西，快速給白依拉和圖雅翻譯，然後又細細解釋。圖雅聽得雲裡霧裡，白依拉掌櫃倒聽得大致明白，也很滿意。他說：你說成就成，你定吧。

巴格納起身給老秦和商人們敬酒，連說：房子沒收拾好，委屈大夥了。

商人們七嘴八舌，紛紛誇讚道：

住這裡比野地好得沒法比。

露宿的話，要是下起雨來，那就慘嘍。連起鍋做飯都不成。

盼就盼在這兒有個自個兒的大店，啥啥都方便。從張家口、多倫出來到這兒，這老遠的，人、馬、牛、駝和車都該歇歇修修了。

大夥都說：自個兒的家，咱們都會愛惜的，還會把最好最便宜的東西捎給客棧。

老秦又跟巴格納商討了一會兒細節，說：真想再待上一天跟你多聊聊。可你也知道在蒙古草原跑長途，一天都不能耽誤。有時候耽誤一兩天，就會耽誤一趟大生意。這會兒各個商號都在搶去年一秋一冬牧人打獵得到的名貴皮毛，早到一天就能掃空幾個部落的存貨、好貨。我明天就得去調換安排前面的車隊路線，分頭往前趕。

巴格納說：我明白，你放心走吧。

老秦說：這些日子商隊比較多，還有去漠北和俄羅斯的長途車隊和駝隊呢。我還要派人到旗裡去，我們商號的施工隊現在就在旗裡，正要給那裡的商號旗分店加蓋房，我讓他們先到這兒來修大庫房和修繕客棧。

第二天還要趕路，眾人吃飽喝足，酒宴便散。商人住客房，車夫幫工住大通鋪房。

回屋時，圖雅有些失落，對巴格納說：我是札那的女兒，大掌櫃的妹妹，可是大半個時辰我都乾坐著，一句話也說不上，不是蒙漢通真做不成生意啊。

巴格納安慰道：別性急，慢慢學吧。你回屋先洗個澡，在蒙古包真沒法痛快洗澡，在這兒可以。我已經讓老張媳婦燒了熱水。大木盆我也看了，還算乾淨，又讓她刷了幾遍。待會兒，其木格就會把熱水送到你屋裡的。今兒你先洗，明兒我和大哥再洗。

夜裡，白依拉和巴格納躺下以後，白依拉說：今天開了個這麼好的頭，我真沒想到。沒有你，秦老闆還真不會下這麼大的本。你一來，客棧就成功一半了。可是我看你好像還是心事重重，還在想天鵝姑娘吧？今兒一路上，我和圖雅都說，薩日娜像天鵝一樣，伴兒死了，她的心也就死了，你是不是覺得沒啥盼頭了？

巴格納滿心憂慮：我早就知道她不會再嫁人了。我是在想薩日娜這一年多是咋撐過來的，換了別的姑娘興許早就撐不住了……

白依拉歎道：是啊。她有兩個弟弟要照看，還放心不下她的一隻天鵝。

巴格納說：客棧要幹出點名堂來，起碼還得一年，我真怕她這樣撐下去，會出事的。那隻天鵝的故事我也聽說了一些……

6 狼孩、狼主、狼歌

「野外遇狼是吉兆。」
「人狼相逢，好運亨通。」
「吃了的才叫狼，被吃的才叫羊。」
——〔蒙古〕高陶布・阿吉木《藍色蒙古的蒼狼》

清晨，草原河邊貼地的霧氣飄來蕩去，大葦塘像霧中的一片孤島，水鳥們彷彿還未甦醒。巴格納和白依拉走出屋，院內一片商隊出發前的繁忙景象。商人和車夫已經吃過早飯，有的馬車已出了院，在院外緩緩列隊。牛車大隊早已吱吱嘎嘎上了路，融入茫茫白霧中，只能看見最後幾輛滿載大包木箱的車身。他還在馬車隊裡看到那匹自已騎了多年的黑鬃馬，被拴在一輛馬車後面，馬兒戀戀不捨地回頭向他長嘶告別，他也向牠不停地揮手致謝。

老秦對兩人說：下一站的路比較遠，要早走。再過些日子，我們商號東部總店兼管這條商道的總頭八成要來，我已經派人把我倆的打算告訴總店了。這兩年東部總店一直盼著這家大客棧恢復營業。我把去漠北的幾個車隊調度安排好了就先單身折回來，到你客棧等他，再給你帶些修繕客棧的東西，像窗戶紙、炕席、白灰、木料，還有鍋碗瓢盆和糧油什麼的。咱們四人再好好商量，早點把事定下來，一定要在入冬前把活全做完。巴格納，你千萬不要跟別的商號談了。人家開價再高，你也別動心。你還是大盛魁的人，當了分店的店長以後，薪酬還要漲一大截呢。還是跟著我幹吧。

巴格納答應道：一定一定。別的商道我不敢說，可你管的這條商道誠信經商那是有目共睹的。你是我大哥，又是我的老闆，你咋說，我就咋幹。我聽你的。

送走老秦大哥，喝完早茶以後，巴格納和白依拉立即叫來莫日根，讓他馬上騎馬回部落把客棧的新進展告訴札那，並請他儘快派一家人趕一小群羊一小群牛過來，駐紮在客棧附近，用羊肉和奶茶待客更划算，並讓札那有空的時候來客棧看看。莫日根走後，兩位掌櫃又將老張夫婦叫來，讓老張暫時先當客棧大管家，薪酬照原來客棧管家標準的七成支付，幹得好往後就當正式大管家。讓老張媳婦臨時管伙房，薪酬也照舊。老張夫婦很感意外。

老張滿臉笑容，說道：太謝謝兩位掌櫃了。客棧從四年前開張那天起咱就在這兒了，裡裡外外的事都熟。原先就幹了差不離半個管家的活。你倆放心吧，準保能讓你們滿意。幹好了，咱往後就不用再摳摳唆唆過後半輩子了。

白依拉、圖雅和巴格納讓老張和其木格帶他倆去查看店員和僕人房。這是全院較矮的一排房。

圖雅一到房前就說：不成不成，莫日根和其木格是我從小一塊長大的好朋友，不能住這裡。把這排舊房頂拆了再加高。讓他倆先挑一間小客房住下。

其木格挑起眉毛忙說：這可不成，客房本來就不多，要是來三四撥商隊還不夠住的。這間房從外面看是舊了些，裡面還是挺舒服的，比蒙古包大。我倆很喜歡這間房子，比住蒙古包強多了。

幾人進屋看了看，裡面確實還看得過去，地基較高，土炕平整，屋內不潮。雖沒吊頂棚，橫樑椽子上露著柳條編，柳條縫擠出濕糊泥狀的乾泥，但無漏水痕跡。房間地下還有一個不小的菜窖，地上有個厚木板做的菜窖小門。

老張說：我就住在隔壁，比這間大點，還有半間灶房。在蒙古草場能住上這樣帶火炕的石基土房讓人眼熱啊，比有些貴族的蒙古包還暖和呢。這客棧才蓋了四年，七八成新，很結實。是大盛魁的蓋房隊幹的，人家的活計沒得說。庫房橫樑全是上好的落葉松木，上回遭白災大雪壓頂，一點事都沒有。我看最好別拆，再建一排大庫房就行。土房每年只要在房頂苫一層泥，一兩年抹一層外牆就成。

圖雅說：那就把屋外面整好看點吧。

巴格納說：這個客棧從外面看不起眼，從裡面看還真是結實，施工用料都不含糊。蓋這個客棧可沒少花錢吧？

白依拉拍了拍門框說：阿爸前後給大盛魁四千多隻大羊，還有不少牛呢，我記不清有多少了。可惜啊，客棧建好了，沒可靠、懂行的人來管，還是沒幹起來。

三人查看了全院，院內雜草馬糞已清，房簷下的蛛網已除。雖然房頂和院牆頭還有些草，但是客棧已有人氣，與剛來時已完全兩樣。

老張說：秦老闆還留下一個能幹的小伙小王幫廚打掃幹雜務，昨天晚上忙活到半夜。今兒一大早車隊一走就清場，這會兒還在收拾大通鋪房，糊窗紙呢。大盛魁的人都勤快能幹。只要大盛魁在意客棧，咱們就省大事了，他們會把客棧缺少的人和物全都補齊的。

四人出了院去看菜地。菜地在客棧西南方半里地的河岸邊上，有三四畝地大。地邊有一口井，四邊有溝壕。菜地裡一小半長著菜，一大半長著草。

老張說：這是頭撥客棧的人開的菜地。客棧空著，我就種點菜自個兒吃，剩下的賣給路過的商隊。賣價比內地的菜貴兩倍呢。

巴格納說：往後雇個菜農，把地全種上，再多上羊糞肥。商隊裡都是漢人，這兒又是純牧區，菜比羊肉更好賣。再多種點大蔥，圖雅最喜歡吃大蔥羊肉餡餅。

圖雅的心情比晴朗的藍天還好，客棧的事越省心，巴格納哥哥陪她玩、教她學漢話、學做生意的時光也就越多。

她笑道：走，咱們三個騎馬到河邊去玩吧。烏拉蓋河可是咱們部落的母親河啊。聽阿爸說，這條河的名字好像是從西域那條烏拉蓋河搬過來的。咱們該到母親河去祭祭太祖母了。

三人跟老張吩咐了幾件事，就走到客棧東北的草甸，給三匹馬解了牛皮馬絆子。三匹馬見到自己的主人和新主人，都向他們頻頻點頭，栗色馬還親熱地用頭蹭圖雅的肩膀，圖雅也笑著輕輕地在馬鼻樑上親了一下。三人把馬牽到院內備好馬鞍，便走向院外。客棧在烏拉蓋河北邊的緩高坡的平地上，距河有三四里地。

三人騎馬走出院門，又走上一個小坡頂，居高臨下望去，展現在眼前的，就是那幾十里廣闊的烏拉蓋葦塘葦海，莽莽蒼蒼，綠浪滾滾，波濤起伏。

發源於大興安嶺西側支脈索岳爾濟山——清代之前稱為寶格達山——全長七百二十多里的烏拉

蓋河，是蒙古最大的草原首尾陸地河。流到額侖草原的南部和西南部，就進入了低窪平緩的地區，烏拉蓋河就變成了沼澤葦塘的綠色汪洋。原先一兩丈、兩三丈寬的單道大河，流到此地變成了無數條大大小小的中河、小河、溪、小溪組成的寬達幾十里的交叉河網。蔥茂的蘆葦把河溪遮蓋得不見水光。在密集的烏拉蓋蘆葦林的上空，大群大群的天鵝、灰鵝、大雁、野鴨和各種水鳥起起落落，各種顏色的翅膀拍打水面，掠過天空，像點綴在湖上、空中的花瓣。在夏季，烏拉蓋河每年都會奇蹟般地突然抬升，變成高於兩個成人身高的蒼茫葦海，變成了高於草海又不下泄的海上之海，讓巴格納看得喘不過氣來。

驀然，一對對一雙雙潔白高傲的天鵝盤旋飛翔，從頭頂低低飛過。見到天鵝，巴格納全身激動地顫抖了一下，夾馬順著天鵝飛去的方向跑過商道，衝下緩坡，向西南的一面更加開闊的河岸坡地奔去，一直衝到河邊草地，才勒停馬步。

巴格納一下馬，就雙膝下跪，雙手扶地，恭恭敬敬地向葦海母親河、向父母親、向高貴的天鵝三叩拜，然後仰望騰格里，呼喊道：父親母親，阿爸阿媽，你們唯一的兒子巴格納來看你們了。今天的葦海好綠，天好藍啊。母親，額吉，阿媽，您正在看著我嗎？我已經接手客棧了，我是為了薩日娜月光天鵝姑娘才接手客棧的啊，請您護佑我辦好這個客棧……

三人騎馬又掉頭向河的東南河岸查看。茂密的蘆葦和蒲棒，清清的河水，河水裡長著一條條水草，在緩緩的水流裡像舞動的綠綢帶一樣，岸坡上長滿高高的蘆草，一對對飛翔的天鵝近在眼前，慢慢平復了巴格納的心緒。想不到在他即將長住的地方，竟然有美麗優雅的天鵝和天鵝葦塘陪伴他。

三人向客棧東南邊又走了一段，就看到了較寬的水面，水下長滿密密的水草。一條淺淺的小河頑強地從葦海中掙扎出來，貼著碎石較多、地勢較高的河岸向下流去。往東南走了半里多地，小河又被葦叢覆蓋。再走了一段，水面才漸漸寬闊。巴格納細細搜尋水面和葦叢，盼望從葦巷裡能晃水游出一對天鵝。突然，他低聲說：狼！

圖雅和白依拉立即勒住馬，扭頭望去，只見兩頭大狼從不到四十步遠的一片稀疏的葦叢中，一前一後地衝了出來，衝得水花四濺，向岸上不遠處的山溝裡跑去。兩頭狼的嘴上還叼著東西，一閃一閃地動。瞬間，就消失在高草叢中。

巴格納渾身一震，欣喜道：母親河的狼神給咱們送魚來了啊，給咱們送來蒙古黃金家族最敬拜的食物——小魚兒。幾百年來，蒙古老人們一直傳說傳唱，聖祖成吉思汗小時候，家境最困苦的時候，父母拿不出足夠的羊肉餵養成吉思汗兄弟們，就到河裡抓小魚兒，在草甸上挖野韭菜來撫育他們長大。後來成吉思汗的阿爸也速該去世以後，他就跟弟弟合撒兒做魚鉤釣魚捕魚，養活母親和一家人。

圖雅叫道：狼叼的真是魚？

巴格納說：沒錯。我看得真真的。

圖雅姑娘快樂地叫喚道：太好啦！咱們客棧真有天神和眾神保佑啊。我在旗裡漢人開的飯館裡吃過炸魚，可香了。蒙古人不喜歡吃燒魚煮魚，可是特愛吃炸魚和烤魚，我們全家人都愛吃，阿爸最愛吃。不成，今兒你就得讓我吃上聖主吃過的魚，烤魚炸魚都成。

白依拉也笑呵呵地說：我也愛吃炸魚。你真能抓著魚？

巴格納說：先找找看。

三人騎馬走到剛才狼衝出來的河邊。果然看到岸邊草地上擺著七八條魚，大小幾乎一樣，都是一拃多長，兩指半寬的野魚。比普通的鯽魚個長、身窄、肉嫩，眼睛大而扁，背部灰青，兩側全是細小白鱗，比鯽魚的鱗片小得多。

巴格納雙眼放光，樂道：確實是「小魚兒」，就是聖主成吉思汗吃過的那種魚，好東西啊。我吃過這種魚，遼西漢人管牠叫滑子魚，肉多刺少，可鮮美啦。蒙古東部和東北部的河裡湖裡最多，是出了名的美味魚啊，內地的河裡還沒有呢。狼很聰明，要是咱們不來，待會兒準保帶一群狼來吃魚，要不就一條一條叼著往家運，去餵小狼。

圖雅咯咯笑問：可咱們沒漁網，你咋抓魚啊？

巴格納鑾有把握地說：能抓著。前幾年我跟著商隊到東北去辦貨，那兒有河有江，魚很多，裡面就有這種魚。我看過河邊的人是咋逮魚的，有好多種法子哪。這種魚喜歡集群，一群幾百幾千條。咱們這兒方圓幾十里沒有蒙古包，遠離夏季草場，沒人來抓魚。客棧旁邊來了個大魚庫，就咱一家抓魚，那客棧就該興隆啦。

三人沒動狼的魚，下馬細細找，發現淺灘裡還有一些魚，許多魚的脊背都露出水面，在掙扎游動，把身下的水攪成渾湯。

巴格納說：狼真聰明啊，到今天我才明白狼是咋抓著魚的了。準保是這兩條狼看到了魚群，然後繞過去，下到一尺多深的水裡，再雙雙把魚趕到水深只有兩指淺的地方，魚的背都露出來了，那狼張口就咬，還不是一口一條啊。這裡真是狼容易得手的捕魚場。可是人抓魚的辦法更多，有的辦法狼是不會的。咱們再到水深的地方去看。

三人走到有六七間土房面積大小、看不到水草的河段。巴格納說：這裡水深，下面多半有魚，就看咱們的運氣了。走，趕緊回去，拿傢伙。

三人騎馬回奔。一下馬，巴格納先讓其木格到草甸去牽一頭牛，再套牛車。然後對老張說：我去抓魚，給大夥弄些好吃的。你快帶人去找空的酒罐瓦盆。只要能沉到河底的盆盆罐罐，都趕緊找來，酒罐酒罈最好，也別太大，比飲馬用的水桶大一點的就成。

所有人都去找了一圈，一共找到十幾個酒罐酒罈破盆。巴格納挑出七個可以用的酒罐和醃菜罐，又叫老張媳婦弄來一些舊布，叫老張拿來些麻繩和一捆馬鬃繩。自己又到伙房外的垃圾堆裡揀出一大盆帶碎肉渣的羊脊椎骨、頸骨和腔骨，再讓小王砍削出七根鍬把粗、一尺多長的尖木樁。

圖雅蹲下來，用手掌托著下巴，好奇地看著巴格納擺弄這些髒舊東西，笑問道：就拿這些亂七八糟的破爛，去抓那些好吃的魚？

巴格納笑答：不信？到吃晚飯的時候你就能吃到炸魚啦。

一切東西齊備，巴格納就來做捕魚罐。他先把一兩塊羊骨放進罐罐裡，然後在口上蒙上一層布，用麻繩緊緊地紮在魚罐口沿，像一個蒙皮鼓。再在布面上剪一個比銅錢稍大的圓洞。每個魚罐的麻繩上再拴上長鬃繩。其木格把牛牽進大院，套上牛車。大夥一起幫著把捕魚罐、木樁、鬃繩、長杆和盛魚的大木桶等東西裝上車。巴格納把剩下的半盆羊骨頭也放在車上。

巴格納對大夥說：你們都去忙你們的活吧，晚上我請大夥吃炸魚。

大夥樂得高喊：真的啊？太饞人啦。

巴格納牽著牛車，載著白依拉大哥和貪玩的圖雅妹妹，滿懷期望地向河邊走去。到了選定的水較深的位置，巴格納停了牛車，卸下一個魚罐，然後用長杆把罐慢慢推送到河裡深水處。等罐冒了一會兒水泡，灌滿了水，慢慢沉入河底，再把長鬃繩的另一端綁在木樁上，又把尖木樁牢牢地釘在岸邊草地上。然後照此順序，依次將其餘六個魚罐按五六步一個的間隔全部放入河中，三人把大木桶留在河邊，把牛車牽離河岸，再坐到二十幾步外的地方，等魚入甕。

巴格納望著河水說：野魚貪吃，這回吃的又是牠們從來沒吃過的貢羊佳餚。這下咱們可真要吃到炸魚啦。

圖雅說：我還是不信，魚兒哪會那麼傻？

巴格納笑道：野魚一點都不傻，就是貪和饞。草原上，咱們吃的各種肉裡頭，就數羊肉的味道最濃最衝，煮一鍋手把肉，兩里地外都能聞見。羊骨頭放進魚罐裡，冒出的羊油花子和羊肉的氣味，立馬就能把野魚招來，比招蒼蠅還快。你待會兒看吧，我準讓你瞅見魚。

巴格納和白依拉坐在草地上，兩人商議客棧需要添置的各種東西，計算所需的費用。圖雅姑娘聽了一會兒就沒了興趣，便到草地上採野花編花環去了。過了一會兒，兩人又把附近草岸地形仔細查看了一遍。巴格納對這個比較隱蔽的捕魚場很滿意，然後回到河邊。

魚罐沉在水裡大約半個時辰以後，巴格納起身向圖雅妹妹招了招手，圖雅把花環戴在頭上就跑過來。三人走到水邊，巴格納輕輕慢慢地拉上來一個魚罐，端起來走了五六步放到岸上。剛解開麻繩打開蒙布，就被野性十足的魚濺了一臉的水。

圖雅姑娘探頭一看，驚叫起來：啊！真的抓著魚啦，這麼多的魚。魚咋就這麼貪吃，還在圍著羊骨頭沒命地啃肉渣哪，太好玩啦。

巴格納用手背擦了擦臉，笑道：小聲點，別把河裡的魚嚇跑。

白依拉也樂壞了，說：這麼多的魚，你真行！我還是第一次親眼見到人抓魚哪，不難嘛。

兩人把大木桶拎到罐旁，再把魚罐裡的水和魚倒進木桶裡。圖雅完全回到了快樂的童年，她還從來沒有得到過如此多的活玩具，開心地笑道：我來數，我來數。一、二、三……哈，十六條，一個罐兒就十六條。

她樂瘋了，伸手進水抓魚玩魚。野魚很野很滑，抓不著，還濺了她一臉的水。她笑道：一共七個罐，該有多少條啊，夠我天天吃的了。快拉！快拉！沒想到巴格納哥哥這麼厲害，怪不得阿爸喜歡你。過幾天我一定要把你抓魚的事情講給薩日娜姐姐聽，也讓她高興高興，再請她來吃炸魚。

巴格納的心怦怦跳，笑道：那就謝謝你了，是得讓薩日娜笑一笑了。說罷，又把木桶裡還沒有被魚兒啃乾淨的羊骨頭撈出來，放回空罐，再用布把那罐重新蒙好，慢慢推入河裡。然後，再輕輕拉起更大的一個罐，圖雅沒想到這個大罐竟然鑽進去二十二條魚。

她一邊笑，一邊興奮得雙腳蹦跳，樂道：這太好玩了，比放羊有意思多了啊。蒙古人原先以漁獵為生，後來咱們為啥不打魚呢？往後，我要以打魚為生了，吃魚長腦子啊。

巴格納也快樂得像是被圖雅姑娘拽回去了幾歲，說：好玩兒吧，跟著我，天天都能讓你玩個夠。過了一會兒又說：咱帶來的大木桶還是小了點，先把木桶放到牛車上吧，待會兒咱倆就抬不動了。

他把牛車牽過來，把木桶拎上車。又去拉魚罐。一只一只罐被緩緩拉上來，一只一只罐被輕輕推下去。每只罐都有二十多條魚，越晚拉上來的罐，魚就越多。有一個最大的罐竟鑽進來二十五六條魚。把魚倒進木桶裡，桶就再也裝不下了，可還有一個罐沒拉上來呢。三人坐在草地上激動得喘個不停。

圖雅咯咯咯咯地笑個沒完：我還從來沒玩得這樣痛快過，又能玩又能吃。這罐拉上來，那第一個罐又會有魚鑽進去。再拉，以後招待來往的客人就有好東西了。

巴格納笑道：圖雅妹妹還能想著客棧的生意了。我有辦法，桶裡放不下，就倒在草地上，等魚斷氣後，再放到牛車柳條編上，反正拉回去就要去鰓刮鱗，一樣新鮮。

三人起身再拉再放，又拉放了一輪，一直拉到罐裡的魚漸漸變少，才慢慢收工。巴格納把被魚啃光肉渣的羊骨頭扔到遠處的水裡，又把牛車上的那半盆未用過的羊骨頭端下來，再陸續給每個魚罐裡換上新的羊骨頭。大木桶裡的魚裝得滿滿的，牛車柳條編上也堆了一百六七十條魚。三人累得坐在草地上喘氣。

圖雅開心得像個草原小暴發戶，說：今兒咱們可發大財了。這算不算做生意啊？

巴格納說：咋不算呢，算！滿滿一大桶，再加一大堆，大概有三四百條魚了吧，炸出來，能賣多少盤上等好菜啊。往後，就成咱店的當家菜和招牌菜了。能招來更多的客人，這可是一筆大生意啊。

白依拉感歎道：這能省下咱部落多少羊啊，把羊留到秋末最肥的時候賣更划算。巴格納，你真是個做生意的好手，鬼點子多，阿爸知道了那還不得到處誇你啊。

巴格納說：我只有點小功勞，狼才立了頭功。這麼多的魚都是狼專門送給咱們的。老張也常到河邊洗東西，他咋就沒發現狼抓魚啊？為啥咱們第一次來河邊，狼抓魚就讓咱倆瞅見了，還專門在地上留了幾條魚給咱們看……往後，咱倆一定要善待這群狼。

圖雅說：阿爸最善待狼，老說沒有狼就沒有原原本本的草原。我最佩服狼。我往後準保能跟牠們交上朋友。

巴格納把最後一罐魚倒在狼留下的那幾條魚旁邊，說了聲謝謝。然後看了看天說：我有點餓了，回家吧，明天再帶一個木桶來。

白依拉笑道：客棧開張第二天，騰格里就賜給咱們一個大魚庫，那客棧就好辦了，準比上回客棧開業還要火。

巴格納牽牛，圖雅坐車，三人滿載而歸，一路狂歌。圖雅歌手歌興大發，唱了一曲又一曲。

巴格納說：圖雅妹妹，你再唱一首自個兒作的歌好嗎？

圖雅大方地說：好啊。今兒，狼送給咱們那麼多的魚，我就唱一首狼歌吧。歌名就叫《小羊兒乖乖吃狼奶》。

圖雅坐在牛車上，手上揮著花環，蕩著腿，開心地唱道：

小羊兒乖乖吃狼奶，

狼媽媽把羊羔當狼崽。

狼舔羊羔卷毛又喜又悲哀，
自己狼崽被鷹叼走餵鷹孩。

狼王發怒率群攀登高山崖，
嚼碎鷹蛋拆散老鷹宅。
急得空中霸王高盤旋，
不敢俯衝跟討命債的狼群硬來。

狼王舔乾狼妻淚，
叼來被無奶母羊拋棄的弱羊崽。
讓牠減輕愛妻的脹痛，
用狼祖秘方治療受傷的母愛。

小羊在狼群懷抱裡快樂長大，
就像蒙古狼孩忘記了人的血脈。
夏季河水暴漲狼才送羊回家，
從此這家羊群不知道啥叫狼災。

嚯！巴格納再次驚歎，誇讚道：圖雅妹妹真是個小歌王啊。你的歌一首比一首好。這是一首我從來沒聽過的草原狼歌。太棒了，怪不得許多蒙古貴族青年來向你求婚呢。我也聽得出來，這首歌蘇米亞阿爸和薩日娜準保又幫你改過吧？

圖雅笑道：是啊。這首歌是我聽了米希格薩滿法師講的一個狼故事以後寫的。一開始寫得可亂啦，後來薩日娜姐姐和蘇米亞阿爸又幫我修改了好幾遍，才改出來的。蘇米亞阿爸走了以後，我的詩歌出得就少了。可薩日娜姐姐的歌越來越多，她才是歌王呢。

巴格納笑道：那這些魚就是狼神送給你們姐妹歌王的啦。

圖雅笑得仰起了頭，望著天空上低低飛翔的天鵝，說道：狼是巴格納哥哥招來的呀，可你又是因為薩日娜天鵝姐姐才來客棧的，客棧旁邊又正巧有這麼多的天鵝。看來你跟薩日娜姐姐……好像是有一種神神秘秘的關係……

全院的人都像部落聽到騎兵歸來高唱勝歌那樣，聽出有炸魚吃了，車還沒進院門，就都擁到車旁。看到滿滿一大桶活魚都驚呆了，大夥興奮地大喊大吼，又饞得肚子咕咕叫。

巴格納大聲說：這些魚是狼神送給圖雅小歌王的，我只是幫她撈上來。晚飯我請大夥吃炸魚，管夠。

說罷，便領著圖雅、白依拉、老張、小王和其木格到伙房去殺魚、刮鱗、去鰓、去內臟、清洗、瀝乾、化羊油、調製帶鹽和花椒粉的麵糊糊，用糊糊裹魚，然後下油鍋炸魚。當老張媳婦把一笊籬焦黃、酥脆、內嫩、噴香的炸魚撈出油鍋的時候，每個人都用筷子搶了一條開吃。現殺的野魚和皇家貢羊油疊加出來的「鮮」味，香得讓人的魂魄飄升到草原天堂上去了。

圖雅姑娘樂得頭也不抬地吃了兩條以後，才開始尖叫：太好吃了！太好吃了！我要天天吃，頓頓吃。這炸魚也太容易做啦，抓魚我會了，殺魚我學會了，調麵糊糊也不難，炸魚就更不用說啦，比炸蒙古黃油餜子還省事。只可惜，阿爸和全家人不在，要是阿爸、額吉和斯琴高娃吃上了，準保一有空就往咱這兒跑。

白依拉一邊吃，一邊笑道：真香啊。我都不想回部落去管馬群了，跟著巴格納做生意真開心。

老張像在草原掏獺子掏出了個紫晶礦那般狂喜，說道：這下咱們可賺大了，客棧準保要發大財。這條商道的客棧，就數咱們離烏拉蓋河最近，想吃炸魚只有到咱客棧來吃。這魚還不花錢，想吃就抓。這種無本賺大錢的買賣，上哪去找啊。羊油炸魚咱就定高價，賣給過往來客，一斤炸魚準能賣出一斤半熟羊肉的價錢，那半年下來，咱能賺多少錢啊。往後咱們客棧可就招人啦。

從未吃過炸魚的其木格也樂暈了。她差點伸手進油鍋捏魚尾巴，笑道：這炸魚咋這麼好吃，真比羊肉還好吃。下回得多帶點回去給阿爸阿媽和家裡人吃。

巴格納說：帶點生魚回去自個兒炸，剛炸出來的最好吃。

小王剔出魚的一條脊骨刺後，便大口大口、半條半條地猛嚼炸魚，連魚頭都全都嚼碎吞進肚。他笑瞇了眼，說道：草原夏天的羊沒上足膘，又被剪了毛，羊皮不值錢，羊倌捨不得殺羊賣羊。實在要買羊肉，就很貴，不能敞開吃肉，可苦了咱幹力氣活的人了。這下不用愁了，正好補上夏天肉荒的缺，往後能常吃炸魚，咱這些幹力氣活的人就有勁了。這日子過得，比老家小地主過的日子還滋潤哪。掌櫃給咱魚吃，咱不走了，就死心塌地跟巴掌櫃幹。

巴格納說：今兒，我還得跟大夥說明白，這些魚是騰格里和狼神送給圖雅和咱們的。咱們要念狼的好，感狼的恩，往後，誰也不准打狼，咱們都要善待這群狼。也要告訴來客棧的牧人別打這群狼。

大夥都說：那是，那是，這是應該的。

炸魚一笊籬一笊籬被撈出，大夥一條條地狂吃海塞。六個人正吃得興頭上，院子裡忽然有人大喊。兩個穿著蒙古單袍的漢商急匆匆地跨進伙房，用漢話連說：太香了，太香了。三里地外就聞見了。今晚你們吃炸魚，真讓咱趕上了。我們是大盛魁的，剛從漠北克魯倫河回來，總算到家啦。嗨，幾個月都沒吃過魚了，一家人就不客氣了。

兩人順手從大盤子裡抓了炸魚就吃，吃在嘴裡，望著鍋裡，貪婪得滿眼放光，雙手直哆嗦，生怕炸魚被吃光。一氣兒吃了三四條才問：哪位是白掌櫃？誰是巴掌櫃？我們駝隊回程碰上秦老闆，他說你們開業了，就讓我們住到這兒。他還讓我們駝隊給你們捎來好些你們要的東西。一會兒就卸貨吧。

巴格納高興地說：我是巴掌櫃。不忙不忙，大夥兒吃完了就卸貨，再安排你們吃住。你們捎來的是啥？

漢商領班說：麵粉、張家口小米、張北蓧麵、胡麻油、佐料、酒。還有窗戶紙、白灰什麼的。為了運這些貨，大駝隊重新調了調駱駝的運貨量，騰出五頭駱駝，馱了滿滿四大袋六大箱哪。幸虧這段路不算太遠，沒把駝隊壓趴下。這些貨是在西北邊那個小站裝上的，秦老闆費了好大勁讓那家客棧掌櫃給咱們勻出來的，下次我們駝隊回來，還得把這些東西全給他補上。

巴格納大喜道：太好了。老秦大哥辦事，總能辦到我心坎裡。真快啊，要不客棧的糧油就要斷頓了。

老張也笑了，說：咱客棧正缺這些東西呢，真是場及時透雨啊，秦老闆辦事真沒得說。我吃了七八條魚，吃飽了。你倆再吃會兒，吃飽了就跟我走，我來安排。

過了不多會兒，老張便領兩人去院場，那兩人手裡都各抓著兩條炸魚，邊走邊吞吃，生怕駝工們來搶，吃完後把油膩膩的手往蒙古靴上蹭。圖雅也擔心炸魚不夠這麼多的人吃，就先下手夾了三條炸魚放在盤子裡，跑回自個兒的房裡去了。

巴格納讓老張媳婦和其木格把桶裡和車上的魚全都炸出來，再做一大鍋稠一點的羊肉青菜麵片，把幾盆手把肉熱一熱，安排駝隊的晚飯，就帶了小王一同去接待和卸貨。

當老張剛剛安排七八個人進了餐室，又有一個滿載貨物的車隊人喊馬嘶地進了院，老張等人又是一通忙活。這次商頭帶來的是小勝奎商號的車隊，他們已嗅出商機，也打算在此建倉庫合夥共營，但被巴格納婉言謝絕，說已經和大盛魁合營了。商頭歎道：我知道你是大盛魁的人，比不過啊。往後我們的商號得改道了，在這條線上誰也甭想跟大盛魁爭了。

不一會兒，三四十輛運青鹽的勒勒車也來投宿，院內停車場已滿，只好停在院外草地上。駕車的人都是往北和東北方向去的牧人，每年都到額吉淖爾鹽池去為自己蘇木和部落拉一次鹽，還為更遠的旗和蘇木拉鹽掙運費，是一支草原季節性的專業運輸隊。見到白依拉和其木格這兩位本地的草原人都感到分外親切，還請求白依拉第二天賣給他們些木料，修理兩輛牛車斷裂了的軲轆輻條。

白依拉說：給來往的牧人修車是應該的，也是客棧分內的事情。

炸魚、手把肉、羊肉青菜麵片湯，再加上小王動手趕做出來的大張蔥花餅頗受歡迎。炸魚被搶得連掉在地上的碎油渣都被人撿起來吃了。三隊人全都叫喚沒吃夠，尤其是後來的那兩隊人，紛紛要求下次加足炸魚量，就是加價三成也行。幾百里上千里的長途商隊，風裡來，雨裡去，冷菜餿飯是常事，到了這兒咋也得好好犒勞犒勞自個兒啦。來客填滿了幾大間通鋪房和所有剩下的客房。

客棧生意紅火，讓兩位掌櫃和老張樂得忘記了累乏。老張一邊估摸著遠超預料的進項，一邊笑道：老話說得對啊，「客棧，客棧，沒有好菜，客人不站」。這家新開張的客棧，不出十天準保就能成這條長長商道上，客商、車夫、旅客大吃大喝、大換口味的名店了。明兒車隊一走動，東北、西北和西南邊一傳開，咱客棧還不得擠破頭？我看用不著兩年，客棧當年就能回本，還有賺頭。你倆真有神助啊。

巴格納輕舒了一口氣，說：幫薩日娜還清今年的利息有指望了。

7 援救小天鵝

寶格達山林場是東烏珠穆沁旗主要自然森林經營之地。清朝時期寶格達山森林是皇家狩獵重地，堪稱「矛染獵」。

——《東烏珠穆沁旗志・概述》

再摘錄作家G・尼瑪刊登在《政府消息報》上的一篇文章中的一段吧：「有這樣一隻母狼，牠的一隻狼崽被人給掏走了。母狼傷心至極，同時乳房也漲得難忍。正在此時，牠遇到了一隻在枯草叢中嚇得縮成一團的小羊羔。母狼不但沒有吃掉小羊羔，而且讓小羊羔喝夠了自己的乳汁……母狼竟然變成了一隻帶小羊羔的狼。」

——〔蒙古〕高陶布・阿吉木《藍色蒙古的蒼狼》

午後，薩日娜走向僻靜的天鵝湖邊，在一排厚厚的蘆葦綠牆的開口前面停下。蘆葦開口處有五六丈寬，裡面寬廣的湖水碧波粼粼，微風吹來陣陣濃郁的水草清香，那是天鵝媽媽伸長脖頸在水下咬碎水草，再撒到湖面上餵小鵝散發出來的草香。絨毛雛鵝的脖子只有不到一寸長，還吃不到淺湖底的水草。鵝媽媽就要經常不停地夠草並撕碎草，再含到喙裡，吐到水面，來餵養自己四五個或五六個可愛的寶貝。小鵝胃口很大，只要一會兒工夫，就把鵝媽媽攤在水面上的碎草吃光，媽媽只好再把長頸和前半身扎到水裡去採草，然後攤撒碎草。不等鵝媽媽喘口氣，小鵝們又把水面上的草搶光了，有的小鵝甚至游到媽媽身邊叼吃黏在牠羽毛上的草絲，或學著扎猛子，用短短的脖子去追快要沉下去的碎草。小鵝們似乎天生就知道，只有快吃搶吃，才能在下雪之前長成可以飛到南國去的大鵝，否則，就會被凍死在冰雪草原。蒙古草原綠季短暫，鵝媽媽更知道要讓小鵝快吃多吃。岸上草地上的嫩草雖然很多，可是雛鵝的天敵——狐狸和沙狐也很多。鵝媽媽吸了一口氣，又一個猛子扎進水裡去採草和絞碎草了。只有等到雛鵝寶寶吃飽以後，牠才能去吃草。在餵養短脖子小鵝的那半個綠季裡，鵝媽媽們都會瘦下去一圈。

在鵝媽媽頭頸扎在水裡，照看不上鵝崽的時候，鵝阿爸則在妻兒旁邊靜靜鳧水不敢吃食，東張西望，抬頭轉頭，警惕侍衛，誰也不准靠近。誰靠近就會被雄鵝猛啄狂咬，或被鵝身猛烈撞擊。蒙古草原育崽期的雄鵝凶猛狂暴，力大無窮，凶狠得連老鷹都不敢飛得太近。此時的雄天鵝護妻護崽的拚死勁兒，比狼護妻兒還要狠命亡命、聲勢浩大。雄天鵝發怒時，會大叫狂喊，像抽搧耳光似的搧動巨大的翅膀攻敵。雄天鵝能咬斷蘆葦根的喙，像鐵鉗子一樣厲害，能把沙狐咬得慘叫哭嚎。那長脖硬喙也會像白蛇那樣縮頸再閃擊啄敵，凶狂的陣勢連人都會被嚇破膽。但雄天鵝知道，天鵝的天敵都會偷襲，所以雄天鵝天生具有警惕性。為了把小鵝寶貝們快快養大，在大雪下來之前能夠長途遠飛、逃離死亡，大鵝夫妻都餓瘦、累瘦了。

薩日娜用兩個手掌攏住嘴，向遠處蘆葦深巷大聲呼喚：小巴圖，小巴圖。她此刻呼叫的是一隻雄天鵝，與她情郎巴圖的名字相同，只是加了一個「小」字。牠是一隻不能飛翔的雄鵝，也是薩日娜最愛、最揪心掛念的一隻鵝……

在她七歲、巴圖九歲的那年初冬，有一天薩日娜的阿爸蘇米亞騎著馬，帶著一根借來的套馬杆，焦急地奔回家，急忙套上牛車，讓正在餵小鵝的薩日娜和巴圖趕緊上車。然後再把樺木長杆、長繩、舊皮袍和一塊長木板裝上牛車，向天鵝湖急行。蘇米亞告訴兩個孩子，湖裡有一隻小鵝快不行了，得趕緊去救。在草原，一年四季能救下落單的小鵝的機會，只在泡子剛剛結冰的這幾天有。如果泡子還沒有結冰，落單的小鵝能吃到淺水下面的草，就還有力氣飛，然後再一個泡子一個泡子地去追趕，朝鵝爸鵝媽的方向飛。這個時候人接近不了小鵝，一接近牠就飛走，也就救不了牠們；如果泡子全都結上了冰，落單的小鵝吃不到一點水草，餓得飛不動，最後就跟泡子裡的冰凍結在一起了，人也救不了小鵝。只在泡子淺水地方大部分結上了冰，小鵝餓得飛不動，漂在水面上，但還沒有被凍死餓死的時候，人才有可能接近牠，再把牠救上來。冰雪無情啊，只給愛鵝的人短短幾天救小鵝的時間。每年初冬大草原上能活下來的落單小鵝，多一半都是在這幾天被人救上來的。

阿爸說：看天氣，今兒是最後一天，明天河湖就要封凍了……米希格法師昨天已經救下了今年的第二隻小鵝。他是騎馬破冰一直騎到冰水沒到馬胸口，才用長套馬杆夠著小鵝的。他的氈靴、皮褲，還有半截皮袍全都濕透凍成冰，回來後他都凍病了。可他高興啊。

薩日娜和巴圖又羨慕又著急地說：這次咱們咋也得把這隻小鵝救上來啊，那咱們家今年也能救下兩隻小鵝了。

阿爸說：難啊。這隻落單小鵝離岸太遠，就是騎馬破冰沒了馬背也夠不著牠啊。你倆身子輕，興許能在冰上走得更遠，就只好讓你倆來試試了。你倆要是能把這隻小鵝救下來，米希格法師和全部落都要誇你倆啦。

巴圖說：我會爬冰，咱們還有厚木板。我準能把小鵝救回家。

馬與牛車在初冬枯黃的草原上急行。在蒙古草原，冰往往比雪來得更早。可天鵝是吃嫩水草的水鳥，岸上的枯草，天鵝是不吃的，吃了也咽不下去。

阿爸說：草原上的小鵝可憐哪，第一年最危險。草原的綠季只有半年，春天鵝媽媽生下所有的蛋，需要好多天，再把雛鵝們孵出來，又要花費四十幾天，這樣小雛鵝要長成能飛幾千里到南方過冬的大鵝，就只剩下四個多月的時間了。所以小鵝必須拚命吃，不停地吃，快吃快長，要不就是死。這也是天鵝的食量特別大的原因。

小鵝要長成大鵝，最後全得靠長脖子。脖子快速長到跟身體一樣長，就能吃到淺水湖底下的大量水草和小魚小蟲。要是淺水地方被冰蓋住，大鵝夫妻就會用喙啄薄冰，用身子壓碎更厚一點的冰。要是碰到兩指厚的冰，大多數雄鵝甚至會飛上半空，降到離冰三四尺的地方，再猛地收攏翅膀用身體往下撞，把冰撞裂了以後還會繼續撞，直到把冰面撞破。有時天鵝夫妻會用牠們兩個身體的重量一同撞冰，要雙雙連撞好幾次才能把冰撞裂開，讓小鵝吃到冰下的水草。天鵝阿爸阿媽愛孩子啊，不惜受傷也要餵飽自己的寶貝。初冬是小鵝們的鬼門關，要是天氣太冷，冰結得太快太厚，天鵝阿爸阿媽就撞不開冰層了。小鵝吃不到東西，會很快餓死。每年都有一些晚出生的和瘦弱的小鵝，凍死在冰湖裡。

車馬急急趕到湖邊。三四丈遠的冰水裡，那隻可憐又美麗的落單小鵝，漂浮在僅剩下的一片蒙古包大小的水面上，周圍的水都已經結成了冰。牠被凍僵了，不會鳧游，一動不動。頭和半個脖頸彎進翅膀底下，好像只剩下最後的一口氣，無力掙扎，已經安安靜靜地準備走進黑暗世界了。無論人怎麼大聲叫喊，小鵝都沒有回音。

靠近湖岸陰坡的冰比較厚，可以承受一個成人重量，可是靠近小鵝的冰面卻薄如奶皮子。蘇米亞阿爸說：上午剛走上冰面三五步就聽到冰的開裂聲，套馬杆也夠不到小鵝，只好趕回來，再讓你倆來救小鵝了。

薩日娜遠遠地望著小鵝，又喜又急又擔心，馬上說：我最小，身體最輕，就讓我拿著套馬杆進去夠小鵝吧。巴圖急忙攔住她說：哥哥咋能讓小妹妹去做危險的事呢，我只要脫了厚皮袍就比你輕。於是立馬脫了皮袍，夾著長木板和套馬杆，輕步輕腳，慢慢走向小鵝，越走越近。

他走了幾步，薩日娜就聽到冰裂聲，嚇得大聲驚叫，又捂住了嘴。阿爸連忙叫巴圖停下，趴在冰上用套馬杆夠。巴圖慢慢趴下，又用套馬杆試了試，還是差兩三尺。他把又長又厚的木板推到身前，半個身子挪上去，用雙膝蹬冰面繼續往前蹭爬，眼看快要夠到小鵝時，冰面突然破碎，巴圖「通」的一聲掉進冰水裡。父女倆嚇得大喊：回來！回來！

可不一會兒，他抱著木板又浮出水面。他全身濕透，但仍然緊緊盯著小鵝不回頭，一隻手抓住水中的套馬杆，用力往前夠，還是夠不到。他大半個身子撲到木板上，用另一隻手撐住未破的冰層向前挪，他終於用套馬杆套住了小鵝。小鵝稍稍動了一下，把頭頸慢慢伸出翅膀。蘇米亞父女激動地大叫：還活著呢，活著呢，快把牠拉過來！巴圖把小鵝輕輕拽到身邊並抱住。阿爸連忙走下冰面，向前走了幾步，用力拋過去長繩。可是，巴圖已凍得半僵，他厚厚的皮褲和氈靴已吸飽了水，拖著他沉重地下墜，使他難以轉身夠到長繩。此刻，薩日娜不顧一切地脫掉皮袍，拿了一根長杆衝滑過去。小姑娘身體輕，趴在薄冰上，用長杆挑著長繩送到巴圖的手邊。巴圖終於費力地握住了繩子，阿爸慢慢拽、小心拉，薩日娜也用杆子敲碎薄冰，讓巴圖轉身。巴圖漸漸靠上冰層，把小鵝放到冰上。小鵝看到了救牠的巴圖和薩日娜，露出微弱的求生目光。薩日娜接過套馬杆，把小鵝撥向冰層稍厚的地方，再用力拽繩子，幫巴圖爬回到冰面，爬上厚冰。薩日娜往後挪了幾步，緩緩站起來，用套馬杆套住小鵝拉到自己身邊，抱起來。小兄妹倆總算上了岸。

巴圖渾身是冰水，被刺骨寒風凍成了一層冰衣，瑟瑟發抖。手掌也被冰劃破，流著血。阿爸迅速把他抱到車上，脫掉他的氈靴、皮褲、坎肩和內衣，用兩件厚皮袍裹住他，並用長腰帶上下綁緊。巴圖渾身戰慄，不住地打噴嚏。阿爸立即從懷裡掏出一個氈套奶壺，給他灌了兩口溫熱牛奶，這才慢慢止住了顫抖。薩日娜鬆鬆地穿上自己的皮袍，沒有紮腰帶，又用牛車上的舊氈墊擦乾小鵝的肚皮和腳蹼，包在皮袍裡，上了牛車。她摸到了小鵝輕弱的心跳，阿爸從懷裡掏出一個生羊皮小口袋，遞給女兒。她趕緊從口袋裡抓了一小把暖暖的小米軟飯餵小鵝，小鵝一見食物立刻掙扎著啄食，並慢慢地咽到胃裡。阿爸微笑道：看來牠是隻聰明的鵝，最後一次吃水草的時候，牠一準啄開一大片薄冰，把牠能吃著的水草全吃了下去，要不早就凍餓死了。

小薩日娜高興得伸手摟住她的小哥哥，想對他笑一笑，但嘴唇都凍得張不開了。阿爸騎馬牽牛，把三個凍得半僵的寶貝帶回家。

身體結實的巴圖躺了一天就恢復如初，小鵝也在有多年救鵝養鵝本事的父女倆細心照料下，慢慢活躍起來，食量也天天見長。阿爸說：巴圖很勇敢，小鵝是他救下來的，這隻小鵝的名字就叫小巴圖吧，這是你倆救的第一隻鵝。小薩日娜很開心，從此，她心中有兩個巴圖，一個會飛到天上去的，一個最後也會飛到天上去的，因為薩滿法師說天鵝會把蒙古勇士的靈魂帶上天堂。

小巴圖是她和巴圖最愛的一隻小鵝，她給牠最好的照顧和食物，小巴圖也用健壯的體魄來回報他倆。牠長得俊美漂亮，脖頸要比其他同齡的雄鵝更加修長，喙上後半部的黃斑比其他鵝的斑更大更醒目，全身的羽翅也比白絲綢還要白亮。這隻小鵝與小兄妹形影不離。那時候，只要巴圖薩日娜在家，他倆走到哪裡，牠就會跟到哪裡，比小狗還要黏人。牠還會用長脖頸來纏繞他倆的脖子，表達天鵝纏綿不放的愛。當開春後大群天鵝北歸，把小巴圖放回天鵝群父母身邊時，牠叫得歡心，但牠永遠不忘牠的養父母，會時常單獨飛到小兄妹的蒙古包門前看望他倆，與他倆一起唱歌跳舞，還會走進蒙古包看看牠小時候的家。夏天，當部落遷草場、回到天鵝湖旁的時候，他倆也喜歡到湖邊去看望牠，給牠帶上好吃的，在天鵝湖邊和小巴圖親吻擁抱，一起跳天鵝舞。這年深秋，天鵝群要南飛時，巴圖給牠的左腳腕上鬆鬆地拴了一根細細的棕色馬鬃細短辮，薩日娜給牠的右腳腕上拴了一根藍色的短綢帶。

第二年初春，小巴圖隨鵝隊一飛回額侖夏季草場的天鵝湖，就找到了阿爸和薩日娜的蒙古包，因為她家蒙古包頂氈的東南西北縫綴著四朵佛家蓮花和一圈雲紋圖案。牠只要在額侖草原上空飛上一圈，很快就會找到這處顯眼的佛家蓮花，然後繞圈高叫，未等阿爸和薩日娜出門，牠已經飛下來和幾條狗朋友相互搖尾問候。見到親人，牠的親吻像遠方的兒子歸來那樣狂喜；牠的擁抱有如勇士凱旋家鄉那樣歡樂。如果這一年飛回得太早，河湖淺水部的冰尚未消融，還難以吃到水草，牠就會帶領牠所屬的鵝家庭來薩日娜家的蒙古包求食，並還以天使般的歌舞，給草原人以高雅的情感回饋。草原僧人和薩滿法師都說，愛鵝、救鵝的人才是真正的草原貴族，才能享受到上天神族觀賞的歌舞。

天鵝要到三四歲才進入卿卿我我的婚配年齡。當薩日娜十一歲、巴圖十三歲的時候，小巴圖終於領回一隻嬌柔美麗的天鵝公主。當牠倆在他們兩家門前跳舞唱歌的時候，不僅跳得忘我，而且也忘掉了蘇米亞阿爸和兩個親密朋友，完全進入天鵝愛戀的王國，也把薩日娜和巴圖捲入到天鵝相愛的境界。每當兩對人鵝愛侶初春重逢，一起唱歌跳舞的時候，就能引來不少部落的少男少女和成年情侶圍觀和欣賞。他們和牠們一起成了額侖草原所有仰慕者心中的耀眼之星。那幾年是薩日娜看得見、抓得著，緊緊攥在自己手裡的草原天堂生活。

然而，按照薩滿法師的說法，天地冥三界有各種惡魔，天魔妒英才，地魔妒天愛，人魔嫉妒一切比它強的人。從天上到地下，曾經逃脫過死神魔爪的美麗天鵝早已被惡魔盯上。當薩日娜十五歲、巴圖十七歲的時候，在天空飛翔的小巴圖天鵝情侶突然遭到「海東青」的偷襲。海東青是一種大型猛禽，被清廷皇族稱為「萬鷹之神」，雖然牠體型比天鵝要小一些，但飛得極快，喙爪極鋒利，還兇猛好鬥，像狐狸一樣專攻天鵝的長脖頸，是天鵝最危險的天敵。

蒙古草原並沒有海東青，牠產於東北海濱和松花江一帶的森林中。清廷皇族喜歡把這種猛禽馴化成專門獵殺草原天鵝的獵鷹，具有白毛爪子的海東青為上等。這種獵鷹還特別喜歡獵殺雌鵝，因為雌鵝個頭稍小、肉更嫩。額侖草原東北部的索岳爾濟山林區是皇家獵場。夏季，皇族子弟有時會架鷹順道南下來額侖草原獵殺天鵝。

這天，幾個皇族獵手認準了一對最耀眼漂亮的天鵝，拋出一隻白毛利爪的海東青。空戰中小巴圖拚死護救愛妻，啄撞擰咬，激烈拚殺得白羽灰羽滿天飛，啄咬得鮮血噴濺如紅雨。戰至終了，一對天鵝和一隻獵鷹先後落地落水。被海東青雙爪抓住長脖，並被鉤喙撕破脖頸的天鵝公主落地後，立即被幾匹皇家大獵犬叼起拖走邀功，小巴圖和皇家獵鷹落入湖中不知生死。獵隊揚長而去，返回索岳爾濟山皇家獵場。

當地上的天鵝情侶得到馬倌急奔傳來的噩耗，兩人跳上馬，瘋鵝一般衝向現場，搜遍草地找到了大攤血跡和羽毛。兩人又哭又叫地奔向湖邊，見遠處湖水漾起絲絲漣漪，水面上有一傷鵝奄奄一息，在輕微地搧翅撲水掙扎。巴圖脫掉馬靴衣褲，拿著套馬杆，走進湖中拚命呼喊。一直走到水面齊胸，才用套馬杆勾住那隻鵝拉到眼前。牠已遍體傷口，胸肌撕裂，渾身血水。巴圖看到牠的腳腕上拴的馬鬃細辮和藍綢帶，才確定是小巴圖。

巴圖在水中，薩日娜在湖邊，兩人呼天搶地。巴圖雙手舉著鵝向岸邊快挪，然後上岸穿衣。巴圖抱鵝，兩人騎馬急奔向薩滿法師米希格的蒙古包，精通薩滿醫術的老法師用草原特效菌類乾粉——馬勃止血粉才把小巴圖再次救活。可是，牠的右側胸部肌肉缺損一大條，右翅無法伸展。此後小巴圖再也不能飛上藍天，再也沒有美麗的公主愛侶陪伴了。一向快樂健壯的小巴圖變成了瀕臨死亡的重傷鵝，終日默默無語，有時又會瘋癲似的猛搧獨翅，哀叫不止。兩兄妹驚恐地晝夜服侍安慰牠，不知流了多少淚，才讓牠從絕望中漸漸走出來。那些日子，蘇米亞阿爸由於年老，又傷心過度，舊病突然加重。薩日娜為了給阿爸治病，聽信了小勝奎商號推薦的辦法，不得不把牛羊一群一群地交給他們，去旗裡請來名醫，購買名貴藥品。巴圖成為幫薩日娜支撐這個艱難家庭的支柱。

讓兩人稍感寬慰的是，小巴圖的英名傳遍了額侖草原。是牠用堅硬的喙啄昏了皇家獵鷹的頭，再狠命擰斷了鷹的一扇翅膀的骨頭，讓牠栽到湖水裡淹死了。後來一個馬倌在湖邊飲馬，看到被湖水沖上岸的白毛死鷹，他下馬查看了這隻鷹，才知道牠是怎麼死的。小巴圖和公主的四個孩子，被牠鵝姐妹的一對鵝夫妻收養。薩日娜和巴圖在偏僻的湖邊多次見到一個有許多小鵝的天鵝大家庭。

此時，巴圖和薩日娜知道他倆將與小巴圖終生為伴了。在初冬，牠不能南飛，只能在家裡和其他落單的小鵝一起過冬，春天再把牠放到湖裡。他們也常常會到湖邊去看望牠，只要叫牠幾聲，牠就會慢慢晃游過來。牠也始終只在這片水域生活，不會到其他地方去。

但是，當薩日娜和巴圖跟隨部落遷離湖邊草場、搬往秋季草場的時候，就只能隔很長一段時間來看望牠。秋季是兩人揪心、痛苦和掛念小巴圖的季節。薩日娜最怕小巴圖上岸來找她，因為狐狸都知道湖中有一隻不會飛的重傷鵝。只要牠一上岸，就必死無疑。

每年深秋，湖水越來越冷，當小巴圖仰望天鵝開始南飛的時候，並不會絕望。牠知道阿爸阿媽會準時來到湖邊把牠接回家的。天鵝親戚們也不會為牠擔憂，一些被草原人救養過的天鵝會在牠頭頂鳴叫並繞飛幾圈，向牠道別。薩日娜和巴圖總會在天鵝們剛剛南飛的時候把小巴圖接走，以免牠感到孤單。他倆有一個用粗柳條做的天鵝棚。構架很簡單，只是一捆二十多根、四五尺長的粗柳條，一端用馬鬃繩鬆鬆地綁住，再把另一端打開，像一把半開的傘那樣放在地上，再圍上兩層氈子，地上鋪上厚厚的乾黃草和碎羊皮。幾個救養落單小鵝的薩滿法師也都有這樣的棚子。搬家時，拆棚也容易，柳條支架和大氈一打捆就可以裝車，只是運鵝比較麻煩，需要一個大柳條筐車裝鵝，再用大氈蓋住整個車筐。在冬天，這種氈棚就是小鵝們的家。晚上依偎在小棚裡睡覺，白天可以走到棚前一小塊鏟淨了雪的平地上活動。如果救養的天鵝少，就不用搭柳條氈棚，小巴圖就和薩日娜同住一個蒙古包。

阿爸曾告訴他倆，天鵝是不太怕寒冷的大鳥。牠們的羽絨厚密抗寒，表層的羽翅緻密防風。牠們可以飛越喜馬拉雅雪山，可以在高寒的雪地上睡覺。天鵝之所以每年要飛到南方過冬，主要是為了尋食。因此，在蒙古草原的冬天，小巴圖和其他小鵝只要有充足的食物，就能在氈棚裡度過嚴冬。

然而，這樣的日子沒有持續太久，薩日娜的天就塌了下來。她的阿爸走了兩年之後，巴圖為了救她也走了，她的靈魂便跟隨情郎巴圖一同飛離人間。但當她看到白雲一樣的小巴圖還頑強艱難地活在這個世界上，如果她的身體和靈魂一起走了，那在長達半年的冬季，誰還能代替她餵養牠？小巴圖已經失去了自己美麗的公主和兩位最愛牠的親人，如果再失去唯一的她，牠還能活下去嗎？

每當薩日娜心裡感到冰凍般寒冷的時候，她必然會去看望小巴圖。她和牠是在這片草原上相依為命的人鵝母子和伴侶。

薩日娜連續呼喊，過了一會兒，湖面上傳來小巴圖的叫聲。她從蘆葦缺口處望過去，一個白點正向她慢慢移動。牠的右腳蹼在那次殊死空戰中被獵鷹抓豁，只剩下一半黑蹼了。鳧水划游起來特別吃力，還很不平衡，像單槳的小船，一邊一使勁，小船就會拐彎。牠急於游過來，但又只能讓那隻健全的腳蹼輕輕用力，而使勁划那只「殘槳」。

傷殘的英雄鵝終於一瘸一拐地上岸了，牠搧著一個巨大的翅膀，歡叫著用「單臂」擁抱媽媽。

天鵝姑娘蹲下來抱住牠，小巴圖用長長的脖頸纏繞住薩日娜的脖子，從左邊一直纏繞到右邊，架靠在她的肩頭，把頭貼在她的臉頰旁，在她耳邊發出一聲比一聲低的「額額、叩叩、額額額額」的哭聲。薩日娜用一隻手按住鵝頭，就像兩隻鵝那樣擁抱哭泣，互相安慰。

薩日娜細細地檢查牠身上的十多處傷口：右側胸部凹陷下去一塊，與左胸很不對稱。小巴圖真是死裡逃生，從這裡再斜著往下去一點點就是心臟。她很怕摸這個傷口，就彷彿直接摸牠裸露的心一樣。凹下去的傷口表面，一根新毛也沒有長出來，到冬天最容易受涼。這樣的重傷天鵝怎能託付給他人？她又仔細查看，在天鵝最容易被獵鷹、狐狸得手的長脖頸上，也有兩處叼咬傷，每個傷口旁邊又都是脖頸大血管，只要被獵鷹的利喙利爪撕破，那小巴圖的血就會迅速噴光。她一遍遍撥開羽毛再細心看，除了傷殘的腳蹼，其他的傷口恢復得還算好，有些傷疤的顏色已經比較正常了，有的還能被羽絨勉強覆蓋。

檢查完傷口以後，她拿出馬蹄袖大小的一袋上好麥粒，倒在手掌裡，一點一點地餵牠。草原不產麥粒，這是草原牛馬羊最金貴、最愛吃的食物。以往阿爸和薩滿法師要花費好幾隻牛羊，才能從商隊換來幾大袋發黴癟縮的馬料麥粒，要放在清水裡用力搓洗再曬至乾透，才能餵天鵝。可巴格納卻能給她送來這麼乾淨飽滿的麥粒……往後一定要多給小巴圖吃些這樣的好食物，最好能持續不斷地餵牠，讓牠的殘體恢復得更快一些。光吃湖中的水草，牠的身子一直孱弱，要夠到淺湖底的水草，尤其是養分更多的草根、蒲根，是要花費很大力氣的，而小巴圖的力氣顯然比從前小了一半。牠的傷勢太重，需要經常安慰、照顧和加餵好食，可是當部落遷場搬家，就很難堅持下去。

小巴圖馬上感到了媽媽的哀傷和無奈，又把脖頸纏繞到媽媽的脖子上磨蹭，再抬起頭把長頸彎成半圓，對著她發出「額額額、叩叩、闊闊」的聲音。

薩日娜輕輕撫摸著牠的曲頸，心中的情與歌又湧到嘴邊。她傷心地吟唱著她的《天天的天鵝》：

天鵝曲頸天天問，
天天體貼問候情侶唯天鵝。
心淨靈淨天天相互洗浴淨白羽，
聖潔天鵝始終遠離塵埃俗汙濁，
相聚清湖宛若佛界蓮花朵連朵。

天鵝引頸天天唱，
天天愛唱愛聽一首歌。
古老鵝歌傳唱萬萬代，
雖難媲美百靈千囀百回曲調多，
祖母告訴我，
鵝歌卻是千古一歌「永愛我」。

天鵝昂頸展翅天天舞，

暮年仍舊天天忘我對舞「勿忘我」。
直到無力相伴遠途飛，
藏起天鵝最後的憔悴，
雙雙飛向永無鷹獸人跡的蘆葦泊。

唱罷，兩鵝繞頸抽泣……

8 陰影下

帖木真（成吉思汗——引者注）到家以前，也速該額兒（成吉思汗之父——引者注）已經與世長辭了。

賢德的兀真額克，
把自己聰明睿智的兒子，
經常靠著野韭菜養活，
使他成了一國之主；
剛毅的兀真額克，
把自己承受真命的兒子，
用小魚兒撫育成人，
使真命天子即了汗位。
——朱風、賈敬顏譯《漢譯蒙古黃金史綱》

美麗的夫人（成吉思汗的母親訶額侖——引者注），用韭、野韭養育的挨餓的兒子們……

他們坐在母親斡難河的岸上，整治釣鉤，釣取有疾殘的魚。他們把針彎曲成鉤子，釣取細鱗白魚……他們結成攔河魚網，去撈取小魚、大魚。他們就這樣奉養自己的母親。

——余大鈞譯注《蒙古秘史》

二十多天後，當札那和兒媳斯琴高娃坐在四壁粉刷得亮白的小餐室裡大吃炸魚的時候，已經認不出原來的那個額侖烏拉蓋客棧了。

房屋已被修葺一新，房頂的雜草被剷除，又苫上了一層近兩指厚的新泥，房屋的外牆面也用薄泥抹平，客房內牆壁被刷白，窗戶全都糊上了新窗紙，舊店的工房後面又貼著院牆開了一排員工房的地基。整個院牆被新草泥加高了一尺，又與舊牆銜接得渾然一體。原來坑坑窪窪的停車場也被填平。在院子西牆外面加開出一片有原來院子三分之一面積的新院子，用厚石片砌了兩排新庫房和一排工房石牆，已高兩尺。庫房前的空地上堆滿了用作橫樑的原木。

大盛魁派來的二三十個民工正在緊張地忙碌，一些民工正在脫土坯，還有一些人趕著牛車，正從西北山谷的舊採石坑往客棧運石板、石料，院外旁邊的草地上支起了幾頂民工住的大帳篷。老院舊庫房裡碼放著許多大盛魁商號的日用商品備貨，還隔出一間作為設有櫃檯的商鋪；伙房裡擺放著五六大罐部落送上來的羊油，案台上是兩隻剛殺好、淨膛的肉羊。院外菜地的雜草被剷除，新菜畦與老菜地已連成一片，菜芽嫩綠。西院外五六里的山坡草地上，扎著一個新搬來的蒙古包，不遠處是一群羊和一百七八十頭牛。牛群裡有奶牛，為蒙古客棧的奶茶提供新鮮的牛奶，也有用來替換商號牛車隊裡疲牛病牛的大犍牛。

大盛魁商號也已快速為札那客棧配齊了全套人員：庫房收貨、驗貨、發貨的主管林夏和兩個店員，客房的主管和五六個清掃洗滌幫工，伙房的兩個師傅和兩個廚娘，以及一個全院的勤雜工。老張仍為客棧的代理管家，老張媳婦降為幫廚，小王和莫日根管捕魚、運魚和幹雜務。大盛魁商號為了親近和尊重草原蒙古人，讓草原客棧的店員夥計，不論是不是蒙古族，一律穿蒙古服裝，並儘量講蒙古話，深受旗府官員和牧人的稱讚。

巴格納向札那詳細講述了開業經過，又講了與大盛魁的合營方案：客棧的客房、餐飲收入全歸客棧。客棧與大盛魁商號合營後，分店的基建費用由大盛魁投，而新舊庫房的收入三七開，大盛魁拿七，客棧拿三。大盛魁為客棧開業投的修繕和物資費用，半價折算。客棧自己蓋建的一排新房，客棧自己出資，大魁盛先出工修建，等以後客棧有足夠贏利的時候再按成本價收取。

札那三口炸魚，一口酒，滿意地說：成。這樣合營公道合算，雙方都有厚利，他們讓的利還真不少啊。這麼說，客棧開業，咱們一文錢也沒出，就開得紅紅火火。巴格納，你真比我想的還能幹，不愧是經商七八年的蒙古貴族後代啊。

巴格納連忙避開功勞，解釋道：我沒那麼能幹，是我運氣好。還是您的名氣大，名聲好，人家才敢下大本。他們讓一些利，也為了讓客棧趕緊上道，對雙方都有好處。

札那笑道：你不喜歡說大話，也不表功，是個心裡裝著大事的人。

巴格納說：我小時候，阿媽常對我說，阿爸生前一直希望我長大以後虛心學習、用心做事，記住「小器易盈」這句漢話。所以我一點也不敢大意，生怕哪裡出錯遭災。這會兒，我心裡是裝著大事，就是要儘快幫薩日娜還清高利貸，要不咱們烏珠穆沁部落最了不起的歌手，就要被賣身為奴了。真到那個時候，我就會離開客棧跟她走，她上哪兒，我上哪兒，做苦工、賣苦力去服侍和照顧她了。

札那歎息道：白依拉已經跟我講了這件事。大夥都心疼她、想幫她，可是真有辦法能幫她逃出火坑的，興許只有你了……

圖雅端著一盤炸魚進了屋，把盤子放到桌上，說道：阿爸，阿爸，斯琴高娃，你們再來嘗嘗我親手炸的魚。

札那阿爸和斯琴高娃很是吃驚，都沒想到家中的小公主竟然會做炸魚了。於是趕緊下筷夾魚吃了起來，連說好吃、好吃。斯琴高娃笑道：我還是第一次吃圖雅做的東西哪，跟其木格做的一樣好。札那也樂道：我的寶貝女兒大有長進啊！

圖雅開心地蹦蹦跳跳繞到阿爸身後，摟住他的脖子，用自己乾淨白嫩的臉貼在阿爸長滿鬍鬚的臉上使勁蹭，還在老阿爸臉上響響地親了兩下，叫道：阿爸，阿爸，我可想您啦。這些日子我忙壞了，這兒太好玩，除了炸魚，我還跟巴格納哥哥學會好多事情哪。我都不想回部落了。

白依拉笑道：圖雅妹妹是忙壞了，她喜歡上了客棧，還喜歡抓魚吃炸魚。哪個商號的車隊過來，她都先去攔住，挑選自己喜歡的小玩意兒。

圖雅摟住阿爸的肩膀不停地搖，說道：大夥都說，您請巴格納當掌櫃太對啦。巴格納哥哥的本事大著呢……阿爸，在蒙古包洗澡不方便，沒那麼大的鍋燒水，也沒那麼大的木盆。您今兒就在這兒洗個澡吧，客棧有大木盆，我已經讓其木格燒了熱水，可舒服啦。

圖雅不讓別人說話，又跑到白依拉身旁，笑問：大哥，斯琴高娃來了，你讓她在客棧多住幾天吧。你倆住我的房間，我去其木格那兒住。你咋回事啊，都這麼多年了，還不讓斯琴高娃給咱家生個漂亮灰眼睛的娃啊？我都等急了。

白依拉說：你還不知道嘛，我主管咱家的四群馬，八九個馬倌，整天整夜不著家，斯琴高娃能懷上嗎？你們沒發現嗎？咱們旗和部落的藍眼睛、綠眼睛還有灰眼睛的女人，特別難懷上孩子，生出一個藍、綠漂亮眼睛的孩子就更難了。黑眼睛的女人，一生就是三四個、四五個。可是眼睛最漂亮的女人，頂多生一兩個，有的連一個都生不出來呢。假如生下兩三個，最多只有一個是綠眼睛或藍眼睛的娃。道爾基部落的娜仁其其格和薩日娜，不也是家裡唯一的藍眼睛和綠眼睛姑娘嗎？

圖雅又摟住了她從小最羨慕的全蘇木第一美人斯琴高娃，不停地輕吻嫂子那兩隻美麗的灰眼睛。蒙古突厥人的灰眼睛，像天下最潤亮透明的玉。烏珠穆沁草原灰眼睛的女人比綠眼睛姑娘還要少許多，她也就美得更加出眾。當然就被札那家最有可能繼承貴族爵位的長子白依拉搶到了手。

圖雅咯咯笑道：巴格納哥哥你過來看看呀。斯琴高娃的這雙灰眼睛可神啦，會變顏色。這邊看是灰綠色的，那邊看是灰紫色的，太陽下看的時候是灰粉紅色的，月光下看的時候是灰藍色的。每次看都不一樣。

巴格納一聽，也睜大眼睛，好奇地側偏了頭從兩邊看了兩次。果然，從不同位置看，灰眼睛的顏色就稍微有些不同。他看的時候，那雙迷人的大眼睛立即拋來勾魂的目光。他馬上坐正，說：真神了，我以前咋就沒看出來呢。

斯琴高娃微笑道：巴格納，那你就常回家看看我吧，我讓你看個夠，你也得讓我看個夠。

札那又吃了一條炸魚，喜得連連說：越吃越想吃，真是吃不夠。炸魚這玩意我最愛吃，咱家的炸魚比旗裡飯館做的還好吃，狼給的魚能不好吃嗎？常常吃些大汗吃過的魚，能讓咱們黃金家族的後代不忘蒙古人當年的艱難，也能讓咱們沾上大汗的神氣和運氣啊。

他又想了想說：我也有好些年沒痛痛快快地洗一回澡了，今兒我就洗一回。吃完就洗。

斯琴高娃說：我也要洗。

圖雅說：成。前些日子，我還讓巴格納哥哥把一間離伙房大灶最近的客房改成洗澡間了。

由巴格納伺候著洗完澡，又由圖雅陪著一起回房的時候，札那覺得自己彷彿年輕了十歲，甚至還有去看望遠方老情人的衝動。然而，走進房後，坐下來，他忽然變得神情凝重。

圖雅問：您那麼多年沒好好洗澡了，是不是一下子累著了？

札那歎了口氣說：先吃大汗吃過的魚，後洗大木盆的熱水澡，再住在冬天不怕風雪的土房熱炕上，在蒙古包可過不上這樣舒坦的日子。草原老人都說，草原是擋不住定居的。定居在向草原一點一點地挪，一些草原人自己也越來越喜歡定居。草原人一定居，草原就死嘍。一旦草原變成沙地，在沙地上還能定居嗎？這些年察哈爾、土默特、鄂爾多斯，還有科爾沁旗府貴族和官員都貪戀賣地撈錢，租地收租，大量放地招墾。內地無地農民也拚命往草原遷，太可怕啦。

巴格納說：我也擔心這件事，咱們烏珠穆沁旗最遵從聖主成吉思汗的法令，嚴禁在草原定居，只有客棧可以例外。要不草原人沒有茶鹽布糧，沒法賣牛羊，也活不好。

圖雅說：阿爸，巴格納哥哥，你倆別擔心。我就不讓人在客棧外面蓋房子，誰蓋我就告官府，官府不管，我就帶人去拆。這是部落的草場。

札那對巴格納說：圖雅到客棧沒多少日子，長進不少啊。跟你學做生意是能學到地道東西的。蒙古人的育兒經是把長子和其他兒子放到戰場去打頭陣，只有這樣貴族才能成為真貴族。要不成吉思汗為啥把兒子都放到前方戰場上去戰，不把他們放在後方宮帳裡養？要不他的四個兒子咋能那麼厲害？看來我得把嬌生慣養的圖雅放到客棧練練了。不經商，蒙古就強不起來，但經商又非得蓋客棧和庫房，蒙古人要保住草原難啊。

體魄強健的白依拉和美貌的斯琴高娃在洗澡間裡的夫妻浴，洗了好久。由客房改成的洗澡間，洗完便可上炕，兩人洗得驚天動地。幸虧工地的噪音攪渾了聲音，要不民工們就要圍過來捅破窗戶紙，大看草原春宮戲了。不過，離得最近的其木格和莫日根還是聽得受不了了。這兩個像火鐮火石一樣、一擦就冒火的蒙古年輕人實在忍不住了，只得跑到自個兒的小房裡去狂顛暴喊了。草原人如同兒馬、騍馬的慾火，是油火，不是乾糞火，下雨都不怕，還怕人看？新來的廚師和小廚娘都被喊得炒糊了菜，放錯了鹽。只好去敲門，讓他倆輕一點。那門卻像是進屋人急得忘了插栓。一敲門，門自個兒開了，廚娘一看，連忙捂上臉，轉身跑回了伙房。而大廚師則關嚴了門，又重重地敲了兩下門，然後離開。

圖雅再見到斯琴高娃的時候，她如春花初放，嬌豔嫵媚。臉嫩得像剛鑽出地面的白蘑，新鮮光滑誘人。她對圖雅歎道：唉，前幾年的好時光真是白白浪費了。要不然早就給你生個侄兒了。今兒我洗得好過癮痛快，嗓子都喊啞了。客棧真是個好地方，你嫁過去一定要把那邊的客棧抓到手裡，也當個掌櫃，那多帶勁啊。

圖雅說：咱倆想到一塊兒去了。

白依拉樂道：洗澡房真亮堂，我的哈敦又白又光溜，讓我看了又看，親了又親，真像重又結了一次婚。謝謝圖雅好妹妹。

斯琴高娃歎息道：白依拉搬到客棧來住了，我也想搬來住，可蒙古包裡的事離不開我呀。

圖雅笑道：沒騙你倆吧。我喜歡的東西，準保你倆都喜歡。等新洗澡間弄好，就更方便了。這些日子我忙得好開心。

巴格納看到圖雅的心思和快樂全在客棧上，好像忘記去看薩日娜的事情，心裡驟然冷得像客棧那口深井壁上的殘冰。雖是夏天，但額侖草原上的陽光，仍然曬不到、化不掉它。此刻，沉浸在悲傷天鵝情歌中的薩日娜，應該知道他已經把客棧做得很興旺。但願她能相信他的諾言，讓她從黑暗寒冷的絕望中慢慢回過頭，注意到這裡還有一個人，正在拚命為她推開一扇巨冰般沉重的門，露出一道光亮……

大汗香酥炸魚的名聲傳遞速度賽過黃羊。烏拉蓋札那客棧那裡有「先洗澡、後吃炸魚的神仙般的生活」，沒幾天就讓額侖蘇木三個部落和其他蘇木部落的姑娘小伙、情人戀人以及成年夫妻全都花心癢癢了。又聽說大盛魁和客棧合營的分店也在客棧開張，天南海北的稀罕商貨啥都有。平淡重複的草原生活，不幾天就火熱鬧騰起來。

三個部落的幾位急性大馬倌，顧不得帶上麻煩囉唆的情人，跨上快馬旋風般地奔到了客棧。一進餐室，一坐下就要炸魚和酒，其他啥都不要。白依拉、巴格納、圖雅、老張和林夏都來陪酒助興。好酒炸魚如炸炮，炸得大馬倌們大呼小叫，亂拳砸桌，連吼好吃好吃。嚼魚嚼得油渣橫飛，喝酒喝得狂時比誰的情人多、情人美，又大唱草原上毫無遮掩的放蕩情歌。

炸魚誘人，情歌撩人，老張幾杯酒下肚，酒興大發，自賣自誇，底氣旺足。他舉杯高叫道：這些日子我和廚師還有幾個幫工吃炸魚吃得太痛快啦，就湊了幾句順口溜，想讓來往過客幫咱客棧吆喝，把咱們客棧的招牌菜傳遍草原城鄉。我來給大夥念念，蒙漢都有啦：

天上飛龍瞅，地上炸魚肉。
皇上夠不著，大臣吃犯愁。
東海大黃魚，
比不上烏拉蓋河野魚滾羊油。

漢人聽音，蒙古人聽意。聽後眾人高叫：好、好、好，對、對、對。這麼好吃的炸魚，就得吆喝。不吆喝就成瞎魚啦！

眾人邊高聲吆喝，邊痛飲猛嚼。

巴格納聽後卻驚出一身冷汗，又是「天龍」，又是「皇上」，還吃不到地上的野魚肉。雖然只是打油詩，卻可能被告密小人挖出詩中天龍想吃癩蛤蟆肉還吃不到的影射。那可就要觸天條、犯大忌，而且是藐視皇權、「大不敬」的殺無赦之罪啊。巴格納暗叫不好。

他立即舉杯起身高聲說道：順口溜，賺吆喝，就得讓人聽明白。不明白就吆喝不遠。「飛龍」是東北林區的一種珍禽飛鳥，名叫榛雞，跟咱們這兒的沙雞差不多大，肉特別鮮美，是進貢皇上的貢品，皇族最愛吃。可蒙古草原人不知道也聽不懂，以為飛龍就是神廟裡騰雲駕霧的龍和真龍天子的龍。還有，皇上高高在上，大臣下跪磕頭。大臣是不能和皇上並列並排的，王公和大臣才能平起平坐。這樣吧，我來改幾個字，就能讓客人聽得明白，也就會傳得更快。大夥聽好了：

天上飛鷹瞅，地上炸魚肉。
王公夠不著，大臣吃犯愁。
東海大黃魚，
比不上烏拉蓋河野魚滾羊油。
吃過準回頭。

眾人聽後高叫：好、好、好，比前面那個更好。

老張說：特別是「吃過準回頭」，這才吆喝到點子上了。我咋就沒想到呢。到底是巴掌櫃見過大世面，厲害啊。

白依拉也聽出了巴格納的擔心，長出一口氣，說道：往後，誰也別亂說、亂寫、亂吆喝。「皇上」能放在嘴上亂吆喝嗎？

巴格納對分店的主管林夏說：那就趕緊用蒙漢兩種字寫在牌子上，掛在幾間餐室裡。讓蒙漢客人到處傳，就不會傳錯了，有牌為證。掌櫃就要掌管大事，大事不出錯，小事都好辦。

巴格納背上幾縷冷汗像蚯蚓一樣遊進褲腰裡。

酒宴散後，白依拉對巴格納說：我知道你天天想念薩日娜，稍有空閒，你眼睛就發直。我也惦記她呢，你還是和圖雅去看看她吧，讓她過得鬆快一點。客棧的活兒，我也能明白一些了，有老張和林夏在，你和圖雅離開兩天也沒事。明後天你倆就騎馬去一趟吧。你當上了客棧掌櫃，是應該去寬慰寬慰她。她誰也不見，但只要圖雅帶你去，她不會不理你的。

巴格納感激地說：太謝謝你了，你一定要讓圖雅和我一起去，要不我真不敢去，怕她犯病。

夜裡，巴格納一直在想給薩日娜帶些什麼東西去，像蒙古女式單袍那樣的東西他再也不敢送了，但可以讓圖雅送，圖雅一定會送給她好姐姐很多好東西的。可是他應該給她送些什麼特別的東西呢？除了麥粒還有什麼呢……他馬上想到了魚，天鵝像蒙古先祖一樣，天生愛吃小魚兒。給天鵝姑娘帶去魚，既可以親手給她做炸魚，讓她和兩個小弟弟吃到額侖人誰都讚不絕口的美味，更可以剁碎魚拌在麥粒裡餵她的寶貝天鵝。她那兒湖裡的魚準保沒有烏拉蓋葦塘裡的魚多，這裡的人又不會捕魚。這應該是她心裡最想要的好東西吧。還可以到客棧的菜地裡去割幾把嫩青菜，切碎後拌進魚麥裡，那就更是草原天鵝的聖餐美食了。

他想得半夜未眠。

9 追不到的美女

蒙古民歌《薇林花》（「薇林」的蒙古語意為雲朵，「薇林花」即雲朵花，蒙古姑娘名。——引者注）：

沒有陰雲的月夜，比白天還要晴朗；
聰慧的薇林花，比那泉水還要清澈。
……
細小的針尖，能穿透千層的靴底；
美麗的薇林花，常常進入人的夢裡。

——《中國民歌集》

兩天以後的上午，巴格納和圖雅騎馬向薩日娜的蒙古包急行。圖雅在馬鞍後面馱了一個大包裹，裡面裝有漂亮的女式蒙古單袍、緞腰帶、內衣、一雙女式蒙古靴和兩雙男孩穿的小馬靴。這些東西都是圖雅、白依拉和巴格納在客棧分店挑選的。巴格納帶了二十多斤鮮魚、三十多斤麥粒、幾大把嫩青菜、一銅壺羊油和一小包花椒粉，分別裝在兩個麻袋裡，也馱在鞍後。他懷裡還揣著一包花生糖。

圖雅嬉笑道：要是薩日娜姐姐是個從來沒有訂過婚的姑娘，準保要被你追到手。全蘇木的人都爭著搶著到客棧吃炸魚，可客棧的巴掌櫃卻親自帶著鮮魚，這麼大老遠的專門去給天鵝姑娘獻炸魚。三個部落的姑娘要是知道了，那還不得羨慕死啦。這次斯琴高娃來客棧，一聽說你接手客棧就是為了薩日娜，她高興壞了，她說她早就猜到你是為天鵝姑娘來當客棧掌櫃的。她那張快嘴只告訴幾個女人，不幾天就傳遍三個部落。大夥都說，在草原上，愛火比啥火都旺。這回客棧有愛火燒著，那準能燒旺，再也不用擔心客棧會關門歇業啦。

巴格納連連搖頭說：可是我知道，薩日娜是誰也追不到的，客棧再紅火，也追不上。她心裡只有巴圖。

圖雅歎道：那你倆先交個朋友吧，然後再慢慢等。唉，等上十年八年，興許還是不成。我知道她有多愛巴圖……

巴格納說：別的我也不敢想了。最要緊的，還是先把她的債還清，把她的命和自由身保住。

兩馬馱著重物，兩人不急不緩地讓馬兒自個兒掌握速度。巴格納望著夏季草場滿山滿坡的青綠草浪，傾聽遠處傳來的牧人長調顫音，說：圖雅妹妹，你上次唱的那首狼歌真好，越聽越想聽，還很耐琢磨。蒙古草原遼闊，牧人放羊、放馬，幾十里看不到人煙，太孤單了，不唱歌怎麼活啊？蒙古人天性愛歌。我是孤兒，更愛歌。今兒請你再給我唱一首狼歌吧。

圖雅笑道：好啊。我也看出來了，你是個特別愛歌懂歌的人，怪不得你拚命追求薩日娜。老人們都說，幾十年來就數薩日娜的歌最好。她愛天鵝，她的歌像天鵝一樣，情比北海深，愛比藍天高，飛得比草原廣。我一定要告訴薩日娜姐姐，你倆都愛天鵝又愛歌，按說應該能成為好朋友的……我和薩日娜姐姐還有一首兒歌，叫《騰格里和小羊羔》。這是我們倆聽了米希格法師講的一個故事，後來費了好大勁才把它寫成了歌，這首歌應該算是我和她兩人合著寫出來的，後來米希格阿爸也幫著改過。好長呢，我不知道還能不能背唱下來……

巴格納驚喜道：是長歌啊？太好啦。我又能聽到薩日娜的歌了。快快，快唱給我聽。

圖雅說：好吧，我唱啦——

薩滿法師講故事，最最愛講騰格里。
長生天，騰格里，一天降臨青草地。
草原百獸慌聚集，齊齊叩拜騰格里。
小羊羔，不知禮，蹦著跳著問天帝，
大灰狼，壞東西，經常掏羊好得意，
還說這叫遵天理，你說讓羊生氣不生氣？
天帝說，小羊羔，是你錯。
青草地，是地母，天父地母是夫妻。
羊群猛啃青草地，就是傷害我老妻。
為保碧綠大草原，只得派狼減少你。

小羊羔，好可憐，低下腦袋沒脾氣。
天帝說，你無罪。有罪就怪人貪癖。
人貪心，增畜群，壓得地母難喘息，
只好降雪訓人群，以防青草變沙地。
只是牽連小羊羔，讓我心疼施無計。

我愛小羊羔，更愛地母青草地。
羊群草原兩難棄，
拜狼恨狼、好心壞事纏一起。
薩滿法師最後講，
草原大命不可欺，尊天做人最最不容易。

巴格納大為驚訝，說道：這哪是兒歌？這是薩滿的天歌啊。薩滿真厲害，從小就給蒙古孩子講騰格里和草原的天理。

圖雅姑娘快樂地說：薩日娜姐姐也很喜歡這首歌。

巴格納問：薩日娜準保懂這首薩滿兒歌裡面的意思。可是，你懂裡面的意思嗎？

圖雅姑娘想了想說：還是懂一些的。騰格里是草原人的阿爸，草原是蒙古人的阿媽，都是大命。草原阿媽的大命要是死了，草原上的人狼天鵝牛馬羊，這些孩子的小命都得死。保護草原阿媽就是騰格里天帝交給人、狼和天鵝的大差事。對吧？

巴格納笑道：你真是個薩滿小法師。怪不得，我幹啥活你都真心真意幫我。我幹的那麼多的事情，說到底就是一件事，聽騰格里阿爸的話，保護草原阿媽。沒有阿媽，咱們的小命都活不了，我也不能幫薩日娜逃出火坑，那我的小命就真的活不成了。薩日娜和你的這首歌真往我心裡去啊。你倆的歌只要一唱到我的心裡，就會長在裡面拔不掉了。

一路上，巴格納讓圖雅一遍一遍地教他唱這首歌。

看到薩日娜的蒙古包，兩人加快馬步，圖雅大喊：好姐姐，好姐姐。我倆來看你啦。

兩人下馬、拴馬、卸包。薩日娜走出門，眼裡喜淚漣漣，像朵被湖水浸濕的天鵝羽絨花。她擁抱圖雅頻頻親吻，說道：好妹妹，你總算來了，我好想你啊。

圖雅從懷裡掏出一塊柔軟輕薄的布巾，給薩日娜擦了擦淚水，笑道：好姐姐，我也好想你啊，可我在忙客棧的事呢，脫不開身。那兒可好玩了，烏拉蓋河的狼，給客棧送了好多魚哪……

薩日娜說：都聽說了。一直想去客棧看看，也很想帶弟弟去吃炸魚，可就是沒馬啊。手頭的活計也壓得太多。

兩姐妹說了一會兒話，薩日娜才轉過頭給了巴格納一個淡淡的笑容。

圖雅笑道：對不起，我給你帶來一個喜歡你和你歌的人。這個人跟前面的那些人不一樣。我阿爸已經把他當兒子看待了，他這會兒也是我的好哥哥啦。

薩日娜說：我見過他好幾回了。然後對巴格納說：我替兩個巴圖和天鵝們謝謝你。你送來的麥粒真好，粒粒飽滿，還沒有黴味。

巴格納第一次聽到薩日娜帶著微笑的感謝，很感意外，慌忙說道：不用謝，不用謝，敬拜英雄和天鵝是蒙古人的天性。我又給你帶來了三十多斤好麥粒，還有一大袋餵天鵝的鮮魚和兩大把嫩菜。

是嗎？薩日娜眼裡露出些許綠寶石光芒般的欣喜，說道：那太好了，給我看看。

巴格納連忙彎腰解開麻袋，薩日娜看到了新鮮的魚，就像天鵝吃到了小魚兒那樣開心，連忙說：待會兒咱們就去湖邊，我把天鵝叫來，把魚給天鵝吃。這兒的水裡沒有這麼好的魚。天鵝主要吃水草，也愛吃小魚兒，可是抓不到這麼大的魚。我還得把魚切碎，再拌上麥粒嫩菜餵鵝。從前我看阿爸做過幾次這樣的好食，那時候有個獵人會用弓箭射魚，箭杆上拴上長線，也能拉上來一些魚。他就向獵人要了幾條。天鵝最喜歡吃麥粒嫩菜拌碎魚了。

圖雅說：你不想吃炸魚了啊？巴格納可是專門來給你和弟弟做炸魚的，連羊油和佐料都帶來了。咋也得留點吧？

天鵝姑娘一心惦念著虛弱的小巴圖和餓瘦了的天鵝阿媽阿爸們，忙說：那就留下一半做炸魚吧。夏天，魚放不住。這麼新鮮的魚，先餵鵝。小巴圖的傷很重，到這會兒還在養傷，太需要新鮮魚肉和麥粒了。我這就來切魚。

圖雅有些失望地說：好吧。

巴格納卻很高興，說道：我很想看薩日娜餵天鵝。等咱們餵完回來，就給你們做炸魚。我先教弟弟咋收拾魚。

幾個人把幾大包東西搬進蒙古包，巴格納從懷裡掏出一包花生糖遞給兩個弟弟，然後教大弟弟額利刮鱗去鰓去內臟。圖雅打開包裹，把裡面的袍子靴子拿出來給她和弟弟。薩日娜感慨道：謝謝好妹妹，只有你送的衣袍靴子我才敢收，要不，我就得不到清靜了。

圖雅說：我知道天鵝最愛清靜。那你就認下這個朋友吧，別的小伙就不會來打攪你了。他跟你一樣，愛歌愛天鵝愛清靜。

薩日娜笑容消失，沒有回答。

活潑的塔娜姑娘一見到巴格納和圖雅來看薩日娜，連忙笑著跑了過來。塔娜家是薩日娜的新鄰居。自從薩日娜家喪失了羊群牛群之後，她們一家就被配屬給塔娜家，塔娜家是一個只有三四百隻羊的小戶人家，和別的幾家人合著放一千一百多隻羊。原先的鄰居、家道中落的巴圖家，被部落調給有大羊群的一家富戶當配屬戶了。塔娜跟兩人親熱地問候過，一見到那麼多的魚，拍著手說：客棧兩位掌櫃都親自來給你送魚，做炸魚。薩日娜姐姐，愛你的人可真多啊。哈，今兒咱們兩家人該美美地吃上一頓炸魚宴啦。

圖雅說：今兒我和巴格納哥哥還有要緊的事要跟薩日娜說呢。待會兒，我倆給你們家炸一盆魚，你就把炸魚拿回家去吃吧。

塔娜立刻說：明白，明白了。

巴格納說：塔娜，謝謝你上次給我講了那麼多故事。下次你到客棧買東西的時候，我讓伙房專門給你做炸魚帶回家。

薩日娜把豎放在兩個碗架中間的大案板拿出來，又拿來兩個舊的大銅盆和一個蒙古枕頭大小的生羊皮口袋，然後拿出四五斤魚，開始切魚，並說：剩下的魚還可以喂兩次。給天鵝餵食，魚肉不能太多，還是要多放嫩菜和麥粒。可天太熱，魚放臭了咋辦啊？

巴格納說：待會兒，我給你在蒙古包外面的背陰處挖一個深一點的坑，像狼埋食那樣把魚埋起來，埋個一兩天，不會壞的。

薩日娜微微一笑，說：謝謝你的這個法子，還是讓額利去挖吧。

塔娜一邊快樂地跟著巴格納收拾魚，一邊說：多少日子了，難得看到薩日娜姐姐開心的樣子。巴格納大哥，你往後就常給天鵝姐姐送魚來吧，天鵝就是她的命啊。

巴格納小心地說：是，是。

薩日娜說：客棧剛開業，啥事都離不開新掌櫃，他太忙了。還是讓咱們十戶組去客棧買東西的人，給我捎回來一些生魚吧。這段日子是天鵝父母餵養小鵝的節骨眼，天鵝阿媽阿爸都餓瘦了，小巴圖更得補身子，太需要好鵝食了。

巴格納低著頭說：成，我會經常讓馬倌和部落的牛車捎給你的。

薩日娜一條一條地除去魚鰓魚肚腸，然後切魚剁魚。再把剁出來的碎魚拌上十幾斤麥粒和切碎的嫩菜，放在兩個大盆和一個口袋裡。一切準備妥當，就要向湖邊運美味的鵝食了。可是，薩日娜家沒有牛，也沒有多餘的牛車，只有在搬家時部落才會給她家派來牛車。而塔娜家的拉車犍牛都在遠處牛群裡。姐妹倆只得兩人騎一馬，薩日娜連忙先扶鞍鞽踩鐙上馬，再把左腳脫開馬鐙。然後圖雅踩著馬鐙，巴格納再雙手托著她的腰，把她托舉上馬，坐在薩日娜馬鞍後面。圖雅一隻手抱住薩日娜的腰，另一隻手握著口袋。

巴格納有點失落，他明顯感到薩日娜不想讓他托腰，扶她上馬。在草原，兩個女人騎一匹馬，後上馬的女人總是需要站在地上的人托舉一把，否則要費很大的勁。如果馬肚帶扣得不緊，第二個人踩鐙上馬，弄不好還會轉鞍，兩人都摔下馬，還會驚了馬。所以薩日娜會先上馬、騎馬鞍，讓圖雅後上，這樣就可以讓巴格納去托舉圖雅的腰了。托腰上馬，那是阿爸和巴圖給她的愛，別人是不配做的。

巴格納連忙把鵝食盆端給薩日娜。可是她穩穩地接過食盆，只看魚麥拌食，不看他。巴格納上了自己的馬以後，塔娜和額利再把另一個食盆端給他。好在湖邊不太遠，可以慢慢走。兩匹馬都聽話懂事，小心小步地走向湖邊。塔娜和額利回包繼續收拾魚、洗魚、挖坑。

三人兩馬走到湖邊，圖雅先抱住薩日娜的腰滑下馬，又分別接過薩日娜和巴格納的食盆，放在草地上。薩日娜下馬後立即將一個盆與另一個盆拖開三四步的距離，然後讓兩人往回走了幾十步，站在那裡不要動，不遠不近地看她餵鵝。

巴格納停住腳步以後對圖雅說：要是她唱歌，請你替我把歌的詞曲記下來，我也用心記。

圖雅點頭答應。

薩日娜一聞到湖水和蘆葦的清香，便像天鵝昂頸一般挺拔地站在湖邊。暖風拂過，夏季白布單袍輕輕飄動。她的前面是額侖草原深藍透明的天空、晃眼的輕柔白雲、浩渺寬闊的湖水、波浪起伏的蘆葦，成對飛翔的潔白天鵝和各種羽毛翠豔光亮的水鳥。她再次向天空伸出像天鵝長頸般柔軟的雙臂，揮動招手，但沒有唱歌，而是向在空中翱翔、水面上鳧水游弋的天鵝高聲呼喚：小鵝，小鵝，媽媽來看你們啦，給你們帶來最好吃的東西，快飛過來吧。小鵝，小鵝，媽媽在這裡。

遠處的天鵝彷彿從白雲裡鑽出，從葦巷裡騰起，陸續向她飛來。驀然，天空湖面響起一片歡快的「嗚昂——嗚昂——嗚昂」，那是天鵝特有的簧管般喉音顫動的鳴叫。二三十隻天鵝呼嘯而來，巨大的翅膀像天舟白帆，盤旋在她的頭頂，又像廟宇經堂壁畫中，在佛像頭頂上繞飛的吉祥神鳥。

巴格納看得迷醉暈眩，他歎道：真美啊，我又看見了天堂和天女，天鵝公主和她的歌一樣美。

圖雅喃喃道：今年初冬，我也要救養天鵝……

天鵝繼續飛旋，好像有半數鵝的腳腕上都拴有馬鬃細辮或綢帶，那是她阿爸、巴圖和她救養過的天鵝。那些腳腕上沒有記號的，大多是有記號鵝的愛侶，還有一些鵝的家園在其他的河湖裡。天鵝們越飛越低，牠們好像看到了鵝媽媽明亮的綠眼睛，也似乎聞到了麥粒魚香菜絲的香味，張大翅膀飛落下來。剎那間，薩日娜周圍的湖面、草地落滿了天鵝。牠們向媽媽展翅問候後，歡叫著衝過來，團團圍住兩個大食盆，伸頸埋頭搶食。頃刻，兩個食盆像是被神女施展了魔法一樣，倏地變幻成兩朵各有十幾片大花瓣的、白色鮮活的天鵝花，而那兩個銅食盆就是鵝花的花心。薩日娜天女似的蹲坐在兩朵花中間，張開雙臂，撫摸鵝羽，將兩花勾連起來，像是兩朵天鵝花的並蒂枝莖。她抬頭望天，舞動雙臂，好像要讓騰格里、佛祖和她的心上人觀賞天鵝湖邊巨大的並蒂蓮花，並向他們獻花致意和表達心中的愛。

巴格納和圖雅被這兩朵天下最大最美、最白最亮眼的天鵝花震驚得高叫起來。此刻，他才恍然大悟，薩日娜為什麼剛才有意將兩個食盆拉開三四步。一定是她一看到鮮魚，心裡先開出這樣兩朵美麗的天鵝花，再特地做出這兩朵碩大醒目的天鵝並蒂白蓮花，好讓天上的情郎和小巴圖的天鵝公主能清楚地看到，並告訴他們，留在人間的情侶依然像並蒂蓮那樣愛著他們，思念著他們，心連著他們。

薩日娜像花中女王，蹲著身挨片撫摸白花瓣，親吻她的孩子們，讓牠們轉起來、舞起來，盼望天上的情郎看得更真切一些，聽到她花舞中的情歌。她的淚水像清晨蓮花上的露珠，順著花瓣脈絡，滴淌到花蕊裡……

在餵養催促小鵝快快長大的季節，能吃到在天鵝湖中吃不到的美食，饑餓的天鵝們都開懷猛吃吞咽。不大一會兒，銅盆就發出連巴格納和圖雅都聽得到的鵝啄盆的聲音。怪不得薩日娜想把更多的好食鮮魚拿來給天鵝吃，只有薩日娜才知道天鵝湖中餵養小鵝的鵝阿媽阿爸們是多麼饑餓辛苦。他責怪自己沒能再多帶些魚麥菜來，應該專門牽一匹馬來馱東西就好了。

天鵝們終於抬起頭，顯然，牠們沒吃飽還想吃，就又圍過來，盯上了薩日娜腳旁滲出魚香菜汁的口袋。她蹲下身子，攤開雙手，對天鵝們說了幾句話，又指了指不遠處那隻正在費力游來的鵝。天鵝們伸長脖頸看了看，都明白了媽媽的心意，便陸續飛上天空，在她的頭頂上鳴起一片感謝聲，飛了三四圈，讓開了。

巴格納的心怦怦地猛跳起來，終於見到那隻額侖草原人人敬佩稱頌的重傷鵝。他和圖雅都忍不住向前走去，要近近地看望這隻英雄鵝。小巴圖一瘸一拐地走上岸來，薩日娜像擁抱情郎、又像擁抱兒子那樣抱住了牠，激動愛戀地親吻、擁抱和撫摸牠。小巴圖也給媽媽深深的愛：把長長脖頸像圍圍脖那樣圍纏了她的脖子。薩日娜用手掌托起小巴圖的頭，貼在自己的唇上久久不放。兩人走到她倆的身邊，薩日娜沒有責怪他倆。

她的淚水閃著綠光，對小巴圖說：別怕，別怕。他倆是我的朋友，是他們給你送魚來的。你要認識認識他們倆，萬一哪天我不在了，他倆會來養你的。

巴格納的心裡突然感到一陣絞痛，全身的血驟然僵凝，嚇得說不出一句話來。

圖雅慌忙蹲下身，扶住薩日娜說：千萬別這麼想，我倆都在拚命幫你呢，這會兒他已經是額侖人人誇讚的掌櫃，又把客棧辦得紅紅火火，巴格納哥哥說到做到，再有一兩年，咱們就能熬出頭了。

為了轉移薩日娜的悲傷，圖雅伸手去摸了摸小巴圖的頭，笑問道：小巴圖，小英雄。好久沒見了，還認得我嗎？

小巴圖把長脖頸抽回來，友好地抬了抬頭，嘴角翹得高了一些，還吻了她的手一下，看來還沒忘記她。小巴圖又歪著頭用一隻眼睛盼望地盯看了一眼巴格納，發現他不是巴圖，哀哀地叫了一聲，便低下了頭。

巴格納心中一震，怕牠傷心，不敢去摸牠的頭，只得輕輕說道：小巴圖也已經很餓了，快給牠餵食吧。

薩日娜慢慢平靜下來，打開口袋，把已經被魚汁菜液泡軟的麥粒和碎魚碎菜，一點點地倒在手掌上慢慢地餵。小巴圖很驚喜，彷彿想起來這是很久很久以前吃過的好東西，便貪急地吞吃了起來，吃得很開心、很享受。巴格納感到，薩日娜給小巴圖留的這份美食，要比她給其他天鵝吃的分量大得多。她是多麼想讓這隻重傷的天鵝早日健壯起來。她投在小巴圖身上的愛，幾乎就是她的整個生命。

等到口袋裡剩下最後五六口鵝食的時候，薩日娜忽然對巴格納說：你來餵吧。圖雅妹妹已經訂婚了，早晚要嫁出去的。你來餵牠最好，你倆好好認識認識吧。

巴格納慌忙接過口袋，把食物擠在手掌上餵給小巴圖，牠猶豫了一下還是吃了起來，直到把口袋裡的食物都吃完。巴格納急忙把口袋翻過來，讓牠再啄食黏在布上的殘渣。等牠吃得乾乾淨淨，巴格納在厚密的草上擦乾淨手掌，伸手去摸小巴圖的頭。牠輕輕躲了一下，卻沒有完全拒絕巴格納的撫摸。顯然，小巴圖知道，是媽媽讓這個人來給牠餵食的。

薩日娜說：湖裡還有不少我的鵝沒有吃上魚肉麥粒呢。我總是想，要是能進湖裡去餵鵝媽媽就好了。

圖雅為難道：蒙古人咋會進湖裡去啊？巴格納哥哥，你法子多，你來想想吧。

巴格納有些遲疑地說：好的，總會有辦法的。

薩日娜又撫摸了一會兒小巴圖，說：你們好不容易來一趟，我讓你倆看看牠的傷吧。她先給兩人看了看小巴圖腳腕腳蹼上的傷，又撥開羽毛，讓他倆看小巴圖全身上下的十多處傷，特別是右胸和長脖頸上那幾處差點要了牠命的重傷，一邊含著淚講述牠拚死救愛妻的故事。兩人看得倒抽涼氣，蹲下身輕輕撫摸牠身上的羽毛和傷口。圖雅姑娘傷心地把臉貼在牠的頭頸上，說道：小巴圖太像巴圖了。看到小巴圖這個樣子，我就想起親愛的巴圖哥哥。她抱緊小巴圖，放聲大哭起來。

巴格納全身微微顫抖。他越來越清楚，只要小巴圖在，薩日娜就會有生命的支柱。他彷彿看到了一線希望，對薩日娜說：我一定幫你，讓小巴圖比會飛的鵝長得更健壯。

終於要分別了。薩日娜深深地吻了小巴圖的頭頸、眼睛和喙，人與鵝抱著搖著晃著，好久好久才分開。眼前的圖景不就是她與巴圖相愛相擁時的情景嗎？親眼見到天鵝的愛，巴格納心中感到深深的疼痛。

三人牽馬走了一段，轉過身回頭看，小巴圖還在昂著長脖頸，不捨地望著薩日娜媽媽，搧著一隻單翅，困難地向他們「招手」道別。三個人也不停地向牠招手。巴格納的淚水突然滾落衣袍，他不由自主地轉過身，跪下雙膝，雙手扶地，向小巴圖拜了三拜。等三人上了馬，小巴圖才一瘸一拐地走進水裡，用「單槳」很快地轉回身，繼續望著媽媽……

回到家裡，額利和塔娜已經將餵鵝的魚埋進深坑，並把剩下的一大半的魚收拾乾淨、瀝乾。巴格納一邊化羊油、調製加鹽加花椒粉的麵糊糊，一邊教他倆怎樣炸。等酥香的羊油炸魚撈出來，每人都吃得大呼小叫，兩個弟弟和塔娜開心得像是參加了那達慕大會上隆重的部落聚餐。

薩日娜說：要是巴圖也和咱們一起吃炸魚的話，我會高興得像新娘那樣。

巴格納對薩日娜說：上次我對你說過的話，我準能做到。今年入冬以前，我要讓小巴圖常常吃到好食，讓牠早點康復，健壯起來，讓你和牠長久相愛、長久生活下去。

薩日娜說：我替小巴圖謝謝你。人中的天鵝，在我的心中只有一個，我也盼望你能幫我和巴圖永遠相愛下去。

巴格納稍稍停頓了一下，說：會的。我會一生守護你倆相愛的。圖雅愛他，我也愛他、敬佩他。

圖雅讓兩個弟弟等一等再吃，然後忙著幫巴格納炸魚，並一條一條地盛在一個大盤子裡，裝了十五六條便讓塔娜姑娘端回家。她連聲道謝，出了門還在叫喚：兩個掌櫃親手炸的魚，我們全家都得樂暈啦！

五個人重新開宴。巴格納像個殷勤的廚師，一條一條把炸夠火候的魚夾到每個人的碗裡，還特地給薩日娜夾了一條炸得最漂亮、最酥脆的魚。薩日娜和兩個弟弟一條接一條地吃。

額利開心地說：這是這幾年咱家吃過最好吃的東西，巴格納大哥對我們家、對姐姐最好。我都想到客棧去做工了。

巴格納笑道：好啊，我也想把你接到客棧去。可是你是你們家最大的一個男孩，蒙古包裡沒有大男孩，是會有大麻煩的。你還是在家幫你的姐姐吧。

圖雅說：你姐姐要給富家做袍子，養活一家。好多家務活都要你幫她做。要是姐姐弟弟生病了，也得靠你去找人，請蒙醫的。

薩日娜說：這會兒這個家是不能沒有他的。而且，阿爸生前早就和長思寺的主持定好了，年底年初，就要送他到長思寺去當小喇嘛，和好幾家的孩子一起去。

小弟弟巴特爾說：姐姐和哥哥已經在教我做家務活了。好多活我也會做了。哥哥走了以後，我就是家裡的大男孩了。

巴格納說：你真是個懂事的好弟弟，往後家裡有啥急事，就趕緊叫人來找我。好的。

薩日娜說：我也會做炸魚了。明兒我要到米希格法師的家去，給他做一些炸魚，謝謝他，還要分出一些魚麥菜給他。前幾天，一個馬倌撿到一隻被蛇咬傷的大鵝，送到米希格阿爸那裡救養。他那兒更需要魚麥菜這樣的好鵝食。

巴格納說：我也聽說米希格阿爸是額侖草原救養天鵝最多的薩滿法師，又是你的老師。那往後我也經常讓馬倌們給他捎一些魚麥菜吧。

薩日娜微微一笑，說：那我就替他謝謝你啦。

圖雅猶豫了一會兒說：巴格納哥哥在湖邊聽過你的一首天鵝歌，可是沒有記全，我也從來沒有聽你唱過。今天就咱們幾個，好姐姐，你能不能唱給我聽啊？

薩日娜看了一眼巴格納，想了想說道：那首歌名字叫《天鵝之死》，我很少唱，也不敢唱。每次唱完，我都會難受好些日子緩不過來。但是好妹妹，咱倆從小就一塊兒寫歌唱歌。你是我最親的妹妹，你讓我唱，我咋能不唱呢。還有，你說的不錯，巴格納跟以前那些來向我求婚的人不一樣。除了巴圖，他是我見到的唯一一個給天鵝叩頭的人。巴格納，謝謝你能像巴圖那樣愛鵝，你又喜歡我的歌，那我就多唱一首吧。我先唱這首，歌名是《落單的雪鵝》，這首歌寫的是我的一個夢。

巴格納頗感意外，連忙說：謝謝，謝謝。那次聽了你的歌，我整個人都被你的歌裹住了，再也脫不了身。蒙古草原太寒冷，沒有你的歌，我會被凍僵的，我盼望被你的歌多裹幾層……

薩日娜神情呆滯，眼中充滿令人打戰的寒意，彷彿進入白雪茫茫的夢境和災境。她唱道：

雪窩窩，冰窩窩，
落單的小鵝冰雪窩裡蜷蜷縮。
身頸陷白災，頭頂降雪禍，
四周冰牆雪壁無處依，
風吹雪沙慢慢將雪窩填沒。
絕望小鵝引頸向天鳴悲歌。

天神聞聲急喚鵝哥哥，
飛離天宮直降雪原尋到我。
用喙掘出小鵝再掏避風窠，
吻我焐我吐出食物將我救活。
周身初暖君又飛，
冒雪飛向草原寺院求釋佛。

草原僧人年年為鵝設食台，
拋糧救助南飛北歸的老弱傷病鵝。
鵝哥哥銜來佛家救命食物袋，
一次次給我餵補飛翔的力魄。

待我新羽漸豐已可雪中飛，
帶我逃離雪窟飛向綠色的南國。

小鵝頸繞夫君湧淚道：
謝謝你再一次冒死救我，
謝謝你還像從前那樣愛我。
餘下的命都是你給我。
夫君啊，請不要只在我夢中救我，
明天你回天宮，千萬要馱上我。

唱到最後一句，薩日娜伏在圖雅肩頭抽泣起來，姐妹倆擁抱痛哭。圖雅哽咽道：唉，不，不要再亂想了，你這樣在夢裡苦盼巴圖，醒來後一準會更加悲傷難忍……不要再寫這樣的歌了，你會把自個兒唱垮的。

巴格納感到自己像墜入雪山無底冰縫般恐懼，急忙說：薩日娜，你還這麼年輕，這樣有才華。你的命比我們的命更稀罕寶貴。巴圖用他的命來救你，是為了讓你好好地活下去，如果你垮了，最心痛的就是他，還有……還有所有愛你的人啊……

薩日娜長歎道：如果沒有歌，我早就撐不下去了，還是讓我唱吧……巴格納，你聽過的那支歌從前我只給天上的巴圖和地上的小巴圖唱。在額侖，除了小巴圖，只有給你們兩人和弟弟唱了。

圖雅無奈又擔心地說：那你就握著我的手唱吧，我的手是熱的，可你的手還是冰冰涼。

薩日娜像是站在蘆葦空巢上的那隻絕望恍惚、心已不在人間的夢鵝，對著月光下冰冷的湖水，唱道：

草原上有一隻孤影般的天鵝，

常年在淒涼湖面對影獨舞哀歌。

……

歌畢，兩姐妹痛苦得似乎已經麻木，凝噎無語，淚水都好像滯流不動了。巴格納怔怔地望著薩日娜，魂魄早已飛向那淒涼的湖面，真想變成巴圖，從水裡鑽出來，抖淨水珠，張開巨大的翅膀把她包裹起來，把她絕望的身心焐暖……

夜裡，兩姐妹睡在蒙古包的西側，巴格納和弟弟們睡在蒙古包的北側。這一夜，他像是在雪山黑暗冰縫裡一頭恍惚的夢狼，一次又一次碰壁，無路可尋。

10 狼的踪影

清代，額吉淖爾青鹽由烏珠穆沁右翼旗、浩齊特左翼旗共同經營，烏珠穆沁右翼旗派錢站（收鹽機構）……從外地拉鹽，每四輛牛車收取一枚銀元。當時錢站雇用當地牧民幫助遠途運鹽。

——《東烏珠穆沁旗志・商業》

在這五百年中……寒冷冬季是在西元一四七〇—一五二〇，一六二〇—一七二〇和一八四〇—一八九〇年間。以世紀分，則以十七世紀為最冷，共十四個嚴寒冬天，十九世紀次之，共有十個嚴寒冬天。

——竺可楨《中國近五千年來氣候變遷的初步研究》

炸魚順口溜不到兩天便傳遍了三個部落和附近的蘇木。有人還給它配上曲唱了起來。只要一唱「吃過淮回頭」，誰都忍不住往客棧跑。炸魚也為整個蘇木的貴族和牧人認可，名聲越來越大，香氣越飄越誘人。於是在它降服了一撥一撥的快馬騎手以後，接踵而來的是一批一批的慢騎手，然後就是一幫一幫的老騎手和女騎手，再就是趕著牛車來的女人們。她們一到，洗澡間就擠破了頭，都盼望像斯琴高娃那樣換膚色、改容顏、增美豔。圖雅姑娘儼然被大夥當作女掌櫃，她被家族的姑娘、女人們攛掇得一面請施工隊在洗澡間西邊，再接出一間帶隔斷的新浴室，一面又叫人拆掉原洗澡間的半個炕，騰出地方，再加了一個大盆。

圖雅和老張也隨行就市，宣佈夫妻如想浴後住宿，可租小客房。商號車隊來之前收半價，車隊來之後收全價，本部落的人可折價一半或賒帳。她還讓商號車隊加急運送水桶、大木盆和燒水大鍋。圖雅忙碌又快樂，像和姑娘姐妹們玩集體遊戲，累得渾身散架但樂此不疲。巴格納對圖雅姑娘誇個不停。

巴格納的魚，圖雅的浴，成為客棧收入的兩大額外來源，再加上客房和分店的銷售收入，不僅支撐起客棧初期的日常開支，還有豐厚盈餘。

大盛魁商號原先求之不得的上等牧區特產好貨，像狐皮、沙狐皮、旱獺皮、黃羊皮、狼皮、貉皮，還有羔皮、牛皮、厚羊皮、二茬羊毛皮，源源不斷地彙聚客棧庫房。有些馬倌甚至騎馬到地處偏僻的部落牧戶去收上等皮貨，再轉賣給客棧換炸魚換酒，換新刀、新靴、新銀鞍。新的攀比又引出新的貨源……

草原夏天是大宗羊毛、駝絨、山羊絨的主要出貨季節，但是夏天多雨，剪下來的羊毛、用鐵條撓子撓下來的山羊絨、用手抓下來的駝絨堆積如山。草原剪毛場又沒有庫房，只能堆在曠野，用大氈遮蓋，但羊毛太多，大氈破舊，羊毛堆還會遭雨淋，摻氈摻沙，含水壓秤，貨質便立馬急降一兩個等級。以往商號要收到上等貨，全靠商隊及時趕到剪毛場，裝貨上車，苫上防雨布，再長途販運到城鄉的集市。但由於時間和運力遠遠不夠，大量未被運出的羊毛、羊絨都被降級銷售，每年部落和商號都損失不小。

客棧開業後，一舉扭轉困局。客棧原先的大庫房立即啟用，商號的新庫房雖未建成，但是巴格納在客棧空場，修建了設有木架矮台和防雨布的臨時收貨堆場，還調運來巨大的桐油苫布，平價或低價賣給三個部落和其他蘇木，以替代從前蓋不嚴的蓋氈，讓他們防雨保毛。只要把上等羊絨、駝絨、羊毛及時運到客棧，商號就可以高價收購。這樣，部落得高利，商號得好貨，還不用出車，省時省力，牧人也就多獲報酬。於是，額侖和其他蘇木的各個剪毛場前往客棧載運羊毛的牛車絡繹不絕，忙得商號收貨主管林夏焦頭爛額卻又喜上眉梢，巴格納連忙給他增派人手。

老秦幾次調人調車大量運走札那客棧的毛貨，及時騰空庫房，來多少就拉走多少，儘量不動用室外堆場，以保證毛絨乾燥。他對巴格納、白依拉和圖雅說：今年羊毛季，這條商道就數咱們客棧收貨最多最好，獲得的利一站頂三站。

老秦每次來，都要催促民工加快建蓋分店大庫房。他來的次數多，小一半也是為了炸魚。他對巴格納說：烏拉蓋羊油炸魚已聞名全旗、半個盟和全商道了，成了最新的草原野味，又是古老的草原皇家美食。老貴族們都認定這是大汗一家當年吃過並靠它活命的「細鱗小魚兒」。新名老名都是大名，不得了啊。這些日子，我走到哪兒，哪兒的貴族和官員都跟我要炸魚。裝滿水桶，用馬車快送過去，無論多少都會被一搶而光。可是我每次帶生魚過去，也讓他們用羊油炸魚，就是不如客棧的炸魚好吃。活野魚現殺現炸，配料好，又用的是額侖貢羊油，別的地方還真沒法比。越來越多的人想到你們客棧來享用剛出鍋的炸魚。連咱們客棧的名字都讓人家改成「炸魚客棧」了。各商號的長途車隊都算好日子趕路，前緊後鬆，要不就前鬆後緊，反正非得排在「炸魚客棧」停一宿。你們客棧成了各路車隊的必停站了。誰能想到這個新客棧能火到今兒這般的光景。往後更得火。我也沒想到你這麼能幹。

老秦又問：用魚罐抓魚，不夠客人吃的吧？

巴格納說：我們又加了一倍的魚罐。烏拉蓋河和葦塘裡的魚太多了，嘗過頁羊肉渣味道的魚，會把滿葦塘的魚全招引過來。方圓幾十里就這一個打魚點，再怎麼打也打不完。可就是用罐抓魚太慢了，客人一多就供不上，要是客人都想大包小包地帶走就更不夠了……

忽然，一對天鵝的美影在巴格納眼前一掠而過，他想起薩日娜想進湖裡去看鵝餵鵝，腦中靈光一亮，眼前閃現出小船！他輕輕喘了起來，說道：要想打更多的魚，我看就得砍掉一些葦子，撐小船進河，再用漁網打魚。你能不能想法子給客棧運一條小船過來，再請一個漁工來教我咋打魚？

老秦眼睛閃出發覺商機的光彩，笑道：這還真是個誰也想不到的好主意啊。用重載馬車是能拉來一條小船的，我可以請咱們商號去東北那邊的車隊，給我運回來一條。空船裡面一樣可以裝貨，不會太占地方的。請一個漁工這事兒也不難辦。我在草原跑了這麼多年，車隊還從來沒有拉過小船呢，這可是額侖草原幾百年來第一隻小船啊。這下客棧更得興旺了，大盛魁這條商道的買賣也要跟著興隆。我有你這個能幹的弟弟真是福氣啊。好好幹，還缺啥，就跟我說。我立馬給你補上。

圖雅好奇地問巴格納：小船是啥樣子的？我還從來沒見過呢。用小船打魚，咋打啊？一定更好玩吧？

巴格納說：小船就是長方形的大木盆，比洗澡的木盆大得多，能在水上漂。人在小船上，用長杆子撐著走。在船上用漁網打魚，能比魚罐打得又多又快，可好玩啦。

圖雅開心地說：薩日娜姐姐要是知道能坐小船進湖看鵝餵鵝，該高興死了。巴格納哥哥，你的好主意咋這麼多啊？

巴格納笑道：心裡有了薩日娜，好主意就跟螞蚱似的，自個兒就會一個一個地蹦出來，還會飛哪，會飛的點子，準保管大用。

夏天，羊毛季一過，額侖蘇木那些總想來客棧吃、洗、玩、買的牧人，便把家裡的羊油、牛油存貨，從山裡獺洞外撿來的紫水晶和黃芪、干枝梅等中藥材，以及獵到的黃羊、旱獺、麅子、野豬統統拿到商號分店來換日用百貨，再吃喝一頓。額侖客棧的野味菜式也跟著炸魚出了名，暫時填補了炸魚供不應求的缺憾。當牧人們把家裡的存貨換空後，一些人就去找札那。

札那想了想說：我要把巴格納叫回來商量商量。

他立刻派傳令騎手去客棧，同時也把白依拉召回來。

巴格納和白依拉一接到札那的招呼，便騎馬趕到部落。札那說：部落小伙，還有姑娘女人們，都想到客棧添置新東西、吃喝玩樂，特別是吃剛出鍋的炸魚和喝酒。可是這季節又捨不得用牛羊來換。你見多識廣，腦子轉得快，看看還能不能給大夥想點法子？

巴格納說：阿爸，我正想跟您商量呢。我還真有個法子，不知道能不能成。前些日子，有幾個西南面半農半牧地區的人，趕了七八輛牛車，從索岳爾濟山林區拉回不少木頭，路過客棧吃飯住店。他們走的道都不在咱們蘇木地界。他們說，要是斜穿咱們蘇木直接到索岳爾濟山就能省一天的時辰。可是這條道沒走過，蘇木也不讓走，怕牛車壓壞草場，還怕草原上一些只上鎖沒人看管的土房和蒙古包倉庫被偷。他們就讓我向蘇木長道爾基請求，能不能讓他們花點錢借這條道。我說我也不知道蘇木長能不能答應。我看他們拉的木頭都是碗口粗的興安嶺落葉松、樟子松和雲杉，還有不少樺木杆，就問他們木頭價錢。他們說那片林區是皇家獵場，當地官府不讓砍伐合抱粗的大樹，除非有上面官府的批文，但碗口粗的木頭可以間伐。他們拉的都是間伐下來的廢材和枯樹。當地人拿這些木頭當柴燒，可是拉到他們老家，按那兒的木價賣，刨去運輸成本，能賺兩三倍。我知道咱們蘇木東北邊跟索岳爾濟山緊挨著，要是咱們自己跑這趟運輸，把木頭拉到客棧商號，刨去吃喝住用、工錢支付，我估摸能賺一倍多的利。要是咱們客棧堆放起大量木頭，商號車隊的一些返程空車，正好也有貨可裝運了。賣到南邊，還能賺近一倍利。如果客棧存儲木頭多的話，到來年開春旺季再賺一把，這樣一來，部落、牧人、客棧和商號不就都能賺一筆大利了嗎？

巴格納又說：客棧建房也需要木料，咱們蘇木的車隊還可以順便把分店商品和部落畜產品拿到林區去賣。這樣分店又可以再增加不少的買賣量。您看成嗎？

札那好像狼王看到黃羊群邊上幾隻瘸羊的新鮮足跡，眼睛發亮，呵呵笑道：你是個好獵手啊，飛過你眼前的機會，總能被你一把抓住。我看這事能行。原先咱們蘇木每年初冬閒季，都要派牛車隊到索岳爾濟山去拉木頭和樺木杆，備足三個部落一年修牛車、蒙古包、傢俱和做套馬杆的用量。那兒的木頭太便宜了，一隻羊可以換五六車的木頭。這會兒是牧業小閒季，一季下來能賺多少利啊。咱們再去找蘇木長道爾基商量吧，他也準保想幹。

然後吩咐僕人備馬。

白依拉說：阿爸，我這次回來後，可以不用常去客棧了，他們幾個幹得挺好。我聽您的，還是回部落管馬群。可是圖雅妹妹說啥也不肯回來，她迷上了客棧，說一定要學會做生意，往後再去幹她自己的那個客棧。咱們的客棧太出名了。前些日子圖雅未來婆家的一大家子人，包括蘇木長夫婦，還有圖雅的未婚夫和他的哥哥姐姐，專門到客棧來喝酒吃炸魚。我們三個人陪了大半天。他們太羨慕咱們的客棧了，全家人都給圖雅鼓勁兒，請巴格納好好教她，讓她將來能掌管他們蘇木的客棧。圖雅妹妹樂得就更不願意回部落了。

札那笑道：那就讓她去折騰吧，她跟巴格納學，準學得快，還學得地道。你回部落後，你在客棧的那攤事，就交給圖雅和巴格納去辦吧。

白依拉說：她管事管得可寬了，我還沒走，就有不少人管她叫掌櫃了。

巴格納笑道：圖雅妹妹做事很上心，她出嫁以前能學會不少生意上的事兒。就是說漢話還得花些工夫。

札那關心地說：這會兒全蘇木的人都知道你為啥接手客棧了。你三番五次讓人給薩日娜捎去魚和糧食，還親自去她家給她做炸魚，大夥都很感動。好孩子，你就好好照顧她吧。可大夥都知道這事難成啊，這一年多，咱們蘇木還有其他蘇木去求婚的小伙都碰了一鼻子灰，那可是些英俊、有教養、富裕人家的小伙啊，弄得後來誰也不敢上門了。可不管咋樣，有你這個客棧掌櫃惦念她幫她，還能幫到點子上，大夥才稍稍放下心來。

巴格納說：我把客棧做好，才能從根子上幫她。我這輩子就守著她了，就像她守著那隻了不起的傷鵝那樣。

札那和巴格納快馬直奔道爾基部落。

蘇木長道爾基聽了兩人的一番打算後，大喜道：巴格納，你總是替全蘇木著想，好事幹了一件又一件。客棧的貨品比原來商號的價錢便宜不少，沒有假貨，給退換，還招待部落的人好吃好喝。我在客棧還請了兩回旗盟官員吃炸魚，他們都說好吃，走的時候還帶走不少哪。你不是也一起陪他們吃喝了嗎，這會兒又捎信來，還想來吃。他們要是真來的話，你還得好好招待他們。客棧真給咱們額侖草原爭了大名。前些日子，客棧光是收羊毛，就讓全蘇木比平常年份多賺了兩成多的利，羊毛可是咱們蘇木每年除了貢羊以外的第二大進項啊。有了這筆額外收入，一年上交王爺的稅賦重擔就減輕了不老少，三個部落都樂壞了。拉木頭的事，我看能成，我准了。

道爾基又對札那說：我真羨慕你有這麼能幹的半個兒子，真是個好小伙。伊登札布有眼光，他說的沒錯，蒙古人要想富，牧業要想穩，是得下力氣抓經商。

當天，蘇木長道爾基和副蘇木長札那決定，由三個部落各建一個牛車隊。去林場拉木頭和樺木杆，到客棧卸貨；回林區時，再運送商號分店的日用商品和部落的畜產品，來回掙兩頭。道爾基部落的草場依靠與林場交界的有利位置，建了一個牛車最多的車隊。

一時間，額侖草原上剛剛運完羊毛的牛車都到索岳爾濟山林場拉木頭去了。牛車隊的路線從東北到東南，三天的車程，幾乎全在額侖草原境內，熟門熟路。沿途吃住、換牛、修車都很方便。不久，客棧所有空場都堆滿了碗口粗甚或更粗的松木，還有大捆大捆的樺木杆，可用做套馬杆、椽子或圍欄。每個部落和十戶組也留存了不少自己要用的木頭和樺木。商號分店的茶鹽糧綢布等俏貨也走得很快，深受缺少商隊光顧的林區獵戶和牧戶的歡迎。來客棧享受炸魚的人把客棧塞得更滿了。

老秦對巴格納和札那活絡的商業腦筋，頗感意外和驚喜。南面的半農半牧區還是土木建築為主，他一直想開通的最快捷、最安全的林木商路被他倆輕鬆打通，這是一項長期的大買賣，也可大大減少商號車隊跑空車。札那客棧竟然成了大盛魁與林牧兩區進行貿易交換的交匯點，他主管的這條商道，整盤棋全活了。設在張家口的大盛魁東區總店，把其他商路閒置的人手車輛調給秦川，設在歸化城的大盛魁總部也對秦川刮目相看。秦老闆越來越感到他挖到了富礦，前景遠遠超出原先的預想。三個部落的貴族和牧人全都熱心愛惜這個客棧，又有巴格納老弟掌管客棧，要不了多久，這條商道就將成為富得流油的商道了，但不知為什麼，他心裡開始隱隱擔憂。

牧業閒季變成繁忙季，但忙季也依然會有閒人。有一天，兩個衣袍破舊的牧人來找老張，希望在客棧找點零活幹，換點日用品，換點炸魚吃。

老張說：你們腳底下踩著錢都不會撿，難怪受窮。客棧北邊三四十里就是冬季草場，那裡的羊圈羊糞盤一冬天積了有半尺多厚，你們去那兒挖羊糞磚吧，用方鏟挖成像兩塊摞起來的磚茶那麼大的長方塊兒，空心碼放，曬乾風乾。等大半幹了用牛車拉到客棧。冬草場那麼多的羊糞盤，這些活還不夠你倆幹的嗎？要不是客人太多，客棧抽不出人手，我早就派這兒的夥計去挖了。你倆要是能運來客棧一年的燒柴，大半年的日用品開銷就有著落了。你倆每次來，我都請你們吃炸魚，再讓你帶回家一大包。幹嗎？

兩人眉開眼笑，說：幹，這就回去幹。

札那客棧遠離部落春夏季主要牧場，孤懸南邊烏拉蓋葦塘商道旁，無足夠的牛糞可撿。客棧燒柴就靠撿拾、晾曬運鹽運貨牛車大隊留下的稀牛糞和砍伐山溝裡的野杏枯枝幹。客棧來客和車隊少時還可以對付，車隊一多就難以為繼。一個即將成為客棧隱憂的燒柴大事，被老張順手解決了。乾羊糞磚質密、經燒，火力相當於乾牛糞的兩三倍，是客棧大伙房和住房冬季燒火炕的上乘燃料。過了一個多月，伙房旁邊不遠處就堆起和房簷幾乎齊平、像長城城磚砌圍出來的乾羊糞磚堆，磚堆裡面則是羊糞磚的散塊或碎塊。磚堆頂部還按照草原傳統方式，堆成像蒙古包的圓坡頂。坡頂上面再用牛車隊留下的稀牛糞糊抹上一層兩指多厚的光滑糞殼，曬乾以後可以充當糞殼瓦。在雨季，雨水可順坡流到地面，大大減少對乾糞堆的侵蝕。太陽一出，濕糞頂又會被曬成乾硬的瓦殼。

巴格納和圖雅樂得不停地誇獎老張，他倆也越來越倚仗老張這個精明的管家。

11 滿蒙聯姻

烏珠穆沁是一個純蒙畜牧地方，沒有開墾，也是在內蒙古差不多首屈一指最富的一旗……烏珠穆沁家畜既多且好，馬尤其出名，而且還有鹽池，所以很多漢商到這裡來做生意發財的。

——札奇斯欽、海爾保羅《一位活佛的傳記》

一天下午，圖雅跟著巴格納又騎馬去他倆下捕魚罐的河邊，看魚盼狼。這裡的魚越來越少了，捕魚場也早已轉到西南三四里外的河邊，那裡的水更深，魚窩更大。魚出奇的多，每次都可下二三十個魚罐。小王和莫日根每天上下午各去一次，捕到的魚勉強能供應客棧。兩人都巴望著商號的車隊早點把小船運來。

巴格納和圖雅自那次見到狼以後，再沒見過狼的蹤影，但每次他倆專門給狼留下的魚，都被叼走了。狼很愛吃魚，魚少了，狼抓魚就難了，只好叼走人給牠留的魚。狼王和狼王后好像知道這兩人與其他的人不一樣，他們從來不在河邊下鋼夾，也不在魚鰓和肚子裡下毒藥，還定時給狼群送魚。巴格納和圖雅都相信，這群聰明的狼一準會和他倆交上朋友的。他倆定時來，還在河裡特別給狼留了兩個魚罐，蒙布上的小口剪得較小，剛夠一條魚鑽進去，一旦鑽進去就不太容易鑽出來。

兩人走到老地方，十幾條魚果然不見了。圖雅高興地向岸上山溝裡小聲喊：狼朋友，我們又來看你們了，給你們送魚來了。

巴格納也小聲喊：你們來見見我們吧，我們天天都在想你們啊。

山溝裡只傳來微微的風聲草聲。巴格納說：我能感覺到牠們就在那裡，在悄悄看咱們、琢磨咱倆呢。客棧這麼熱鬧，人喊馬嘶、駝叫牛吼，馬車長鞭抽得啪啪響，車輛一隊接著一隊，狼哪敢見咱們啊，想跟狼交上朋友不光心要誠，還得有耐心。天不早了，又該去接車隊了，拉魚吧。

兩人慢慢拉罐。過去一天拉兩次，每次一個罐最少都可以拉上一二十條魚，這會兒，三四天一次，一個罐卻只能拉上六七條魚，兩罐一共只有十幾條。巴格納把魚罐裡面被啃光肉渣的羊骨取出扔到河裡，再把帶來的新羊骨放進罐裡，然後蒙上布紮好，再把罐輕輕推到河裡。兩人起身，把魚放到老地方。

圖雅跨上馬對著山溝說：我們回去了，過幾天再來看你們。謝謝你們給我們送了那麼多的魚，連客棧都讓客人們叫作「炸魚客棧」啦。再見了。

巴格納夾了夾馬走了幾步，悄悄回頭，又回轉過來，說：我好像看見一條狼，朝我們走了幾步又趴下了。

兩人回到客棧，把馬交給莫日根，看見塔娜姑娘正在往牛車上裝剛買的糧食、磚茶和日用品。她一見到他倆就高興得像馬駒見到大馬那樣地跑過來，對巴格納說：又帶圖雅去餵狼啦，咋不跟我說一聲，我也想去看狼。

巴格納笑道：塔娜，剛才沒見到你，要是見到了準帶你去。不過我倆也好長時候沒見著這群狼了，客棧人馬牛駝動靜太大，狼不敢來了，要到夜裡才來叼魚。我倆把打上來的魚放在河邊就回來了。薩日娜好嗎？

塔娜說：上次你倆走了以後，她說話多了起來，可是只過了兩三天，又跟原先差不離了。

圖雅面露喜色說：好啊，能有兩三天說話多起來，就是好事。她興許就會慢慢好起來。

巴格納說：那就請你再給薩日娜和小巴圖送些魚、菜和麥粒吧。這些日子，我隔三四天就請你們部落的馬倌和來買東西的人，給她送魚糧菜。塔娜，謝謝你給我送來她的消息。跟我走。

說罷，便牽著她的牛車朝伙房走去。到了伙房，從大水缸裡撈出四五斤活魚，又從筐簍裡拿了六七斤斷了氣的魚，又拿了兩把嫩菜，分別裝在兩個口袋裡，再到庫房拎了小半袋麥粒，說：這些日子來吃炸魚的人越來越多，都快供不上了，連一些店員夥計都得減量吃。今天給不了你們更多的魚，這些剛撈出來的活魚，你們兩家吃。那些早斷氣的魚餵小巴圖，牠的傷很重，要單獨給牠餵好食。這些魚最好分兩次餵，讓額利再把魚埋起來吧，可以多存幾天，要是臭了千萬不要餵鵝，就餵大白狗吧。湖裡那些鵝我就供不起了，讓牠們自個兒打食。

然後，將口袋裝上車。巴格納想了想，又把那牛車牽回庫房，從裡面抱出三塊新大氈放到車上，並讓分店主管林夏把氈子記在二掌櫃的賬上。他一邊拴車一邊對塔娜說：我求你一件事兒。薩日娜家蒙古包的圍氈都破舊露洞了，你把這三塊大氈給她，就說是圖雅妹妹送給她的。千萬別說是我送給她的。

塔娜點點頭，微笑道：我是她的鄰居，天天見面，我知道咋跟她說。在她面前千萬不能提起巴圖。不過嘛，巴格納大哥，這些天她倒是跟我提起過你，她說你給小巴圖磕頭，還從沒斷過給牠送糧魚，她沒想到。

巴格納等到老秦大哥又一次來到客棧時，等他喝完奶茶，就把他請到院外草地，並慢慢向西北山谷走，把他琢磨了很多日子的一個想法告訴他，同他商量能不能把薩日娜的債務，從小勝奎商號轉換到大盛魁商號來。把她的債務利息，從三分多利改為兩分利。巴格納央求老秦大哥務必幫忙，如費用上不好辦，可以把他在商號裡的存款存貨拿來用，再加上他在商號分店的薪酬。只有把薩日娜的債務轉到自己所在的商號他才放心。

老秦感到為難，他對天鵝姑娘和巴圖的故事也有所耳聞，便追問巴格納跟她是啥關係。巴格納坦言道，薩日娜是他的心上人，他就是為了她才接手客棧的。然後把薩日娜和巴圖、小巴圖的故事，以及他和薩日娜幾次見面交往的過程詳細地講了一遍。

老秦被打動了，說：薩日娜不光是個天鵝姑娘，還是個天鵝詩人哪，值得你豁出命去幫她，不管你倆的事兒成不成，我都願意幫你這個忙。

二十多天後，老秦大哥再來到客棧時，他神色凝重地對巴格納說：我沒有想到有的商號裡會有這麼埋汰下流的勾當，薩日娜的事你就甭想辦成了。

巴格納心中一沉，忙問：到底咋回事？

老秦說：薩日娜家欠的是小勝奎商號的債。小勝奎，你聽聽這個名號就知道它是大盛魁的冤家對頭，它就是想要小勝大盛魁。名號聽著小，野心可不小。大盛魁是全國最大的旅蒙商號，要勝過大盛魁，那它該多大啊。這家商號背景很硬，好幾個朝廷大臣是它的股東，要不是大盛魁的背景更強更通天，咱早就被它擠垮了。

這家商號這些年幹成了一樁大買賣，就是在京城西北和西邊郊外，開了幾家高等「逍遙窟」，專門提供藍眼睛、綠眼睛的蒙古突厥漂亮姑娘，供京城王公大臣和他們的公子尋歡作樂，享受乾隆爺寵幸西域香妃的那種銷魂快樂。那些「逍遙窟」大多建在莊園裡，很隱蔽，價碼嚇人。逍遙一回就得花上兩三百隻羊的價錢，當然官員們不會掏，都是別的商號替官員們出的。你沒察覺到嗎？這些年烏珠穆沁眼睛顏色漂亮的姑娘越來越少了，平民家庭藍、綠眼睛的漂亮姑娘更少見了。她們就是被這家商號，用放高利貸的手段弄走的。他們趁著連年的旱災、雪災，專門給那些有漂亮眼睛的女孩的家庭放貸。原先你們蘇木有個叫娜仁其其格的藍眼睛姑娘，也差點被他們用這種法子弄走，幸虧她攀上了伊登札布，成了他的第三哈敦，這才僥倖逃脫。薩日娜其實早就讓他們盯上了，眼看快要到手，他們哪肯讓她家的債務轉給別的商號？

老秦歎了一口氣，繼續說道：我是通過幾家大商號的朋友，花了不少銀子，拐了好幾個彎的關係，才弄明白這裡面的黑道。我懷疑薩日娜的阿爸得病，也是這家商號做的手腳，是他們給她家推薦的旗裡「名醫」，結果越治越重。等人死了，欠下一堆債，漂亮的小姑娘也長大了。可真能放長線釣大魚啊。你別費心思了，王公大臣的好事要是讓人給攪了，那你還能活命嗎？這事連札那都不能告訴，要是捅出來，所有跟這事沾邊的人，都得遭殃。這家商號最看重咱們這條商道，誰都知道烏珠穆沁兩個旗，是早年從西域移遷過來的蒙古部落，他們的後代裡有不少藍、綠眼睛的美女，身材好，皮膚也白。這兒離京城比西域也近多了，蒙古人信喇嘛教不信回回教，不容易惹出民族間的大亂子，所以這家商號老想獨霸這條商道。可這次咱們的客棧和分店建起來，他們的美夢破滅了一半，商業上掙不了大錢，販賣藍、綠眼睛姑娘的生意也難做了，咱們客棧就成了他們的眼中釘。你又是罪臣之後，千萬別惹火燒身。有官府背景的商號跟官場一樣黑，兩夥一勾結，鍋底加墨汁。這件事你就別想了。他們要是知道你要幫薩日娜還債，就會跟你老賬新賬一塊算……可憐啊，這麼有才氣的天鵝姑娘。巴格納，你的命咋這麼苦？

巴格納驚恐絕望，像那些被剝去皮袍、裝入口袋、墜上大石頭，就要被扔進草原冰湖窟窿裡的朝廷命犯。他得花很多日子才能想通如何應對這個火藥桶。不能告訴札那和圖雅，更不能讓天鵝姑娘知道。只能把火藥桶埋在自個兒的心裡，不讓它冒出一點點火星。他覺得自己本已沉重下墜的命運剛有些轉機，又要墜入深淵了。但他必須搶在自己的火藥桶爆炸之前，儘快把客棧做好做富，替天鵝姑娘還清全部債務。

下午，圖雅問：老秦大哥那邊的事辦得咋樣了？

巴格納沮喪地說：那家商號從來不會把客戶的債務轉給其他商號。

圖雅驚慌地問：那咋辦啊？咱倆咋能眼看著薩日娜被賣作奴隸？

巴格納冷靜地說：咱們只有多掙錢。我不動客棧的銀子，也不動你家的錢，我有兩份薪酬呢，一份是客棧這邊給的，另一份是商號分店給的，我在商號還有一些存款和存貨，再跟老秦大哥借一些銀子，無論如何也得把薩日娜今年的債還清。還有一個法子，就是讓薩日娜多唱新歌給你聽，你再把這些新歌傳唱出去。她的歌傳得越廣，越受歡迎，她歌王的名聲越大，愛惜和保護她的人就越多，那個黑商號就難以下手了。

圖雅說：成，也只有這些法子了。可是，她的新歌很多，就是不願唱給別人聽。我也怕她一唱就難受得像丟了魂一樣，反倒會加重她的情傷。還是再等等，等她精氣神緩過來以後才能做這件事。

巴格納歎道：我也怕啊，那就再等等吧。

第二天上午，札那和白依拉陪同大台吉伊登札布、旗府隨員、蘇木長道爾基和另一位部落首領古茨楞，來視察客棧以及大盛魁與客棧的合營分店。巴格納、圖雅和老張等人陪同各位草原貴族仔仔細細地查看了老院的單間客房、大通鋪房、大小餐室、庫房、洗澡間、伙房、馬廄、停車場、掌櫃和店員房，以及正在蓋建的合營分店的大庫房和店員房。伊登札布對院內的原木堆、樺木杆堆、大羊毛堆、老院庫房內日用商品和收購來的羊絨駝絨、皮貨藥材，以及裝貨卸貨的繁忙車隊，甚感滿意。多年不成功、兩年不開業的客棧，僅僅兩三個月就有如此興隆的場面，讓大台吉吃驚，讓札那臉上有光，讓道爾基懊悔不迭。

伊登札布像愛護烏珠穆沁戰馬一樣維護遊牧，抵制定居，烏珠穆沁兩旗的蒙古貴族始終抱團頂住草原上越刮越猛的招墾賣草場之風，而伊登札布是這些貴族中的主將之一，也是頭腦最為清醒的一位。他心裡明白，要保住遊牧，必須大力推行草原商業，以商救牧、以商養牧、以商促牧。想要悄悄恢復被清廷剝奪的蒙古人長途經商的權利和實力，他只能從客棧坐商開始。札那客棧的成功，尤其是商路、牧路和林路三路接通以後，他多年的主張也見到成效，可以在全旗慢慢推行。

雖然伊登札布早就因為和大盛魁商號在商業上的來往，與巴格納打過多次交道，但這是第一次直接來視察他所主管的客棧。巴格納已經不是商號的翻譯，而是這個重要客棧的掌櫃。伊登札布對巴格納祖輩的遭遇、他的來歷和經歷都十分清楚。當初清廷對這些罪臣之後有五條嚴格禁令：不准習武、不准參加科舉考試、不准寫詩、不准聚會聚眾、不准串聯。違者必究，嚴懲不貸。蒙古民族和蒙古騎兵是清廷統治全國億萬人口的主要聯姻、聯盟和依靠的勢力，因此對蒙古民族極為倚重，但同時又派出無數鷹犬爪牙嚴盯密防，決不允許蒙古民族內部出現絲毫的反清苗頭，稍有火星立即大水撲滅。

然而，出於蒙古黃金家族的骨肉親情，作為蒙古大貴族的伊登札布，是深深同情和愛惜巴格納的。他曾多次對清廷理藩院的定期查詢，作了有利於巴格納等人的回覆。但是，若干年前附近旗的另一位罪臣之後因寫詩被斬首，他就不敢再流露出對罪臣之後的同情，雖然那個案件並未發生在他的管轄範圍內。讓他感到寬慰的是，同是蒙古貴族的札那明白事理，他沒有只讓巴格納一人當客棧掌櫃，而是設了一實一虛的雙掌櫃，讓他的長子白依拉當大掌櫃。他給旗府上報客棧掌櫃的實名是白依拉，平時又讓女兒圖雅代理她哥哥的部分事務。雖然客棧的實權握在巴格納手上，但圖雅代理掌櫃也不是擺設，而且客棧真正的老闆是札那，手握客棧財權和人事權。這些明智的安排，可以讓伊登札布大膽地為客棧撐腰了。伊登札布處處誇獎札那、白依拉和圖雅，但句句卻是在誇巴格納。大台吉的旗府隨員、道爾基和古茨楞兩位部落首領，也都對客棧四個商頭的巧妙搭配稱讚不已。

花樣新鮮的午餐也讓貴客們大呼意外。伊登札布先吃了一口清燉麅子肉，說：比旗裡的更好吃，剛打著的？

圖雅爽朗地笑道：您運氣好，早上剛打著的。獵人把麅子淨膛後快馬送來賣給客棧的。客棧開業後，牧民的收入比原先多多了。

大台吉又吃了一塊紅燒野豬肉說：好吃好吃。也是剛打著的？

圖雅說：昨晚送來的，過夜沒過天。

伊登札布再吃了一口羊肉大蔥餡餅，說：比旗裡的好吃。肉和蔥都比旗裡的新鮮。

圖雅咯咯笑道：羊是剛殺的，蔥是在菜園裡剛拔的。旗裡自然比不過。

大台吉呵呵樂道：前三口都不賴，這會兒就等剛出油鍋的羊油炸野魚啦。大名鼎鼎的「大汗皇家炸魚」已經傳遍草原了，連到旗盟草原視察的京城大臣和官員都向我打聽呢。我還真得先來親口嘗嘗了。千萬別讓我失望喔。

蘇木長道爾基說：大台吉可是品鑒大師，每年夏秋兩季第一撥貢羊，都是他親口嘗驗後才准放行的。這炸魚我吃過好幾回，太好吃了。不過我說了不算，大台吉嘗過之後才算數啊。

圖雅微笑道：您就放心吧。我還沒碰見過說炸魚不好吃的人哪，包您滿意。然後，回頭一聲吩咐：上炸魚。

衣著一新的其木格笑盈盈地端著滿滿一大盤炸魚上桌，焦黃炸魚還冒著油泡泡，嗞嗞作響。魚香、羊香、油香，濃烈撲鼻。

大台吉笑道：色、香有了，就看味兒了。然後用筷子夾了一條，不顧燙嘴咬了一口，又吸了半口氣降溫。嚼了幾口，眼中放亮，對圖雅歎道：小丫頭，你沒蒙我。名不虛傳啊，真可以和貢羊肉相媲美。往後我要請下到林區獵場和草原打獵、視察的皇親國戚、王公大臣，來你這兒品嘗大汗美食了。他們準保喜歡。可惜的是只能在烏拉蓋河邊現炸現吃，不能上貢。但也好，可讓大清皇族貴族常來烏珠穆沁草原，他們都喜歡草原。

眾貴客一聽大台吉如此讚譽，便紛紛下筷大吃大嚼，驚呼：好吃，不愧是先祖的美食。一盤炸魚頃刻見底，又一大盤剛出鍋的炸魚端上桌。連續三四盤，盤盤冒油泡，盤盤嗞嗞響，盤盤底朝天。眾口一聲：烏拉蓋羊油炸野魚，大汗炸魚，是烏珠穆沁草原名菜、草原皇家美食啦。當眾貴客放下筷子，打著飽嗝開始飲茶時，清燉麅子肉、紅燒野豬肉等草原傳統野味名菜，幾乎滿盤沒動幾筷子。

伊登札布忽然盯上了牆壁上掛的那首蒙漢兩文的打油詩，眾貴客也紛紛開念，連聲讚道：好詩，好吆喝，吆喝得像回事。札那客棧有人才哈。

圖雅一聽眾人說到「詩」，汗毛炸起，連忙說：這是客棧管家和廚師夥計幾個湊句湊出來的順口溜。

大台吉平靜地說：跟我在旗裡聽到的一字不差，沒走樣，挺好。這首打油詩還算工整，有人幫著改動過字句吧？

一直站在桌旁伺候的老張說：我就是瞎咧咧……

圖雅立即截斷他的話頭說：巴格納就給加了最後一句，「吃過準回頭」。

大台吉未繼續往下問，便說：那我也再加一句看看咋樣，從頭念吧：

天上飛鷹瞅，地上炸魚肉。

王公夠不著，大臣吃犯愁。
東海大黃魚，
比不上烏拉蓋河野魚滾羊油。
吃過準回頭。
恭請王公大臣草原遊。

太棒啦。眾貴客喝彩：王公大臣們看後準高興，要來遊額侖烏拉蓋草原，吃炸魚啦。還是大台吉懂詩、懂朝政。

伊登札布微微一笑，說：我是朝廷命官，又辦皇差，不懂朝政哪成。詩嘛，也懂點兒。別忘了，我少年青年時候，在京城國子監的蒙學館，斷斷續續讀了七八年的書哪。那可是朝廷專門為滿蒙大貴族子弟辦的最高學館啊。

道爾基恭敬地說：咋能不知道呢，全旗全盟就數您的學問最大，大小官員對您都佩服得五體投地哪。

大台吉用銳利的鷹眼盯了巴格納一下，說：巴格納，你要記住，打油詩也算詩，蒙古人最好別碰。從前，蒙古史書裡面韻體詩文很多，蒙古文人一動筆就喜歡寫詩寫韻文，咱蒙古人個個是歌手、人人喜歡押韻歌詞。可是，這會兒是大清朝……到此為止吧。往後你不准再寫，連一句也不要寫。記住了？

巴格納連連點頭，說：自打來額侖烏拉蓋草原以後，我除了記帳，除了加上這一句順口溜，一個字也沒寫，大家都可以作證。這牌子上的打油詩，是請商號的人寫的。

圖雅急忙插話道：他光教我學漢話，漢字從來不教。

大台吉正色道：再跟你們說一遍，往後一律不准寫詩，順口溜也不行。幾年前，那個反清的蒙古罪臣之後，就是因為寫詩被砍頭的，告訴你們引以為戒吧。那個年輕人寫了一首詩，其中有一句是「滿蒙聯姻蒙成侯」。據他自己說，寫的是滿蒙聯姻以後許多蒙古人被封侯加爵。可是這個人漢語不精，又喝多了幾杯，提筆一寫，寫成了「滿蒙聯姻蒙成猴」。一看不對，就把寫的紙揉成一團，扔在地上。這時候他的一個文友就悄悄撿起紙團，藏在懷裡，出了門就去報官，並對官府說，這句詩的意思是：蒙古人高大，滿族人矮瘦，滿蒙聯姻後，蒙古人也變矮了。所以他寫「滿蒙聯姻蒙成猴」。朝廷震怒，加上他又是反清罪臣之後，更是罪上加罪。什麼寫錯字，原本就心存此念，酒後吐真言。白紙黑字，證據確鑿，無可狡賴。於是，快捕速斬，毫不遲疑。舉報者被獎銀五百兩。

伊登札布喝了一口茶繼續說道：我看這小子真是活該，在大清朝，「南方不封王，北方不斷親」。滿蒙聯姻，關乎國體，這麼大的國事，能妄議嗎？滿族人數不多，不倚重蒙古騎兵哪能統治萬萬人口的大清國啊。清太宗皇太極九位后妃中，有六位是蒙古后妃，而且五宮皇后全是蒙古女子。太宗又將十名親生女兒和兩名養女嫁給了蒙古大貴族。到乾隆朝，滿蒙聯姻的規模那就更大了，幾十年裡嫁給蒙古大貴族的皇族女兒多達一百多人……滿蒙聯姻裡面容不得一粒沙子，就別說是一句詩了。這回你們該明白了吧？往後誰再寫詩，出了大事，別怪我事先沒警告。

他又看了看牌子想了想說：我看還是把牌子摘下來吧，不管好詩壞詩，還是離詩越遠越好，免得惹禍。

圖雅急問：要是別人添詞亂傳，再賴到客棧的頭上咋辦？

大台吉說：沒有白紙黑字的證據，官府也不會隨便定罪的。

札那厲色道：大台吉的話就是令。並對老張說：吃完飯，立馬摘掉，各屋全摘，摘下燒掉。

老張連連應道：是，是。飯後就摘、就摘，燒掉。

大台吉慢慢喝了幾口奶茶，對巴格納說：今兒你話不多，這就對了。往後也要少說話，多辦事，千萬別亂跑，讓誰都知道你天天就在客棧忙活……這會兒，我很想聽你說說客棧下一步的打算，畢竟你是大盛魁的老雇員了。說說吧，說客棧經商不犯忌，蒙古人開客棧當坐商，還是允許的。要不旅蒙的漢商長途經商，食宿倉庫咋辦？也經營不下去啊。

巴格納看了看札那，札那說：大台吉讓你說，你就敞開說吧。順便還可以讓大台吉給你把把關。

巴格納定了定神說：我想跟大台吉提一個請求和兩個建議。一個請求是，希望旗府再批給我們分店一塊地，建儲木堆場和運木車隊人員住房用地。現如今，客棧各項事務已經慢慢就緒，收入也很可觀，當前最要緊的事就是林木商貿，安排自己蘇木的車隊，穿過蘇木的草場，到林區去拉木頭。這樣做，不僅可以保護自己的草場，還可得到碗口粗或更粗一些的木頭，這種木頭是林區間伐下來的廢材和枯樹。在那裡被當作柴燒，很便宜。可在草原，每年修牛車、傢俱和井台都要大量用上這種木頭。還有那些長得太密的樺木杆，一片樹叢裡可以間伐兩三根，這是牧區做套馬杆不可缺少的杆子，每年的需求量也很大。更粗的樺木杆在半農區可以用來做牲畜圈欄。林木商貿是一項新業務，前景好，交易量大，還可填補商號客棧淡季的業務，對部落、客棧、商號、草原和林區都有很大好處。如果堆場建起來，客棧就能再增加一半收入，也就更能資助和幫助草原牧業。所以，我想請求王爺和旗府批准客棧的這個請求，儲木堆場就設在分店西面，要不然從林區拉來的木頭亂放在老院子內，容易滾木傷人或引起火災，堆在院外又怕其他商號車隊順手牽羊。分店的西牆還沒建就是為了建堆場。

伊登札布聽得很認真，說：這個請求有道理。從你們蘇木打通路途更近的林木商貿，旗府以前還沒好好想過，但你們已經打通了，把林區的燒柴變成南邊急需的木料，林、牧、商三家都獲利、都滿意。批地建堆場這個請求，我想旗府應該會批准的，等我回旗跟王爺商量後再回覆札那。再說兩個建議吧。

巴格納說：第一個建議是，旗府應動員蘇木和部落在冬季草場建木欄儲草圈。大白災是遊牧的致命大敵，這些年咱們這兒的雪越來越大，如果建木欄草圈，就可以減輕畜群的損失，還可避免破壞草原。我在十七八歲的時候，曾跟著旅蒙商隊到過蒙古西部，來來回回走了好幾年。那裡牧民的牛羊過冬就靠木欄草圈，家家都建。儲備大量青乾草，冬季雪大的時候，就用草圈的草來餵牛羊，所以人家不怕大白災。木欄草圈很容易建，成本也低。把林區的中小原木運到冬季草場，挖坑豎樁，木樁一人多高，再加幾道橫木圍欄，就可做成。我知道您最反對破壞草皮建土牆和石牆草圈，建那種草圈費時費力毀草地，成本也太高，比建木欄草圈貴幾十倍。一般家庭自個兒建不了，非得花大價錢雇人建。而木欄草圈一家人一天就可建成，秋季再雇打草工，打草運草堆滿草圈。當大白災來了，就用青乾草餵牛羊度災。如果大白災沒來，乾青草也可以在冬末春初畜群最弱的時候，給牛羊加料保膘保胎，幫畜群度過「春死」這道大坎。

道爾基說：木欄草圈是不難建，木料是現成的，造價也很便宜。可雇人打那麼多草，很貴的，一般家庭出不起那麼多的錢。

巴格納說：大台吉經常說要以商養牧，以商促牧。咱們經商挣來的錢，就是用來養牧的。部落錢多了就可雇人打草、堆草。要不然，一場大白災下來，能毀掉大半畜群。那損失可比雇人打草花的錢多幾十倍。

道爾基說：我沒那麼多錢，這事我幹不了。

大台吉說：我看建木欄草圈倒是個好主意。這樣吧，札那你的客棧有錢了，你的部落可先建起來。我也要讓全旗的蘇木跟著做。大白災太讓我揪心，只要能抗大白災，啥法子都得拿來用。道爾基你再想想吧，我覺得還是建木欄草圈好。巴格納，你再說說第二個建議。

巴格納說：這些年，咱們這兒真可能又到了草原上幾百年一遇的白災期。我建議，儘快恢復西部蒙古祖先用長途遷場來躲避大白災的辦法。我在蒙古西部阿爾泰的時候，就親眼看到過牧人在入冬之前，趕著大批羊群長途遷場，遷到一兩百里遠的少雪牧場。所以，我想每年入冬前，旗府可以調額侖最北邊的一部分牧人和牛羊群，到南邊一兩百里外的草場去過冬。雖然朝廷嚴禁各旗的牲畜跨旗越界放牧，但如果遇大災還是可以破例的。再說，南邊的西烏旗是咱們東烏旗的親戚旗，如果把咱們羊群轉場到那邊的荒山草場過冬，大白災來了，額侖的部分畜群就能保住。

巴格納最後說：草原牧業是客棧活命的根本。牧業垮了，商貿和客棧都活不成。做草原商貿，就得加倍愛護草原和牧業。

大台吉沉思良久，說：我還得好好想想。不過你的想法很有道理。蒙古人在成吉思汗祖孫三代時期，為啥能打遍天下無敵手，除了蒙古騎兵騎射的本事外，還要靠採用各地的好法子和好本事。草原牧業也應該這樣，是要把蒙古西部的好法子拿過來用。巴格納，你骨子裡還是個蒙古草原人啊，你為草原想得這麼多，還想得那麼遠。不管對不對，能不能做，還是要誇獎的。我回去跟王爺稟報後再最後定。

幾位旗府官員和隨員默然，不知是沒聽懂，還是不以為然，或是為保持安全距離。札那和圖雅卻很開心。圖雅連忙起身給伊登札布和貴族們續奶茶。

大台吉喝了一口，笑道：還有一件好事情要告訴你們，為了獎賞你們客棧開業成功，也為了讓你們儘早站穩腳跟，擴大經營，為遊牧業出力，給全旗其他蘇木做一個榜樣，王爺和旗府決定免除你們客棧一年的賦稅，第二年減半，到第三年再正常交稅。這次客棧就不會再關門了吧。

札那、白依拉、圖雅和巴格納高興得異口同聲說：太感謝王爺、旗府和大台吉您了。

宴會散後，老張立馬動手摘牌子。巴格納悄悄讓圖雅到另一間餐室摘下一塊保存起來。圖雅心領神會，轉身就走。巴格納陪大台吉和蘇木首領，再去察看待批的木材堆場的位置。

下午，圖雅說：今兒阿爸很高興，大台吉和道爾基他們都誇你哪。阿爸說你對大台吉說的那番話，把他說動了，不容易啊。伊登札布很傲氣，從來不把別人放在眼裡，可今兒，大夥都看得出來，他挺在乎你的。

巴格納笑道：好妹妹，今兒你才了不起呢，你這個掌櫃當得還真像回事兒，說話也很得體，一點兒不怯場，像當了好多年的大掌櫃似的。往後，你接手那個客棧準能比我幹得好。

圖雅開心地笑道：我跟你請客陪酒這麼多日子，看也看會了。我不傻吧？其實我挺喜歡當掌櫃的，就跟管一個大家庭似的，蒙古女人天生就喜歡管大家庭、管部落。只要你在我身邊，我心裡就踏實。

巴格納的心緒漸漸被他心中最疼的那個點牽扯過去，說：其實今兒我挺難受。那位被斬首的年輕人太冤枉太慘了，因為他是罪臣之後，僅僅寫錯一個字，就斷送了性命。伊登札布是很有學問，他好像看出我給打油詩改過字句。他對大夥講這件可怕的事，就是講給我和阿爸聽的。他倒是好意，那些旗府隨員就不一樣了，他們看我的眼神就像看貨似的，看看能不能從我這個罪臣之後身上，也撈一筆五百兩銀子的賞錢和朝廷的賞識。大台吉警告得對，打油詩也是詩。那塊牌子藏好了嗎？

藏好了，誰也找不到。

巴格納壓低聲音說：往後還真得小心再小心。在大清朝，因為一個字一句詩就被砍頭的冤案太多了，比哪個朝代都多。殺了不知道多少漢族文人了，甚至連滿族人也殺。有一個叫鄂昌的滿族高官，寫了一首《塞上吟》，在詩中稱蒙古人是「胡兒」，就被認為是反滿、反滿蒙遊牧族、反滿蒙聯姻，結果被皇上賜死。滿蒙聯姻確是關乎大清國體，關乎皇權，誰也碰不得。其他的文字冤案更厲害，有一年一個案子就殺掉三百多漢人。越是沒有文化的人掌權，就越仇恨文化和文化人，仇恨到借詩殺人。滿文還是模仿蒙古文字造出來的呢。大規模的文字獄，就是沒文化的明朝開國皇帝朱元璋那時候開始的。

圖雅姑娘說：我好怕。

12 救狼

高利率，依照清律規定，高利貸的年利率不得超過百分之三十。但旅蒙商印票的利率往往高出政府規定的數倍，甚至幾十倍……倘若不能按期付本還息，將以「利滾利」的方式計算。

——阿岩、烏恩《蒙古族經濟發展史》

老秦派重載馬車把方頭平尾的小木船運到客棧，還請了一個遼西漢人漁工當臨時師傅。船不大，除魚艙之外只能坐兩個人。巴格納帶上小王、莫日根等人，跟著漁工尋找可進入烏拉蓋葦海深處的通道。漁工沿著河岸，在原來打魚的西南河邊來回走了一兩里地，終於隱約聽到了河流的水聲，還隔著葦稈看到了一點水光。然後就帶領巴格納等人脫靴脫長褲下河，用鋒利的方鏟和鐵鍬從外到裡鏟挖蘆葦根。一坨坨密密匝匝、盤結錯雜的泥根被挖出拔起，拋到旁邊的葦叢裡。挖了整整一個上午，打通了葦牆，挖出了一條窄窄的、長約兩丈多、水沒膝蓋的葦巷。出了水巷，眼前是一條有兩間房寬、緩緩流動的小河。往小河上下游看，河面有寬有窄，還有曲彎。清清的河水流進葦巷，把渾濁的泥水擠到一邊，新水道的水漸漸透明，葦巷變成了隱蔽幽靜的葦洞。

漁工說：撐小船進去沿河找，能找到泡子、深水魚窩，再下網。

漁工帶人慢慢退出水巷，上岸洗淨、擦乾腿腳，穿褲穿靴，再回客棧。吃過炸魚喝過白酒，幾人合力將小船抬上一輛結實的牛車，又將漁網、樺木撐杆和兩個盛魚木桶放進船裡。然後牽牛車到水巷邊的「小碼頭」，把船抬下車，把木桶放在岸邊，取出漁網和木杆，再慢慢推小船入水。巴格納讓小王和莫日根守著牛車，在河邊等待，其餘人回客棧。

漁工和巴格納上船後，漁工撐船，巴格納坐在魚艙橫板上欣賞烏拉蓋河、葦巷和葦塘。以往蒼莽壯闊、綠濤起伏的葦海，此刻變成了靜謐幽深、青葉沙沙的原始葦林。成雙成對的恩愛天鵝在葦林上空飛翔，小群的鴻雁、綠頭鴨、湖鷗、水鷸等各色水鳥從葦塘飛起，掠過葦梢，盤旋在河面上空。

巴格納心中鵝影飛動，想到薩日娜住在部落蒙古包，到冬季，大雪覆蓋，白災隨時都會降臨，鵝糧奇缺，還得經常搬家，供養小巴圖和救養落單的小鵝，實在太難了。要是能把薩日娜和小巴圖接到客棧來就好了。這裡蘆葦密佈，河巷幽靜，水草繁茂，是天鵝的天堂。春夏秋三季可以把小巴圖就近放到葦河葦塘裡，讓牠自在自主生活。如今有了小船，給牠加餐進補也很方便。深秋把牠接回客棧，有糧有魚有菜，又不用搬家，客棧大院是多好的養鵝地方啊。而且，薩日娜在有暖炕的明亮房間裡做針線活，不是比在冬季幽暗的蒙古包裡更舒服嗎？應該請圖雅、札那阿爸勸勸薩日娜搬到客棧來，給她在客棧設一個小小的蒙袍店，也能為客棧和部落增添一件好事。但他又很快打消了這個想法，客棧人來人往太熱鬧，而薩日娜和天鵝都喜歡清靜人少的地方，她和小巴圖都重傷在身，再也經受不起一點點的震動……

小船越往深處走，水面就越寬，水中魚很多，野魚集群而游，有的魚還會跳出水面。水鳥也多，盤旋半空，隨時準備從空中扎向水面。漁工說：烏拉蓋河裡的魚真不少。魚群旺，水鳥才多。

巴格納傷感地沉浸在眼前的葦河風光裡，看著水鳥捕魚，一句話也不想說。但過了一會兒，小船就被漁工撐停。眼前的水面已擴大兩三倍，不時有水鳥像魚叉一樣從空中扎進水裡，又有叼著魚的水鳥鑽出水。

漁工看了看水面說：魚兒喜歡頂水游，打魚看水鳥，鳥多的地方，魚就多。一邊朝著一處水波晃動、魚群最密的水道，撒出去圓形滿張、比大蒙古包頂蓋還大的漁網。網落水中，一圈鉛墜緩緩下沉。又等了一會兒，漁工拽網繩慢慢收網，未等把漁網收上兩尺，巴格納就看到漁網在動，越往上收，漁網跳動得就越猛。

漁工說：這條船太小了，我估摸四五網就能打滿船艙。這一網魚老多了，快幫我拽。直到見到了網中的魚，巴格納才像饑餓的天鵝，快樂地站起來，但站不穩，差點掉入水中，

說：再大的船，馬車運不了。船小，咱就多來幾趟唄。

兩人往船的另一側挪了挪腳，站穩後，四隻手就用力收網，一網木桶般粗壯的魚被慢慢拽出水面。網剛被拖進艙，活蹦亂跳的野魚就湧出網，填了厚厚一層，數不清有多少條。野魚野勁大，一連幾條魚蹦出船艙，跳回水中。漁工趕緊脫下上衣蓋住魚，這才阻擋了野魚逃命。

漁工說：這條河了不得，我在老家打了大半輩子魚了，還從來沒見過有這麼多魚的河呢。滑子魚產籽多，兩年三群魚啊。再說，這兒過往的人少，這裡的蒙古人又不會打魚，一年年就攢下了這麼多的魚。這條河離內地村鎮集市太遠，夏天路遠運魚準臭，魚賣不出去，河裡的魚就更多了。可惜的是，大多是一色兒巴掌長的滑子魚，沒大魚，要不這兒咋沒漁民呢。

巴格納說：幸虧沒大魚，要是有大魚，這片草原就得讓漁民漁村占滿了。大魚也不一定就好

吃，你不是剛吃過這兒的炸魚嗎，還連說好吃好吃。這條河的魚又多又好吃，這才是好河呢。

漁工說：那倒也是。這烏拉蓋河的滑子魚怪不得好吃，原來是野勁大，能蹦躂那老高，我還沒見過。這片葦河葦塘泡子太大了，葦河連著泡子，魚食就多，魚也長得肥，自然就好吃了。不知道河裡面還有多少魚窩，我看最少也得有幾百個吧。這旮旯打上魚來就能賣給客棧的客人和車把式，掙錢真不費勁。

巴格納向漁工請教撒網的技巧，漁工給他做了幾次動作，他按照漁工教的手勢步驟，用力撒出漁網，雖只張開了七成，但也打上來上一張網八成的魚量。接著又打了兩網，動作明顯熟練起來。漁工放手讓他去撒網，誇他學得快。他一氣兒又撒了三四網，魚艙就滿了。兩人掉轉船頭回岸，野魚在艙裡使勁蹦躂，幾乎把蓋壓的衣服掀到河裡。巴格納只好坐下再把兩條腿架在衣服上，才壓住了魚的野性。漁工還詳細地教他咋找撒網的水面：下游的魚比上游的多，水草多的地方魚也多。下雨前雷聲大，天氣悶，魚喜歡沉底，雨過天晴魚群準撒歡。各地的魚，習性不一樣。撒網不費力，到處多撒撒，多試試，慢慢就摸到門道了。這兒魚太多了，咋撒咋打到魚。

巴格納望著滿滿一艙魚，真想朝薩日娜的方向大喊，薩日娜、小巴圖和弟弟們，你們再別為魚的事發愁了。我能隔幾天就給你們加量送魚，反正你們部落的車馬常來客棧。薩日娜，我要讓你和小巴圖，在草原最缺肉吃的夏秋，吃草原最好吃、最補養腦子身子的滑子魚，讓你們早一點康復。巴格納心裡盼望天鵝姑娘早點來客棧，再帶她進天鵝葦塘，讓她欣賞這裡的天鵝。他也想先帶圖雅來大葦塘賞景看鵝，可是，這會兒客棧大小事務，千頭萬緒，事事都得親力親為。只有等忙過開業後的忙亂期，再帶她來觀賞葦河風景和天鵝群。巴格納總覺得葦塘深處一定有幾個大的天鵝湖。過幾天他一定要撐船進湖去尋找，走進天鵝愛與美的家園，那可是薩日娜十幾年的願望啊。

小船一靠岸，小王見兩人一趟就打回比平日多一兩倍的魚，樂得咧開了嘴，笑道：往後，我跟莫日根再也不會為供不上客棧的魚犯愁了。我們幹雜活的人也能天天吃上魚，就是吃不上羊油炸魚，也能吃上烤魚燉魚啦。前幾天我去給蓋房的民工隊送魚，他們見了魚立馬刮鱗去內臟，用木簽串上，圍著火堆烤魚吃，就撒了一些鹽和辣椒麵。野魚肥啊，一烤就嗞嗞出油，香酥脆辣，那叫好吃，烤了又烤，吃個沒完。我也吃了幾條，不比炸魚差。炸魚烤魚，各有各的滋味，換著吃最好。後來他們還燉了一大鍋紅燒魚，一人半碗，吃得那叫痛快。蓋房隊幹活為啥又快又好，就是因為你讓我隔天分半桶魚給他們，還不收錢。民工說，每年夏天幹活都要掉幾斤肉，今年反倒長了幾斤肉，客棧仁義啊。

巴格納笑道：這會兒有船了，往後再多給他們三成魚。今年上凍前一定要把房子蓋出來。他們蓋房給了咱們那麼便宜的造價，咱們也得多給他們一些油水，幫民工省些飯菜錢。你倆就多辛苦點吧。

四人把船艙裡的魚裝滿了兩個木桶，還有不少魚，只好用蓋魚的衣服兜起來，一兜一兜地放在牛車的柳條編上。

牛車剛剛進入大院，小王大喊：咱們用小船撒網打著魚了，可比用魚罐打魚又多又快。

圖雅、老張、林夏、其木格、所有店員和蓋房隊的民工全都跑過來，看到漁工和巴格納第一次駕船用網打上來的魚，都紛紛驚叫高呼，蒙古族的男人們激動得跳起蒙古摔跤舞。

從此以後，炸魚、烤魚、煎魚、燉魚、燜魚和魚湯的香味天天飄蕩在客棧上空，全客棧的人士氣高漲，各項事務的進展又快又紮實。各路車隊只要一聞到魚香味，馬匹、駱駝都會被馭手打得快步跑起來，連駕車的牛都一路小跑到客棧。眼光敏銳的巴格納趁勢推出草地篝火烤魚野餐會，深受蒙漢兩族人的喜歡，那些在茫茫草原上連日長途奔波、辛苦寂寞的車夫、馬夫和駝工尤其偏愛這一口。烤魚比羊油炸魚更便宜、更熱鬧、更焦脆好吃。買上一大盆生魚，自個兒到菜園井台旁刮鱗去鰓去內臟，用魚鱗水順便澆菜，再回到客棧外的草地上架木柴堆烤，喝酒聊天、吃野味野餐，別提多開心自在了。連愛吃炸魚的商人和旅客，也紛紛湧來買收拾好的生魚，再自己烤魚、換口味、湊熱鬧、尋樂子。對客棧來說，烤魚幾乎就是無成本、天上掉餡餅的好生意，客棧上下喜不自勝。小船一來，捕魚量大增幾倍，客棧的炸魚、烤魚、白酒的銷售量也立馬翻番。老張樂道：不用一年就可把從前的老本賺回來。老秦和巴掌櫃這哥倆做生意，那叫一個精明利索。

貪玩的圖雅姑娘常常拉著巴格納和部落的姑娘小伙去草甸點篝火，圍火烤魚野餐，又吃又喝，又唱又舞，玩興高揚，通宵達旦，樂不思返。她對巴格納笑道：做生意咋這麼好玩？天天過節享樂呀。

篝火烤魚野餐還成為額侖烏拉蓋和附近兩個蘇木眾多情人約會，甚至幽會的地點。深夜，幾堆篝火的明火一滅，壓上幾抱艾草，大片雪白色宛如仙霧般的艾煙，會把對對情人罩沒，滿天明亮的草原星光，又把姑娘們照得如同月宮的仙女。艾草煙霧下，既無蚊蟲，又防人偷窺。青年男女激情難抑、隱約狂歡、此起彼伏，還有壓低嗓門的聲音震顫，傳向草原四面八方……

巴格納托部落的馬倌、牛車，給薩日娜、札那阿爸、道爾基蘇木長、米希格法師、巴圖哥哥家和塔娜家捎去鮮魚、炸魚的次數也更加頻繁。塔娜說：夏天牧人奶食吃得多，肉食吃得少，大夥都饞肉。魚來了，真解饞啊。

塔娜和薩日娜兩家人經常在門前空地熱熱鬧鬧地點火烤魚吃。塔娜全家人和薩日娜的弟弟們都吃胖了，連薩日娜的精氣神也有了些起色。湖裡的小巴圖長得更壯了，翅膀搧出的風也有點猛勁了。

又到了巴格納和圖雅去拉魚餵狼，看望狼群的時候了。兩三個月來，他倆每隔三四天就去一趟，每次都看見給狼倒在草叢裡老地方的魚，已被狼全部吃掉或叼走了。他倆感到狼影越來越近，但就是見不到狼的真眼睛。在額侖，人狼之戰殘酷而又平常，尤其在馬群，時常會傳來狼掏馬駒子的壞消息。草原人崇狼拜狼，又不得不殺狼。因而，額侖狼是很難相信人的。

兄妹兩人騎著馬，慢慢走向那被蘆草遮得很隱蔽的坡岸。走了一段，圖雅問：狼應該知道咱倆是愛狼的，跟別的打狼的人不一樣。可牠們為啥就是不肯見咱倆呢？咱們都給狼送了二十多次魚了。不過，我覺著今兒能見著狼。

巴格納說：我也覺著今兒狼會從草叢裡探出頭來看咱倆。到時候，咱趕緊給牠扔條魚，牠要是接了，咱就再扔得近一點。這樣一點點靠近牠，讓牠們不害怕。再過幾個月，狼就跟咱倆成好朋友啦。

兩人下馬，絆好馬，剛蹚過高高的蘆草，走進草叢裡的老地方，就驚嚇得雙手雙腳同時打戰。一條大狼竟然就站在放魚的地方。在七八步遠的高草中，還站著五六頭更大更壯的狼，上半身都露出草叢。圖雅姑娘還從來沒有在大白天，在這麼近的距離，看到這麼多站著不動的大狼，她像撞見狼群的小黃羊，雙手又緊緊攥住巴格納的手，攥得出汗，抖著發冷。

別動。別怕，別怕。巴格納很快鎮定下來，小聲地說：狼是想求咱們哪，仔細看。

圖雅吞了一口氣，壓一壓亂跳的心，望過去。只見草叢裡的幾頭大狼的目光既警惕又期盼，近處那條苗條的大狼像是條母狼，盼望的眼神中更帶著懇求。尾巴還輕輕搖動。

巴格納壓低聲音說：快看牠的左後腿。

圖雅往下一看，驚得全身僵住，那條母狼的後腿上竟然插了一支箭，從腿上方裡側貫穿到外。箭杆兩頭都在慢慢滴血。像是不多會兒之前被獵人射中的。

圖雅看清以後，突然像是自己中了一箭似的，立即忘記了害怕，急得大步向母狼走去。草叢的大狼們立馬微微下蹲，隨時準備撲擊救母狼。巴格納也從靴幫裡拔出鋒利的蒙古刀，準備護衛圖雅。

圖雅姑娘柔聲細語地對母狼說：別怕別怕，我是來幫你的。我常常給你們魚，咋會害你呢。她走到母狼跟前，母狼身子沒動，又輕輕搖了搖尾巴。巴格納怕驚怒了狼，就放慢腳步，躬著腰，捏著蒙古刀的刀尖遞給圖雅，不讓狼看見刀鋒，也好讓她快速接刀把。圖雅接過刀蹲下身，一隻手扶住箭杆，另一隻手快速割箭杆，不一會兒便割斷箭尾，並用刀刃把露在傷口外面的一小段沾著血污的箭杆，從傷口處向外刮淨。母狼疼得全身不停戰慄，狼頭高抬，張大嘴巴不斷地倒吸涼氣，但母狼像是知道人在幫牠，狼腿不停哆嗦也忍痛按地不動。圖雅把半支箭拔出一寸之後，猛然加力拔出箭杆。母狼疼得全身抽搐了一下，一咧嘴幾乎大叫，但一看到圖雅手中帶血的箭，便全身放鬆下來，向她投來感激的目光。

圖雅拿著半截血箭，向草叢中的狼搖了搖。大狼們都站直了腿，挺起了身，解除了臨戰的緊張。圖雅仍未起身，她給母狼的傷口擠血，把傷口裡面的髒血擠出傷口外，然後才撿起箭尾，滿頭大汗地站起身來。她把兩段箭拼接成一支，先給狼群看，再給母狼看。母狼聞了聞箭杆，又用鼻子碰了碰並舔吻了一下圖雅的手，又快速地搖了搖尾巴，便一瘸一拐地跑向狼群。狼王帶著大狼們圍過來，急匆匆、喜洋洋地給母狼舔傷口，不一會兒大狼們也向圖雅和巴格納搖了幾下尾巴，投來感謝的目光，便帶著母狼消失在草叢中。狼群第一次忘記了叼魚。

巴格納擦了擦額頭的冷汗，說：你給母狼拔箭的時候，兩邊的公狼都嚇得要死，都準備拚命，牠們有牙有爪，可我的刀在你手裡。要真打起來，我赤手空拳準保打不過狼群。我就怕母狼疼得受不了亂叫，那狼群一準衝過來咬你。我想要是真的那樣，我就衝上去抱住你，再猛地滾進深水裡。我會水，能托住你，再抓住葦稈，咱倆都淹不死的。狼的水性不太好，不一定敢下水。你嗓子亮，再拚命大喊，客棧的人興許能聽見，那咱倆就有救了。不過……要是聽不見呢？想起來真夠後怕的。

圖雅剛才緊張得發白的臉，已經恢復了紅潤，她笑道：我倒覺著狼不會咬咱倆的，狼要是不相信咱倆，就不會來求咱們拔箭了。只要我把箭拔出來，再趕緊給狼看，就沒事。

你咋就會拔箭的呢？

圖雅走到河邊，說：你先用手舀點水給我洗手，蒙古草原人敬水神的天條不能破。

巴格納蹲下身用雙手舀了一捧水，讓圖雅在岸邊草地上洗手，洗髒的水滴淌在岸上，滲進土裡。

圖雅說：前些年，我家的一條大灰狗，長得很像狼，被獵人誤傷，中了一箭。我看著阿爸給狗拔箭的，他一邊拔還一邊告訴我，為啥這樣拔。這裡面有好多講究。不說啦，我厲害吧？蒙古女人真到打仗的時候，都敢全體上戰場，還怕狼？

兩人騎馬急忙趕回客棧。時令已入夏末，客棧的接待、捕魚、蓋房、建堆場、堆木料、訂貨進貨出貨記帳等等，全得由掌櫃親自檢查督促過問，巴格納忙得不可開交，客棧的第一個半年必須當成一年來抓。白依拉走後，他再也抽不出一兩天的時光，和圖雅一起去給薩日娜送魚、餵鵝和做炸魚了。

夜裡，巴格納從帳房回屋的時候，他停下腳步，遙望薩日娜方向的星空。心想，他雖然不能去看望她，可送給她的魚糧菜卻從未中斷過。他和圖雅也時常給札那阿爸家送鮮魚，但都沒有比送給薩日娜更多更勤。他多麼盼望她能來看看他接手客棧後的新景象，可是，他幾次托人捎口信請她搭部落的牛車來客棧，她每次回話都只有一句：謝謝，我離不開巴圖的牧馬草場，也離不開小巴圖。

他每天疲憊不堪，卻常常難眠，只能一遍一遍地哼唱她寫給巴圖的悲痛哀傷的情歌。在草原寂靜的深夜，他覺得越發孤獨。

13 冰上尋天鵝

突厥—韃靼人都知曉並敬畏一個偉大天神，即一個正在成為「隱退上帝」的全能造物主。有時，偉大天神的名字甚至意為「天空」或「天堂」，例如……通古斯語的「柏格」或是蒙古語的「騰格里」。

——〔美〕米爾恰・伊利亞德《薩滿教》

在巨額利潤的誘惑下，在蒙古地區豐富物資資源的吸引下，一些旅蒙商賈，不斷衝破清朝政府的禁律……用賄賂、入股等方式，拉攏政府官員、蒙古王公、高僧等上層人士，使之成為自己的工具和後盾……他們逐漸在蒙古地區居住下來……大商號設立分號，修建商店、住宅和倉庫，以此作為吸收當地土產，供應蒙古人所需貨物的固定據點。

——阿岩、烏恩《蒙古族經濟發展史》

豔陽照耀著初秋的天鵝湖，薩日娜的臉上感到了天鵝絨般的溫暖，但湖面上飄來的水汽卻已有了微涼的秋意。她餵飽了小巴圖以後，又把牠抱在懷裡查看牠的傷口。兩天一次的魚菜糧「貢品」餵養，比牠自己在湖裡吃水草要明顯長得快、長得壯，傷口上的皮肉也變得厚實起來，原先無精打采的神態漸漸消失，天鵝姑娘臉上也有了些笑容。然而，她發覺小巴圖一感到自己有了氣力，總是使勁搧單翅想要飛起來，重返藍天去尋牠的公主。可無論怎樣搧，牠也張不開早已不聽使喚的那扇羽翅了。於是，牠掙扎著落在地上，希望借力助跑起飛。健康的成年天鵝個大體重，起飛很困難，必須靠雙蹼用力踏地或蹬踏水面，再猛搧翅膀，跑出十幾步，才能獲得脫離地面的飛力，衝上天空。所以，天鵝一般都不太敢到草地上吃青草，就是因為怕助跑起飛太慢，很容易被躲藏在草叢裡的狐狸偷襲。狐狸可以在這段助跑的距離內追撲到天鵝，即使天鵝剛剛飛離地面，牠也能跳躍上去，用兩隻前爪把天鵝打翻在地，一口咬斷長脖頸上的大血管。

小巴圖還是想飛。但是，牠忘記自己是殘了一隻腳蹼的鵝，牠的雙蹼剛一著地，身體就歪了一下。牠發現自己跑不起來，既沒有健全的蹼，又沒有聽話的雙翅，如何助跑起飛？牠垂頭曲頸，無奈地匍匐下來低聲歎息，眼裡流露出痛苦哀傷的神情，陷入無奈的沉默和安靜。薩日娜心疼地把牠抱在懷裡，低頭垂淚，慢慢撫摸安慰牠：你是蒙古草原的神啊，牧人和天鵝們都敬拜你。你為愛可以捨命，不會飛，可還會游水啊。一定要好好活下去，讓更多的人愛天鵝、敬天鵝。

小巴圖似乎聽懂了媽媽的話，牠的心跳終於平和下來。

秋天來了，草原秋季很短，快到把小巴圖接回家的時候了。薩日娜又可以和牠天天相守，共度那漫長的、相互取暖的寒冬。草原少男少女的愛大多在春天萌發，她朦朧的愛，也是在小巴圖帶著牠的公主飛回來的那個春天萌發的。然而，她真正動情的愛，卻是在草原冬季萌芽、在初夏盛開的。薩日娜的情思漸漸走遠。在她很小的時候，每年初冬，阿爸總會把他救的小鵝帶回家，並讓巴圖和她小兄妹倆，與小鵝們做伴一起玩耍，過一個愉快的冬季。每到大雪封山封湖的時候，阿爸又總會帶上她和巴圖去做一件讓他倆悲傷的事情。

她第一次去的時候還很小，只有六歲。她坐在馬鞍上，阿爸坐在馬鞍後面抱著她騎馬。巴圖八歲，自己騎馬跟阿爸和她一同去。巴圖早在四五歲就會騎馬，是個出色的小騎手。就在八歲的這年夏秋，他參加了三個蘇木聯合舉辦的那達慕大會的賽馬比賽，得了頭獎。她記得那天巴圖哥哥和所有孩子騎的馬，都是無馬鞍、無馬鐙、無韁繩、無馬嚼子的光背馬，馬身上僅有一根用頸背交接處馬鬃編的、豎起來的粗馬辮子。阿爸說，蒙古人認為孩子體輕，馬兒去除了馬鞍和成人的重量，讓幾乎沒多少負重的馬來比賽，才是真正的賽馬——比賽馬力本身，才能賽出跑得最快的好馬。而且，這種賽馬也是蒙古人訓練孩子的膽量、馬術和爭強好勝性格的好傳統。巴圖小哥哥雙手攥住這股馬辮子駕馭光背馬，輕裝飛奔，跑完三十里，第一個衝到終點，驚得全場歡呼。而比賽中有一小半七八歲的孩子從馬背上掉下來。因此，巴圖哥哥在她六歲的時候，就是她心中的小英雄了。阿爸喜歡巴圖，總把家裡的一匹好馬給他騎。

這年冬天，阿爸在巴圖腰帶上插了一把簡便小巧的木鍬，他們走了二三十里路，走進一個被雪覆蓋的湖面。雪下的冰面仍然滑馬蹄，兩匹馬走了不遠，三人下了馬，把馬上了馬絆子，留在原處。阿爸扛著木鍬，兩個孩子走在他的兩邊，一路找尋。找了半天，發現遠處有一個模糊黑點。走近一看，一隻被凍在冰面上的落單小鵝，被狐狸啃得只剩下冰面以下淺血色的小半個肚皮和黑色腳蹼，冰面雪上還殘留著碎血渣、半個黃黑兩色的喙、凍黏在冰雪上的天鵝羽絨，還有許多狐狸爪印。阿爸流淚，她和巴圖驚嚇得哇哇大哭。

從兩三歲起就與小天鵝們一起玩耍過冬的兩個孩子，一見到自己親密的小伙伴慘死，都哭得喘不過氣來。

巴圖哭道：為啥沒早點看見小鵝？要是看見了，咋也得把牠救上來啊。

阿爸說：離岸那麼遠，看不見啊。就是看見了，水還沒結冰，咱們也過不去啊。

小薩日娜哭問：鵝阿媽鵝阿爸咋這麼狠心，咋捨得扔下這個可憐的小鵝飛走了呢？

阿爸歎道：不能怪鵝阿媽阿爸。蒙古天鵝有三種，一種身體最大，兩隻眼睛還連著兩指多寬的黑眼帶，眼睛就在黑寬頻裡面，喙是紅黃色的。這種大鵝每年春天可以下五六個、八九個蛋，可是咱們額侖草原這種大鵝很少。數量最多的是個頭稍小一些的白頭天鵝，這種白頭天鵝又分兩種，一種個頭大一些，眼睛旁邊沒有黑寬頻，喙的前半段是黑色的，後半段是黃色的，黃斑比較大，從眼睛到超過鼻孔都是黃色的。這種鵝的雌鵝一年可以下六七個蛋；另一種白頭天鵝身體再小一些，喙上的黃斑更小，只有整個喙的三成大小。

這兩種鵝混在一起，外形差不離，不太容易分得出來。但懂鵝的人，只要一看喙上的黃斑的大小就能分清。在咱們額侖，這種天鵝最多。可是這種天鵝個頭小一點，每年產蛋也少些，一年只產四五個、五六個蛋，所以最後破殼出世的弱鵝崽總是長得慢，到大雪快要下來的時候，還不能長途飛。天鵝爸媽為了保住更多健康的小鵝遷離草原，就只好忍痛拋下這個可憐的孩子，讓牠自己在後面慢慢跟著飛，有的小鵝還能拚命追上阿爸阿媽、哥哥姐姐。媽媽爸爸有時也會一站一站地等這個孩子，有時還會叼食回去接這個孩子；可有的落得太遠，爸媽就接不到了，小鵝就凍死在冰湖上了。如果這個冬天到泡子結冰，大部分小鵝都不能長途飛，有些天鵝夫妻就會留在草原，幫小鵝，陪小鵝，從遠處還沒有完全結冰的葦塘叼水草來餵小鵝。可是當遠處的泡子都凍硬實了，小鵝們還是會餓死凍死。大鵝夫妻在天上哭叫著轉上好幾圈，最後才飛離荒涼的凍湖飛往南方。那淒慘的天鵝叫聲，蒙古牧人誰聽了都會忍不住流淚。

阿爸用木鍬把鵝喙、血跡和殘羽歸攏到鵝的殘體上，用雪掩埋，並堆起一個雪丘。阿爸領兩個孩子向小鵝雪丘合十祈禱，喃喃念誦：阿彌陀佛，佛祖慈悲，願逝者平安往生……

那一天在雪湖上走了好久，三人又分頭找，卻再沒有找到小鵝的殘體。以後，阿爸和他倆仍然年年救小鵝、養小鵝、掩埋小鵝、初春放飛小鵝。每年初冬在冰上救小鵝時，她的小英雄哥哥都很勇敢，幾次落入冰水，幾次凍病和被冰劃傷。有一次還把她從冰水裡救上來。

當薩日娜十二歲，巴圖十四歲的時候，有一天巴圖的大哥放的馬群，路過兩家的門口，暫作停留，大哥進包喝茶。小薩日娜跑進馬群裡去玩，忽然發現馬群裡有一匹漂亮的黃馬駒，額頭中間還長著一個大白斑，宛如一片白芍藥花瓣，特別美麗可愛，把她喜歡得真想跑過去抱住牠的頭，親吻牠白亮的花瓣。她對巴圖哥哥說：過一年你就要跟你大哥學放馬了，你去馴這匹黃馬駒吧，太漂亮啦，我想騎牠。

巴圖說：這群馬是蘇木長道爾基的，不過，等我馴好牠，牠就是我這個小馬倌的坐騎了，我要讓牠成為咱倆的馬。

當小黃馬長到快三周歲的那年早春，巴圖不知道從馬背上摔下來多少次，才把芍藥黃馬馴成了他的坐騎。當巴圖把跟他已經很親熱的小黃馬騎回家的時候，兩個小情侶激動得雙雙狂親花瓣，不知在馬額頭那片白花瓣上留下多少個吻，使牠成為世界上被親吻得最多最久的花瓣。又過了兩年的一個冬天，當衰老病重的蘇米亞阿爸讓巴圖和她自己去尋找小天鵝遺骸的時候，兩人騎的就是薩日娜心愛的芍藥黃馬了。

薩日娜坐在馬鞍上，緊緊抱她的不再是阿爸，而是她親愛的巴圖哥哥了。他坐在她身後，雙臂環抱住她，單手在她身前握著韁繩和馬嚼子皮條來駕馭馬。她的皮帽子貼著巴圖的臉，脖頸裡能感到他口鼻中呼出的熱氣。她喜歡靠在他的胸前，讓他緊緊抱著自己在馬背上快速顛簸。薩日娜知道自己心中的愛，就是在芍藥黃馬背上兩人的擁抱中萌發的。有一天，她摘下皮帽，側仰著頭，迎受了他火燙的親吻。

十六歲那年的冰上尋鵝，讓她永生難忘。記得那一天，他倆牽著馬，走到一處離湖中蘆葦不遠的地方，同時驚得站住了：一隻潔白完整的小鵝把頭彎進翅膀裡，安安靜靜，一動不動，身上還蓋著四指多厚的潔白雪被，那雪被隆起的形狀，也宛若一隻潔白小鵝。雪鵝和羽鵝疊在一起，像雪鵝從背後緊緊擁抱羽鵝。騰格里似乎很憐愛這隻美麗的小鵝，不忍看她孤獨地離開世間，就給她從天上降下一隻雪鵝，抱著她，貼著她，蓋著她，陪她上路。薩日娜和巴圖兩人一同下跪，相擁在一起，失聲痛哭。

薩日娜後來一直認為那兩隻親密的雪鵝，是他倆相愛的象徵。可是，當巴圖離去後，她才發現那是一個不祥的預兆，而他和自己連像這樣愛與美的結局也沒有，可能最後還將葬身惡魔之口，殘肢碎散、殘羽零落……

那一天，他倆面對美麗的雪鵝和羽鵝，不知如何是好了。堆上雪丘吧，會毀了騰格里的願望和傑作；保留不動吧，又準保會被狐狸找到啃碎吃掉。兩人呆呆地想了很久。聰明的巴圖想出了一個辦法：兩人用木鍬鏟雪，給兩鵝圍堆了一圈井口那樣的雪牆圈，再用蒙古刀割了幾大束蘆葦，截短以後嚴嚴實實地蓋在雪井筒的頂部。然後，兩人鏟雪把整個雪牆和蘆葦小心地埋起來，堆成一個大雪丘。這樣，即使到開春雪化，雪丘也不會受到狐狸的侵擾，最後安全地沉入湖底。這對美麗的小鵝，便可以在這裡安靜地度過漫長的冬季了。兩人站在冰湖上，向雪丘拜了三拜。芍藥黃馬知曉兩位小主人愛鵝，也哀哀地向小鵝長嘶告別。

這對淒美的雪鵝，在薩日娜的心中成為了永不融化的雪雕，而芍藥黃馬又在她的記憶中刻下愛的燦爛和悲痛。

當她十七歲，在一次春末草原商貿會的歌會上得了獎，被許多其他蘇木的追求者圍得難以脫身的時候，巴圖擠開人群，大聲喊道：薩日娜是我的未婚妻，我的未婚妻，我倆早就訂婚了！兩人當場擁抱親吻，然後巴圖牽著她的手，衝出重圍。巴圖把她抱上芍藥黃馬，再騎著自己的青色突厥馬，兩馬揚塵而去，奔向那滿山遍野芍藥花怒放的情人谷。

額侖芍藥情人谷，那是天下最壯闊的芍藥坡地草原，千千萬萬叢過膝高、齊腰深的芍藥花株，蔓延了十幾里丘陵山坡、山谷。盛開時，千萬朵粉蕾、白花、黃蕊、紅心的單瓣大朵白芍藥花，開成了白色海洋：白浪滾滾、白光耀眼，宛如萬千白天鵝貼地飛翔，要擁抱和親吻美麗的草原母親。嬌嫩多蕾的多年生芍藥花，有巨大根莖，不畏雪災旱災，年年都會萌發怒放。在蒙古草原，芍藥花被尊為「情花」、「愛花」、「福花」和「忠貞花」。它被捧在戀人的手裡，被綴繡在蒙古新娘禮服的胸口上，成吉思汗聖像掛毯前的貢瓶裡，插的都是芍藥鮮花或芍藥絹花。然而，薩日娜心中最得意的是，她此刻騎的馬，是額頭上長著永不凋謝的白芍藥花瓣的馬，也是她和情郎萌發愛情花朵的馬，巴圖要帶她騎著這匹馬，奔到草原情人們都夢想在那裡幽會的白芍藥情人谷。半途，狂熱的巴圖猛地拉停薩日娜騎的芍藥黃馬，自己飛快跳下馬，再跳騎到薩日娜的馬鞍後面，把自己馬的韁繩交給她，然後緊緊摟住她的腰，朝白芍藥花叢奔去……

巴圖走後，薩日娜始終沉浸在情人谷的芍藥花海中，生活在悲哀的天鵝歌中，生活在對童年、少年和青春時期鮮花般的愛的懷念中，生活在兩人兩次救養小巴圖的回憶中。巴圖在芍藥黃馬背上，在她身後甜蜜溫柔而又激狂的擁抱，是任何人不能給她了。她的愛、幸福和痛苦，都像那對雪鵝，凍凝在冰湖裡了……

眼下又到了和小巴圖分別的時候。她不先離開，牠就不會走進水裡。薩日娜緩緩解下小巴圖纏繞在她脖子上的長脖頸，吻了吻牠的頭和喙，再把牠放到草地上，並伸手指了指水面和蘆葦，示意牠回湖。然後一邊慢慢倒退著，一邊招手，直到看不見牠在單翅「招手」。她眼前驀然閃過巴圖和巴格納給小巴圖下跪叩拜的情景，腿一軟也跪了下去……

額侖草原入秋以後，抓秋膘的大忙季節沉重降臨。

春季補膘、夏季水膘和秋季油膘，在正常年景，只有三膘上足，牛羊馬才能攢夠度過長達半年嚴冬的肥膘。三膘不足，牲畜則會進入「夏活、秋肥、冬瘦、春死」這可怕的衰亡往復。草原遊牧異常辛苦，牧人每天都在抓膘和保膘，每季都得達膘，不達膘就是死亡。春季抓膘補膘，必須搶最早發芽的第一茬嫩草。但即使在優良的春季草場，也有暖坡陰坡、早芽晚芽之別，有時候一差就是六七天，春季補膘就有可能補不足。夏季抓水膘，主要靠水。天氣炎熱，牛羊馬飲水量加大幾倍，如果水不淨、不清、不足，草再好，牲畜也難以下嚥，也抓不足水膘。夏季抓水膘，必須到水多的地方，夏季草場往往都在河流和湖泊旁邊。如果遊牧變成定居，春天沒有早發的嫩芽，夏天不在河湖邊，春夏兩季的膘情註定落空。

秋季抓油膘，更是牧業一年中生死攸關的大事，尤其是抓皇家貢羊的油膘。如果抓不足春膘和夏膘，秋膘再抓也抓不滿。但是就算抓夠春夏兩膘，如果秋季油膘抓不緊，整年的膘情可能還會相差一兩倍。西域阿爾泰種的肥尾羊、皇家貢羊的六七成肥膘，就是靠一個秋季抓上去的。而抓秋膘更是全年最辛苦，又最需要牧羊技術的重活。自古以來，額侖牧人採用一種填鴨式的、逼羊非吃不可的強迫牧羊法來增肥。額侖肥尾羊是一種只要不停走，就會不斷吃的羊。那麼為了讓羊吃，就得讓羊走。為了讓羊吃得久，就得加倍延長放羊的時間；為了讓羊吃得好，就得把羊放到油性草籽長得最多最密的丘陵草場。秋季抓油膘，最要緊的是要逼羊吃進最多的油性草籽。

於是，羊倌們每天必須在半夜過後一個多時辰，還是滿天星斗的時候，就把羊群趕出羊圈，讓羊在星光下吃草。羊吃到天亮以後就吃不動了，一隻一隻臥下拒吃，羊倌們就得用套馬杆將羊抽起來，逼羊走。傻羊們一走起來，就習慣性地吃。額侖草原秋天的草籽太多，也太饞羊啦，好草籽竟然有上百種。像野燕麥、異燕麥、紫花苜蓿、黃花苜蓿、寬葉野豌豆、大葉野豌豆、糙葉黃芪的籽等，讓羊挑花了眼，吃撐了肚皮。羊群吃了半里一里路程的好草籽、飽豆莢，又吃不下了。此時，羊倌還得抽羊逼羊走，但這邊的羊被趕起來了，那邊的羊又臥下了。羊倌兩頭驅趕，來回折騰，一刻不得休息。到中午，人困馬乏疲勞不堪，只能換班。接午班的羊倌更是勞累，有時甚至抽斷杆子羊都不起來，羊倌只能下馬踢羊、踹羊，或是用沉重的馬棒敲羊頭，甚至用雙手揪羊耳朵，才能讓羊站起身，走起來。一個羊倌對付一千四五百隻以上的大羊群，只有拚光全身力氣，才能做完一班的工。一直再到滿天星光時分，才能將羊群慢慢趕回羊圈。

此時，還要過一關——驗糞。羊群冬春季排泄出的羊糞是乾硬的羊糞粒，像一顆一顆棕黑色的乾蓮子。夏季羊群喝水多，拉出來的是軟羊糞球團。而秋季拉出來的，是像春季牛糞那樣又軟又大、不分顆粒的羊糞坨。到晚上，老人、十戶長和部落首領都會打著火把來檢查羊群的羊糞。如果羊糞不是像拳頭般大小的糞坨，那就說明羊倌幹活偷懶。沒吃撐的羊群拉出來的才不是坨。羊倌就會遭到全部落的斥責。到貢羊上路前，還得接受大台吉伊登札布的嚴格查驗，如果過不了關，貢羊當普通羊賣，部落就要損失大半的賣羊收入，部落首領還可能獲罪，部落草場也可能被王爺收回，改由別的部落來放牧。那麼誰還敢偷懶？部落所有青壯勞力都被逼上羊群戰場，去替換戰垮戰疲的羊倌羊兵。一個多月抓秋膘的大忙季，能把整個額侖草原三個部落累得半死，比千里跋涉還苦還傷身。不如此拚命，羊群過不了冬，貢羊上不了進貢的路，都是比死還難受的罪。

但是，到秋末，人們看到體壯如小牛的大羊，和重達一二十斤的大肥尾的時候，都會樂得像肥羊一般走不動道。甚至不忍心殺，恨不得把巨肥羊當佛爺供起來。只有放牧皇家貢羊的額侖草原牧人，才能享受如此神奇的勞動成果帶來的快樂。

額侖草原剛剛進入抓秋膘的苦戰，烏拉蓋河邊客棧就驟然冷清了下來。運送木頭的部落牛車隊全線停工，而草原秋季商貿另外兩大項全國聞名的傳統俏貨——蒙古口蘑和旱獺皮，卻缺少人力來供貨。巴格納、圖雅、老張和林夏緊急商討應對辦法。商量結果，一是請老秦從東線大店速調馬車牛車隊來接替部落車隊運送原木和樺木杆，直到草黃、抓秋膘結束。保證在大雪封路之前，把新建的堆場堆滿，以供春天南部半農半牧地區木材旺季的需求。二是請道爾基和札那讓部落有套旱獺經驗的老人帶孩子去抓獺子，賣皮子給客棧。三是再請兩位蘇木長鼓勵部落老人和女人，在頭場秋雨後立即撿拾、晾曬口蘑，越多越好。

不久，秦老闆派人來說，大盛魁東線各商道的分店已接到總店的死令，今年要不惜代價大量收購上等口蘑，特別是口蘑的蘑菇釘。原因是京城皇族和王公大臣，越來越被蒙古口蘑奇異的鮮香味迷倒，整個京城突然哄搶蒙古口蘑。於是全國北方多省商號狂風般地跟搶和調購，河北、蒙古各大重要市場很快斷貨。張家口是蒙古口蘑的主要集散地，口蘑也因張家口而得名，但是就連張家口也已斷貨。原本產量稀少的口蘑，受張家口斷貨的影響，市價立即暴漲了兩三倍。總店急盼額侖三部落傾力相助。全國的口蘑以東西烏珠穆沁兩旗的口蘑為最佳，而東烏珠穆沁旗的口蘑又以額侖烏拉蓋的蘑菇釘為優中之優。據說京城皇家點名就要東烏旗額侖草原的口蘑釘。來人還說秦老闆這幾天要親自到客棧催貨。

巴格納敏銳的商業頭腦立即啟動，他感到收採口蘑將成為客棧在這年秋季的重頭商務，也很可能是未來額侖草原僅次於皇家貢羊和烏珠穆沁戰馬，又一聞名全國的大買賣。他深知良機稍縱即逝，商貴神速、行情判斷準確後，必須果斷下重手。

巴格納焦急得像陷入草原獵人獵圈陣中的頭狼，不知該往何處率群突圍。他遇到了自從接管客棧以來最不易決斷、最需要冒險、但也可能一敗塗地的局勢。他能不能在這裡立足生根，必須依賴草原，如果部落被今冬有可能降臨的大白災壓垮，出現大批牧人被賣身為奴的局面，那客棧也活不下去，只能被賣掉抵債。那他心中比命更要緊的大事就將被全部打碎。而眼前的一大堆事情卻需要同時進行，一刻也不能耽誤。要抗大白災，一要靠長途遷場，可是長途遷場只有札那同意先調二成的羊群試試看，其他兩個部落都不願意遷。他需要花工夫勸說蘇木和部落首領，再晚，雪下來了牲畜就走不成了；二是需要在額侖草原修建木欄草圈。木欄草圈雖然比較容易建，但是抓膘的大忙季節怎能抽調得動勞力。況且，打草需要大量人力和財力，只能雇半農半牧區或純農區的人來幹。人怎麼雇？錢誰來出？這些事部落首領和牧人也從來沒有幹過。那麼，只有客棧來替他們幹了。

但這樣一來，就得把客棧開業以來辛辛苦苦掙來的大部分資金墊進去。如果墊得成功，還能扛過白災。如果今冬白災沒來，資金墊錯了，那麼墊付的錢將大部分打水漂，客棧的建房債務就還不上，還將拖累札那。到時候，自己這個掌櫃還能不能當下去就難說了，薪酬和分紅也會落空。如果真的落到這一步，他的境遇就悲慘了，也很難幫薩日娜還債。這會兒偏偏採撿蘑菇這件大盛魁當前的頭等大事也壓在他的肩上。如果幹成了，客棧能賺上大筆意外收入，他就可能順利地幫薩日娜過關；如果客棧收不上足量蘑菇，再耽誤部落遷場和建木欄草圈，不僅救不成薩日娜，也救不成部落，那他可能就要去天上與巴圖抱頭痛哭了。巴格納心中亂如一團羊毛。時令催人，季節逼人，客棧開業的第一年是初戰，而初戰應當慎而又慎。他立足未穩，敢不敢冒險一搏呢？他心焦得一夜未眠，直到天亮才稍稍理出點頭緒來。

吃早茶時，圖雅看到巴格納眼裡增添了不少血絲，心疼地說：要不我去求阿爸，雇工打草錢讓阿爸出一半兒。

巴格納說：可是還有那兩個部落呢，你求得動他們嗎？我豁出去了，冒一把險，由客棧來替那兩個部落墊打草錢。

圖雅吃了一驚，擔心地問：你真的想好了？想好了，我就陪你一塊兒拚。可是我很怕，要是把客棧拚垮了，咱們就不能幫天鵝姐姐還債，弄不好她真就要被賣身為奴，依她的性子，她是寧死不從的。你頭上本來就懸著一把重劍，這倒好，又給自個兒再加上了一把。那麼多的錢墊出去，我還是替你倆害怕啊。

巴格納狠下心，一字一句地說：假如這回拚贏了，部落、客棧和薩日娜的危險就可以一塊消除，第一把重劍我也就不在乎了。我想了一夜，越危險的時候越要拚，不拚才最危險。但不是亂拚，我有六七成的把握。好妹妹，你就幫我拚一把吧。

圖雅說：好的。我信你，我聽你的，就跟你一塊拚吧。

巴格納和圖雅商量了半天，最後決定，除了讓大盛魁信使請老秦大哥速來客棧商議，並速派車隊接替部落牛車隊拉木頭以外，還要雇六七十人的熟練打草工給部落打草，隨車隊一起來。打草時節一天都耽誤不起，一定要趁草還沒有半黃之前，把草打下來晾曬。三成的預付工錢先由客棧墊付。然後派莫日根立即回部落，讓札那安排人手準備打獺採菇，同時一定要把那些木欄草圈做出來。運草可以在抓秋膘以後再開始，由閑下來的牧人來做。巴格納叮囑莫日根速去速回。

14 債壓

在布里亞特人（蒙古人的一支，屬黃種人西伯利亞類型，又稱布里亞特蒙古人——引者注）中，薩滿是豐富的口頭英雄文學的傳承者。一位雅庫特薩滿詩歌詞彙量達到一萬二千，但是群體其他成員所掌握的唯一的普通語言只有四千詞。在哈薩克—吉爾吉斯人中，薩滿是「歌者、詩人、音樂家、聖人、牧師和醫生」。

——〔美〕米爾恰·伊利亞德《薩滿教》

信使快馬走後，巴格納和圖雅一起拿出客棧最好的藏酒，把老張請到掌櫃房，向他請教如何採到上等蘑菇釘，如何提高口蘑的採收量。這是他最後下決心冒一把險的主要依據。巴格納在與老張共事的幾個月中，早已知道他是一個採口蘑的行家。在未到客棧謀差之前，他每年秋季都來額侖採口蘑，且收穫頗大。但是巴格納多次向他請教如何採收蘑菇，他都不願詳說，這次巴格納準備給他講明眼前的大勢全域和跟他的利害關係，正式地向他求教，請他幫客棧渡過難關。

汾酒入口，炸魚下肚，三人推杯換盞，酒過三巡。老張終於開口對巴格納說：你說得沒錯，咱是採菇的一把好手。這門手藝是跟我大伯學的，從不外傳。原本也不打算說，還想留著這門手藝，等哪天客棧辭退我以後還得靠它活命。可是，跟了你倆大好人幹了這小半年，知道你倆不會虧待我，這會兒我也知道上面催貨催得緊，你倆著急。我再瞞著就對不住你倆了……

說罷，又喝了一口酒。

微醺的巴格納腦子卻依然清醒，誠懇地說：老秦大哥主管大盛魁商號的這條商道，一直以誠信為本，從不虧待有功老臣。我自從進了大盛魁的這條商道，就再也沒打算離開它。部落首領札那，誰都知道他是個重名譽的蒙古貴族。你就甭擔心了，我們以後咋會辭退你呢？要是這回採收蘑菇能成功，我就正式聘你當客棧大管家，拿全薪，還有重獎。我說話算數。

圖雅睜大純淨的眼睛說：老張，你還不信我嗎？我最討厭的就是說話不算數的人，全部落都知道。我、巴格納，還有阿爸都覺著你這個管家管得挺好的，早就想讓你當正式管家了。我們信你，你也該信我們呀。

信，信，能不信嗎。咱最信你倆。

老張在確認自己能當上正式大管家以後，又喝了一杯酒，便一口氣說了下去：不瞞你倆說，額侖人真是踩著黃金還嫌金塊硌腳啊。額侖這麼大的牧場，快頂內地一兩個縣的地盤了，秋天頭場雨後，長出的蘑菇多了去了。我估摸，要是能把額侖每年產的口蘑，不磕不碰地全採上來，再不捂不黴地曬成蘑菇乾，可比五六千隻貢羊的價碼還要高。就算只能採到一半，那也不得了啊。原先，一斤上好的乾口蘑釘能換三隻大羊，這會兒口蘑價暴漲兩三倍，你倆算算那是多大的一筆錢。

可是，採口蘑可不易啊，採上等蘑菇釘更是難上加難。一是時辰太短。口蘑一年就長一次，一次也就半夜工夫。平常年景就在第一撥秋雨下的時候冒出來，天熱不長，天冷也不長，只有在不冷不熱、涼颼颼的半夜到天亮的時候長得最好，這時候長出來的多半是蘑菇釘。啥叫蘑菇釘？就是蘑菇長到跟雞蛋那麼大小，白生生、滑嫩嫩，蘑菇圓頭底下的那層白膜還沒破，裡面的白色褶子還沒露出來。乾乾淨淨，一點土和羊糞都不黏。菇肉很厚實，水分也大，十一二斤才能曬出一斤乾蘑。這種蘑菇曬乾了，只有一截手指大，根頭曬乾了是尖的，整個看就像一個圓頭大釘，採菇人就管它叫蘑菇釘。這是口蘑裡的上上等，比一般的蘑菇價錢高出五六倍。你別小看這麼小的蘑菇釘，只要拿上兩個，用水一泡，就可泡出兩個雞蛋大小的蘑菇，滿屋飄香，連泡出的水都很鮮香，誰都捨不得扔。泡好以後再用手把蘑菇撕成條，加上泡出來的水，跟雞塊、肉塊一塊燉，就能燒一大碗味道最好吃的菜，一上桌，碗裡的口蘑準保回回最先搶光。

可是天沒亮，蘑菇釘還在不停地長，如果再長半個、一個時辰，蘑菇釘就長大破膜了，皺褶露出來，圓頭也慢慢長平了。一直到天亮了，涼氣散了，熱氣上來，蘑菇再也不長了。一年就這麼短短的兩個時辰，到蘑菇不長的時候再去採蘑菇釘，就剩不下多少了。蘑菇釘都已經長成不太值錢的大蘑、平蘑，最大的個頭要比蘑菇釘大五六倍，價也低四五倍。大了沒用，越大越不值錢。不過味道還是很好，比別的蘑菇好吃多了。

口蘑都長在蘑菇圈帶上，一條圈帶也就兩尺多寬。圈帶的草色特別深，黑綠黑綠的，比圈內圈外的草色深得多，幾里地遠就能瞅見，像老天爺在草坡上畫的綠圈兒。額侖草場的蘑菇圈很多，小的只有蒙古包那點大，大的一圈有小半里地，最常見的圈就跟半個客棧停車場那麼大。要是在好年景，找到大蘑菇圈，那就跟撿元寶差不離。圈帶外沿下的蘑菇密密麻麻，一個挨著一個，撿一圈蘑菇就能裝滿大半車筐。

那咋採呢？咱先在前幾天到草場上瞅準了蘑菇圈，然後等下雨，等到秋雨下來了，算好時辰，後半夜趕牛車上山，這時候蘑菇圈裡露頭的蘑菇正好長成蘑菇釘，然後就下手快採。手腳麻利的人，也最多採三四個大蘑菇圈的蘑菇釘，天就大亮了。要是部落安排足夠的人手在那時候同時採，就能把瞅見的蘑菇釘都採到手，那可就發大財了。

二是啊，口蘑運送難，比採更難。口蘑不光嫩，還特別脆。口蘑在雨水裡長這麼短的時辰，能不脆嫩嗎。要是放在車筐裡往回運，顛不了幾下，一車的蘑菇全部顛成碎花，那就一文錢也不值了。咋辦？咱帶一把鐮刀上山，先割草，在車筐底墊上二指厚的一層草，然後把採下的蘑菇釘把柄朝天，頭朝下碼放在筐底的草上。一層蘑菇碼好，再割草，把一縷一縷青草塞在蘑菇柄和柄的空當裡。塞好後再鋪一層草，然後碼放第二層蘑菇。就這樣一層草、一層蘑菇，把車筐裝滿。可趕車還得小心，車得慢慢走，顛多一點顛狠一點，照樣會把蘑菇顛碎。為啥商號收上來的蘑菇碎的多，就是顛碎的。要是按咱的法子，準保個個原模原樣，連缺邊的都沒有。

三是，晾曬難。晾曬比前兩種活兒還麻煩費勁。這是節骨眼上的大活。蘑菇賣不上好價錢多半就是這個活計沒幹好。秋季採蘑菇，雨天多晴天少，水分這麼大的蘑菇，要是不趕緊晾曬乾，就準保發黴爛掉，那還能賣好價嗎？只要蘑菇上有黴點爛味，商號都不收。咱用的是啥法子呢？咱在蘑菇圈最多的草坡上，先湊合蓋一間土房，不漏雨就成。裡面搭一個簡單的矮火炕，在火炕上鋪一層兩三指厚的乾沙。然後點火烘沙，把運回來的蘑菇柄朝上，放在熱沙裡烘。烘蔫以後，蘑菇發皺起皮了，這會兒就可以用針線穿蘑菇，串成一串一串的，掛在屋裡木樑的釘子上，在熱屋裡接著烘烤。出日頭的時候，都拿出去曬。烘蔫了的半乾蘑菇，很容易曬乾，用不了幾天就能把所有的蘑菇釘曬得乾透，這批貨就是上上等貨。

喔，還有兩件事也很重要，得提前跟你倆說。一是，採蘑菇的時候，千萬不能全採光，最大的蘑菇隔個五六步，就得留下一個，這是為了留種。大蘑菇張開的褶子裡全是粉種，沒粉種，第二年咋長蘑菇？反正大蘑菇也不值錢，千萬要留啊；二是，用咱的法子採蘑菇，最好別讓別的蘇木知道。如果大夥都這麼採，蘑菇多了，價就掉下來，咱們就要吃大虧了。

巴格納和圖雅如獲至寶。

巴格納深深地舒了一口氣，和老張乾了一杯酒，謝道：你說的，全都重要。我記住了，太謝謝你了。

圖雅咯咯笑道：老張你真行，還有這麼大本事哪。咱們要是派上全部落的老人、女人和能幹活的孩子，把額侖大半的蘑菇釘全收上來，幹這一把，就能把阿爸給客棧投的錢全都收回來了，這筆買賣非做好不可。到蘑菇圈裡去撿鴨蛋元寶蘑菇釘，太好玩了，我這會兒就想去。我們蒙古草原人真是的，這麼多的寶貝都不知道去撿。

巴格納想了想，又問：好是好，可旗府不讓蓋土房，咋辦？

圖雅說：這是皇家的差事，誰也甭想攔。房子用完了再拆不就成了嗎。反正，我要做，還要玩。我讓老張帶我去玩，我還要帶我的小玩伴們一起玩，玩著掙錢最好玩。掙了錢我還要給小玩伴們買好多好多好吃的花生糖、關東糖、芝麻糖……

巴格納笑道：天不亮，還下著雨，你爬得起來嗎？

圖雅說：早點睡不就成啦。下雨也不怕，披上桐油布斗篷，要不就披上能蓋住頭肩的薄氈子頭套，就淋不濕了。

老張的眼睛閃著光亮，透著精明，說道：蓋土房這事也不難，我還有一種最省事的法子可以代替蓋土房。咱們客棧和部落有的是木頭和樺木杆，就用樺木長杆架成一間房長的三角長棚，用柳條編鋪棚頂，再糊上一層泥，就可當臨時土房。房裡的土炕也好辦，咱客棧蓋房正好有土坯，用來搭矮火炕。這種大棚拆也省事，不拆的話，只要春天再給大棚上一層泥，到秋天還能使。

巴格納說：要是這事能成，你就是客棧正式的大管家了。一言為定。

老張說：那敢情好。先謝謝了。

三人起身去院北查看搭火炕的土坯。老張拍了拍碼放到一人多高的幾堵土坯牆說：夠用。

第二天中午，小王讓莫日根牽運魚牛車，自己急忙跑進院對巴格納說：西南邊來了一撥人馬，奔得很快，像有要緊事。

巴格納、圖雅和老張立即走向院大門，沒想到伊登札布和老秦大哥各帶一個隨員，騎快馬奔到客棧門口。大台吉下了馬，將馬韁繩交給小王，就直奔餐室。伊登札布笑呵呵地說：快上些茶，渴死了。我跟老秦有重要事情要跟你倆說。

圖雅立即吩咐其木格備茶，同巴格納陪大台吉、老秦進了小餐室。老張領著兩個隨員到大餐室。一落座，伊登札布就對圖雅和巴格納說：昨兒一大早就出來了，已經跑了兩個蘇木，今兒晚上去住道爾基的蒙古包。我這回下來，是為三件大事，一件是再盯緊貢羊抓秋膘，一天都不能鬆勁。今年京城要的貢羊數加了兩成，足額有賞，不足則罰。前面兩個蘇木的貢羊數原本就定得少，我看了膘情，勉勉強強，就看你們額侖的貢羊了。你們是主產地，一點差錯都不能出，把額侖的人抓緊了，人才能把羊膘抓上去。

伊登札布喝了半杯奶茶接著說：第二件事是建木欄草圈和牛羊長途遷場。我把你們部落建草圈和遷場的請求跟兩個旗的親王和王爺商議過了，都覺著這是兩個好法子。他倆也沒有忘記老祖宗抗白災的老辦法，經你一提醒，覺著今年就得用上。旗府現已經下令，讓北邊的蘇木建木欄草圈並儲草。還有，今年全旗北部的蘇木必須調出三成牛羊長途遷草場。這些年白災越來越重，東西烏兩個旗的親王和王爺，都擔心今年再遭遇白災，要是皇家貢羊出了大事，誰都擔待不起。

第三件事也是件大事，還真是件新的大事，是好事又是難事。我還從來沒碰上過。京城內務府採辦處忽然點名要東西烏兩旗的口蘑，要的量還不小，比常年多一兩倍，也是足額有大賞，不足則重罰。王爺已經把總額分攤到各個蘇木，也是賞罰都重。還讓我親自到額侖催貨。他說皇家採辦處說了，額侖烏拉蓋的草場、風水、軍馬、貢羊、口蘑都是最好的，貢羊和軍馬上得也最多。可就是每年口蘑上貢上得太少，得想點辦法多上一些。上面催得緊，我只好下來催你們了。

圖雅問：今年咋回事啊？聽說連張家口的口蘑都斷貨了。

老秦說：我們大盛魁一直給皇家宮廷辦貨送貨，聽京城理藩院的一位大臣說，今年初夏，第一撥烏珠穆沁肥尾貢羊進京以後，御廚突發奇想，何不用烏珠穆沁的口蘑和烏珠穆沁的貢羊做一道菜呢？這兩樣都是皇家貢品，貢上加貢，那味道準保錯不了。於是，御廚就做了一道額侖口蘑紅燒貢羊肉，在一次皇上宴請蒙古王公和滿漢大臣的宴會上亮了出來。據說那奇絕的鮮香，蓋過了所有菜，頓時滿堂喝彩，讚不絕口。後來，御廚順著這想法，又用口蘑和另一種貢品，東北林區的榛雞，也就是俗稱「飛龍」的珍禽燉了湯，也頗受皇家讚賞。於是口蘑很快就成了皇家八珍中最火的一珍。這下京城無處不口蘑，簡直到了「無蘑不成宴」的地步啦。大官小官都跟我磨著要口蘑啊。

伊登札布說：口蘑紅燒羊肉，口蘑清燉榛雞，我都吃過，太鮮美了。你們客棧往後可以再加一道口蘑紅燒羊肉，用二三等口蘑做就成，物美價廉，準保受歡迎。又轉頭問老秦：你們商號平常年景，在一個蘇木能收多少口蘑乾？

老秦說：上上等的蘑菇釘，也就四五十斤吧，上等的，一百三四十斤左右。普通二等貨有上千斤。

伊登札布對圖雅和巴格納說：這回上面給我壓了數額，我也給你們壓個數。上上等的一百斤，上等的二百斤，普通貨不要。這兩種貨收得上來就賞，收不上來就罰。咋樣？

巴格納說：成。只要今年不是旱年，就能收夠數，準保不受罰。我看這些年白災連著白災，天上地下水汽大，今年秋季多半不會是旱年，興許還是個蘑菇大年。

伊登札布很高興又有些意外，就將他領到另一間小餐室，關上門，說：你要是收得多，一定要單獨給我留二三十斤上上等的。這半年我進京城或在旗裡接待京官，大臣們一見我開口就要兩斤三斤的口蘑釘。你想想在京城店鋪裡，有錢人家買口蘑也只是幾錢半兩的買，可大臣是幾斤幾斤的要，我要是這點事都辦不成，想求上頭辦事批文就甭想了。還有，王爺那兒也得貢足，全旗的草場都是王爺的，你不貢足哪成啊。今年王爺給你們免稅、批地那麼痛快，你也得好好回敬才是。

巴格納點頭說：我明白，一定挑最好的給您和王爺。免稅批地，蘇木和部落都念您的好，沒您說好話，王爺哪知道底下的事兒啊。

伊登札布微笑道：你是個跑遍東西蒙古和長城內外的人，往後我還真得多聽聽你的主意。這回兩個旗都贊成建木欄草圈和牛羊遷場，還是因為我把你的對策提了出來，他們馬上就採納了。親王和王爺也最怕大白災。

兩人又交談起來。聊得蠻投機，尤其是防大白災、建木欄草圈和長途遷場，兩人好像都有說不完的話。

在隔壁小餐室，老秦把一布包的書交給圖雅，輕輕說道：這是巴格納跟我要的書，還有一些是我給他推薦的好書，有章回小說、詩集和史書。還有幾本他讓我專門給你買的蒙文藏族神話故事呢。當今朝廷嚴禁蒙古人讀漢人的書，怕蒙古人長見識，不利滿蒙聯姻。清皇族就是下功夫讀懂了漢人的《三國演義》，學會了謀略詭計，才知道咋打敗和統治漢人。這十幾本裡的漢字書，你倆要小心藏好，千萬別讓人知道。這會兒他太忙，等到大雪封路以後，再慢慢讀吧。草原半年的冬天，客棧像座斷了音信的荒島，不看書不讀詩那日子咋過啊？

圖雅姑娘見到書，開心地笑道：太謝謝你了。我喜歡看神話故事書。漢文的故事，就讓他講給我聽。這個冬天的日子可就美啦。

老秦說：巴格納從小就愛讀書。他阿爸是我的蒙古語老師，是我最敬佩和愛戴的老師。我年輕時候也常常見到我的師母，巴格納的阿媽真美啊，她是一個蒙古貴族的家庭教師的女兒，她那麼善良，還愛詩愛讀書。一個男人有了這樣的好妻子，就一定會拚命要讓她過上好日子的。他去跑西線，一是想到蒙古西部烏珠穆山祭拜祖地；二是跑長途可以多掙些錢養家。結果，官府懷疑他打著貂皮生意的幌子，來資助反清的西部部落，就把他秘密除掉了。那時巴格納只有三歲，他阿媽才二十一二歲。當時商號裡有很多年輕商人向她求愛求婚，我也是其中的一個。可誰都知道，像他阿媽那樣身世和有骨氣的女人是不會再嫁給任何一個男人了。她後來就在商號打雜，再靠她丈夫的朋友接濟，一心一意教養巴格納。可是她心裡的情傷太重，又加上官府時常迫害刁難，貧病交加，不到二十六七歲就去世了。後來巴格納就一直跟著我過日子，我送他上私塾，又在商號學做生意，我也只能悄悄地幫他……

巴格納這一代本來沒啥事了，都第四代了嘛。可是他阿爸出事以後，官府又盯緊他了。這些年我管這條商道，前兩年我把他從大盛魁西線商道拉回到東線商道，又給他做擔保，他就安全多了。這會兒他不做遊商，官府也鬆了一口氣，可還讓我繼續盯著他呢，要把他說什麼做什麼定期上報給官府和理藩院。他的曾祖在蒙古人心中很受尊敬，官府很想除掉這種罪臣的後代。你讓他千萬小心，不能出一點岔子，讓別人抓到把柄。這條商道的對手特別毒辣凶狠，巴格納和你的客棧幫大盛魁搶了他們的好生意，他們恨透了他，巴格納只要稍稍出點差錯，他們一準下黑手。

圖雅連連點頭，說：我也害怕，可客棧沒他真不成啊。

老秦慢慢說：我也得拚命把生意做好，多給官府大臣上貢，官府才相信我，我也才能護住他。這回上面高官都來向我要蘑菇釘，不貢足他們，往後的生意就沒法做了……剛才，巴格納答應得這麼痛快，他真能收到那麼多上上等的蘑菇釘？

圖雅說：老張是採蘑菇的行家，他有好法子，一準能成。巴格納哥哥說，這次一定要先幫你收足總店派給你的數量。他還想給你留一些上上等的好貨呢。

那你就轉告巴格納，讓他一定要自個兒多留一點，千萬別都交上去。他能明白的。

圖雅心裡一直惦念著薩日娜姐姐，便問道：薩日娜的債真就不能轉到你們的商號去嗎？還能不能再想點別的法子救救她？我就這麼一個好姐姐啊。

老秦歎道：小勝奎死活不肯轉，只能想別的法子。娜仁其其格也在幫我呢。她還讓伊登札布查這家商號幹的壞事。她自個兒還專門找了幾個被小勝奎坑害的家庭，給了我一些重要的線索，等到有了足夠的證據，我們也會出手的……

伊登札布在門口招呼了老秦一聲說：我還要去部落下達王爺的命令，先走了。

巴格納、圖雅、老秦和老張等人到大門口送走伊登札布和他的隨員。老秦說：我也得趕到下一站去訂貨催貨，先下手交定金。別的商號馬上也要來搶貨了。等我回來再聊吧。

巴格納說：你把給我的定金先緊著給別家吧。

老秦說：成。還有，要是別的商號來要貨，還是要給人家的，貨量還是按常年的量給。老張應該知道，免得鬧翻臉。

巴格納有些擔心地問：我請你雇打草工的事咋樣了？這件事對我、對薩日娜、對部落來說更要緊。這會兒正是打草的最好時節，雇工最好早點來。你再給我調來三十把大釤鐮，我要發給三個部落那些能自個兒打草的牛倌羊倌。

老秦認真又擔憂地說：我一接到你讓商號信使傳來的話，就讓旗裡分店去辦了。這些年農區的水災、旱災、凍災一個接著一個，上牧區來找活兒的破產農民越來越多。雇人不是個事兒，有的是人。只要車隊調度好了，下一趟車隊就可以把你要的人帶過來。我只是擔心客棧一下子墊進去這麼多的資金，要是收不回來，咋辦？這可不是鬧著玩！我怕客棧被拖垮，也怕你保不住掌櫃這個好位子。

巴格納著急地雙手抓住了老秦的手，說：拖垮也得幹啊。要是沒有儲備草，萬一大白災砸下來，三個部落垮了，客棧也得垮，薩日娜就沒救了，那就要了我的命了。你們下的那麼大的本也會打水漂。我已經豁出去了，你一定要把打草工快點送來。這件事比採收口蘑還要緊。求求大哥，千萬幫幫我和薩日娜。

老秦終於感到了這件事情的分量，說：那我明白了。我一路上碰見回程的人，就一準下死令讓他們趕緊辦，我先墊點錢把人雇下來。你放心吧。

說完便帶著隨員騎馬匆匆離去。

傍晚時分，又有兩家其他商號的商人趕來，確定了貨量以後，二話沒說，全按市場最高定價交了定金，便急忙趕往下一站。

圖雅對巴格納說：商戰真跟打仗一樣。沒想到，原先我們草原人撿也懶得撿的蘑菇，竟然惹出這麼大的一場亂仗。這回咱倆真得拚了。我得讓阿爸把全蘇木三個部落的老人、女人和孩子都拉來採蘑菇。咱們明天就去部落。

晚上，巴格納、圖雅和老張找來分店主管林夏，還有其木格、莫日根，把客棧的事務交給他們臨時代管。

圖雅和巴格納向莫日根交代：每隔三四天，下午到河邊老地方給狼拉魚倒魚，倒完就走，不要停留。

巴格納說：我還要交代你做一件更重要的事。你和小王在捕魚和運魚的空當，趕緊去做東牆外的木欄大草圈，順牆建。尺寸大小就按上次我跟你說的做。一定要結實，草圈下半部的橫欄要密一點，在我回來以前一定要做好，準備儲草。

他又向林夏交代：過幾天就會來六七十個打草工，咱們客棧留下八九個，給客棧的草圈打草。打草地點在客棧東北山後的草甸。我已經看過了，那兒的草又高又壯，有一萬多畝，都是上等牧草。草高過膝蓋，用大釤鐮掄一刀就是一大抱草，雖說一個打草工一天只能打半畝多地的草。可是，一天下來就是兩大車。草越高的地方打草，就越省工省錢。他們自己帶帳篷，吃住自個兒管，只管打草曬草。你們啥都不用操心，就領他們看看草圈有多大，讓他們知道該打多少草就成，等我回來再安排人往草圈運草。其他五六十個人，讓商號車隊送到部落去，我會讓部落接待安排的。客棧的草打完以後，就讓他們也到部落去，幫部落打草。還有，你倆要是忙得過來，再給打草工送些魚，這些災區來的人都缺油水。

老張又向他們細細交代了一會兒，就讓莫日根叫小王和幾個幫工天不亮就起來，把要帶去部落的東西裝車。

15 薩日娜和巴圖的愛

火呵，
母親的火，恩惠的火，
慈祥的火，哺乳的火，
伊耶，伊耶，嗨伊耶，
火是閃著來，火是笑著來，
火是蹦著來，火是樹上來，
火是雨裡來……

——富育光《薩滿論》

第二天早茶後，巴格納和圖雅兩人騎馬，老張和幫工全福趕著八輛牛車上了路。因為要到部落幹活，老張特地帶上會說不少蒙古話的全福下部落。八輛車裡有四輛是從客棧羊群的蒙古包借來的。客棧原來的四輛車，只用了三輛，另一輛運送魚的車，還得留給莫日根和小王。巴格納和老張從庫房待售的五六輛新車中調用了一輛。上路的八輛牛車，六輛裝滿了土坯，兩輛裝滿了磚茶、布匹等日用商品。整個車隊老張駕馭頭一輛車，後面每輛牛車的牛頭繩都拴在前一輛牛車的後橫木上，車隊都按照第一輛牛車的速度行進。全福坐在最後一輛車上，照看前面的牛車，要時刻注意牛頭繩是否被拽斷了，車上綁的東西有沒有顛下來，車軲轆輻條有沒有斷裂，等等。車載沉重，牛車隊走得比較慢。

巴格納和圖雅放慢馬步一左一右走在老張牛車的兩邊，繼續同他商量到了部落後分派活計的步驟和細節，初步商定在三個部落設三個點。先在札那部落搭棚，搭完以後，老張帶上札那部落的幾個幫工去古茨楞部落搭棚設點；巴格納帶上全福去道爾基部落。道爾基的部落最大，牧場也最廣闊，道爾基又是蘇木長，必須由巴格納親自去和他打交道。薩日娜就在這個部落，他自然更是要去，可是這次不能讓圖雅陪他一起去了。圖雅到自家的部落建大棚設點，更能調動方方面面的人力物力。但沒有圖雅陪同，他還能順利地見到薩日娜嗎？他低頭沉思，忐忑不安……

幾個月來，客棧像親戚一般款待全蘇木上上下下，為牧人辦了無數好事。巴格納、圖雅和老張，走到哪裡都會受到歡迎，更何況是帶著貨物來的。走了十幾里，老張催他倆快馬快走，先去見札那。

兩人夾馬急行。圖雅姑娘快樂得像隻剛學會飛翔的百靈鳥，遠比跟著巴格納和大哥第一次去重開客棧的路上、唱《百靈鳥歌》的時候，還要開心。才三個多月，她感到自己像是收穫了好大好沉的果子呦。來時還是一個傻花骨朵，這會兒，她已經是個大夥都聽話服氣的圖掌櫃了。再跟著巴格納哥哥學上個半年，她將來也能撐起自己的那個小客棧了。只要請老秦大哥給她配一個像老張那樣的大管家就成，實在不成就跟巴格納哥哥要老張，把老張帶走。好哥哥一定會捨得的。

可是，一想到明年就要出嫁，和巴格納哥哥分開，她心裡忽然湧起一種熟悉又陌生的情感。熟悉的是，巴格納哥哥就好像是她曾經深愛的、此刻仍然愛著的巴圖哥哥；陌生的是他不是馬倌、不是賽馬手、不是救養小鵝的巴圖，而是人人都誇讚的客棧掌櫃。巴格納哥哥像巴圖哥哥一樣，心裡只有薩日娜姐姐。如果不是為了薩日娜，他也不會來接手客棧。她相信，巴格納會孤孤單單地死死守著天鵝姐姐，就像薩日娜死死守著巴圖和小巴圖一樣。可是自己卻不能長久守著巴格納好哥哥，連一年都不一定守得了。在草原，蒙古貴族家庭一諾千金，婚約一旦訂下，就如同不可更改的宿命……她心中歎道，還是老老實實跟巴格納哥哥學漢話、學記帳吧，和好哥哥一同過好眼下寶貴的每一天。

好久沒有騎馬在草甸上狂奔了，前面是一望無際、草原春夏秋中最美的秋花草場。圖雅姑娘大喊：快奔起來。順手抽了巴格納的大白馬一鞭子，便朝遠處那個山坡奔去，那裡有曾給她留下終生難忘回憶的花海夢境。

額侖秋天漫到天際的草甸山坡，是天下最自由最遼闊的花的海洋。億萬朵、千萬叢、百萬串、數百種的野花，赤橙黃藍，姹紫嫣紅，爭芳吐豔，花浪滾滾，鋪天蓋地。花性那叫一個野，野出了讓天下所有花中野花王都野不下去的野景。沒有一花獨放，沒有一花遮天，沒有一花獨尊，沒有花王至上。所有的花，不分貴賤，不分雅俗，不分大小，都有開放吐香、享受陽光的自由，都有展現自己花容花色，表達花情、花意、花贊、花怨、花怒的天然權利。連細絲花頸上開出的小米般的碎花，也在勁草的攙扶下，鑽出草層，親吻陽光，顯露花貌。

風吹花動，額侖草原的野花太美太密集了。抓一把，就是一束花，不必修剪；摟一下，就是一個花籃，不用整理。躺在地上，被花埋葬；坐起身來，被花粉吻死。

兩人鞭馬衝上平展的坡頂，眼前是一大片十幾叢、幾十株繁茂茁壯的白色秋菊，每株上百朵，全蕾滿開，白光耀眼，菊葉濃香，蜂蝶飛揚。兩人跳下馬，圖雅彎腰採摘自己最喜歡的花。兩人周圍又是一叢叢株高過膝、全花無葉、金黃和粉白色的干枝梅，其間還夾雜著幾棵柔嫩鮮紅的山丹花。再遠一點，是一大片長得高過白菊的大薊花的紫花茸球，花球有牛眼般大小，一半已經開謝，另一半開得正旺。兩匹馬看到一年未見的美餐，瞪大驚喜的眼睛。圖雅連忙給兩匹馬摘下馬嚼子，馬兒開心地打著響鼻，狂吃剛謝的花骨朵，一口一個，好像嚼食草原仙人果，吃個沒完。兩人深深吸著滿坡的花香，感到全身的血液都香透了。

巴格納驚呼：太美啦。要是能拉著天鵝姑娘的手，一同飛到這裡蹚花賞花就好了。我真想給她編個七彩花環，戴在她脖子上……

圖雅感慨道：我一到這裡，就想起薩日娜和巴圖的愛。那年秋天，也是這個時候，我跟他倆參加完一個遠房姐姐的婚禮，騎馬回來路過這裡。他倆每次出遠門，巴圖總是給她騎那匹芍藥黃馬。他倆一看到這麼美的花海，就走不動了。兩人跳下馬採花摸花，不一會兒就緊緊摟在一起，瘋了一樣地親吻。要不是我在旁邊，他倆就要一起滾進花叢裡啦。看得我好羨慕喲……

兩人又蹚著花叢走了幾步，圖雅繼續興奮地說：那時候，天鵝姐姐是個開朗快樂的詩人歌手，巴圖是瘋狂的賽馬手，花浪花海像燃情火海，那天，他倆都激動得大喊大叫，又玩起了更好玩的愛的遊戲，走！咱倆也去玩一把，可帶勁了。我帶你去玩。

兩人給馬帶上馬嚼子，騎馬慢慢蹚過最密集的花叢，走到坡下落滿花瓣的牛車古道。車道上沒有草，沒有遮擋，花瓣被風聚成堆、攤成片，填滿車轍，整條古車道彷彿蓋著兩條長長的鵝絨厚花被。圖雅騎在馬上，在道旁慢慢等待，當有風從北邊吹來，她倏然喊道：快把花瓣衝上天！

說罷，便帶著巴格納在花海花徑上縱馬狂奔，疾奔的八隻馬蹄夾帶著狂風，踢刨捲起四道五彩花瓣的花浪，再借風飛向半空。圖雅姑娘又大叫道：快轉身！快去淋花雨！吃花瓣！

兩人急忙勒馬掉頭，急奔了十幾個馬身距離，風稍稍一停，圖雅大喊：勒馬！兩馬猛然剎住馬步停下。漫天的花瓣像繽紛花雨一樣落下。兩人仰面張口張手接花，口、臉、手、肩、身和兩匹馬的馬背都接住了花瓣，小風一吹，花瓣又在他倆身邊飛旋飄舞。兩人久久不動，享受著花瓣花雨的愛撫。

圖雅姑娘童心似火，玩上了癮，又大喊：我剛才吃了一片藍花瓣。我還要吃一片紅花瓣。風來了，再衝！

兩人抖落花瓣，撥轉馬頭在花徑上衝，等濺起的花浪飛上天，再折身回奔接花瓣。有時追不上花雨，有時只能衝進花雨邊緣。衝了幾次，巴格納張大嘴吃著了兩瓣，可圖雅的小嘴卻一瓣也沒逮著。

圖雅咯咯笑道：你嘴大，吃花就多。不成，這回我要讓你在前面衝，我在後面花浪最密的地方等。你快去衝吧。

巴格納笑道：成，我要讓你吃個夠。

說罷，掉頭猛衝。大白馬也似乎明白兩位主人在玩啥遊戲，便朝著花瓣最厚的花徑衝奔過去。當圖雅看到半空中花雲密佈，立即策馬跑到花雨中心，張開小嘴追著花瓣接，一口一口一連接進嘴裡兩三瓣，激狂地大喊大叫，好啊好啊！然後，又讓巴格納哥哥停住，自己衝馬飛花，再讓他到花雨稠密處張口接花。兩人玩瘋了，交換輪衝，再回頭興奮地久久欣賞身後巨大花龍飛舞翻騰……

兩人把脖子扭酸了才終於回過身來。圖雅姑娘笑道：好玩吧？唉，可這不是我想出來的，是巴圖好哥哥想出來的。他是馬倌，秋天放馬，有時會趕著馬群，路過牛車古道，衝花浪，淋花雨，碰巧吃上過花瓣，心中才會有好點子。巴格納哥哥，你要是真想得到薩日娜姐姐的愛，得想出比巴圖這些玩法兒更神奇、更有詩意、更讓她吃驚的花樣來才成啊。木訥死板的小伙，靈氣的才女歌手哪能看得上……

巴格納長歎道：謝謝你，好妹妹。你讓我嘗到了他倆吃過的花瓣，讓我知道他倆愛得有多麼激情和幸福了。跟巴圖比，我差得太遠。他倆花海花浪中的「婚禮」，真讓我羨慕和仰望……

圖雅歎道：那時候我也愛巴圖哥哥，連做夢都想他能帶我一個人去衝花浪、淋花雨、吃花瓣。哪個姑娘只要被他帶去過一次，就會一輩子愛他的。可他只帶薩日娜一人去。

巴格納說：連男人都會愛他佩服他的。

圖雅問：你真就打算孤孤單單地守薩日娜，等她一輩子？

巴格納悵望花海，又低頭抬胳膊，把袖子上的一片花瓣吸到嘴裡，一邊嚼，一邊說：守！在衝花浪、淋花雨、吃花瓣的美夢裡守下去。往後我得狠狠地逼自己更大膽地閃出些有詩意、激情和讓她吃驚的美事兒來啊。巴圖對薩日娜的愛太難超過了。

兩人急奔到家，大叫阿爸額吉，跳下馬，在牛車軲轆上拴好馬韁繩。家人都笑呵呵地圍攏過來。額吉在圖雅額頭上親了幾下，又在巴格納額頭上親了幾下。圖雅親阿爸、親額吉、親斯琴高娃，親了一遍又一遍。巴格納也挨個與家人親吻，親到斯琴高娃時，她趁亂狠狠地抱住他，在他的腰胯部用力握了一把，並在他的面頰和嘴唇上快速猛親了兩口。

一家人進包剛坐下，札那就說：伊登札布剛走，你倆就來了。看來你們真打算下力氣做這筆蘑菇大生意。巴格納，你打算咋幹啊？

巴格納便詳細地把老張採蘑菇的辦法和竅門，以及他們幾人商量的結果講了一遍。還說，老張和一個幫工正趕著裝滿土坯和貨物的八輛牛車往這兒走呢。

全家人聽得連聲叫：

好事啊，好事啊。

照老張的法子做，興許真能成。

札那說：這回伊登札布也親自來催這件事。看來口蘑還真是件驚動京城的大事了，這次咱們拚了牛勁也得把這件事辦好。

圖雅坐到阿爸和額吉中間，兩位老人輪流把圖雅抱在身旁，頭靠頭、手摸頭，親個不停。還不停地誇她，才幹了幾個月，全蘇木的人都認她這個女掌櫃了。

圖雅笑道：都是巴格納哥哥教得好，手把手地教，還特別耐心給我講為啥這樣做。天天教我幾句漢話，讓我多跟林夏、小王他們聊天。

斯琴高娃不知什麼時候又洗了臉，更加清爽美麗，一個勁地給巴格納添奶茶，還不斷地向他投去勾魂和焦渴的目光，在他身邊蹭來蹭去不肯走開一步。

札那說：當初，我和你額吉都覺著老張這人能幹實在，才把他留下的。沒想到他還藏了這麼一手，這人還得重用、重謝啊。

巴格納說：我打算等採完蘑菇就讓他當正式管家。您看成嗎？

成。你定吧。

兩位老人都很惦念薩日娜。額吉問：你親自給薩日娜送魚、送糧、餵鵝、做炸魚，還一直托他們部落的馬倌和牛倌給她捎魚捎糧，可她還是不肯到客棧見你嗎？

巴格納說：是的，她太愛巴圖了，能撐到這會兒，真不容易啊。我只能一點一點幫她，安慰她，等她把心裡的傷養好。

額吉歎道：全蘇木、全部落的女人和姑娘們看在眼裡，都好感動。好多姑娘都想嫁給你呢，可都知道沒啥盼頭，誰能比得上天鵝姑娘啊……到年底，我也出一些羊幫她還債。

札那對巴格納說：全蘇木的男人誰都不能從根子上幫她，大夥都把盼頭放在你的身上哪。你就按你自個兒的想法，一輩子守著她吧。我看得出你是個很有耐心的人，咱們先把採蘑菇的事辦好。客棧掙得多了，你就能多幫她一些。

然後，吩咐手下立即召兩個兒子和四個十戶長以及幾個大蒙古包的家長晚上來此商議。又說：蘑菇的事還得快辦，這雨說來就來。蘑菇圈哪兒多我最清楚。明天我帶你們去搭大棚。伊登札布這回也不能不讓蓋棚了。再說，這是臨時大棚，拆建都容易。

巴格納聽到「臨時大棚」心中一動，來不及細想，但卻牢牢地記在心裡。他見蘑菇的事已定，馬上又問：這會兒部落的木欄草圈建得咋樣了？這件事更重要。

札那說：這事兒我一直沒鬆勁。抓秋膘以前我就讓四個十戶組建好了四個草圈和一個專為一小群種羊建的小草圈。四個草圈都很大，還很結實，一個組建了一個。要是管用，明年再加。這次你請到打草工太好了，我還不知道上哪兒去雇呢，真是幫了部落的大忙。你有商號老秦他們幫忙真方便啊。工錢還是部落出吧，客棧第一年的花費大，把掙來的錢用在最要用的地方。

巴格納說：那太好了。還是阿爸眼光看得遠、看得透。在您手下幹，最順心。我想您能不能再多建兩個，萬一今年冬天大白災就下來，四個木欄草圈的草還是不夠啊。

札那說：這還得跟四個十戶長商量商量。建四個草圈他們還不太願意呢。

巴格納又說：要是每個十戶組只建一個大草圈，那能不能再增加儲草量，最少要儲上夠兩群羊吃兩個多月的草。我可以讓打草隊多幹些日子，就是草有點黃了，也要打下來。

老人點頭道：成，這事我能定。我選的打草場，草又高又密，都是好草，再增加兩成的儲草量應該不難。打草場離草圈還比較遠，把草圈附近的高草留給牛群羊群冬季吃。

巴格納稍稍放下心來，說：那就太好了。我還有個法子，我這回讓老秦大哥買了三十把大釤鐮，讓一些想自個兒建木欄草圈的人，自個兒打草，給自家的羊群建一個小圈。真到大災來的時候，他就不用去擠搶十戶組大草圈裡的草了。

老人說：這法子好。我會跟大夥說的。

巴格納問：旗裡下令，今年冬初要讓每個部落的三成牛羊長途遷場，部落能遷嗎？

伊登札布下了死命令了，不遷不成，非遷不可。大夥覺著長途遷場也對，是為部落的牛羊著想。部落已經定了，讓我二兒子布赫朝魯帶一個十戶組牛羊，再加上別的組的兩群牛羊遷過去。

巴格納說：這樣做，我就放下一半心了。他定了定神，又說道：我還想跟您稟報一件事，因為時令不等人，來不及跟您商量，我和圖雅只好先做了。我想讓另外兩個部落，也是每個十戶組建一個木欄草圈，再多打草、多儲草。他們不想建草圈，主要是捨不得花錢雇打草工。這筆費用確實不小。我打算先用客棧的資金給他們墊上，他們再用明年採蘑菇和拉木頭掙的錢來歸還。如果白災沒來，草圈的草沒用上，這筆墊付的錢就不用還，只有用這個法子才能讓他們建木欄草圈。我真怕咱們蘇木被大白災壓死，客棧也垮掉。這會兒，錢已經墊了三成，請的打草工也已經在路上。

札那吃驚不小，忙問：你估摸總共要墊多少錢？

不算咱們部落，大概要墊進去客棧現在收入的一半多。

這麼多啊。太冒失了！

阿爸，您要是不同意，還來得及改。就讓六七十個打草工只給咱們部落打草，我已經墊的三成錢，就剛好算作咱們部落全部的工錢支付。不過，我想為了預防那兩個部落遭受大災損失，還是應該冒這個險。客棧是整個蘇木的客棧，客棧掙了錢還得用在蘇木身上。再說，就算大白災沒來，要是來一場中小白災，那些儲草也能用得上，可以在春荒時防止羊群「春死」和給母羊保胎。只要他們用上儲草，就會還咱們的墊付款。我還是請求您讓我冒這個險。

圖雅摟住阿爸脖子說：阿爸，您就答應他吧。他這麼做，不是隨便亂想出來的，他想了整個晚上，眼睛都熬紅了。要是大白災真來的話，那咱們蘇木就垮了，薩日娜會被賣身為奴，巴格納哥哥非急死不可，也會離開額侖啊。

札那的胸口像是被牛角頂了一下，他想了好一會兒說：你這麼幹，我真替你捏一把汗。你和客棧費了多大的力氣，才掙了這些錢。幾個月來，你一天都沒歇過啊，一天還要幹兩天的活。全蘇木的人都心疼你。客棧今年剛剛開業，應該穩當一點才對。頭一年還是別冒險……可是你說的也有道理，這些年的雪是越來越大，我估摸今年的雪也小不了。有了草圈和儲草，心裡才踏實一些。你說就是大白災沒來，中小白災來了，草圈的草也能用得上，這個理倒是能說動我。這麼大的事，還是聽聽部落十戶長們的想法吧。這事兒等晚上大夥兒商議後再定。

巴格納說：謝謝阿爸一直幫我，那好吧，就晚上議。我再把我的想法好好說說。

札那說：咱們要把採蘑菇這一仗打好，也還能掙不少哪。要是能掙得多，倒是可以拿出些羊給那兩個部落墊工錢。

晚上，在部落會議上，巴格納冷靜地解釋了為啥要給兩部落墊錢的理由，又說：如果真的墊錯了，我就拿出我幾年的薪酬來補償客棧的損失。我最怕的就是大白災真的下來了，全蘇木三個部落的牲畜被大雪埋死。

圖雅衝動地說：是啊，真到那時候，你們就該罵巴格納和我了，為啥當初你倆不死命撐著墊錢。巴格納想的全是蘇木和部落的長遠。再說，這次撿蘑菇也能掙不少錢，準能頂上墊錢的數目。我贊成他墊錢，就是墊錯了也要墊，我可以再等兩年出嫁。我倆就是給客棧再白幹幾年，也得讓全蘇木建木欄圈、儲滿草。這會兒連東西烏兩旗的親王和王爺都擔心大白災。

兩位客棧掌櫃說到這個份上，四位十戶長和大家長們都被感動了，也感到了危險，便點頭同意。

札那又想了一會兒說：好吧，我就和全部落陪你倆冒一把險。要是你倆賭贏了，那就又給全蘇木幹了一件大好事。我知道有些老人害怕大白災，想自個兒建木欄草圈，自個兒打草。巴格納給三個部落買了些大釤鐮，過幾天就送來。誰家想要，就到我這兒來領。下面，咱們再合計合計撿蘑菇的事兒……

16 巴格納的憧憬

成吉思汗的九員大將在克魯倫河畔打獵，看到了一隻母狼帶領著一個四歲左右的男孩在走。他們攆走了母狼，抓到了那個男孩，然後給那個男孩取名為「狼孩」並且教他學說人話。狼孩長大後當上了百戶長。有一次，狼孩隨著大軍征戰在野外安營紮寨，夜裡突然聽到了狼叫。那隻狼在用狼語說「這裡今夜要暴發洪水」。於是狼孩馬上通知大軍拔營遷寨，躲過了一場災難。那天夜裡果然洪水經過那裡，捲走了駐紮在那裡的敵軍。那隻母狼就用這種方法多次幫助了自己的孩子。懂得狼語的狼孩於是也多次幫助了成吉思汗的大軍。

——〔蒙古〕高陶布・阿吉木《藍色蒙古的蒼狼》

第二天一早，札那讓兩個馬倌分別前去道爾基和古茨楞部落通報，並讓他們先做準備。上午，他親自帶一隊牛車，朝著他知道的草地蘑菇圈方向行進。斯琴高娃帶著親友家的幾個十一二歲的男孩、女孩坐著自家的篷車一同前往。牛車隊裝載了兩個蒙古包的拆件、幾十根樺木杆、七八塊大氈以及鐵鍬、繩索等用具。還有一輛木桶水車和兩輛載滿乾牛糞的筐車，五個牧人駕車跟車。老張在札那家卸下一部分日用商品，帶著幫工全福，趕著一輛裝載茶布的車和兩輛載著土坯的牛車跟隨。巴格納和圖雅騎馬與阿爸在花海草甸裡一路走一路聊。三匹馬的嘴都沒閑著，一路走，一路吃，空氣裡彌散著馬嘴裡嚼出的草汁花液的清香和苦香。

到了札那選中的地點，就可看到南面不遠處一大片半陰坡上幾十個大小不一的墨綠色蘑菇圈，但大部分的圈，都不是整圈，而是半圈或大半圈。札那說：整圈半圈都一樣，都出蘑菇，只要草色深的草帶八成都長口蘑。

這個地點在部落現駐牧地的西北部，兩處相距二十多里。大忙季節很少會有人來此撿蘑菇。

老張樂得滿臉放光，對巴格納和圖雅說：咱從來沒瞅見過一個地方有這老些蘑菇圈呢。要是蘑菇太多，你們就讓人趕緊先把蘑菇都採下來，別急著裝車，就放在旁邊矮草地上。記住要頭朝上，要是把柄朝上，會積水，容易爛。蘑菇只要採下來就不長了，都是好蘑菇釘。然後裝籃子，再裝車筐。遠處的蘑菇圈，最好讓人騎馬過去，也先採下來，放一邊，再等牛車來拉。一年就這一次，一定要採乾淨。

巴格納問：等收了蘑菇，給各家的磚茶和布，咋算咋給？

老張說：收完鮮貨，每家先給兩塊磚茶和二十尺布。茶布不夠的話就記帳。等賣了乾蘑菇以後，再算帳咋樣分。採蘑菇最難的就是烘烤和晾曬，部落和客棧應該掙大頭。

札那說：成，就這樣換貨。利的大頭要讓客棧掙，客棧出力、出主意最多，應該多得。額侖人從來不會半夜就出來採。抓秋膘，人都快累死了，哪還顧得上採蘑菇。全蘇木草場這麼多的蘑菇，往年多半爛在地裡了，要不就被羊群、黃羊、旱獺和老鼠吃了，真是糟踐了好東西。蒙古人不經商就不會富啊。

老張又問札那：哪有水？柳條？

札那指了指北山說：那兒山下有泉眼，水足夠用。再往西北一點的草甸裡，就有一片紅柳棵子。

兩個蒙古包搭好以後，圖雅和斯琴高娃收拾包裡的住用，讓僕人把日用商品全部搬運到另一個蒙古包。札那回部落，繼續緊盯全部落抓秋膘，並準備安排打草工。臨走時他說：要是雨下得大，就把大氈蓋在棚頂上。雨不大，就用大氈來攤曬和蓋蘑菇。經商跟牧業一樣，也得靠天吃飯。

所有人都在老張的指點下搭大棚，砍運柳條、運水和泥、用土坯搭貼地矮火炕和煙筒、挖灶坑、運黃沙、編簡易柳條編、用樺木杆豎成人字形三角架、架大棚頂部橫樑，再架長棚，把火炕完全罩在大棚內，再用釘子將柳條編橫著固定在大棚兩邊的坡面，外面糊兩指多厚的泥。粗製快造，八個男人加兩個女人、四個孩子只花了兩天時間，就把簡易大棚搭好了。為了搶在下雨前完活，兩個掌櫃親自動手，連斯琴高娃都帶著孩子們參與運柳條、編柳條編等輕活。

老張點火試火炕，倒騰了幾次才成功。第一個商點總算完工。

圖雅和斯琴高娃留下一個會燒火炕的外來戶僕人，又留下三輛筐車和一輛水桶車，其餘的人坐牛車回部落。巴格納讓老張先走，自己還要和圖雅商量一些事，再交代咋管好這個點，然後才能回部落安排後兩個點的事務。

巴格納不太放心地說：圖雅妹妹，你歲數小，還從來沒單獨管過一攤事。遇事你要多想想，要把老張說的那些重要的事情多細想幾遍。實在拿不準的事就跟斯琴高娃商量著辦，她能管半個部落，這攤事難不倒她的。

圖雅不捨地說：三個多月天天跟你在一起，真不想跟你分開啊。有你在我就敢管，心裡也踏實。你這一走，我心裡空落落的……但是你的大事要緊，你還是快點去薩日娜的部落吧。這次一定要讓她和弟弟來幫你打理那個點，這樣就可以讓她家多幹點烘蘑菇的活，多掙些蘑菇來還債。

巴格納說：我相信能辦到的。還債是她最大的事，她會來的。

圖雅說：那就好。今天我突然想起來了，三個部落都從夏季草場搬到秋草場了，她這會兒準保最難過。一離開小巴圖的那個大水泡子，離得那麼遠，她就不能隔兩天去餵牠一次了。可小巴圖正是養傷的重要時候啊。每年這段日子，她的心情最糟、最提心吊膽。小巴圖也很危險，她就怕牠上岸到舊營盤去找她。那還不得被狐狸吃掉啊？每年一直要到天鵝群南飛的時候，薩日娜才能把小巴圖接回家。你主意多，得想辦法幫幫她。

巴格納忙說：在客棧的時候一聽到三個部落搬到秋草場，我就想到這件事了。我打算跟蘇木長道爾基借一匹馬，一直借到天鵝群南飛，這樣就能讓薩日娜隔幾天騎馬帶上食物，去看一次小巴圖。

圖雅說：還是你想得周到。

巴格納在圖雅額頭上吻了一下，並告別了斯琴高娃，戀戀不捨地上馬離去。圖雅回到蒙古包裡，抱住斯琴高娃默默流淚。

斯琴高娃輕輕撫摸圖雅的頭髮，歎道：這樣的男人，是最讓女人傷心的男人。

第二天破曉，札那給巴格納和老張各派了一個認路的馬倌嚮導。老張讓會搭火炕大棚的全福，跟巴格納去道爾基部落。老張自己和部落的外來戶幫工帶上兩車土坯和半車商品，前往額侖北部的古茨楞部落。巴格納讓全福趕著裝著同樣東西的三輛牛車，順牛車道往東北方向走，自己和嚮導先騎馬趕往道爾基部落。兩個部落的主要駐牧點相距六七十里，中午前兩人趕到道爾基的大蒙古包，嚮導馬倌匆匆喝了茶吃了奶豆腐之後，便返身去接應牛車並指路，然後再返回馬群。

道爾基蘇木長見到巴格納格外高興，他全家和他帶來的官府貴客，早已在客棧受到過巴格納炸魚宴的隆重款待，除了他家的長媳哈斯高娃以外，全家人都很喜歡這個把客棧辦得遠近聞名的年輕人，加上他是貴族後代，連平時不常在家的二兒子那森巴雅爾也對他熱情有加。

道爾基笑道：我要是有你這麼一個兒子該多好。這個客棧原本是旗府讓我出資建的，可我就是找不著像你這樣的人，才讓札那建的。札那要是沒有你，他也幹不成，那他就虧大了。上回客棧收羊毛，讓我們蘇木多掙了兩成利；抓秋膘以前，你讓我們部落領頭運木頭，又讓部落賺了不少錢，還得了不少木頭和樺木杆。咱部落好些家都換了蒙古包的新大氈和新牛車哪。這回掙錢的事又想起來我了，太好了。你說咋幹就咋幹，我讓那森巴雅爾幫你幹。我剛把他從馬群叫回來。

巴格納謙和地笑道：我是蒙古部落的人，可一直沒有住在蒙古部落。我特別想家，想回部落。見到自己部落的人就很想為他們多做點什麼。

衣著貴氣、銀扣柔亮的那森巴雅爾說：每次我們部落的人到客棧，你都是酒啊、炸魚啊、大蔥餡餅這麼招待，你不怕虧本嗎？大夥都覺得不好意思了。

巴格納說：咱們蒙古部落的人，都不會占客棧的便宜。每次你們部落的人來喝酒吃炸魚，大多會帶東西來換的。有一回你們部落的一家人給客棧留下那麼兩大罐羊油，給他磚茶說什麼都不要。還說吃了兩回炸魚一直賒著，客棧也不催要，這次送還兩罐羊油是應該的……真的，客棧招待咱們蘇木的人，沒虧本，還有不少盈餘呢。當然，客棧除了跟咱們蘇木的牧人和大盛魁商號的人收低價，其他過往的商號車隊、運鹽的牛車隊，還有旅客，收費還比較高，因為咱們客棧東西好嘛。客人也都說客棧乾淨，食宿價錢公道。

道爾基笑道：那就好。遊牧草原最盼望能有個不挪動的商店，別再像上次那樣開了兩年就關門。這個客棧就是咱們三個部落自己的客棧。又說：你要的人手、樺木杆和蒙古包都給你準備好了。

巴格納說：我打算請薩日娜一家來幫我烘蘑菇，當我的幫手，打理這個點。圖雅說，要讓她多掙點錢還債。

道爾基樂道：那咱倆就想到一塊去了，我原本就想讓她去的。上次運木頭她家沒男勞力，又沒結實的牛車，沒掙著錢。她阿爸的病活活把她家給毀了。那家商號也夠黑心的，原來全部落的人都幫她家，可那債是利滾利地算，窟窿越來越大。前年還只欠三百多隻羊，這會兒竟欠到五百多隻，一共一百五十多隻羊的利息，難還上啊。幫她的人慢慢少了，我心裡也著急。這兩年聽不到她的歌了，就像牧人在草原見不到天鵝，天空都暗了不老少哪。

那森巴雅爾說：你和圖雅能幫薩日娜當然好。這些年災多，每家的損失都很大，好多人家也是債務纏身。讓薩日娜去幫你烘蘑菇最好。我管部落的馬群，知道哪兒有蘑菇，明天我帶你去蘑菇圈最多的地方。額侖草場的水多，紅柳多，蘑菇圈多，保你們採到最多的蘑菇。部落也盼著好歌手薩日娜，能還上今年的債，重新回到部落的歌會來。

巴格納又把話題轉到他更關心的木欄草圈上，說：蘇木長，木欄草圈的事您打算做嗎？這事情太重要了。札那部落已經做了四個大草圈，每個草圈都要儲夠兩群羊吃兩個多月的草，每個十戶組做一個。還有人家打算自個兒打草做草圈，我也已經給部落雇好了打草工，過幾天就到。要是有了這些草，抗白災就有些底氣了。但是算下來，一個部落要花費四五百隻羊的打草錢。

道爾基歎道：草圈好是好，可是要出這麼多的羊，真讓人心疼啊。一個蒙古包一個冬季的肉食，才二十多隻羊再加一頭牛。四五百隻羊，那可是二十多家一冬天的肉食啊。我真捨不得，往年沒建草圈，不也好好地過來了嗎？

巴格納說：可是，這些年雪越來越大，萬一來了大白災，那可就不是四五百隻羊的損失了，弄不好就會損失幾萬隻牲畜啊。

老人有些為難，說道：那倒也是。可是這些年災重、稅重、上貢也重，壓得大夥抬不起頭來，我和十戶長們商量過這件事。還是拿不定主意，就放下了。

巴格納提高了聲音說：我有一個法子，您看成不成。你們部落先把木欄草圈建起來，這個比較容易做，也不用花什麼錢。你們運木頭自己留下的那些就夠了。我打算讓客棧先給您墊付打草的工錢。假如白災沒來，打下的草沒用上，這筆錢就算在客棧頭上，你們不用還；假如白災來了，這些草用上了，救了災，保住了牛羊，那你們部落就用明年撿蘑菇和拉木頭掙的錢還給客棧，您看咋樣？

道爾基父子倆都深感意外，高興得異口同聲說：這法子成，太好了！

道爾基想了想，說道：只是，假如白災沒來，那客棧損失就太大了。我心裡也不好受。客棧畢竟是咱們整個蘇木的客棧，大夥都怕客棧再關門啊。

巴格納說：為了抗災，有時候是要準備付出代價的，但災前墊一分，興許就能抵上災後補十分。札那阿爸也同意我先給你們兩個部落墊工錢。就是有損失，我還可以再想別的法子來補上的。客棧應該為蘇木出力……木欄草圈一定要大，一定要儲得越多越好。

道爾基滿意地笑道：你是個真正把心放在蘇木部落上的人啊，那就謝謝你了，也謝謝札那。好吧，這件事確實是件大事，抓膘再忙，我一定抽調人把木欄草圈趕緊建起來，也建四個。可是索海淖力布的十戶組，仗著有一片迎風坡冬季草場，最反對建草圈。他準保還是不建。

巴格納說：您再跟古茨楞部落說說，也讓他們部落建木欄草圈。我也可以給他們先墊上打草工錢。

道爾基笑道：這樣的好事，他們準幹。好。我這就派人去說。

巴格納見大事已妥，便喝了一口奶茶，又定了定心，說道：還有一件我的私事，想求您幫幫我。你們都知道，薩日娜救養了一隻了不起的傷鵝，她把這隻鵝看得比她的命還重要。夏天她住在湖邊的夏季草場，可以經常去看牠餵牠。可是搬到秋季草場，遠隔幾十里，她家沒牛車也沒有馬，就不能看牠餵牠了，她很著急。我想跟您借一匹馬，就借一個多月，這樣她就能去見她的鵝了，成嗎？

道爾基說：全蘇木的老老少少都敬重小巴圖這隻天鵝，咋不成呢。那森巴雅爾，你這就去馬群給她挑一匹好馬，快去吧。

巴格納急忙伸手攔他，說：請等一等。又對道爾基說：我想借巴圖原來騎的那匹額頭上有白斑的黃馬。圖雅和塔娜跟我說過好幾次，說薩日娜特別想念那匹馬。巴圖就是捨命讓出這匹馬給了蒙醫，才救了她們姐弟三人和幾個鄰居的。這匹馬是她和巴圖最心愛的馬，我一想心就痛。

道爾基眼睛有些潮潤，說：成，這匹馬是我家馬群的馬，就借她這匹馬吧。牠是對巴圖和薩日娜最親、最忠心的馬，可牠這會兒的精氣神大不如從前了。巴格納，札那跟我說過，你打算守薩日娜一輩子，看來是真的了。那往後等你富了，你就買下這匹馬送給她吧。她是值得你守一輩子的好姑娘。不過，薩日娜一見到這匹馬，她會更加想念巴圖的，那你就沒啥盼頭了……

巴格納說：那隻天鵝和這匹馬，都是她最愛的生死朋友。只要世上她愛戀的朋友多一些，就能幫她撐過這幾年。這就是我這會兒的最大願望。

那森巴雅爾感歎道：巴格納，我的好兄弟。你等著，我這就去馬群給你牽來。我要讓天鵝姑娘今兒就騎上大黃馬。

那就太謝謝了。

下午，巴格納安排好幫工全福吃住以後，那森巴雅爾也將大黃馬牽來了。巴格納一見到這匹巴圖和薩日娜的愛馬，很是驚訝。這確實是一匹所有蒙古男人都會愛上的駿馬，是一匹聞名全蒙古的烏珠穆沁馬中的優等馬：身架高大，體態勻稱，尤其是牠那淡黃色的皮毛光澤，使牠像傳說中蒙古黃金家族的黃金馬。還有牠的額頭正中那一個純白色的漂亮毛斑，真像一片白芍藥花的花瓣，顯得那樣英氣和醒目，甚至還有些嫵媚。難怪薩日娜那麼愛這匹馬。但牠的目光卻深沉憂鬱，飽含傷痛，有點像天鵝姑娘常有的眼神。

那森巴雅爾說：自打那次牠去救厚雪中的巴圖，沒救成，自個兒又凍傷了。這一年多，牠就一直無精打採，空有一副駿馬的好身架，可跑起來跟老馬差不離。可憐啊，牠想念巴圖和薩日娜。在

草原上，天鵝、狼、馬、狗最重情。情傷了，魂就沒了。

巴格納連忙上前撫摸馬頭，並雙手捧住馬頭，在薩日娜和巴圖常吻的白花瓣上深深長吻，然後對那森巴雅爾說：這匹馬真俊美，我也愛上牠了。我想還是早點買下這匹馬送給薩日娜吧，那我就先跟你定好，過些日子就拿我一個月的薪酬付定金，明年一準全付清。

那森巴雅爾說：不忙，不忙。成，這匹馬就歸你了。

說罷，便給巴格納指了指薩日娜家的方向。巴格納騎著自己的白馬，牽著芍藥黃馬跑向五里外的那個蒙古包。他的心怦怦急跳，比得到一匹用純金打造出來的黃金馬還要狂喜。他一邊夾馬小跑，一邊扭頭俯身，對著黃馬的耳朵，大聲叫道：薩日娜！薩日娜！我帶你去見薩日娜！

黃馬一聽，一直低垂的馬頭立即昂了起來，睜大期盼的眼睛望著前方，並發出一聲興奮渴望的嘶鳴。

當快跑到薩日娜的家，遠遠看到她正在蒙古包前收攏晾曬的衣袍，巴格納聲音顫抖地喊道：薩日娜，薩日娜，你快來看看，我把誰給你領來啦。

黃馬看見了那個頂上帶有佛家蓮花和雲紋圖案的蒙古包，便彷彿看見了薩日娜，立即恢復了沉睡已久的戰馬英姿，激奮地長嘶起來。

薩日娜聽見喊聲，又聽見熟悉的馬嘶聲，往牛車上扔下衣物，連忙向來人來馬快步走去。人到馬到，馬頭上芍藥花瓣白光閃耀。薩日娜未等黃馬停穩，就上前一把抱住牠的脖頸驚叫，撲在白芍藥花瓣上不住親吻。有多長時間沒有在那白花瓣上親吻啦，吻牠就像是在吻活著的巴圖啊。洶湧的淚水順著臉頰流淌下來，她輕聲念叨：夏勒邁勒（黃馬），巴圖邁勒（巴圖馬），我日夜思念的夏勒邁勒，總算見到你了，我想你想得心好痛啊……

黃馬見到失散已久的女主人，顫聲輕嘶，並用馬頭蹭摩女主人的肩膀和臉，用厚厚的嘴唇吻她的額頭和鼻子。嘴裡發出歡欣的呵呵聲，還興奮、自責、不安地左右來回騰挪後蹄，就像久別重逢的情侶互訴思念之情。

巴格納下了馬，見此場景，眼中溢出了淚水。

薩日娜從懷裡掏出薄布巾，揩去眼淚，終於回過頭來，對巴格納說：謝謝你啊，你咋知道我想見牠？我連做夢都想見到牠。

巴格納擦著淚說：你的事，就是我的事。我聽圖雅、塔娜和好多人講過牠的故事，也一直惦念牠。這次，客棧要到三個部落採收蘑菇，要在你們部落建一個大棚烘蘑菇。今天我到道爾基蘇木長那裡商量這件事，順便就把我一直想給你辦的事辦了。

薩日娜眼裡的淚水又湧了出來，她扭過臉去說：謝謝你這麼有心，帶牠過來看望我。你這是把半個巴圖帶來了啊。說罷，又不停地抹淚，但還是止不住。

巴格納激動地說：不，不，我不是只帶牠來見見你。薩日娜，我已經給你把黃馬買了下來。這會兒牠就是你的馬了，你倆往後就再也不會分離了。

啊！啊？啊……薩日娜猛地抱住馬頭，肩膀劇烈抽動，說不出一句話來。

巴格納口氣肯定地說：這是真的，這馬是你的了。我剛跟那森巴雅爾定好了。過些日子我就交定金，明年全部付清。今兒有點晚了。過幾天你再去見小巴圖吧。我也擔心牠啊。

從天而降的意外驚喜，讓薩日娜激動得彷彿身處夢中，她抬起頭，面色通紅，語無倫次，連說謝謝、謝謝……巴圖讓你來的啊？你真的又回到我的身邊啦？

她摟著愛馬的脖子，把牠帶到牛車旁，打開老舊的車箱櫃，拿出一個被布包裹著的東西。打開布包，裡面是一副馬鞍，乾乾淨淨，一塵不染，定是被經常擦拭，每個大小銅泡釘依然柔柔閃亮。薩日娜把鞍子搬到黃馬面前，黃馬一見，立即上前嗅了再嗅，用馬頭慢慢蹭摩鞍韉。牠哀哀地輕嘶輕叫，似乎嗅出了巴圖的氣味。薩日娜卻沒有給黃馬備鞍，只給牠戴上馬嚼子。她把鞍子放在牛車轅木上，然後把馬牽橫了身子，靠近牛車，自己再手扶車輪登上牛車軸箍，雙手撐馬背騎上馬。她彷彿有意要騎光背馬，伏在馬背上，再抱住馬脖頸，就像摟抱著巴圖，兩個身體緊緊地貼在一起，然後才夾馬又揚了揚馬嚼子。黃馬馱著女主人小心、穩重又輕快地跑起來，人馬顛簸，圍著兩個蒙古包慢跑轉大圈，一圈又一圈。黃馬長嘶，薩日娜長哭。她身邊彷彿沒有巴格納這個人。不一會兒，薩日娜讓黃馬慢慢跑向西邊草甸，消失在夕陽的光輝中了。

巴格納長舒了一口氣，心說：還好，她沒有向東邊夏季草場的天鵝湖跑去。

薩日娜的兩個弟弟和鄰居塔娜一家人，都喜悅又不安地望著西方，巴格納向塔娜的父母問候後，問道：我送她這匹馬，對嗎？

中年夫婦一人點頭，一人搖頭，歎道：不好說啊。

一直站在旁邊看他倆的塔娜說：呀，你還真把她最想念的巴圖芍藥黃馬送給她啦，你真是個好大哥。可是，她一騎上這匹馬又該犯病了。你不知道，他倆在這匹馬身上用情最深，一匹馬牽著兩個人的愛啊……米希格法師說，她遇到的那些事，放在誰身上，誰都扛不住。你冒冒險，讓她犯犯病吧。是要讓她發一發的，一直憋在心裡，到時候攢在一塊兒炸出來，就沒命啦。

巴格納面色發白，忐忑不安地說：我也這麼想。可是如果出了大事，我的罪過就太大了。

塔娜說：巴格納大哥，還是讓她去跑吧。她抱住黃馬就像抱住巴圖一樣。從前，他倆常常兩人騎這匹馬，巴圖坐在她的後面，從後面緊緊抱住她。兩人可黏糊啦，常常有兩馬不騎，偏要兩人騎一馬，恨不得整天貼在一起。你送她這匹馬，真是送到她心坎裡了。可沒準也是殺她的藥啊……

巴格納緊盯西邊草甸，雙手、十指、肩膀和胸口一陣陣戰慄，說道：但願她沒事。過兩天，她要是騎著牠去看望小巴圖，興許會好一些。大黃馬是不會殺她的。牠頭上的那片白芍藥花瓣多漂亮，誰見了都會愛這片草原，愛眼前的生活。

薩日娜的兩個弟弟也走了過來。額利說：那天米希格阿爸陪姐姐一起到河邊餵鵝，他們倆都誇你，說額侖草原又多了一個真正愛天鵝的人，一直給兩家的傷鵝送糧送魚。

巴格納說：我是真愛天鵝，出些麥粒魚菜是我高興做的事情。你姐姐不是寧可自個兒餓肚子，也要餵飽小巴圖嗎？這些天，你姐姐吃飯睡覺跟平常一樣嗎？

額利說：她還是一會兒好，一會兒壞，一會兒哭，一會兒發呆。有一天，她半夜走出門，後來跌倒在草甸裡，幸虧我家大白狗跟著她，立馬跑回來撓門大叫，我才跟著白狗跑過去把她扶回家。她還能走，可就像是在夢裡。姐姐只有在餵鵝和做袍子的時候最專心，姐姐說，只有做好袍子才能掙出全家人和小巴圖的吃食。

巴格納從懷裡掏出一包糖果，打開後拿了一大把給塔娜和她的父母，再把包遞給額利。兩個弟弟讓著吃，很是快樂。

塔娜一邊吃，一邊說：我去給你們做飯，你就在這兒等等她吧。到天黑她再不回來，那就要招呼幾個牛倌羊倌分頭去找她了。

巴格納一直揪著心、吊著膽站在門前空地，望著西邊草甸。但又不敢騎馬去找她，生怕她突然從別的地方回來。一直等到殘霞消失、星光閃亮，薩日娜才慢慢地回來。她還伏在馬背上，摟著愛馬的脖頸，離蒙古包還有十幾步遠就滑下了馬背。巴格納急忙迎上去，發現她額上滿是汗，貼著幾縷頭髮，臉色蒼白，兩眼呆滯。像是在天堂遨遊狂歡一番之後又跌回到冷酷的地面。他問候了幾句，她也不回答，踉蹌著走進蒙古包，拿出了小半盆麥粒，再摘掉馬嚼子，端著盆犒賞她的愛馬。一邊看牠嚼麥粒，一邊撫摸白芍藥。黃馬滿眼感激和幸福，嚼得開心，連打響鼻。

麥粒是草原馬最愛吃的東西，大多數馬一輩子都沒吃到過。可從前巴圖和薩日娜時常會用獵取的狐狸皮、獺子皮，到商號車隊換麥粒。圖雅曾說過，黃馬有時候會帶著馬絆子，磕磕絆絆蹭到蒙古包門前，用馬嘴撥拉開門，把大腦袋和整個脖子伸進來，吧嗒著厚嘴唇，討要麥粒吃，讓全家人笑噴了茶。蘇米亞阿爸說是他倆把黃馬寵壞了。

餵過馬，她又走到車櫃，拿出一個三扣牛皮馬絆子，再把馬牽到草甸牧草最壯最密處，給馬絆上了三個扣，巴格納見她在馬前左腿腕扣上兩個扣，在後左腿腕扣上一個。平時絆馬都是絆三條腿，馬就被馬絆子「銬」得邁不開大步，但還能邁小步吃草。而此時黃馬只有兩條腿被束縛。這樣，牠夜裡行走吃草就舒服多了，還可以防止牠被路過的馬群和馬倌裹挾而走。她摘下馬籠頭，輕輕拍了拍黃馬的側胸，又捧住牠的頭，在那美麗的白花瓣上深深親吻，彷彿在吻巴圖，人和馬四隻眼睛都淚光盈盈，互訴只有彼此才能聽懂的語言，又像在回憶從前的好時光。過了很久，她才走進蒙古包。

五個人圍在矮桌旁，一聲不吭地吃著肉乾麵片和巴格納帶來的張家口五香豆腐乾。從未吃過豆腐乾的兩個弟弟和塔娜都很喜歡吃這種東西。巴格納一句話也不敢說，不敢提巴圖和黃馬。只是小心翼翼地給她的碗裡夾豆腐乾。吃完飯，薩日娜的臉色才稍稍好轉。

巴格納看了一眼哈那牆上那些扎眼的破氈洞，蒙古包外的小風還把洞邊的氈毛吹得抖動起來。他問道：上次圖雅不是給了你三塊新大氈嗎？咋還不把這層破舊氈換下來呢？

薩日娜好像遲鈍地回想了一遍他的話，才慢慢說道：我把那三塊新氈都還給人家了……借了好多年，這次才還上……蒙古草原人的老規矩是，只有把借別人的東西還上以後，自己才能用這種東西。

那你從前借的氈子都還上了嗎？

都……還上了。

那我再給弟弟們送幾塊吧。快到冬天了，不能讓弟弟們和你受凍。

兩個弟弟都開心地叫了起來：

巴格納大哥，太謝謝你啦。

去年可把我們幾個凍壞了。後來米希格阿爸幫著在蒙古包四周綁上一層厚厚的生羊皮，才把窟窿堵上。

巴格納還從來沒有當過兩個弟弟的哥哥呢，出自幾代單傳家庭的他，突然有了大家庭的感覺，蒙古族是鍾愛大家庭的民族。但他心裡隱隱作痛，如果再不減輕債務，其中的一個弟弟也可能被賣身為奴。

晚飯後，巴格納給塔娜包了六七塊五香豆腐乾，她便告辭回家，好讓他倆多說些話。

巴格納望著神思早已不知遊走到哪裡去的薩日娜說：薩日娜，你聽我說，聽我說。我這次來，是為了採蘑菇。這可是個難得的好機會……

然後慢慢給她講了口蘑價格暴漲的行情和客棧採蘑菇的打算。

他說：我想請你和弟弟去幫我打理你們部落的蘑菇大棚。蘇木長道爾基也答應了，他原本就想讓你去的。我給你算了一筆賬，這會兒一斤上上等蘑菇釘，在張家口和京城已經漲了兩三倍，在客棧商號分店也漲了一倍多，一斤乾口蘑釘，大概能換六七隻大羊的錢，可能更多。要是這次你和弟弟都來採收、烘烤、晾曬的話，最後能分到不少呢，要是能分到十斤八斤上上等的乾蘑菇釘，那就能賺到六七十隻羊。我把我分到的那一份全給你，圖雅妹妹再幫你一把，那今年的一百五十多隻羊的利息就能還上了。反正一定要把今年的債還上。

薩日娜只是淡淡地問：能嗎？

能。客棧的老張是採蘑烘蘑的行家，我也知道了裡面的竅門。客棧裝滿土坯和茶布的八輛牛車已經到了三個部落。明天就要動手大幹了。

薩日娜仍然輕淡地說：我也採過蘑菇……我知道蘑菇不是年年都出。要是遇到旱年和澇年，蘑菇一個都冒不出來。

巴格納說：你別擔心，我想過了，我還有別的辦法，還有些積蓄，我能把客棧做好的。今年的債準能還上，再過兩年一定會把你的債全部還清。

薩日娜看上去十分疲倦。她往後挪了挪身體，靠上被垛，吃力地說道：你說的話，現在我有點相信了。可是，你辛辛苦苦這麼多年，為了我，還要把以前的積蓄搭進去，值得嗎……巴格納，我是一個不會再嫁人的人。我死了，會到巴圖那裡去；我活著，只會想他一個人，已經不會變了。

巴格納安慰道：你還是按你的想法生活下去吧。我一準會幫你生活下去。

薩日娜的心神似乎還在撫摸黃馬額頭上的芍藥白花瓣，還無意中做了一個吻花瓣的細小動作。她心不在焉地說：那是你的事，可我真是不會變了。

巴格納想了想問道：如果商號把你賣掉抵債，你知道會把你賣到哪裡去嗎？

薩日娜有些不悅地說：我的朋友娜仁其其格告訴過我，債主會把綠眼睛、藍眼睛的漂亮姑娘，賣到女人最怕去的地方，只有那種地方才肯出大價錢來買……還有人說會賣給有大畜群的老頭，等老頭死了以後就再把她賣掉。要是那樣，我還不如早點去見巴圖……

巴格納全身打了一個冷戰，小心地說：你千萬別這麼想……這會兒你就放下心來吧。再熬一兩年，我要讓你和弟弟抬起頭來，過上幸福的生活。明天你和弟弟一定要跟我去蘑菇點，這是騰格里賜給咱們的寶貴機會啊，千萬不要錯過。為了小巴圖大黃馬，為了兩個弟弟，為了你自己寶貴的自由和才華，你也要去蘑菇點啊。

好吧……那就去吧。

跑了這麼一大圈，你準保累了。早點睡啊。

……

巴格納告別了還坐靠在被垛旁怔怔發呆的天鵝姑娘，騎著馬朝道爾基的蒙古包慢慢走去。一路上，他深深不安，擔心自己的這副好心猛藥是不是用得太狠了。果然如道爾基所料，薩日娜在得到黃馬以後，心思全轉到巴圖和黃馬身上，再不願和任何人說話。芍藥黃馬喚醒她的鑽心悲痛，似乎比喚醒她的幸福回憶多得多。

17 兵貴神速

滿清利用喇嘛教以統治蒙古人民，凡有兄弟八人者，七人須當喇嘛；兄弟五人者，四人須當喇嘛；僅有一人可為娶妻生子的平民。當喇嘛者有紅黃緞子穿，又可坐享優厚的俸祿。女子沒有充當喇嘛的福氣，但又難找得相當的配偶。

——馮玉祥《我的生活・馮玉祥自傳》

道爾基部落的實力最強，為巴格納調派的人手物資也最多。不到兩天的時間，第二個大棚和商點就建好了。第三天一早，薩日娜帶上一生羊皮口袋美食，騎著備鞍的芍藥黃馬，奔向夏季草場天鵝湖，奔向她的牽掛，她心中殘存的最後一塊愛的樂土。

馬群主管那森巴雅爾按照巴格納的要求選的地點，似乎比札那部落的那個點更好：蘑菇圈又多又密，附近草甸有一大片紅柳叢，可供編籃、編柳條編之用。在山坡下還有一個不大不小的泉湖，泉水從湖底冒出，將一片低窪地變成了一個水泡子。湖水再從一個缺口流向更低窪處，積成一大片水草茂盛的沼澤，一些小水鳥在湖水裡游弋。泉眼附近的水面，湖水清澈見底，這裡是馬群飲水的好地方，也可供大棚烘蘑人用水，巴格納第一次帶薩日娜騎馬來此飲水的時候，她面對清清的泉水和碧綠的水草微微一笑，好像飛越了廣闊沙漠的天鵝一樣。這是巴格納第一次見到天鵝姑娘美麗入心的笑容。此地景色如此動人，能夠與天鵝姑娘同桌吃飯，一起烘蘑，朝夕相處十幾天，這不就是他夢中的草原天堂嗎？

巴格納和那森巴雅爾檢查完大棚都很滿意，只是此地距部落的駐牧點遠了一些，調動部落人手不太方便。兩個蒙古包比第一個點的蒙古包大了不少，東邊的一個包多了一扇哈那牆。他倆回到蒙古包裡喝奶茶，茶中有炒米、紅糖、奶豆腐、黃油餜子。矮桌上還有一盤奶皮子和一小罐黃油。在額侖草原，凡是部落的群體勞作，食住方面部落總是供應充足，而對客棧掌櫃巴格納更加優待。

那森巴雅爾說：巴格納，你真是好樣的。掌櫃親手和泥、搭大棚、砌土炕。早年蒙古部落的貴族都是這樣，穿得最破，衝在最前，死得最多。我也知道客棧為啥紅火了，有你這樣的頭狼，附近的狼群都該給你讓地盤了。還有啥要我做的儘管說，別客氣。

巴格納說：你能不能給我這個點，再配一匹帶馬鞍的馬，這樣我可以再派人去找蘑菇圈，那採蘑菇就更快更多了。採收完蘑菇就還你。

這好辦，等我回去，就派人給你送過來。在我這兒，就當是你的家。又問：薩日娜得到黃馬高興壞了吧？

是高興壞了。可是她的病好像更重了。常常騎著牠，抱著牠的脖子在草甸裡蹓躂，半夢半醒的，誰也不理睬。

那森巴雅爾說：那也比從前好。從前，她除了餵鵝從來不到草甸蹓躂。多在草地上走走，透透氣，曬曬太陽，身子骨慢慢就會好起來的。

說罷，便起身出門回家。

直到傍晚，薩日娜才回來，面帶倦容和些許喜色。她給黃馬飲了水，上了絆子，又一次吻了白花瓣。巴格納趕緊給她熱了茶，端上一碗。她喝了茶，吃了幾個黃油餜子以後，就開始準備晚飯。巴格納連忙上前幫她打下手。給她從木桶水車打來洗臉洗手水，端來一簸箕乾牛糞，用長鐵鉤撈鍋中的手把肉。此刻，商點只剩下巴格納、薩日娜和兩個弟弟，還有兩個幫工。一個是從客棧帶來的全福，另一個是部落派來的外來戶。晚上，六個人圍著矮桌吃新鮮手把肉。兩個弟弟都有小狼一樣的好胃口，高興地搶吃平時吃不到的羊胸椎、羊肥腸和羊肋條。

巴格納小心地問：小巴圖好嗎？

薩日娜想了一會兒，終於開口說：牠好可憐，一直在湖邊不太遠的水上望著岸，等著我。牠懂事，不敢靠近岸邊，牠怕狐狸，能聞見狐狸氣味。搬家以後，我和牠六七天沒見面了。天鵝都知道牧人會經常搬家。每年秋天這一個多月，小巴圖知道我搬家走了，見不到我，牠都會瘦好多。可這次牠沒想到這麼快又見到了我，還給牠帶來牠的老朋友大黃馬，高興極了。一上岸，張開一搧翅膀就去抱馬的前腿，黃馬也好開心，低頭親牠。**對草原動物來說，情感比食物更重要**。這兩天，我在草甸裡掐了一些天鵝愛吃的嫩草，切碎了拌上麥粒，雖然沒有魚，牠也快快樂樂吃了個飽。我們三個在湖邊玩了好半天，好久好久沒有這麼快樂了。可是分別的時候，牠抱住我，傷心啊，不想讓我走。但黃馬大朋友吻牠安慰牠，牠這才鬆開了翅膀，讓我騎馬走了。

巴格納舒了一口氣，說道：這樣就好了。牠怕狐狸，不敢上岸，我就放心了。往後，你就多去看看牠吧，我要是有空也陪你一起去看牠。

騎著意外重逢的巴圖大黃馬見到了日夜牽掛的小巴圖，似乎給了薩日娜幾分活力，她漸漸有了些談興，說道：回來的路上我還專門去看望了米希格阿爸。他上個月在湖邊又救了一隻被狐狸咬傷的大雄鵝。

那天，一對大鵝冒險上岸吃嫩草，沒想到有一條狡猾的狐狸早就盯上了牠倆，埋伏在高草裡匍匐接近，這時候一群小鵝也想上岸，鵝媽媽就把小鵝趕回湖裡，自個兒也下了湖。狐狸一看岸上只有一隻大鵝，就猛衝過去，母鵝看見了大叫。天鵝只怕狐狸偷襲，面對面地打，狐狸往往打不過大鵝。大雄鵝聽見叫聲連忙轉身，再猛啄狐狸，就沒讓狐狸咬著長脖頸，但牠翅膀被咬了一口，幸虧被厚厚的羽毛擋了擋，傷得不太厲害。雄鵝雌鵝一叫，附近的幾隻大鵝全都飛追過去狠狠啄咬狐狸，好像還啄瞎了狐狸的一隻眼睛，地上留下一攤血。可是那隻被咬傷的雄鵝疼得不會飛了。

那時阿爸正騎馬下坡到湖邊飲馬，看到了這一幕，就高喊著奔了過去，連忙抱住受傷雄鵝，用自己的嘴給牠吸髒血，吐掉，再上藥療傷。阿爸總是隨身帶著藥瓶藥包的。雄鵝很順從地被阿爸放到鞍子上，再上馬，坐在馬鞍後面摟抱住牠走了，妻鵝也跟著飛到了阿爸的家。

以後她每天都飛來看牠。要不是湖裡還有牠們的幾隻小鵝，妻鵝必須回去照顧，她一準會陪著丈夫住在小棚裡的。雄鵝在小棚裡住了十幾天才養好了傷。米希格阿爸還讓我謝謝你，送給他那麼多魚麥菜。他看到我騎了巴圖的大黃馬，忙問是咋回事，我告訴了他，你買下這匹馬送了給我。阿爸連聲說「沒想到，連我都沒想到啊」。他誇了你半天呢，還讓我多跟你說說話……巴格納，我替米希格阿爸、小巴圖、大黃馬和那兩隻受傷的鵝，謝謝你。

巴格納第一次聽到天鵝姑娘平靜輕鬆地跟他講這麼多的話，還這麼誠心誠意地謝他，懸了四天的心總算落回心窩。他忙說：不用謝，不用謝。看到你這會兒有兩個最愛你的好朋友陪著，還可以經常騎大黃馬去看小巴圖，我就不太擔心了。在沒下雨以前，你要牽著馬多到草地上去走走，遛遛馬，心裡慢慢就不憋悶了。

晚飯後，兩個幫工回西邊蒙古包，巴格納和姐弟三人又繼續聊天。他感到在她面前不太緊張了，但還是不敢大意。他記得大弟額利講過的事情，過一會兒她還會是這樣平和嗎？

薩日娜望著巴格納說：我知道你喜歡我的歌。這幾個月，你一直在幫我，幫其他救養天鵝的人，這回還把芍藥黃馬買下來送給我。米希格阿爸說，這是全蘇木所有男人都想不到、就是想到了也不願做的事情啊。只有你才真正對我好……我沒啥可回報你的，那我就學天鵝，唱一支歌來謝謝你吧。

巴格納受寵若驚，結巴地說：你唱歌，給、給我？太謝謝了。

薩日娜說：是的，是給你唱。這首歌叫《天鵝歸來》，是我以前寫的。那年開春，我和巴圖在湖邊看到第一撥天鵝從南方飛回草原家鄉，就寫了這首歌。我心裡也總想弄明白，大部分的天鵝夫妻為啥不離不棄、恩愛終生。我和巴圖為這個話題聊了很多日子呢，我倆看法是一樣的，就寫了這首歌。我唱啦：

嘭嘭、嘭嘭、嘭嘭嘭，
萬羽天鵝萬里歸來撲水中。
母親河湖為兒為女洗南塵，

兒女擁抱故鄉親水歌聲隆。

情侶難忘起落南國凶險程，
互幫互救互念互歌闖天穹。
夫鵝繞頸柔柔再求愛，
妻鵝低頭仍如新鵝羞羞容。

妻鵝曲頸轉頭扭向西，
夫鵝同向轉頭應答不向東。
妻鵝曲頸轉頭扭向東，
夫鵝轉頭應答跟你飛相同。

對對天鵝圍成舞圈誇伴侶，
個個讚己愛侶情最忠。
鬥歌競舞表功爭高下，
莫辨哪對不是恩愛雙峰。

年年兩次萬里險途相伴飛，

天鵝不離不棄摯愛至終。

啊。巴格納由衷地讚道：你的天鵝歌真多啊，一首比一首打動人的靈魂，還耐琢磨和回味。只有養了十多年天鵝的天鵝姑娘，才能寫出這樣美到人心裡去的天鵝歌啊。我第一次知道，天鵝情侶「年年兩次萬里險途相伴飛」，是天鵝摯愛一生的一大緣由。從前還真沒聽人說過。南國農夫俗人信奉「民以食為天」，那裡有些人特別喜歡吃天鵝肉，做天鵝羽毛扇、織天鵝絨錦袍。專門到葦塘湖泊裡毒殺射殺，還用抬槍轟殺天鵝，一死一大片。南國確實是凶險之地啊。**天鵝情侶風險長途，相依相伴，年年如此，相互之間是一種以命相托的愛和信任，所以天鵝情侶哪能分得開？**你和巴圖小時候趴冰救小鵝，多驚險。後來十幾年，年年救養天鵝、放飛天鵝，多辛苦。你們倆有共同的愛，所以也就像天鵝那樣專一相愛啊……

薩日娜說：你明白這個理，最好。

說罷，薩日娜的眼睛像冰冷的綠寶石，直愣愣地望著他，又回到三天前的那種神情。巴格納感到一股寒氣從她的眼裡貫穿到他的全身，他自知失言，便慌忙起身，說：不早了，你又跑了這麼遠的路，快休息吧。

他剛推門出包，就聽到她撲倒在地氈上，叫了兩聲，巴圖，巴圖……兩個弟弟也跑過去叫姐姐、姐姐。他停了步，但又不敢回她的包，怕再刺傷她。他只好回到西邊的包，躺在自己靠東邊、最靠近薩日娜的鋪位上。他深深責怪自己，並開始琢磨薩日娜為什麼心情剛好一點就給他唱這首歌，看來，她還是為了提醒他不要打擾他倆繼續相愛。

但是，薩日娜越是愛戀巴圖，巴格納卻越是深愛和敬重薩日娜，也更加敬佩巴圖。他倆的愛正是他心底夢想和追求的天鵝之愛，也是薩日娜在歌裡唱的「天愛」，那是一種天長地久、直到死亡的愛。

老張的大棚建得也很利索，可是地點卻不如札那部落的那個好。這裡的蘑菇圈分佈得很隨意，而且，草場比較平緩，矮山丘陵不多，很難一眼望見蘑菇圈，看到的全是高草和天地線，撿蘑菇很不方便。有時人就是從蘑菇圈附近走過，也看不到深色草。於是，老張請古茨楞給他多派幾匹馬，多增加牛車，以加長找蘑菇圈的路線，並在發現蘑菇圈的地方插上綁著紅布條的柳條杆子，來確保產量。古茨楞答應得很痛快。蒙古部落之所以像一個攥緊的拳頭，就在於它是一個有親緣親情、互幫互助的大家族，只要你不斷做對部落有利的事，部落所有成員也都會傾力幫助你。老張雖是外來戶，但他是札那客棧的管家，所以古茨楞部落的首領和牧人也都給了他最大的信任和讓他滿意的幫助。

老張終於放下心來，他最擔心的事沒有發生，那就是大棚建了一半雨就下來了。等待，是他這會兒最得意的事情。他完全做好了搶收那些只在半夜清晨裡一閃而過的元寶蘑菇釘的準備。

圖雅和斯琴高娃在巴格納走後，又等了三天，已經等得不想再等了。但又怕剛一走雨就下，那還不被全部落的親戚族人罵死。圖雅姑娘發現自己這個掌櫃一離開巴格納，一點都掌不了櫃。斯琴高娃把圖雅在客棧三個多月的故事聽完之後更是坐不住了，圖雅知道斯琴高娃那裡連三天的故事也沒有……兩人都不約而同去猜想巴格納和天鵝姑娘在那孤獨的兩個蒙古包裡會咋樣。她倆估摸，這會兒三個部落的男人女人也都在揣測，能幹的客棧掌櫃和美麗的天鵝姑娘，調配在了脫離部落那麼遠的商點，總該發生點故事吧。大夥對巴格納用請薩日娜打理採蘑點的辦法來幫助她，深深感動和欽佩。他倆是全蘇木和部落最關心的人，他倆任何一點點進展和挫折，都會被迅速傳揚。但大夥都對巴格納買下那匹巴圖黃馬送給薩日娜議論紛紛，都不知是對是錯，是福是禍。可是，幾乎所有人都相信巴格納不管薩日娜以後嫁不嫁人，真是要守她一輩子了。幾個薩滿法師和一些老人開始為他倆祝福祈禱。

圖雅和斯琴高娃也從路過此地的馬倌那裡知道了這些事情，圖雅說：我也沒想到，巴格納哥哥會把那匹芍藥黃金馬買下來送給天鵝姐姐。我給他講的故事，他全聽進去了。可是……那匹大黃馬身上有多少巴圖的氣味和故事啊，薩日娜只要一騎上芍藥黃馬，一閉上眼睛，她就在花海花浪和巴圖的懷抱裡了，哪還會再去看巴格納。唉，只有真心愛她的人才會做這樣的傻事啊……巴格納哥哥真好。

斯琴高娃說：我覺得巴格納不比巴圖差啊，有些地方還要比巴圖強呢。比如他見多識廣，又是蒙漢通，還會做生意，才幾個月就讓客棧起死回生，給全蘇木做了那麼多的大好事。

圖雅說：我覺著巴格納再好也還是不能跟巴圖比的。巴圖跟薩日娜兩個人從剛會走路，就一起跟大人養天鵝，他倆才是真正的天鵝情侶呢。可巴格納連一隻天鵝都沒有養過。巴圖還把自個兒的命毫不猶豫地給了薩日娜。

斯琴高娃說：那倒也是。

圖雅歎道：可憐的巴格納哥哥，他也嘗到了我當初追不到巴圖的痛苦滋味了。

斯琴高娃說：我也難受……

忽然，包外傳來狗叫聲。咦？阿爸來了。圖雅聽出了自家大狗黑虎的叫聲。連忙起身出包，剛一推開門，一條大黑狗撲過來，把兩隻前爪搭到她胸口上，咧著大嘴哈哈地向她問好，尾巴掄圓了搖。不遠處兩匹馬正朝這邊跑來，一看是阿爸和大哥白依拉。兩人下馬，馬身汗淋淋，馬毛一縷一條地貼著馬皮閃閃發亮，像是從很遠的地方跑來。

圖雅和斯琴高娃高興地問：你們咋來了，從家來的？

札那阿爸說：不是，是從巴格納那邊來的。

圖雅樂得蹦起來：快說說，他那邊咋樣？

四人進包喝茶。

札那舒心地說道：昨天上午，我和白依拉去道爾基那兒商議全蘇木三成牛羊遷場、建木欄草圈、打草和撿蘑菇的事，下午就到了巴格納那個大棚。巴格納不在包裡，他一早就帶了薩日娜的大弟弟騎馬去找更遠處的蘑菇圈了。那個幫工正在教薩日娜和小弟弟編柳條籃子和平板大柳條編。薩日娜說，這是巴格納讓做的，籃子用來盛剛採下來的蘑菇，平板大柳條編用來晾曬蘑菇，透氣、乾得快。她還讓我到這兒來叫你們也趕緊編。我和白依拉又去看大棚，地炕的小火還在燒著呢，沙已經烘乾，蘑菇一下來就能烘。那棚子也比咱們這個棚大不少，還暖烘烘的，沒有一點潮氣。

白依拉說：人家那兒可忙了，吃過晚飯聊上半個時辰就睡覺，第二天一早就幹活。不像你們這兒人都閑待著，乾等，大棚裡準保潮氣很重……薩日娜得到那匹大黃馬以後，氣色好了不少。她還能抽空去餵小巴圖了。

札那說：昨天，一直到傍黑，巴格納他倆才騎馬回來，他說在北邊的山裡又找著一大片有蘑菇圈的山坡，到下雨的時候，還要派人到那兒去採。巴格納真能幹，他把道爾基給說動了，他們部落也做四個木欄草圈。這樣的話，全蘇木抗白災就有點把握了。巴格納的心思全在蘑菇上，在客棧、部落和抗大白災上。可說到底，還是在薩日娜的身上。能把薩日娜和整個蘇木部落愛在一塊兒，這樣的小伙我還真沒見過。

說罷，札那起身出包，看了看天氣說：這兩天早上起來，草尖上都是露水，我看還是下不了雨。然後又進包坐下說：圖雅，今兒早上我出來的時候，巴格納想了好一會兒才說，要是這幾天下不了雨，能不能讓白依拉替圖雅頂一天班，讓她來一趟。他想讓你給薩日娜寬寬心。他還有好多蘑菇上的事要教給你。我說，還得看天氣，要天真不下雨，就讓她來。

圖雅叫道：我要去，我要去，我可想他倆了。

札那笑道：成，你趕緊收拾收拾騎馬去吧。先到道爾基那兒，再讓人領你去。今兒我和你大哥就替你頂班，就是下雨我也會弄了，你快走吧。

圖雅雀躍得幾乎踢翻了三腿三箍的火撐子爐，又連親阿爸和大哥好幾下。斯琴高娃也很高興，今晚可以夫妻相聚了。

圖雅快馬剛走，札那就吩咐幫工點小火，燒炕、烘沙、烘大棚，準備第二天再去砍柳條，編籃子和大柳條編。札那又對白依拉說：明天我也去找找更遠處的蘑菇圈。

不一會兒，一匹快馬趕來，部落的傳令騎手說：幾個十戶長讓您快回去呢，商號車隊把打草工和釤鐮送來了。給咱們部落留下二十個人，其他幾十個人分給了那兩個部落。說這是巴格納來部落以前就安排好的，打草工等您安排打草地點呢。

札那大喜道：巴格納和老秦辦事那叫一個快，我這個老頭快跟不上趟了。商人比蒙古騎兵更知道「兵貴神速」。我這就回去。明兒就帶他們上木欄草圈附近的打草場。

說罷，騎馬同傳令騎手奔向部落駐地。

晚上，巴格納正在給薩日娜和她的弟弟講故事，講商隊在蒙古中部遭遇馬匪搶劫。那天，他恰好騎駱駝去為商隊找水源，才躲過一劫。回來後看到駝隊、貨物已被劫走，全隊的人都被布蒙上眼睛，捆綁在地……

忽然一陣馬蹄聲和「巴格納哥哥、巴格納哥哥」的呼喊聲傳來。一聽見圖雅妹妹叫他的聲音，巴格納驚喜地應了一聲，呼地站起來跑出門外，說：啊，這麼快，我當是阿爸不讓你來呢。

阿爸說是你讓我來的？

是的，我想請你來陪陪薩日娜。你一來，她就高興，咱們三個能聊到一塊兒了。她太需要快樂，你們姐妹倆也好久沒見面了。

薩日娜說：我好想你啊。

圖雅上前擁抱親吻薩日娜，連叫：好姐姐，好姐姐。聽說你又騎上了芍藥黃金馬，我也想騎。牠也是我最想念的朋友啊。

巴格納拿出一包芝麻糖請兩姐妹和弟弟們吃。他說：本來想等到蘑菇採收成功以後才拿給你倆吃的，今兒看你倆高興就不藏啦。再說，到這會兒還不下雨，今年採蘑菇能不能成功難說啊。

薩日娜和弟弟們開心地吃了起來，都說好吃，從來沒吃過。巴格納又拿出一瓶好酒，給姐妹倆各倒了一杯酒，三人邊喝邊吃邊聊。

圖雅笑問：天鵝姐姐，你打算啥時候把小巴圖接回家？

薩日娜說：要等天鵝群開始南飛，就把牠接回家。小巴圖可盼望我去接牠呢。每年天鵝南飛，最早遷飛的是這年沒孵出小鵝的大鵝夫妻，和還沒有到婚嫁年齡的兩三歲的大鵝，牠們沒有領飛小鵝的負擔，可以結伴先走。然後才是大鵝夫妻們帶領當年出生的小鵝和小鵝的哥哥姐姐們飛走。小巴圖只要一見天鵝群南飛，就受不了。牠和牠的公主飛過南方好多次，可再也不能跟她一起飛了，連自己想飛也飛不了，那個滋味真是比死還痛苦啊。你知道嗎，天鵝的氣性很剛烈，當情侶死亡或是被剝奪自由的時候，一些天鵝會自殺的。有的飛上天再猛地收起翅膀，大叫著撞地而死，有的鑽進水裡嗆水而死，有的不吃不喝絕食而死。所以，這種時候的小巴圖需要特別照顧和貼心愛護，得先把牠接回家。晚上牠睡在我的頭旁邊，常常親我。牠還叼我的頭髮，讓我把臉對著牠。我現在是牠生命的唯一支柱，牠也是我生命的主要支柱。這會兒，巴格納還送了我另一個支柱——我親愛的芍藥黃馬，我的日子就好過一些了。

圖雅說：我很想念小巴圖。今年你去接牠的時候，一定要提前告訴我，我要和你一起去接牠。

薩日娜說：不一定來得及告訴你們，有時候天鵝群突然集體南飛，我就得馬上去接牠。要不，牠會急得喊啞嗓子的。

巴格納說：我也想跟你一起去接牠回家，可你這麼一說，那就由你來定吧……把我們受重傷的小英雄接回家，讓牠回到食物充足的家，和親愛的媽媽一起度過冬天，這是人間最溫暖的事情。

薩日娜感慨道：和小巴圖一起過冬，我能夠得到很多愛和快樂。天鵝重情，牠任何時候都在關心留意你的心情，只要你有一點點不愉快，牠就會看出來，馬上過來用翅膀、長脖頸和頭來安慰你。巴圖是天鵝，他為我而活、而死；如果我也是一隻鵝，就得為小巴圖、大黃馬和弟弟們而活。可我還不是真正的鵝，我真想早點飛到巴圖的身邊，為巴圖而活、而死啊。

巴格納小心地勸慰道：人生很短，你一定要忍痛活下去，熬過短短的幾十年，你倆就能相會了。我願意陪你守這幾十年，你把你實在忍受不了的痛苦，多加一點在我的身上吧。

圖雅說：好姐姐，我只求你一件事，你要好好活過這一生，然後再去見巴圖，再去享受你倆騎馬衝花浪、淋花雨、吃花瓣的幸福。

……

薩日娜的目光又呆呆地、漫無目的地朝前望去，不知在看什麼。她木木地說：謝謝好妹妹來看我，謝謝巴格納，謝謝你給了小巴圖那麼多的愛，謝謝你送給我芍藥黃馬，謝謝……

圖雅忙幫她寬衣，陪她睡下。巴格納回到西邊蒙古包，躺到自己的鋪位。他深深感到芍藥黃馬的「藥力」還在危險地發作，塔娜姑娘的預感還是很準的……

18 米希格法師

成吉思汗自己最崇拜薩滿教。成吉思汗……統一了蒙古，成了蒙古的可汗。這和他利用薩滿教，把薩滿教爭取到自己方面有密切的關係。成吉思汗在出征之前要登上高山（即不兒罕・阿勒坦）脖頸上繫上布帶進行祈禱。

……

從十六世紀末滿族強盛起來……滿洲人仍然長期保持了自己的薩滿教，特別是滿洲八旗，薩滿教一直盛行到後期。

——富育光《薩滿論》

第二天，薩日娜起得很早，匆匆喝完奶茶、吃過手把肉，抓了五六把麥粒放在盆裡，端去餵黃馬。等馬吃完麥粒，她解馬絆，備馬鞍，再回到蒙古包，捲了一大塊蒙蓋貨品的舊布便出了包。她把一卷布拴在馬鞍皮條上，跨上馬，帶上大白狗，瘋鵝似的朝夏季舊營盤方向奔去。

在一旁看得發蒙的巴格納問圖雅：她去哪兒啊？

圖雅說：我也不知道。興許是去米希格阿爸家吧。薩日娜最難受的時候，總會去他那兒。他是薩滿法師，兩人年年救養天鵝，親如父女。我想她一準去那兒了。

巴格納又問：她會不會又去看小巴圖了？

圖雅說：不會吧，她要是去看，會帶鵝食的，可她沒帶啊……都怪我，昨晚當著她的面提起巴圖。巴圖她自個兒可以說，別人不能提。

巴格納望著秋意漸濃的草場，擔心地說：送給她馬，她就有腿了，真不知道該不該送她這匹馬。但願她別出事。

兩人有一句沒一句地小聲嘀咕，心神不寧地跟著全福學了大半天的編籃子和柳條編。直到下午，從東北方向，在秋季草場的輕薄塵霧中跑來一匹黃馬，好像馬鞍上還掛了一樣大東西。

薩日娜騎馬急奔而來，離老遠就高叫：嗨，你倆快來看啊。我把小巴圖帶來啦。

啊！真的啊？

兩人蹦起，驚喜萬分地衝了過去。跑到馬前一看，馬的前鞍鞽上掛著一個大包袱，懸在馬身右側。小巴圖的整個身子裹在包袱裡，而牠的長脖頸和腦袋都露在包袱外面，翹著嘴角，高昂著頭，開心地望著圖雅，一副很舒服得意的樣子。看來一路上鵝媽媽沒少撫摸牠，又享受著大黃馬朋友的飛奔，此刻牠像個驕傲的小王子。

圖雅激動地隔著布包抱住牠，連連親吻，說：好想你啊，還是鵝媽媽好，能想著把你帶來，我都沒想到可以騎馬把你接過來呀。

巴格納也連連親牠、撫摸牠，狂喜得漲紅了臉，太陽穴怦怦亂跳，說：真沒想到你能來。歡迎你啊，小巴圖，你還認得我嗎？

小巴圖連忙張了一下喙，輕快地叫了兩聲。薩日娜微笑著轉述道：牠是在說，認得認得。你一來，我就有好東西吃。

巴格納笑道：謝謝，謝謝。然後牽馬慢慢走到蒙古包前，先把大包袱小心托舉起，輕輕放到地上。薩日娜急忙下馬解開包袱。小巴圖張開單個翅膀，伸了個懶腰，快樂地抖動扁尖半圓的尾羽，撲向鵝媽媽。薩日娜歡喜得抱住牠親了又親，說：咱倆可以在一起過上十多天的好日子了。等幹完這邊的活，再把你送回湖裡，這樣等不了多少日子，我就可以把你接回家，咱們再一起過一個長長的冬天。前幾年這個時候，你我都等得太苦了。快，謝謝你的巴格納叔叔，是他送給我馬，要不我咋能接你過來啊。

然後向巴格納指了指，還做了個擁抱的手勢，說：媽媽的朋友就是你的朋友，小巴圖最相信媽媽，對吧？

小巴圖會意，笑呵呵、一搖一擺地朝巴格納走過去，也用單翅抱了抱牠的新朋友。兩個新朋友抱了好一會兒才鬆開。巴格納站起身又去感謝大黃馬。他捧住馬頭，深深親吻那片留著無數薩日娜唇印的白花瓣，動情地說：謝謝，謝謝，太謝謝你了，我會愛你一輩子的。

薩日娜自語道：愛天鵝的人，都會愛牠一輩子的。是牠狂奔二十多里，把小巴圖送到米希格阿爸那兒，止住了血。沒有大黃馬，巴圖也救不活小巴圖。她抬起頭，第一次主動用綠色的眸子正視巴格納的眼睛，說：巴格納大哥，我真的很感謝你。

巴格納全身血液奔騰，忙說：不用謝，不用謝。能跟你們一家英雄成為朋友，是我的福氣啊。

薩日娜擦了擦額頭上的汗說：我好多年沒騎馬了。這些天兩次長途顛簸，好像顛掉了不少苦痛……唉，女人不騎馬，心就不野了，真就不像個蒙古女人了。

巴格納微笑道：那往後，你就多騎騎馬，奔一奔、喊一喊、發一發狂。蒙古人是願意戰死在馬背上的民族，不騎馬狂奔就沒有了蒙古人的血性。

小巴圖來到新地方很好奇，但一點也不害怕。身旁有媽媽，周圍是朋友。巴格納連忙跑進包，給牠拿來一小盆麥粒。小巴圖快樂地吃了起來。

巴格納問薩日娜：這段日子，你打算咋安置牠？咱們得好好招待牠啊，可惜這裡沒有嫩菜和鮮魚，過幾天我就讓客棧送魚來。

薩日娜說：我想，這幾天讓牠先跟我一起住。每天餵一些麥粒，然後陪牠到草地上，讓牠自個兒挑草吃，這兒有好多牠喜歡吃的草。有弟弟陪著，有大白狗護著，牠就不怕狐狸。等過幾天大隊人馬來這兒的時候，我就把牠放到西面那個泉水湖裡。那兒有牠最愛吃的嫩水草，水也清，天鵝喜歡洗澡。等人少了以後，再把牠接回來，牠喜歡上哪，就讓牠上哪兒。牠跟大白狗很親，大白狗會保護牠的。夜裡，牠最喜歡睡在我的枕頭旁邊，我也喜歡。

圖雅笑道：睡在薩日娜的枕頭旁邊，也就是睡在我的枕頭旁邊，隨時都可以摸摸牠，多快樂成。聽你的。

啊。巴格納哥哥，你就沒這個福氣啦。

巴格納笑道：往後，我也救養一隻小鵝，也讓牠睡在我的枕頭旁邊。

薩日娜看了看天，說：跑了一天，該飲馬了。咱們順便把小巴圖也帶去，讓牠看看那個漂亮的泉水湖，先嘗嘗這兒的水草。

圖雅叫道：太好玩兒啦。走，一塊兒去。

圖雅和巴格納備好馬鞍。巴格納說：這兒離湖很近，別用包袱包著牠走了，讓我來抱著牠走。

三人騎馬朝泉水湖走去。

秋風輕輕吹拂花草斑斕的草原，空中瀰漫著黃蒿草的甜香和秋白菊的苦香。一陣風吹來是苦，一陣風飄來是甜。三人一鵝，苦苦甜甜，慢慢地走向小湖。近處的湖水，比草原的天空還要明澈。湖中的水草，比草原春芽還要水嫩。走到湖邊，小巴圖一見到新朋友給牠上的這盤大餐，迫不及待地張開翅膀。薩日娜和圖雅急忙下馬，兩人把牠抱下來。還未等巴格納下馬，牠已經一拐一拐地撲進水裡，急探著長脖，向不遠處水草最厚的地方游去。然後，猛地扎下長脖頸，撅著尾羽，狂吃嫩草。水面上的身子宛如豎在水裡的半棵粗壯的大白菜。

薩日娜微笑道：夏草場那邊的天鵝湖，天鵝多。牠又老在那片水面等我，那裡的水草都快被牠吃光了。牠好些日子沒見過這麼多的好水草啦，你們看牠高興的樣子……我真替牠開心。能跟牠團聚十幾天，讓牠吃上最愛吃的水草，還能天天洗浴。牠開心，我也快樂些。

三人將馬嚼子的嚼鐵退出馬嘴，放到馬的下巴下面，讓牠痛痛快快地飲水。馬兒也對這清亮的泉湖水很滿意，喝得肚子很快脹圓，三人連忙給馬鬆了一扣肚帶。

巴格納問：這兒水草這麼好，咋沒有天鵝？

薩日娜說：天鵝是特別愛乾淨、愛清靜的神鳥，牠們喜歡大湖、深葦塘，可以遠離喧鬧和馬牛羊。每年這個季節，天鵝夫妻要守護小鵝，就更離不開大湖和深葦塘了。

巴格納又問：小巴圖剛才吃了不少麥粒，咋還這麼貪吃水草？天鵝食量大好呢，還是不好？會不會把自個兒吃傷啊？

薩日娜面露微微喜色，說道：巴格納，你真是個喜歡天鵝的人，你問的這些有好多學問呢。天鵝食量大是件大好事。在草原，牛羊馬駝、黃羊旱獺、野兔老鼠這些食草的活物食量都很大，都在搶吃草場，弄不好就會毀草場。可是天鵝食量大，吃的是水草，牠從不破壞草場，反倒是草原的保護神。

巴格納驚奇地問：哦？這是我頭一回聽說，天鵝是跟牛馬羊、黃羊旱獺不一樣啊。

薩日娜的綠眼睛像一汪泉水，裡面浮著一隻白色的天鵝。她的神態有些陶醉，巴格納沉浸在她娓娓的講述中。

米希格法師一直對我說，千百年來，薩滿代代相傳：天鵝是神鳥，是騰格里的使者，對草原有大善大德。天鵝飛到草原，不跟人馬牛羊爭搶草場，主要吃河湖裡牛羊馬駝都不吃的水草和小魚。天鵝也是草原上最大的鳥，個頭大，食量就特別大，能大量清除河裡、泡子裡瘋長的水草，讓河溪、特別是大小水泡子不會淤塞發臭，讓河湖水流得更暢快、更乾淨清亮。老薩滿、老牛倌羊倌都說，牛羊馬都愛喝有天鵝群停留的河湖水，喝了天鵝河湖水，牲畜吃草就多，上膘快，不生病。

薩日娜繼續說：天鵝向草原索要最少最小，幾乎沒有任何索取，但卻給予草原最大最多。草原水草豐美，水為本，水不豐不淨，草原就不美。**天鵝保護了草原清淨的河湖水，牠們就是草原的神中之神，是蒙古人心中的善神、愛神和草原保護神。**

巴格納歎道：薩日娜，怪不得你的詩歌寫得這麼好，你不光有阿爸那樣的好老師，還有薩滿法師的教誨啊，更重要的是，你還有那麼多天鵝老師在教你啊。

薩日娜說：往後你多去請教請教米希格阿爸吧。走，我帶你去看看下面的水泡子是啥模樣，你就更知道天鵝為啥是草原的保護神，也會更愛天鵝了。

三匹馬已飲飽了水。薩日娜撥轉馬頭，帶兩人走向離泉眼最遠的湖面。走近一看，這裡的水果然與泉眼處的清水大不一樣，水色發綠，水質渾濁，水裡還有大小不一的氣泡泡往上冒。氣泡破了還散出些臭味，水裡密密的草幾乎長出水面，而且全是鬆厚的腐草，顏色發烏。

圖雅說：這麼髒臭的水，牛羊馬都不會喝的。

薩日娜說：看到了吧，沒有天鵝的水泡子，好多是這樣的臭水坑，牲畜喝了會生病。蒙古草原的泡子湖泊都在低窪處，夏天一下大雨，雨水就會把草場上遍地的牛羊馬糞衝到泡子裡去。草原牧人都知道，牲畜的糞便都是草和水草喜歡的東西，泡子邊的淺水裡，牛羊馬糞積得最多，所以淺水下的水草就長得特別旺。再加上淺水裡水草可以曬到又強又亮的陽光，瘋長得擋都擋不住，很容易淤塞腐臭，變成這個樣子啦。當然，別的水鳥吃水草也有功勞，可是天鵝的身子太大了，牠不能像野鴨子那樣整個身子潛下水吃深水裡的草，再加上天鵝食量大，專吃淺水的草和根，牠的喙很厲害，能挖掘出湖底泥下一尺深的蒲根草根，天鵝就成了清除淺水草的主力。所以，天鵝保護草原河湖清潔、讓牛羊馬喝上乾淨水的功勞最大。

三人又走向更遠處的沼澤，那裡的死水黏稠得像鼻涕，三匹馬連看都不想看。

晚霞升起，三人回到那片清水泉湖，小巴圖還在撅著尾羽狠吃淺水下的水草。三人深深感動，也都忍不住笑了起來。

薩日娜叫了一聲：小巴圖，該回家了。

但小巴圖的耳孔正浸在水裡，聽不見。她夾了夾馬，讓黃馬走進水裡。小巴圖脖頸抬出水面吸了一口氣，又扎進水裡。老朋友大黃馬知道咋樣叫牠，牠用蹄子重重地跺了幾下水面，水花四濺。小巴圖像是發覺險情，嗖地抬起身子，抖了幾下脖頸，甩乾淨水。一看是媽媽來了，立馬笑嘻嘻地向湖邊游來。

薩日娜從馬鞍下面的空槽裡掏出一團粗布，把小巴圖身上和腳蹼的水擦乾淨。

吃晚飯的時候，巴格納點了兩根羊油燈撚，照得蒙古包亮堂堂。小巴圖和大家一起圍著矮桌，站在媽媽和圖雅的中間。牠吃得太飽了，但牠還是對媽媽吃的東西很好奇。牠早就和媽媽一桌吃過飯，媽媽總是給牠吃好東西，除了牛羊肉、優酪乳豆腐牠不吃，別的差不多都吃，像麵條、麵片、小米飯、泡軟的炒米和掰碎的黃油餜子，牠都很愛吃。今兒晚餐，牠轉著頭看了一圈，還是羊肉麵條啊。牠吃了一根媽媽餵的麵條就不吃了。但很高興看媽媽和朋友吃飯，還殷勤地從碗裡準確地叼起一根麵條餵媽媽，薩日娜連忙嘬進口中。

薩日娜笑道：天鵝喙的感覺是很靈敏的，跟人手指頭的感覺差不離，叼東西很準。牠在湖裡的泥下渾水中能用喙摸出可吃的草根，再掐斷、涮乾淨吃進嘴裡。牠吻我，感到我軟軟的嘴唇，會很愉快；我吻牠的喙，牠更快樂。

羊油燈光下，薩日娜笑得猶如西域葡萄山盛開的雪蓮。

巴格納想，這大概是一年多來她第一次這樣開心地笑。

他望著眼前這溫馨愉快、像神話一般人鵝共處的圖景，感慨萬千。前幾天還是那麼緊張恐懼、提心吊膽的生活，眨眼間就被小巴圖的到來改換了。而小巴圖又是那匹可敬的巴圖大黃馬馱過來的。因巴圖之死而痛不欲生的薩日娜，又被小巴圖的頑強可愛撫慰、救治。小巴圖和大黃馬才是醫治薩日娜情傷真正的蒙醫名師。他暗暗慶幸自己這次冒險，總算僥倖成功。當初他決心冒險的時候，絕想不到會有這樣的結果。他抬起頭，從蒙古包打開的小半個氈蓋天窗望見深藍色天幕上的星光，他想自己也許是得到了天鵝女神的眷顧。

睡覺前，薩日娜領著小巴圖走到遠處的草地，月光下，人影鵝影清晰可見。她帶著牠轉了半圈，再拍拍牠的尾羽和屁股，又指了指草地，牠也想起來了。又轉了小半圈，等牠停下排完，薩日娜用一把青草給牠擦乾淨，才把牠抱回包。跟在後面的圖雅和巴格納笑個不停，兩人都誇她是個好媽媽。

薩日娜說：在蒙古包裡，還是要給牠睡覺的地方墊一塊氈墊，萬一弄髒了，早上再拿到包外清洗晾乾。

巴格納撫摸了幾下小巴圖，也讓薩日娜早點休息，便告辭回包。

小巴圖站在薩日娜和圖雅的枕頭中間，望著媽媽，就是不肯把頭彎進翅膀裡面睡覺。薩日娜只好伸出手又撫摸牠一會兒，然後吹滅了燈，和圖雅在黑暗中低聲聊起來。兩人都沒注意，小巴圖是何時把脖子彎進翅膀裡面臥下睡覺的。第二天一早，陽光還未從蒙古包的頂蓋上照進來，小巴圖就醒了，但牠一直到天大亮才輕輕啄醒媽媽。牠好像知道她倆昨夜聊得太晚了。

第三天一早，圖雅與薩日娜吻別，兩姐妹依依不捨。

圖雅湊到薩日娜的耳邊悄悄地說：你就讓巴格納哥哥守護你吧。他是真心的，他也是一隻雄鵝，連我都想嫁給他呢。可是，他愛的是你，心裡只有你一個人，而我也已經訂婚了。

薩日娜遲疑了一會兒說：那……那就讓他守著，當我的大哥吧。謝謝你來看我。

巴格納騎馬送圖雅姑娘。走了一段路，他說：謝謝你啊，我的好妹妹。你不來，還真不知道是啥結果呢。你來了，咱們三個才能說了那些話。你一開始老問她啥時候能把小巴圖接回家，這才讓她想到可以把小巴圖接過來的。牠一來，薩日娜就大變樣了。

圖雅說：我看芍藥黃馬才是靈丹妙藥，沒牠哪能帶來小巴圖？她沒馬，成天窩在沒啥陽光的舊蒙古包裡，別說是受了那麼重的傷，就是沒病也得窩出病來。她騎馬飛奔，全身淤塞了一年多的血，也活泛起來，再帶回心肝寶貝小巴圖，兩下一使勁，就把自個兒從冰窟窿裡拽出來啦。巴格納哥哥，真謝謝你啊，幫了好姐姐這麼大的忙。可是，有了馬，以後她會更加想念巴圖的。昨天夜裡她對我說，這幾天她常常夢見自己騎馬去天上找巴圖，還說差一點就飛到他那兒了。不過，她也越來越感謝你，不會不理你了。你總算可以單獨接近她，守護她了。你還要做一件重要的事，就是到今年初冬，你也要救養天鵝。薩日娜最喜歡愛鵝、救鵝和養鵝、放鵝的人。

好妹妹，謝謝你提醒我。我早就想跟她一起救養天鵝了。這次咱們先把採蘑菇的事做好，咱倆再幫她把今年的債還清。

好的。

兩人在馬背上輕輕擁抱，巴格納在圖雅的額頭上吻了一下，她說了聲謝謝，便鞭馬奔向自己的大棚。

19 珍愛小天鵝

雍正初年，察哈爾右翼四旗招墾二九七萬多畝。土默特地區自乾隆至光緒年間，共放墾牧場五點七萬餘頃；科爾沁昌圖地區放墾近五千平方公里的牧場……土默特地區在乾隆年間就已無可牧之地，畜牧業在這一地區最終消失。

——阿岩、烏恩《蒙古族經濟發展史》

上午，兩輛牛車到來。車上坐滿了人，衣袍色彩鮮豔，是一些來看望薩日娜、巴格納和小巴圖，並觀看烘蘑菇大棚的姑娘們。她們每人都帶來一包鮮奶豆腐或一碗奶皮子。有個姑娘還專門給巴格納帶來一大銅壺鮮奶。她們老遠見到巴格納和薩日娜正蹲在地上編柳條編，還兄妹似的說著話，大家都欣慰地笑了。兩人聽到笑聲，趕忙站起來上前迎接。

漂亮的女歌手烏蘭其其格，笑著對薩日娜說：呀，薩日娜，今天你氣色真好，了不起啊，你挺了過來。

巴格納和兩個弟弟捧接著姑娘們送來的秋季禮物。巴格納笑道：天鵝能飛過喜馬拉雅，還飛不過咱們額侖的查干窩拉山嗎？別小看才女歌手天鵝姑娘啊。

姑娘們紛紛打趣道：

呦，巴格納大哥這麼護著寵著薩日娜，讓我們好羨慕。快讓她早點好起來吧，早點讓她再回到歌會來，沒有天鵝姑娘，歌會都開不成啦。

全蘇木的姑娘都想看看你能守薩日娜多少年。

巴格納說：她身子還虛弱，要慢慢靜養，這會兒還怕別人打擾。這幾個月我都沒見過她幾次面。請姐妹們相信我，我會好好照顧她一輩子的。

薩日娜說：謝謝姐妹們的關心，我到這兒是來烘蘑菇掙錢，還債要緊。

大家坐在草地上，同薩日娜聊著部落裡姑娘們最煩心的事情。各個部落裡去當喇嘛的男孩和年輕小伙越來越多，來部落提親的人家越來越少，好些姑娘都發愁嫁不出去……

薩日娜低頭不語。

幾個姑娘開始轉著頭到處尋找小巴圖，額侖草原的姑娘都敬佩敢為妻子捨命的這隻雄鵝。她們也好久沒有見牠了。當看到小巴圖在遠處草地和大黃馬一塊兒吃草，小弟弟巴特爾在旁邊給牠採嫩草吃，那條大白狗也守在小巴圖身旁，她們都驚喜地叫起來：小巴圖在那兒哪！就起身跑過去和小巴圖玩。牠也不認生，還會叼姑娘們遞給牠的嫩草。但晃著頭，不讓她們摸牠的頭頸和羽毛。其他姑娘女人也都跑了過來，圍著牠向牠問好。有個姑娘還從懷裡掏出一隻專門為牠帶來的生羊皮口袋，從裡面倒出一些煮熟的小米飯粒，放在手心裡餵牠。牠吃了幾口，但看到圍上來的人太多，有些還是牠從來沒見過的生人，小巴圖有些不安了。牠不停地探頭尋找媽媽。薩日娜急忙走過來蹲下身，把小巴圖抱在懷裡，撫摸牠的頭頸，輕輕說：別怕別怕，她們都是我的姐妹，都愛你，敬拜你，不會傷害你的。

姑娘們說：

是呀，是呀。你是部落的小英雄，是薩日娜的心肝寶貝，我們咋會傷害你呀。別怕。

聽米希格阿爸說，鵝媽媽把你接到這兒了，我們就都來看你啦。你在泡子裡，有蘆葦擋著，我們不容易看到你的呀。

我是第一次見到你。

寶貝聽話，就讓我摸一下吧。

姑娘女人們紛紛伸手，撫摸小巴圖背上的羽毛，又不停地誇讚：

真該讓部落的男人都來學學小巴圖。天鵝的男人多愛妻子啊，個個都敢為妻子拚命捨命。看看牠的一身傷。真想大哭一場。

巴圖是人裡頭的雄鵝，少啊。全部落的姑娘為他哭過好多次。連老額吉老阿爸都為他落淚。

巴格納，你要好好照顧小巴圖，牠和巴圖都是咱們部落女人心中的好丈夫。

巴格納大哥，你更要學小巴圖了。要不，你是比不過巴圖的。

薩日娜是部落的天鵝公主，只有天鵝王子才配得上她。

巴格納大哥，別洩氣，像小巴圖守牠阿媽那樣守護她吧。

……

午後，姑娘女人們又仔細參觀了蘑菇大棚，巴格納耐心地講解咋烘蘑菇，大家誇個不停，都想雨後把家人採的鮮蘑拿到這兒來烘。

烏蘭其其格笑道：大棚裡好溫暖喲，烘蘑菇的時候一準滿棚香氣。你倆就在蘑菇香味裡面好好地烘吧，兩個人都烘得香香的，就能香到一塊兒去啦。

姑娘們臨走時，巴格納說：你們回部落以後，請你們跟去客棧買東西的人說一說，讓客棧的莫日根他們給我準備些鮮魚和佐料，再讓部落的人捎來。我要給薩日娜和弟弟們做炸魚，還要餵小巴圖，給牠再補養補養。

姑娘們大笑，紛紛說：巴格納大哥，你咋這麼著急巴結天鵝姑娘和小巴圖啊。

姑娘女人們笑著吻別兩人和小巴圖，返回部落，牛車走了好遠，還能聽見笑聲。巴格納發覺，薩日娜的微笑比往常舒展了許多。

秋雨遲遲不落，三個點的所有準備活計已完工。部落的首領正忙著派人給打草隊帳篷的駐紮地點運送乾牛糞、水桶牛車、幾隻瘸腿肉食羊和腦子有病的「轉圈羊」，並交代打草量。巴格納也跟著道爾基忙活了一天。這天一早，他讓一個幫工騎馬、到部落駐地去拿打旱獺用的套繩和木楔子。上午，巴格納騎著馬、抱著鵝，與薩日娜一同到小湖讓牠吃水草。小巴圖下水後，兩人坐在湖邊草地上，一邊欣賞小巴圖在湖水裡吃草、洗浴和玩耍，一邊聊天。

巴格納問：你在歌裡唱，狐狸會偷襲天鵝，雄天鵝會跟狐狸拚命。我也聽老人們說，在草原上，狐狸是天鵝的大敵。難道比狼小的狐狸，比狼還厲害？

薩日娜傷心地歎道：是啊。每年冬初河湖剛結冰、春初化冰的時候，河湖的冰很薄，狼身子重，不敢在薄冰上走。但狐狸比狼輕，就敢走冰。狐狸能聞出哪裡是天鵝落腳的地方，然後從薄冰走到葦塘深處的葦叢裡埋伏好，等天鵝一到就突然躥出，專咬天鵝的長脖頸，讓天鵝防不勝防。許多雄鵝為了保護妻子，往往擋在最危險的地方。就是被咬住了脖子，咬斷了大血管，還會跟狐狸發狠拚鬥，死命叼住狐狸耳朵、脖子或尾巴，在自己的血噴光前，猛搧翅膀硬把牠拖到水裡同歸於盡，不讓牠再去咬妻子。不光是雄鵝，鵝媽媽也會為了保護小鵝捨命的。天鵝個個是英雄。額侖的獵人最愛打狐狸，不光是為了漂亮的狐皮，也是為了給天鵝除敵。薩滿法師崇敬天鵝神鳥，獵人大多聽薩滿法師的話，當然也會主動去保護天鵝……

巴格納說：原來我以為天鵝美麗溫柔高雅，沒想到天鵝這麼厲害，這麼有血性啊。護妻護兒一點也不比狼差呢。今年冬天，我也想救養小鵝。我有小船，準保能救上來落單小鵝。客棧有弱畜房，原來是用來收養商號車隊的病牛和傷牛的，到冬季就閑著沒用了，正好用它來養小鵝。客棧還有足夠的糧菜魚，能救養更多的落單小鵝。到時候，我要請你來教教我咋養小鵝。

薩日娜說：成。客棧是個養鵝的好地方，到時候，我來教你倆養吧。你和圖雅都這麼愛鵝，一準會養好天鵝的。

巴格納又問：薩日娜，你是天鵝姑娘，從小跟天鵝一起長大。我有個問題始終想不明白，一直想問你，你覺得天鵝最特別的美，是什麼？是在哪裡？

薩日娜有些吃驚，睜大綠眼睛，微笑道：我也越來越喜歡跟你聊天鵝啦，你的問題只有最愛天鵝的人才會問。但天鵝的美也有她獨特的奧秘，那就是她修長優雅的白脖頸。所有的水鳥都沒有這樣美的曲頸長脖。仙鶴灰鶴也有比較長的脖頸，也很美，卻都不如天鵝的脖頸長。而且，鶴不是水鳥，沒有蹼，只能在淺水中陸地上捉魚覓食，不會在水中鳧游，更不能在深水裡、大湖大海裡鳧水。可天鵝就不同啦，阿爸說，**天鵝是水鳥，是天空中、大湖大海中最大的水鳥，是能夠飛越喜馬**

拉雅、飛得最高的水鳥，飛得比仙鶴高得多。雖然我們看不到天鵝飛越喜馬拉雅的樣子，但是，人們不難想像，在喜馬拉雅山上就是一頭比天鵝脖頸粗壯一百倍的雄壯大犛牛，也會被凍成大冰坨的。可是，在世上最寒冷的喜馬拉雅高空，天鵝的那個羽毛最少、皮肉最薄、幾乎沒有油脂的細長脖頸，竟然可以在高寒中不被凍透，不被凍成細長的冰杆，太讓人不敢相信啦！我常常想，**天鵝的脖頸骨，該是多麼神奇高傲的骨頭啊，敢於傲視喜馬拉雅雪山。天鵝的傲骨美才是真正美到骨子裡，是我最敬拜的神美。無鳥、無獸、無人能比**。

薩日娜喘了一口氣說：可是，那些心中無神又根本不懂美，只知道吃天鵝肉的人，卻不會覺得天鵝的長脖頸最神美，他們反而會覺得天鵝的長脖頸最醜。我記得，從前小勝奎商號車隊裡有個商人，看到阿爸和我親熱地撫摸一隻在家養傷的天鵝的長脖頸，對我阿爸說，天鵝的長脖頸最難看，像吊死鬼的脖子一樣難看。天鵝長脖頸上的肉最少，骨頭又最多，最壓秤占分量，只配餵狗……阿爸氣得把幾車原本要賣給他的上好皮貨全都賣給了別的商號。

薩日娜有些氣憤但又興致勃勃地繼續講下去：天鵝修長脖頸的美，在大湖的深水上面表現得更顯眼。在春夏秋季，只要在岸坡上往大湖裡望去，你會看見成千上萬隻水鳥，有天鵝、灰鵝、大雁、野鴨、水鷸和各種叫不上名字的水鳥。可是，你一眼就能看見天鵝，騰格里只給了天鵝長脖頸，而其他水鳥的脖子都是短的，身體也比天鵝小得多。你要是把天鵝和家鵝相比，更能知道天鵝美在哪裡了。我小時候曾經跟阿爸去過關內的大寺院進香，路過村莊，見過那裡農家養的家鵝，家鵝也有天鵝那樣大的身體、那樣雪白的羽毛和巨大翅膀，可就是沒有天鵝的長脖頸，這樣，家鵝就顯得蠢胖粗俗了。還有，最讓我覺得美的是，天鵝的長脖頸還會舞蹈，會彎出扭出各種各樣的美麗的舞姿，會用纏繞脖頸來表達雙方的愛。

巴格納屏著氣聽完，驚歎道：天鵝獨一無二、優雅的美，確實在牠的長脖頸上啊。不過騰格里和佛祖為什麼在這麼多的水鳥裡，只給了天鵝這麼長而美麗的脖頸呢？

薩日娜微笑道：這個問題我在很小的時候就問過阿爸。他說，草原老薩滿講，天鵝在很久很久以前脖頸也是很短的，牠們的胃口特別大，把自己吃得很胖很壯，這樣就不能像身體瘦小的野鴨一樣，潛到水深的地方去吃水草。結果，淺水處的水草很快就被牠們吃光了，上岸去吃草又怕遭到狐狸偷襲。那咋辦呢？天鵝們就只好飛上天去苦苦哀求騰格里。天神笑著說，你們胃口大是件好事，不用改。草原上的牛羊馬駝、黃羊野豬都向我告狀說，泡子裡的水草長瘋了，把水都捂成臭水沒法喝了。這樣吧，往後，你們就可勁兒伸長脖子去吃水草。我讓你們的脖子長得跟你們的身子一樣長，這樣不就能吃到更深的水下的水草和草根了嗎？也就能清除瘋長的水草，好讓牛羊馬駝喝上清水、吃飽草，給草原生靈做件大好事。天鵝們開心得唱啊舞啊轉啊，把太陽神都轉暈啦。後來，天鵝就可勁抻脖頸，拚命在水下夠草吃，騰格里也幫天鵝長脖頸骨。不久後，草原上天鵝的脖頸骨就一節一節地長出來了，神奇地長成了修長美麗的脖頸。

巴格納樂得像個學堂的學童一樣，說：薩滿的故事真是太有意思了。天鵝的長脖頸就是天鵝高傲、愛和美的標誌。我經常會在夢裡跟隨天鵝飛天，還會在夢裡唱你的天鵝歌。

薩日娜感到意外，只有巴圖曾對她說過，在夢裡唱她的天鵝歌。她說：你這麼喜歡詩歌，有空的時候也應該多寫寫，這樣咱們聊起來就更有意思了。

巴格納說：官府嚴禁我寫詩作歌，我怕寫上癮了，一激動唱了出來，再傳出去，那就危險了，會牽連我愛的人和幫我的人。而且，眼下那麼多生死攸關的大事小事壓在我的頭上，我實在不敢分心寫詩作歌。一寫詩歌，幹活會走神出大錯的。

薩日娜歎息道：那太可惜了。

巴格納極力按壓住內心的願望，此時他不敢向她唱他心中的歌。他明白巴圖的形象，在她、在圖雅和部落所有姑娘的心中太高大了，如果自己不能成為一隻出色的雄鵝，是無法替代巴圖的。他只希望常常與天鵝姑娘在清清的湖水旁聊天鵝、聊詩歌，或許到了大雪封路、客棧半年停業的冬季，他才有可能空閒下來，與薩日娜做伴。圖雅幾次勸薩日娜帶著她的小巴圖搬到客棧去，她都說捨不得離開巴圖牧馬的草場。

下午，巴格納帶著兩個幫工和兩個弟弟上山下套抓旱獺。秋雨遲遲不來，他心裡開始焦急，如果今年不巧遇上乾旱秋季，採不到蘑菇，那他只好請部落出人打獺子來彌補損失了。絨厚毛亮的旱獺皮也是額侖草原的俏貨，聞名全國，無論如何也不能白來一趟。但這年的旱獺皮價與往年相同，遠遠趕不上今年口蘑的暴漲行情。他想也許應該去請薩滿法師為草原祈雨了。他和幫工在山坡獺洞口剛上好兩三副木楔索套。忽然，一陣飽含水汽的涼風吹來，扭頭一看，只見西北面烏雲正在遠遠聚集。巴格納連忙拿起剩下的索套，同弟弟和兩個幫工快步往回走。蒙古包前已有三四匹馬到來，薩日娜正跟他們說著什麼。

那森巴雅爾騎馬跑到巴格納面前問道：老人們都說看樣兒今兒晚上要下雨了，幫忙採蘑菇的人和牛車什麼時候到最好？

巴格納說：叫他們吃完晚飯就準備，要是雨太大就別來了。下大暴雨，蘑菇一出頭就被打傷，長不成像樣的蘑菇；要是雨不大，先讓大夥睡一小覺，半夜都到我這兒集中，後半夜一起上山，天亮前一個時辰，騎馬的人和牛車一定要趕到各個蘑菇圈。住在遠處的人，讓他們就在駐地牧場附近採，自己晾曬。

那森巴雅爾和馬倌們奔向各個牧業點。

薩日娜面對馬上就要熱鬧忙碌的蘑菇戰，面色發白，神情緊張。巴格納立即安慰她說：不要擔心，一兩天以後，採蘑菇的人就走了，還是咱們這幾個人。烘蘑菇用不了那麼多人。

薩日娜慢慢定下心來，說：那我也想去採蘑菇，剛冒出來的白蘑菇，就像天鵝蛋那樣美。

20 辦皇差

東烏珠穆沁旗……共有大小湖泊一〇七個……歷史記載，東烏珠穆沁旗有無數的泉源，僅巴彥霍布林蘇木曾有六十眼泉源……湧水好的有額仁高畢蘇木貴勒斯太溫泉……已成為治療腦神經、胃病、眼病的重要醫療地點。

——《東烏珠穆沁旗志・自然環境》

聞名華夏、熱銷京城的草原口蘑，在眾人千呼萬喚後終於「曇花一現」。

傍晚一陣不大不小的雨過後，軟綿綿、細濛濛的秋雨又下了大半夜，到後半夜，秋雨變成了似有未有的霧雨。老張樂得手足無措，對部落首領古茨楞說：這可是多年沒見到過的口蘑冒頭的好天氣。要是連著兩天大雨，土衝跑了，那蘑菇就瞎了；要是雨量不足，水分不夠蘑菇也不長。夜裡小不溜的雨最好，天快亮時的細雨更好。

額侖草原三個部落的大批採菇騎手和牛車隊，已雲集各大蘑菇圈集中地。快馬先到的白依拉、那森巴雅爾等大馬倌，打著氈卷油脂火把，為各自部落的騎手和牛車隊指路。濕漉漉的夜幕中人喊馬嘶，前呼後答，相互聯絡照應，牛車軲轆吱吱嘎嘎響，快速朝火光處前行。一派蒙古部落隨軍出戰、男女老少打掃勝利戰場的喜悅收穫場景。圖雅小心跳下馬，拚命睜大眼睛，借著朦朦朧朧、時有時無的微弱月光，看到腳下蘑菇圈邊緣的蘑菇密密麻麻、擠擠挨挨、大小不一。最多的地方擠成了片，一個連著一個，像大頭朝上豎放的沙雞蛋、野鴨蛋、大雁蛋和天鵝蛋。她像是掉進了草原勝利女王的戰利品寶庫，狂喜地大叫起來：這麼多啊！騰格里給咱們送元寶嘍，感謝騰格里。

眾人也都模模糊糊看到了，紛紛脫掉罩頭、蓋肩防雨氈套，激動不已地高喊：

感謝長生天。

感謝騰格里。

太多啦，多得不知道咋採啦。

圖雅大喊：大夥快撿，快採。要用兩個手指頭掐根，千萬不要踩壞碰傷蘑菇。大夥都先採，別忙著裝籃裝車，就平放在圈旁邊。蘑菇還在長，要是長開花了就降級，採下來就不長了。隔上五六步，留一個最大的，留種用，其他全都採光。等一圈採完，再採第二圈、第三圈。等採完了再裝籃、裝車筐。

圖雅一連喊了幾遍，等眾人高聲應答以後，才彎腰撿採腳下密集的元寶。她樂得想蹦還不敢蹦，只好在心裡撒歡。札那阿爸蹲在地上一邊採一邊笑著說：是比大白天採的蘑菇漂亮、乾淨，怪不得後半夜採的這種蘑菇那麼金貴呢。一到大天亮，白嫩的小羊羔，就變成毛髮乾黃的老病羊啦。

孩子們成了採蘑的主力，小身子離蘑菇近，蹲下一尺就可以摸到一片白蛋蛋。採蘑菇如同撿玩具，蘑菇圈又成了孩子們的遊戲場。

有個孩子問圖雅：真好看，像剛要曬的奶豆腐，能吃一口嗎？

圖雅笑道：這會兒不能吃，回家跟羊肉煮著吃才好吃。

札那撿了一會兒就起身捶腰，樂道：這回客棧和部落要發了。這一把幹得值啊。你們先幹著，我去大棚看看。

走時老人高聲喊：大夥好好幹！採收完了我請大夥喝酒。全幹完了，我分撥請大夥到客棧去吃炸魚、蘑菇燒羊肉。收工時候別忘了，到圖雅那兒領今兒幹活的工錢，一家兩塊磚茶和二十尺布。往後還有更多的好處，等賣完乾蘑菇再算。

眾人歡呼。

五六個最大蘑菇圈的蘑菇，除留種外已經全部放倒。眾人向其他的中小蘑菇圈轉移，許多快馬手已跑向更遠的蘑菇圈，早到了的人在大呼小叫。天漸漸亮了一點，眾人與天光爭奪蘑菇釘，越幹越快、越幹越熟練，不敢鬆一口氣。當近處蘑菇圈採完了，馬倌們就一匹馬馱兩個孩子，往遠處蘑菇圈轉送兵力。圖雅等眾人走了大半，就讓幾個女人用柳條籃輕輕裝蘑菇，再慢慢一層草一層蘑菇地裝車。圖雅吩咐回大棚趕車一定要慢、要穩、要挑平地走。然後騎上馬，向遠處密集的蘑菇圈跑去。

在道爾基部落採菇點，巴格納騎馬馱著小弟巴特爾，同那森巴雅爾最先趕到蘑菇圈聚集地，那森第一個點火把給大夥指道領路。巴格納放下小弟，讓他去撿蘑菇。然後左左右右、前前後後地調配人員牛車，安排最方便採撿蘑菇的位置。他大聲喊道：大夥小心採啊，蘑菇是寶貝，兩斤新鮮蘑菇釘就能換一隻大羊。可是蘑菇釘長大了就不值錢了，十五斤也換不來一隻羊。一定要小心，還要快。

大夥連呼：知道啦，知道啦。一定小心，一定快。

眾人見到大片蘑菇的驚呼浪潮過去後，大家開始緊張快速地搶採。巴格納下了馬，也總算撿到了一個天鵝蛋似的蘑菇，情不自禁地吻了一下。他心中一塊石頭滾落。在皇家貢羊抓秋膘最忙的季節，調動如此重兵，如果撲空，就太對不起部落了。入秋抓膘以來，大夥早已累得倒地就能睡著打鼾，但蒙古騎兵再苦再累，只要一遇到新戰機，接到新軍令，就會自動迸發出連續苦戰、惡戰的蒼狼狠力。甚至累困得在馬背上睡著了，也會繼續衝鋒，還能讓自個兒不掉下馬來……

夜色未褪，他在人群的暗影中找尋天鵝姑娘，看見她就在身旁不遠口蘑最多的地方。她蒼白的臉龐被毛毛細雨淋濕，像陰暗茂密的草地上一朵剛破土的蘑菇，又如蒲棒蘆葦水巷中的幽幽白天鵝，異常潔白美麗。她的芍藥愛馬一直跟在她的身後，寸步不離。她淋著霧雨，而她的避雨氈套卻蓋在巴圖的馬鞍和黃馬身上，生怕馬鞍淋雨開膠，更怕她的愛馬受凍著涼。巴格納一陣心酸憐愛湧上心頭。

他連忙牽著馬走過去，說：薩日娜，你身子弱，怎能不披雨氈呢？天氣冷，草地濕，千萬當心，別滑倒。

說罷，便把自己的桐油布斗篷脫下來披在她身上，再繫好脖下的帶子。

巴格納大哥，薩日娜輕聲叫他：你又贏了一回，聽到大夥誇你，我真替你高興。騰格里保佑你，天鵝神祝福你，送給你這麼好的一場雨。

巴格納微笑道：騰格里看見天鵝姑娘來了，這是他送給你的禮物，他要幫你還債……你先慢慢撿，再撿一小會兒就回大棚吧，大棚裡暖和。你們準備接車，烘蘑菇。我還要帶騎手到更遠的蘑菇圈去，那裡的蘑菇更多。我走啦，天亮以後我就回來。

說罷，便招呼二十多個騎手跑向遠處，三四輛坐滿姑娘和孩子的牛車也跟了過去。薩日娜抬頭望天，悄聲說：巴圖，他怎麼這麼像你，連大夥誇他的口氣都跟誇你的口氣一模一樣。

她又放倒了百十個蘑菇，便騎馬回蘑菇大棚。

道爾基部落出動的騎手、人手和牛車遠遠超過其他兩個部落。採撿的速度也大大超過他們。蒙古部落善戰，尤其善快速戰。一旦軍令明確，每一匹馬都會成為戰馬，主動尋找目標、主動出戰、主動調配兵力，爭得最大的戰果。騎手們是這場蘑菇戰第一仗的先鋒戰力。巴格納沒想到，當部落首領知曉此戰的目的和要領以後，會調集這麼多的騎手來參戰，大部分馬倌、牛倌、有馬的女人和孩子，能來的都來了。有的馬上騎了兩個孩子，有的馬倌送來兩個孩子，又跑回部落再接來兩個。那些沒有馬的男女老少，也坐牛車來了。當細雨停歇，天空漸亮，蘑菇不再膨脹時，額侖草原最密集的蘑菇圈裡的蘑菇已被採撿完畢。

巴格納騎馬看了一趟蘑菇圈邊擺放的蘑菇，激昂地高喊：阿爸額吉們，兄弟姐妹們，你們採下的大部分蘑菇都是蘑菇釘，是上等和上上等好蘑菇啊。等賣完蘑菇乾，我請大夥來客棧喝酒吃炸魚，管夠。

眾人狂呼亂叫，馬倌們猛吹呼馬的尖利口哨。

有人高叫：

往後咱們到客棧吃炸魚，就不用賒帳啦。

我可以帶全家人去吃啦。

帶不了全家，我也要帶回夠全家吃的啊。

巴格納又大聲說：前一仗要快，咱們打贏了。下面這一仗就要慢了，要特別慢，特別小心。要輕拿輕放，蘑菇的品級就看這一仗。馬倌羊倌還要忙抓膘，先撤吧。剩下的活讓阿孃、大嫂大姐、小妹妹小弟弟們來幹吧。謝謝大夥兒了。

手中有活計的人，跟巴格納打了招呼便揚鞭而去，那些手頭沒活的人，主動留下幫助收蘑菇。一只只白嫩的蘑菇被整齊地朝天放進車筐裡的草層上，一縷縷青草緊緊塞在蘑菇把柄之間的空當裡，一層層青草又蓋在蘑菇根上。大家分工合作，有的人裝籃，有的人割草，有的人站在車幫上碼放，直到裝滿車筐。

第一輛牛車終於啟動，牽牛的人小步慢走，躲開兔洞、旱獺洞和草原鼢鼠掏洞堆出的一個個土包。這些毀草場的圓形小土堆一尺半寬、近一尺高，一串土包總有七八個，是牛車最討厭的草地障礙。牽牛人細心尋找平地慢慢移動。隨後，又一輛車啟動。

在札那部落的大棚外，第一輛滿載蘑菇和草的牛車到達，停車卸貨。額侖草原牛車上的柳條編筐沒有固定，是活動的。既沒有頂蓋，也沒有筐底，只是長圓形的一圈柳條編，而筐底則用固定在車橫木上的平板柳條編，或是折疊的大氈來充當。這會兒卸蘑菇，首先就要把整個車筐連蘑菇帶草全都滑離牛車。幫工抬高車轅，先把牛牽走，然後把車轅再慢慢抬高，待車後筐觸地，幾位身強力壯的人按住車筐，拉車的人把車小心拉離車筐，扶筐的人再慢慢把車筐放到地上。這樣一車的蘑菇和草就卸到草地上了。然後，幾個人按住草，其他的人再合力將車筐抬離蘑菇和草層，一車嬌嫩的蘑菇便毫髮無損地運送到大棚外。大筐又被放回車上，用繩綁好，套上牛再上山了。札那、圖雅和眾人都開心地笑了，第二仗首車告捷。

大棚內沒有漏雨，捂得嚴嚴實實的大棚裡高溫乾燥。火炕上的黃沙更是熱烘烘，與棚外的潮濕陰冷迥然不同，這正是乾烘新鮮蘑菇的好地方。女人孩子們仗著身小體輕，可以拿著沉甸甸裝滿蘑菇的籃子，爬上火炕放置鮮蘑。圖雅親自動手，跪在矮炕上，從裡到外，用小鍋勺在熱沙上按了一個一個半圓形小坑，然後把一個個蘑菇柄朝天放入，一個挨著一個。放了一會兒，就熱得滿頭大汗，換人再放。棚外的蘑菇垛一層層少下去，棚內火炕上的蘑菇一排排多起來。當第一輛車的蘑菇還未放置完，第二輛又到了，接著是第三輛、第四輛……棚外的蘑菇垛越來越多，大棚內的火炕沙層終於被蘑菇擺滿了。天空依然陰沉，如果多日不見陽光，蘑菇會發黴生斑，而大棚火炕的好處就越發顯現出來了。許多牧民說想把家裡撿的蘑菇也拿到這裡烘。

札那說：如果再下雨，得趕緊快拿出大氈蓋蘑菇垛。

在道爾基部落的大棚外，堆了更多的蘑菇垛。薩日娜和兩個弟弟在棚內爬上爬下放置蘑菇，也幹得滿臉是汗，三人成為烘蘑菇的主力。直到下午，牛車才漸漸少起來，近處的蘑菇已經拉完，從更遠的地方來的車還在陸續到達。最遠的蘑菇要到第二天再去拉。到傍晚收工，各家都高高興興地領取了磚茶和布，打著哈欠，或騎馬或坐牛車而歸。

此戰集中軍力，速戰速決，主要蘑菇圈的蘑菇釘被一網打盡，大勝已定。全蘇木上下士氣高昂，馬倌們的口哨聲響個不停。額侖蘇木三個部落的首領和各點主管圖雅、巴格納和老張都大喜過望。

蘇木長道爾基樂道：蒙古部落只要調度得好，也準保能做好生意。這回大台吉伊登札布辦的皇差準能得賞了，咱們額侖草原更要名揚京城啦。我要給客棧和巴格納請功。

21 漸入佳境

古代日爾曼人的宗教保留了足夠多的被認為「具有薩滿教性質」的元素。

……

不言而喻，我們在印歐民族中發現大量「薩滿教的」特徵。

……

E.R.多茲認為斯基台薩滿教在希臘的精神世界的歷史中具有重要的作用。

——〔美〕米爾恰·伊利亞德《薩滿教》

鮮蘑烘了一天一夜以後，大棚周圍漸漸冷清下來，烘蘑菇的熱沙面只有一個半火炕大小，擺好蘑菇後得慢慢等待，等到蘑菇起皮發蔫，才可以爬上炕，用籃子把蔫蘑菇收起，小心堆到炕邊空地的氈子上，再把鮮蘑一籃一籃地擺滿炕。然後坐在烘蔫的蘑菇堆旁邊，用針線串蘑菇串。串好之後，再掛在棚內樺木杆的釘子上繼續烘。抽空再給火炕添加乾牛糞，保持棚溫。這種活一兩個人就能完成，但須晝夜不停，換人換班，連續乾烘。每天夜裡由巴格納、薩日娜和大弟額利做活，每日白天由兩個幫工來做。小弟和大白狗則要照看小巴圖。這樣的安排是薩日娜定的，她不願同幫工在如此狹窄、燈光黯淡的棚裡擠來擠去幹活。而且，白天她還要和巴格納一起去餵鵝。小弟有時也可以幫哥哥幹點活。如此安排正合巴格納的心意，日夜兩班輪換很是辛苦，但這卻是巴格納最幸福的時光，可以近身感受到自己心上人青春的氣息。

第二個夜晚，薩日娜看看棚外幾十個蘑菇大垛，還是擔心火炕烘得太慢，時間長了後面的蘑菇會發黴。她想了想，就到棚外取了幾大柳條編，和巴格納一起用繩子把柳條編平吊在樺木杆下，懸在炕上和空地上面三四尺的位置，只在火炕中間留一個空當，以便人能起身擺蘑菇、換蘑菇。在柳條編上面烘鮮蘑，不如熱沙烘得快，而且人在火炕上換菇時，大部分時候不能直起身來，更加費工費力。但這樣一來，乾烘面就增大了一半，烘出的蕎蘑菇也增加了很多。

巴格納連連誇讚薩日娜，笑道：天鵝姑娘好聰明，你的身子要是全恢復了，那能做出多大的事，寫出多少新歌啊……

薩日娜苦笑道：天鵝命傲也命苦，巴圖走了以後，我每次寫新歌都要花費好大的氣力，流好多的淚，心中滴血啊。

巴格納不好再請她寫歌，只得改換話題，歎道：我的命也苦，但幸運的是，我跑遍草原和半個國，總算遇到了你，還能伴著你、守著你，就像守著天鵝神……你慢點幹，重活累活都讓我來幹。

在熱烘烘的大棚裡，巴格納與大弟額利擺了兩次蘑菇，又收了一次蕎蘑菇，累得全身出汗。巴格納敞開胸懷擦完汗，又替額利擦。弟弟睏得睜不開眼，一躺到大棚的地氈上就睡著了。巴格納對薩日娜說：額利還小，下次別讓他來了，這些活咱倆做得完。

薩日娜說：你個子高，老是彎著腰幹活不方便，還是讓他來幹半夜吧。

那也成。

在吊掛的柳條編下倒騰蘑菇，很是彆扭吃力，但巴格納還是包下了大部分的活，讓身子虛弱的薩日娜坐在別人碰不到的火炕東邊的地氈上，只做針線活。這個位置不太熱，稍微寬敞一些，是專門用來堆蘑菇串蘑菇的地方。巴格納在火炕上爬進爬出取放蘑菇，做了幾個來回，也慢慢找到了烘蘑菇的竅門。他發覺火炕上的熱沙，熱得不均勻，就把個頭大的蘑菇放到最熱的沙上，個頭小的放在不太熱的沙上。果然，蘑菇烘得更快了。

薩日娜說：大夥都誇你聰明能幹，今兒我也親眼看見了。

巴格納一邊幹活，一邊給她講他各種各樣的經歷，和他讀過的書裡的故事，他也試著請她講她的故事。他問道：上回你在歌裡唱，天鵝夫妻一生專一，是因為年年兩次險途相伴飛。那除了這個原因，還有沒有別的原因呢？

只要話題是天鵝，薩日娜就躍躍欲飛，就有談興，她微笑道：原因多著呢，往後再慢慢給你講，今兒我先給你說一個好玩的吧。天鵝從小到老都很美，老雌鵝和老雄鵝跟年輕鵝差不多一樣漂亮，還比年輕鵝更有見識、本事，又更貼心。人老了，會駝背彎腰頭髮白。可天鵝呢，牠沒有腰，就不會駝背，天鵝在小時候脫了灰灰的茸毛以後，全身羽毛一直都是雪白的，永遠白就永遠美嘛。阿爸說，天鵝每年秋季換新羽，一年一身新，一年一身白，天鵝年老色不衰，永遠是美鵝。你看一群人，一眼就能看出美和醜。裡面有年輕漂亮的，也有老有醜、頭髮有黑有白、身子有直有駝的、牙齒有整齊有脫落的；可是你看湖裡的一群鵝，雖然有老有幼，但一眼看上去全都一樣潔白漂亮，跳起舞來也一樣優美。所以，天鵝誰也捨不得離開自己永遠漂亮還貼心的老伴，也插不進人家的姻緣。

巴格納被逗樂了，呵呵笑道：你說的這個原因真好玩，還是天鵝姑娘最知道天鵝。怪不得蒙古姑娘都愛慕天鵝，原來天鵝不擔心變醜啊，下輩子我也想當天鵝。

薩日娜說：薩滿還說，**看一個人咋樣對待天鵝，就能看清這個人心腸的善惡美醜呢**。

巴格納點頭道：是這樣。蒙古人都知道有些南國人喜歡吃天鵝肉。我在商號車隊的時候，決不准車夫殺天鵝吃，但我見過別的車隊的車夫，到泡子邊上偷偷射殺毒殺天鵝。他們說吃天鵝，肉多不花錢。還把吃不完的天鵝肉醃起來，風乾後帶在路上吃，或是帶回內地賣。吃過天鵝肉的內地人，都說天鵝肉比牛羊肉還好吃。我在關內住過，也見過許多飯館的招牌上寫著天鵝這道菜，做法五花八門，食客眾多。在那裡，愛和美不是天，食是高於一切的天。男女之間幾乎不能表達愛，有愛也多半會被掐死。女人更是無權無地位，很多女嬰剛出生就被溺死，連女人的腳都被裹成殘廢，哪能像天鵝那樣跳舞求愛、自己挑選丈夫妻子啊。那裡只有包辦婚姻，買賣婚姻，吃飯婚姻。「嫁漢嫁漢，穿衣吃飯。」「人生一世，吃穿二字。」吃是頭等大事，愛是末等小事。他們習俗裡糟朽惡俗的東西太多。

兩人聊到深夜，薩日娜連日顛簸、興奮和勞作，到此時已經支撐不住，身子開始輕輕晃動。巴格納連忙叫醒額利讓他扶姐姐回包睡覺。一進包，薩日娜見小巴圖還守在她的枕頭旁，抱住牠親了幾下就昏睡過去。額利回到大棚，同巴格納一起繼續幹活，巴格納說：往後你幹上半夜就成了。

額利說：我剛才還睡了一覺呢。我想多幹點，幫家裡早點還清債。姐姐快撐不住了，你沒來客棧以前，她老問我想不想早點去長思寺當小喇嘛，她怕我也被賣掉，還想把小巴圖托米希格阿爸代養。米希格阿爸勸她勸了好多次啊，我好怕。大哥，你千萬得撐住我姐姐啊。

巴格納的心一陣陣地抽緊、絞痛，頭上的熱汗頓時成了冷汗。他說：別怕，別怕。我一準幫她，可你也要幫我。你只要看她哪個地方不對勁，就趕快告訴我。

額利說：好的。

兩人又幹了半個時辰的活，巴格納還是讓額利回包睡覺去了。自己一個人一刻不停地把剩下三個人的活幹完。

天亮換班之後，巴格納一走出大棚，就被眼前的景象深深吸引。他停下腳步，坐在蒙古包前木桶牛車的車橫木上，出神地看了起來。在半陰半晴的迷濛天空下，薩日娜和小巴圖、巴圖馬和巴圖狗在牧草厚密的草甸上玩耍，黃馬打著響鼻正在吃開敗了的大薊花球，薩日娜走到不遠處幫牠採摘，採了十幾支，握成一束。小巴圖在黃馬身旁也幫牠採，用堅硬的喙揪斷一支，一瘸一瘸地叼著送到黃馬的嘴邊。黃馬把花球吃進嘴裡，向牠點點頭。小巴圖轉身又去採，採到了送到媽媽手裡，一次一次，樂此不疲。薩日娜走過來，將一把花球束像獻花一樣獻給黃馬，芍藥大黃馬更是開心，慢慢悠悠，一個一個地吃，喜滋滋地享用，想讓她站自己身邊更久一些。等牠吃完，薩日娜無意中微笑地看了巴格納一眼，但並沒有招呼他。他知道那微笑不是給他的，是給她的愛馬、愛鵝微笑的剩餘。他不敢打攪她的思念和快樂。她那個靜謐的親情圈子，他是進不去的。他想起了第一次聽到的那首歌，似乎能感到她身旁總有一隻雄鵝的影子，從天宮飛下來，正陪她一起玩呢。

她從懷裡掏出一把兩指多寬、一尺半長的獸用鋸齒形厚竹板梳子，給愛馬梳毛活血，從馬頭、馬脖、馬背、前身、後身，一直到前腿和後腿，細細梳理。還用手指撓牠的耳根、咽喉和尾根兩側，那是所有馬的癢癢點。一搔到那裡，黃馬就哆嗦身子，眨眼睛翻嘴唇，舒服得像是洗了一遍癢癢浴。然後不斷地用頭蹭她的肩膀，吻她的臉。薩日娜也雙手捧住馬頭，回吻白花瓣，輕輕地唱起一段古老的蒙古歌曲：

……

從日出方向過來的，

以草為食的你，

血肉之軀的我，

我撇開你怎能行動，

你離開我如何生存。

巴格納心中歎道：這好像是西部蒙古一部史詩裡的草原英雄，對自己親密戰馬唱的歌啊。他被她倆之間自然流露出的生死情感和歌聲深深觸動。薩日娜的情和歌彷彿總是來自純淨的遠古草原。

巴圖黃馬舒服得讓小巴圖看得眼饞，伸長脖子來叼媽媽的手。薩日娜連忙蹲下身，也用梳子給牠從頭到尾梳了一遍。然後特別細心地在牠的絨毛裡掐捉那些灰白色的小羽虱。巴格納記得薩日娜說過，這些小羽虱是天鵝最討厭的東西，牠們以天鵝新鮮初生的羽絨嫩頭為食，還叮咬皮膚，不僅會毀傷天鵝的寶貴羽毛，還會讓天鵝全身癢癢。幸虧，天鵝擁有與身體差不多長的脖頸，可以夠到自己身體的各個地方。哪兒一癢癢，牠就用喙扒拉開哪兒的羽毛，把頭伸進去，迅速找到爬行不快、像白芝麻大小的羽虱，用感覺靈敏的喙捉住並碾死。所以，天鵝很少出現羽毛被羽虱侵害而脫落的事情，比那些短脖子的野鴨大雁等水鳥的抗虱能力強多了。但是，小巴圖還是喜歡鵝媽媽替牠捉羽虱，因為薩日娜是個捉虱高手，只要撥開羽毛看到虱蟲，準能把蟲按在毛裡，然後用尖細的手指一捻，再用指甲一掐，就能掐死羽虱。比小巴圖自己用喙捉掐小蟲更快更乾淨。每次，天鵝媽媽給小巴圖捉掐幾隻羽虱，小巴圖就舒服得不得了，也感激萬分。所以，只要牠身上感到一癢癢，就會來纏著媽媽幫牠去虱。

捉完小蟲以後，她用手指輕輕地撓和撫摸牠的傷疤，小巴圖又享受到另一種舒服的癢癢。牠仰頭伸頸，全身羽毛蓬開，連那扇萎縮麻木已久的翅膀，也快活地微微抖起來。小巴圖的長頸和頭癱軟在媽媽的胸上，一副好滿足的樣子。

大白狗也看得受不了了，忙著舔她的手。薩日娜放開懷中的鵝，也給白狗梳撓了一遍。樂得大白狗肚皮朝天，晃動四腿，在草地上扭個不停。薩日娜捧住牠的頭，和牠親熱地碰了碰鼻子。草原狗大多是蒙古人的救命「恩人」和生死朋友，當然也是薩日娜的生死朋友了。蒙古人都愛狗，尤其是女人更愛狗，狗死的時候會哭好幾天，有的人還會把狗尾巴去掉，把狗頭朝北，嘴裡再塞入大米、黃油和肉，祝盼牠下輩子能夠轉世為人。

薩日娜快樂得累壞了，她終於疲倦地仰面躺到草叢中，她的愛鵝、愛馬和愛狗，都圍在她的身旁。小巴圖搖動著尾羽吻她；大黃馬搖甩著馬尾親她；大白狗搖轉著毛茸茸的大尾巴舔她……薩日娜挨個兒撫摸擁抱牠們，彷彿完全沉陷到巴圖的世界裡了。她和牠們都是巴圖的親人，身上都遺留著他的愛撫和親吻。多少日子沒有聚在一起了，前些天小巴圖還在湖裡，大黃馬還在馬群裡，她和白狗在家裡。如今，總算聚在一起了。可是，這還不是真正的團聚，巴圖還在天上，團聚還有天大的缺口哪……她向天空擁抱，向她身上的那個情郎空空地擁抱，停留了好一會兒。漸漸，她的雙臂軟了下來，落到了草叢裡。三個愛子頓時都停止了晃動，小巴圖焦急地大聲叫喊，伸長脖頸，到處張望，尋找巴格納。

巴格納蹦起來，衝了過去。薩日娜已經閉眼昏睡，臉的兩側掛著兩條長長的淚痕，淚水流進烏黑的鬢髮裡。巴格納慌忙托抱起她，往蒙古包跑去。他觸碰到她綿軟的身體，雙手情不自禁地微微顫抖起來。薩日娜臉色蒼白，雙臂無力地下垂，像失血過多的病人。進了包，他將她輕輕放到她的鋪位上。額利仍在酣睡，只有二弟在添乾牛糞煮茶。

巴格納問：姐姐為啥不睡覺，這麼早就起來？

小弟弟說：小巴圖醒了，她也就醒了。她要帶小巴圖到草地上吃草，她怕牠餓著。

巴格納給薩日娜擦乾眼淚，整理好袍子，讓她躺舒服了，再蓋上她的另一件舊單袍。他摸了一會兒她的額頭，還好，沒有發熱。這才起身倒茶吃手把肉。此時，小巴圖也趔趔趄趄、跌跌絆絆地進了包，臥在媽媽枕頭旁邊乖乖地一動不動，好像是嚇壞了。巴格納從馬料袋裡抓了幾大把麥粒放在盆裡，給牠送過去，牠也不吃，只把頭放在媽媽的臉旁，用一隻眼睛不安地盯著她。

巴格納撫摸著小巴圖的頭和脖頸，安慰道：沒事了，沒事了，讓媽媽好好睡覺吧。

他匆匆地吃了飯，就在她身旁不遠的地方，裹著夾袍睡下了。當他醒來時已經是下午，一睜眼見到薩日娜正在揉麵做飯，他急忙坐起來。

薩日娜微笑道：你醒啦，謝謝你把我抱回來。巴特爾都跟我說了。那草地上很潮，躺久了會得腰疼病的。那會兒我太睏，啥也不知道了。回來這一覺，總算睡透了，我也剛醒來不久。

巴格納說：早上可把我和小巴圖嚇壞了。對不起，剛才我只好睡在你的旁邊，好有個照應。

傍晚，薩日娜讓額利把大棚的兩個幫工叫回來吃晚飯。六個人和小巴圖同桌吃飯，一塊兒吃著羊肉麵片。小巴圖站在薩日娜和巴格納中間，牠的食盆放在桌上，盆裡有大半盆麵片和一點湯，沒有羊肉塊。牠埋頭猛吃，跟兩個小哥哥的吃相差不離。兩個從農區來的幫工與天鵝一桌吃飯，覺得很是彆扭，從大鍋裡盛了滿滿一碗羊肉麵片後，就退後老遠，靠著哈那牆低頭悶吃。但看到巴掌櫃有些不高興，全福用蒙古話說：還好牠是天鵝，不是家鵝。要不跟我一塊來的人，回老家該亂傳了，說我在蒙古草場跟畜生一桌吃飯……這隻不會下蛋的殘廢公鵝，吃糧比人吃得還多，要是在我們老家，這隻鵝早就被人燉了吃了。雖說牠是隻天鵝，可不會飛的天鵝，還算是天鵝嗎？

巴格納有些惱怒，說道：就知道吃，吃。天底下，你們眼裡只有兩樣東西，能吃的和不能吃的。天鵝是蒙古人的神，連神鳥都敢吃，你們還有什麼不敢吃？再說，不會飛的天鵝也是天鵝，缺條胳膊的人就不算人？**到草原，你就得按草原的規矩敬神。在草原，天鵝是神，能跟天鵝同桌吃飯是你的福氣。**

薩日娜微笑地望著巴格納，說：你把我想說的都說出來了。

小巴圖吃著吃著，忽然停了下來，牠看見自己的盆裡有沒挑出去的幾根羊肉絲和一個羊肉塊。

牠把幾根肉絲吃進肚裡，但把那塊有不少軟骨的肉塊叼起來，放到媽媽的碗裡，又從媽媽的碗裡叼回一片麵片吞下。看得巴格納和兩個弟弟都笑了。天鵝吃飯不用嚼只是吞，吃得比誰都快。當牠吞光了自己盆裡的麵片，就開始看媽媽吃。薩日娜連忙把自己碗裡的麵片撥出一小半到小巴圖的盆裡，只撥麵片不撥肉，等牠吃完了又撥。巴格納也跟著學，一看牠吃完，也給牠撥，然後又給薩日娜和自己各盛了滿滿一碗。兩人一邊吃，一邊撥，像一對夫妻餵自己寵愛的獨子。小巴圖吃著吃著就開始得寸進尺，只要媽媽給牠撥慢了一點，牠就把喙伸到她的碗裡去叼麵片。薩日娜還故意含了半條麵片，把另外半條留在嘴外，伸過頭去，讓小巴圖用牠的喙來叼著吃。牠立即像親吻一樣，把麵片叼走吃掉了。薩日娜笑得好開心。

全福還是看不慣，渾身不舒服，忍不住說：你，你不嫌髒啊？

薩日娜說：天鵝最乾淨，比人乾淨。牠一天要洗好幾遍澡。喝的是湖裡的泉水，吃的是湖裡最清爽的水草，嘴裡也洗得很乾淨。咋能嫌天鵝髒呢？

等六人吃飽，薩日娜便把大鍋裡剩的肉塊，全挑出來放到狗食盆裡，再加了幾大塊手把肉骨頭，出門去餵大白狗，再把鍋裡剩餘的麵片全倒在小巴圖的食盆裡。不一會兒，小巴圖像吃小魚一樣，把麵片呼嚕呼嚕全吞進肚裡了。

小弟弟擔心地說：牠一隻鵝，吃的比我和哥哥兩人吃的還要多。

薩日娜說：天鵝食量大是大好事，我不是跟你說過嗎？

巴特爾說：那到冬天咋辦啊？我怕你再餓肚子，省下糧食來餵鵝。我喜歡小巴圖，可我更怕你吃不飽啊。

巴格納感慨道：巴特爾，你這麼小就知道心疼姐姐，真是個顧家的好弟弟。別擔心，到冬天，還是我來供小巴圖糧食。客棧有好多麥粒馬料呢。我買賣糧食賺出來的糧食，夠餵養天鵝的，要是不夠，我再買一點就準保夠啦。

第二天下午，塔娜姑娘趕著一輛牛車從客棧過來，見到巴格納和薩日娜正要帶小巴圖去小湖吃水草，叫道：我給你們帶鮮魚、麥粒和嫩菜來了，讓小巴圖吃魚麥菜吧！巴格納大哥，你給薩日娜姐姐和我們做炸魚好嗎？

巴格納笑道：太好了，謝謝你啊，我這就做。

薩日娜也樂道：謝謝塔娜妹妹。又對巴格納說：還是你做炸魚，我剁魚拌鵝食。

小巴圖嗅到魚腥味兒，開心得額額、叩叩亂叫，一聲比一聲高。

晚宴，兩瓶普通草原白酒，兩大盆噴香的炸魚，一大盆魚麥菜，讓七人一鵝一狗美美地解了饞。矮桌小，只能放下兩大盆炸魚，小巴圖的食盆只好放在地氈上了。但牠吃得乾乾淨淨，把掉在盆外的麥粒碎魚都吃光了。大白狗也總算吃上了上次沒吃到的好東西——炸魚，還一連吃了四五條生魚。塔娜、兩個弟弟和幫工更開心。巴格納不斷往油鍋裡下麵糊生魚，要好好犒勞犒勞辛苦多日的大家，讓他們都吃個痛快。

巴特爾笑道：巴格納大哥，你最好。每次你一來全家就高興，姐姐的病就好了一大半。全部落的小兄弟、小姐妹都羨慕我有個好大哥。

大弟額利問大哥：今年的債能還上嗎？

巴格納毫不猶疑地說：能！

大家舉杯狂喝猛嚼。巴格納也終於可以和薩日娜碰碗對飲了。

她滿面紅暈，目光溫柔，說道：謝謝大哥。我替巴圖、小巴圖、巴圖馬和巴圖狗，謝謝你。巴圖在天上，他讓我謝謝你這麼費心地照顧我和全家。

22 晶瑩的淚光

藝術家的最早類型是薩滿。

——朱狄《原始文化研究》

深夜，巴格納和薩日娜讓幹了半夜活的額利回包睡覺，兩人又把上一批裝滿鮮蘑的幾個大籃子，拎進熱烘烘的大棚。

薩日娜說：今兒白天睡好了覺，晚飯又喝酒吃炸魚，也該讓我幹點累活了。

她快速爬上了火炕。巴格納只好遞給她籃子，也從柳條吊編下鑽過去，同她一起擺蘑菇。一個個放蘑菇的小沙坑是現成的，兩人擺得都很快。兩人蜷著身子，像兩個被熱沙烘烤的大蘑菇。當沙面全被蘑菇鋪滿的時候，兩人都出了一身汗。巴格納敞開了懷，用一塊粗布巾擦汗。又從他原先掛在棚坡樺木杆後面的布包裡，拿出一塊鬆軟乾淨的大布巾，遞給薩日娜。

她微笑道：巴格納大哥好細心，我都沒想起帶來。

巴格納說：熱沙上烘蘑菇哪能不出汗？我早就給你準備好了。這活又累又熱，你還是只管穿蘑菇串吧，那活兒更要緊，也涼快些。

好吧。

在羊油燈光暗處，薩日娜轉過身子，也敞開懷，用布巾擦汗。擦得很仔細，胸前背後、脖頸和腋窩都擦，像天鵝洗浴一樣。她剛擦完，巴格納就接過布巾，又在熱沙上的溫水桶裡搓了幾把，擰乾，重又遞給她。

薩日娜有些意外，說：草原上的男人，可沒像你這樣愛乾淨的。

巴格納說：我原先跑長途也沒那麼講究，自從接手客棧後，一直在琢磨天鵝平時最喜歡什麼。後來才知道天鵝很愛乾淨，一天要洗幾回澡。我要一輩子守著天鵝，不知道天鵝喜歡啥，那還咋守啊。

薩日娜笑而不語，細緻地擦洗了一遍以後，捂住前襟，把布巾遞給他，羞澀地說：再給我擰一把。

巴格納連忙又在溫水桶裡搓了幾把，擰乾，再遞給她。她又前後左右細細擦洗，還翻過布巾把雙腿也擦洗了一遍。薩日娜又請巴格納搓了一把布巾，再擦洗了一次，把布巾遞還給巴格納，說了聲：可以了。然後扣好衣襟，長長舒了一口氣。

薩日娜走到串蘑菇的地氈上坐下，低頭幹活，一邊輕聲說：謝謝你，巴格納大哥，你對我這麼好，我不忍心讓你守。你還是去娶草原灰鶴吧，灰鶴也很美，像灰眼睛的斯琴高娃那樣美。要不，就娶個草原百靈，活潑可愛，像圖雅那樣的。我來幫你選一個又美又心善的姑娘吧。

巴格納說：我只守你，別的都不守。愛上天鵝以後，夢裡面就再也沒有別的鳥了。

到下半夜，薩日娜又疲憊得坐不住，想要躺一躺。巴格納急忙在放蔫蘑菇的地氈上，歸攏了一下串線蘑菇，騰出塊空當，讓她躺好，再用進大棚後脫下來的夾袍裹了個枕頭，墊在她的頭下。薩日娜輕輕說了聲謝謝便睡了過去。巴格納坐在她身旁，接過她的活，蔫蘑菇堆得如小丘，他快快地穿著蘑菇串，穿了一串又一串，想儘量把薩日娜小半夜的活搶出來。只有她的活幹得好，他才能為她多爭些利。靜靜的草原悄無聲息，他聽著她輕柔的鼻息。就在他身旁的羊油燈光下，薩日娜像一隻沉睡的天鵝那樣安靜聖潔……

驀然，薩日娜向著他的方向翻了個身，巴格納側頭一看，她陳舊單袍的布扣襻開了線，上襟脫扣滑落，袒露出半個光潔的前胸。他驚嚇得渾身一震，那真是蒙古詩人嚮往的「煥發千光之秀麗體態」啊。那高挺白潤的肌膚之美，將他緊緊包裹，魂魄剎那間飄飛升天。他雙手合十，去苦苦哀求騰格里、佛祖，哀求天鵝神和巴圖，求他們憐憫憐憫他遙遙無望的愛吧。薩日娜的愛永遠屬於巴圖，他不奢求將來在天國裡與天鵝姑娘永恆的愛，只懇求天神把她在人間短暫的愛賜予他。她還那麼年輕，還只是一枚美麗的花蕾。但她在人間的痛苦太深重了，至少應該讓這朵美麗的生命鮮花開放一次，至少也得讓她在人間留下幾個美麗的兒女吧？請天神允諾他來陪伴、服侍她，到將來再護送她上天國，把她送還給巴圖。

他出神地望著天鵝姑娘，真想親吻她一下。此刻，幽暗的大棚裡只有他們兩個人，四下縈繞著奇異濃鬱、令他昏眩遐想的蘑菇鮮香。然而，信仰騰格里、佛祖和聖潔天鵝神的蒙古人都相信，此時有無數隻天眼正在看著他，天神們正在驗證他的愛，驗證他對薩日娜的諾言。他不敢再看再想，此刻她在夢中盼望的是巴圖的愛和吻，還是不要去想違背她的夢願吧。他伸手輕輕地捏著她的單袍上襟，緩緩地蓋在她的前胸上。然後又從那個布包裡拿出自己的一件乾淨薄衫，慢慢給她蓋上。

他快速地穿蘑菇串，一針兩個三個地穿。穿完了一堆之後，再拿起籃子，彎腰上火炕，收裝烘蔫的蘑菇。他爬進爬出，雙手並用，又拿又擺，一直忙到薩日娜一覺醒來。她坐起來的時候，發覺自己的單袍前襟和一件男人的薄衫落了下來。她羞紅了臉，慌亂地把扣子繞緊，直到前襟不會落下才鬆手。她看見一大堆穿好的蘑菇串和小半堆蔫蘑菇，怔怔地說：謝謝你啊，一個人幹了比兩個人還要多的活，接班的幫工就不知道我睡覺了。然後，趕忙飛針走線，穿蘑菇串。

巴格納微笑道：你睡覺的樣子真美啊。只是看你一眼，就更想守著你；越想守著你，幹活的勁頭越大，手裡的活就快起來了。

薩日娜的臉又微微泛紅，小聲說道：你是個有教養的貴族後代，天上的巴圖也會這樣說的。

小巴圖一直守在大棚門口近處等候媽媽，大白狗守在牠的身旁。小巴圖原來想進大棚守在媽媽身邊的，但薩日娜怕牠踩壞嫩蘑菇，就讓牠在大棚外待著，並讓大白狗守著牠。牠只好臥在那裡。一個蒙古包如果沒有狗或狗少，狐狸就會到蒙古包附近的垃圾坑尋找吃食。如果發現這裡有一隻不會飛的鵝，牠們就決不會放過這種機會。於是，大白狗格外小心警惕。媽媽不在蒙古包裡睡，小巴圖也就不肯在包裡睡，薩日娜只好由著牠。但有高大凶猛的大白守著牠，狐狸是不敢來的。

天亮了，薩日娜套上夾袍，一走出大棚就把小巴圖抱了起來，親牠、撫摸牠。她要回蒙古包吃飯睡覺了，可是小巴圖已睡足了覺，不想睡，不願回蒙古包。牠想洗浴，想吃嫩水草。牠有一天沒好好洗浴了，高貴的天鵝不洗浴比吃不上水草還難受。於是，牠扭頭看了一眼大白，就朝西邊小湖走去，大白立馬緊緊跟了上去。薩日娜和巴格納都笑了。

她說：讓牠倆去吧，牠倆是好多年的老朋友了，可親了。有大白守著，我放心。我喜歡洗浴是跟天鵝學的，在蒙古包，我端上兩盆水，也能洗得很乾淨。聽圖雅說，客棧有大木盆，可以坐在盆裡面痛痛快快地洗熱水澡？

巴格納連連點頭說：你這會兒有馬了，那就常來客棧洗澡吧。到圖雅妹妹的房間裡去洗，那裡最乾淨。再到我的房間吃飯，咱們三個還可以聊詩唱歌呢。

薩日娜微笑道：好的。

兩人進包和弟弟、幫工一起吃早茶，再休息。接班的幫工忙著把夜裡穿好和未穿好的蔫蘑菇運到蒙古包，等待晴天。

四五天之後，薩日娜蒙古包裡原先堆放茶布等日用商品的地方，已堆滿了烘得五六成乾的蘑菇，滿包散發著口蘑的濃郁香味。只要天好陽光充足，這些蘑菇兩三天就可曬得乾透。

白依拉騎馬跑來，對巴格納說：阿爸和老張讓我跟你說，必須等蘑菇完全烘乾曬乾，才能運回客棧。要是到客棧晾曬，非得讓來往的客商搶光偷光不可。曬乾運回去以後，就得立馬鎖進庫房裡，數目和等級千萬不能讓外人知道。

巴格納說：我也最擔心這件事。薩日娜的大弟弟額利告訴我，他們部落的那個幫工，偷偷在遠處的高草叢裡藏了五六斤烘得半乾的蘑菇，他發現有人知道了這事，才悄悄把東西放回原處。

白依拉說：我回去後也得提醒圖雅，好好看管蘑菇。

半雨半晴的天氣持續著，直到烘蘑開始後的第八天，天空才放晴。輕風吹走地面的濕氣，日照透徹而乾熱，將攤曬的蔫蘑菇很快曬輕曬縮。大棚裡的鮮蘑已近烘完，蒙古包前七八塊大氈、大大小小的柳條編上堆滿了半乾的蘑菇。柳條編上曬的都是上上等的蘑菇釘，大氈上曬的是上等蘑菇釘和普通二等蘑菇。用樺木杆架搭起來的幾組三角支架和六七根長橫杆上，則掛滿了線穿的蘑菇串，比攤在大氈和柳條編上的蘑菇更容易乾透。只要天氣好，再曝曬兩三天，就該裝麻袋上車回客棧了。

巴格納和薩日娜姐弟也不必做夜班苦活，可以正常睡覺了。剩下不多的蘑菇和牧人送來讓大棚代烘的蘑菇，交由兩個幫工烘。吃過早茶，她和巴格納用寬大的罩布，一兜一兜地往晾曬場運半乾的蘑菇，傍晚又一兜一兜地往包裡運。再把蒙古包裡裝不下的蘑菇小心堆起來，蓋上大氈。小巴圖不知疲倦地跟在媽媽腳後，她走到哪兒，牠就跟到哪兒。牠知道媽媽手裡拿的是好東西。

陽光曝曬蘑菇不久，殘疾的小巴圖突然變成了看守晾曬場的主將。顧家守家是天鵝的天職，媽媽的寶貝東西是決不能讓別人碰一下的。天晴了，大棚和蒙古包外，常常會吸引一些來觀看蘑菇大豐收場景的騎手、幫工和坐牛車來的姑娘女人們。那大片鋪曬、串串晾掛、散發著奇香的漂亮乾蘑菇，就是白花花的銀子和一群群的肥羊，也是大小官員、來往商客索要的稀貨啊。雖然牧人的家裡也晾曬了一些蘑菇，但品相要比大棚烘曬的乾蘑菇相差兩三個等級。有些人看到這些讓人眼饞的東西，忍不住想抓兩把帶走。大白狗朝這些人狂叫猛吼，但有些是牠認識的人，難以動真格。巴格納和薩日娜也礙著親友熟人的面子，不太好阻攔。但是，小巴圖不懂親疏遠近，心中只有媽媽，牠像雄鵝守護愛妻和小鵝那樣，使出了拚死惡鬥皇家獵鷹的狠勁，瘋魔似的衝上去就猛啄狂掐。在額侖誰都知道牠的厲害，牧人只要看到牠張喙狂叫，搧著單翅衝來，都嚇得連連後退。牠可是大夥心中的英雄，誰也不敢揮杆抽打牠，只得作罷。加上這些蘑菇是蘇木和客棧的財產，是大夥辛苦勞動的成果，又是巴格納幫薩日娜還債的「銀兩」，一些人就不好意思順手牽羊了，反倒更加敬佩小巴圖。

趕走了幾撥人以後，小巴圖很得意但仍很警惕。牠常常高昂長頸、側著頭單眼盯人盯狗，一瘸一拐地在晾曬場周圍巡邏，日夜守護，一刻不停，連吃飯都不回家。薩日娜只好把飯盆給牠端到晾曬場旁邊。小巴圖就是吃飯的時候也盡心盡責，每吃幾口，就抬頭瞭望一下。有一天，還是有個喜歡逞能的小馬倌騎馬衝過來，就在小巴圖的身邊，把套馬杆調了一個頭，用杆尾挑了一串蘑菇就走。小巴圖急得大叫，趁馬轉身的時候，搧著單翅飛衝過去就啄馬腿，馬大驚，猛尥蹶子。幸虧鵝身子低，頭小頸細，兩個能踢碎狼頭的馬蹄，就在小巴圖的頭頸兩旁踢空。小巴圖又一次死裡逃生。薩日娜和巴格納嚇得魂魄炸飛，巴格納大吼一聲，操起半截樺木杆，狂衝上前趕跑了小馬倌，緊緊抱住小巴圖，他雙手發抖，面無人色。兩人後怕萬分，喘了半天也穩不住心跳。

兩人不停地撫摸小巴圖，四隻手兩顆心一同顫抖。

他們再也不敢讓牠看守晾曬場了，但是根本攔不住。把牠關在蒙古包裡，牠就大喊大叫，啄門撞門。兩人怕牠撞壞了喙和頭，只得跟牠一起看守，見人見馬來，提前上去阻攔。一天，來了兩輛牛車，巴格納連忙帶領姑娘女人們去看樺木架杆上的線串蘑菇。可是，有一條大狗趁小巴圖走到晾曬場的另一頭，跑到柳條編旁邊，抬起後腿，對準蘑菇撒了一泡尿。小巴圖氣得暴喊，幾乎是用一隻殘蹼點地，單隻好蹼猛顛猛跳衝過去，用一扇大翅膀狠搧狗頭，又照準狗眼就是一通狂啄，把狗眼珠子都啄出了血，還咬住狗臉皮，生生地撕下一小條，狗血四濺。狗疼得嗷嗚亂叫，把旁邊幾條殺狼大狗看得都驚傻了。薩日娜急得抄起一個柳編籃子，揮舞著衝到狗群前面將狗轟走。

薩日娜氣喘吁吁對跑來的巴格納說：你、你看到牠今天這個樣子，就……就知道牠在天上是怎樣跟獵鷹拚命的了……我常常向佛祖祈願，無論如何也要讓我來世變成一隻真正有翅膀的天鵝。

巴格納歎道：我更想這輩子就成為一隻鵝。

蘑菇戰剛罷，打獺戰又起。那個手腳不乾淨的幫工在上午就被部落調回去打旱獺了。此時正是草原打獺旺季，封洞前的獺子絨厚肉肥油膘足，獺皮賣價最高。客棧早就請三個部落的首領，讓牧民多打旱獺多供皮貨。而且，獺肉不僅是草原美食，煉出來的獺油更是商號搶購的上好草原特產。

下午，巴格納和薩日娜姐弟以及幫工全福五人，正給乾透了的蘑菇堆大堆，蓋上大氈。那森巴雅爾騎馬跑來，還牽了一匹馱著一大摞麻袋的馬，對巴格納說：札那讓我告訴你，明天三個點全部撤回客棧。老張的貨比你們的少，他先走，在半道上等你和圖雅。我還有事，你們準備吧。又對薩日娜說：明兒上午部落派人來拆蒙古包，你們就跟牛車回家吧。

說罷，卸下麻袋就牽馬回部落。五人連忙將乾蘑菇分類裝袋，足足裝了十幾袋，大約有五百多斤。

全福說：我還得去部落牛群，把咱們三頭拉車的牛趕回來呢。三天前我就騎馬去請牛倌，把咱們的牛拴在牛車旁邊，每天只給喝水，只給吃半個時辰的草，吊空肚皮。要不牛吃了半個月的好草，肚皮太大拉不動車。這些事都是剛來的時候，老張交代我做的。這會兒我就得去，明兒天不亮我再趕牛回來。

巴格納說：你沒忘這件事，太好了，那就騎我的馬趕緊去吧。

全福騎馬走後，巴格納回到自己的包，把來看望他的人送來的鮮奶豆腐、優酪乳豆腐等乳製品打成一個沉甸甸的大包，拎到薩日娜的蒙古包。對她說：你家沒有奶牛，你身體弱，也不能擠奶，這些奶豆腐你就全拿回家吧。在客棧，經常有人給我送奶豆腐奶皮子，我那兒還多著呢。蒙古人夏秋季吃不上奶豆腐哪成啊，準比吃不上羊肉還難受呢。額利、巴特爾快拿去吧。

兩個弟弟連忙接過沉重的大包裹，開心地連聲說謝謝。

額利樂道：你真是我們的好大哥。每年夏天秋天，各家也送給我姐姐一些，可哪有這麼多啊。

薩日娜微笑道：謝謝你啊，你總是想得這麼周到。

巴格納端了小半盆麥粒出了包，向草甸裡的芍藥黃馬走去，向牠告別。黃馬慢慢走來，牠似乎也感到人們正在收攤，就要分別了，便向他頻頻點頭，還用大腦袋蹭摩他的肩膀和胳膊，發出呼呼霍霍的感謝聲響。牠不會忘記，是他把自己領到媽媽身邊的。巴格納放下食盆，緊緊捧住馬頭，在那朵越來越白、越來越美的芍藥花瓣上深深親吻，然後抱住馬頭，緊緊貼在一起。

晚飯時，在這個臨時搭建的蒙古包裡，第一次只有這一家人坐在飯桌旁。這可能是今年他們在一起吃的最後一頓飯了。在半個多月奇異蘑菇鮮香的薰陶中，在與小巴圖、大黃馬、大白狗和天鵝姑娘的朝夕相處中，巴格納感到這就是自己最嚮往的一個家。只要能加入這個家，無論讓他當什麼成員他都願意。明天就要分別了，他實在不想離開這個家。回到客棧，他的房間比蒙古包更加空蕩，自己以前是孤兒，現在還是個孤兒。他心裡空落落的，望著薩日娜，眼裡溢出淚水……

薩日娜也含淚說：巴格納大哥，謝謝你。你把這個破碎的家重又拼湊起來了，你是這個家的獨木支柱啊。你就當我和弟弟的親大哥，當小巴圖、大黃馬和大白狗的親叔叔吧。這裡就是你的家，全家六口都愛你，盼望你能常來。

巴格納淚水滾落，說：好的。

他抱起小巴圖吻了一下，牠回吻了一下，但還是扭了扭身子，回到媽媽的身邊。一家人出了包，他吻了兩個弟弟的額頭，然後蹲下身來，再次抱住小巴圖，說：你這次回到大湖裡，等不了太多日子，媽媽就會把你接回家過冬的。到時候我再來看你。

巴格納起身，第一次捧住薩日娜的臉，在她的額頭上輕輕地吻了兩下，說：外面的事，由我來頂著。你回家以後，要常常騎馬出去跑一跑，再寫寫你的歌。千萬別荒廢你的詩歌才華，也不要把你和你的詩歌關在蒙古包裡，多給朋友和姐妹們唱唱吧。你的歌傳得越廣，名聲越響亮，幫你、愛你的人就越多，你也就越安全。你的一首歌比一千隻貢羊還要金貴。

說罷，便回到西邊空空的蒙古包，但他的肩膀上卻已經有了一個家的分量和重擔。薩日娜天鵝已經不啄他，還會經常跟他聊天談歌，向他微笑，帶著晶瑩的淚光，也讓他親吻她的額頭了。

23 一肩扛起

《聖主成吉思的國家》歌曲中的兩句歌詞——「您見過蒼狼如何登上陡似刀劈的峭壁了嗎？只有那裡才刻寫著結盟兄弟的肺腑之言啊！」事實上，就好像蒙古人古代在旗幟上繪有狼的圖案一樣，只有在國歌中才會提到狼。

……

聖主成吉思還忌諱獵殺狼和鹿，他在杭愛山行獵時曾經下令：「杭愛汗傳令大狩，下令道：『若有蒼狼、花鹿入圍，不許殺戮。』」

——〔蒙古〕高陶布·阿吉木《藍色蒙古的蒼狼》

離開了薩日娜，半個多月的疲憊湧上全身，巴格納累乏得已坐不穩馬鞍，他叫停了全福的頭輛牛車，下馬把馬韁繩拴在第三輛牛車的後橫木上，接著坐到這輛牛車中間，斜靠在彌散著蘑菇香味的麻袋上昏昏睡去。三輛滿載的牛車，在通往客棧的草原牛車古道上，壓著殘花枯瓣前行，碾芳成泥，融入草原大地。牛車軲轆散發著枯花乾蕊的餘香。

過了不知多少個時辰，他終於被叮咚叮噹的聲響喚醒，看見圖雅姑娘正頭靠著麻袋，在他的肩膀旁邊熟睡呢。她坐在牛車右邊的位置上，她的馬也拴在牛車後面。兩匹馬朋友半個月不見，很是親熱，靠得很近並行走，兩副馬鞍的馬鐙時不時碰撞出叮叮噹噹的聲音。他沒有叫醒她，她一定更累，這位札那部落的小公主還從來沒幹過這麼長時間、又這麼快樂、繁重和熬人的活計呢，讓小妹妹繼續睡吧……

牛車又走了幾里路，車軲轆壓過一塊牛的白骨，顛了一下。圖雅姑娘揉揉眼，欠起身，擦了擦自個兒嘴角上的口水，叫道：呀，你也醒了。巴格納哥哥，我好想你啊。

她活潑得像隻吃飽秋蟲的百靈，快樂地親了一下巴格納的面頰，問道：薩日娜姐姐好點了嗎？

巴格納說：好多了。

我聽大哥也說她好多了，可我想聽你給我細細說。

巴格納便把圖雅走後發生的事情詳詳細細地講給她聽。

圖雅樂道：呀，你好厲害，才半個多月，她就認你是自家的親大哥了。這一年多，她除了我、米希格阿爸家、塔娜家和巴圖家的人，她幾乎一個也不搭理，更別說能認一個親哥哥了，這真是件大好事啊。大夥都怕她撐不住，像一些失去丈夫的雌鵝，慘叫了幾天後，就飛到誰也找不到的葦塘深處去了。全蘇木的人要是知道這件事，又該誇你啦。有你守著薩日娜，大夥就不擔心了。

巴格納說：這還是小巴圖和巴圖黃馬的功勞，是牠倆讓她挺了下來。我真愛這兩個救命朋友啊。

我也愛。

巴格納問：你咋跑到我這兒來了？

圖雅挪挪身體，更緊地靠著巴格納，說：老張最早上路，我把馬拴在牛車後面，趕著三輛牛車慢慢追上他。可就是你的車慢，我等了半天，還看不到你，我就把牛車交給了老張，再騎馬回頭找你，太想早點見到你。可是一看，你在車上睡得死沉死沉的，我好心疼。這次撿蘑菇，就數你最辛苦、最操心。白依拉大哥說，你這半個多月使出了兩個月的勁，累過頭啦。我不敢叫你，想讓你多睡一會兒，哪想到我一坐上牛車也犯睏了。好姐姐和弟弟回部落了嗎？

巴格納說：回去了，我等全福趕牛回來的時候，她部落的牛車就來了，我幫他們拆包裝車。兩個弟弟坐牛車，額利抱著小巴圖，薩日娜騎上大黃馬，跟車一塊回家。大黃馬高興地昂頭長嘶，牠最怕再把牠送回馬群。薩日娜騎牠回家，黃馬知道媽媽又是牠的主人了，以後就不會分開，牠才放下心來。這半個多月，芍藥黃馬越來越俊美了。**天鵝和馬一有情和愛，就特別精神**。

圖雅歎道：能像巴圖那樣愛她的男人，除了你再沒有別人了。你不要著急，她認你這個自家大哥，往後會把她的情也給你的，像給小巴圖和大黃馬一樣多。你興許不用再等十年八年……

那我就太高興啦。薩日娜很能幹，她給大棚加了不少柳條編擱板，增加了好大一塊乾烘地方。要沒她，我的大棚還得一兩天才能烘曬完呢。這次，應該多分點蘑菇給她和她弟弟。

圖雅說：我來跟阿爸說。多給你和薩日娜分一些是應該的。你倆的加起來要是還不夠還今年的債，就再加上我的那份。

謝謝。我和她的加起來，應該夠了吧。

車隊終於匯合。來時是八輛裝滿土坯茶布的牛車，回客棧時運的卻是裝滿寶貝乾口蘑的大麻袋。老張也瘦了一圈，但滿臉喜悅，又擔心地對兩位掌櫃說道：先別忙進客棧，要算準時辰，等到天黑，商號的商人和車夫都睡下以後再進大院，進了院就直奔老庫房那間最結實的大房。原先是存放磚茶的，這次去部落出了那麼多的磚茶，庫房正好騰出了地方。茶和蘑菇的味也對得上，不串味兒。整理貨、秤貨也方便。口蘑這玩意兒最招賊，要是客棧裡的人知道咱們一下子拉回這老些口蘑釘，再說出去，那咱們的日子就沒法過了。

老張對全福說：誰也不准說，聽見沒有，到時候招來大賊，我找你算帳。這回你出了大力，掌櫃會給你加工錢的。

全福連連點頭。

巴格納對全福說：你這回幹得讓我很滿意，你這半個多月的工錢就按兩個月算。再獎給你三斤二等乾蘑菇。

全福喜得連聲說：謝謝，太謝謝了。

老張把巴格納和圖雅拉到一邊，仔細看了看三個點的收穫量，樂呵呵地說：這回巴掌櫃收得最多。我估摸咱們八輛車的貨加起來，總共得有一千一兩百斤。總數雖比我原先估摸的要少一些，可大多數是上上等和上等的好貨。蘑菇釘個頭小，總重量自然就小了。要是採的全是開膜的大蘑菇，總數準保超過三千斤，可價錢就要打一大半的折了。

巴格納說：這次還是數你的功勞最大，我跟札那阿爸說了，正式聘你當客棧大管家，給你重獎，札那准了。等各種等級的蘑菇都算清，等他來了，再定咋重獎。不過，旗裡要的數量太多，說是京城點名要的貢品。上上等的就要一百斤，還有王爺、伊登札布那些官都得上貢，老秦那兒我也答應加倍給貨，這些上上等的貨還真不夠分的。

老張說：我有法子，這回咱們採的都是最好的貨，很多上等貨跟常年的上上等也差不離，咱們就把上等貨裡的好貨多摻進一些到上上等貨裡面，上上等的貨不就多了嗎？

圖雅笑道：老張，你真會做生意啊。我咋就想不出這個主意呢？咱們的上等貨和上上等還真的差不離。我也跟你學著摻，但不能讓客商吃虧。

圖雅和巴格納把兩匹馬牽到草好的地方，上了馬絆，摘了馬嚼子，讓馬吃草。然後，圖雅拿出一大包斯琴高娃給他們準備好的餐食和滿壺奶茶。四個人圍坐在牛車旁的草地上吃下午茶。大家都誇斯琴高娃煮的奶茶、手把肉和做的新鮮奶豆腐，全部落數第一。圖雅咯咯笑道：咱們都沾了巴格納哥哥的光了，要不是因為巴格納哥哥會吃這頓飯，她才不會把她做得最好的東西給咱們吃呢。

四人大笑。

天色漸暗，牛車隊上路。到客棧時天已全黑，停車場停滿了牛車馬車，客房的燈已熄滅。幾人快速地把牛車牽到庫房門口，老張只把莫日根叫來幫忙，三個男人把蘑菇麻袋全都搬進屋。老張給庫房門上了把笨重的大鎖，再把鑰匙交給了巴掌櫃。

巴格納說：商戰不能歇氣。戰不停，人不歇。明天就理貨秤貨。關起門來，就咱幾個幹。

圖雅說：半個多月沒洗澡了，我得先洗澡。剛進院門，我就讓其木格去燒水了。你們幾個等會兒再洗。等洗完澡，其木格也把魚炸好了。好久沒吃炸魚了，特饞。待會兒咱們到餐室一塊吃。

第二天早茶安排在小餐室。各部門的主管一邊吃，一邊彙報半個多月的事務。分店主管林夏說：來往的住客大多是熟客和大盛魁的自家人，對客棧很愛護，客棧這些日子的生意好著呢。騎馬和坐勒勒車的過路散客、官員旗丁越來越多，但沒人搗亂賴帳，就是有霸吃霸喝的，大盛魁的人也會出手制止。官員旗丁也都知道兩位掌櫃和伊登札布的交情，不敢耍橫。大汗炸魚名氣越來越大，周邊蘇木和部落的牧人常來吃喝，還大包小包帶走。咱們的廚師廚娘，還被南邊一個蘇木長請去辦他兒子的炸魚婚宴，很是新鮮熱鬧，轟動半個旗。還有幾家婚宴也已經預定了。伊登札布還帶了京城和其他旗盟的官員來吃炸魚，都讚不絕口。

用小船打魚以後，炸魚供應充足，還有富餘。全客棧的店員、幫工和蓋房民工，每天都換著花樣吃魚。現如今，客棧不光賣炸魚烤魚，還半桶半桶地賣生魚，淨利越來越大。大盛魁施工隊正在收尾，木頭堆場的院牆也快完工。草已打完，正曬著呢，打草工已被部落接走了。秦老闆來過一次，打聽蘑菇的事。據他說，各蘇木的蘑菇產量預計比往年稍高一些，但次貨多，好貨奇缺，價格還在漲。上等和上上等的貨都被搶瘋了。

巴格納和圖雅樂得把林夏等人好好地誇獎了一番，還把採收口蘑成功的大喜訊說了說，並讓大家千萬別露風聲。一屋子的人開心地點頭，都表示在客棧幹，越來越有奔頭了。

當院內的車隊走後，巴格納、圖雅和老張在客棧查看了一圈，就帶著莫日根和全福進入蘑菇大屋，關上門理菇秤菇。按原先的分類，上上等的蘑菇釘只有二百六十多斤，上等的是六百五十多斤，二等的是三百多斤，總共一千二百多斤。經過一天半的挑選摻加，調整為上上等三百六十斤，上等為五百七十多斤，二等為二百八十多斤。老張仔細辨認了一番之後，認為這樣分出的等級，市場準能接受。重新裝袋之後，關門上鎖。

巴格納輕鬆地說：這樣的話我就好辦多了，等札那阿爸來看過，就可最後定。

又到了兩人去看狼的時候了。圖雅說：我已經問了莫日根，他說，他一次都沒見到過狼。可是他給狼的魚，狼全叼走了。我告訴過他，千萬別用手摸魚，只要魚身上有陌生人的氣味，狼就不叼了。

巴格納說：狼只要叼走魚，咱倆就還能見著牠們的。

兩人走到老地方，魚全被叼走了。圖雅輕聲地喊：狼王，狼王后，狼兄弟姐妹們，我是圖雅，你們的好朋友，我來看你們啦，又給你們送魚來啦。

沒有任何動靜，也看不到一點狼的影子。圖雅又喊：我只想看看你的箭傷好了沒有。

但還是沒有動靜。又等了一會兒，仍無回應。兩人只好拉魚倒魚，然後坐在河邊靜等。

巴格納問：你這回打算給薩日娜多少斤乾蘑菇釘？這次她出力不小，而且道爾基也希望咱們多幫她還債。

圖雅問：她需要多少斤蘑菇釘才能還上今年的債？

這會兒口蘑還在漲價，大概需要二十五六斤上上等的貨。

那咱就給她二十六斤。

巴格納滿臉驚訝，說：大台吉伊登札布也才跟我要三十斤，咱們一下子就給薩日娜二十六斤，要是讓人知道了，就不好跟蘇木和部落交代了。掌櫃辦事不公，往後就辦事不成。那咱們手下的人，啥壞事都會學著幹出來，有些人就會串通一氣損公肥己、缺斤短兩、偷工減料。失信的事千萬別幹。我要這麼幹，到最後會害了薩日娜的。

圖雅問：那你說應該給她多少斤呢？

按她和弟弟出的力，和道爾基部落給她的一點讓利，應該給她八斤。

那咱倆應該分到多少斤呢？

咱倆一人總得十斤吧。這還得阿爸定。

那我跟阿爸再多要點，就算一人十斤，那你我再給她十七八斤，加上她自己的那份就夠了。反正我不能看著她以身抵債。天下哪有姐姐被賣作奴隸，妹妹卻看著不管的事情。

你真是個好妹妹。

突然，巴格納輕聲說：狼。圖雅轉過頭，只見一隻狼探頭向她望了一眼，又縮頭伏下身不見了。兩人站起身來又等了一會兒，狼再也沒有露面。

圖雅說：好像是那條狼王后。

巴格納說：半個多月沒見面，有點陌生了。狼最不會輕信，有一點點不一樣，狼們就會擔心有變。

兩天以後，札那阿爸來到客棧。他盤腿坐在巴格納房間的炕上，仔細傾聽巴格納報上的數字和初步分配打算。

巴格納說：收上來的數就是這些了。咋樣分？我先報給您一個初步打算，最後還由您來定：送給伊登札布上上等三十斤、王爺上上等二十斤再加上等二十斤。按平價賣給旗府作為皇家貢品上上等一百斤、上等二百二十斤；按市價賣給老秦上上等一百二十斤、上等二百五十斤；阿爸您是老闆，您該得上上等十五斤，再獎勵老張上上等十五斤，白依拉大哥和斯琴高娃上上等十斤，圖雅和我各上上等十斤。薩日娜和她的兩個弟弟上上等八斤。剩下的上上等二十多斤、再加上等的三十多斤作為客棧備用。其餘上等五十多斤和二等二百六七十斤，賣給其他商號，他們大部分已付了定金。還有二十多斤二等貨，留作客棧待客用。三個部落牧人自個兒收曬的，還沒有算進去。那些貨要過些日子才能送上來。

巴格納繼續說：這會兒蘑菇的市價還在漲，如果除去送出和獎勵的數量，扣除預先支出磚茶、布和人工的開支，總純利大概合三千八百隻大羊的銀子。但客棧除了在自己部落的牧場採集蘑菇，也在其他兩個部落牧場採集了蘑菇，所以純利也得分給其他兩個部落一部分，應該拿出三成純利，也就是大約合一千一百多隻大羊的銀子給兩個部落。客棧和咱們部落能得到兩千六百多隻，加上客棧留作急用的貨，大概合三百隻羊的銀子。這樣，客棧和部落總共可得近三千隻羊的純利。客棧和部落再咋分，請阿爸定。我覺著客棧應該拿兩千，部落拿一千。這麼分，為的是讓您原先投建客棧的銀子早點收回來。

圖雅聽得暈頭轉向，失望地說：客棧才掙了兩千多隻羊的純利啊，我原本想，這一把就把阿爸建客棧出的羊全掙回來。

札那心算了一遍，說道：客棧和部落是一家人，一共能得三千隻羊，就算是把阿爸出的五六成的本補回來。三千隻羊還少啊？部落出的人是不少，可才幹了一夜半天的活。客棧才辛苦呢，你們三個最苦，得的也不多。這回咱得的不如預想的多，主要是白送出去的不少，平價賣給官府的也太多。

札那歎道：當部落首領難啊，部落和客棧咋分？我看就一家一半，客棧還是多給部落讓點利吧。這些年好多人家的孩子都長大了，有些羊群一千七八百隻，也太大了，再大就管不過來了。羊群必須分群，長大的孩子結婚成家，也得跟分出去的羊群單獨生活，這就需要添置新蒙古包、牛車、傢俱、大氈，家家都缺錢啊。蒙古部落就是一支騎兵隊，要走整個部落都得走，不能落下一戶蒙古包。沒有足夠結實的牛車咋成啊。再窮的人家也得給他準備好牛車。就這麼定吧，客棧拿一千五，部落也拿一千五。到了年底，加上客棧的炸魚餐飲住宿和分店的銷售收入，那是多大的利啊。那兩個部落，就按你說的分。給他們那些不算少了，他們也準保滿意。伊登札布那兒還真得給，他為部落為客棧做了那老些好事，給咱們批了地，免了一年半的稅，沒好貨打通上面的關節，咱們能有今天嗎？

札那想了想又說：老張功勞最大，應該得十五斤，可你倆功勞也不小，一人得十斤太少了。巴格納，你功勞那麼大，連客棧都是你一手幹成功的，咋能只得十斤呢？咋也得跟老張一樣多。這樣吧，把給我的十五斤減掉五斤，把這五斤加給你，你咋也得拿十五斤。不用爭了，就算我和部落獎給你的。我知道你得的這十五斤，全都會拿出來幫薩日娜還債。這些就算我和部落幫她一把吧。你一定要收下。

巴格納感激地說：太謝謝阿爸了，我也替薩日娜謝謝您，那我就收下了。

札那說：白依拉和斯琴高娃得十斤也對，畢竟他是大掌櫃，斯琴高娃這次幫圖雅打理烘蘑菇大棚，也出了不少力。薩日娜和她的兩個弟弟讓人心疼啊，我看再給她加兩斤，給她們姐弟三個人十斤吧。這回她家三口出力不小，幹的時間最長，還能動腦子想辦法。她家的債又那麼重，是要多給她一些，幫她把今年的債還上。

札那細細打量巴格納和圖雅，憐惜地說：差不離就這樣了，再咋調，你倆就看著辦吧。做買賣真不容易，你倆都是我的好孩子，阿爸心疼你倆啊。你瘦了，你也瘦了。

巴格納說：阿爸，客棧這次雖然沒賺到三千隻大羊，但分到一千五百隻，加上客棧和分店的利，一年賺回您原先下的本是有把握的。不過，這一千五百隻羊還得暫時扣除七八百隻，因為我拿這些羊的錢，先給兩個部落墊了打草的工錢了。但是不要緊，這次咱們上交的口蘑數超過了伊登札布給咱們定的數，咱還能得著旗府的重獎呢。那客棧就更有把握一年收回您下的本錢了。

札那笑道：那還真能成了。

巴格納問：今年冬季部落能用上打下來的草嗎？

札那說：憑我的老眼光，又問了問幾位老薩滿、老牛倌，他們估摸今年多半還會有災，最少是場小白災。那他們兩個部落還得用那些草的。

巴格納說：那我就不太擔心了。您那邊打草打完了嗎？

快了。過些日子就可以運草堆圈。有了這四大圈草，我晚上睡覺踏實多了。收蘑菇和打草，這兩件事你倆幹得漂亮，阿爸高興啊。

札那再次望著明顯消瘦的巴格納，說：可我還是替你捏一把汗。你到客棧這幾個月，把多半薪酬貼給薩日娜了。我在帳房看了看賬，你每個月都買了不少東西送給她家呢，大氈、袍子、靴子、糧食、磚茶，還給她賒買了那匹大黃馬，用一個月的薪酬交了定金。這還不算，還打算把你掙的蘑菇也全都拿出來幫她還債。可薩日娜還是一心想著巴圖，照這樣下去，你自個兒咋辦啊？

巴格納說：這會兒，我是薩日娜家的大哥，是她家的人了，我就得擔起照顧一家大小六口的擔子。從前我是個孤兒，啥也沒有。現如今，我有了一個家，我愛這個家，愛全家六口，我高興啊。我也總算可以替薩日娜還清今年的債，保住她和全家了。

札那和圖雅眼睛濕潤，感慨無語。

24 天鵝王國

薩滿教……在神服中有充分而質樸的顯示……天鵝主要裝飾於神衣上的前胸兜兜上，在前胸兜兜上左右有豎式橫列重疊的天鵝約二十對。兩排天鵝頭向內，在每排天鵝的上端，各有一隻向上展翅飛翔的大天鵝。在雙排昂首相向的天鵝之間，飾有一個小鏡（實為太陽神）。天鵝造型多為立於陸地的天鵝的影，沒有更多的修飾和刻畫。而飛翔狀的兩隻天鵝造型較為誇張，動勢很大，為鳥瞰式天鵝形象，呈「十」字形，脖子很長。雙翅展開成「一」字形，翅膀有力，有一種向上的動勢。

——富育光《薩滿論》

札那回部落以後，巴格納便將札那的決定告訴了老張。老張很滿意也很感意外，說：沒想到我拿的比札那老闆、白依拉大掌櫃和圖雅掌櫃拿的還要多，哪有雇工比老闆和掌櫃拿得多的，這樣的老闆和掌櫃我還真沒見過。札那和你倆對我真是好，往後我這個正式管家就一門心思為客棧用心用力了，你們就放心吧……這些日子最要緊的事，還是把這些貨趕緊出手。蘑菇的香氣太衝，屋子的門窗都關嚴了，窗縫裡塞上氈條，外面還是能聞見。這兩天，好些商號的人像聞著魚腥的饞貓似的，圍著庫房轉，非要讓我打開庫房門看貨。都是老客戶，不讓人家看，得罪人哪。

下午，老秦大哥興沖沖地跑來，對巴格納說：小林讓車隊商頭傳給我一封信，說這回你們拉回上千斤的好貨，快跟我說說咋回事。

巴格納和圖雅把他請到掌櫃房，他一進屋就聞到了蘑菇香氣。老秦笑道：還真是好貨啊，一點黴味都沒有。這大半個月跑了那麼多的部落，收了一兩千斤的貨，大多是普通貨，我就等著你們的貨呢，快拿給我看看。

巴格納從櫃子裡拿出三盤蘑菇，一盤是精選出來的上上等蘑菇釘，一盤是上等蘑菇釘，還有一盤是二等乾蘑菇。

圖雅樂滋滋地說：一直在等大哥哪。貨全在我倆的手裡，一斤都沒出手，就等你來。你看看，我們分得咋樣？

老秦驚得瞪大眼睛道：我的天哪，一看就是好貨啊。

他拿起一個上上等的蘑菇釘，細細看、慢慢聞，兩眼像看見奇珍異寶那樣灼灼放光，說：這樣上上等的蘑菇釘，我已經好幾年沒見過了。這是上上等中的上上等啊，這麼白，白得像天鵝；這麼乾淨，乾淨得不像從泥地裡長出來的；還這麼香，香得只要聞聞它，就可以當下酒菜啦。要是拿到京城去，非得讓皇家內務府採購處全要走不可。這樣的一斤價我都難估，到了京城一斤至少得換十三四隻大羊吧。蒙古口蘑產量本來就稀少，上上等的更少。採蘑季已過，今年頂尖的貨全在咱們的手裡啦。

他又拿起一個上等蘑菇釘，說：這樣的貨，雖不如市面上的上上等，但比上等貨要高半級，價碼也要高。說著又拿起一個二等的乾蘑菇看看說：連這樣的普通貨，都要高上大半個等級。這下你們真幹大了。快跟我說說你們是咋弄到的？你們一共弄來多少貨？每種等級各有多少？

巴格納說：我們用老張的法子，用樺木杆建大棚，搭土炕來烘鮮蘑菇。他還不讓對別人說，怕貨多了掉價。往後再跟你細說。

巴格納又向老秦報了總數和每種等級的數量，老秦深感吃驚，樂得連連向巴格納要酒。圖雅忙拿出山西汾酒、一些優酪乳豆腐和牛肉乾，三人碰杯慶賀。

巴格納又把自己和圖雅還有札那定的分配方案，向老秦詳細地敘述了一遍，問：你看成嗎？你是大盛魁這條商道的總頭，又是我們分店的老闆，你說咋改我們就咋改。

老秦笑道：跟你這個弟弟合夥幹，就是痛快！要沒你們這個分店，我今年準保要挨總店老闆數落。這次口蘑行情暴漲，是旅蒙商號討好巴結朝廷難得一遇的機會。大盛魁又是全國最大的旅蒙商號，要是貢不上最頂尖的貨，那臉就丟大了。幸虧我有你這個好兄弟的客棧啊，這些上上等好貨交上去，老闆非得樂暈了不可。雖然你給我一百二十斤上上等再加上二百五十斤上等貨，可是客棧獎給你們幾個人七十多斤上上等的貨，都會賣給我。我再從上等貨裡挑出七八斤好貨摻到上上等裡面，就能得到二百斤上上等的貨了。那我們大盛魁就更是口蘑商的魁首了。拿到京城，一定能賣最好的價。巴格納，圖雅，你倆真是我的好弟弟好妹妹，謝謝你倆了。

巴格納說：你的大恩，我一輩子都報答不完。看你高興，我也高興。你看這方案還用改嗎？

老秦說：不用大改了。只是你留作備用的那些貨千萬藏好。如要賣的話也給我。還有你賣給其他商人的二百八十多斤的二等貨，還可以再拿出二三十斤賣給我。跟我要貨的人太多，親戚朋友同事也得照顧一下吧。其實，二等貨味道也不錯，城裡一般富裕人家更喜歡物美價廉的二等口蘑。

巴格納說：拿了人家商號的定金，我還得守信用給人家的。部落牧人還會送來不少他們自個兒晾曬的蘑菇，大多是二等貨，裡面也有一些是上等貨。我再挑好的給你留下。

那太好啦。

大哥，還有一件事，給伊登札布和王爺的貨，你能不能順便一塊給他們送去，我怕這裡不安全，這麼多的商號已經盯上我的貨了，我也怕招賊。

老秦點頭道：這事還真得快辦。要是走漏風聲，那些大官小官堵上門來要貨，你還真頂不住。這樣吧，我這就把這趟車隊幾輛車的貨卸在客棧，馬上裝上你們的貨，用大氈苫布包得嚴嚴實實的，不讓跑味，趁著人家還不知詳情，趕緊去旗府。

巴格納說：還得麻煩大哥一件事，這些貨裡面有單獨包好的一大包，是二十五斤最好的上上等蘑菇釘，裡面十斤是薩日娜的，十五斤是我的。也請你特別關照，賣的錢先放到你那兒，等年底給她還今年的利息。

老秦說：你真心疼她啊，我也心疼她。她的那個債主心太黑，你們這麼幫她，我真怕他們對你們下狠手……她的事就交給我辦吧，我會在蘑菇價最好的時候出手。

兩人帶老秦去庫房，並和老張、分店銷售主管林夏一起驗級、過秤、裝袋。林夏記帳之後，老秦讓車隊領班看了看貨量。然後卸了兩輛馬車的貨，又將裝蘑菇的麻袋小心地裝車，用大氈嚴密包裹，罩上苫布，再用繩子結結實實地把貨包捆綁在馬車上。

老秦說：巴格納，你一定要跟我去旗裡，把貨當面交給伊登札布。這麼貴重搶手的貨必須由你這個掌櫃親手交給他本人才妥當。他一定特高興。我從旗裡來的時候，他還讓我催貨呢。聽說張家口和京城的蘑菇商都在東西烏旗搶第一茬新貨。咱們的貨一到，王爺和伊登札布準保會把貨直接派專人送往京城的，那他就搶了頭功。往後他就會更高看你一眼了。你收拾一下，明兒一早就走。我的馬車快，貨又輕，不用一天就能到旗裡。咱倆一塊押運我也放心。一路上咱倆也可好好聊聊。

巴格納說：成，我聽你的。

巴格納和圖雅又回到庫房，讓老張把客棧留作備用的五十多斤好貨，搬到另一間小庫房結實的櫃箱裡，鎖好並加蓋其他貨物在櫃上。其餘的五十多斤上等貨和二百六七十斤二等貨，則留在庫房，等那些已交了定金的商號來取。

四天以後，巴格納辦妥送交蘑菇的事情，騎馬回客棧，快到客棧的時候，就看到東南邊的山坡上有一個栗色點。當可以認出他這匹白馬的顏色時，那匹栗色馬便向他飛奔而來，他胯下認家的大白馬也引頸長嘶。他夾馬奔了過去，兩馬相遇，圖雅姑娘撥馬一個急轉身，與巴格納並馬而行，說：我都在這兒等了兩個下午了，你咋不早點回來，早回來半天也好啊。你走了幾天，這兒沒幾個聊得來的人，林夏、其木格太忙，也沒幾個歌手跟我一起唱歌。我就覺著心裡空蕩蕩的。

巴格納說：我交了貨，見了一些人，又去長思寺進了香，拜了那十六尺高的銀身釋迦牟尼佛，可壯觀啦。還拜了金身善劫千佛。從前我在商隊的時候，只要一路過那兒就要去拜佛，祈求佛祖保佑，這次當然也要去啦。薩日娜以前也讓我多去長思寺拜佛，她阿爸還在那兒講過學呢，所以就耽誤了一天。

圖雅笑問：伊登札布收到貨，一定高興壞了吧？

那當然。大台吉又立馬把給王爺的貨和賣給旗府的貨，送到王爺府，連王爺都說好幾年也沒見到這麼漂亮的蘑菇釘了。他第三天就派伊登札布親自領隊，快車押運，把額侖送來的全部上上等好貨和其他蘇木的上等貨送往京城。我在伊登札布大貴族的蒙古包裡吃飯的時候，還見到了娜仁其其格呢，好漂亮的藍眼睛哈敦。她有自個兒富麗堂皇的蒙古包，穿金戴銀過著像王妃一樣的日子，他們兩口子還挺恩愛。她讓我向你問好呢。她是薩日娜的好朋友，還問她的債還得咋樣了。我就把撿蘑菇還今年債的事告訴她，她才放下心來，說有蒙古西部血脈的人都是一家人。她說會想盡辦法幫天鵝姑娘的。

圖雅說：在額侖，誰都知道她倆是好朋友，將來要是碰上了大麻煩，還真可以去找她幫忙。

巴格納問：你這幾天過得咋樣？

這回我可足足地歇了四天，還按你說的，天天跟著林夏學說漢話學驗貨。

巴格納微笑道：圖雅妹妹，沒你幫我，我就跟薩日娜說不上話，成不了薩日娜家的大哥。我一直想好好謝你，可不知道咋謝。這會兒我知道咋謝你了，我要帶你去一個最好玩的地方，陪你玩。咱倆撐船進葦塘，到裡面的天鵝湖近近地看天鵝。

真的啊？葦塘裡還有天鵝湖？

真的。那裡面有一個很大的天鵝湖，有上千隻天鵝哪，可以離得很近看，可好看了。

圖雅驚喜地叫道：我要去！我要去！從前我只能在泡子岸邊看天鵝，看不太清楚。額侖草原的蒙古人，還從來沒有坐小船進葦塘裡面近看天鵝哪。

巴格納笑道：那我就帶你去看。可以離得很近看天鵝，天鵝湖裡的大群天鵝太美了，怎麼看都看不夠。

圖雅急著叫道：快快！我現在就想去，快帶我去。

巴格納說：我這就帶你去，你要是覺著好，你姐姐才會相信是真的好。只要她跟我坐小船進到天鵝湖美景裡，她就想來客棧了。

太好了。巴格納哥哥，要是天鵝湖裡真有上千隻天鵝，那可能就是老薩滿們傳說中的天鵝王國啦，薩日娜一定會急著來看的。我知道她一直夢想飛到大湖深處的天鵝王國……你也越來越像巴圖了，能不斷拿出最讓薩日娜喜歡和吃驚的事情，來讓她高興啦。

巴圖是我的榜樣，我要拚命向他學啊。

圖雅歎道：唉，我真捨不得離開你和客棧，這會兒客棧旁邊又冒出來了個天鵝天堂，那我就更不想離開這兒了。可我明年就要出嫁了啊。

那你嫁過去以後也救養天鵝吧。咱們旗的湖泊多，天鵝也多。讓你的歌手丈夫跟你一塊兒養。只要一養鵝，再多唱唱薩日娜的天鵝歌，你倆就能像天鵝那樣幸福啦。到那時候，我和薩日娜一起去看你。

她準保會跟你一塊來看我的。

巴格納帶著圖雅小妹向河邊跑去，迎面碰到小王和莫日根正趕著牛車往客棧運魚。打過招呼後，他倆來到小船處，下馬，給兩匹馬上了馬絆子。巴格納扶圖雅上船，讓她坐好以後，再慢慢撐船離岸。圖雅姑娘從沒坐過船，小船太小太輕，稍稍一動，船就亂晃，再加上一圈一圈波動擴散的水紋反光照在臉上，更增添了晃動感，嚇得她緊緊抱住了巴格納的腿，全身哆嗦。蒙古男女騎兵天生畏水戰，從未坐過小船的圖雅似乎更怕，她不敢鬆手，臉色刷白，頭冒冷汗。巴格納慢慢地撐船，等小船行穩之後，圖雅才略略鬆了鬆手。

巴格納往葦海深處撐去。已近深秋，葦稈下部的葦葉和葦葉的葦尖已經發黃，葦林隨風沙沙響，越到密集之處，那沙沙的聲音似乎突然有了回聲，升高了好幾倍，環繞小船轉了起來，彷彿出現了聲音的龍捲風，要把小船捲上天。頭上則是如雲的蘆花遮天蔽日，午後的葦巷彷彿驟然到了傍晚。大雁野鴨低空掠過，帶起乾雪似的蘆花飄滿天空。水鳥也會冷不丁地驚叫一聲，擦過身旁，飛出水巷，濺起一片水花，圖雅姑娘嚇得雙腿打戰，閉上眼睛，又忍不住睜開，她對就在身邊的家鄉葦塘充滿了好奇，好像到了外族的土地一樣。

巴格納安慰道：圖雅好妹妹，別害怕，你不是想近近地看天鵝嗎？只有人進不去的地方，才能見到安安靜靜的天鵝。每年春夏秋，天鵝要護養小鵝，越是隱蔽難進的地方才越安全，才是牠們真正的家園。

圖雅心跳漸漸平穩，說道：好的，我已經不太害怕了。這地方蒙古人從來沒有來過。我越來越相信你是找著了真正的天鵝王國啦，嚇了我三大跳，才能看到天鵝天堂，值啊。

快到葦巷的一個巷口，圖雅看見有一叢細蘆葦，被人打了一個大結，懸在巷邊。巴格納說：這是我第一次進來的時候做的記號，要不然回來的時候真不知道在哪個水巷拐彎，那就會迷路的。

巴格納用力撐船，又走了幾段水巷，就把船頭壓進葦叢，用長杆深插在船尾後面的河泥裡，固定住小船。再用蒙古刀切割了幾大抱葦子，堆在船頭船尾，把小船和兩人幾乎埋在蘆葦堆裡。然後坐在船橫板上，從蘆葦稈的縫隙裡張望前面的水路，巴格納怕長杆嚇著天鵝，便放低放斜長杆，遠遠地撐船尾後面的湖底，慢慢撐船拐彎向前行。又穿過一大段水巷，前面出現一片較寬的水面。巴格納靠近葦叢，停住了船，小聲說：天鵝！看右邊。

圖雅扒開葦葉瞪大眼睛看，見到在二十多步開外的水面上，有八隻天鵝排著隊，正慢悠悠昂著長長的脖頸，向前方的一個水巷凫水游去。好像是一個天鵝家庭，鵝媽媽打頭，鵝爸爸壓陣，中間有六隻鵝，長脖頸上的薄羽毛，還沒有完全換成雪白色，而是淡棕色，身上的羽翅已經換成白色。這就是當年出生的小鵝，個頭快與大鵝長得一般大了，只比鵝媽媽稍小一點。過了一會兒，在不到十幾步的近處，又游過來一大群一色的白鵝，也許是還未到婚齡的兩三歲的天鵝。

圖雅還從來沒有這麼近地看到野湖裡的天鵝群，她半張著嘴，瞪著眼睛，看得發蒙。巴格納也沒有這麼清楚、這麼近地看過秋日午後陽光下的天鵝。顯然，自由自在的天鵝才是天下最美麗優雅的神鳥。他出神地凝視著那些比普通水鳥脖子長十倍的天鵝長脖頸，越看越美，越看越覺著薩日娜說得對，**天鵝確實有一種與眾不同、隱藏在長脖頸裡面的傲骨之美，那是一種比中原詩人所讚美的傲霜菊花和傲雪梅花更加高貴的美⋯⋯**

草原秋天的陽光，把葦塘水面照耀得波紋閃亮，顯現出純汁純味的本色，巴格納忽然又發現了天鵝另一種驚人的美，那就是天鵝優雅的白。他對圖雅說：薩日娜告訴我，秋季是天鵝一年一度換羽毛的時節，現在天鵝正好剛換過全身的羽毛，換完羽毛就要準備長途南飛了。大鵝們剛剛換了嶄新的白禮服，這會兒正是欣賞天鵝的最好時光啊。

圖雅輕輕叫道：怪不得今兒的天鵝這麼白亮，比我從前見過的天鵝都要純白都要漂亮。謝謝你啊，在天鵝花盛開的花季帶我來賞花，太棒啦。應該趕緊帶薩日娜姐姐來看啊……

巴格納說：咱倆先看，過兩天就把她請來，一定不誤花時。

說罷，他便沉浸在新鮮的天鵝白羽之中了。他感到這是天下最高貴純潔並具有生命體溫的白。尤其是鵝背兩側微微閃著白光的羽翅，連江南的白絲綢都要自歎不如。那全身新白的天鵝羽絨，更是白得讓人再也聯想不出可以與之相比的美物，新鮮的白芍藥、白牡丹、白雪花和白霜花雖然也白得高潔美麗，但卻沒有天鵝羽毛白得這樣溫柔、溫暖和溫情；白得這樣高雅、高傲和高貴。薩日娜曾對他講過，米希格法師說，**蒙古人崇白，源於對天鵝神、對母乳、對牛羊馬奶的崇拜**。

圖雅也沉浸在嶄新純白的天堂裡，忘掉了一切，歎道：天鵝美得讓姑娘們洩氣啊，但也準保服氣。天鵝隻隻都那麼美，美的人卻太稀罕了。

眼前的天鵝們彎進了另一道水巷，小船輕輕尾隨跟進，巴格納知道此地離天鵝湖越來越近了，再前行了一段，他倆漸漸能聽到天鵝湖裡天鵝的歌聲。當小船剛剛隨天鵝轉出水巷，兩人便驚得縮起身一動也不敢動。他倆彷彿突然闖進一個壯闊輝煌、歡騰歡樂的天鵝王國，上千隻白亮得耀眼的天鵝，在寬廣的湖面鳧水、戲水、洗浴、游弋、起飛、降落，在天空鳴叫、唱歌、跳舞、飛翔、盤旋，許多天鵝夫妻還帶著小鵝練飛。到了秋季，當年出生的小鵝都長成具有長脖頸的大鵝了。牠們剛剛學會集群飛翔，嘗到了飛翔的快樂，都興奮地大聲唱呀叫呀，歌聲震耳欲聾，把整個天鵝湖唱翻了天。

圖雅說：薩日娜姐姐告訴我，所有大湖裡，還有許許多多兩三歲的未到婚齡的少年鵝，當天鵝媽媽抱窩，天鵝阿爸護衛，天鵝爸媽照看餵養絨毛小鵝的時候，牠們就離開家庭，結伴玩耍，可好玩呢。牠們一邊交友，一邊早戀，當鵝群南飛北歸的時候，少年鵝還會回到自己的家庭，跟著阿爸阿媽一起飛，等到鵝群飛到新家園，少年鵝們又聚到一起玩，再尋找到自個兒喜歡的小伙伴，或跟已經親密固定的好朋友形影不離，等到三四歲的婚齡一到，牠們各自脫離自己的家，建立自己的小家。當再回到草原故鄉時候，就會下蛋孵出自個兒的雛鵝，一個天鵝新家庭就誕生啦。

巴格納樂道：我真羨慕天鵝啊。一生自由，一生負責，多讓人仰慕啊。

說罷，他馬上去觀看少年鵝群，發現有一小半的鵝已經成雙成對了。但也有少年鵝，一會兒跟這隻鵝在一起玩，一會兒又跟另一隻小鵝玩，好像還在挑選自己的伴呢……巴格納又抬頭觀看整個天鵝湖，感到天鵝的數量似乎未變，但是小雛鵝長大了，鵝群的陣容也大了好幾倍，張開翅膀遮住的天空，也要比他在初夏看到的大得多，小船經常被天鵝群翅膀投下的大片鵝影所遮沒。巴格納雖然來過幾次天鵝湖，但沒想到幾個月前的小鵝崽們竟然在天鵝媽媽爸爸的精心餵養照顧下，迅速長成了驚天動地的天鵝大軍，美麗秋季的天鵝湖更加生氣勃勃。到處是歌聲，處處是舞蹈，隨處是美景，讓圖雅目不暇接，呼吸急促。她小聲地說道：我真不知道該盯住哪一幅美圖看了。

巴格納漸漸地穩住了心跳，輕聲說：我都想看，不過，咱們還是看天鵝洗浴吧。我跟薩日娜和小巴圖一起生活了半個多月，才知道天鵝那麼喜愛洗浴，比覓食吃食還重要。

圖雅連連點頭，並用手輕輕地指了指，示意他看前面十幾步遠水面的一對天鵝情侶，巴格納連忙看過去。這對天鵝半張著翅膀，聳起背部羽毛，長頸回彎，埋頭梳羽，整個身體像一朵蓬鬆輕柔的白羽花。兩隻天鵝耐心地張著喙，夾著一片羽毛從裡到外輕輕擼洗，洗完一片羽毛，再用頭從湖面往身上撩一點水，張喙又夾住一片羽毛擼洗。一片一絨，從胸前洗到尾後，從翅膀裡洗到翅膀外，一絲不苟，一片不落，再把黏在羽毛表面的浮萍、苔絲和水蟲一點點清除乾淨。只有頭和長脖頸，因為經常伸到水裡吃草掘根，出水後甩甩頭頸，就能甩得很乾淨。洗完後，情侶雙方還互看互檢，再互補互洗。幾隻已經長得很大的小鵝，也學著阿爸阿媽不太熟練地洗著自己。媽媽還會幫牠們洗，直到每隻鵝像又換了一身新羽那樣鮮亮美麗。

巴格納說：薩日娜告訴我，天鵝每天花費在洗浴和保持羽毛乾淨潔白的時辰，要比牠們覓食吃食的時辰還要多。**天鵝以自由、愛與美為天，不是以食為天**。敬拜天鵝的人也是如此。可是在南國，十二生肖鼠為首，老鼠最骯髒，還以食為天，常常帶來黴運，可南國人骨子裡敬拜鼠。有一回商號車隊的人跟我聊十二生肖，我數了數，結果嚇了我一跳，他們的十二生肖中有八個是家畜，其中也應該包括家鼠。十二生肖是南國人的屬相，多一半是家畜：豬狗牛馬、雞羊鼠兔。商號車隊的車夫聽了我的這一番話，都說，在內地，人多地少無誠信，貪官汙吏多如鼠，官比神大，無官不貪，敲骨吸髓，幾千年不變。百姓能吃上飯，半饑半飽地活著，太不易了，別的啥都顧不上了。

圖雅似乎覺得巴格納在悄悄跟薩日娜說話，自己也不太聽得懂。她一邊看一邊歎氣道：跟天鵝相比人真是髒啊，我還算是喜歡洗澡，這還是從小跟天鵝姐姐學的呢。潔淨本身就是美。怪不得薩日娜姐姐總是那麼美，連脖子耳根都那麼白淨。

兩人又去看各種天鵝舞：扭頸舞、繞頸舞、伸頸縮頸舞、水面展翅踏水舞、潑水舞……兩人看得把脖子都扭酸了。不一會兒，兩人又被一場爭奪配偶的雄鵝激戰吸引過去，兩隻大雄鵝在葦塘邊的沙洲空地上啄咬撞搧，打得不可開交。鬥了五六個回合，啄飛了幾片羽毛羽絨，一隻大鵝敗下陣來，難為情地快速離開圍觀的鵝，下到水裡，游遠了。勝者則高昂著長頸和頭得意鳴叫，呼喚在不遠處安靜觀戰的那隻雌天鵝，然後雙雙飛去。

圖雅說：這隻敗下來的鵝其實也很漂亮健壯，要是打贏了，不知道牠會不會得到這隻雌鵝的愛。**薩滿法師說，天鵝夫妻有愛才專一，只對自己愛的鵝專一**。如果丈夫或妻子好吃懶做，不勇敢，不顧家，不洗浴，不乾淨，身上還有小蟲子，天鵝也會甩掉這樣的配偶。薩日娜姐姐告訴我，不值得愛的天鵝，也不值得對牠專一。她就見到過一兩隻永遠找不到妻子的單身雄鵝，整天不是在天鵝湖裡騷擾別的鵝夫妻，追搶剛長成姑娘的小雌鵝，就是蔫頭耷腦縮在天鵝群外，胡亂混日子，這種鵝多半是被雌鵝甩掉的鵝。天鵝裡也會有幾隻廢物鵝，這種不自愛的孤單鵝，會很快被金雕或獵鷹發現的。

忽然，一小群天鵝從兩人的頭頂低低飛過，兩人悄悄抬頭。眼尖的圖雅忍不住小聲叫道：快看，有一隻鵝的腿上拴著馬鬃細辮呢，準是巴圖、薩日娜救養過的天鵝。

她不管不顧地鑽出蘆葦堆，站起身來，學著薩日娜呼喚小鵝的聲調，向飛過的天鵝高聲叫喊：小鵝，小鵝，媽媽在這兒！小鵝，小鵝，媽媽在這兒！快飛下來。

那群天鵝中有兩隻天鵝聽到呼喊，居然繞圈轉飛了過來。巴格納急叫：再喊，再大點聲喊！

圖雅又喊了一遍。天鵝飛近了，在兩人頭頂盤旋，有些遲疑，又有些盼望。兩隻鵝飛得更低，幾乎從圖雅的身旁掠過，但沒有看到牠們渴望看到的綠眼睛，於是就叩叩地叫了兩聲，失望地飛高飛遠了。

事情告訴她呢。

唉。圖雅歎道：要是天鵝姐姐在船上就好了。她準能把那對天鵝叫下來，落在小船旁邊的水裡。

巴格納樂道：她準保能。咱倆趕緊去請她來一趟吧，正好，阿爸要咱們快把她分到多少蘑菇的

圖雅笑道：下次來一定要帶些魚麥菜餵鵝。那就更好玩啦。

滿湖的天鵝都被圖雅的喊聲驚起，滿天的鵝在高叫，在盤旋，都來打探是不是牠們的阿媽阿爸和老朋友來了。

巴格納歡欣地說：千百年來，從未被人打攪過的烏拉蓋河葦塘深處的天鵝王國，就要迎來牠們的阿媽薩日娜了。

巴格納一邊往家撐船一邊說：好妹妹，今兒還有點事，咱倆先回去。等過兩天咱們三個一塊兒來，帶足鵝食和咱們的吃食，進湖裡泡上個一整天，好好享受享受在天鵝天堂的快樂。

圖雅笑道：真沒想到，我能坐小船進大葦塘裡面的天鵝湖來看天鵝，我都不想回家了。巴格納哥哥，你真沉得住氣啊，沒想到你竟然還藏了一個真正的天鵝天堂。

一上岸，「蒙古女騎兵」立即神勇無比，站在馬鐙上立著騎，在頭上掄著馬鞭子跑馬。回到家，圖雅興奮地說道：巴格納哥哥，明天我就去攛掇她來。這回我只要把天鵝天堂的美景告訴她，她一聽到這兒有上千隻剛剛換完新毛的天鵝，還有她和巴圖救養過的天鵝，我相信，她就會急著飛過來的。

巴格納笑道：她最信你的話，她聽了你的話一定會來的。

巴格納仍然惦記著對他來說關乎命運的草圈。他帶上圖雅和老張查看草圈堆草。客棧馬廄北面原來的草圈，已經和客棧東牆外靠牆建的木欄草圈連成了一個刀把形的巨大草圈，儲草量要比原來的草圈大三四倍。莫日根和小王早就開始在捕魚的空當裡，和幾個店員往草圈拉草和堆草了。草圈還未堆滿。

老張問：存這老些草太浪費了吧？咱客棧的羊群才四五百隻，這圈草夠一千六七百隻羊的大羊群和一群牛吃半個冬天的了。

巴格納說：你不知道，我想用儲草來抗大白災。到冬初我會請札那給我調兩戶人家的一大群羊和一群牛來客棧，平時在十里地外吃雪地裡的草，到大災下來、雪蓋沒了草的時候就遷到客棧來。冬季客棧歇業，那麼大的馬廄閑在那兒才是浪費。馬廄很結實，三尺厚的雪也能扛得住。要是大白災來了，就讓羊群住這個馬廄裡，就不會被厚雪埋了。馬廄擋風暖和，羊群能保膘保胎。每天餵草圈裡的草，不就能救活這兩群牛羊了嗎。救一群羊就能救好幾家人哪。

巴格納登上梯子，抓了一把青乾草聞了聞，說：真香啊，都是好草料。要是大白災不來，這些青乾草到春荒的時候，也可以餵那群熬了一冬、熬瘦的羊。我問了好多老羊倌，平常年景「春死」的羊和春天母羊流產的數大概有多少？他們說，不老少呢，多的時候一兩百隻，少的時候也得有幾十隻。咱們就按少的來算，減少幾十隻羊的損失，再加上羊群吃青乾草，多補上的春膘和奶水，不就能把多半的打草錢補回來了嗎。所以，秋季建木欄草圈、打草堆草是抗大白災的好法子。伊登札布最反對建帶棚頂的固定大棚，只有客棧的馬廄他不反對建，那咱們就得用足這個大馬廄的好處。那年，我見過漠北大白災過後的慘景，那麼多的人借高利貸，那麼多的牧人賣兒賣女，賣身為奴，伊登札布和札那阿爸最怕的就是這個。

老張心服口服地說：我聽明白了，你想得長遠。這麼做只有好處沒有壞處，值得幹，我幫你幹。部落垮了客棧也得垮，客棧是得處處替部落著想。

圖雅對巴格納說：從前你說的那老些東西我都聽不太明白，這回我真聽懂了。打草是大事兒，往後我也會了。咱倆是掌櫃，說了算。誰反對，我也能把他訓得沒話說。這事阿爸也得聽我的。

老張說：這兩天交了定金的那幾家商戶，都把該得的口蘑提走了，他們都知道最好最多的貨去了大盛魁那兒。不過還能給他們留下這些上等好貨，已經夠照顧他們的了。我還做了一件事，圖掌櫃也准了。咱們弄回這老些蘑菇，客棧店員幫工都知道了，大夥都想要一點，說在產口蘑的地兒幹活得不著口蘑，那就太說不過去了。正好這幾天，又有一些牧民把自個兒晾曬的蘑菇拿來換炸魚吃，我收了六七十斤，只有二十多斤是上等的，剩下的都是二等貨。我和小林全都記了賬。我把上等貨和一部分二等貨留給秦老闆，其餘的那些二等貨，我給客棧店員幫工每人送了兩斤，部門領班每人送了三斤，也都有一大包呢。跟他們說，普通貨的價沒上上等的貨價那麼高，可味道差不離。你們帶回家過年也成，賣給商號也成。大夥都說帶回家，送親戚，給個一兩二兩的蒙古口蘑，比送啥都有面子哪。大夥可高興了。我說這是巴掌櫃臨走前交代的，還說咱們客棧蘑菇的事情千萬別跟外人說。大夥都明白。

巴格納說：你倆做得對。

圖雅笑道：老張一跟我說，我就准了。我還讓大夥兒在客人少的時候捕魚、曬魚乾，除去客人和大夥吃的，全部曬魚乾帶回家。這會兒每個人都攢了多半麻袋了。他們打算在商號歇業的時候，搭咱們商號的車隊運回內地老家過年。

傍晚又有兩個滿載旅客和貨物的車隊進入客棧。入秋以後，客棧老庫房的羊毛皮貨等畜產品以及場院的木頭運走之後，大盛魁商號正緊張調派車隊，忙著為這年秋季大宗交易會備貨。今年新建成的分店大庫房，也已開始滿倉儲存不怕受潮的貨，為本蘇木和更遠的蘇木、部落、分店備足貨品。到深秋，大盛魁就可以比其他商號提前十天左右整線銷貨。

25 和小天鵝吻別

《成吉思的家譜》中寫道：「阿闌豁阿（蒙古民族的第一聖母——引者注）的丈夫朵奔蔑兒干臨終前曾對阿闌豁阿說道：『我將化作一道黃光進入宮帳，然後變成一隻狼出去。』阿闌豁阿不相信丈夫的這句遺言，聽罷馬上在宮帳門口加派了崗哨，果真看到一道黃光從天而降，之後看到一隻狼跑了出去。」

——〔蒙古〕高陶布・阿吉木《藍色蒙古的蒼狼》

薩日娜回家以後，沒有馬上把小巴圖送回夏季牧場的天鵝湖，她想讓牠再熟悉熟悉過冬的蒙古包，畢竟有半年沒在家住了。讓牠在家裡住上一段時間，牠就會知道，只是暫時先讓牠在湖裡吃草、洗浴以及和天鵝朋友們做伴遊玩。等到天鵝親友們要南飛的時候，媽媽一準會把牠接回家，和前幾年一樣。也讓湖中的天鵝父母知道，可以把帶不走的體弱小鵝，託付給愛鵝的草原蒙古人。

天鵝的記性天下第一，牠們能記住千里萬里遠的老家的湖和巢。小巴圖的記性似乎更好，一進蒙古包，牠東聞聞牛糞箱和碗架，西嗅嗅被垛靠牆櫃，馬上就在媽媽睡覺的鋪位上找到了牠睡覺的地方——媽媽的枕頭旁邊。牠馬上臥在那裡，顯出很舒服滿意的樣子。薩日娜和兩個弟弟都笑了，小巴特爾還跨到牠身上輕輕地騎了騎。

薩日娜沒有立刻放牠回湖，也是因為捨不得。蘑菇大棚那裡來來往往的人和危險太多，她總是提心吊膽，又忙於烘曬蘑菇，沒有太多時辰和牠安安靜靜地相處。她還要享受一小段和小巴圖、大黃馬團聚的好時光。有牠倆陪伴，她覺得似乎巴圖還在身邊，只不過是抓秋膘遠牧去了，過些日子他就會回來的。好像巴圖怕她惦念，還專門把他的愛馬留在家裡陪她。一切彷彿都像以前一樣……

然而，已經一年半多了，巴圖始終沒有回來。

四五天以後，薩日娜看到小巴圖在草地上，不斷地用喙乾洗自己新換的羽毛，一絲一根地叼出黏在羽毛絨裡的碎草枯葉。可是風吹進羽毛裡的灰塵泥沙，無論怎樣抖動身子，牠也弄不出來。牠不是在湖水裡，不能借水來漂洗沙塵和小蟲。薩日娜也感到渾身不舒服。在冰雪覆蓋的冬天，蒙古包周圍沒有泥沙，天鵝還不會太難受。小巴圖不是羊，不是狗，牠是湖裡和天上的大鳥。牠已喪失了天空，但不能讓牠離開湖水太久。是該把牠放回湖裡了。但是當薩日娜打開寬大的布，準備把牠包起來的時候，小巴圖卻張開單翅，不願被包，不肯走。湖裡雖然有牠的兒女、親戚和好朋友，但沒有哪隻鵝能像媽媽那樣愛牠，而且牠彷彿還在等待著自己唯一的心上鵝。天鵝都知道，失散多年的情侶常常會飛尋千里萬里找回來，但這邊的情侶也已萬里千里地飛尋出去，可能要等好多年才湊巧在一個陌生的湖裡相遇。小巴圖倔強又懇求地張著單翅，薩日娜只得再等一天。第二天她好說好勸，又給牠餵了一大盆好食，直到小巴圖感到媽媽有些生氣了，才勉強收攏了翅膀。

一路上，小巴圖和薩日娜再也沒有上次離開時的那份激動，但也不悲傷。到了湖邊，母子吻別，巴圖馬也和小巴圖親吻道別。薩日娜微笑著說：兒子啊，這回你不會擔心了吧，我隨時都會騎馬來看你的。過不了多久，我就會把你接回家過冬。

小巴圖愉快地笑著，似乎聽明白了媽媽的話。牠下水之後，轉過身子，像以往一樣看著媽媽，看著她一邊揮手，一邊慢慢倒退著走。直到媽媽轉身上馬慢慢遠去，牠才衝進湖裡開心地戲水洗浴。

薩日娜也感到比以往輕鬆了許多。小巴圖的身體越來越健壯，她也不再坐牛車回家，大黃馬給了她蒙古草原的奇異活力，她感到自己真的活了過來，又成為了「馬背上的民族」。巴格納大哥給了她那麼多意想不到的幫助，讓她看到了一份盼望。但能不能最終擺脫賣身為奴的厄運，還得寄希望於巴格納大哥和部落的親友。大哥說能，那就一定能。然而，她還是想自己主宰自己的命運，像大哥對她的囑咐和期盼那樣，把心中還沒有熄滅、微弱的詩歌火苗，再重新燃燒起來。她也想用詩歌報答和補償巴格納大哥和部落親友們的付出。

夜裡，薩日娜走到正在吃草的大黃馬身邊，親吻馬額頭上那片白花瓣，又抱著牠的脖子輕輕說了許多話。大黃馬也輕輕地吻她，聽她的悄悄話。月光姑娘薩日娜站在草地上，悵然遙望明亮得晃眼的秋天巨月，滿天的星光幾乎被月光遮沒，月亮近得似乎只要登上山頂就能走進月宮。蒙古包旁的幾輛牛車，在地上落下剪紙一樣清晰的影子。被月光照得纖毫畢現的根根牧草，更是讓喜歡吃明亮夜草的大黃馬歡喜。正在草葉上沉睡的小秋蟲，被馬打的響鼻噴飛，翅膀上的花點依然醒目。她出神地望著月亮，好像巴圖也正在天上看著她。他那英俊勇武的臉龐還是那麼清晰，有時還會出現小時候賽馬時的英姿。然而，只有在夢裡才能聽到他的聲音。她歎道：你走了快兩年了，可我總覺得你昨天還在我的身旁……

薩日娜憂傷地仰起頭，兩行清淚從滿是月光的臉龐上流淌下來。

馬蹄聲響起，一個人影跳下馬，竟是那森巴雅爾。他走到她面前，說：薩日娜，我從馬群回來，正要找你。這月亮照得像白天一樣，我看到你在這兒，那就在這兒說吧，也好不讓你弟弟知道。阿爸讓我來告訴你，你這會兒要小心了。巴格納的客棧越來越紅火，這回又弄了這麼多的上等蘑菇釘，名聲更是越來越響。他的動靜鬧得太大了，連附近的旗盟官府和京城派下來的眼線，都發現那個罪臣家族又冒出來一個有聲望的人。這些日子，官府開始緊緊盯住他。阿爸是蘇木長，上頭讓他更多地把巴格納在幹什麼報上去。那些經常到客棧吃炸魚的人裡面，就有專門盯他的人。

阿爸喜歡巴格納，盡上報一些好事。可被官府指派的那些蘇木小官呢，防得住嗎？他們跟巴格納套近乎交朋友，誇他，恭維他，套他的話，哄得圖雅都很喜歡他們，啥都告訴他們。實際上那些人就想從他身上挖到能得到官府獎賞的東西。你想想，他家前三代人中就有兩代家長跟大清朝廷作對，官府能放心嗎？只要他出一點錯，官府馬上就會收拾他。就是不出錯，也會找茬滅了他。他名聲越大，越受蒙古草原人喜歡，朝廷官府就越想除掉他。

那森巴雅爾想了想又說：我還是跟你說實話吧，我嫂子哈斯高娃，也是官府指定監視巴格納的人。她是兩代滿蒙貴族聯姻的後代，是朝廷專門讓她來監視草原蒙古貴族的舉動的。從旗盟到京城的官府裡她都有人。在蘑菇點，咱們部落派去的那個幫工就是她的人。你跟巴格納的一舉一動，她都清楚得很。連巴格納和圖雅想替你還債的事她都知道，這些事她要是告訴小勝奎商號，他們還不得氣瘋了，一準會上報給京城理藩院，那巴格納就更要惹怒上面了。

那天哈斯高娃喝多了酒一高興就跟我說，巴格納接手客棧，搞出那麼大的動靜，遠近聞名，是在找死呢，跟有官府背景的大商號作對準沒好下場，他沒多少日子了。她還說，客棧收採蘑菇賺了大錢，可這會兒咱們部落也會弄了，大棚明年還能用。往後，咱們部落自己採自己烘，然後直接賣給其他商號。額侖客棧就賺不了那麼多錢了，那巴格納就甭想替薩日娜還清債了。她還想籠絡老張，打算等巴格納的客棧庫房全建好以後，再告他聚會聚眾，犯聚眾罪，圖謀不軌，讓官府把他抓走。然後聯合旗府接管客棧，頂多把客棧初期的本金還給札那就成了。額侖蘇木的客棧，自然應當歸還給蘇木長家。再把老張、莫日根、小王那些有本事和會抓魚、會做炸魚的人都留下。

客棧這麼紅火，肥得流油，她兩次去吃炸魚，眼紅啊。她做夢都想當客棧的老闆，連小丫頭圖雅都能當掌櫃，她咋就不能當？以後再和大盛魁解除合營關係，和小勝奎合營。小勝奎早就打算吞併大盛魁的這條商道了，他們和官府一勾結，巴格納就危險了。只不過伊登札布一直在護著他，大台吉的後台也很硬，他管皇家貢羊和烏珠穆沁軍馬有功，又常常給朝廷大臣送草原特產。要不是伊登札布護著他，那些人早就下手了。本來，阿爸和我都不想告訴你的，怕你受不了。可是這會兒你已經認他做大哥，怕以後你更扛不住。

薩日娜手腳冰冷，屏息靜氣地一路聽下來，惶恐地睜大眼睛問：那咋辦啊？

我也不知道。你的命咋也這麼苦？好不容易來了個能幹的好大哥，又給你送糧、送魚、送馬，又幫你還債，還要守你一輩子。到最後，可能還是救不了你。他不是為了你，就不會接手這個客棧，可接了這個客棧，才惹上這個禍。蘇木的幾個首領都在想辦法呢。阿爸也一直在教訓哈斯高娃，可她仗著娘家是貴族，能通天，阿爸很難管住她。阿爸說為了保住巴格納的性命，實在不行就讓他把客棧讓給哈斯高娃，還回到商號車隊當他的翻譯去，那你咋辦啊？我也急得不行。多數向你求過婚的人，要是知道這件事，都會著急的。

那森巴雅爾走後，薩日娜身心俱焚，焦慮萬分，仔細回想他透露的這些天大的事情：官府和告密者一心想除掉巴格納，他還能有什麼擺脫厄運的希望？她沒想到哈斯高娃竟然是官府的眼線，還那麼想霸佔客棧。如果明年各個部落都自己採自己賣口蘑，客棧收入就會大大減少，那麼巴格納和圖雅就很難幫她還上明年的債，自己還是活不成，又怎能再把他救出來呢？

薩日娜不知道該不該將此事全部告訴巴格納大哥，他頭上懸著的劍太重了，但這會兒還沒有到最後關頭，讓他輕鬆一點吧。實在不行，就只有勸他把客棧讓出去，也不要再守著她了。草原上的生命都是短暫的，鋪天蓋地的花海花浪僅有七八天的光彩，呼嘯草原的狼王也只有七八年的輝煌，自己已比狼馬牛羊和許多天鵝多活了這些年，可以從容面對死亡，去見巴圖了。可是，她為巴格納大哥的前景深深感到擔憂和刺痛。他現在是她、弟弟、小巴圖、巴圖馬和大白狗這個好不容易拼起來的家的支柱，他一走，全家六口又要骨肉分離了。薩日娜隱隱感到自己內心深處有一縷疼痛震顫的回音，在呼應著巴格納的愛……

第二天中午，巴格納和圖雅離薩日娜的蒙古包還有半里地，就大聲高喊：

薩日娜，薩日娜，我倆來看你啦。

有好消息告訴你。

兩人下馬拴馬。薩日娜淚水滾動，抱住圖雅不停親吻。然後擦了擦淚，輕輕擁抱巴格納，說：

巴格納大哥，謝謝你又來看我。

巴格納捧住她的臉，在她的額頭上深深地親了一下，說：薩日娜，把小巴圖放回湖裡，心裡難過啊？我也很想牠。不過，我有好消息告訴你。

三人進包。巴格納遞給弟弟們小禮物，一坐下就說：札那阿爸獎給我十五斤上上等的蘑菇釘，還給你十斤上上等蘑菇釘，作為你們姐弟三人的報酬。我把我的十五斤都給你，一共二十五斤。這會兒蘑菇的價錢還在上漲，這樣你今年要還的利息就可以還上，你就不用擔心了。

真的啊。薩日娜一邊擦淚一邊說：一年的揪心害怕總算可以緩緩了，也給了我一年時間，還可以再想法子。太謝謝你倆了。圖雅妹妹，你分了多少啊？

圖雅說：我得了十斤，我倆想再攢攢，打算明年一氣兒把你的債全還清。

薩日娜感激地說：真不知道咋謝你倆啊。要是能邁過這道坎，我以後一定會加倍還你們的。

圖雅笑道：一家人，不用謝。這些蘑菇，對於我倆是多點少點的事，對你可是天大的事。你是我的好姐姐，就更不要說謝啦，我要是遭了難，你也會拚命幫我的。

巴格納說：我是咱們一家六口的大哥，還債自然由大哥來張羅。為的是讓妹妹不發愁，專心專意寫詩歌。我盼望將來天鵝歌王的詩歌飛遍整個蒙古草原。到那個時候，最最開心的準保是天上的巴圖和當大哥的我，是吧？

薩日娜終於微笑道：是，是的，明年能還清債那我就放心了，要不我哪能一門心思寫詩啊。不過，我聽說，哈斯高娃特別眼紅你們的客棧，想跟小勝奎合夥霸佔客棧呢。

巴格納說：我早就聽說了，老秦大哥也提醒過我。你別害怕，大盛魁是全國最大的旅蒙商號，想霸佔大盛魁的分店客棧，沒那麼容易。我會小心的。就算她能霸佔，我也要在她霸佔以前，把你的債還清。她一時半會兒還霸佔不了。三個部落的貴族和牧人的這道關，她就過不去。札那阿爸說，要是到那個時候，部落把畜產品全都不賣給客棧，讓各家商號的車隊還是到部落去收貨，再讓老張小林幾個能幹的人全跟著圖雅到她的客棧去，看她的客棧咋辦下去。

圖雅憤憤地說：哈斯高娃想得倒美，就她那點能耐，好吃懶做，怕苦怕累，還能管好客棧？做夢吧。全蘇木的人只認巴格納掌櫃，只要我阿爸不交出客棧，只要伊登札布護著札那客棧，她咋霸佔？不說這些了，我還要告訴你一件更有意思的事哪。

於是圖雅把巴格納和她撐船到烏拉蓋葦塘深處天鵝王國的經過，詳細地說了一遍。

薩日娜驚大了綠眼睛，不太敢相信地問：真的啊？

圖雅和巴格納一齊說：真的，我倆親眼見到的。

薩日娜呼地站了起來，激動地說：那……那你倆這就帶我去吧。烏拉蓋大葦塘裡真有天鵝湖啊？從前聽老人說過，可從來沒有一個人進去過。我做夢都想飛到那兒去啊。人看不見、進不去的天鵝湖那才是真正的天鵝天堂。在額侖草原只要是大湖大泡子，就準有阿爸、巴圖和我救養過的小天鵝。巴格納大哥，除了巴圖，我還從來沒見過像你這樣愛天鵝的小伙哪。竟然能撐小船進到大葦塘裡去找，還讓你給找著了。

圖雅笑道：巴格納哥哥比巴圖哥哥更厲害啊。

薩日娜說：巴格納大哥，你今兒就帶我去客棧吧。我要到真正的天鵝湖去看巴圖救過的天鵝。我還從來沒去過你辦起來的客棧呢。

走。巴格納笑道：這就走。只要天鵝妹妹高興，我就高興。可惜你只有一匹馬，路太遠，兩人騎一匹馬又太耽誤工夫。這次弟弟們就不能去了。然後對額利說：額利，等下回吧。成嗎？

額利說：成，讓姐姐先去看吧。她一直想進天鵝湖的最裡面去，跟我說了好幾年了。這次能進去，姐姐準保開心。大哥，你來了以後，姐姐才慢慢會笑了。我們家姐姐最要緊，你們快去吧。

額利真懂事。往後，我會讓你姐姐更開心的。

巴格納跑到草甸，吻了一下黃馬，再把牠牽到蒙古包前，然後替薩日娜備好馬鞍。薩日娜說：今兒到客棧天也晚了，進不了湖。找到烏拉蓋大葦塘裡的天鵝天堂，這麼大的一件事，我一定得先告訴米希格阿爸。他一輩子都想在額侖找到真正的天鵝天堂，這也是他的夢想啊。他知道了一準高興得三天三夜也睡不著覺。他這會兒正在冬季草場運草呢，我也想去看看米希格阿爸自己建的小木欄草圈，咱們繞個十多里路，就能見到他。你不是也想見他嗎？

巴格納笑道：太對了，是要讓米希格阿爸早點知道這件事。我也好久沒見他了，也想看看他的小草圈。我還有一件重要的事情正想請教請教他，走，你趕緊帶我們去見他。

塔娜見到兩位掌櫃騎馬來看薩日娜，早就跑來了。她見三個人馬上要去客棧，便說：兩個弟弟就交給我，你們放心走吧，也順便看看我家的小草圈。

三人告別了兩家人，向道爾基部落西南方向的冬季草場急行。巴格納第一次與薩日娜並馬遠行，他的笑容再也收不住了。只可惜草原花海花浪已謝，跑不出衝花浪、淋花雨、吃花瓣的花情了。他時不時地側頭去看天鵝姑娘，但又怕越過了大哥的身分，讓她為難，掃了她好不容易才迸發出來的興致。

薩日娜對右側的圖雅笑道：明兒一早，咱們就進葦塘，還要帶一盆好鵝食，我要把巴圖和我的鵝全叫下來。我想看看真正的天鵝王國是啥樣子的。我最想做的一件事，就是早春去看我救的雌天鵝抱窩，那時候，我這個媽媽就可以帶上最好吃的魚麥菜去，把食盆端到天鵝妻子的面前，讓牠一邊抱窩一邊吃好東西，然後再餵天鵝丈夫。那牠們該多高興啊，我心裡該多滿足、多幸福啊。這種美妙的生活上哪兒去找啊？天堂不就是那樣嗎？

圖雅咯咯樂道：我就知道，你只要一聽說能進天鵝天堂，就啥都不顧啦……你家沒有牛羊，給富人家做四季袍子、幹針線活，為啥非住在部落裡？又冷又常搬家。沒有足夠的牛車，還有你阿爸留下的那麼多書，滿滿一車櫃呢，搬起家來多麻煩啊。你還不如跟蘇木長道爾基說說，搬到客棧來住吧。在客棧開個針線活小店，在那兒接活做活。我給你一大間好房子，把弟弟們都接來，那咱們五個人就能天天開心，常常去天鵝天堂啦。

薩日娜說：可是……我想念巴圖放馬的草場，無論我搬到哪兒，我都能碰見他從前的身影，踩到他踩過的腳印……

巴格納說：那你就留下你要看的書和詩集，然後再把阿爸的書櫃車搬到客棧來吧，我的小庫房正好空著。這樣你搬家能省不少事。

薩日娜微笑道：還是大哥想得周到。那一櫃車的書是我家最大的家產，搬家是麻煩，一層外氈也舊了，遇到下雨，書還容易受潮發黴。成，等蒙古包搬到離客棧近的時候，我就把書櫃車搬到大哥那兒。大哥最愛書，大哥的家就是我的家，放在大哥家，我最放心。

三人到達米希格阿爸的草圈的時候，老人和他的兒子正用草叉把牛車上的青乾草往圈裡挑，他的木欄草圈比部落建的草圈小得多。裝下的草頂多夠一群羊吃二十多天。三人下馬後紛紛向老阿爸問候。老人見到三人很意外，也很欣喜，便坐在草地上與三人聊了起來。

老人對巴格納說：幸虧你托人專門給我送來一把大釤鐮，要不我就建不成這個草圈了。想要釤鐮的人很多，你是特地為我留下一把的，謝謝你。抓膘太忙，我只能打這點草，不夠啊。可是打下這點草，在大災臨頭的時候，真能救命。光靠十戶組大草圈的草還是不夠，我們部落的幾個老人都讓我謝謝你。

巴格納笑道：您別謝我，大釤鐮是薩日娜讓我給您留下一把，再托人給您送去的。這些年，多虧您像親阿爸一樣照顧薩日娜，我要謝謝您才是。米希格阿爸，我這次來，想請教您，咋能估摸準白災來不來？您估摸今年會來白災嗎？

米希格老人說：我估摸今年冬天白災多半會來，是大是小，就看頭一場雪能不能站住。站不住，白災就不會太大，要是站住了，那白災就小不了。再要看初雪以後的幾場雪，是不是一場比一場大。只要連著下大雪那就要來大白災了。還有，要看天鵝南飛是不是比常年早，要是飛得早、飛得急，白災多半會來。這些都是老薩滿傳下來的老理，前幾十年沒啥大災，我就沒太在意。但薩滿老理記在心中不敢忘。這些年災多了起來，我就盯著天鵝看，還真是這樣。**天鵝早飛，就有災；天鵝晚飛，災就小。天鵝是薩滿心中的大神，薩滿護送草原英雄和善人的靈魂升天，都是要騎天鵝去的。**七層天，層層都有天將把關，嚴防惡人的靈魂升天，騎著天鵝的薩滿才能過得去。還有狼，也就是「天狗」，能帶著善人的靈魂過去。騰格里也讓天鵝給人報信，可只有愛鵝、敬鵝的薩滿才明白天鵝報的是啥信。你們三個人今年入冬前一定要盯住天鵝群看啊。這些年的白災一次比一次大，不是個好兆頭。

巴格納十分感激，說道：米希格阿爸，太謝謝您傳給我這個薩滿老理。今年我最重要的事就是防大白災。要不，我心中更大的事情——守護薩日娜、幫她還清債就辦不成了。

老人笑道：這件大事我也跟你一塊兒辦。聽說你和圖雅姑娘還常去餵狼。狼也是會給人報信的天使。你也要留心看狼、琢磨狼啊。

是，是。我和圖雅妹妹，隔上三四天就會去看一次狼，還給牠們餵魚。

圖雅咯咯地笑道：米希格阿爸，我還給一條受傷的母狼拔出過一支箭哪，這會兒傷已經好了。我倆和牠們準能交上朋友的。小時候您就教我要愛狼敬狼，我這會兒真的愛上狼啦。

巴格納又問：一個部落建了四個大草圈，一個十戶組只有一個大草圈，四群羊只能輪流吃，還是不夠啊。那自個兒建小草圈的人家多嗎？

不多。我們這個十戶組，四群羊，只有兩家建了小草圈。有的人家搶到了釤鐮，可沒人手打草，又沒錢雇人打草。到冬天，我自個兒有這些草，要比別人家好多了……你這次給我們部落墊錢打草，做得對。你倆說「墊錯了也得墊」，一些年輕人說你是胡來浪費錢，給抓秋膘添亂，可老人們都說這句話會讓年輕人記住一輩子的。這回你就是墊錯了，全蘇木的多數老人也會替你說話的。

巴格納連聲說：謝謝謝謝，有您護著我和圖雅，我倆就膽壯了。

老人又對薩日娜說：薩日娜，天鵝神保佑你。你這個大哥，是個好小伙。依我看，他也是一隻愛草原、愛蒙古部落的雄鵝。有些地方比巴圖還要強哪。

薩日娜說：我也慢慢相信了，我和兩個弟弟已經認他做我們家的大哥了呢。

老人又說：你是該去看看了，才幾個月，他就把長滿草的客棧變成興隆客棧了。

薩日娜滿面喜色地說：這次大哥帶我去客棧，是去看天鵝天堂，我要告訴您一個天大的好消息……

然後，就讓圖雅把葦塘天鵝湖和天鵝天堂的事情講給米希格老人聽。老人聽後驚喜得像是年輕了十歲，笑道：巴格納，圖雅，你倆愛鵝不比我和薩日娜差呀，我真想這就跟你們一塊兒去看啊。我活了六十多歲，一直想見一見天鵝天堂，可就是不知道它藏在哪裡。真沒想到讓巴格納找著了。那裡興許就是老薩滿傳說中的千年天鵝王國，可是千百年從來沒有一個人見到過。唉，這會兒打草堆草很要緊，等我忙過這幾天，一準去看。薩日娜，你先替我去看看吧。

巴格納笑道：您啥時想去看，我就啥時給您當船工。

老人望著薩日娜說：他遇見好事總是第一個想到你，這回又親自來接你去看天鵝王國。這樣的好小伙你以後怕是再也遇不到了。

薩日娜臉色微紅，小聲對老人說：是的，他已經是我家的支柱了……

三人起身，愉快地告別老人後，又去看了塔娜家的小草圈。但她的阿爸趕著牛車去拉草了，三人便向客棧急行。

26 人鵝重逢

「薩滿」一詞是通古斯語，其詞源初義為「知曉」。薩滿即是知曉神意的人，為人神仲介。薩滿在本氏族中始終享有崇高的威望，具有相當重要的社會地位和影響。

……

（圖為）反映薩滿教天鵝崇拜觀念的……天鵝舞。

——郭淑雲、王宏剛主編《活著的薩滿：中國薩滿教》

天鵝作為候鳥對鄂溫克人認識掌握季節變化起了重要作用，形成了他們原始「物候曆法中的主要吉祥物之一」。

——富育光《薩滿論》

第二天上午，巴格納、薩日娜和圖雅等莫日根和小王打魚回來，就趕著牛車，帶上一大桶魚麥菜鵝食和半大袋麥粒，走向葦塘邊。

巴格納把桶和糧袋拎下車，又把牛頭繩拴在車軲轆上，然後把小船往岸上拉了半尺，等固定穩了，就從草地上揪了幾把高草，擦乾淨小船座位上的水和魚鱗，小心地握著薩日娜的手扶她走進船，坐在船頭橫板上，雙腳放在船艙裡，面朝船尾。再讓她彎下身，用雙手抓扶住船幫。薩日娜也像圖雅那樣害怕晃蕩的船和水，巴格納再三叮囑她進河以後，只看他、別看水，就不會暈船了。

薩日娜還是心慌不安，但喜悅地說：我還是頭一次見到小船，頭一次坐在湖面上。她的目光跟著巴格納的身影，又看著圖雅的眼睛，才慢慢緩解了緊張。小船不打魚時可以坐三個人，巴格納把食桶、糧袋放入小船中間的魚艙，再讓圖雅上船在中艙橫板坐好，把腳踏在糧袋上。然後，推船進湖，再上船，撐杆離岸。

小船慢慢進入小河，船一點也不晃。薩日娜穩穩地坐在船頭，開始快樂起來。撐過幾段水巷，就進入較為寬闊的水面。

巴格納終於把自己的心上人載上小船，向薩日娜所夢想的千年天鵝王國撐去。他按捺住內心的狂喜和激動，迅速撐杆。秋日葦塘，藍天薄雲，風輕水靜，空氣清冽而濕潤，吸一口，滿胸潤爽。薩日娜很快被這隔絕塵囂的茂密葦林小河深深吸引住了。清涼的河水在身邊流淌，水裡是葦林夢境般的倒影。山羊絨似的蓬鬆蘆花，遮蓋了大半湛藍的天空……倏忽間，不遠處一對剛剛洗浴過的天鵝，從他們的身邊飛過，又從羊絨蘆花中飛出，雙雙輕歌曼舞地飛翔。但牠倆突然折飛回來，似乎發覺了什麼，像是辨認，又像是呼喊似的在三人的頭頂上叫了幾聲，還繞飛了幾圈，不見應答，才失望地飛向更加幽靜隱秘的水面。不一會兒，從那兒傳來幾隻小鵝的歡快叫聲，然後和大鵝一起飛向葦塘深處。

薩日娜驀然醒悟道：唉，淨顧看蘆花小河，就忘了給天鵝回應了。興許這對天鵝裡頭就有一隻是我和巴圖還有阿爸救養過的小天鵝，要不牠就不會在我頭頂上那樣繞著圈呼喊我了。也好，等到了天鵝湖再一起叫牠們吧。哎呀，這兒真會有不少我和巴圖的小鵝呢。

圖雅笑道：把你請來對了吧。咱們剛剛忙完蘑菇戰，阿爸讓我們幾個歇歇，是該好好玩幾天啦。咱們這會兒坐的可是額侖草原的第一條船。在船上看水巷、蘆花和天鵝，這是連王爺、親王都享受不到的貴族生活啊……咱們除了幾個最親的人，誰都不告訴。要不，都來看鵝，就會把天鵝天堂攪和成野鴨泡子了。

薩日娜慢慢有點習慣了小船，她轉過身向船頭前方看，還伸手摸水，感慨道：這一路水景蘆葦真美啊，比夢中的仙境還要美。想不到額侖草原還有這麼美的地方，怪不得天鵝喜歡這兒。天鵝喜歡的地方，就是我最喜歡的地方。馬上寒冷的秋風就要吹起來，天鵝夫妻們也要帶領小鵝集群南飛了。這會兒再不來看，就看不到了。我真羡慕你倆有這條小船，真謝謝你倆帶我來這兒。

圖雅笑道：那就來客棧吧，這條小船就是你的啦。

小船已遠離湖岸，拐過標有蘆葦結記號的水巷口，離天鵝聚集的天鵝王國就越來越近了。巴格納問薩日娜：你想靜悄悄地看天鵝呢，還是直接把船撐進去？要想悄悄地近看，就得砍幾大抱蘆葦，把咱們三個遮蓋起來，可這次是三個人，不太好遮……

圖雅說：我看還是別砍蘆葦了，挺費事的。這回可是額侖草原的天鵝媽媽來了，她只要在船頭高聲一呼，那些天鵝都得高興地飛過來，不會嚇跑的。到那時，別說近看天鵝了，就是抱著親吻天鵝都親不過來啦。

薩日娜自信地笑道：成，只要小船一進去，我就喊我和巴圖的鵝下來。

巴格納興奮地說道：這下可有好戲看啦。我盼的就是天鵝媽媽在天鵝王國的一聲喊。

說罷，猛撐了幾下，小船快速穿過一片葦林，悄悄拐出幽暗的葦巷，猛然進入陽光燦燦、波光粼粼的寬廣的天鵝湖。薩日娜驚得如入夢境：湖中空中，竟然有上千隻白得耀眼的天鵝。一些在湖中戲水洗浴，但多數在空中展翅搧翅、飛繞飛旋、飛歌飛舞……最近的天鵝就在頭頂繞飛。忽高忽低，忽遠忽近，捲起一陣陣白色的風。天鵝們快要南飛了，天鵝父母正忙著帶領小鵝們練習飛行本領。眼前的天鵝湖，夢中的千年天鵝王國，彷彿是從天上暫時飛落草原的一小片天堂，隨時又會飛離草原，返回天空。她感到自己也快要飄飄欲飛了，眼裡猛然湧出淚水，她跪在船頭，揮動雙臂雙手，縱情呼喊：

小鵝，小鵝，媽媽在這兒！小鵝，小鵝，媽媽在這兒！快飛下來，媽媽來看你們了，給你們帶來好吃的啦。

近處剛剛驚起、紛紛在水面踏水、助跑、欲飛的天鵝們，立即停下落到水面。有一對鵝馬上調轉身子，歡快地叫著，長頸前探，向她衝游過來。還有幾隻正在天空飛翔的天鵝也快速折飛回來。薩日娜連續呼喊，小船慢慢前行。巴格納怕天鵝認生，連忙停住船，縮起身體，蹲下來把長杆放平放低。遠處的天鵝群聽到是歡樂驚喜的呼喊，而不是報警的鵝叫聲，都停在水面或在空中盤旋，好奇地向小船張望。那對最先回應的大鵝已經游到船頭兩側，當清楚地看見了媽媽的綠眼睛，兩隻天鵝高興得踩水、挺胸、搧翅，撲到船幫上來擁抱媽媽。薩日娜一邊繼續喊，一邊伸手去摸鵝的頭頸。一隻大鵝還想擁抱阿爸，但看了一眼巴格納便又失望地退了回去。薩日娜連忙摟過牠的長頸，吻了一下鵝頭，又去親另一隻，說：好想你們啊。你們的阿爸不在了，我替他親親你們吧。謝謝你們還想著他。

然後回過身，抓了一把鵝食餵給牠們。

又有幾隻鵝飛落水面、衝游過來。圖雅激動得也抓鵝食攤開手掌餵鵝。巴格納看姐妹倆餵鵝、洗手、撫摸、親吻，忙得不可開交。他也想餵，可是船太小，又隔著圖雅，生怕小船過於晃動，只得作罷。過了不多會兒，小船旁邊圍過來七八隻天鵝，不遠處還有許多鵝游來。

突然，一隻健壯的大雄鵝高聲叫著飛衝過來，在薩日娜身邊盤旋繞飛，她忙往後退了半步，坐在中艙的橫木上，雙手扶住船幫，剛讓出船頭的位置，大鵝就呼地一下落在了方方的船頭上。牠一邊高叫，一邊張開雙翅擁抱親愛的媽媽，並用長長的脖頸勾纏媽媽的脖子。薩日娜像抱住親生兒子那樣抱住了牠，親啊吻啊，說道：小小，這一年，你怎麼也飛到這兒來了？你在這兒找到你的公主啦？

大鵝快樂地叫，還回頭看看剛飛落到船邊的一隻體態秀美的鵝。薩日娜含淚微笑，一邊餵牠和牠的公主，一邊對巴格納和圖雅說：這隻大鵝，叫小小巴圖，比小巴圖小幾歲，也是巴圖最喜歡的鵝。我叫牠「小小」。那一年，巴圖把這隻小鵝從冰水裡救回來，沒想到餵了五六天，牠就恢復了元氣，又飛走去追阿爸阿媽。可是，過了三四天牠又飛了回來。牠是小鵝，從沒南飛過，不知道該往哪兒飛，而南飛的鵝群早就飛走了。風雪裡，找不到別的鵝群，牠亂飛了幾天，又餓壞了，只好再找回來，可能先找到那個冰湖，然後才找到我家的。牠認識我家蒙古包頂上的佛家圖案，也幸虧大風把蒙古包頂一大半的雪刮乾淨了。一隻不到半歲的小鵝，就知道在風雪裡飛、在高空飛才能躲避空中的天敵。這麼聰明勇敢的小鵝，全家人都喜歡上牠了，小小和小巴圖，是我家所有小鵝裡跟人最親的鵝。巴圖和我最寵愛牠倆，常給牠倆最好吃的東西。牠腳腕上的這條細馬鬃辮子，還是巴圖拴上的哪。

圖雅笑道：怪不得，牠見了你這麼親呢。

人鵝母子意外重逢，歡樂激狂的叫聲引來更多的天鵝，見到天鵝媽媽的大鵝們疾飛相告，又招來更多鵝媽媽的孩子，大大小小的天鵝越聚越多，不一會兒在天鵝湖上空飛旋出一個天下最奇異的、多層的「大鳥籠」：「鳥籠」底部中心是一條小船和三個愛鵝的人，「鳥籠」內部的第一層，是薩日娜一家和巴圖救養過的鵝；第二層，是這些子女們的情侶鵝和牠們的小鵝；第三層是草原寺院、米希格阿爸和其他愛鵝牧人救養過的鵝；第四層是這些鵝的情侶和子女；第五層是曾經享用過愛鵝人投食的鵝；最週邊的是從未接觸過人、看熱鬧的天鵝。此時此刻，在水面，從中心到週邊；在空中，從薩日娜招手的地方到近空和高空。這層層疊疊，裡裡外外，高唱高叫，繞游繞飛的天鵝「鳥籠」將三個人罩在裡面，幸福無比。三個人被天鵝巨大的愛和感恩之情，感動得熱淚盈眶，呼喊道：

謝謝小鵝，謝謝天鵝。

謝謝你們的愛。

我愛你們。永遠愛你們。

小船周邊越來越擁擠，當年出生的小鵝們更大膽，靠在阿爸或阿媽的身邊，搶吃兩人手掌上的、牠們從來沒有吃過的好東西，甚至把長脖頸伸向船上的食桶。而那些被薩日娜和巴圖救養的孩子們，卻更想與媽媽擁抱和親吻，享受媽媽的愛撫。可是小船太小，天鵝們上不了船，已把小船撲騰得亂晃。

巴格納又喜又急，叫道：你倆分開兩邊餵，千萬小心，別把小船折騰翻了……湖東邊有一片沙洲，我去過。要不要到那兒去？

薩日娜說：太好了，快去那兒！我也怕大鵝踩翻了小船。你撐船，站得不要太高，彎下點身子，要不會嚇著鵝的。

成。

小船緩緩向天鵝湖東部的沙洲靠過去，整個轉動飛翔的天鵝鳥籠也隨船慢慢移動，忽大忽小，忽快忽慢，像盛開的巨形白色大花籃，像空中旋轉的走馬燈，又像天鵝湖上狂舞飛旋的白色龍捲風。

薩日娜仰頭望著龐大的鵝群歌舞隊，用力揮手呼喊：太美太壯觀啦，謝謝你，巴格納大哥。這麼快就讓我夢想成真啦，這兒真是千年天鵝王國，怪不得我家和巴圖救的那麼多小鵝，大多飛到這兒來築巢安家了。還有好些米希格阿爸救過的天鵝哪，那些鵝也認得我，我也餵過牠們。這兒確實是天鵝最隱蔽安全的王國啊。

圖雅歡欣地笑道：那你就早點搬到天鵝王國旁邊來吧。

薩日娜淚光閃亮，說：這回，我真的動心了……再等等吧。

巴格納撐了好一會兒，才把小船船頭撐上岸。這是一片長著稀疏矮草的沙洲，有半個客棧停車場那麼大。

啊！薩日娜跳下船驚訝地叫道：這兒是天鵝寶地啊。你倆看看，滿地都是天鵝情侶換下來和互相梳下來的羽毛羽絨，這兒一定是早春天鵝情侶在水上親熱過後休息的地方。你是咋發現的啊？

巴格納笑道：是個好地方吧。我第一次進來的時候，看這兒有好多天鵝在曬太陽，白花花的像一大片白芍藥花叢，就過來了。

薩日娜說：你真厲害，連天鵝湖裡的觀景台和餵食台都找到啦。有了這個地方，餵鵝就太方便啦。我那邊的天鵝湖水面大，蘆葦少。真不如這兒僻靜，而且也進不去啊。

圖雅笑道：這兒也是情人幽會的好地方啊，周圍是高高的蘆葦、蘆花，前面是天鵝湖，坐在這裡看天鵝歌舞，太美啦。以後你倆就常來這兒吧。

巴格納把食桶從小船上拎下來，放到沙草地上。桶裡的鵝食只剩下小半桶了，他又從船上拿來那半袋麥粒，一小半倒在桶裡和魚菜好食拌在一起，給自家的鵝吃，另一大半在草地上撒成一溜，讓其他的鵝吃。剎那間，大群天鵝從天而降，從水裡衝上岸。把小小的沙洲擠得滿滿當當。不一會兒，木桶被啄得咚咚響，沙草地裡的麥粒也被一一啄光。

薩日娜一隻一隻地擁抱兒女們，查看牠們的身體、羽毛以及腳腕上的綢帶和細馬鬃辮。有些已經褪色，有些則已半散脫，然後給牠們整理重繫，恢復如初。她歎道：原來那些瘦弱饑餓、瀕臨死亡的小鵝們都換過多次羽毛，長成美麗的天鵝王子和公主了。小小巴圖喙上的黃斑邊緣有幾顆珍珠似的黑斑點，我還能認得，其他多數鵝，我已記不清是哪年救養的了。

但是，天鵝們卻仍然能記得她。巴格納想，是因為她那雙與眾不同的綠眼睛，還是因為牠們牢牢記住了她的聲音、氣味和手勢動作？米希格阿爸說得沒錯，**天鵝有天下第一的好記性，永遠不會忘記的就是你給牠的愛**。

薩日娜深感欣慰的是，她的孩子裡有一多半也有了兒女。她數了數，總共大概有五六十隻小鵝。但牠們還有些認生，怯怯地跟著另一位家長下到湖裡，在湖邊不遠的水裡游水等待。

薩日娜微笑道：我的孩子的孩子，這才是一小部分，別的湖裡還有，以後也會更多。我這一輩子救的鵝，能生多少隻小鵝？總該有幾百隻吧。阿爸說，救一隻天鵝勝讀一部經卷啊……

巴格納感慨道：今年冬天我要多救養一些小鵝。我有小船，就不用請小弟弟趴在冰上冒險去夠小鵝，我可以用粗木杆搗碎薄冰，撐船進湖，一準能救幾隻小鵝回來的。我這兒還有畜房、菜窖和糧食，可以幫你救更多的天鵝。我愛天鵝，這輩子就跟天鵝過了。我也想讓我救下的天鵝，一年年也生下一代代小鵝、生下幾百隻小鵝，此生就無憾啦。

薩日娜說：那我替天鵝和天下愛鵝的人謝謝你。

圖雅喜悅地說：巴格納哥哥，這個冬天我要跟你一塊兒救小鵝。我已經不怕水了。再過幾年讓天鵝把咱們三個包起來跳舞，我也想當天鵝花的花蕊。

巴格納笑道：我更想當。

頭頂還有一群鵝在盤旋。巴格納對薩日娜說：今兒我總算把天鵝歌王帶到千年天鵝王國來了。看你這麼高興，那就給我和圖雅再唱支天鵝歌吧。

薩日娜微笑道：好啊。到了這兒看到這麼多的天鵝在飛，看見我的兒女們在天上飛，我也特別想飛，不能飛，那就讓我的歌聲飛翔吧。今兒看見了小小，我就給你倆唱一首《天鵝高飛之歌》。這首歌是以前為小小巴圖寫的，也是給所有天鵝和我自己寫的。

說罷，她站起來望著天空，宛如一隻在高空飛翔的天鵝，激情地唱道：

藍天下，浮雲上，

高潔的天鵝雙雙飛。
雙雙飛，低頭催：
孩子孩子莫貪玩，
快快往高追。

草原上，白雲下，
小鵝嬉戲翻飛舞陶醉。
阿爸阿媽不要催，
不想飛高空，那裡冷，翅膀累，
低空可以輕鬆飛翔享受暖風吹。

阿爸說，草原金雕是天霸，
獨佔統治百鳥的王位。
飛高能達數千尺，
利眼利爪利鉤喙，
牠想吃誰就吃誰。
空中大多和平鳥，
無爪無牙無力高飛空歎悲。

天鵝本是天使鳥，
哪能容忍霸王規。
天鵝高飛才自由，
草原鳥中排首位，
藐看草原鳥霸黑黃羽翅背。
空中霸王惱怒卻無奈，
心比天高的天鵝最高貴。

小鵝高興歌唱道，
阿爸阿媽說得對，
把鳥霸的皇位踩在腳下更陶醉。
小鵝齊齊奮力振雙翅，
追隨阿爸阿媽比翼高飛。

巴格納驚歎道：你又嚇了我一跳。你把天鵝藐視皇權的自由高貴品格唱出來了。這是比天鵝終生專一的愛，更加令人敬仰的品格啊。薩日娜，還是你最懂天鵝，能領悟天鵝的心意。

圖雅說：巴格納哥哥，好姐姐願把這首歌唱給你和我聽，只有咱們三人知道。那好姐姐就把她的命跟咱倆的命拴連在一起啦。

巴格納感激地說道：謝謝薩日娜這麼相信我。每次聽完你的歌，我的心都要翻騰好幾天。不要緊，只要歌好，這首歌一定會傳下去的。

已到午後，三人很是盡興，要不是下午莫日根和小王還要用船打魚，他們三人真想一直泡在天鵝湖天堂裡，一直泡到月亮升起。薩日娜還是意猶未盡，歎道：我真不想回去啊，好想看天鵝群在晚霞中跳舞，那是讓人看得心都會醉的神舞啊。我還想跟我的天鵝兒女，在月光下的天鵝王國裡睡覺。不在這裡睡一覺，哪能算真正住過天堂啊？這裡可能就是生死此岸到涅槃彼岸的飛舟，將來會有幾百隻天鵝陪我去的……我還是想在這裡睡一夜。

巴格納笑道：太對了，你說到我的心坎上了。我也想跟你倆、跟天鵝在天鵝天堂裡住一夜。我有辦法，明天我讓莫日根和小王，把下午那次打魚改到中午，然後等他們回來了，咱們就撐船進來，再帶上足夠的食物和薄皮被，就可以在天鵝湖裡泡一個下午，在天鵝天堂裡睡一個晚上了。

圖雅蹦腳高叫：好啊，好啊。在天堂看天鵝和晚霞一起跳舞，再和天鵝們住上一夜，那咱們真要美死在天鵝王國裡啦。

巴格納樂得輕吼了一聲：好，就這麼辦。

說罷，便把食桶放回小船，扶兩姐妹上了船，快速向客棧方向撐去。大鵝們也跟著下了水，並領著伴侶和小鵝們，陪伴在小船左右，快樂地游了好長一段。小小依然站在船頭，依偎在媽媽身旁。直到快接近湖岸的地方，天鵝們才戀戀不捨飛向湖中自己的家。其實天鵝們早就在空中見過這條打魚的小船，今兒才知道原來這是鵝媽媽和新朋友的小船，他們就住在河邊的房子裡。鵝媽媽竟然離牠們這麼近，天鵝們開心極了，歡樂的鳴叫聲響徹整個大葦塘。

27 天鵝湖的夢境

著名蒙古族女詩人那遜保蘭（一八〇一—一八七三），是喀爾喀蒙古阿拉善王之女，她四歲時隨父母入京，自幼受到漢族古典文學和詩歌的薰陶，十二歲時她便能用漢文吟詞賦詩。她的遺作有《芸香館遺詩》三卷，這部詩集，是她長期刻苦學習漢族古典文學，從漢族詩詞中汲取營養而精心創作的。她在一首詩中讚頌成吉思汗的大統一事業，詩中寫道「幸逢大統一，中外無邊防」。

——盧明輝《清代蒙古史》

回到客棧已是下午，巴格納把牛車交給莫日根，他們正等著出車打魚。牛車走後，巴格納說：我讓其木格準備了你倆洗澡的熱水了，就在圖雅屋裡洗，這會兒大木盆和熱水可能已經都給你倆準備好了。晚上再到我那兒吃晚飯，我要請你們姐妹倆吃草原上最好吃的東西。

啊！薩日娜滿心喜悅地說：真是太謝謝大哥啦，我還沒有從天鵝天堂那麼大的驚喜中醒過來，你還要給我兩個驚喜啊。我還從來沒有在大木盆裡洗過熱水澡哪，還要給我吃草原上最好吃的東西。

傍晚，兩姐妹像兩隻剛剛痛快細緻洗浴過的天鵝，走進巴格納寬敞乾淨的掌櫃房。薩日娜容光煥發，全身洋溢著秋季花海花濤般的天香和美韻，似乎還興奮地沉浸在冒著蒸汽的大木盆裡。巴格納看得幾乎忍不住要上前擁抱親吻她了。

薩日娜微笑道：我可不能在客棧再住下去了。這兒太舒服了，再住下去，會寫不出歌的。在大木盆裡洗熱水澡真奢侈啊，那麼多的熱水，比我在蒙古包兩三個月擦身洗澡用的熱水還要多啊。讓我覺得我也快變成水鳥啦，也更加明白為啥天鵝那麼喜歡湖水了，清水是生命和美的源泉啊。聽圖雅說，那個大木盆是你後來專門給她買來的新木盆。真乾淨啊，熱水裡還有木頭的香味哪，把骨頭都泡酥了，全身所有的毛孔都張開啦，把多年積攢的髒東西都泡出來啦，真舒服啊。怪不得哈斯高娃這麼眼紅客棧。

巴格納笑道：圖雅老是誇獎巴圖特別會給你送驚喜，我只能拚命跟他學啦，想讓你感到他還活在你身邊。

薩日娜眼中含淚道：巴格納大哥，你真是個好大哥。

巴格納說：你高興，我就更高興。你洗完熱水澡，我該請你吃最好吃的東西了。咱倆為蘑菇忙了那麼多的日子，一直想請你吃最好的東西，今兒晚上我就請你吃蘑菇燉沙雞。老張他們前兩天剛抓了七八隻。他們是用三四根馬鬃編成細細的馬鬃辮，再把細辮做成活扣，放到山後，拴在柳條棵子根上，再撒點小米、草籽，沙雞一用爪子刨食，刨進套裡就能套著。沙雞也叫「沙半斤」，跟野鴿子差不多大，一隻就有半斤多重，到秋天可肥了。用口蘑一燉，比蘑菇燉榛雞、野雞和野鴿子還好吃，那可是皇上都愛吃的草原第一美味。我已經讓老張媳婦燉了三隻，這個好東西連圖雅妹妹都還沒吃過呢。

圖雅一聽到草原第一美味就叫道：真的啊，我要吃。咱們三個一人吃一隻。

巴格納說：你倆吃了，準保一輩子也忘不了。

薩日娜微笑著細細環顧了一下房間，歎道：啊，大哥的房子好大好乾淨好漂亮，往後，弟弟們到客棧來玩，也都有好房子住了。

巴格納說：那我和圖雅太高興了。你跟圖雅睡一個屋，可以聊一個晚上，我給弟弟講故事。吃飯都到我這兒來吃。大哥的家就是你的家。

不一會兒，老張媳婦端著滿滿一大盆口蘑紅燒沙雞進了門，還沒有進裡屋，那奇異的蘑菇濃香加沙雞的鮮香，立即讓兩姐妹大呼：太香啦，真比炸魚還饞人啊。

謝過老張媳婦，還不等她離開，圖雅立馬下筷替好姐姐夾了一塊沙雞腿，然後自己也搶吃。三個人吃得連話都顧不上說。直到每人都吃了五六塊蘑菇和雞肉，圖雅才騰出嘴說話：巴格納哥哥，這道菜是我吃過最好吃的東西，真比炸魚還好吃。沙雞好吃，蘑菇香味全都鑽進雞肉裡了；蘑菇更好吃，雞肉的香味全都鑽到蘑菇的褶子裡了。這真是額侖第一美食啊。你咋到這會兒才讓我和天鵝姐姐吃啊？你得讓老張他們教教咱們，以後咱們自己去套，那更好玩啦。

巴格納笑道：我早就想請你倆吃了。咱們客棧倒是有好些三等蘑菇，可是老張說套沙雞不容易，套著一隻，一撲棱，就會嚇走一群。要是去晚了，套住的沙雞還會被狐狸和沙狐偷吃掉。前天為了再給薩日娜一個驚喜，我求老張去套沙雞，他知道我是為了招待你，就一口答應，騎馬到西北山後紅柳叢裡，下了十幾個套，守了一整天，套一隻就趕緊捉住，再放在籠子裡，不讓狐狸看見。然後再去遛套，這才抓著這幾隻。過幾天我跟老張再去抓抓看，要是再能抓著一些就好了。

薩日娜笑道：蘑菇燉沙雞確實更好吃。蘑菇的奇香讓我回想起蘑菇點的那些日子。那時候只能聞，這會兒才吃到嘴裡，香到心裡去啦。今天是我最快樂的一天，我要喝個痛快，謝謝大哥。

巴格納說：你倆越來越美，洗完澡微醉之後就更美了。蒙古男人都不願離開蒙古，不光是愛戀美麗的草原、駿馬和天鵝，也是因為捨不得離開美麗的蒙古女人啊。偉大美麗的蒙古女人太多了，蒙古史家也不惜筆墨書寫和讚美她們。我想問薩日娜，你最敬佩的蒙古女人是誰啊？

薩日娜吃了幾塊口蘑和雞肉，又喝了一口酒，滿意地微微一笑，如數家珍地說起來：叫人敬佩的蒙古女人好多好多，太遠的蒙古第一聖母阿闌豁阿就不說了，就從成吉思汗時候說吧：蒙古人的第二聖母，成吉思汗的母親訶額侖在丈夫去世後，便獨自養育了成吉思汗、合撒兒等偉大的兒子，也教養了丈夫第二哈敦生的別勒古台，支撐了一個苦難的家；成吉思汗的妻子、大皇后孛兒帖，是蒙古人的第三聖母。她生下並培養了術赤、察合台、窩闊台和拖雷四個君主；還有元睿宗拖雷的皇后唆魯禾帖尼，她又生下並撫育了四個皇帝兒子：蒙哥、忽必烈、旭烈兀和阿里不哥。了不起的唆魯禾帖尼，一母生四帝。而且，她還聯合拔都系，把大汗皇權從窩闊台系轉到拖雷系，親自把蒙哥扶上帝位，報了丈夫拖雷被害死的大仇。拖雷是成吉思汗最寵愛的第四子，號稱「四帝之父」。拖雷五歲那年，一個敗亡部落的殺手衝進氈房，一手夾抱著小拖雷，一手掏出刀準備行刺，這時有位女英雄阿勒塔泥聽到呼救聲，立即瘋了似的衝過去，打掉刺客手中的刀，救下了拖雷。要不是這位女英雄，就沒有「四帝之父」和「四帝之母」，也就沒有那著名的四帝了。我很敬佩阿勒塔泥。

要說我最敬拜的蒙古女人，就是達延汗的第一哈敦——滿都海，草原女人和男人都欽佩歌頌她。她武藝高強，常常親自率兵衝鋒打頭陣。她原來是滿都古勒大汗的第二哈敦，後來大汗被他的大臣密謀害死。那時候蒙古人從中原退回到草原，蒙古天下大亂。一百年裡，成吉思汗的直系黃金家族快被那些外姓部落首領殺光了，到後來只剩下一個七歲的孤兒，叫巴圖孟克，是滿都古勒大汗的侄重孫。他總算被一對好心的夫妻救了命，收留下來，後來又把他送到滿都海那裡。

這時，滿都海做了一件誰也想不到的大事情。她當時已經三十三歲了，為了替黃金家族的大汗丈夫報仇，為了挽救和延續成吉思汗的大業，她拒絕了蒙古東北一個大部落首領的求婚，橫下心嫁給了比她小二十四歲、這棵黃金家族的直系獨苗，把小巴圖孟克立為大汗。

當時整個蒙古直系黃金家族，就剩下最後這麼一口氣了，各大部落的外姓首領哪能服氣。那些殺害黃金家族的勢力，最怕黃金家族再度強盛後報仇。於是各大部落的外姓首領加緊反叛，勇敢的滿都海立即親自佩掛上陣，率領汗廷軍隊攻打反叛勢力。

滿都海感動了騰格里，也鼓動起汗廷騎兵拚命死戰。結果她贏了，打敗了衛拉特部，平定了漠南漠北各個大部落，並且還乘勢除掉了汗廷裡面殺害她原先丈夫的大臣，重新統一了南北蒙古。滿都海在全蒙古贏得「睿智」和「至高無上」哈敦的稱號。滿都海就是我心中至高無上的蒙古女王。

更厲害的是……

說到這兒，薩日娜停了下來，顯得有些興奮和遲疑。急得圖雅一個勁兒催她講下去，她又喝了一口酒說道：滿都海女王的生養力太厲害了，天下無人可比。等達延汗長大後，她給他一連生了七個兒子、一個女兒。這八個王子公主裡面，竟然有三對雙胞胎，讓天下所有人羡慕又敬佩。

啊。巴格納異常震驚，歎道：薩日娜，你腦袋裡咋裝下這麼多的東西？又是你阿爸給你講的吧？

薩日娜說：阿爸經常給我講滿都海女王的故事，還讓我看了好多書哪。

巴格納說：滿都海也是我最崇敬的蒙古女王。沒有她，成吉思汗、拖雷、忽必烈這一正統直系黃金家族早就絕後了。滿都海在平定反叛部落以後，她生的七個兒子，除了二兒子被反叛部落首領殺害外，其他兒子被封為蒙古漠南漠北六大部的宗王領主，使孛兒只斤黃金家族重新掌管蒙古大權。達延汗這才成為了蒙古的中興之主，實際上，滿都海才是蒙古真正的中興之主啊，使得直系黃金家族再次遍佈蒙古草原。蒙古人為啥比其他許多民族都更尊敬自己民族的女人，是因為蒙古偉大的女人太多了。蒙古女人對蒙古的貢獻不比男人的貢獻小，而過失卻比男人少得多。

巴格納舉杯與薩日娜、圖雅又飲了一杯酒，歎了一口氣，說道：達延汗後來把六個兒子封王又封土，這在當時也是沒有辦法的事情，結果還是埋下了隱患。兩代以後，又造成領主割據，六部紛爭，黃金家族兄弟部落互相殘殺，長期混戰，整體瓦解。最後，延續了四百三十年的大蒙古國被清滅亡。不過，達延汗和滿都海哈敦的「中興」還是讓蒙古國多延續了一百五十多年的壽命，比「大元朝」的壽命還長五六十年呢。整個蒙古帝國四百多年的歷史，也比唐朝和唐朝以後的所有漢家王朝的壽命都長。達延汗和滿都海，仍然是所有在世的黃金家族貴族的先祖，也是咱們的聖祖聖母啊。

薩日娜說：在那種混亂的時候，也許還是集權好一些吧？可以集中國力辦大事嘛。

巴格納說：那也不一定。大事是分好事和壞事的。要是集中全國力量辦大壞事，國家就亡得更快。比如，蒙古末代大汗林丹汗，在強大的後金女真騎兵虎視眈眈想吞併蒙古國的時候，卻集中力量辦大事，攻殺不聽話的東北蒙古部落，逼得東北蒙古大部落首領投降了女真，結果，形勢突變，強大的女真騎兵與蒙古降兵兩軍合一，加倍進擊，迅速滅亡了蒙古國……

薩日娜歎道：唉，阿爸走了以後，好久沒有跟人聊得這麼痛快了。真想經常跟大哥議論天下大事。貴族後代都有喜歡議論天下的毛病。

巴格納歎道：薩日娜，你不愧是蒙古學問家的女兒，血管裡也流著滿都海女王的血啊。

圖雅喝了一口酒，咯咯笑道：你倆聊得真投機啊，我聽得都很過癮。巴格納哥哥，你只要多和好姐姐長聊，那離你的夢想就不遠啦，好姐姐的精神也會很快變好的。

三人把一盆口蘑燉沙雞，吃得連剩下的汁都加了熱水當湯喝光。

傍晚，在天鵝湖東沙洲上，三人在火紅的晚霞中，與天鵝們盡情跳舞唱歌。天鵝翻飛舞動的翅膀，猶如燃燒的火把，在絢麗的天空上狂歡，把三人的歌興舞興也燒了個透，一直到霞光西落，歌舞才結束。當明亮的星斗照耀天鵝王國的時候，巴格納用枯杏木燃起一堆篝火，與兩姐妹一同烤魚吃魚，飲酒論詩，斟酌歌詞。大部分害怕火的天鵝，都不遠不近地躲開了，而被薩日娜和巴圖養過一個冬天的天鵝們，見過媽媽和阿爸的火，牠們或站或臥在鵝媽媽的身邊，還很喜歡篝火的溫暖，畢竟深秋湖旁的涼意已經透骨了。小小把長脖頸放在媽媽的腿上，專注地聽她的話音和歌聲，還時不時地吃媽媽餵牠的麥粒和生魚肉。

夜深了，湖水裡的星辰閃爍著珍珠般的光亮，喜歡在水面漂著睡覺的天鵝們，已經把頭頸彎進翅膀裡，在微微起伏的湖水搖籃上，像一朵朵睡蓮似的睡著了。有著多年野外露宿經歷的巴格納，用帶來的砍刀砍伐了幾大抱半枯的蘆葦，做了兩個又厚又大的軟墊，再用繩子和兩捆蘆葦紮出兩個長條枕頭，然後用二茬羊毛薄皮被蓋住兩姐妹，自己則裹了二茬毛皮袍，躺在旁邊另一個小一點的軟墊上，像雄鵝守護妻兒一樣。二十幾隻大鵝也像牠們小時候那樣，臥在鵝媽媽的頭旁、身旁，被媽媽撫摸過以後，安心地睡去了。

三人仰面躺著，望著草原上空燦爛的、近得幾乎伸手可摘的星星，卻都沒有了睡意。圖雅朝天空伸出一條胳膊，笑道：咱們已經在天堂，我想順便摘一顆星星下來當戒指，明天帶回家。

三人大笑。

薩日娜笑道：那你順手給我也採一顆，我要那顆藍色的。

巴格納也逗笑道：圖雅妹妹，你要能採到，就多採點，比你採的蘑菇釘還要多。那咱們不光能把薩日娜全部的債還清，還能把整個小勝奎商號買下來呢，那就能救下整個草原的落單小鵝啦。

三人笑得喘不過氣來，驚醒的天鵝將頭頸伸出了翅膀，大鵝們看到媽媽和朋友們這麼高興，也額額、叩叩快樂地叫了起來。

薩日娜伸手撫摸身邊的鵝，把臉湊過去接受鵝的親吻，然後對兩人說：你倆看，天鵝能聽懂咱們的話，一聽到要救更多的小鵝，牠們就高興了。天鵝其實更愛救養牠們的人媽媽。因為草原天鵝湖裡的鵝媽媽，只在小鵝小時候全力愛護、養育牠們，可是到小鵝全身剛剛換成雪白的羽毛，長成大鵝，就會不講情面地把小鵝從家裡趕走、啄跑。這是為了讓小鵝以後能自己獨立生活，自己養育孩子，不要再依賴媽媽和阿爸。小鵝們可憐啊，牠們只能得到一兩年、頂多三年的父愛母愛。可是像我這樣的人媽媽，就能永遠愛小鵝，從來不會趕走小鵝，但也會讓小鵝自主自由地生活。小鵝一生都能在我這裡得到母愛。

巴格納笑道：薩日娜只要一說天鵝，我的耳朵就會像狼耳朵似的豎起來。我真想早點當上小鵝們的阿爸，有一群天鵝兒女的阿爸，才是最幸福的阿爸。

星光下，天鵝天堂遠離人間，靜謐清純。天空湖水淨如一體，湖水深處，水星閃耀。湖邊傳來像柔和催眠搖籃曲似的蘆葦沙沙聲響，二十幾隻天鵝圍在媽媽的蘆葦軟墊旁邊，彎頸埋頭睡覺，像天宮裡的公主王子們圍著親愛的天鵝媽媽。

三人也在夢境般的天鵝天堂中入夢。

薩日娜回到部落，跟米希格阿爸繪聲繪色地描述了千年天鵝王國以後，老人第二天上午就迫不及待騎馬奔到客棧，讓巴格納和圖雅帶他進湖。米希格法師竟然在天鵝王國的天空上，叫下來三四十隻他救養過的天鵝和牠們的新家庭，天鵝和孩子們又驚喜歡樂地唱歌跳舞、擁抱親吻，把老阿爸圍成了花蕊。薩滿老人像孩子一樣，幸福地流下了眼淚。

28 壓力

早在忽必烈當政的至元年間，就已經發生了蒙古族貧民淪為奴隸的現象，其中不僅有被賣給蒙古貴族為奴的，而且有被賣給漢族富豪為奴的，甚至還有被人口販子轉販到「番邦」為奴的。一二九一年（元至元二十八年），朝廷曾特別頒發詔令，「嚴禁泉州海船將蒙古男女人口販往回回（今伊朗、阿拉伯一帶）、忻都（今印度）等地」。

……

一七三四—一七三五年，鄂爾多斯向陝北一帶賣出屬民二千四百餘口。

——阿岩、烏恩《蒙古族經濟發展史》

大雪封路前，商號和客棧準備已久的最後一次大宗貿易會，在客棧大院內外場地進行。此後，商號和客棧將歇業長達半年之久。

秋季是草原遊牧部落和牧人出售牲畜的主要季節，近一半的交易是賒銷。在春季，商號已經將牧民最需要的商品賒給了他們。到秋季，一些黑心商號就專挑最肥壯的牲畜回籠銷帳。他們利用牧人的淳樸，春季賒帳時寫的償還普通三歲牛，但到收賬時收的卻是一頭長壯了的大犍牛，價格相差近一倍，收羊也是這樣，牧人損失慘重。所以，巴格納極力勸說牧人現貨市價交易，以減少不良商號對牧人的巨額榨取，同時也可以減少守法商號的交易損失。

巴格納還說服了蘇木首領，在大災頻繁的年景下，每年秋季應儘量多地出售牲畜，只保留畜群最主要的母畜和未被騸公畜。因此，這年全蘇木三個部落，向大盛魁商號和其他商號的牧商賣了八九千隻額侖貢羊、肥羊和上千頭草原紅牛，還向朝廷的蒙古騎兵出售了兩三百匹烏拉蓋突厥戰馬。每個部落都比常年多賣出一千餘隻羊，三個部落總共多銷售了三千多隻羊，使三個部落的平均羊數下降。數量少了，但羊群更加健壯金貴，也更加節省草料和草場。同時，部落和牧民的腰包也比往年要鼓，部落和牧人就有現錢和商號印票來客棧購物了。大盛魁商號充分施展分店大庫房近水樓台的優勢，把儲備充足的各色貨品在院內集中鋪陳銷售。八九個嶄新雪白的蒙古包、二三十輛結實漂亮的牛車、櫃車、篷車、木桶水車，以及蒙古包內用的佛龕、供台、靠櫃、碗櫥、奶缸以及火撐子鐵爐等傢俱和用品，擺在客棧的堆場空地上；碗口粗的原木並排搭成一排排臨時攤位，上面鋪墊著舊氈，整齊又美觀，擺放著各種磚茶、綢緞、布匹、腰帶、蒙古靴、氈靴、鼻煙壺、銅壺、雕花木托銀碗、雕花銀泡釘或銅泡釘的馬鞍、鐵鍋、鐵鍬、木鍁等日用商品，以及麵粉、小米、炒米、大麥、燕麥等糧食和馬料。

堆得最多、最醒目的是一指厚、六尺寬、十一二尺長的羊毛大氈，這是草原不可缺少，也是用途最廣泛的生活和生產用品，可用作蒙古包的兩層頂氈、頂蓋的蓋氈、哈那牆裡外兩三層的圍氈、地毯下鋪的兩三層地氈、篷車上的氈篷、車櫃外層的氈套、馬鞍下馬背上的兩層厚氈屜、酒壺茶壺外的保溫氈層、冬季羊圈擋風牆氈、蓋乾糞堆的蓋氈，等等。蒙古草原遊牧部落如果沒有大氈，遊牧生活將立即瓦解。因此，大盛魁商號調集來了北方名號最響且質優價廉的大氈。一兩百塊大白氈疊起來摞到一人多高，像平地升起一座大舞台，頗為壯觀。牧人紛紛大量購買，氈層一摞一摞矮下去，而存貨充足的新庫房又能一層一層地把「氈舞台」補得高起來。

堆得第二多的就是青鹽和磚茶，乾燥的老庫房裡幾乎堆滿了兩大間用葦席隔出的專用房。這兩種草原牧人的必需品，不僅供應本蘇木，而且還供貨給更遠的旗盟商站。眼看就要入冬了，每個蒙古包的牧人都會購買足夠用半年一冬的青鹽和磚茶。

再就是草原必需品——糧食，也大袋大袋地堆滿了兩間老庫房。巴格納見三個部落不肯搭建更多的木欄草圈，只好在多儲馬料和糧食上暗中使勁，這是他一人就能拍板的事情。他早就讓老秦大哥在內地糧食豐收地區，給他運來比正常儲量多三倍的馬料和糧食，總共有三萬多斤。連老張都覺得進得太多了，說草原牧人的主食是羊肉牛肉和奶食，糧食吃得很少。糧食進多了，賣不動會發黴。而巴格納卻說，額侖冬天太冷，哪會發黴？趁著這會兒內地糧食剛收下來不久價錢便宜，客棧又有現成的空倉庫。為啥不多存儲？儲上個半年一個冬季，到開春糧荒，整條商道糧價上漲的時候，還能憑空賺個兩三分的利，把給薩日娜、米希格阿爸等人救養天鵝的糧食麥粒賺出來。要是萬一在冬季碰上大白災，那這些儲糧不就是搶都搶不到的救命糧啊。在額侖，冬季多儲糧，百利無一害。老張聽後服氣。圖雅姑娘掰著手指頭算了半天，也沒算出個啥樣好處來。巴格納忍不住笑起來，刮了一下傻妹妹的鼻子。

那幾日，額侖蘇木的三個部落以及其他蘇木的牧人，紛紛騎馬或坐牛車前來交換、採購和赴宴。客棧院外扎下了部落和牧人自帶的十一二個蒙古包，供商人與牧人談生意、交流、休息、食宿之用。客棧店員們已完全停止了晾曬魚乾的活計，札那和巴格納從部落調來姑娘小伙，增加捕魚、運魚、炸魚、烤魚和招待的人手，把炸魚宴辦成了金燦燦、香噴噴的流水席。商人、顧客任何時候入席，都能享受到剛出鍋的炸魚，絲毫不會被怠慢。大盛魁商號長龍般的強大車隊，又能確保庫房一排大酒罈始終充盈、不會見底。所有來客都高興而來、盡興而去。客棧和分店像是舉辦了一場中型的那達慕。大盛魁商號和客棧火爆得遠近聞名，讓其他商號紛紛擠過來銷貨，或改換商點和商道。

老秦與巴格納、圖雅看著商貿會熱鬧的陣勢，深感興奮輕鬆。巴格納和圖雅將老秦大哥請到掌櫃房，老秦笑道：我的巴老弟真了不起呀，半年的工夫就幹成了這麼大的一樁買賣，不光把札那投的老本收回，建了倉庫和房子，打開了商、牧、林的互通商道，還收了那麼多上上等蘑菇釘。商號、客棧和我都賺大了。這裡是整條商道最要緊的一個大站。今年我把勁兒多半使在你的客棧上了，真使上了勁。咱們明年的日子就更好過了。

巴格納說：還是你有魄力、有眼光，一開始就敢下大本，調來大批財力人力物力，一點工夫都沒耽誤。要沒有你，我真的幹不成這樣，連老張都說客棧上得這麼快，多半仗著大盛魁。我只是占了塊風水寶地，那也是札那阿爸有眼力。

老秦笑道：那還不是因為咱倆比親兄弟還親。要是人不親，看個一年兩年都不敢投，商機全錯過了。你看看這架勢，別的商號要地盤沒地盤，要攤位沒攤位。俏貨來不及運，大貨沒地方存，不知道部落和牧人最想要啥，還沒有這麼饞人的大汗炸魚。咱們有庫房，有堆場，有菜園。車隊從來不空跑，貨的成本就低，賣價比別的商號更便宜。又從不賣假貨次貨，信譽聞名草原各地。這買賣做得真叫順，這回儲備的貨，已大部出清。大雪封路之前，再把庫房補滿，把木頭堆場堆碼整齊，今年的活就算結了。

老秦繼續說：到明年客棧更得火。我已經有了新打算，我要把我管的這條線分成南路和北路，以咱們這個客棧的大倉庫為中心站，南路從張家口到咱客棧，北路從咱客棧到漠北的克魯倫河。南貨北貨全到這兒集中，再換運。這樣一來，那些到北邊搶上等皮貨的、熟門熟路的車隊，就可以省下近一半的時辰和路程，半年就可以當一年用，珍貴皮貨也可以多拿到一倍。那咱們的這條線更要發了，客棧也跟著發啦。

巴格納歎道：這真是個好法子，你手下那些精明商人，就不會把他們收貨的本事浪費在長途車道上了。好貨精貨放在我這個客棧倒手轉運，最能讓你放心。

老秦笑個不停，說個不停：今年你們的蘑菇釘，幫了我一個最大的忙。上上等的樣貨一到總店，那些搞了大半輩子蘑菇生意的商人全都傻眼了。咱商號是在京城第二撥上貢的商號，京城內務部採購處都是識貨的人，立馬全收。聽說後來再上貢的貨，很少有讓他們中意的。他們又把明年的貨定下了。伊登札布這回也揚眉吐氣了，京城一些主要的大臣他都貢到了。你想想他手裡的三樣硬貨：額侖貢羊，烏珠穆沁戰馬，再加上額侖貢口蘑，誰都得求著他。這人懂牧業，懂商業，懂朝政，沒他，東烏旗不會這麼出名。只要他的官位牢靠，想害你的人就難下手。薩日娜的那二十五斤上上等口蘑，我也賣了個好價錢，除去入京關卡幾道稅、運輸成本和商號的利，替薩日娜還今年債的利息還有富餘，這筆銀子你收好。客棧今年賺的款項等商貿會結束，再結清交給你。

說罷，將一包沉甸甸的銀子推到巴格納面前。

老秦又說：可明年咋辦？那家商號要的是綠眼睛漂亮姑娘，前幾年她欠的債還沒那麼多，又是前蘇木官員的女兒，不好拿人。她這會兒長成大姑娘，再不拿就晚了，要掉價，掙不了幾年的大價錢了。那家商號這會兒正在各個蘇木收賬呢，帶了不少人，還有旗裡主管牧奴的官員和旗府兵丁。那些還不上當年利息的，當場拿人帶走，賣為牧奴或者賣到內地。我估摸這家商號今年就想把她帶走，可他們沒料到她能還上今年的債。京城幾個大臣和一些草原王爺是這家商號的股東，他們有那麼硬的後台撐腰，部落想保她也保不住啊。幸虧今年這筆銀子湊齊了，可是明年呢，我想他們絕不會拖過明年，到那時候，無論她當年的利息能不能還得上，都要拿人的。

巴格納說：她今年要還的債，我早就準備得差不離了。我把半年攢下來的兩份薪酬，再加上札那答應給我的年終分紅，還有預支的薪酬都拿出來了。你送來這筆錢，我就更不怕了，要是他們硬要加碼還債，也可以應付。

圖雅眼裡冒火，說：我得的蘑菇和薪酬還沒動，都給好姐姐留著呢。到明年咱一定幫她把債全還上，要是不夠，我找阿爸借幾百隻羊。

老秦說：那你們就更要得罪他們了。這家商號很惡，我跟伊登札布還有娜仁其其格正在想法子查他們。我們大盛魁的背景也不小，但要對付他們還得動用更高的權臣，也不容易啊。

當天晚上，道爾基的二兒子那森巴雅爾騎馬趕來，對巴格納和圖雅說：後天上午，小勝奎商號和旗府官員帶人來收債，阿爸已經命傳令騎手通告了全蘇木的欠債人，要他們準時到蘇木駐地還債，還不上當年利息的人，就會被賣身為奴。聽說南邊幾個蘇木已經有好幾個人被鐵鍊鎖走了。阿爸讓我來問，薩日娜要還的利息湊得咋樣了？

圖雅說：能還上，你讓你阿爸甭擔心。我和巴格納後天一準帶銀子去還。你可千萬別讓人知道，更不能告訴哈斯高娃。她準保想不到巴格納會把他得到的蘑菇釘全都拿出來替薩日娜還債。

那森巴雅爾面露喜色說：那我就放心了，我不會說的。你們先忙，我還得招呼在這兒買賣東西的欠債人。

說罷，便騎馬出院大門。

巴格納對圖雅說：我去就成了，你就別去了。

圖雅說：我看你倒是不能去，要是真戧戧起來，說你聚眾鬧事，那就闖大禍了。伊登札布一直對你說不能聚眾聚會。

我還是得去。不出頭說話，就站在一邊幫你出出主意，看個場面。咋樣？

圖雅只好點頭。

兩天後，道爾基大蒙古包前的草地上，已聚集了百十來人，不遠處還有牧人用來還債的七八小群牛羊，每群牛羊都有一人照料。一張用兩個牛車箱櫃架起來的長桌，桌上鋪著薄氈，上面擺了一摞帳本和借據。一位旗府官員、道爾基蘇木長、札那副蘇木長、幾位商號主管和帳房主事坐在桌後鋪著氈子的箱櫃上。長桌兩旁則是十幾個旗府兵丁和商號雇傭的七八個打手。長桌側旁不遠處還有一個用牛車和木柵欄搭建的臨時牲畜圈，用來回收還債的牲畜。圖雅和薩日娜穿戴整齊，兩人站在人群靠後的地方，薩日娜雙手緊緊摟著銀子布包。巴格納則站在她倆身後十幾步的地方，目光始終沒有離開過她倆。他深感心痛，官府真的很會「治理」民眾，客棧舉辦的商貿集市被官府和奸商巧妙地利用了，趁客棧紅紅火火大開交易把眾人吸引過去的時候，就在背後避開眾怒幹著逼債販奴的勾當。

被叫到名字的人，上前交牛羊或交銀子首飾還帳。還上這年利息的人，簽了名字或按了手印便鞠躬走人。還清了全部本息，債務則被一筆勾銷，債據經雙方核對後當場燒掉。而還不上這年利息的人，則被冰冷的鐵鍊像拴狗一樣，鎖在一輛牛車旁。家人們圍過去哭叫，兵丁和打手連揪帶拽不准接近。

終於叫到薩日娜的阿爸蘇米亞的名字。薩日娜走上前，將銀子布包打開，裡面是一錠錠足色銀子。幾位商號主管互相看了看，很是吃驚，認真校驗清點無誤之後，卻並沒有讓她簽名認交，一位商號主管厲聲命她站在一邊等待。薩日娜像是遭遇驚雷轟頂、挨了一下重擊，臉色慘白，身子站不穩，扶了一下長桌。圖雅急跑幾步，趕緊攙扶住她，走到長桌的一端。道爾基蘇木長剛要起身詢問，立馬就被旗府官員按住。

圖雅衝上前，大聲問道：薩日娜已經交夠了今年的利息，為啥不讓她簽名，放她走？

旗府官員喝道：大膽民女，勿妨礙公務。退下。

圖雅瞪眼道：我不是民女，我是札那副蘇木長的女兒。

兩位蘇木長都猛然站起身，道爾基說：她是札那副蘇木長、蒙古貴族的女兒。她問得對，為啥不讓薩日娜簽名？交了當年的利息為啥不讓走？我也想問。

札那怒聲說道：圖雅是我的女兒，薩日娜是原先蘇木官員的女兒，憑啥交完利息還扣人？

旗府官員傲慢地問圖雅：札那的女兒跟薩日娜是啥關係？

圖雅說：薩日娜是我的遠房姐姐。

一位商號主管冷冷地說：她家借債的時間太長了，還清今年的利息以後還需還三成的本金。

人群開始議論紛紛，都說債據上根本沒有這一條。

道爾基問：債據上有這條規定嗎？

商號主管說：這是我們商號的新規定。

眾人全都憤怒地站了起來往前擁。薩日娜的兩個弟弟嚇得大哭，衝過去抱住姐姐不撒手。兵丁打手抽響馬鞭，將牧人往後推趕。巴格納急忙繞開兵丁跑到薩日娜身旁，從懷裡掏出一包銀子遞給她，說：給！拿著！別怕，別怕，咱們能還上。老秦大哥就怕小勝奎耍花招，讓我多準備了一些銀子帶來，還差一點，我再跟道爾基借二十多隻羊就夠了，他這兒有現成的羊，你等著。

薩日娜惶恐地抱住他說：謝謝，謝謝大哥救我，千萬別讓他們把我抓走，小巴圖和弟弟咋辦啊？

巴格納說：有我呢，你一定要挺住。

說罷，便快步走到道爾基和札那阿爸面前，俯下身，對他倆說了幾句話。道爾基餘氣未消，大聲說道：你別著慌，不用借。前幾天我們三個部落首領就商量好了，這回小勝奎不管使出啥樣歪招，全蘇木都要豁出去幫薩日娜還債。札那說了，先讓薩日娜和巴格納還著，剩下的數不管多少，他和我的部落，一家出四成，古茨楞部落出兩成，一塊兒統統還清。我倒想看看小勝奎敢開多大的口。這會兒還不到最後攤牌的時候呢，等會兒再說，我有法子對付他們。

然後站起身，面露怒氣地大聲說：大台吉伊登札布就在部落查驗今年最後一批貢羊，我要請他來評評理。巴格納，薩日娜，第二筆銀子你倆先別交，等大台吉來了再說。

又轉身對兒子那森巴雅爾說：趕緊請大台吉來一趟。對他說，我和札那請他，再跟他說巴格納和圖雅也請他務必要來。

那森巴雅爾向旗府官員和商號商頭大喝一聲：你們等著！說罷，騎馬揚鞭狂奔而去。

巴格納走到薩日娜身旁說：別怕，今兒這一關總能過去的。三個部落都會保護你，幫你還債。交上這筆銀子，剩下債的數目就不多了，你放心。再等等伊登札布。

薩日娜把銀子包裹揣進懷裡，緊緊抱住巴格納。身後兵丁手中的鐵鍊還在嘩嘩作響，被鐵鍊鎖住的人和他的家人還在哭號。她把頭靠在他的肩膀和胸脯上，巴格納感受到她全身一陣陣的戰慄。他輕輕撫摸她的頭，像親大哥一樣，不斷地安慰道：薩日娜，別怕，別怕，有我呢，有額侖草原的部落和大夥呢……

眾人氣憤地議論紛紛。米希格老人第一個站起來，抖動著山羊鬍鬚高聲說道：咱們咋也不能讓這幫官商老爺，把咱們的天鵝姑娘、額侖草原最棒的歌手抓走。實在不行，咱們大夥捐羊幫她。咋樣？

眾人高聲喊：對對，太對啦！

米希格老人又說：我先捐二十隻羊。

眾人也紛紛報數：我捐五隻。我捐一隻。我捐三隻。我捐……

要捐羊的人越來越多。薩日娜和巴格納頻頻向米希格阿爸和部落親人們鞠躬致謝。

……

旗府官員和商頭深感意外，臉色有些慌張。兵丁打手也被這股蒙古部落握緊拳頭的氣勢逼得退後兩步，唯恐部落男人們從腰間懸掛的刀鞘裡拔刀。為首的官員卻故作鎮靜，仍打著官腔說：接著還債，下一個。

大部分欠債人還上了一年的利息，額侖牧人交還的牲畜都是抓完秋膘後的大肥畜，讓商號收債人眉開眼笑，點夠頭數便收進臨時畜圈，畜圈很快就擠滿了牛羊。可是有兩個中年平民被鐵鍊鎖住，兩家人圍在他倆的周圍大哭，幾個中年女人又跪爬到長桌前連連磕頭乞求寬限債期，哀求放人。遭到官員呵斥後，又爬到道爾基面前懇求幫忙。

道爾基實在看不下去，又一次站起身，對眾人說：大夥說說這兩人該不該救？我覺著該救一個，他因為給部落放馬摔傷，治傷欠了債，該救。可另外那個小子成天喝酒不幹活，還上旗裡借錢賭博，這種人部落不能救，部落的年輕人會被他帶壞的，部落也會被拖垮。大夥說對不對？

眾人說：對。

也有幾個老人站起身，米希格法師說：再救他一回吧，最後一回。往後我們幾個老人替你來狠狠管他，他要是再不改，那就真的不救了。

年邁的道爾基看看大夥不說話，又看看被鐵鍊鎖住的兩個人，都是自己部落的牧人，而額侖蘇木其他兩個部落卻無人被鎖，還有自己部落的薩日娜也被扣在那裡。於是對他的管家說：去找兩個歲數差不離的牧奴來頂換他倆吧。

百十來個人都在流淚等待。全場靜得只能聽到鐵鍊抖動的聲音。圖雅扶著薩日娜姐姐，在耳邊輕聲安慰道：伊登札布最討厭小勝奎，娜仁其其格就差點被他們賣掉，待會他準保會來幫你。

過了好一會兒，兩個中年牧奴被帶來。幾位商號主管像交易牲畜那樣看牙口、看四肢、看手掌、翻眼皮看眼珠，還詢問會啥技術、幹過啥活。最後似乎覺得這兩個牧奴比那兩個傷號、賭徒更值些錢，便同意頂換。道爾基和商號的商頭重新簽換了賣身契，並讓牧奴按過手印以後，總算把本部落的兩個平民解救下來。兩家人向道爾基和札那，向米希格老人和大夥鞠躬磕頭，千恩萬謝。但部落將失去兩個壯年牧奴勞力。

大台吉伊登札布終於快馬駕到，圖雅立即跑步迎上去，向他招手。伊登札布看到圖雅，一邊下馬，一邊笑呵呵地說：大老遠的，你也來了，巴格納呢？

巴格納急忙走過去說：我在呢，請大台吉趕緊幫幫那位綠眼睛的姑娘吧，她叫薩日娜，是學問家蘇米亞的女兒，又是才女歌手，寫了很多特別好的天鵝歌。她心地善良，年年救養天鵝。她已經把今年的利息交了，可他們還扣住她不讓走。因為她是個綠眼睛的姑娘，這家商號想把她賣個好價錢。

大台吉說：明白，明白。所以你們兩人都來相助了，夠仗義。這些年我也知道，有一幫惡棍混蛋在我管的地盤上販賣藍眼睛、綠眼睛的漂亮姑娘，我不能讓他們為非作歹。

道爾基和札那也走過來，請他主持公道。道爾基說：他們在災年還敢放利滾利的高利貸，再這麼放下去，額侖牧場就完了，皇家貢羊也得讓他們禍害光。

伊登札布說：我要上奏朝廷，敢壞我的貢羊皇差，我決不輕饒！

圖雅把薩日娜領到大台吉面前，伊登札布的鷹眼頓時睜大了三分，說：怪不得會有人盯上你，好漂亮的綠眼睛姑娘。你就是薩日娜？我認識你的阿爸蘇米亞，是個大學問家啊。我也聽娜仁其其格唱過你的歌，你是咱們旗的才女啊。快說說咋回事。

薩日娜就把事情原委大略講了一遍。這時旗府官員和商號主管紛紛彎腰上前，連連作揖。

大台吉喝道：她已交了高利貸那麼多的利息，還扣人不放，還有沒有王法了。快讓薩日娜簽名認交，放人！

商號主管連忙點頭說：是、是、是。我們也是奉命辦事。這就辦，這就辦。

幾人連忙領薩日娜去長桌處。薩日娜轉過身，很感激地向大台吉鞠了一躬。

伊登札布樂呵呵地又把圖雅和巴格納拉到一邊，說：我還沒有謝你們哪。那口蘑釘真厲害，我見的那幾個大臣都樂壞了，都說得到了今年頂尖的好貨，有一位還請我在府裡吃飯呢。我要好好跟你倆嘮嘮，這幾天我太忙，等最後一撥貢羊上路了，我就能鬆快一些。最後一批最要緊啊，要不是聽那森巴雅爾說你們倆也請我，我哪有工夫來啊。不過這事還真得管。還有三四群貢羊等我驗，幾個商號領羊的人也在等我呢，有空我上你客棧去看看。我走了。

說罷，騎上馬往商號主管那兒走了幾步，問：辦好了嗎？

商號主管說：辦好了，辦好了。

大台吉說：這還差不離。你們以後要是再敢這麼幹，我就把你們法辦！

說罷，與隨員急奔而去。

薩日娜走到道爾基和札那面前也鞠了躬，說：謝謝您，蘇木長、副蘇木長，這麼費心救我。

道爾基歎道：謝啥啊。你是額侖最出名的歌手，又是我老朋友的女兒，咋能不管呢？不說謝啦。要謝就謝大台吉，還有巴格納，為了救你，把他能拿出來的都拿出來了。像他這樣的好小伙，再也不容易碰見了。

薩日娜含淚離開。

回到薩日娜的家，三人驚魂未定。

薩日娜雙手發顫，抱緊巴格納說：我的腿這會兒還在抖呢。幸虧你倆都來了，還帶著救命的銀子來，要不我就被他們用鐵鍊鎖走，就再也見不著你們了。我好怕跟你倆分開，把我再抱得緊一點。

巴格納臉色灰白得像剛熟好、半曬乾的羊皮板，他緊緊地抱住薩日娜說：這會兒沒事了，沒事了。他們都走了。剛才我也嚇蒙了，沒想到他們今年就打算下手抓你。多虧這麼多的人幫你，不然光靠我倆也救不了你。也虧得伊登札布在部落。我還是太大意了，前些日子老秦大哥就提醒過我，小勝奎可能會讓你還了今年的利息以後，再逼你還一部分本。我就多帶來了些銀子，萬一他們真要這樣幹，我也可以應付。可是看今天這個架勢，我就是把那三分本還清，他們又會說要本息全付清……伊登札布是個有良心的蒙古貴族，多虧了他，要沒他，天就真要塌下來了。這會兒我的心也還在抽著疼呢。他們如果真把你帶走，我就陪你一起走！

圖雅姑娘嘴唇顫抖地對巴格納說：今兒我可親眼看到官府用鐵鍊抓人了，真不把人當人啊。我剛才想起你阿爸被他們抓起來的樣子。你活下來真不容易。明年咱們一定得把薩日娜姐姐的債全還上，我豁出去了，非還清不可。我去跟阿爸借，再不成就用我全部的金銀瑪瑙頭飾、額箍、首飾和嫁妝來還債。咋也不能讓好姐姐被他們抓走。

巴格納在薩日娜的額頭上吻了一下，說：你放心，明年我和圖雅一準把你的債全部還清。連年白災，部落和大夥都很難。但我可以跟老秦大哥借。我想好了，我要用我分店店長三年的薪酬作抵押，跟他再借兩百隻羊的銀子來幫你還清債，他多半會幫的。

圖雅說：我看你還是跟弟弟一起搬到客棧來住吧。我倆一步不離地守著你。

薩日娜把圖雅和巴格納一起抱住，哽咽著說：只有你倆是我和弟弟們的親人，太謝謝你倆了。可我還得把小巴圖接回來過冬，還得在巴圖的忌日祭奠他。蒙古人除了對聖祖成吉思汗要進行四季大祭奠以外，不太在意對親人的祭奠。可是巴圖是我心中的神，我又是佛家學問家的女兒，佛家是要追悼亡者的，所以我必定要在巴圖升天兩周年的時候祭奠他。

大弟額利流著淚給三人倒茶，眼裡依舊滿是驚恐，二弟巴特爾已經哭不出聲來了。

薩日娜把還債剩餘的四五兩銀子和那一包銀子交給巴格納。巴格納接過包，但沒有接零散銀子，說：這些你留著自己用吧。我和圖雅已經替你付清了你家今年過冬大半的肉食錢，剩下的道爾基給你出。再添點啥，你自個兒拿主意。這些日子客棧快成那達慕了，客棧不能沒有掌櫃，好多筆大生意還得我倆敲定。我和圖雅必須趕回去。等事兒消停了，我再把你接過去好好商量商量。

薩日娜垂下頭，說：我真是……太拖累你們了……

巴格納安慰道：咱自家的事，咋能說是拖累呢？你也別怕他們再來抓你，他們還不敢得罪伊登札布和整個額侖蘇木。

三人相擁淚別。巴格納騎在馬上，久久回望薩日娜。淡黃色的秋草輕浪波動著遠去，草原一片蕭瑟。她站在老舊的蒙古包前，身穿一件褪色但乾淨的二茬毛薄皮袍，像隻落單的天鵝……馬上又是一個漫長得望不到頭的嚴冬。他不忍離她而去，勒住了馬，撥轉馬身停住，大聲喊道：薩日娜，千萬要挺住。再等一年就熬出頭了，相信我。

29 示警的天鵝

滿都海徹辰夫人是位女英雄。她極力衛護將被廢棄的成吉思合罕皇統，斥責不臣，親臨戰場，指揮兵將，自為先行，衝鋒陷陣，為統一其七零八落的蒙古國，為封建領主制的普遍發展，打下了堅實的政治基礎……中外歷史上我們還沒有見過另一位這樣的女英雄。她應當是蒙古歷史上僅次於成吉思合罕的第二號人物。但，埋沒幽僻，長達四百餘年，是很不應該的。

——道潤梯步譯校《新譯校注〈蒙古源流〉》

客棧商貿會又延長了一天才結束，客棧和商號分店新老庫房的存貨幾乎售罄。商號、客棧、部落和八方牧人都稱心滿意。本地部落首領、貴族和牧人，都非常信任這家草原蒙古人辦的客棧和商號分店。牧人們從原來向流動不定的旅蒙漢商買賣東西，迅速轉為向旅蒙商和本地蒙古人合營的分店買賣東西，分散遊牧的草原人就得到了很大的便利和實惠。札那客棧終於在最需要商貿點的純牧區，圈牢了一塊商業營地，穩穩站住了腳跟。

秋風裡驀然傳來天鵝群一波又一波的高聲鳴叫，震耳震心。天鵝父母在帶領小鵝中短途和高空練習了幾天飛行以後，開始帶領大群的小鵝南飛了。草原蒼茫萬里，空曠高遠的天空上，突然出現了數不清的天鵝集群編隊。伸長筆直脖頸、展開雙翼的飛鵝呈十字形飛翔。每個家庭為一隊，每隊七八隻或十幾二十多隻，高、中、低，數層飛行，遮天蔽日，呼嘯而過。天空竟然出現了無數個漢字的「一」字、「人」字和「大」字，大到天下沒有一張紙可以把這些天神大寫的字寫上去……

薩日娜曾告訴巴格納，只要看到天鵝排成箭頭狀的隊形，那就是長途遷徙的正式隊形，也就到了天鵝集群南飛的時刻。此後要等上長長的半年，才能再見到牠們美麗的身影。然而，每次等天鵝集群再返回，含有大量小鵝新兵的天鵝大軍必定減員一半，甚至一大半。草原綠季，每個天鵝家庭都增添了五六個孩子，破殼以後才長了四個多月的小鵝要南飛千萬里，一路受凍受累，遭遇天敵襲獵、弓箭抬槍、層層攔截、重重殺機。在草原牧人看來，就像蒙古童子軍遠征般悲壯。但如果天鵝留在冰封的冬季草原，就將全軍覆沒。天鵝飛走時，也必然帶走草原上的歡樂和美麗，而留給牧人深深的擔憂和掛念。深秋是草原人痛苦悲涼的季節，蒙古草原的古歌裡，深深浸透著天鵝、秋雁南飛的悲傷。

接受了蒙古草原春夏秋三季慷慨養育的成百上千個天鵝家族，此刻都懷著對天鵝的安全故鄉和安靜誕生地——蒙古草原母親無限的愛戀和感激，「嗚昂——嗚昂、嗚昂——嗚昂，額額額、叩叩叩」地大聲高唱感謝告別之歌，歌聲從低空到高空，重聲共鳴，驚天動地，叩擊著每一個草原人的內心和靈魂。秋風吹拂河水湖水，把天鵝遺留下來的潔白羽毛推到岸上曬乾，再讓下一輪的北風把牠們吹起，追隨天鵝一同南飛，為曾給予牠們生命的父母送上最後的一程，直到被雪覆蓋在泥水裡……

天鵝的鳴叫聲越來越震動身心，巴格納猛然感到今年天鵝南飛的陣勢和叫聲，似乎與前幾年大不相同。天鵝往往在夜間遷飛，而且是在高空飛行，而此次卻集體在大白天的中低空遷飛，還發出如此驚天動地的鳴叫，彷彿這不單單是告別，更好像是在對草原的恩人們警告著什麼。他突然想起了米希格老人的話，如果天鵝提前集群南飛，那就很可能是大白災的預兆。

他努力回想米希格阿爸跟他說過的去年天鵝南飛的日子，算了算和今年相差的天數，竟然早了近十天。他頓時感到一陣眩暈，部落的草圈儲的草還是不夠啊。但又有一點點慶幸：三個部落總算給每個十戶組建了一個大草圈，還儲滿了青乾草。而且每個十戶組還有一兩戶人家建了自家的小草圈。只要白災不是太大，那還能勉勉強強扛過去。但萬一百年不遇的大白災降臨，全蘇木就要遭受慘重損失，會有更多的牧人家庭陷入和薩日娜一樣的債務火坑。

他擔心天鵝姑娘那個陳舊的蒙古包，一個沒有成年男人的家，家中的姐弟三人和小巴圖。他心急如焚，苦苦思索著半年來一直沒有想完善的那個對策……

在部落秋季草場的蒙古包裡，薩日娜突然聽到天鵝群鋪天蓋地的叫聲，慌忙停止哼唱自己的新歌，放下針線活跑出包，抬頭一看，一陣寒意猛然襲上心頭。每年天鵝南飛，總是那些不帶領小鵝的壯年天鵝，小群小群地先飛，慢慢越飛越多，要等個兩三天以後才會出現大鵝夫妻帶領小鵝飛行的浩大陣勢。但今年太不一樣了，天鵝一開始南飛的隊群就如此遮天蔽日。她也想起米希格阿爸的話，看來今年是躲不過大白災了……她馬上想到小巴圖。平常年份，她總是在發覺小群天鵝開始南飛後，就提前向塔娜家借好牛車，第二天再起大早，趕幾十里的路，接上小巴圖長途趕回家，以免牠在大湖中感到孤單害怕。這會兒她不必去借牛車了，有大哥送她的馬，她可以說走就走。

薩日娜跑向正在草甸吃草的巴圖黃馬，黃馬高興地抬起頭，她捧住牠的頭，親了一下白花瓣，用雙臂比畫了幾下飛翔的動作，對牠說：咱倆去接小巴圖。大黃馬高興地長嘶了一聲，牠也想念牠的好朋友了。薩日娜解開馬絆子，把牠牽回家，備好鞍。再進家，捲起一大塊四四方方結實的布，拴在馬鞍上。她跟兩個弟弟說：今年大群天鵝提前南飛了，我得趕緊去接小巴圖。你倆把剩下的魚，拿出一半剁碎，再加麥粒加些菜，拌一大盆鵝食。你倆又可以和小巴圖玩啦。

額利笑道：你快去快回，我好想牠。我給牠做一盆牠最愛吃的好東西。

巴特爾開心地說：我又能同牠玩啦。我這就去給小巴圖採一點綠草，陽坡黃草下面還能找見一些抗凍的綠草小葉呢。

薩日娜跨上馬，帶上大白狗，跑過矮山丘陵的秋季草場，便朝夏季草場的天鵝湖急行。額侖夏草場，到處都是被牛羊啃過的草茬和剛落籽發芽的秋季草苗，一片淡黃中間雜著即將被寒霜打黑的嫩綠。此地是駿馬撒歡的好場地，薩日娜夾馬讓大黃馬跑起來。

蒙古女人都喜歡騎馬出遊，但那是富裕家庭的女人才能享受到的快樂。窮家女沒有馬，出門只能趕牛車，還要擠奶、下夜、撿牛糞、做奶豆腐等無窮無盡的家務，哪有工夫跑馬散心啊，更不要說救養天鵝了。可是巴格納大哥來了之後，她的生活突然開始像騎巴圖黃馬那樣輕鬆起來。跑著跑著，她感到自己與一個多月前剛騎黃馬的時候，有些不一樣。原先騎著馬，只是思念巴圖一個人，坐在馬背上，能感受到巴圖彷彿活著的強勁顛簸，這會兒騎著馬，卻在思念兩個人，在馬鞍上也能感覺到巴格納的活力。一陣陣直抵內心的暖意湧上全身，她的臉微微發熱發脹。巴圖黃馬畢竟是巴格納特意買下來送給她的，他明明知道送給她這匹馬，會把她推到巴圖的懷裡，讓她更加思念巴圖，她得到馬以後也確實是這樣。可是，為什麼眼下她越騎黃馬，腦中卻越會出現巴格納的身影呢？

薩日娜也感到了自己的變化。商號債主逼債的那天，她當著那麼多的人，緊緊擁抱巴格納，把頭靠在他的胸前和肩膀上。她當時惶恐地抱住了唯一可以依靠的大哥，自家的大哥當然是可以靠的呀。可是後來許多人卻說，薩日娜終於有了新鵝可以依靠啦。這讓她心裡感到忐忑不安，她當時還是更願意靠在巴圖的胸膛上。

然而，她騎在巴圖黃馬背上的感覺，是不會騙她的。難道她的巴圖也讓巴圖黃馬告訴她，答應他吧，就像我愛你一樣，要不你活得太痛苦了。薩日娜心裡有些慌亂，乾脆閉上眼睛，讓巴圖黃馬隨心所欲地往前跑，不管腦中顛出來的是巴圖還是巴格納，不要去阻止也不要拒絕他，讓他倆隨意地顛出來吧……薩日娜鬆開馬嚼子，讓大黃馬自由自在地跑了很長一段路。她睜開眼睛，發覺巴圖馬依然徑直奔向天鵝湖邊，而此刻她腦中顛出來的卻還是他們兩個人，他倆似乎很友好，有時還疊在一起……她有些迷惑：眼下他倆對於她來說都是不可缺少的呀，沒有巴圖就不會有小巴圖，沒有巴格納就不會有巴圖黃馬，她就不會騎在巴圖黃馬背上去接小巴圖。

她感到自己對巴圖的愛並沒有減弱，但有新芽在生長。她使勁掐了半年也沒把它掐斷，掐了還長，長了還掐……而新芽的根卻掐不著，它靜悄悄地往自己心裡長，長得越深也越密了。像大大小小粗細不一的血管，裹住了她的整個心臟，還不停息地注入情、愛和救命的養料，滋潤著她快要枯萎的生命之花。唉，她不會再去掐芽了，讓它長吧。當她吃驚地發覺自己悄無聲息的變化時，姑娘和老人們早就發覺了，至少她已不是去年那個孤獨絕望的薩日娜了……

快跑到夏季牧場的天鵝湖邊，薩日娜又大吃了一驚。居然不像往年那樣，只有小巴圖一隻鵝在湖邊近處等待，而是有二三十隻天鵝和小巴圖一起在湖邊，靜靜地高昂著頭盼望著她。薩日娜突然明白，往年她把小巴圖接走的時候，天鵝大軍還沒有啟程南飛。天鵝親戚和朋友們知道小巴圖已經被鵝媽媽接回家了，就不必擔心牠會凍死在草原。而這次天鵝大軍已經集群動身南飛，鵝媽媽卻沒有來，這些被鵝媽媽救養過的天鵝親友們，就不忍心將小巴圖孤零零地留在湖裡，於是集體留下來陪牠等待。額侖草原的天鵝都相信，鵝媽媽是永不變心的媽媽，一準會來接小巴圖的。

薩日娜大聲呼喊道：謝謝，謝謝小鵝寶貝們。媽媽來晚了，對不起。謝謝你們陪小巴圖等我。

當鵝群看清是綠眼睛的媽媽來了，還未等她下馬，整群天鵝全都歡天喜地撲搧翅膀，昂頭高叫，衝上了岸向她湧來。等媽媽下馬以後，團團圍住她擁抱親吻。薩日娜也一個一個地親吻擁抱，淚水灑在孩子們脖頸上。小巴圖落在最後面，一瘸一拐、不慌不忙、喜氣洋洋地走來。牠知道媽媽是來接牠的。就讓兄弟姐妹、孩子和朋友們先跟媽媽親熱道別吧。

薩日娜抱歉地對鵝孩子們說，沒想到你們都在陪小巴圖等我，就沒有帶糧食魚菜。等你們明年開春回來的時候再給你們補吧。好了。我把你們的好朋友小巴圖接回家，你們放心好了，牠會跟我過一個愉快的冬天，和前幾年的冬天一樣。天不早了，你們趕緊南飛去追大部隊吧，明年春天再見。

然後，抱過吻過小巴圖，打開四方大布，鋪在草地上。天鵝們沒有飛，都好奇地圍攏過來。小巴圖很熟練地走到布中央臥下，等待媽媽包牠。大黃馬和大白狗上前用鼻子友好地和牠碰了碰喙。天鵝們都伸長脖子驚奇地觀看，把鵝媽媽和小巴圖圍了個水泄不通。薩日娜把小巴圖抱起來，重新擺好位置，以便讓小巴圖的頭頸伸出包袱外，讓牠的尾羽避開布包的勒緊處，避免折斷。大布鬆鬆地打了兩個結，小巴圖的長脖頸和頭露在包裹外，尾羽也舒服了。然後再把包袱掛在馬鞍的前鞍轎上。

薩日娜上馬，把大包袱放在膝蓋外，然後向天鵝們呼喊道：飛吧，快飛吧。說罷，夾馬小跑。鵝群隨即助跑起飛，在媽媽的頭頂盤旋繞飛，送了一程又一程。薩日娜揮手讓鵝群快飛，天鵝們這才高聲呼喊道別，去追趕南飛的天鵝大軍。

薩日娜騎了一陣，忽然感覺有點不對頭。天鵝群已經遠走高飛，可小巴圖依然揚著腦袋額額、叩叩在跟天上的鵝說話。她抬頭一看，發現還有一小群天鵝在她頭頂上慢慢跟著飛。飛了一段，就飛到前面不見了。過了一會兒又會突然出現在頭頂上。她抬頭揮手，讓牠們去追天鵝大隊，但這群鵝仍然跟隨她慢慢飛。

她勒馬放慢馬步，仔細看了一會兒，發現鵝群只要飛了一段，總會有一隻小鵝落在最後面，吃力地飛。鵝群只好慢飛等她，或是繞飛回來等待。薩日娜終於看明白了：這隻小鵝是弱鵝，鵝阿爸阿媽想把這隻虛弱的小鵝託付給她代養呀。被救養過的天鵝最相信鵝媽媽，況且還有小巴圖陪伴過冬，那是最好的辦法了。

薩日娜為這對聰明的鵝阿爸阿媽對她的信任而感動，也很高興。如果這會兒能救下一隻小鵝，初冬就不用讓小弟弟冒險到薄冰上去救落單小鵝了，那她這幾年給自己規定的、一年最少救養一隻小鵝的數目就能完成啦。阿爸和巴圖在世的時候，他們一家每年冬季都要救養兩三隻落單小鵝，還不算上春夏秋救養的大小傷病天鵝。

大黃馬似乎也看出鵝群想要做什麼，就加快馬步往家跑。當天鵝們遠遠看到營盤的炊煙時，就飛向那裡，並很快找到了頂上有佛家蓮花圖案的蒙古包，然後在牠的上空繞飛。一邊繞一邊叫，好讓落在後面的小鵝聽到。當薩日娜跑到家的時候，看見塔娜一家大小站在門外仰頭看鵝，米希格阿爸和兩個弟弟也站在自家門外看。

米希格阿爸淡棕色的眼珠閃閃發亮，笑道：上午，我看天鵝大隊集群南飛，就跑來叫你趕緊去接小巴圖。聽額利說你已經去了，下午我就到你家等你。你頭頂上的鵝群是咋回事？看樣子像是鵝爸媽要把一隻小鵝寄養在你這兒，這幾隻健壯小鵝是來跟你告別的吧？

薩日娜下馬後，一邊打開布包放出小巴圖，一邊說：還是阿爸厲害，一眼就能看出來。鵝爸媽那隻要寄養在我這兒的瘦弱小鵝，還在後面飛哪。又問額利：鵝食剁出來了嗎？

剁出來了。可是來了這麼一群，不夠牠們吃的啊。

那就再加些麥粒。

額利轉身回包。那隻落單的可憐小鵝總算氣喘吁吁、搖搖晃晃地飛近了，薩日娜連忙向牠招手呼喊：媽媽在這裡，往媽媽這裡飛。

幾十里的飛行，這隻小鵝累得連猶豫都不會了，張大停止搧動的翅膀，幾乎一頭跌撞到薩日娜媽媽的懷抱裡。鵝媽媽心疼地抱住她，一邊撫摸一邊說：可憐啊，不要緊了，到家啦，你真了不起啊，這麼弱，還能拚命飛到這兒。

她明顯感到小鵝的翅膀在痙攣抽筋，兩隻黑腳蹼也在抖動，全身癱在她的懷裡。她急忙對包裡的額利說：再拿一個小盆給小鵝單獨盛一盆，等牠緩過來了再餵牠。大食盆待會兒再拿出來。

半空中的鵝群呼地全部飛落下來。一隻優雅美麗又潔白的大鵝高叫著，跑到薩日娜的身邊，先伸長脖頸，用喙去親吻自己的孩子，然後感激地用頭頸蹭鵝媽媽的膝蓋和腿，額額額、額額額地叫著，好像在說，媽媽，親愛的媽媽。再幫幫我吧，就像你從前幫我一樣，替我照顧這隻可憐的寶寶。牠飛不動了，就留在媽媽這兒過冬吧……

薩日娜溢出淚水，點頭答應：謝謝你，這麼愛你的寶貝。你們放心走吧，我會像當年養你那樣愛你的寶貝的。

忽然，薩日娜看到這隻大雌鵝的脖頸上有兩片淡棕色的羽毛，認出這隻鵝竟然是她多年前救養的花脖姑娘。那時候她也像懷中的這隻小鵝一樣，又瘦又弱，氣息奄奄。可這會兒已經長成高貴漂亮的大公主了。薩日娜含淚抱著小鵝蹲下身來，讓她再親親自己的寶貝，跟孩子告別。又說：花脖姑娘，你放心飛走吧。明年開春你回來，只要在額侖草原上空飛一圈，找到蒙古包頂上的佛家蓮花圖案，就找到我和你的寶貝了。往後，我就管她叫「小花脖」了。

額利把添加了麥粒的大食盆端出門，放在姐姐腳下。薩日娜對鵝們說：你們要飛長途了，吃點好東西再走吧。

一群鵝歡樂地伸長脖子圍著大盆猛吃，又在薩日娜面前開出了一朵有六個大白花瓣的美麗天鵝花。小巴圖一看擠不進去，也不著急，回到家裡還愁吃不上好東西嗎？轉身去聞媽媽懷中的小侄女小花脖。每年冬天，媽媽都會給牠領來一隻小天鵝當玩伴，並讓小巴圖照顧牠。

盆已空，天色將暗。天鵝全家排著隊，挨個兒親吻小花脖和小巴圖，戀戀不捨地同牠們告別。然後在薩日娜媽媽頭頂上繞飛三四圈，高聲道別，再排成箭頭隊形，向藍黑的南方上空急飛而去。

米希格老人說：天鵝擅長夜飛，特別是天敵比較多的路段，常常會用夜行來避敵。可這次是為了把耽擱的時辰搶回來。天鵝阿媽阿爸辛苦啊，小天鵝更可憐，才長了四個多月的嫩骨頭、嫩翅膀，就要飛那麼遠的路，有一些小鵝飛不到新的家，半途就掉落下去了。天鵝活在世上比人難多了，蒙古人都心疼天鵝啊。

看到阿爸阿媽、哥哥姐姐們全飛走了，薩日娜懷中的小鵝急著掙扎、想飛想叫，但有心無力，哀傷絕望地乾叫了幾聲就停歇了。牠木木地望著那一隻牠認識的、不能飛的大鵝，漸漸地安下心來。

四人回包，薩日娜用麥粒、兩條魚和小弟弟採回來的一些綠秋芽，重新為小巴圖做出一盆好食，又把滿滿的小食盆放在小花脖的面前。兩隻鵝真的餓了，美美地吃了起來。吃完飯，小巴圖在牠的老地方臥下。小花脖對陌生的家有些緊張，薩日娜一邊用鵝媽媽的聲音安慰她，一邊慢慢撫摸她，又累又睏的小花脖終於依偎在小巴圖身旁臥下了。

天完全黑了下來，薩日娜才洗手做飯。米希格老人一邊吃，一邊說：我看這隻新來的小鵝準會喜歡這兒，你就是一隻天鵝啊，好像還生活在鵝群裡。巴格納送來的糧和魚那麼多，這兩隻鵝就好養了……我這次來找你，不光是來看你接回小巴圖，還想跟你商量一件事。我想了一輩子了，一直想做，總做不成。今年興許能成。

薩日娜放下碗，望著阿爸說：啊？是您想了一輩子的事？一準是大事，找我商量？

老人說：我只能找你商量啊。我是想進烏拉蓋葦塘最深處，去救老天鵝，最好是一對夫妻。我這一輩子，落單小鵝、小伙姑娘鵝、壯年鵝、傷鵝病鵝，都救養過，單單就是老天鵝沒救過，這樣我的薩滿一生就不圓滿了。你知道嗎？小時候，我的薩滿老師對我說過，天鵝可憐啊，秋去春歸的天鵝壽命只有二十歲出頭。為啥短壽？不是老死的，是餓死的。

啊？薩日娜驚大了綠眼睛說：我救養了這麼多年的鵝，咋不知道呢？我也想知道。您還從來沒有對我講過老天鵝的事兒呢，請您細細講給我聽。

老阿爸慢慢說道：我的老師在中年時候，有一年初冬，在一處偏僻的冰水裡救小鵝，無意間碰見一對老鵝也漂在冰水上，都快不行了。他急忙騎馬奔回家，用兩根套馬杆接綁起來，再騎馬跑回湖邊下到深水裡，套住牠倆，拉上岸，趕緊蓋上皮袍餵東西。等到家人的牛車趕來，再用牛車把兩隻老鵝運回家，給牠倆好吃好照料，把牠倆救活，到開春的時候，已經養得很壯實了。

天鵝最懂感恩，牠倆跟我老師的全家人都很親。可是放飛的時候，牠倆卻老得飛不動了，飛個五六步遠就會落下來。後來只好把牠倆放回泡子裡去，一到水裡，牠倆就跟年輕鵝差不離，能吃能游，也很恩愛快樂。我的老師常常到岸邊看牠倆，還帶去好吃的。這對老鵝跟我老師的感情最深，只要在泡子邊大聲叫幾下，牠倆就會高聲叫著游過來。

到初冬快上凍的時候，天鵝群南飛了，兩隻老鵝會自個兒游到岸邊附近等著。我的老師會在那幾天趕著牛車到湖邊，把牠倆帶回家，放在家裡養。第二年春天再把牠倆放回湖裡去。你知道嗎？

我老師這一養就養了十七年，跟養自己的兒子媳婦一樣。年年冬天養，春天放。那一年的冬天，這對恩愛的老天鵝夫妻才先後老死在家裡。那隻老雄鵝先安安靜靜地死了，到早上才被發現，那隻妻鵝也老得連哭叫的力氣都沒有了，不吃不喝地守在丈夫的身邊好幾天，也跟著丈夫一起走了。牠走以前還費力地抬起頭，流著淚，親吻了我老師的臉，感謝老師全家的救養。我老師和全家人都哭了小半個冬天。跟這對美麗恩愛的老天鵝夫妻生活了十七年，一下子失去了，誰也受不了啊。

薩日娜閃著淚光，歎道：我也受不了啊，十七年！快趕上一隻鵝一生的壽命了。這麼說，天鵝的壽命不止二十年，如果照顧得好，二十年後還有差不多一倍的壽命哪。那咱們真得去救老天鵝啊。

老人說：是啊。我老師說，野地裡天鵝翅膀的壽命就是天鵝的壽命。老天鵝最可憐，最後實在飛不動，留在大雪封山的草原，吃不到冰下面的水草就會餓死。天鵝傲氣啊，明明在南方不會餓死，可牠們還是要飛回來，寧可餓死在草原家鄉。為啥？因為心高氣傲是天鵝的天性。天鵝發覺自己不能遠飛，不能養育小鵝，那活著還有啥意思，牠們只好就不苟活了。明明還有差不離一倍的壽命，牠們卻寧可不要了，飛回草原了結這一生。除非天鵝老夫妻在南方已經飛不動了，那就只好留在南國度晚年了，但那裡很危險，那邊的人能駕船追上牠們，抓走殺吃；那裡也很炎熱，天鵝怕熱，容易得病死亡啊……

天鵝的品性，人是學不來的，天下賴活的人太多了。可是那些老鵝飛回草原家鄉，也很難，許多老天鵝飛到半途飛不動了，掉下來。一同飛的伴侶也會跟著飛落下來守護，最後，老天鵝夫妻不是被有些南國人抓住，就是被野狗吃掉。

老人繼續說：天鵝戀家、戀草原、戀妻子和戀丈夫。但草原冬天冷酷無情，不能給拚命飛回草原的老天鵝那一倍長的壽命。天鵝死的時候是很痛苦的，我能猜想出來。天鵝還是想在草原故鄉活下去，雖然沒有傲氣了，可是還有恩愛，也很美啊……我老了，六十多歲了，我一想起那些只活了一半壽命就要永遠離開草原的天鵝們，就心痛得不行。那能不能在草原家鄉給天鵝夫妻多一倍的壽命呢？讓牠們為了愛，為了草原再活下去，我相信天鵝是願意的。我的老師碰巧成功了一次，我也一直想做這件事，可一直做不成。因為很難找到飛不動的天鵝老夫妻，我找了四五十年，也從來沒有找見過。牠們知道自己翅膀快不行的時候，會用最後的力氣，飛到人獸進不去的葦塘深處……

薩日娜驀然領悟，說道：您就想起來讓巴格納幫您了，整個額侖草原只有他有小船，您也想坐著他的小船進去葦塘深處，對吧？

對的。

阿爸，聽您這一番話，我好感動。雖然我也救養了十幾年的天鵝，我也想救養一對天鵝老夫妻了。噢，不，應該是中年夫妻。天鵝中年夫妻應該過上幸福的生活啊。牠們雖然不能遠飛，但心裡還有愛啊。為了這樣的愛活著，就不能算苟活。再讓天鵝為愛活一倍的壽命，是件功德無量、敬神愛神的聖事啊。這件事我太願意幫您幹了。這會兒，我心裡激動得不行。

老人說：就不知道巴格納願不願意幹。那是要花很大工夫的，而且還很危險。要破薄冰，進到葦塘最裡面去找，要是天太冷，小船被凍在冰泡子裡，那就有大麻煩……

薩日娜口氣肯定地說：他要是聽了您的這番話，準保願意幫您幹。他也很愛天鵝，而且只要我想做，他一準願意幫我。

米希格笑道：這會兒老人和姑娘們都說，你早晚還是會嫁給他的。那他自然會聽你的了。

薩日娜的臉微微發紅，說道：我最敬拜天鵝，天鵝大多是不會改嫁的。

老人說：可是，你那會兒不是還沒有和巴圖成婚嗎？你是他的未婚妻嘛，你倆也沒有孩子。你要是嫁給巴格納，就不算改嫁，算初嫁。你要知道，天鵝在正式成家、有了孩子以後才終生專一。天鵝戀愛的時候，也是要千挑萬選，挑錯了還會再改的……

可是我挑中的是巴圖啊。

米希格阿爸認真地說：巴圖是個英雄，是值得你愛一生的好男兒，可是他畢竟再也不會回來了。額侖的幾個老薩滿都說，巴格納能稱得上是隻雄鵝，薩滿的話你該聽啊。成吉思汗最信薩滿，他自己差不離就是個大薩滿。他去世的時候就是按照大薩滿的古法下葬的，把一段巨大的樹幹剖開，掏個人形穴，葬在樹穴裡，再合上樹幹，又用金箍箍上四圈，然後深埋，最後用萬馬踏平草地，讓以後的所有天魔、地魔和敵人都找不到他的陵寢。薩滿最敬拜天，天是最大最高最有威力的神，咱們草原人，還是要敬騰格里啊。

老人又說：你是個好歌手，還這麼年輕，你和巴格納往後的日子，要比和巴圖的長幾倍哪。我們幾個老人，像道爾基、札那、古茨楞、畢力貢都說，要論家世，巴格納也是個真正蒙古貴族的後代，很守信用，說到做到。大家都覺著你倆是最般配的一對，他們都讓我來勸你答應他。半年多前，他答應你的事不是大多做成了嗎？

薩日娜說：那再容我想想。巴圖走了快兩年了，等我過了巴圖今年的忌日再說，成嗎？巴格納說要守我一輩子，不會在乎等這些日子的。

老人說：你這麼想也對，我也愛巴圖這個孩子。天魔很厲害，是天魔害死了巴圖，但你倆年年救天鵝，騰格里和天鵝神都知道，所以巴圖走了以後，騰格里就馬上給你補上一個更棒的雄鵝。

夜裡，薩日娜伸手撫摸地氈上的兩隻鵝，心裡還在想米希格阿爸的那些話，薩滿們都贊成她早點嫁給巴格納，她也很想有自己的孩子……

親愛的巴圖，薩日娜輕聲說：在夢裡，我永遠是你的妻子。

30 未雪綢繆

在薩滿教觀念中還認為，由於薩滿長期為氏族安危同宇宙間魔鬼拚爭，得罪了不少善惡神祇和邪魔，總伺機圖報。薩滿死後隱秘葬址，不露薩滿身號，免得死後亦不得安靜。《渤海國志長編》記載說：「相傳薩滿之死，穿穴於樹幹，葬屍其中，俗多效之。」

——富育光《薩滿論》

當多批車隊把客棧庫房和堆木場重新裝滿堆滿之後，這年最後一隊大盛魁商號的馬車就要南歸，把客棧的店員帶回內地。大袋小袋的魚乾、口蘑乾、粉蘑黑蘑乾、黃花菜乾，以及從牧人那裡買來或換來的黃油、奶豆腐、牛蹄筋、羔皮、旱獺皮、狐狸皮、山羊皮等草原特產被一一裝上車。

今年的年終獎勵超出了店員們的預期。大夥對兩位掌櫃很是敬重滿意，表示明年一開春就搭商號車隊回來。巴格納和圖雅與每個店員幫工話別，對老張夫婦和林夏謝了又謝。

車隊領班走過來，把一長盒印著黑黃方格的外國象棋和一小布包的書交給巴格納，說：事太多太雜，差點忘在馬車箱櫃裡了。這是秦老闆讓我捎給你的。他說，大雪封路半年，你倆守這個空客棧準保憋悶得慌，玩玩棋看看書吧，這副棋是咱們商號去俄羅斯的遠途商隊帶回來的，他買了送給你倆。你原先常和秦老闆下棋，他讓你教教圖掌櫃，解解悶吧。他還說，他托西線商隊給你倆買了兩副蒙古西部阿爾泰山區的馬皮滑雪板。說你們這片雪場還不錯，玩滑雪板能玩上癮的。你不是在蒙古西部的時候滑過雪嗎？可是貨還沒到，等明年開春吧。

圖雅姑娘一聽有玩具玩，給領班的笑容比給老張的還要多。

巴格納連忙接過布包和棋盒，但卻對滑雪板更感興趣，失望地說：哎呀，滑雪板要早點買來就好了，這個冬天就能用上了。我咋就沒想到呢，你回去替我好好謝謝老秦大哥。滑雪板要是提前到了，你最好想辦法儘早送來。

領班說：好吧，我回去就告訴他。

裝得滿滿當當的車隊，終於上路。

幾天以後，札那把原先配屬給客棧的蒙古包和牛羊群調回部落，然後派了近親的兩個兒子東日布和嘉木撒，帶了兩個蒙古包、一大群羊和一群牛，駐紮在客棧附近五六里的地方。先讓牛羊吃雪地牧草，到雪最厚時，再搬進客棧馬廄吃青乾草。

蒙古草原入冬快如烈馬，初雪還未下落，額侖草原的河湖就已經開始結冰，薄冰很快鋪滿湖面，只有湖面中央和未被蘆葦遮擋陽光的小塊水面還沒有被冰封蓋。但天氣好陽光足的時候，湖面的冰也會融化很多。遠處天鵝湖的上空有時也會飛著幾隻落單的小鵝和弱鵝，原先天鵝歌聲震盪、雁鴨喧囂的大葦塘一片寂靜，像是提前進入了嚴冬。

中午時分，米希格老人和薩日娜騎馬趕到客棧，走進客棧大門時，兩人驚奇地看到地上殘留著一條條深綠色的水草和一片片水跡冰痕。順著水草走，看見在客棧北牆的弱畜房西邊堆著一人多高的大堆水草。陽光下晶瑩的冰碴閃著綠寶石的光亮，在秋草乾黃的草原上，顯得異常豔麗奪目。

米希格老人一邊下馬，一邊笑道：巴格納真是個愛鵝的有心人，啥事都想在前頭，他把冬天餵小鵝的水草都準備好了。我還沒告訴他的事，他都能想到去做，這樣愛天鵝的小伙我還從來沒見過哪。

薩日娜也頗感意外，樂道：看這架勢，他想救養好多小鵝哪。他準是想讓小鵝吃牠們愛吃的水草，也怕白菜不夠。巴格納這麼愛天鵝，連我也沒想到。

圖雅聞聲跑出了門，高興地抱住薩日娜親吻，說：呀，你倆咋來了？我要讓你倆看我們的寶貝哪。

老人笑問道：巴格納呢？

圖雅說：他剛走，又去拉水草了。這兩天我倆已經進葦塘救回了一隻小鵝，他說趁陽光好，待會兒還要帶我去更遠的地方找小鵝哪。快快，看看我倆救的第一隻小鵝。

說罷，便把兩人領進弱畜房。薩日娜又一次驚訝不已。這是一間長方形的土房，原來好像是客棧收養商號車隊傷病牛的結實牛棚，巴格納準是為了養小鵝，讓建房隊改建成養鵝房。土房雖然稍矮了一些，土坯牆也較粗糙，但比普通的蒙古包大了好多，還嚴實不露風。木窗格較密，外面貼著窗戶紙，房內很亮堂。空地上放著食盆和水盆，靠北面牆下堆了一片一尺多厚的青乾草，那隻小瘦鵝虛弱地臥在乾草堆裡，但看樣子不太怕人了。

薩日娜蹲下身撫摸小鵝，說：你住到這兒可真享福了。我好羨慕這間養鵝房，這是我見過的最好的養鵝房。巴格納可真是說到做到啊。

米希格老人說：趁著天氣好，咱們得趕緊進葦塘，要不冰厚了，就進不去了。圖雅，你給我拿些鵝食來。

圖雅說：前些日子打不上多少魚，魚都不知道跑哪兒去了。客棧沒存下多少凍魚，巴格納才只好多撈些水草，他找到水草最多最好的地方，用大釤鐮在水裡割草，可快了。往後餵小鵝也只好在鵝食裡少放魚肉，多放水草和麥粒了。

米希格老人笑道：那也是很好的鵝食了，快拿個三四斤來。

圖雅跑回巴格納的外屋灶房，拿了半盆拌好的鵝食倒在一個生羊皮口袋裡，又捲了幾塊氈墊帶上。三人騎馬跑到小船停靠處，岸邊又是一大堆水草，巴格納和莫日根正在用草叉往牛車上挑半凍半濕的水草。他一見到薩日娜和米希格老人，興奮地連忙插好叉子，迎上前問候米希格，然後捧住薩日娜的臉，深深親吻她的額頭，還情不自禁地第一次在她的面頰上親了一下。薩日娜羞澀一笑，也輕輕地抱了抱他。

巴格納忙問：你把小巴圖接回家了吧，我好想牠。

薩日娜說：接回來了，陪牠回家的一群天鵝還把一隻飛不動的小鵝托給我代養呢。

巴格納說：真的啊，太好了。又問：你這次和阿爸來，是要和我一塊兒進葦塘找落單的小鵝吧？這就去，裡面準保還有，有的還能飛，人一靠近就飛走了，也有的餓得飛不動了。我和圖雅前天救的就是餓得飛不動的小鵝，可還能慢慢游，讓我給抱起來了。一給牠吃東西，牠可貪吃了……我一直在盼望你倆來哪。這是救小鵝最要緊的幾天。他轉頭對莫日根說：你一人先裝車，今兒一定要把水草全拉回去，要不凍結實了就不好拉了。

巴格納原打算中午和圖雅到湖裡繼續尋找落單的小鵝，也盼望薩日娜來和他一起用小船救小鵝，因此就提前和莫日根把船拉到岸上，倒扣船身，將運水草時船裡積下的水全部控乾，然後把船翻過來，打掃乾淨，再推入水中。

圖雅看到小船很乾淨，笑道：巴格納哥哥準保知道薩日娜姐姐要來，就把小船弄得這麼乾淨。說罷便把羊毛氈墊放到小船坐板上，又給巴格納墊了一塊。然後對老人和薩日娜說：小船出去打魚，得用魚艙裝魚，只能坐兩個人。小船不打魚，最多只能坐三個人，我真想跟你們去，可是坐不下了，還要放救上來的鵝呢。你們三個去吧，我和莫日根裝車運水草。又對巴格納說：千萬小心，要好好照顧米希格阿爸。

放心吧，我會小心撐船的。

巴格納將老人和薩日娜小心地扶上船坐穩，又遞給薩日娜一截一人長、炕桌腿一般粗的木棍。然後推船下水，慢慢沿著已經破碎的薄冰水道，向葦塘深處撐去。一路上，薩日娜把這次下湖的緣由和打算，跟巴格納詳細地講了一遍。巴格納越聽越興奮，驚歎道：米希格阿爸的想法太棒啦，真是個神妙想法啊。我說什麼也不會想到，天鵝還有一倍的好時光沒有享受哪，也更想不到咱們還能讓天鵝老夫妻再過上十七八年甜蜜恩愛的好日子。這是件大功大德、騰格里和佛祖高興的事情，比什麼都重要。我太願意幹這件事了，這是我做夢也夢不到的好事啊。

薩日娜笑道：米希格阿爸，您看到了吧。巴格納愛鵝愛得不一般吧。

米希格老人呵呵樂道：我也沒想到，你這麼快就把巴格納教成一隻鵝啦。看來，這回咱們多半能夢想成真。

三人快樂並滿懷期待地往葦塘深處細細尋查。巴格納頓覺全身上下翻湧出使不完的氣力，他想今天無論如何也要幫米希格阿爸和自己的心上人，救出一對老天鵝，哦，不，是一對中年天鵝。

葦塘葦巷大多是兩尺上下的淺水，只有魚窩才是深水。巴格納握著長杆並不沾水凍手，他用力撐杆，小船走得很快也很穩。小船行到天鵝湖，三個人四處瞭望，突然發現湖東邊遠處的水裡有一個小白點。巴格納叫道：小鵝！小鵝！我看多半是隻剛剛費力飛到這兒的落單小鵝，昨天我來的時候還沒有，牠一準再也飛不動了，湖邊已經結了冰，牠吃不到草，咱們得趕緊救。

米希格老人沉著地說：先別動牠，今兒還能飛，那牠還能撐上個大半天。找老鵝更要緊，找不到，再回來救牠。巴格納，這片葦塘太大了，誰能進得來？幸虧你有船，要不每年得有多少鵝餓死在這兒。

越往葦塘深處越陰森，冰就越厚。前一天開出的冰路也走到了盡頭。薩日娜跪在船頭，用木棍敲砸薄冰，為小船開道。巴格納則用力撐船壓冰破冰，兩人累得滿頭冒汗氣。又穿過兩條水巷，進入另一個小湖，但還是沒有見到鵝。兩人休息了一會兒，再往更窄、冰更厚的地方挪動，但薩日娜已經舉不起胳膊了。米希格老人讓巴格納停住船，小心地和薩日娜換了位置，再搗。又換了幾次，兩人終於都沒力氣了。

巴格納小心地和他倆換了位置，讓他倆休息，由他在船頭撐船，一邊搗冰，這樣搗一段，撐一段，終於又撐進一個冰面較寬的湖。剛看清湖面，三人同時叫了起來，遠處一片還沒有結冰的水面上有一個白點，又走了一段，薩日娜興奮地說：可能是隻飛不動的鵝，牠已經把頭彎進翅膀裡了。

反正要往裡走，就先把牠救上來吧。巴格納說了聲好，然後用力撐船，但是離鵝還有三四丈遠的時候，那隻鵝突然昂起長頸和頭，然後在水面吃力地踏水助跑，過了好一會兒才費勁地飛上了天，歪歪斜斜地向東南方向另一個泡子飛去。三人深感失望。米希格阿爸說：可惜啊，這是隻大鵝，病鵝，牠要是兩三天還飛不到南邊沒結冰的泡子，就會餓死凍死在泡子裡的。牠像是從老遠的漠北大湖一站一站地飛過來的。

巴格納繼續往前撐，過了湖又轉進一條水巷，再沒有看到一個白點。此時，陽光已經發黃，而此地距離客棧湖岸已經很遠，撐到天黑也不一定能靠岸。薩日娜還惦念著那隻小鵝，她說：只能先去把那隻小鵝救上來，再晚怕看不清了。明天一早就來，今兒已經有了這條冰道，天氣還不太冷，一晚上也凍不了太硬，明天一整天，能走得更遠。

老人說：好吧，回去救那隻小鵝。

巴格納站起身來，換到原來的位置，調轉船頭，用力向天鵝湖撐去。薩日娜在船頭又用木棍把水道裡的大塊薄冰往水道兩邊扒拉，好讓第二天更容易走一些。過了一個多時辰，當滿天的晚霞一點點暗了下去，快要消失的時候，小船總算靠近了小鵝。只見牠已經把脖子彎進翅膀裡面，幾乎沒有了氣息。薩日娜連忙把牠從冰水裡抱起來，小鵝還能掙扎幾下，但力量很弱。她用氈墊擦乾小鵝的肚皮和腳蹼，然後解開皮袍扣子和腰帶，把小鵝包在自己的懷裡。等到小鵝焐暖了身子，有了點動靜，才從懷裡掏出生羊皮口袋，再掰開鵝喙，用手指把溫暖的好鵝食一點一點刮到喙裡。饑餓得昏迷的小鵝生命力很頑強，一嘗到食物的味道，就掙扎著吃食，慢慢地從死神手裡飛回來。三人看到小鵝漸漸吃得快了一些，才鬆了一口氣。

巴格納借著初冬明亮的月光，精疲力竭地把小船撐到岸邊。回到客棧，安頓好小鵝，幾人匆匆吃了飯便回房休息。薩日娜還是住在圖雅那裡，米希格阿爸住巴格納的掌櫃房，老人累了，躺下不大一會兒，就發出了鼾聲。

第二天一早，三人飽吃了一頓奶茶手把肉，老人懷裡揣了一口袋的黃油餜子奶豆腐，薩日娜懷裡揣上一生羊皮袋魚麥菜鵝食，巴格納撐船進葦塘。然而，在葦塘深處整整轉了一天，走了幾條從未走過的水巷和小湖，仍一無所獲。

時近黃昏，三人只得繞道回家。小船撐進一個小湖裡，赫然發現不遠處的冰面上有兩隻鵝，脖頸彎進翅膀，緊緊依偎在一起，一動不動，看不出來是老鵝夫妻還是一對小鵝。三個人全都驚叫起來，老人嚇得鬍鬚抖動，拍著船幫說：已經跟冰結在一起的鵝都是凍硬的鵝啊。趕緊過去看看！快！

薩日娜和巴格納兩人急得狠敲薄冰層，猛撐小船，向兩隻鵝快速靠過去。撐到近處，老人抓過巴格納手上的長杆，向兩鵝伸過去，又輕輕碰了碰一隻鵝，三人都感到木杆像是碰到硬梆梆的天鵝石雕一樣。三人臉色慘白，心都像是凍成了冰坨。老人用長杆指了指露在翅膀外的半截脖頸說，你倆看，這鵝脖子上的羽毛還是淺棕色的，還沒有全換成雪白羽毛。是兩隻今年出生的小鵝，大概是兩三天前凍餓死的。可憐啊。

小船破冰貼靠了過去，巴格納和薩日娜用手輕輕撫摸小鵝的羽翅，摸到了像雪面一樣的寒霜，與平時撫摸小鵝溫暖羽毛的感覺相比，恍若從天堂摸地獄。兩人縮回手，不敢觸摸潔白羽毛下那冰雕般的身體。兩人俯下身用木棒扒拉過來許多冰片，再撈起來，把這對可憐的小鵝嚴嚴實實地蓋起來，又撩上許多水，做成了一個亮閃閃的水晶冰丘，將美麗的小公主小王子安放在裡面，讓以後來冰面覓食的狐狸們無奈瞻仰。兩人向鵝冰丘拜了幾拜，流淚告別。

米希格老人眼裡飽含淚水，說：有了小船，雖能救起更多的鵝，可也會看到更多的傷心事。我也是頭一回看到兩隻小鵝凍在一起。這兩隻落單小鵝，興許是從不同的地方往南飛，去追趕阿爸阿媽，半途上碰見了，結伴飛到這裡，可吃不到水草，再也飛不動了，最後這對小兄妹就靠在一起上路了。心痛啊，還不到半歲……虧得這還不是一對老天鵝，要不，我的老心病該犯了，要是再找不到老鵝，牠們也得凍成冰坨。

天越來越冷，上午新開出來的冰道又開始凝結在一起，只比原先冰面稍稍好走一些。薩日娜滿心焦慮地說：明天咱們得換一個地方去找，到葦子最高最密的葦塘裡去。天鵝夫妻最後的時光，準保會去連老鷹也找不到的地方。

第二天早晨，天空陰沉，寒霧凝重，湖面上空彷彿浮著一層氣冰，由無數細小氣泡托著時起時伏，人們穿過時，臉上會被碎冰劃得刺疼。老人愁雲滿面地說：再過一天一夜湖面就會全部封凍，小船再也進不去了。三人上了船，巴格納急得使出了更大的力氣，薩日娜也拚了最後的一點勁兒。小船撐到了天鵝湖之後，立即朝東南面最高最厚密的一處葦巷裡駛去。直到下午，小船才拐進一個長條形狀的窄湖。湖面最遠的向陽處，似乎還有些最後的水光。

老人說：歇會兒吧，吃點東西。要不沒力氣撐船，小船萬一凍在泡子裡，咱就要被困在這兒了。得等冰凍硬實了，人才能走出去。要是冰一兩天凍不硬，那人就凍成冰坨了。

三人大口大口吃著黃油餜子和奶豆腐，直到一口袋的食物吃光。又歇了一會兒，薩日娜敲冰，巴格納撐船，慢慢向那片微弱的水光靠過去。當那片光亮慢慢熄滅、反光消失的時候，薩日娜突然驚叫道：好像有一對鵝。

兩人望去，在高高的葦叢下面，剛才微微閃著水光處，有兩個白點緊緊相依。老人看了一會兒，激動又擔心地說：好像是一對鵝，已經不會動了，不知道是死是活。離得可不近啊，咋辦？

巴格納一邊喘著氣，一邊說：只要是鵝，就一定要走近看。那裡剛才還有水光，冰還沒全凍上，只要鵝沒被冰凍住，就興許還活著。我一定要把牠倆救出來。

體弱的薩日娜疲竭得早已抬不起木棒。巴格納又把她換到小船中部，自己在船頭搗一段，撐一段，半尺半尺地往前挪。又走了小半個時辰。薩日娜心中一驚，揉揉眼睛再凝神細望，然後輕輕捶著心口，驚喜地喊起來：是鵝，是鵝，是一對大鵝。準保是大鵝夫妻啊。騰格里保佑，佛祖保佑，但願牠倆還活著。

她趕緊把巴格納換到中部撐船，自己跪在船頭敲冰搗冰。兩人緊張、激動又恐懼，幾乎能聽到自己和對方的心跳聲，生怕見到一對沒有一絲氣息的冰鵝。巴格納揪著心、吊著膽拚命往前撐，當行到離鵝還有二三十步遠的時候，冰層與水下的陳年蘆葦、水草凍在一起，小船再也走不動了。那兩隻大鵝，都已把頭彎進翅膀裡，一動不動，緊緊依偎在一起，不知生死。

巴格納看了看冰面，坐到船頭，伸出一隻腳試試冰面，想從冰上走過去。米希格老人嚇得連忙一把抓住他，說：千萬不能下去，你要是掉進冰水裡，準得凍住，那咱仨都回不去了，這兒離家太遠。

巴格納只得收回腳，仔細看了看周圍的蘆葦、冰層和凍草，又用長杆不斷地戳，試探冰凍的厚薄。他忽然眼睛一亮，說道：我有法子了。

說罷，撐船順著碎冰，退後四五尺再橫著撐到葦叢旁，用長杆用力打倒一片葦子，再把小船撐過去壓住蘆葦。然後小心走下船，踩在厚厚的葦稈上試了試，葦子有彈性，下面又有冰層撐著，葦稈縫裡沒有滲出冰水來。

巴格納放下懸了半天的心，說：有希望了，葦子能撐得住我的分量。

又等了一會兒，確信能站穩以後，他又打倒一片葦子，再跨兩步。然後打幾步，跨幾步，慢慢向兩隻鵝走去。

薩日娜欣喜地連聲叫好：巴格納大哥，你真行！千萬小心！

米希格老人也誇讚道：咱們草原人，還真不如巴格納會弄船弄蘆葦。薩日娜，是吧？

薩日娜微笑道：是的，巴格納大哥總能給我驚喜。

當巴格納就要接近那對天鵝時，發現這裡的水下似乎有小泉眼，水溫稍高，又能微微湧動，這才留下了最後的一小片水。可是淺水裡的水草、蒲根和蘆根，早已被兩隻天鵝掘淨吃光，窗紙一樣薄的冰眼看就要結到鵝的身旁，正在一寸寸地把天鵝夫妻封凍起來。過不了今夜，這對恩愛天鵝就將與整個冰湖凍在一起了。他慌忙伸杆夠鵝，忽然，近處個頭大一點的雄鵝吃力地抬翅，伸出長頸和頭，還張了張喙，並用半張的翅膀摟蓋住了依偎在自己身邊的雌鵝。但牠已經無力叫出聲來，也張不開整個翅膀了。

啊。薩日娜高聲叫道：牠還活著，太好啦。我的心都快蹦出來了。

歌手清亮的叫聲又驚動了雌鵝，牠的翅膀也顫動了幾下，身體微微橫了過來，但連把頭伸出來的力氣都沒有了。

哦哦！米希格老人樂得山羊鬍鬚抖動，說：這對老鵝夫妻都還活著，但那隻小一點的雌鵝快不行了。快快，快點抱過來。騰格里保佑牠們啊。

雄鵝忽然安靜下來，牠好像認出巴格納是曾經幾次到湖裡來餵鵝的那個人。在老鵝的記憶裡，這兒從來沒有別的人進來過，進來的只有鵝媽媽和來餵鵝的人。於是便一動不動、乞求地望著他，哀傷地扭頭用喙指向身旁的妻鵝，似乎盼望他趕緊先來救救牠已無聲息的老妻。巴格納心中一陣酸楚，老雄鵝已快到生命終了的時刻，還在戀念著自己的妻子。他先用長杆搗碎薄冰，迅速從靴幫裡拔出蒙古刀，再切斷六七根還沒有完全枯黃的蘆葦細稈，把蘆葦軟稈捲在長杆的粗頭一端，紮牢塞緊，做成一個簡單鬆軟的「鉤耙」。他還是決定先救離他最近的老雄鵝，這樣可以用最短的工夫把兩隻鵝全救上來。他把雄鵝，一點點地往自己身邊勾。一邊學著鵝的聲音柔柔地說：大鵝，大鵝，別怕。我是你們的好朋友，不認得我啦。我餵過你們，這會兒是來救你倆的，還帶來好吃的哪。

薩日娜也發聲幫助，用老鵝們熟悉的聲音喊道：媽媽在這裡，快到媽媽這兒來。

巴格納放下長杆，把大雄鵝抱起來。老人連忙向他高喊：快用手焐焐牠的頭和腳蹼，那兩個地方沒有厚毛，最容易讓鵝感到暖和。

巴格納答道：知道了，這就焐。

他快快轉身，一邊用袖口擦乾鵝的肚皮和腳蹼，解開領扣把鵝頭半塞到羔皮領子裡面，貼在自己還冒著熱氣的脖子上；一邊用另一隻手掌托著鵝兩隻冰冷的腳蹼，然後踏著倒伏的葦稈，小步快走到船邊，把鵝抱給薩日娜。她也早已解開腰帶，把鵝緊緊抱在懷裡。她還探身抱住巴格納，在他的臉頰上親吻了一下，連連誇讚：好樣的，聰明勇敢的雄鵝！

米希格老人急忙打開魚菜麥粒口袋，遞給薩日娜，讓她趕緊餵鵝。她把袋中鵝食倒在手掌裡，雄鵝認得米希格老人，似乎也認得這位鵝媽媽，想起曾吃過這種魚菜麥粒，便費力地吃了起來。牠已經相信這些人是鵝的朋友，是來救牠們的。但牠還在焦急地遠望著老妻，用喙指著牠，輕輕張喙，催人去救。

巴格納用力把小船往蘆葦巷邊拽，壓住葦子，更緊地固定在原地，以防小船漂走。然後轉身說：我這就去。便小心快步踩著葦稈，走向雌鵝，再用長杆「葦勾」把牠勾到身邊，抱起來，擦乾肚皮和腳蹼。雌鵝終於把頭頸從翅膀下勉強伸出一半，再也伸不動了，渾身似乎已經凍僵。巴格納不斷地用手掌焐牠冰冷的頭，並張嘴連續對牠的頭和眼睛哈熱氣，再把鵝頭半塞進自己暖烘烘的脖頸旁邊，同時也用手掌焐鵝的腳蹼。然後用胳膊夾著長杆，小心大步地走到小船旁，把雌鵝交給米希格阿爸。大雄鵝看到自己的愛妻也被救過來，費力地張喙叫，但還是叫不出聲。老人抓了一小把鵝食放到自己的嘴裡快嚼，並把雌鵝抱起來，再托起牠的頭朝雄鵝湊過去，讓雌鵝看看牠的丈夫，相互碰了碰喙，用愛的溫暖給牠增添點求生的願望。老人再把雌鵝冰冷的身體抱在懷裡，等到把嘴裡的鵝食嚼熱了，嚼成了稠粥，再輕輕地掰開牠的喙，嘴對嘴地把熱粥灌進雌鵝冷冰冰的喉嚨裡，然後用一隻手輕輕地握住鵝的喉嚨，拎起鵝頭，又用另一隻手握住長頸從咽喉一直擼撫到胸胃處，從上到下，一次又一次，幫助牠下嚥。然後再嚼再餵，這樣一口一口地、慢慢餵了七八口，才為雌鵝搶回來一點吃食的力氣。

老人說：我剛才摸了摸牠的胃，冰冰涼，又癟又空，一點食也沒有。這隻鵝已經不會自己吃東西了，就是食物吃到嘴裡，也沒有力氣把食物咽到那麼遠的胃裡。天鵝的脖子太長了，要是不趕緊用熱食湯汁化開牠的冷胃，讓胃動起來，就救不活牠了。往後你們見到這樣的鵝一定要用我的這個法子啊。

老人繼續嚼食餵食，擼撫長頸。雌鵝的羽毛總算顫動了幾下，全身表面的寒氣在老人暖烘烘的皮袍裡漸漸散去。老人又掰開鵝喙，兩指捏食，把在懷裡焐暖的鵝食一點一點地刮到鵝喙裡。雌鵝總算自己能掙扎著吃食吞咽。三人都長舒了一口氣。大鵝公主一邊費力地吃著咽著，身體還在一陣陣地發抖，但雄鵝已漸漸吃得快了起來。

老人說：救鵝，片刻都不能耽誤啊。這兩隻鵝這會兒不餵，等到家再餵，那準保就餵不活了。我年輕的時候不懂，有一隻鵝就是死在我懷裡，罪過啊。

巴格納調轉船頭開始往回撐，兩隻鵝漸漸暖和過來，夫妻倆都看清楚老伴已經能夠自己吃食，馬上迸發出求生的熱望，用全身的力氣來吞咽食物，直到把帶來的三四斤好鵝食吃下去大半，三人才放下心來。薩滿法師米希格一輩子的夢想終於成真，老人笑得淚流不止，滿臉皺紋裡深藏的滄桑，頃刻被含著淚水的笑意融化。他對巴格納誇讚道：多虧了你的聰明和膽量，你的小船，你的魚麥菜好食啊……

薩日娜開心地唱起勸小羊羔吃奶的勸奶歌，唱出了巴格納從未聽過的喜悅。巴格納感到，回家的路途變得比西邊雲隙中射出的夕陽光輝，還要燦爛絢麗。

晚霞完全落幕，葦塘裡幾乎看不清水路，巴格納只能在破碎的冰面慢慢摸索前行。忽然，他聽到遠處圖雅和莫日根的呼喊聲，他們倆擔心今晚雲厚遮月，但在厚密的蘆葦旁邊又不敢打火把，才跑來高喊給小船引路的。小船順著聲音的方向，在碎冰水巷行進，終於靠上了岸。圖雅一聽說救回了一對天鵝老夫妻，高興得亂叫亂跳。巴格納下船後，把兩隻大鵝交給圖雅和莫日根，再小心扶薩日娜和老人下船。薩日娜把大雌鵝抱到自己懷裡，把大雄鵝放到牛車上用氈墊蓋好。巴格納、莫日根、圖雅和老人協力將小船拉上岸，再翻扣在岸邊。湖邊寒氣越來越重，辛苦勞碌了半年的小船也該貓冬歇息了。

巴格納雙手合十，向小船拜了三拜，說：謝謝你啊，救了我的寶貝天鵝，還送給我們那麼多的魚。

莫日根騎馬牽牛車，薩日娜和老人抱著鵝坐車，巴格納和圖雅騎馬跟車，三人一路興奮地跟圖雅和莫日根講述昨發現和救出這對老鵝夫妻。兩人聽後都大聲叫好，都為沒有一起去救老鵝夫妻感到遺憾。回到客棧，打開養鵝房，莫日根點上羊油燈，關上門。房裡的兩隻小鵝見到這麼多人進來有些緊張，但看到兩隻大鵝，便歡快地叫了起來。雄鵝看到食盆裡還有小半盆好食，就慢慢蹭過去大口大口吃起來，巴格納也把雌鵝抱過去，讓牠湊過去小口小口地吃。薩日娜把生羊皮口袋裡剩下的鵝食，全部翻出來倒進了食盆。雄鵝對鵝房似乎很滿意，這裡沒有一點風，要比冰湖安全、暖和多了，而且這會兒自己的愛妻也能慢慢走動了。冰凍、饑餓、死亡已漸漸遠去……

老人說：天鵝餓得太厲害，不能多餵，今兒只能讓牠倆吃這幾斤好食了。這些食可比水草養分多，先讓牠倆暖暖和和睡一覺，明天再多餵吧。有這兩隻小鵝陪著，牠倆就不會害怕。兩隻大鵝已經認得你們是天鵝的朋友了，明兒還是咱們三個人來餵鵝。

可是薩日娜覺得大鵝食量大，還可以讓大鵝再多吃一些，就讓莫日根又拿來小半盆鵝食倒在食盆裡，自己又打來半盆溫熱的清水。一直看兩隻大鵝慢慢吃完喝夠，老人、薩日娜、巴格納和圖雅一一親吻撫摸了大鵝夫妻，才和莫日根放心地離開鵝房，鎖上了門。

巴格納和薩日娜跟著莫日根去給幾匹馬餵夜草。巴格納特地給芍藥黃馬和老人的馬抱來大抱的青乾草，讓以前冬季從來沒有青乾草吃的大黃馬，感激得直點頭打響鼻。

薩日娜微笑道：往後牠更樂意往客棧跑了。客棧是讓馬、鵝、狗和人都嚮往的好地方啊。

巴格納懇求道：可我最盼望你把小巴圖和弟弟一起帶來。

31 大白災的陰影

東烏珠穆沁旗木材主要來源地是寶格達林場。幾百年來，當地蒙古人用牛車或駝運隊從寶格達山運來松木、楊木、榆木等木材建造王公宮殿和寺廟。用於蒙古包、木車、箱櫃等日常生活用品的木材也從寶格達山運進。

——《東烏珠穆沁旗志・林業水利》

米希格老人、薩日娜、圖雅和巴格納回到暖烘烘的掌櫃房間喝奶茶，不一會兒，其木格就端上炸魚、手把肉、涼拌白菜心和酒。

米希格老人和薩日娜終於可以開心地享用酒宴了，老人笑道：我這輩子最想做的事情總算做成了，神到底還是勝了魔。我還要再住幾天，等這對老鵝安穩了，跟我處熟了，再回部落。這對鵝就放在客棧養吧，蒙古包旁邊可沒這麼好的鵝房，也沒有這麼多的糧食、水草和凍魚。又對薩日娜說：我還是有點不放心，巴格納和圖雅從來沒養過天鵝，萬一這些鵝有個啥毛病，他倆不知道咋辦，那就要壞大事了。你會養鵝，要是你能留在客棧幫他倆養就好了。

薩日娜說：過幾天我還是先跟您一塊兒回去，我還得回家照顧弟弟、小巴圖和小花脖呢。這些天我就能教會他倆養鵝的。這四隻鵝只是弱了些，餓壞了。蒙古天鵝很少得病，往後只要能把牠們餵飽就沒事。我會告訴他倆每天餵幾次，餵多少。巴格納大哥比我聰明，他還知道給鵝撈水草。他倆能養好這四隻鵝的。

巴格納說：真想讓你倆多住些日子。這會兒客棧太冷清，只剩下四個人了。米希格阿爸，您來客棧養老吧，這裡有空房，有火炕，有糧食菜窖，啥啥都有。在客棧，您就能親自餵養老夫妻鵝了。每年春夏秋三季把鵝放回葦塘天鵝湖裡，讓牠們相親相愛快樂地生活，還能為河湖除草，到冬天再把鵝接回家來養。我這兒的養鵝房比養鵝棚好多了。您的老師能讓老鵝多活十七年，那我準能讓老天鵝多活二十年，興許更多。您來這兒住，有老天鵝夫妻跟您做伴過冬，那您準保天天快樂，長壽健康。

老人的眼睛亮起來：這事倒說到我的心坎上了。老人冬天住蒙古包腰腿疼，我也真想在客棧跟你們三個一塊兒救養天鵝。可是今年冬季的災情到底咋樣，我覺著是凶多吉少。明年吧，往後我每年冬天住客棧，就可以看看天鵝夫妻咋恩愛過日子。正好也可以幫你守這個攤子。春夏秋再回部落，跟這對鵝一樣。千百年來，草原人受了天鵝那麼大的恩惠，大薩滿每次護送英雄和善人的靈魂上天堂，總要騎天鵝才能升天啊。升天路上守關的天將，不相信人，只相信天鵝和狼。咱也得回報天鵝啊。

巴格納說：那我就盼著您明年冬天來客棧了。

圖雅見米希格老人、薩日娜和巴格納勞累了三天，疲憊不堪，便催他們趕緊休息，然後和薩日娜回自己的房間。

第二天上午，天空烏雲更加厚重低沉，幾乎壓著了葦梢，大湖小湖和葦巷小河已全被冰層封凍。早茶後，薩日娜、巴格納和米希格老人做好了一大一小兩盆魚麥水草鵝食，大盆放在靠東牆處，小盆放在靠西牆處。讓大鵝吃大盆的食，小鵝吃小盆的食。鵝食裡特地多放了已化凍切碎的嫩水草。果然，一對大鵝都愛吃，還吃得很歡。老人說：水草凍了也不礙事，用冷水化開，鵝照樣愛吃。可千萬不能用熱水化，水一熱，凍水草就爛，鵝就不吃了。我在部落蒙古包養鵝，沒有菜，只好鑿冰撈水草來餵鵝，可撈不上多少。在部落養鵝難啊。

天鵝夫妻吃飽後，漸漸恢復了元氣，翅膀也可以張開了。見到幾個救命恩人，額額叫著，大雄鵝走過來用頭頸蹭摩恩人的腿和膝蓋，大鵝公主走起來還有些吃力，薩日娜連忙過去抱牠親牠。兩隻小鵝已經跟人很親近，圖雅和巴格納摸牠倆的頭，小鵝很高興，不甩頭，不啄人。

四個人都放下心，走出天鵝房。其木格和莫日根開始清掃鵝房。

巴格納對米希格老人說：這會兒整個葦塘都已經封凍，再也救不了鵝。騰格里給咱們救天鵝的時辰太少了，更遠處的湖裡面、葦子裡面準保還有落單的小鵝和老鵝夫妻，可惜啊，真救不上來了。

老人說：能救上來兩隻小鵝，一對老夫妻鵝，已經太讓人想不到了。你有小船，一上手就救下四隻鵝，騰格里和天鵝神保佑你啊。

巴格納說：全靠阿爸出主意和指點，薩日娜也是我的鵝老師。

薩日娜說：你能弄來這條小船，我真沒想到，太對了。幾百年來，額侖草原人救鵝，還從來沒有這麼方便痛快過，再也不用讓弟弟爬冰冒那麼大的危險了，往後年年都跟你撐船進葦塘救鵝。

巴格納笑道：我弄來小船，還是因為你跟我說的一句話。那次我和圖雅去給你和小巴圖送魚，你跟我說，一直夢想進大湖裡面看鵝餵鵝，後來才讓我想起可以請老秦大哥的車隊給我運來一條小船，正好小船可以多打魚，增加客棧的收入，這才順利地弄來了小船。

老人呵呵地笑道：還是巴格納最把薩日娜的話放在心上。

巴格納領著幾人去看堆滿青乾草的草圈，走了幾步，停下來，對老人說：我這會兒最擔心的事還是大白災。今年天鵝南飛比往年早很多，您不是說天鵝飛得早，多半會降大白災的嗎？那趁您在客棧，我想讓您看看，我要做一種抗大白災的臨時大棚。我琢磨了好長日子，一直到葦塘上凍前才剛剛琢磨出來。如果這種棚子能做成功，那麼額侖草原抗大白災的法子，就差不離齊全了。

老人吃驚地問：還有這樣的臨時抗災大棚？聽說大台吉想用一千隻頁羊來求抗大白災的好法子，那我要看。

圖雅說：啊，這麼重要啊，那我來幫你做。

薩日娜說：這麼大的事情，是得搶在大白災下來之前做出來。咱們一塊來做吧。能做出來嗎？你啥時候開始琢磨這件事的？我也一直在琢磨，草原的貴族和牧人都在琢磨這件事呢，可就是沒人能琢磨出來。

巴格納長歎道：早啦。這件事是我最大的心病，不做出來興許就要了我的命，客棧準保辦不下去，替你還清全部的債也別想了。來額侖半年，我琢磨了半年。我一有空就想，常常想不出個頭緒。後來在採蘑菇的時候，老張帶著咱們做了烘蘑大棚，札那阿爸管這種大棚叫臨時大棚，我才突然開了點竅。咱們從林區拉來那麼多的樺木杆和木頭，這會兒三個部落又搭建了木欄草圈還堆滿了青乾草。我把這幾樣新東西的好處加在一塊兒，才想了出來。這種抗大白災的臨時大棚用樺木杆和大氈架在木欄草圈邊上就能做出來。

圖雅說：真的啊？你先等等，我去換件舊袍子，咱們一塊兒動手搭。

說罷，圖雅就回屋換袍子。老人和薩日娜半信半疑，又滿懷希望地催巴格納快搭。

巴格納和莫日根從木料堆場選出十一二根較粗的樺木杆，大頭有人的小臂一般粗，這種杆子在南邊的半農半牧區是用來做牲畜圍欄和菜園木欄的。兩人把木杆放到草圈旁邊，又去庫房，拿出一塊寬六尺、長一丈二尺的大氈，把氈子捲起來，抬到草圈旁邊。一會兒圖雅也跑了過來。

圖雅姑娘疑惑地問：就這些？這麼簡單的東西，能抗大白災？

巴格納解釋道：遊牧人抗大白災，要的就是簡單快速，難也難在簡單快速。大白災來得快，大雪一下來，半天就能下幾尺厚，要是抗災辦法不能簡單快速，就不趕趟了，部落牧人也用不上。然後問莫日根：你看，如果一個一人半高的木欄草圈，四面全斜著架上樺木杆，把杆子綁在木欄上，再斜著鋪上大氈，搭成臨時斜棚，看能不能裝下一千三四百隻的一群羊？

莫日根看了看，鏟掉了草圈旁邊的一溜雪，把樺木杆一根根斜架在草圈的牆上，樺木杆之間的距離大約在一尺三寸左右。又用腳步量了量斜棚裡面的地盤，說：足夠裝下，還有富餘。一群羊吃草的時候，散開了看著是一大片，可到晚上，羊群為了防寒擠在一起，就占不了多大地盤了。三面牆的斜棚地盤就能裝下一群羊。

米希格老人看了看說：我見過部落搭建的木欄草圈，很大，照這麼搭，能裝下兩群羊。大白災的時候天最冷，羊擠擠暖和。

巴格納說：我看還是架四面牆，架得再斜一點。棚頂越斜越陡，棚裡的地盤雖然會小一些，可是厚雪就不容易壓塌棚頂，把羊群埋了。頂棚越斜，積雪就會從坡上滑下來。

莫日根把樺木杆架得更陡了一些，再量了量斜棚裡的面積，又算了算，說：這樣的斜棚，裡面的地盤也足夠了。

巴格納笑道：那就太好了。

然後幾個人又開始商量如何掛大氈。巴格納說：咱們得想到，搶搭臨時大棚的時候，一定正下著大雪，天冷得伸不出手，得想個又快又不凍手的法子。

幾個人商量以後，巴格納和莫日根先在樺木杆高出草圈牆半尺的地方釘釘子，然後再用薩日娜想出來的法子，用剪羊毛的大剪刀在大氈邊上鑽洞，拴繩子、扣子。巴格納和莫日根在杆子上釘完釘子，馬上靠牆架杆。四人一通快幹，不大一會兒工夫，六尺寬、一丈二尺長的大氈，便順利地橫掛上樺木杆，一面斜棚就完成了。雖然大氈底邊離地還有一兩尺的距離，但在大白災的時候，地面的厚雪和斜棚上滑下來的雪，正好可以堵上這個底邊空當。就是堵不上，在棚外堆一道矮雪牆也就可以擋風了。四個人看到這麼快就搭完，都感到非常意外和激動。圖雅和薩日娜樂得模仿羊鑽進斜棚裡。圖雅大叫道：裡面沒風，比外面暖和多了，羊群能在這兒避雪、保胎和保膘了。有了這種臨時大棚，羊群就真的不怕大白災啦！

兩人鑽出斜棚，薩日娜喜出望外，說道：這法子太絕了。做起來又快又省事，一看就會，一家人用不了一個時辰，就能搭完棚，道爾基蘇木長和大夥準保都喜歡。巴格納大哥，你的這種臨時大棚，能救下多少羊，多少個蒙古家庭啊！

圖雅笑道：巴格納哥哥的神點子就是多，我真是服了。他總能想出用又簡單又省事的法子來幹大事。夏天他用魚罐抓魚，也是用簡單省事的法子。

米希格老人也連連誇讚：巴格納，搭建蘑菇臨時大棚的是你；打通林區商路，弄來大批樺木杆和松木的是你；鼓動部落搭建木欄草圈的也是你。你再把這幾樣好處綁在一起，想出這個抗大白災的好法子，別人是比不過你啊。這個大木欄草圈太重要了，裝滿了草，像座山那樣敦實，臨時斜棚靠著大草圈才不會被狂風刮跑啊。好小伙，這回你救的可就不是三四隻天鵝，也不是薩日娜一個人啦。你救下的是整個部落和畜群。我得回部落趕緊告訴道爾基，讓他快快準備樺木杆和大氈，教會大夥咋搭建臨時大棚。

巴格納謙和地說：這不全是我的功勞，蘑菇臨時大棚是老張教我做的。因為心裡有薩日娜，我腦子裡才老是想咋樣保住部落、保住她。只有保住了部落才能保住薩日娜啊……那您就趕緊告訴道爾基蘇木長吧。

米希格老人還在琢磨臨時大棚，說：樺木杆和大氈也不是個事。秋末，草圈儲滿草以後，就可以把夠搭斜棚的樺木杆十根十根地捆起來，放在草圈上壓草，還能防風刮跑草。到大白災來的時候，立馬就拿下來用；大氈也用不著再添多少塊，原先羊圈擋風牆的大氈子，都可以拿來用。

巴格納說：那就更省事啦。這樣一來，中間是敦敦實實的大木欄草圈，四周是斜棚。羊有草有棚，就餓不死也不怕被雪埋了。

薩日娜說：我恨大白災，巴圖就是被白災奪走的。眼看快到他升天兩整年了，咱們要能扛住大白災，天上的巴圖也會高興的。

巴格納說：這會兒，我最擔心你的老舊蒙古包能不能扛住大白災，我是家中的大哥，可我又遠在客棧。我擔心你、弟弟、小巴圖和小鵝。你們還是早點搬到客棧來住吧。

薩日娜猶豫地說：再等些日子，好嗎？

好吧。可是我真怕你的蒙古包扛不住大白災啊。

32 不離不棄

獵人超通就從自己捕殺的一隻狼的胃裡……發現了十七隻完完整整、軟軟乎乎的小老鼠……還有一隻狼的胃裡裝滿了螞蚱。

——〔蒙古〕高陶布・阿吉木《藍色蒙古的蒼狼》

老人們和巴格納擔心的大雪終於降臨。蒙古東部草原的氣候一年比一年冷，以往百十年，額侖草原的頭一場雪都是站不住的，太陽一出，地氣一冒，初雪就化成水。進入無井的冬季草場，牧人還要為牲畜飲水發愁。如果半月二十天不下雪，牛羊就會因乾渴、不吃草而迅速掉膘，甚至部分死亡。而這年的初雪一落地就站穩，消除了初冬的旱情，可是白災的陰影卻無情地壓了下來。

連年中小白災，這年天鵝南飛又特別早，額侖多數牧人已經感到今年冬季很難躲過大白災了。而初雪更是草原老人判斷白災是否來臨的主要根據之一，這就更加讓人們恐慌不安。從上上次白災以後，幾乎年年的初雪都能站住。但今年的初雪，不僅站得穩而且還特別厚，氣溫也提前降至嚴冬的奇寒，雪花變成了雪沙，潑出去的水，落地就成了冰。

老人們都開始焦急。蘇木長道爾基和兩位部落首領一同前往客棧，要現場查看巴格納搭建的抗大白災臨時大棚，還要摸清客棧庫房裡，有多少可以使用的抗災物品，並詢問有關事項、商量對策。

一路上寒風刺骨，馬頭、前胸，人的眉毛、睫毛、鬍鬚和臉部周圍的一圈狐皮毛上，都結滿了厚厚的霜絨。札那憂心忡忡地說：頭一場雪剛過就這麼冷，我看今年冬季最少是一場中等白災，鬧不好就會變成大白災。唉，秋末那會兒我還是下不了狠心，要是讓一半的牛羊遠途遷場就好了。不過，幸虧做了四個木欄大草圈還儲足了草，讓我心裡有了點底。

道爾基歎道：也幸虧巴格納給兩個部落墊了那麼多的工錢，要不我們準保不會建木欄草圈和儲草。那到這會兒，兩個部落就全要慌神了。咱們烏珠穆沁部落上百年沒有長途轉場了，大夥都不願遷啊。我的部落長途轉場的人傳來話說，轉場太苦了，人生地不熟，買東西也不方便，乾牛糞都讓雪給蓋住了，也不知道上哪兒去找。

札那說：我的部落倒還行，伊登札布費了不少口舌，畜群一到那兒，就讓布赫朝魯先把一冬天幾十隻大肥羊的租荒草場費用給了人家，人家立馬派人送來乾牛糞，還告訴他們哪兒能找到上年冬營盤堆的牛糞，草場安排得也不錯。你那兒要是有麻煩，就把你的畜群挪到我的畜群旁邊來吧。頭一次長途遷場總會有麻煩。扛過這冬，明年就知道咋辦啦。

道爾基說：那也成。長途轉場這事也是巴格納先提出來，旗府和伊登札布才下令做的。那咱們就硬著頭皮幹下去吧。我也讓我的人趕快交租草場的羊，費用倒也不算大。要是真來大白災，那最少也能保住這遷出去的三成牛羊。再加上三個部落十二個大草圈的草，咱們蘇木的牲畜就不會全軍覆沒。

古茨楞說：旗府下令每個部落必須調三成牲畜長途遷場，王爺和伊登札布不光是聽了巴格納的主意。其實，咱們旗的貴族早就有這個打算，他們對大清朝廷不准蒙古部落跨旗放牧、經商、通婚很不滿，早就憋了一肚子的火。這回，也是想趁這幾年白災頻繁，破一破朝廷的禁令。不長途遷場，皇家貢羊要是全被大白災壓死了，大清皇族和蒙古王公吃不上貢羊，蒙古人破產造反，朝廷也頭疼害怕啊。這件事，不是一個蘇木的小事兒，是一件滿蒙鬥力較量的大事。咱們心裡得有個數。

道爾基說：是這樣。

札那說：西部蒙古為啥厲害，人家就是能不靠天吃飯，用長途遷場再加建木欄草圈來對付。咱們祖宗的看家本事不能丟掉啊。我不能眼睜睜看著部落幾百年積攢下來的畜群，一場大白災後全賠光。

道爾基鄭重地說：今年冬季準保不好過。我先跟你倆說好，沒有我的令，各部落十戶組草圈的儲草誰都不准動，要儘量留到萬不得已的時候才用。回去一定要讓各十戶長看緊草圈，誰家敢搶草，我就重罰誰家九十隻羊。

成。我倆回部落就立馬向部落傳你的令，誰搶草重罰誰。

道爾基說：這回，巴格納又弄出了新花樣——抗大白災的臨時大棚。米希格看過了，向我誇了又誇。我聽了也覺著好。可這是件大事，我得親眼看過，也得讓你們倆看過，才能定下到底要不要讓全蘇木三個部落和所有十戶組都做。

三位蘇木和部落首領一進客棧大門，就被東牆臨時大棚的一面大氈斜頂吸引住了。未等巴格納和圖雅迎出來，三人就已經下馬細細打量和琢磨起來，都露出驚訝的笑容。莫日根問過好後，連忙將三位部落首領的馬牽走餵草。

圖雅笑著跑來，說：你們這麼快就來啦。然後抱住阿爸一邊親吻，一邊說：阿爸，阿爸。我可想你了。巴格納的這個臨時大棚可棒啦，你有啥不明白的地方，我來給你講。

巴格納也跑來迎候三位首領，說：是米希格阿爸讓我把這面棚留下給你們看的。有啥不對的地方，請你們幫著改。

道爾基笑道：太讓人想不到了。我裡裡外外看了一圈，就知道這是個管用的好東西啊。搭建起來又快又省力，利用木欄草圈架杆能省一大半的樺木杆，堆滿草的草圈又高又大，是平地草場上唯一能靠得住的大塊頭了。有了它，架樺木杆才有依靠，白毛風刮不跑，再厚的雪也壓不塌，又不用花什麼錢。幾百年來，咱們烏珠穆沁草原還是第一次建了這樣的草圈和臨時抗白災棚啊。你真把我們幾十年最大的心病治好了。我要給你往上報功。

札那樂道：大台吉伊登札布要是知道了，準保三天三夜樂得睡不成覺啦，他做夢都想要這個法子啊。誰也沒想出來，咋就讓你給想出來了？

巴格納說：我只是把蘑菇大棚、樺木杆和木欄草圈的三個好處合在一塊，再把蘑菇大棚的柳條編泥頂換成大氈，就弄出來了。那些事我都親手幹過，又琢磨了好些日子才想出來的。

札那笑道：這些新玩意都是你先弄到額侖來的，怪不得你能最先想出這個好法子。巴格納，你可真幫了額侖蘇木天大的忙了。

道爾基說：可是，還有幾件事不好辦。頭一件事，部落裡自己留下的樺木杆，大多是用作套馬杆的細杆子，可你用的是胳膊粗的樺木杆。我擔心部落做的棚子，扛不住雪啊。

巴格納說：這好辦，只要把兩三根細杆子綁在一起當一根粗杆子用，就能扛得住厚雪。部落不是也存了不少碗口粗的松木嗎？建木欄草圈用了一些，可是還剩下不少呢。只要再加上些松木，就能扛住厚雪。要是松木不夠，就到客棧來拉吧，客棧的堆木場裡有的是胳膊粗的樺木杆和碗口粗的松木。

三位部落首領樂道：太好了。

道爾基蘇木長又問：要是每兩群羊有這麼一個臨時大棚，是準保能扛住大白災的。但這回每個十戶組只建了一個木欄草圈，雖然遷走了三成的牛羊，可剩下的七成牛羊，合著每三群羊才能攤上一個木欄草圈。一個大棚擠不進去三群羊，還是不夠啊。

巴格納說：我還有個法子，在木欄草圈南邊，可以再用松木和樺木杆搭建像蘑菇大棚那樣的大棚，搭矮一些，再在棚裡多加粗木支柱，棚頂鋪上大氈，就不怕被白毛風刮翻了。每個十戶組只要到客棧拉回去足夠的粗樺木杆和松木，就可以搭一個這樣的棚子。半天也能搭起來的。

三位首領連連點頭。

巴格納說：我倒不擔心臨時抗災大棚，就是擔心草不夠。一圈草供兩群羊還湊合，要是供三群羊準保不夠。

道爾基說：今年只能用這個法子了，但願大白災來得晚一些。讓各組的人儘量多挖些雪下面的草餵羊，再讓羊輪流吃草圈裡的青乾草，興許能扛到開春。這麼看來，眼下咱們能做的，就是讓各部落多準備粗樺木杆、松木和大氈。

札那說：幸虧今年客棧重新開業，存了不少大氈。又虧得客棧打通了林區的商道，部落和客棧的堆木場都存了那老些樺木杆和松木。騰格里是在照應咱們蘇木呢。

道爾基又想了想，對兩位首領說：過幾天我就得去旗府一趟，把這種抗大白災臨時大棚做給伊登札布看。他是牧業的大行家，準保一看就明白。他也會下令讓其他蘇木都學做這種臨時大棚。用這個法子能救下全旗多少牲畜？他也就立了大功啦。

札那說：伊登札布已經要求其他蘇木建木欄草圈，打草儲草，可是聽說不少蘇木沒有備下樺木杆和木頭，建不了啊。那些不建木欄草圈的蘇木，就是建了臨時防災大棚也沒有草啊。他們錯過了秋天打草的機會，羊就算沒被大雪埋死，也得餓死。不過，你還是得把巴格納的這個法子告訴大台吉，他會告訴已經建木欄草圈和儲了草的蘇木部落。那也能救下不少牲畜呢。

離開草圈，巴格納想請三位首領進屋喝奶茶。道爾基說：大事要緊。走，帶我們先去看看客棧的存貨。回到部落，我再好好算算需要調多少。

當三位首領看到堆滿一間庫房的大氈，堆積如山的樺木杆和碗口粗的松木，深感吃驚。

道爾基歎道：沒想到，你這麼快就讓大盛魁的車隊把客棧庫房和堆木場填滿了。額侖草原沒有這個客棧還真難活下去啊。巴格納，伊登札布早就看出你是我們蘇木最需要的人，還真是這樣啊。你前面的抗災法子都很棒，我想聽聽你還有啥好法子，今天就一塊兒說給我們聽聽。

巴格納說：我還提前給咱們蘇木抗白災做了一件事。在商號歇業前，我讓商號車隊給客棧進了常年三倍的馬料和糧食。要是大白災真的下來，這些馬料糧食就有用了。到節骨眼的時候，一斤糧能頂十一二斤青乾草哪。老張說，從前客棧冬季最多只儲存不到一萬斤糧食，我這回進了三萬多斤。

啊。三位首領讚歎道：太對啦！

道爾基笑道：我沒想到你連救災糧都提前買好了。你快成我的左膀右臂了。巴格納，你真行啊！

巴格納說：只是客棧今年剛開張，本錢少，又給兩個部落墊打草錢，進的糧食可能還是不夠。

三位首領馬上走進庫房的糧倉和馬料倉。三人眉開眼笑，都對囤糧和馬料麥粒大袋看了又看，還抓起來聞。

札那歎道：這些糧，能頂三四十萬斤青乾草，是牲畜的命啊。

道爾基樂道：不瞞你說，我這次來，多半就是衝著一萬斤糧食馬料來的，沒想到竟然有三萬多斤，咱得儘快把大部分的糧食馬料都拉走，等到大白災下來再來拉，就不趕趟了。巴格納，今天我就跟你定好，這些糧食，客棧留下五六千斤，剩下的兩萬五千多斤，我們蘇木的三個部落全要了。我的部落要一萬斤糧食馬料，他們兩個部落，札那部落九千斤，古茨楞部落六千斤。大白災要是來了，在最冷的時候，就用青乾草摻糧食馬料餵瘦畜弱畜。我們一回部落就派牛車來拉，再把需要的粗樺木杆和大氈一起拉走。你先記上帳，開春再算帳。要是大白災沒來，糧食和東西就退回客棧。要是有損耗，就算在部落的賬上，咋樣？

成。

三位老首領也都想看看救回來的老天鵝夫妻。此事已傳遍額侖草原，成為所有敬鵝愛鵝的人，尤其是老人們津津樂道的話題。這也是三位首領一起來到客棧的另一原因。進了天鵝房，四隻鵝有些害怕，紛紛退到北邊牆根。巴格納和圖雅趕緊上前安撫鵝們，圖雅輕柔地說道：別怕，別怕，他們是額侖草原人的頭領，就像你們鵝群裡面的領頭大鵝。

見到生氣勃勃的兩隻大鵝和兩隻小鵝，道爾基問巴格納：這就是米希格帶你和薩日娜救上來的一對老天鵝啊？

是的。

道爾基很感驚奇，說道：看不出是老鵝啊？很白很漂亮，也很健壯，跟別的大鵝差不離嘛，咋看咋不像老鵝。你們養得很好，還餵牠們魚哪，一進門我就聞見魚腥了。

巴格納說：牠倆秋天剛換的一身新羽毛，把年齡遮蓋住了。牠倆真的老得飛不動，要不早就南飛了。雄鵝可能還能飛，泡子結冰以後，牠吃不著水草和蘆根，快餓死了，還是不肯丟下牠老伴。

札那感慨道：我還是第一次見著一對快要凍死在一起的老鵝。薩滿法師都說天鵝一生專一，最後多數老鵝夫妻死也死在一起，這回我真是親眼看到了。天鵝真是讓人慚愧，也讓人心痛啊。你們就好好養著吧，讓牠倆過一個長長的幸福晚年。

道爾基說：讓部落的年輕人也多來瞧瞧。人的心中有天鵝神，人才能活得像人。要是大夥都像天鵝那樣愛妻子愛丈夫、愛家愛部落愛草原，部落就垮不了。

午飯拖到下午才吃，招待蘇木和部落首領的餐桌上，第一次沒有炸魚，但上了好酒和口蘑紅燒牛肉。圖雅抱歉地說道：河裡結冰，抓不著魚了，等開春再請你們吃炸魚吧。其木格跟伙房廚師學會了做口蘑牛肉，也很好吃。

札那吃了一塊口蘑笑道：味道真不賴。我知道你們還存了一些凍魚，往後別給人吃，都留給天鵝吃吧。

道爾基說：巴格納，我知道你心裡還想啥。米希格對我說，薩日娜早晚會搬到客棧來的，你慢慢等著吧。

札那笑道：你倆都這麼愛天鵝，又一塊兒救養天鵝，養來養去就能養成一家人。

巴格納說：謝謝蘇木長和阿爸惦記我和薩日娜的事。薩日娜身子弱，心裡傷得不輕，得慢慢養。我會用心守著她，不會去催她的。

飯後，三位部落首領急匆匆地趕回自己部落。

又是兩場小雪後，蒙古草原變成了白色世界，山白、河白、湖白、路白，蒙古包更白，但綿密厚重的雪層，仍然壓不服波濤起伏、桀驁不馴的烏拉蓋蘆葦林。風一吹，茂密淡黃的葦葉上，積雪就飄落下來。春夏的綠海波浪，轉眼間變成了黃海巨濤，浩浩蕩蕩奔向東南西南。這是額侖烏拉蓋大草原在冬天唯一能保留本色的天然之物。黃色葦海依然潮起潮湧，沙沙嘩嘩的潮聲依舊不絕於耳。然而，蘆葦下的河水、溪水卻悄無聲息，河湖早已冰封，覆蓋上一層厚雪。小河水巷和天鵝湖都安安靜靜地冬眠了。那條扣在岸邊的捕魚小船，變成了重疊的兩只船，一只厚厚的白色雪船，疊在木船的底艙板上。狼群已杳無蹤跡。

夏秋季偌大熱鬧的客棧，變成了一座駐軍移防後空蕩蕩的兵營。商道上的牛糞、馬糞、駝糞、馬蹄印和車轍都已被雪覆蓋。該走的都走了，只剩下巴格納、圖雅、其木格和莫日根四個客棧的初創人。而東日布兄弟的兩個蒙古包和羊群牛群剛剛搬過來，在五六里之外，能隱隱看到炊煙。

然而，四個人的日子過得卻很富足。他們住在有火炕的暖房裡，庫房裡早已儲備了足夠多的牛羊肉食、糧食佐料、黃油乳製品和大盆大塊的凍鮮奶，還有大大小小幾十罈的草原白酒和山西汾酒。在其木格屋內的地窖裡儲藏了大半窖的白菜、蘿蔔、大蔥等蔬菜；他們的過冬燃料——乾羊糞磚堆得有兩三間房子那樣多，客棧伙房一年都用不完。

每天清早，巴格納一起來，就同莫日根一起把台階上和院內通道的雪鏟光掃淨。然後打掃馬廄，再把三匹馬牽到院外北面雪薄的地方，絆上兩扣的馬絆子，讓馬自個兒刨雪吃草。晚上再把馬牽回馬廄餵些青乾草，有時還加一些馬料。冬天沒有多少活兒，客棧的拉車犍牛也被送到東日布家的牛群裡放養了。客棧大伙房停用，四人的飯菜茶，就用巴格納的外屋大灶來做。吃飯就在裡屋坐炕席圍炕桌。

狼朋友們不知道去了哪裡，但他們有了天鵝新朋友。每天餵天鵝，給天鵝梳理羽毛，打掃鵝房，與天鵝玩，便成為枯燥冬季最快樂的事情。早上吃過奶茶、奶豆腐和手把肉，巴格納和圖雅就動手做一天的鵝食。每天下午，莫日根都要用鐵釺在水草凍垛上，鑿下幾坨凍水草，然後浸泡在掌櫃房木盆的冷水裡。巴格納和圖雅把泡了一夜的水草瀝乾切碎，把幾條化凍了的魚去鰓和肚腸，剁碎，再拌上煮熟的普通馬料，加一點點鹽，做成大小天鵝最愛吃的美食。

小鵝已經認大鵝為乾爹乾媽了，常常依偎在大鵝身旁。薩日娜說過，鵝群裡的大鵝會收養父母意外傷亡的小鵝，也會收養與父母失散的孤鵝。這對大鵝好像有幾年沒生養過孩子了，因此特別疼愛這兩個孩子。每天像親爹媽那樣給孩子清理羽毛。圖雅常常抱起小鵝親吻，像薩日娜鵝媽媽那樣，細心地給牠們摘身上的乾草碎葉，捉掐絨毛裡的小羽虱。巴格納則喜歡撫摸那隻高雅秀美的大鵝公主，常常與大雄鵝一塊兒給牠梳理羽毛，也很喜歡給牠掐絨毛裡的羽虱。可是，大鵝公主比其他的鵝更愛乾淨，身上的羽虱很少，總是被牠自己捉掐得很乾淨。每次巴格納都要在牠全身上下扒拉幾遍毛，才能找到一隻羽虱，掐死以後再給大鵝公主看，牠看了會高興地昂頭搧翅膀。巴格納也喜歡像薩日娜那樣撓鵝夠不著的地方——後脖頸和咽喉，這也是大雄鵝經常給牠撓的地方。兩隻大鵝完全恢復了元氣，並無老態，只是喙的邊緣有些粗糙，顏色略淡，不像小鵝的喙那樣大半黑、小半黃，光滑鮮亮。大雄鵝記性最好，牠牢牢記得，是巴格納踩著蘆葦過來救起自己和愛妻的，也就對他格外親。每天一開門，牠總是高叫著，昂著頭第一個跑來用翅膀擁抱恩人的雙腿。

兩人餵完鵝後，總要跟鵝們親熱半個時辰才離開。巴格納從一條窗紙縫看到，人走以後，大鵝小鵝常常互相梳理羽毛。兩隻大鵝吃飽以後，常常安靜地靠在一起，頸靠頸，頭貼頭，似乎只要能近近地伴著老伴，靜靜地傾聽、注視和感覺對方的呼吸、心跳和容顏就很滿足。

他發現自己每次開門的時候，兩隻大鵝都看得見門外厚厚的雪景，牠們一定知道對於不能飛的天鵝來說，冰天雪地意味著什麼。牠倆在耐心地等待春天和湖水，對恩人給牠們提供的這間避風雪的房子，抱有好奇和感激，開始把他倆當作自己的家長。二十年裡，牠們見過無數個被人救養的同伴，每到溫暖的春天，家長們就會把牠們放回自由的天空和湖泊。

大雪封山封路，酷愛閱讀的巴格納終於有了大把的時間，可以像他的大白馬狂吃青乾草那樣來閱讀詩歌、小說和史書了。看累了，他就默默地思念雪原上的天鵝姑娘，懷念在小船上她主動給他面頰上的那個吻，他的心不由得輕微地震顫起來。他想像她與小巴圖、小花脖和巴圖黃馬的愉快生活，盼望大群天鵝歸來的春天。

圖雅也像他一樣，靠著被垛讀她的蒙文故事和詩歌。兩人像親兄妹一樣，靠在一起看得輕鬆快樂。看到兩人的眼睛都酸疼了，巴格納就會給她講故事。圖雅經常樂得咯咯笑。她很喜歡聽他講《西遊記》裡的神猴子故事，但會問，故事裡有那麼多動物的神仙妖怪，為啥就是沒有狼神和天鵝神？

巴格納說：漢人越多的地方，狼和天鵝就越少，漢人喜歡狼皮褥、天鵝肉和天鵝羽毛。

圖雅問：漢人沒有天鵝和狼，那他們的草原還會美嗎？

巴格納說：漢人鋤草種糧為生，他們沒有草原……

有時，其木格和莫日根也會過來一起聽故事，有時巴格納會教他們三人玩外國象棋，四人常常玩到很晚才睡覺。每天睡覺前，巴格納和莫日根必定要打著火把，在院內巡查一圈，特別是看看牆頭上的積雪有沒有缺損。

莫日根總是說客棧應該養幾條大狗看家。巴格納說，開春後客棧客人多，還有孩子，如果狗咬傷了人，會惹大麻煩。河邊還有狼朋友，要是狗仗人勢跟狼打起來，我們就沒有狼朋友了。狼是客棧的福神啊。

33 狼留下的記號

斡歌歹・合罕（元太宗窩闊台——引者注）被擁立為大汗……降旨道：「這次出征者之中，凡管領百姓的宗王，應在其諸子中命其長子出征。不管領百姓的宗王們，萬戶長、千戶長、百戶長、十戶長們，無論何人，也應命其長子出征。公主、駙馬們，也應照規矩命其長子出征。」

——余大鈞譯注《蒙古秘史》

早晨，巴格納和莫日根從馬廄裡牽出三匹馬，準備將馬放到雪地上去刨雪吃草。突然，葦塘方向傳來久違的狼嗥聲，一隻聲音雄渾，另一隻聲音柔和，像是狼王和狼王后在呼喚他。巴格納的心猛然狂跳起來，對莫日根說：你先把那兩匹馬牽過去吃草吧。我要到河邊去看看，狼王兩口子在叫我哪。一個多月沒見到狼了，怪想他們的，他們準保也想我了。

說罷，雙手撐馬背跳跨上馬，騎著光背大白馬，找到一條地勢較高、雪較薄的坡稜，往湖邊小跑而去。他沿著河岸雪坡，來來回回走了幾趟，卻沒有看到一個狼爪印。他又朝著原來餵狼地方的東邊走了半里地，才發現了幾行狼的新鮮足跡。順著印跡，他走到一片無雪的冰面，顯然這裡是一個風口，風把雪面刮出了一長溜、兩塊大氈寬的堅冰。還留下了幾行狼零碎的雪爪印，像是給巴格納留下記號，在指點著什麼。他下馬朝四周慢慢查看，忽然看到那條母狼就站在不遠處的葦林缺口旁邊，目光親切溫和地望著他，向他搖尾巴，還朝他走了幾步，又轉頭看看蹲坐在稀疏葦叢裡的狼王，再回頭向巴格納搖了搖尾巴，便慢慢鑽進葦叢，與狼王一同消失了。

巴格納急忙向狼喊了幾聲，但沒有任何回聲。又等了一會兒，還不見狼來，只好順著冰面上的雪爪印細細往前查看。走了十幾步，一個奇怪的淺坑赫然出現在冰面。他走近蹲下一看，這個坑凹下去不到兩寸，大小如客棧的菜盤子，冰盤底下竟然是半條魚。扁弧形的魚背和半個魚身已被啃光，魚頭和魚尾還凍在冰裡。殘魚旁邊留下了狼舌的舔痕，還有一道道狼牙的白色啃印，以及狼爪刨冰摳冰的痕跡。幾條凍魚皮捲成的細絲，在微風裡抖動。冰盤旁，散著狼剛剛啃刨出來的些微冰碴。若是再往下啃，冰凹面頂住了狼鼻子，狼牙就使不上勁了。他恍然大悟，忍不住微微笑起來：看來，想吃魚又實在沒轍的狼，想起了牠們的人朋友，於是呼喚他，想讓他來幫忙？就像初夏與狼第一次見面時那樣？

巴格納的心激動地突突跳，烏拉蓋河的狼朋友又要給他送魚了，這個冬天客棧正缺魚哪，他們存的凍魚還不夠天鵝吃一個多月呢。可這會兒是冰天冰河的嚴冬，大部分的淺水區，冰已凍到河底，咋樣才能弄到魚呢？他仔仔細細地查看，又走了五六步，在冰面下兩三寸的地方，模糊地看到一條魚樣大小的暗影，像是凍凝在冰裡的魚。這裡是淺水區，困在裡面的魚就快速凝結在冰裡了。狼當然能看到淺冰裡的魚，可是，這條凍魚的冰面上一道狼牙印也沒有。很明顯，凍在冰面兩寸以下的魚，狼是啃不出來的。而剛才的那條魚一定凍得很淺，是誤入歧途在水裡擱淺的魚，甚至可能是幾乎快要露出魚背的魚。然而，即便是淺處的凍魚，看那樣子，狼也真是費了老勁了。狼牙只能咬不能戳，不能鑿，哪能比得上人的鐵釺啊？狼饞魚了，但又啃不出來。巴格納明白了，狼叫他來，是為了告訴他可以「刨冰取魚」。

他蹲在那個淺坑旁看了又看，想了又想。忽然，他想到了深水魚窩，那裡的水很深，冰準保凍不到河底，這裡的淺水魚準保逃到深水魚坑裡去了。那麼，只要在深水魚窩上面鑿開冰層，不就可以直接用魚抄網撈魚了嗎？他興奮得雙膝跪冰，仰天呼喊：長生天、騰格里，河神狼神，阿媽阿爸，太謝謝你們啦。你們送給我一夏天一秋天的魚，到了冰天雪地的寒冬還要給我、給薩日娜、給圖雅、給米希格阿爸、給天鵝送魚。我真不知該如何報答你們了啊。

然後又對狼走的方向呼喊道：狼王狼王后啊，太謝謝你倆了。今兒下午我就回報給你們魚。再次感謝你倆想著我們。

巴格納急忙撐馬背跳跨上馬，慢慢走出冰面，急奔客棧庫房，找了一些破漁網和一根合手的樺木杆，到工具房找出筆管粗細的鐵條，開始做長杆魚抄網。

中午，一家四口坐在炕上喝午茶。其木格將剛才玩的外國象棋收在長盒裡，放到矮桌下。再把盛滿奶茶的銅壺放在炕沿的一塊厚木板上，桌上擺了一盤奶豆腐、一小罐黃油、一大碗炒米、一銅盆手把肉，還有一小碟醃韭菜花，這是老張媳婦用搗碎的野韭菜和鹽做成的花醬。四人脫靴上炕，盤腿坐在炕桌前吃了起來。蒙古草原人，一頓早茶或午茶吃下去的食物分量，跟吃每日主餐晚飯的分量差不多，只不過是食物加奶茶而已。巴格納仍是用蒙古刀削肉片，再用筷子夾肉片蘸醃韭菜花吃。他喜歡野韭菜的深綠濃香，尤其是在看不到一絲綠色的、白茫茫的雪原冬季。圖雅也喜歡吃，跟著吃了幾片。

吃著吃著，圖雅就想吃炸魚了。她歎了口氣說：一吃韭菜花我就想起炸魚，自打烏拉蓋河上凍以後，就吃不上新鮮炸魚了。原先剩下來的兩三筐凍魚都得留著餵寶貝天鵝。好想念炸魚時油泡泡嗞嗞響的聲音，再抹上點韭菜花醬，真饞人啊。昨天做的炸魚乾一點兒也不好吃。

她睜大亮亮的葡萄般的黑眼睛，饞貓似的望著巴格納，嘻嘻笑道：巴格納哥哥，誰都說你的本事大，你有沒有法子讓我再吃上新鮮炸魚啊。

巴格納笑道：咋不能呢。喝完茶我就帶你們去抓魚，今兒晚飯我就請你們三個吃新鮮炸魚。

三人吃驚不小。圖雅叫道：咋能啊？河裡的冰那麼厚，凍到河底，咋抓啊？你又逗我。

巴格納說：我準能讓你吃到，就是能不能讓你吃個夠，我還不知道。

然後就把上午冰河上狼啃冰魚的故事講了一遍，三個人聽後都拍膝叫好。圖雅笑道：看來咱們還真能吃著魚啊，我好想念狼王后。

莫日根說：這群狼真夠朋友。

巴格納說：我琢磨了大半天，冬季的魚一準比夏季的魚更好抓。我還得把狼群招回來，在冬天雪地裡，就咱們和狼，這不是跟狼交朋友的最好機會啊。咱們有天鵝、狼群兩撥朋友，這個冬天就好玩，不孤單啦。我也要給冬季缺少食物的狼多一些魚。我歇了一個多月了，渾身是勁，正想找個大活來使使勁、出出汗呢。

圖雅開心地大喊：太好了，這個冬天就有意思啦。「炸魚客棧」哪能沒有魚啊，這回咱們和大鵝小鵝們都能痛快地吃魚啦。

其木格看著快樂得像花叢上的百靈鳥一樣的圖雅，笑道：圖雅是越來越招人愛了，再不嫁出去，開春以後商道上來來往往的小伙真要擠破你的門了。

莫日根說：部落的馬倌都在誇她，說再過一兩年就能把斯琴高娃比下去。

圖雅望著巴格納咯咯笑道：我從小就天天聽誇我漂亮的話，我都聽煩了。可我就想聽你誇我的話，你誇我多少遍，我都愛聽。

巴格納笑道：聽好了，我要誇啦。當草原上升起不落的圖雅彩霞時，太陽就黯淡無光，變成了黑天白月亮啦。

圖雅、莫日根和其木格三人大笑。圖雅笑得用小拳頭一通亂敲巴格納，說：你這麼誇，我可受不了，我不喜歡。騰格里和太陽神該生氣啦。薩滿法師說過，眾生平等，眾生自尊。喜歡吹捧的人就是奴才，也會被人罵死，我最討厭奴才。

巴格納說：奴才最無恥，臉皮最厚，才不怕罵呢，奴才就是吃無恥這碗飯的，最喜歡被人罵。越挨罵就越能顯出對主子忠心，主子也就越喜歡被人罵的奴才。奴才越多的國家，皇位就越牢固；一個喜歡吹捧上司、上司喜歡獎勵和強迫屬下吹捧上司的民族，就是沒有自尊的奴才民族。亡國全亡在這幫皇帝和奴才手裡。好妹妹，我知道你，小薩滿，最自尊。

圖雅樂道：你這樣誇我，我喜歡。

巴格納和莫日根到工具房拿上新做的長杆抄網。四人又從房裡拿出鐵釬、鎬頭、木鍬、掃帚和木桶，每人扛了一兩件。莫日根扛著的木鍬上掛著木桶，貼著肩背，木桶裡還捲放著一塊厚氈。巴格納領頭，還是走積雪較少的那條坡稜小道，踏著半尺多厚的雪，向河邊走去。

圖雅走在巴格納的身旁，摟著他的胳膊，美滋滋地說：又有炸魚吃啦。你真是個特別好玩的哥哥，下了雪誰都沒啥玩的了，可你還能帶我出來玩新遊戲。可我還是不敢相信，你真能在冰底下撈出魚來？

巴格納說，咋不能呢？在冬天，魚群是不會被凍死的。要不然到了春天夏天，河裡哪會有那麼多的魚。

巴格納又回頭對莫日根說：就你和我知道哪兒有魚窩，今兒咱們還是先去餵狼的那個魚窩，又近又方便。要是魚多，咱就跟狼吃這一個魚窩的魚。要是魚不多，咱就再去西南那幾個更大的魚窩。

莫日根說：聽你這麼一說，我也覺著能撈到魚了。我真傻，怪不得上凍以前打不著魚呢，原來魚都提前逃到深水裡去了。打了半年的魚，我知道上百畝上千畝的河面，才有一個魚坑。其他的地方全是淺水，冰要是把那麼大地盤的魚，都趕到一個坑裡，我都擔心魚坑能不能裝得下。

兩位捕魚能手說得兩位饞魚的女人直流口水，又瞬間結成冰。四人走到每次拉魚餵狼的地方，岸邊的冰已凍到河底。莫日根在原來的魚窩上用木鍁推鏟出一塊冰面，踩上去堅硬無比。幾人又鏟又掃，清理出一塊有一個蒙古包大小的冰面。

巴格納和莫日根仔細查看，靠河邊的冰顏色灰白，離河岸越遠，冰的顏色就越深越黑。

兩人都說：看，魚窩就在那兒。

圖雅和其木格急忙跑來。

巴格納說：你倆看，黑壓壓的一窩，真夠咱們和天鵝們吃一冬的了。

他用木鍬再剷除一些雪，把冰面向河裡面又擴了三四尺，直到魚窩的最深處。然後用鐵釺在冰面上畫了一個井口大小的圈，說：就在這兒鑿。

莫日根先用鐵鎬刨，再用鐵釺鑿。間歇時，其木格用木鍬把碎冰鏟出圈外。接著巴格納再刨再鑿，兩個男人倒換鑿，兩個女人換班清。幹了足足大半個時辰，鑿通近兩尺厚的冰層，終於見到了水。兩人又將冰洞鑿大，洞壁鑿直，一個像豎井狀的冰窟窿終於被鑿了出來。莫日根用長杆魚抄網，把水上的一厚層碎冰撈上來。冰還沒被撈淨，四人就急忙探頭看，水中是一團團黑乎乎、擠擠挨挨的魚，彷彿魚比水還要多。四人興高采烈，大喊大叫，像遠古野人那樣擁抱蹦跳，手牽手地圍繞冰窟窿狂歌亂舞。魚嚇得亂竄，可沒地方逃。

巴格納擦著頭上的汗，笑道：見著魚我就放心了，咱們先歇一會兒……狼真是聰明，知道咱們會回報牠們的，所以就告訴咱們冰下有魚。這群狼真是神狼啊。這樣送魚，那咱們可比夏天抓魚省事多了。母親河，太愛她的兒女們啦，給了咱們一夏天一秋天的魚還覺著不夠慷慨，還要給咱們一冬天的魚。看這架勢，烏拉蓋阿媽要給她的兒子兒媳、孫子孫女、孫媳孫女婿幾輩子的魚了啊。

四個人的汗氣在狐皮、羊皮帽的毛上結成霜絨，又被頭上的熱氣融化飄落。圖雅終於歇夠了，又不斷探頭看魚。

巴格納對莫日根說：開撈。

莫日根一抄網下去，攪了一圈，拉上來就是大半抄網的魚，倒在木桶裡。

圖雅著急地說：這咋辦呀，咱們忘了帶大水勺了。我要吃活的，不能讓魚死了。

巴格納說：這麼冷的天，剛撈上來的魚一眨眼工夫就凍得邦硬，這種凍魚比活魚更保鮮保肥，放在水裡的魚，反倒會瘦下去的。

圖雅笑道：真的啊，那太好啦。

小姑娘玩性驟起，搶過抄網去撈魚，笑道：這個活比撿蘑菇還容易。草原的漁民比牧民要輕鬆好玩多了。

她一口氣連撈了兩網，巴格納再接著撈，不一會兒木桶就滿了，已被凍傻的野魚快速凍成冰魚。她笑道：沒想到冬天的魚要比夏天的魚更肥大，牠們也會像旱獺一樣攢足油膘過冬啊。

莫日根說：這桶魚，夠咱們和天鵝吃四五天的了，還撈嗎？

巴格納說：撈。還按老法子，撈上來，就倒在餵狼的老地方。再多撈一網，倒得遠一點，好讓狼瞅見。

莫日根連忙把放魚地方的雪踩平，再倒上三十多條魚，圖雅歡喜地叫道：狼群要是見著了，還不得圍著魚跳舞啊。這可是狼群從來沒吃過的囫圇個兒凍肥魚啊。

巴格納又用腳把幾條魚扒拉到冰面上，好讓狼看得更真切些。他還把自己的一隻皮毛手套翻過來放在冰面上，羊毛上有他手心的汗，好讓狼知道是他留下的魚。莫日根把魚抄網橫在冰洞口中間，把帶來的厚氈蓋在上面，再用鑿出來的冰塊壓緊四邊。四人開心地往家走。裝滿魚的木桶兩人抬很吃力，莫日根便把木桶放在木鍬上，再讓其木格扶住木桶，自己彎下腰，拉著木鍬木桶慢慢走，比兩人抬桶省力多了。

莫日根說：我回去就做一副拉木桶的雪扒犁，就更省力了。一次就可以拉一大筐回來。

巴格納問：你木匠手藝咋樣？

莫日根答道：還不賴。草原男人都是自個兒做套馬杆、修牛車、修欄車、修蒙古包，都是半個木匠，我算是大半個木匠吧。做雪扒犁這點小活早就做過，一天就成。

走到河岸高坡，圖雅轉身朝著東北方向大聲呼喊：狼王狼王后啊，小狼朋友們，我和巴格納來給你們送凍魚啦。冰魚你們沒敞開吃過，比夏天的魚還要肥。快來吧，別讓狐狸、沙狐、老鷹叼走啊。

四人載歌載舞而歸。

傍晚，巴格納和圖雅讓莫日根騎馬去請東日布兄弟一同來客棧喝酒吃炸魚。兄弟兩家人一聽到巴格納他們冰下抓到了魚，又能喝酒吃炸魚了，驚喜得除了留下給牛羊下夜的一人以外，全都騎馬坐牛車前來赴宴，一下子擁來八個人。圖雅見到老額吉、表哥表嫂兩家人格外親、挨個親過去，巴格納笑呵呵地一一問候。羊油燈又加了兩根燈撚，將房間照得像是過節一般，屋裡擠得滿滿當當。圖雅連忙讓其木格把她房裡的炕桌搬過來，兩桌拼一桌，再讓所有人都脫靴上炕，靠牆靠被褥垛坐。圖雅和巴格納兩位主人就坐在地上的椅子上招呼親戚，先上酒、肉、奶豆腐，邊喝邊講如何鑿冰撈魚，冰下的魚如何如何多。兩家親戚聽得大呼小叫、躍躍欲試，都想第二天就跟巴格納去冰窟窿裡撈魚見識一番。

圖雅說：還不如讓莫日根明兒就在西南河邊原來的魚坑上面，再鑿一個新的冰窟窿，那裡的魚更多，離你們家也近。撈上魚以後，再讓巴格納教你們咋做炸魚。

其木格將一大盆嗞嗞響的新鮮炸魚端上桌，大家樂得像回到了夏天。白髮稀疏的老額吉笑道：草原冬季在暖屋裡吃新鮮炸魚，比過白月節（春節）還喜慶啊。

大家一起圍坐炕桌大吃大喝，大嚼大唱。大雪封山，沒有官府的耳目，愛唱歌的圖雅好歌手和其他幾位歌手縱情高歌，連老額吉都唱起來了。

魁梧的大表哥東日布吃得滿面紅光，說：當初，是我搶著要來客棧旁邊扎包的，你們看我來對了吧！比誰家都先吃到好東西，想啥時吃就啥時吃。你們再看看客棧的那一大草圈的青乾草，那麼結實的馬廄，再大的白災咱也不怕了。住在這兒，我心裡太安穩啦。到明年，部落那些人就都想擠到客棧旁邊來扎包了。巴格納、圖雅，你倆真給咱部落做了大好事啦。騰格里保佑你倆。

老額吉樂道：部落的老人都說，巴格納是個牧人信得過的好掌櫃，有當年蒙古貴族為草原人衝鋒打頭陣的勁頭，客棧明年更得火了。東日布一說要跟著巴格納幹，我們全家人都贊成。到這兒還真是開心樂呵。大冬天的還能吃上這麼好吃的新鮮炸魚。往後冬天有炸魚吃，咱們還能少殺些牛羊，多換點綢緞哪。聽說米希格還帶著你和薩日娜救回一對老天鵝。今兒天晚了，過兩天我要大白天來，好好看看，蒙古老人最心疼和掛念老天鵝啊。

親戚們吃喝說唱到半夜才散。東日布臨走時對巴格納說：札那讓我們兄弟留心你倆的安全，這會兒客棧人少，要是真有點事，你們就點大爆竹，分店貨櫃裡有。你們拿一些放在外屋。我們一聽到響兒，就拿傢伙全都騎馬趕過來。沒事的，你倆放心。

34 情潮

三個篾兒乞惕人率領三百人……環繞不兒罕・合勒敦山三遍追蹤帖木真（即成吉思汗——引者注）的時候，捉住孛兒帖夫人（成吉思汗之正妻——引者注），交給赤列都的弟弟赤勒格兒・孛闊收娶為妻，收娶了後，就同住在一起。如今（成吉思汗與其他兩個大部落擊敗了篾兒乞惕部落，搶回正妻孛兒帖——引者注），赤勒格兒・孛闊逃奔出去，他說：

「我這相貌醜陋的赤勒格兒，
竟侵犯了尊貴的夫人！
……
只有吃野鼠命的無能之鳥，
竟想吃天鵝、仙鶴！」

——余大鈞譯注《蒙古秘史》

第二天下午，巴格納和圖雅悄悄地走近岸邊老地方，看到冰窟窿附近全是狼的大小爪印。那隻羊皮手套被狼鼻子翻動過了，冰面和岸邊放的魚一條不剩，全被狼吃光叼走。

巴格納笑道：我能想像這群狼有多高興。這個冬天咱們不孤單了，有四隻天鵝，還有這麼多狼朋友跟咱做伴，多美啊。

圖雅更開心，說：夏天秋天客棧人多，狼不敢跟人接近，連咱倆牠們都不敢靠得太近。這會兒客棧商道都沒外人了，就剩下認識的老朋友了，狼的膽子自然就大起來。狼太聰明了，今年冬天咱倆準能摸到狼腦袋。

兩人又順著狼回撤的爪印走了一段，圖雅說：還是那群狼，好像是那條母狼帶著一群小狼來叼魚的，也有幾條大狼。只要我救過的那條母狼還在，我就能跟狼群一起玩兒。說罷便向狼群撤走的方向大喊：我又來了，三四天以後，我再給你們魚吃。吃飽肚子還得靠你們自個兒打食，這些魚是我們給你們的點心啊。

兩人在雪地上坐了一會兒，不見狼來，也沒聽到狼嗥回音。兩人商量了一下，還是給狼一網魚，巴格納拿起抄網，網子已凍硬，便戴上手套把網子搓了幾把，搓掉了一些冰碴，抄網就可用了。他撈了一網魚倒在原處，再按原樣蓋好厚氈，然後起身回客棧。圖雅說：我懷疑，狼不見咱倆是聞出了其木格的氣味，狼只信咱倆。三天以後，還是咱倆來撈魚餵狼吧。

回到客棧。巴格納和圖雅見莫日根已經將雪扒犁做了出來，木匠手藝還像模像樣，榫卯敲接得嚴絲合縫。巴格納很感意外，心想莫日根在部落裡大概能算得上是個二等木匠了，便誇道：手藝真不賴，做得好快喔。

莫日根說：昨天一回來我就下了料。冬天也沒啥活幹，我想多存些凍魚。上午我給東日布他們鑿的那個冰窟窿魚更多，不撈的話怪可惜的。部落的平民和窮人日子過得也挺難的，過冬的肉食不夠吃到開春，我阿爸那兒就缺一個月的肉食。我想多撈點魚，再跟圖雅掌櫃借馬，騎馬拉雪扒犁把魚運回家，家裡人就是吃不上羊油炸魚，吃上烤魚也長身子骨。額侖冬天太冷，不吃葷腥就扛不住。去年冬天，一個窮人家的老額吉下夜，被凍掉三個腳指頭。她說肚子裡沒油水，凍得都不知道疼了。我求你讓我多撈點魚，也別扣我的工錢。

巴格納心中的情弦被撥動了一下，立即想起天鵝姑娘，說：我哪能扣你的工錢呢，你又沒有耽誤看守客棧的活計。你這個主意真不賴，倒是提醒我了兩件大事。成，你就撈魚吧，我也和你一起幹。夏天秋天客棧的客人太多，撐船打魚也要下功夫花力氣，沒那麼多的魚送給部落每家人。這會兒客棧沒客人了，魚又那麼多那麼好撈，咱們客棧是該給部落各個蒙古包送凍魚。趁著這會兒雪還不厚，牛車馬車都能走。咱們只管撈，讓部落出車來咱這兒拉凍魚。他們一準比圖雅更饞羊油炸魚。這樣，部落的富家就可以換換口味，解解饞；部落的窮家就可以補足過冬的肉食。冬天的魚肥啊，大人孩子都愛吃，吃魚肉跟吃羊肉一樣抗凍，還一文錢不花，部落的所有人還不得高興壞了。

巴格納想了想又說：你這樣幹是幹正事，就不是幹私活了。大夥全都要謝你哪。明兒咱們就撈魚。待會兒，我先去東日布那兒請他回部落找札那，讓他趕緊派車來拉魚，也讓東日布再去告訴那兩個部落，蘇木長道爾基老啦，掌管部落有點費勁了，他的部落窮人和欠債人家最多，準保想要魚。薩日娜和米希格阿爸餵養天鵝，更想多要魚，我已經一個多月沒給他們送過魚了。道爾基準保會派薩日娜來的。這次我要讓部落的車給你們家送上足夠的魚。

莫日根樂道：真是太謝謝掌櫃了，我們全家這個冬天就不會再為斷肉食發愁了。我替全家謝謝你倆。

圖雅笑道：阿爸額吉，大哥和斯琴高娃準保高興。我們全家人都饞炸魚。薩日娜姐姐和米希格阿爸就更開心了，小巴圖和兩個弟弟最饞魚。全蘇木三個部落又該誇你了……你說是兩件事，那還有一件是啥事情啊？

我想讓莫日根幫我做滑雪板。

啥是滑雪板？

巴格納說：就是人用來滑雪的板子，就是……好比就是安在腳底下的雪扒犁。人撐著兩根杆子，能在厚雪地裡飛快地滑行，比馬快多啦。圖雅，你還記得不，入冬前，商號車隊把店員接回內地的時候，車隊領班說老秦大哥還給咱倆買了兩副蒙古西部的馬皮滑雪板，說冬季客棧太冷清，想讓咱倆玩玩滑雪，解解悶兒。他知道我原先在西線商隊喜歡滑雪。他們那裡下雪早，我可以在車隊歇業以前的那段時間玩滑雪……可是老秦大哥定的貨在入冬前也沒到。要不然，咱們幾個早就玩兒瘋了。

巴格納越說越興奮：我看莫日根做雪扒犁的手藝不賴，忽然想起咱們自個兒來做滑雪板。我做滑雪板不光為了好玩，還為了抗災。你想啊，大白災真要是下來，馬就沒啥用了。滑雪板可就是白災雪地上最好最快、也是唯一的行走工具。春夏秋的旱災、黑災（冬季無雪的旱災），人畜還能逃。要是沒膝深的大雪降下來，那就是滅頂大災了。我一想到大白災就坐立不安，有時在半夜也會被嚇醒。

圖雅問：那你會做滑雪板嗎？

巴格納說：以前在蒙古西部我見過滑雪板是咋做的。我想我們兩個是能做出來的。正好這會兒沒啥事。趁大白災還沒下來，我得試一試。

太好啦，我又有好玩的了。

晚上，巴格納仰望冬日月光歎道：我沒想到的事，騰格里早都給我想到了。薩日娜，我又有撈不完的魚送給你了，讓你、弟弟、小巴圖和小鵝再吃胖點，也可以讓米希格阿爸更快樂長壽。

草原上的好消息是長在馬腿上的。在部落，東日布有很多親戚都饞炸魚，想要魚的窮親戚也有一些。在蒙古草原，男人們最喜歡充當第一個給草原帶去好消息的信使。所以，他的快馬一跑，整個蘇木三個部落在一天半之內，全都為巴格納發現了冰下大魚庫而驚喜雀躍，尤其是部落的饞人、窮人、女人和姑娘們，還有那些一聞到炸魚香味，就忍不住想喝酒醉酒的大小馬倌和老人們。太讓人意想不到了，在大雪封山、堅冰封湖的嚴冬，客棧的四家人居然已經又吃上鮮美酥脆的大汗炸魚啦，還比夏天的魚更肥更好吃。全蘇木立即為搶到凍魚而忙活開了。

而在客棧西南邊那個更大的冰窟窿旁邊，巴格納、圖雅、莫日根和東日布家的幾個人卻為堆積如小山的凍魚而發愁。撈上來的魚，多得讓人無法下腳，弄不好就會踩到滑溜溜的凍魚，滑到冰窟窿裡去。幾個人只好轉移冰面，在不遠處另一個大魚窩上面，再鑿了一個更大的冰窟窿，又見到了更密的魚群。但是他們只有一個魚抄網，幾個人輪番撈，不一會兒銀光閃閃的魚又鋪滿了冰雪面。而且，令人驚詫的是，無論怎樣狠命撈，也不見魚群少下去，甚至還讓人有越撈越多的感覺。好像其他魚窩的魚群，都被魚抄網攪進冰窟窿裡的冷氣所引誘，全都衝過來狂搶那珍珠般寶貴的氣泡泡了。巴格納和圖雅站在冰窟窿旁邊，望著無邊無際的蘆葦林，情不自禁地感慨：蘆葦茂密的烏拉蓋母親河啊，您太富饒、太慷慨了，我們愛您。

巴格納連忙叫莫日根回客棧，用鐵條、舊漁網和長木杆再做兩個更大的魚抄網。圖雅還吩咐其木格打開一間自家的客房，燒炕、做奶茶、收拾已經化凍的魚，準備用新鮮炸魚招待部落來拉魚的親友們。

到第二天下午，斯琴高娃率先帶了四輛札那部落的大犍牛空筐車，快速趕到捕魚場。部落來拉魚的女人和姑娘們看到白花花白銀般的大片凍魚堆，像是見到可以免費搶劫的巨大銀器店。四位年輕女人全都舞著簸箕、狂喊著衝過去，像撮牛糞那樣，在魚場冰面上撮凍魚，撮滿後轉身就倒進柳條車筐裡，比裝蘑菇釘還興奮，還手舞足蹈。

斯琴高娃撮了一簸箕魚以後，扭頭看到了巴格納，向他充滿愛意地挑逗一笑，便牽著牛車來到冰窟窿的旁邊。她先摟住圖雅親了兩下，又把狐皮帽向上抬了抬，露出了漂亮臉蛋，再緊緊地捧住巴格納的臉，在他的嘴唇上慢慢地吻了好長一會兒，才笑道：巴格納，全蘇木的好男人啊，讓姑娘們眼饞得不行。你一個大男人，待在空空的客棧掌櫃房不悶得慌啊……你把魚撈起來，別倒在雪地上，就直接倒在我的車筐裡吧，讓我歇會兒。好男人真好啊，稍稍動點腦子，就又給三個部落這麼大的好處，真讓女人和姑娘們愛你愛得不行，都搶著要來啊。

巴格納怕什麼，額侖草原就來什麼。到了冬季，原本可以遠遠地躲避這位美麗的女妖斯琴高娃，可沒想到最先趕到的是她，最能占他便宜的是她，最先搶佔大冰窟窿旁唯一可以停靠牛車的好位置的，還是她。其他三個姑娘只好去搶另一個冰窟窿的位置了。而且，客棧的掌櫃還得親自為她出力，用的是剛剛做出來的最大的抄網。斯琴高娃就是厲害，女人不服不行，男人不想不服。她明知巴格納心中只有天鵝姑娘，但哪怕是個天鵝神，她也想擠進去蹭吃蹭喝。

巴格納見了美貌大膽的嫂子，圖雅見了總是壓她一頭的嫂子兼老師，一點脾氣也沒有了，只好由她掌控魚場。

巴格納往車筐裡倒了滿滿一抄網魚，笑道：你過獎啦，我哪有那麼聰明，是河邊的狼告訴我冰下面有魚，加上我抓了半年的魚，摸出點門道，又費了好大的心思，才琢磨出冰可能會把淺水裡的魚趕到深水魚窩裡去，只能算我蒙上了好事吧。你才厲害呢，頭撥最肥的魚全被你搶著啦。

圖雅也對斯琴高娃笑道：你最貪吃好東西，我要讓你吃炸魚吃撐肚皮。你就死了這條心吧，巴格納心裡只有薩日娜，他跟她在剛入冬的時候，從葦塘救回一對快死的相愛老天鵝夫妻，想插進天鵝情侶中間，你就別做夢啦。

斯琴高娃自信地大笑道：你等著吧，這兒可不是部落的蒙古包，阿爸、額吉這些能管我的人都不在這兒。在這兒，我是長輩，我說了算。我說吃撐了才算是吃撐了呢。炸魚要吃，還要拿。巴格納嘛，總得讓我親個夠吧，要不然我就賴在這兒不走啦。冬天是閒季，我住在自家的客棧裡，誰能把我攆走啊。連你大哥白依拉都說，讓我在冬閒時候住到客棧暖暖身散散心。這車魚就讓她們帶回去，我不走啦。

圖雅哼了一聲，譏笑道：你愛住不住。你就是住上一年，也白費工夫。再說你是他的嫂子，咱家大哥以後是要繼承阿爸貴族稱號的，蒙古貴族厲害的族規你不是不知道。巴格納就是沒有薩日娜，他也不會動你一根手指頭的。

斯琴高娃笑道：那你就看看我的本事吧。

成。

斯琴高娃又向巴格納拋出一連串快意的笑聲。

巴格納和莫日根輪流用大抄網撈魚倒魚，不到半個時辰，就結結實實裝滿了一大車筐凍魚，足足有四百多斤。車下流出的殘水，結成了一條一條灰白色的冰凌，好像幾千條魚兒流下的眼淚，凍成了冰。圖雅姑娘看著看著就難受起來，她抓過巴格納手中的魚抄子，掉過頭來用木柄把冰凌全部敲掉。然後對著滿筐的凍魚，哀哀地說：魚兒呀，你們好可憐，一定凍得好痛，真對不住你們了。

巴格納立即走到她身邊，心疼地安慰道：不要傷心，我的好妹妹，你心腸真好。可咱們不是在做壞事，其實是在做好事呢。你想想，幾百畝幾千畝淺水裡的魚，全被冰趕進這麼小的深水魚窩裡，擠都快擠死了。擠不進來的魚兒更可憐，早就被凍死在魚窩外面的冰裡頭了。擠進來的魚群都快喘不過氣、吐不出氣泡泡。水裡的氣越來越少，再不給魚兒騰出點空當，魚都要憋死了。咱們撈魚就是給魚群騰出些地方，補補氣，是在救更多的魚哪。要不，到明年開春你就會在河邊看到大片大片的死魚，那你會更傷心。咱們這樣做，就像林區的林工間伐長得過密的樹一樣，樹長得太密誰都長不好，小苗還湊合能活，可長大了都會枯死的。所以，間伐樹木不是毀林，而是在保護森林啊。

圖雅姑娘這才雨過天晴，緩過勁來，擦乾眼淚說：巴格納哥哥，你咋知道這麼多。你這麼一說，我就心安些了。咱們撈魚是為了保護更多的魚，我就不擔心騰格里和水神來懲罰我了。你真好。

巴格納說：我走的地方比你多，書也比你讀得多，知道的事情當然就比你多呀。往後你心裡有啥難受的事情，就告訴我。好嗎？

好的。

斯琴高娃歎息道：圖雅，巴格納真是打心眼裡疼愛你啊，只可惜你已經訂了婚。

圖雅含淚道：我有這樣疼愛我的哥哥，很心滿意足了，哪像你……

巴格納頭上還在冒著汗氣，看著其他幾輛車也已經裝了大半車筐，很感欣慰。四輛車一千六七百斤的凍魚送到部落，炸魚香氣就要在部落營盤上空飄起。大夥不用跑那麼老遠，就能吃上他們最喜歡的東西了，該喝幾天酒，開心十天半個月了。

莫日根小心牽牛拉車，可是車重蹄滑，難以挪動。他急忙鑽進葦林，抱來一堆乾葦葉鋪在牛蹄和車軲轆下，才總算把牛車牽上岸。餓了快一天的大犍牛，急忙從地上叼起一大條乾葦葉吞吃了起來。斯琴高娃回身連聲道謝。

當剩下的最後一輛牛車快要裝滿的時候，遠處傳來一陣姑娘們宛如發現露天大銀礦的驚呼聲。這是薩日娜帶過來的五輛重載牛車。當姑娘們和一個馬倌看到岸邊裝得滿滿登登的凍魚的牛車筐時，全都擔心地大叫：還有嗎？還有嗎？咱們是不是來晚了？

巴格納丟下抄網連跑帶叫地向薩日娜衝過去，還哧溜一下滑了幾尺遠，激動地說：薩日娜，來得不晚，魚還多著哪。快到這兒來。

圖雅也連蹦帶滑地跑去，大喊：好姐姐，好姐姐，快把你的車牽到這兒來，這個冰窟窿的魚最好撈。

巴格納跑到薩日娜的面前，抬起皮帽，抱住她，在她凍紅的臉頰上親了一下，說：真想你啊，你再不來，我都想趕牛車給你送過去兩車凍魚呢。

薩日娜激動地喘道：我也真想見到你，你總是三天兩頭讓我心跳得像是得了病。

圖雅上前抱住她親了又親，問：你們部落咋也來得這麼快？

薩日娜快樂地說：大夥開始都不太相信，咋能一網下去，就是一網魚，連水都沒多少。後來道爾基說，巴格納讓東日布傳來的話，不會有錯。趁著更大的雪還沒下來，路還好走，就趕緊套牛車去拉魚吧。再晚了，大雪封路，就搶不著了。咱們部落的車隊，就讓薩日娜領頭去吧，巴格納準保先得把咱們的車裝滿。我這就一路狠敲牛趕了過來。真沒想到烏拉蓋母親河，在冬天還能送給咱們這麼多的魚。這麼多的魚拉回去，小巴圖、兩個弟弟和米希格阿爸該樂壞了。巴格納大哥，一路上姑娘們都說，你是個騰格里喜歡的人中雄鵝啊。

巴格納接過牛頭繩，牽著牛車向大冰窟窿走去，然後招呼其他的牛車，往魚堆得最多的地方去裝魚。車到冰窟窿旁邊，前面裝滿魚的車已經空出位置，斯琴高娃也跟車回客棧大院，卸牛餵草喝奶茶去了。薩日娜的牛車剛停穩，一個巴格納立即變成了兩個巴格納，把他今天和明天的力氣合在一塊兒使了出來。

薩日娜動情地勸道：每次你幫我，總是這樣用力，我都不敢見你了。上次到冰湖裡救鵝，你也是這樣，真讓我過意不去，你慢點撈吧。

巴格納笑道：一見到你，我身上就好像有了神力，河神、狼神和天鵝神都在幫咱倆哪……魚太多啦，今兒我和莫日根不管多晚，也要把你們的兩輛車裝滿。剩下的三輛車明天接著裝。魚全困在魚窩裡呢，跑不掉。

然後讓莫日根拿一副大抄網去另一個冰窟窿，和來的那個馬倌裝一輛車。太陽快下山了，冰面的寒氣像一層厚厚的冰霧重重地聚了起來。巴格納讓那三輛車的姑娘們先回客棧喝奶茶暖身子，並告訴她們別擔心，魚多著哪。

圖雅天生好客，見來了這麼多的姐妹親友，就特別想跟她們熱鬧熱鬧，便說：我得先回客棧。姑娘們都跟我說要去看那對大天鵝。我還要為新來的八位姐妹，還有馬倌安排酒宴和住處。

天色漸漸暗了下來，巴格納已裝了大半車筐，薩日娜換下他繼續撈魚裝車。幾十步遠的那邊，莫日根和馬倌也是一人休息一人裝車，也已裝了大半車筐。剛才還熱鬧喧騰的魚場，就只剩下四人在慢慢撈魚。巴格納盼著烏雲遮月，盼著她的吻。此時，薩日娜卻像天鵝那樣沉靜不語。過了一會兒，她才問：那對大天鵝夫妻好嗎？這些日子，好多人都來問是咋找到的，咋救上來的。大夥都誇米希格阿爸的主意好，做了一件大好事，他的善心感人啊。

巴格納說：大鵝好著哪，明天我帶你去看。

薩日娜說：大夥也都誇你有本事哪。還有，部落已經把抗災的糧食、樺木杆和大氈運了回來。部落的人都說你就是一隻雄天鵝，不光救我，還救整個部落和蘇木……

巴格納連忙說：大鵝夫妻可恩愛啦，身子也長壯了。接著便把她走後大鵝和小鵝的詳情細細地講了一番。又說：道爾基和札那阿爸都來看過了，說咱們幹了件暖老人心的事……離巴圖的忌日還有多少日子？我知道這些天你很傷心。我也想祭奠他，他為你做的每一件事，我都想做。

薩日娜目光黯淡，輕輕地說：那個日子以後再告訴你。今年還是讓我一個人，安安靜靜地祭奠他吧。

過了喝兩碗奶茶的工夫，兩輛牛車幾乎同時上路，回到客棧停車場。莫日根將兩頭牛牽到井台飲水，再進馬廄添加青乾草。馬廄裡先牽進來的七頭牛舒心地甩動尾巴，已經香噴噴地吃了好一會兒青乾草了。富足的客棧已成為牛羊馬的天堂。馬和牛只要走上通往客棧的車道，好像就能聞到青乾草的草香，都會卯足勁兒往前趕。

巴格納、薩日娜和馬倌幾乎同時走進了擁擠熱鬧的女兒國。

35 垂死的天鵝

神壇上，過去由薩滿們刻制象徵自己族徽和血緣關係的高大圖騰柱，又稱神柱，獸頭樁……冬天舉行盛祭時，薩滿們還製作冰雕神偶。如，天鵝、星神、馳獸以及象徵氏族種的繁衍的男女性器崇拜偶體。

——富育光《薩滿論》

巴格納的掌櫃房，已經被加大火力的熱炕烘得酷似暖春，再加上姑娘們的熱情，屋內室溫陡然升入初夏。所有的大皮襖厚皮帽，都堆到了炕上的大箱櫃上和被褥垛上，所有的蒙古靴和氈靴，都丟在裡外屋的牆角。女人們上身只穿厚布長袖內衣和羔皮小坎肩，一副春夏裝打扮，宛如春季草原上幾大叢盛開的鮮花，春意濃烈、春情鼓脹。遠離部落首領、家長老人和十戶長管教的部落和蒙古包，在兩個年輕人主管的空客棧，姑娘們的青春火熱不加掩飾，奔放無度。有一個漂亮的姑娘，也是圖雅的表姐伊其瑪，蕩笑道：這可是巴格納的熱炕啊，我真想在這兒顛幾下。閉著眼睛想吧，要是真的，那該多美啊。

幾個姑娘大笑道：對呀，對呀。

巴格納一進屋，立刻就被姑娘們團團圍住，瞬間被脫去皮帽、皮襖和蒙古靴，並把他推到炕上鮮花中間。巴格納被姑娘花浪吞沒，陷入波濤洶湧的花吻、花撲和花抱之中……

幾百年來，蒙古草原部落始終遵循「水源越近越好，嫁女娶妻越遠越好」的婚姻傳統。因此，除了各家女主人和遠嫁過來的新媳婦，部落男女成員之間，大多有或近或遠的血緣關係。男人的情人一般都是遠嫁過來的，嫁過來的女人的情人，也大多是沒有血緣關係的本地男人。然而，本部落的姑娘找情人就比較難了，只能找少數外來戶中的男人，或是到其他蘇木去找血緣最遠或親緣超過六代的男人，而近幾十年來，姑娘和女人們連這樣的情人也難以找到。清廷為了柔順蒙古人剽悍的性格並逐漸削減蒙古人口，採用「建一座廟勝養十萬兵」的方略，用從中原內地橫徵暴斂上來的鉅資推行黃教，在蒙古草原建廟無數，號稱「漠南一千，漠北八百」。並以免除兵役賦稅等優厚待遇，引誘大量少年和青年進廟當喇嘛。但喇嘛不得娶妻成家，定居在寺廟。如此一來，蒙古遊牧草原立即減少了幾乎一半可成家的青壯年男性。到清朝中後期，草原的青年男子早已稀缺。因此，像巴格納這樣遠「嫁」過來的年輕小伙，又是俊朗能幹的客棧掌櫃，必然成為「稀罕中的稀罕之物」，成為部落早熟或熟透了的姑娘們追逐的首選目標。她們擔心將來一旦薩日娜成為這間房的女主人，就再也沒有可以如此縱情快樂的機會。於是今晚的巴格納也就只能被熱情洋溢的姑娘們挑逗「蹂躪」了。

一盤盤久違的新鮮炸魚上桌，總算給巴格納解了圍，姑娘和女人們撲向「新歡」，這才讓他重見天日。蒙古人的祖先以漁獵為生，後代蒙古人的血液，必然是見到魚肉就沸騰。姑娘們個個大嚼猛喝，狼吞虎嚥，都說冰下的魚比夏天的魚更鮮肥更好吃。巴格納向姑娘們解釋，寒霜把密密麻麻的秋蟲蚊子統統打到水裡去餵了魚，魚能不肥嗎？

道爾基部落的女歌手烏蘭其其格眨著長睫毛大眼睛叫道：真解氣，挨了一夏天一秋天的蚊子咬，這會兒總算變成魚肉給咱們補回來了。怪不得客棧的冬魚這麼好吃，還吃得心裡好癢癢，原來魚裡面還有好男人的血呀。

滿屋狂笑。

另一位姑娘笑道：大家已經跟其木格學會了做炸魚，凍魚又可以放一冬天，這個冬天在大雪封路的草原蒙古包裡，也能經常吃到炸魚啦。巴格納大哥厲害呀，他能把得來的好處分給每個姑娘，我盼著他能再多分給姑娘一份情和吻。

札那部落出色的女歌手嘎森，一邊吃一邊高聲叫：對呀，巴格納是全部落姑娘們的好男人，他應該屬於全部落的姑娘啊，對吧？

眾姑娘齊聲大喊：對、對，太對啦。

吃完炸魚我還要好好親親好男人。

我要親個夠哪。

熱魚熱炕，熱血僨張，酒過六巡，炸魚吃光又添上。蒙古草原人個個是歌手，無歌不成宴。蒙古酒宴半場之後，必是歌宴開席。姑娘們借著酒勁，同聲高唱了幾首古老情歌，但都覺著不夠盡興，沒有一首可以表達姑娘們此刻的心情和熱望。

圖雅看到已經脫離歌會近兩年的薩日娜，仍然安靜地置身局外，低頭吃魚，難以融入姑娘們的狂熱之中，便大聲說：薩日娜姐姐是額侖草原的女歌王，咱們已經快兩年沒聽她唱歌了。多虧了巴格納哥哥和全蘇木大夥的幫助，才讓她度過最困難的時光。今兒的歌會，咱們就請她給咱們唱首歌，讓她重新回到快樂的日子裡來吧。

姑娘們高呼道：

對呀，對呀，請薩日娜唱首歌吧。

額侖沒有你的歌，就像草原天空沒有了天鵝。

薩日娜，你救了那麼多的天鵝，騰格里最疼愛你，給你送來了一個更能幹的雄天鵝，你應該高興才是啊。

採蘑菇那會兒，姑娘們說巴格納還不算是雄鵝，可這會兒全蘇木沒人說他不是雄鵝啦。

大夥看著興隆的客棧，看著堆著滿滿青乾草的大草圈，看到一輛輛拉來糧食、樺木杆和大氈的牛車，都誇他是額侖草原從來沒有過的、最棒的雄鵝啊。

薩日娜天鵝姑娘，你就答應他吧。

你倆一準像大天鵝夫妻那樣一生相愛，這對大鵝夫妻就是騰格里送給你倆的定情禮物，是天意啊。

對呀，對呀，全蘇木的姑娘都羨慕你啊。

你唱唱歌就會開心的，我們都盼望快兩年啦。

薩日娜的眼裡溢出淚水，說道：謝謝圖雅妹妹，謝謝姐妹們。可是，我的歌大多很悲傷，我自己都不太敢唱。巴圖升天兩周年的日子快到了，我這會兒沒有唱歌的心情。下次吧，好嗎？對不住大家了。

一說到巴圖，就像戳中了姑娘們心中情感的痛處，全都沉默下來。

過了一會兒，總想挑逗並報復巴格納的斯琴高娃，把漂亮的灰眼睛轉了一圈半，說道：圖雅，你這回選錯唱歌的人了，弄反啦。薩日娜剛從那麼大的痛苦中緩過來，多不容易啊。這會兒請她唱歌還早了點兒。再說，在草原，哪有小伙不先求愛，就讓自己的心上人答應他的呢？按照草原老規矩，今兒的歌會，應該先讓巴格納向薩日娜唱一首求愛求婚歌。

一語落地，姑娘們像開鍋的濃油肉湯一樣，油花四濺，咕嘟嘟地沸騰起來，全都衝著巴格納叫喊道：

太對啦！太對啦！

巴格納，巴格納，今兒你非得唱一首情歌、求愛歌、求婚歌不可。

你要是不唱，就不是蒙古人！薩日娜不要答應他。

你不唱我們也不答應。額侖草原的女歌王哪能嫁給不向她唱情歌，唱求婚歌的男人哪。

就是，就是。不光要唱，還要唱得讓姐妹們滿意。要是我們不滿意，你就別想娶天鵝姑娘啦！

聰明美麗的斯琴高娃發動的這輪奇襲，讓巴格納猝不及防，毫無招架之力。他侷促不安地望著薩日娜，唱吧，巴圖忌日之前，求婚犯大忌；不唱吧，敗給斯琴高娃，她往後更得放肆無度，不把薩日娜放在眼裡；唱不好吧，怕姑娘們嘲笑他配不上歌王，也不承認他是雄鵝；唱不對吧，怕她永遠轉過身去……況且，他已經對大家說過要守護她和巴圖的愛，他還是個被官府明令禁止寫詩作歌唱歌的人……巴格納臉色白如窗紙，額頭上滲出一片細密汗珠。

薩日娜第一次看到巴格納的窘態，知道他擔心什麼，也怕他被這股狂猛而肆無忌憚的花浪花潮衝得敗下陣來，往後額侖的花浪就會更加大膽地當著自己的面，「欺負」和「吞沒」他了，而且，她也怕他從自己心目中高高的雄鵝位置上跌落下來。她終於心疼得坐不住，挺了挺身，抬起頭對他說：巴格納大哥，你還是唱吧，蒙古人哪能不會唱歌？我知道你愛歌愛詩愛天鵝，你心裡一定有歌，我很想聽你的歌。我也知道官府嚴禁你寫詩唱歌，可這裡都是部落的親人，誰都不會說出去的。你就唱你心裡最想唱的歌，不要顧慮我。只要你唱了，我也唱。好嗎？

說罷，從懷裡掏出一小塊方巾，遞給他。巴格納接過柔軟的薄布巾，擦了擦汗，揣到自己的懷裡，猶豫了一下對薩日娜說道：好吧，這一年我太忙，心中全是一件又一件關乎你我、部落生死的大事，沒有一點點工夫寫詩作歌。我只有一首歌，還是在沒有接手客棧之前，在第一次看到你和天鵝跳舞唱歌以後作的歌，我也一直在心中給你唱著這首歌，歌名叫《鵝泣歌》。歌中的愛一直到現在也沒有變，一生也不會變。我唱了：

親愛的薩日娜天鵝，
你是夢中經常驚醒我的神鵝。
我渴望同你一起救養小鵝，
成為專一愛你護你的鵝。

你倆救養了十幾年的天鵝，
可如今你我都還年輕。

還可以再救養幾十年的鵝，
與天鵝跳幾十年的舞唱幾十年的歌。

難道不能再養育出你曾失去的愛？
難道我不能成為你情郎的轉世靈鵝？
可是你的鵝已是你心中的佛，
佛會告訴你，他不是轉世鵝。

我是朝廷罪臣之後，又被封禁了歌喉，
我頭上隨時會降下黑災白禍。
我不知怎樣用我無望的人生，
換取你的自由和永恆的歌。

歌罷，巴格納把內心壓抑已久的愛火，驀然哭訴出來。他衝動地將薩日娜抱在懷裡，兩人慟哭，淚雨滂沱，繼而緊緊擁抱淚吻，把心中所有的苦痛、苦盼和苦戀統統宣洩出來。屋內抽泣聲響成一片，圖雅哭得最傷心，她斷斷續續抽泣道：那時候他倆都在愛的絕望中啊，看不到一點點的光亮。我還告訴巴格納哥哥，就是再等十年八年，薩日娜也不會嫁人的……我不知道他倆是怎樣熬過來的。後來，巴格納哥哥花費了多少心血，才像走薄冰那樣把天鵝姐姐從快沒頂的冰水裡，一寸一寸地拉上來。要是救不出來，他也就要跟著薩日娜一同沉下去，被厚冰封住……

斯琴高娃感慨道：我沒想到，巴格納也是個這麼好的歌手。這樣哀傷絕望的情歌，我還從來沒有聽過。但讓我吃驚的是，他歌裡渴望的事情，後來大多做成了。「好事做在前，好歌唱在後」。巴格納，你厲害啊。這首歌唱給任何一個姑娘，都會動心的。往後，你們兩人就像天鵝情侶那樣般配了，我祝福你倆像天鵝那樣終生相愛。

姑娘們紛紛說：什麼都不用說了，薩日娜已經答應了啊。

烏蘭其其格歌手歎道：巴格納大哥做的那麼多好事大事，跟他的情歌一樣美。要得到歌王的愛，最後還得靠天鵝情歌打動她啊。

……

斯琴高娃微笑道：這會兒咱們就要聽薩日娜歌王的歌啦。也要感謝巴格納，是他的歌才把薩日娜重新請回歌會。我太高興啦，額侖的天鵝姑娘又要重新站起來放聲高歌啦。

薩日娜從巴格納的懷裡掏出方巾，擦乾眼淚，又放回他的懷裡，說道：謝謝巴格納，謝謝圖雅妹妹，謝謝斯琴高娃和姐妹們。今兒我就唱兩首歌，一首是唱給巴圖的，一首是唱給巴圖和巴格納他們兩個人的。我先唱第一首，歌名是《草原花浪情歌》，那是為了紀念我和巴圖在秋天花海花浪中的愛，是我和他心中的一場婚禮……明年秋天我也會和巴格納一同去那裡去衝花浪的。我唱啦：

秋原花浪滾滾翻，

花海花潮湧花山。

千里花浪壓草浪，
馬群喜樂食花川。

風吹花濤落花瓣，
鋪滿牛車古道似花灘。
我與情郎縱馬銜花徑，
捲起蝶花飛上半空千千萬。

花雲花雨舞狂歡，
離地飛天，花瓣愈加自由絢爛。
滿天飛瓣飛香飛花戀，
恰似神女紛紛揚揚傾花籃。

撥馬揚鞭淋花雨，
仰面開口接花餐。
情侶花路三迴旋，
嘗遍花色赤橙青紫白黃藍。

心裡的七彩霓虹不再虛幻，
胸中的天鵝天愛從此熾然。

巴格納震驚地長歎道：太棒啦！這是一首花神歌啊，圖雅今年秋天帶我去那兒衝了一回花浪，真美啊，但還是不如你的歌唱得美。請你再唱一遍，我要記下來。

說罷就去拿紙筆。姑娘們也紛紛叫道：太好啦，太好啦。一定要再唱一遍，我也要記。

薩日娜又縱情高唱了一遍。大家再次驚歎得連聲叫好。

巴格納握筆的手指不停地顫抖，歎道：越聽越好，字字好，句句好。等等，讓我來數數……啊，這麼多的花詞啊：花浪、花海、花潮、花山、花川、花濤、花瓣、花灘、花徑、花雲、花雨、花戀、花籃、花餐、花路、花色和蝶花。全詩只有十八句，竟然一連噴湧出十七個花詞，二十個花字，意思一點也不重複。只有在蒙古草原，才有這麼廣闊的花海；也只有蒙古草原，才會產生這樣飛天的花情歌……謝謝你說明年秋天帶我一起去衝花浪、淋花雨、吃花餐，可我擔心自己能不能給你像巴圖那麼濃烈的情感啊……我最喜歡這兩句詩，「情侶花路三迴旋，嘗遍花色赤橙青紫白黃藍」。把薩滿最仰慕的七彩霓虹和七重天橋都吃到心裡去啦，你倆的內心該是怎樣的五光十色啊。

薩日娜含淚歎道：花海花浪裡全是花，花詞多得快把我淹沒。我也沒想到，心中有愛，衝進花海，詩歌就自己噴了出來，內心真是五彩繽紛。到這會兒，巴圖在我心裡還是五光十色的英雄鵝……

圖雅欽佩道：我最喜歡這兩句，「心裡的七彩霓虹不再虛幻，胸中的天鵝天愛從此熾然」。如果不像天鵝那樣飛在雲端裡，就得不到像你倆那樣美的愛。咱們說好了，來年秋天，你倆也一定要帶我去衝花浪、吃花瓣啊。

姑娘們叫道：

也帶上我們一塊兒去，一塊兒去。

到時候咱們一塊兒去衝，比比誰吃的花瓣最多。

薩日娜說：今年這一年，巴格納太讓我感動了，沒有他，我與許早就去巴圖那兒了，那小巴圖和兩個弟弟就悲慘了……正像姐妹們看到的那樣，巴格納也是一隻為愛可以付出一切的雄鵝。我感謝他，也會像愛巴圖那樣地愛他。再唱首歌送給他倆吧，歌名叫《垂死的天鵝》，唱的是我和阿爸曾經見到過的一對天鵝，巴圖和巴格納，都像歌裡面的那隻雄鵝，我就是那隻垂死的天鵝。

說罷，薩日娜宛若一隻生命垂危的天鵝，閃著淚光，含情歌唱：

草原天空黑雲如山，巨雷炸響，
冰雹打散情侶天各一方。
垂死的天鵝跌落在蘆葦高草旁，
饑寒傷痛血染白綢般的衣裳。
聞君遠近飛尋哀叫悽惶，
我卻無力回聲引頸高昂。

夫君繞飛尋我百度千度，
搜遍棵棵蘆葦才見到我的淚光。

一次次叼來嫩草餵我饑腸，
一口口含來泉水餵我暖湯。
一遍遍巡繞守衛在我的身邊，
一回回拚死撞飛想吃我的空中豪強。

一夜夜給我蓋上他溫暖的翅膀，
一天天為我銜來葦枝將我偽裝。
一片片給我叼來葦葉編織防蚊牆，
一群群毒蚊卻把他叮咬得遍體鱗傷。

夫君為救我幾乎死過幾場，
夫君為救我日夜哀求上蒼。
若能救活我，
他將扶我重返平安的高空，
若不能救活我，

他會悲痛地心隨我去直至死亡。

天鵝的命是同愛同死的命，
天鵝的愛是同跳同停的兩顆心臟。
一起快樂跳動，飛越喜馬拉雅，
一起靜靜依偎，永眠安詳。

歌罷，薩日娜和巴格納相擁相吻。巴格納哽咽地說：我還想聽，請再唱一遍吧。圖雅、斯琴高娃和所有的姑娘也都說：再唱一遍吧。

薩日娜已擦不乾自己的淚水，只好流著淚再唱。第二遍唱畢，兩人又一次相擁在一起，親吻在一起。

巴格納說：你這首詩是應該獻給巴圖一個人的，我真的不配啊。但我永遠愛你，愛這首歌，唱這首歌。

薩日娜說：這首歌是我送給你們兩個人的。原本我打算等祭奠過巴圖以後，再答應嫁給你，可是今天你給我唱了你心中的歌，我只好提前答應你了。可是咱倆的婚事還是等過了忌日吧，我已經和巴圖約定好了，米希格阿爸也是這個意思。

好的。你如果覺著還是緩不過來，我會再等的。就等這一次。不會讓你再等了。

圖雅和姑娘們感動、羨慕地擁上去，把兩人緊緊抱住，靠在他倆肩背上流淚，祝福這對天鵝永遠相愛，永遠幸福。然後又向他倆核對三首情歌詞曲，一遍又一遍。姑娘們相信薩日娜的天鵝新情歌，必將唱遍蒙古草原。可惜巴格納的情歌只能悄悄唱了。

深夜，酒宴、魚宴和歌宴散後，圖雅按照部落的規矩和她的意願分派了房間。薩日娜和道爾基部落的三個姑娘住到圖雅房間；斯琴高娃和札那部落來的三個姑娘住到已經燒暖火炕的客房；道爾基部落的馬倌住到巴格納的房間。

巴格納把薩日娜送到圖雅房門口，淡淡的月光下，雪地上映出兩人長久擁抱的身影……

36 熱戀

貢諾爾湖（位於蒙古國杭愛山西部——引者注）的水味頗鹹，不宜食用；但對牲畜來說卻和在不遠處奔流的溪水沒有什麼不同。我們見到湖面上有許多水鳥：天鵝、灰鵝和白鵝、小水鴨、灰鴨、海番鴨和無數的水鷸……但看來他們（蒙古人——引者注）極少去打鳥，因為這裡的水鳥沒太受過驚嚇，人走到離牠們四十俄丈（約八十五米——引者注）遠的地方，牠們也不飛走。

——〔俄〕阿・馬・波茲德涅耶夫《蒙古及蒙古人》

第二天上午，斯琴高娃帶車隊回部落。巴格納和圖雅把她送出了半里地。巴格納感謝道：沒有你，我還沒這麼快得到薩日娜的親吻哪，也聽不到她那兩首了不起的情歌。

斯琴高娃說：你的歌也很好啊，真心真情、獨一無二。好好愛她吧，你和薩日娜的父母都不在了，就讓米希格當薩日娜的阿爸，讓札那當你的阿爸，讓他倆來張羅你倆的婚事吧，再給你倆選一個薩日娜滿意的好日子。

那就謝謝你了。巴格納又對斯琴高娃說：這次回去，一定要給莫日根的阿爸家多一倍的魚，這次撈魚他出主意、出力最多。千萬別忘記。

斯琴高娃答道：放心吧。忘不了。

三位姑娘也摟住他們兩個人親了一會兒，說笑了一陣，才愉快地駕著沉重的牛車回部落。

回到冰河魚場，巴格納掀開凍得邦硬、結滿毛毛霜的厚氈，打開冰窟窿，敲碎夜裡新結的一層一指多厚的冰，把碎冰撈淨，發現水裡面的魚群密密匝匝，還像前一天一樣多。

薩日娜和姑娘們探頭一看，開心地叫道：啊，好像比昨天還要多哪。

薩日娜笑道：誰能想到烏拉蓋河的冰底下有這麼多的魚。把這麼多的凍魚拉回部落，大夥該多高興啊，窮人家更高興。

巴格納說：要是你們部落還想要，就讓他們趕緊來，假如往後雪厚牛車來不了，還可以騎馬，用炕桌那麼大的雪扒犁來拉，一次也能拉四五十斤呢，我隨時給他們撈魚。

薩日娜對姑娘們說：你們慢慢撈吧，我要和巴格納去看我的大鵝夫妻了。魚裝滿了車就來叫我，一塊兒回部落。

巴格納和薩日娜放下羊羔皮馬蹄袖，手拉著手往客棧走。走到聽不到魚場喧鬧的地方，兩人就停住腳步擁抱親吻……

大朵大朵半濕半暗的團雲遮沒了多半天空，雲朵之間的藍天格外亮豔，像藍寶石一樣照耀著單調的雪原。風吹雲動，雲朵也想讓沉睡的雪原歡樂起來。於是，雲影和從雲隙中射下來的強光，在雪地上飛快挪移，把雪原變得比春夏的草原更加令人眼花繚亂。

草甸和花海不能反射出如此刺目的光芒，但雪原可以。剛才還是一片陰暗的雪坡，轉眼間就像一面晃得人睜不開眼睛的巨鏡；剛才還是一個陰森森的山谷，剎那間就彷佛變成了一個散發著熱光的溫泉湖泊；剛才還是近在眼前的亮白羊群，一會兒卻像是沒入暗雪中，與雪一色……雲影和強光在頭頂滑過，讓兩人宛如置身於雪山仙谷之中。周圍沒有任何人，但巴格納心中的光，似乎還是沒有讓薩日娜完全歡樂起來。

薩日娜說：巴格納，你再等等吧……

好的，我懂。

大朵大朵的濃雲終於遠去，只剩下剛剛飛來的小朵白雲在晶藍的天空上飄動。

走進客棧的家，就聞到了魚腥、麥香和草汁的清香。圖雅和其木格也剛剛剁好鵝食。巴格納端了一個大盆，薩日娜端了一個小盆，與圖雅一起高高興興地走向鵝房。其木格留下收拾屋子。

圖雅笑道：早點嫁過來吧，每天跟大鵝小鵝玩，多開心呀。

薩日娜說：不忙，不忙。我是家長，不能說走就走。我那邊還有一大攤事哪，要送大弟額利去長思寺當小喇嘛。和好幾家的男孩一起去，有窮家的孩子也有富家的孩子。到寺院，他們就不怕大白災和高利貸了，也不用交稅，不會被抽丁去當兵，將來還能去天國。

巴格納默然。

打開鵝舍的門，三人都吃了一驚。那隻大雄鵝居然一眼就認出第一次給牠餵食的薩日娜，搧著巨大的翅膀，高叫著撲向她。那隻大雌鵝和那兩隻烏拉蓋小鵝也認出她來，都向她跑過來，捲起一片乾草葉。薩日娜連忙放下食盆，開心地抱住大鵝小鵝挨個親，挨個撫摸，笑道：沒想到，才分別這些天，你們就長得這麼壯了，真讓我高興。好吧，快來吃飯吧。

圖雅和巴格納把盆端到兩邊。薩日娜笑著說：你倆也快成鵝爸鵝媽了，養鵝不難吧，只要你愛鵝，鵝就好養。好心比好食還重要。到春天，這兩隻小鵝準保比他們的哥哥姐姐長得更壯更漂亮。

巴格納笑道：你是我的未婚妻，你要是來了，我和你才是真正的天鵝阿爸阿媽呢。

薩日娜說：等牠們吃完飯，我要把大鵝夫妻帶到雪地上去透透氣，不能老把天鵝關在屋子裡，會憋出毛病來的。還得讓大雄鵝飛一飛，剛才我看出來了，牠想飛。牠向我那麼猛搧翅膀，還一個勁兒踮腳蹼，又一個勁兒提高嗓門叫喚，這是在求我放牠飛呢，牠也一準求過你倆。

巴格納擔心地問：外面天寒地凍，滴水成冰，放天鵝出去會不會凍傷？

薩日娜以鵝媽媽的口氣說：不會。天鵝為啥這麼潔白？為啥不像大雁野鴨那樣麻灰？我阿爸說過，因為天鵝的祖先是要飛越喜馬拉雅雪山的大鳥，牠們可以在雪山的雪地上睡覺。那裡有一種特別大的老鷹，比咱們草原的老鷹大得多，也更凶狠，專吃路過的天鵝。千萬年前，騰格里就給了天鵝跟雪一樣白的羽毛，而且讓牠們專在下雪的時候飛越雪山，凶狠的巨鷹就看不清了，後來蒙古天鵝的後代就變成雪白的天鵝啦。天鵝的羽絨最抗寒，牠們天性不怕冷，喜歡涼快的地方。

巴格納笑道：你懂得真多。

大小天鵝終於吃飽了。巴格納抱起漂亮的大雌鵝，薩日娜抱起健壯的大雄鵝，對圖雅說：小鵝不懂事，只能關在屋裡。要是放出去一高興亂飛，找不回來，那就害死牠們了。外面還有老鷹呢，大鵝不太怕這兒的老鷹，可小鵝就危險了。

知道啦。

圖雅把兩隻小鵝關在房裡，插好門閂，三人走向馬廄前面的車馬場，其木格也跑過來看。兩隻大鵝一看到藍天白雲，一曬到陽光，激奮得張喙高叫。大雄鵝極力掙扎蹬蹼，等不及了。薩日娜走到開闊處用力向上一拋，但大鵝畢竟好久沒飛了，飛了七八步遠，還沒飛起來。薩日娜對巴格納說：咱倆換一換，你的力氣大，拋得再高一點，牠才能飛上天。

然後，接抱過他懷裡的大雌鵝。巴格納輕輕叫著大雄大雄，慢慢向大雄鵝走去，大雄鵝在近一尺厚的雪地上跑不動。

他追上了牠，再抱住。他問薩日娜：是不是牠這些日子吃得太胖了，飛不動啦？

薩日娜說：興許吧。那你上馬廄頂上拋吧，準能成。

巴格納笑道：對呀，我這就上去。老張說，建客棧的時候沒少用好料，馬廄很結實，是個放飛天鵝的好地方。

然後把大鵝交給其木格，再架梯登上馬廄頂，又讓圖雅遞給他木鍬，在積雪的棚頂鏟出一塊可站人的地方。薩日娜和圖雅推來一輛空牛車，其木格登梯登到上半部，薩日娜扶圖雅登上牛車，兩人再把大雄鵝遞給其木格，巴格納彎腰伸手才把大鵝抱到懷裡。在馬廄棚頂，大雄鵝看清了牆外的寬廣雪原，興奮地大叫，不斷振翅。

巴格納笑道：別急別急，這就放你飛，給我飛得漂亮點，再飛幾圈天鵝舞。

然後，吸了一口氣，彎腰憋足勁，猛地挺身發力，把大鵝拋上天。大鵝及時展翅撲翅，在半空中沉下幾尺，然後用力撲翅，終於飛了起來，彷彿是寒冬草原上飛來了一隻吉祥神鳥。四個人心花怒放，大喊大叫：我們的大鵝飛上天了！飛上藍天了！額侖冬天的天空也能看見天鵝了。

大雄鵝越飛越高，越飛越遠，還不停地高聲歡叫歌唱。連遠處魚場的姑娘們都看見了、聽見了，紛紛向天鵝呼喊揮手致意。不多一會兒，大雄鵝就開始在客棧上空轉圈飛翔，搧動巨大的翅膀，翻飛優雅舒展的天鵝舞。大雄鵝飛得自由自在，一邊愉快地享受飛翔的快樂，一邊不停地向地面的愛妻大聲鳴叫，呼喚牠一起飛翔，還滑翔下降，用又寬又長的羽翅，舞出波浪形舒緩典雅的舞姿，宛如春夏天鵝湖的漣漪，令大鵝公主急得躍躍欲試。大雄鵝又猛搧幾下翅膀飛上半空，然後再次輕盈地降下，如此三番五次地上下飛翔，邀請愛妻與牠同飛共舞。

薩日娜緊緊抱住大雌鵝不敢鬆手，生怕她失去控制，會用力過猛，傷翅傷身又傷心。大雌鵝渴盼飛翔，不顧一切地在她的懷裡劇烈掙扎，並向天空大叫。過了好一會兒，牠用盡了氣力才慢慢安靜下來，但眼睛始終盯住天空上的丈夫，並時不時淒涼地叫幾聲。薩日娜心軟了，慢慢地鬆了手，大雌鵝剛一落到雪地上，就急不可耐地踮腳助跑、展翅撲翅。但翅膀孱弱無力，即便在雪薄的院內通道上快速助跑，還是飛不起來，連一人高的低空也飛不上去。

薩日娜心中悲涼，斷定牠是一隻飛行能力已經衰竭的「老鵝」。草原太殘酷，天鵝若不能飛，就是死亡。如果不救回牠的話，牠早已是冰坨了。而那隻大雄鵝，明明飛得那樣漂亮有力，可牠卻選擇留下來陪伴牠的愛妻，捨不得相愛相守了近二十年的老伴。她湧出了淚水，看見站在高高馬廄頂上的巴格納，站在寒風中呆呆地望著空中的雄鵝，細細地看牠的飛翔動作、牠的興奮和遺憾。這次放飛大雄鵝，是米希格阿爸讓她做的。老人說，依他的眼光看，大雄鵝一準還能飛。當時不飛走，是打算陪妻陪到底。

在冰天寒空上，大雄鵝單飛獨舞，自覺哀傷，越飛越低，也越來越看清了愛妻還是不能飛。牠痛苦地叫了幾聲，便放棄了飛翔的快樂，呼地一下飛落到雌鵝的身旁，用翅膀抱牠，用喙親吻牠，用長頸纏牠，並發出「額額、叩叩」的聲音，還像鵝爸教小鵝那樣，不斷地做跳躍助跑、探脖起飛的動作。像以前無數次示範的結果一樣，愛妻還是飛不起來。大雄鵝傷心絕望地哀叫，牠終於知道，老伴就是吃飽了，休息足了，沒困在葦塘冰湖裡，也再不能重返藍天。

兩鵝摩頸哀泣，悲歌震顫。大雄鵝只好不斷安慰老妻，守在牠身邊寸步不離，陪牠在雪地上慢慢走步，呼吸新鮮的草原寒氣。

薩日娜心中歎道：天鵝啊，你們真是為了愛可以捨棄天空、捨棄飛翔、捨棄生命的神鳥。

巴格納從馬廄頂看到兩鵝的悲切和無奈，連忙下到雪地，走到大鵝夫妻面前，摟住大鵝公主，撫摸著牠的頭和脖頸歎息道：大公主啊，你真的不會飛了嗎？你看上去還這麼年輕漂亮，怎麼就不會飛了？那……那也不要怕，不要傷心，你的大雄鵝會一直陪伴你，守你一輩子的。我和薩日娜也會永遠陪伴你的，以後年年冬天，都會把你們接到客棧過冬，讓你倆再相愛二十年，最好更長。大雄還可以在你的頭上跳舞給你看的。

大鵝公主似乎聽懂了阿爸的安慰，卻更加傷心和難過，她捨不得拖累自己的丈夫，便額額地哭起來，還張開翅膀擁抱丈夫，大雄鵝像一個體己知心的好丈夫，張開翅膀去抱妻子……

一直在旁仔細觀看的薩日娜，忽然發覺了兩鵝翅膀的差別。她連忙把巴格納叫過來，說：快來幫幫我，打開兩隻鵝的翅膀。大鵝公主的羽翅好像軟塌塌的。

兩人急忙各抱住一隻鵝，並打開一搧翅膀。比較著一看就發現，大雄鵝的羽翅排列整齊緊密，像壯年漢子的牙齒；而大鵝公主的羽翅卻有些鬆，像老年人鬆動的牙齒。大鵝公主合上翅膀的時候是看不出來的，可是當牠搧動翅膀或打開翅膀的時候，就能看清楚。

薩日娜哀傷地說道：我養了十幾年的鵝，可是從來沒有養過老天鵝，沒有見過老天鵝的羽翅啊。怪不得老鵝飛不動了，就像老人咬不動手把肉和優酪乳豆腐一樣。這樣軟塌塌、漏風的羽翅咋能兜住風，咋能撲搧出飛力呢？野地裡的天鵝只要羽翅不能深深緊緊地長在翅膀的肉裡，老鵝就飛不動了。

巴格納心疼地歎道：這事還得趕緊告訴米希格阿爸。老鵝們真是太可憐了，人老了還可以拄著拐杖走或讓年輕人攙著走。可在天上天鵝拄不了拐杖，更無法攙扶。

巴格納望著正在梳理羽毛的夫妻鵝，忽然想起一件事，問道：不知道要不要經常給天鵝洗浴啊？冬天你們在蒙古包或鵝棚裡養鵝的時候，給不給天鵝洗澡？洗澡是天鵝的半條命，一冬天不給牠們洗澡，天鵝哪能受得了？

薩日娜欣喜地說道：你真是個好鵝，你要是不提醒，我差點就忘了。你說的是冬天在蒙古包裡養鵝最難的一件事。蒙古包裡沒有大木桶，燒不了那麼多的水，沒辦法讓天鵝痛痛快快地洗澡。你們客棧給天鵝洗澡就方便多了。找輛舊木桶牛車，卸下舊木桶，去掉蓋，打上大半桶井水，再兌點熱水，天鵝就可以在大木桶裡鳧水、戲水，痛快洗澡了。那天鵝們還不得愛死你這個鵝阿爸啦。連我都替小巴圖和小花脖羨慕客棧啊。

巴格納笑道：真的啊，你說得我的心都癢癢了。成，過些日子我就把老張的那間房用來做天鵝的洗澡間。那間房有暖炕，有灶房，可以燒水。房間暖和，羽毛可以乾得快。我還想再放一個新的大木盆，給我的新娘洗澡用。你也可以痛痛快快地洗澡啦，這該多美啊。到春天，老張回來以前再把房間打掃乾淨就成了。你也快點把小巴圖和小花脖帶過來吧。

薩日娜微笑道：你總是為我、為天鵝想得這麼周到。謝謝你，我也想早點過來……

37 天鵝客棧

元成宗以來，朝廷歷次降旨禁捕天鵝。如元元貞二年正月，下詔江南禁捕天鵝；元至治二年三月，詔令「禁捕天鵝，違者籍其家」；元泰定二年又下詔禁捕天鵝；元元統三年冬十月，罷卻天鵝之獻。元朝頒佈保護野生動物的禁令，一定程度上反映了遊牧民族的社會價值觀。

——阿岩、烏恩《蒙古族經濟發展史》

裝滿魚的牛車已經停在客棧大門外，姑娘們都跑來看天鵝，一看到相依相伴的一對人天鵝和一對鵝天鵝，都放慢了腳步。不一會兒，姑娘們都叫起來了：好羨慕你們四個啊。

兩人陪姑娘們看大鵝，但大鵝夫妻倆一反高雅溫和的常態，無比凶猛，不讓陌生人靠近。誰靠近雌鵝，大雄鵝就搧著翅膀過來啄誰；誰靠近雄鵝，大雌鵝也會搧翅跑去啄人。姑娘們只好躲到薩日娜和巴格納的身後，笑道：天鵝怎麼這樣護妻護丈夫啊，總得給愛你的人一點禮貌吧？

薩日娜一邊與巴格納張開手臂阻攔兩鵝，一邊微笑道：你們還沒見過天鵝夫妻咋樣護絨毛鵝崽的哪，連野鴨游得太靠近，大雄鵝都會大打出手，把鴨子啄得潛到水裡去逃命。天鵝的凶猛全是愛啊，這會兒雌鵝大公主是隻不能飛的老鵝，大雄鵝就更會保護她了，生怕她再受到一點點傷害。你們要是跟天鵝處熟了，天鵝可有禮貌了。

兩人把大鵝夫妻抱回鵝房，姑娘們又觀賞了打掃得乾乾淨淨的鵝舍和兩隻小鵝，連連誇讚巴格納，又說說笑笑聊了一會兒才離開了鵝舍。巴格納小心地閂上門。

薩日娜帶領牛車隊回部落。巴格納步行踏雪送出了兩里地，兩人依依不捨地吻別。巴格納久久地站立揮手、目送。薩日娜登上牛車，身體向後，站在趕牛人坐的筐角前邊的車橫木上，一手抓牢車繩，另一隻手向巴格納不斷揮動……

車隊快要接近北邊山梁的山腳時，離客棧最遠的古茨楞部落也有三輛牛車趕過來了，見到裝滿魚的牛車，又是一陣擔心的驚呼。車隊走到巴格納旁邊，他坐上牛車，順著車轍印，把車隊領向冰窟窿魚場。巴格納對車隊的姑娘們說：快要變天了，我帶你們趕緊撈魚裝車。這兩天兩個部落拉走不少魚，冰窟窿裡的魚是少了下去，可是你們別擔心，我準保能把你們三輛車裝滿。要是這兩個冰洞裡的魚撈不上來了，我再給你們鑿一個新的冰窟窿。我在葦塘裡撐過好多次船，知道哪裡有深水魚窩。

第二天第三天，三個部落的貧窮平民和牧奴，還有幾家富戶，又趕著牛車來客棧冰魚場搶撈了幾次魚。薩日娜還托塔娜，把她那最寶貴的書櫃車順便送到客棧。巴格納異常高興，連忙將書櫃牛車牽到自家的窗口旁停下，再蓋上一塊氈子，用繩子紮好。然後讓塔娜把牛牽回。

圖雅笑道：天鵝姐姐已經在料理婚事啦。她把家中唯一珍貴的財產搬過來了，這可是她阿爸一生的藏書，都送給你了。

巴格納樂道：我要在屋裡做幾個貼牆書櫃，等她來了，再和她一起整理書。往後冬天的客棧裡，我和她有一群天鵝、一群狼，還有幾書櫃的書，我倆就啥也不缺了。

兩天以後，一場大雪降了下來，之後是第二場。雪量已幾乎與上一年的白災相同。厚雪卻不能阻礙薩日娜的幾首新情歌在額侖草原和其他蘇木流傳，額侖三個部落幾乎人人都會唱，姑娘們更是唱得像老歌那樣純熟了。薩日娜的新天鵝情歌，彷彿天生就長有天鵝翅膀，越飛越遠，越飛越廣，飛遍了草原。空曠單調的蒙古雪原上，孤獨的牧人和運牛糞的女人，都喜歡一遍一遍地唱薩日娜哀傷的天鵝歌，把草原蒙古長調短調骨子裡的憂傷唱得鑽入人的靈魂。姑娘小伙們也喜歡傳誦她和巴圖、巴格納兩隻雄鵝的愛情故事。在蒙古草原上，有動人愛情故事的歌才是傳播最遠、最廣的歌。

巴格納、圖雅、莫日根和其木格把客棧大院裡拉水的牛車大木桶拉到老張的房前，再把橢圓形木桶卸下車，抬進屋內，再撬除桶蓋，把大木桶放在火炕的東邊，清掃乾淨。然後，四人又到洗澡房挑選了一個嶄新的大木盆，再用扒犁拉到老張的房間，放在火炕的西邊。這樣，一間人和天鵝的冬季洗澡間就安置好了，四個人開心地唱起歌來，休息了一會兒就開始給天鵝們準備洗澡水。

此時，火炕已經燒了兩三天，屋內暖意融融。原來的炕席上加鋪了一大塊舊氈子，並把老張的被垛也一同罩起來。外屋灶上大鍋裡的水也已冒出白蒸汽。巴格納和莫日根用扒犁拉著水桶去井台打井水，掀開厚厚的氈井蓋，用長杆搗碎一層薄冰，再用水桶拎上水來。運了六七桶井水後，大木桶才灌了半桶多一點的水。巴格納又和其木格用小水桶盛鍋裡的熱水兌入大木桶，直到水像秋季天鵝湖的湖水一樣溫涼。

巴格納笑道：圖雅，其木格，走，咱們先讓大雄和大公主夫妻倆來洗夫妻浴吧。莫日根，你再去打水，把大鍋盛滿，接著燒水。進出要把兩道房門關好，別把屋裡的熱氣放跑了。

進了天鵝房，巴格納樂呵呵地抱起了大雄鵝，圖雅笑嘻嘻地抱起了大公主。兩人門好了鵝房門，把大鵝夫妻抱進了溫暖的洗澡間。當兩鵝看到深深的一汪清水，好似在冰天雪地看到了天鵝湖冰面上的一口溫泉，又好像幾年沒洗過澡，全身癢癢，探長脖子瘋叫起來。幸好兩人都深知天鵝的天性，早有準備，提前狠狠地用雙臂箍緊了兩鵝的翅膀，這才沒有讓兩隻鵝一頭扎進水裡。

圖雅問：這兩隻鵝太大，大木桶只能剛剛裝下牠倆，要是硬把牠倆放進去，牠倆也蓬不起翅膀和羽毛，還是洗不成澡，咋辦？

巴格納說：那只好讓大公主先洗了，我使勁抱著大雄鵝，讓大公主在桶裡鬆鬆快快地洗，等牠洗乾淨了，再讓大雄洗。你把公主慢慢放進水裡吧，千萬要慢。要不，牠張著翅膀跳進去，木桶邊會碰傷牠的翅膀的。

好吧。我會小心的。

圖雅彎腰把大公主輕輕地放進水裡。牠立即像落單的小鵝見到叼著草回來接牠的媽媽一樣，狂喜地蓬起羽毛在清水裡打起滾來，晃水游了幾下，又一個猛子把頭頸和前胸扎進水裡。可是等牠抬起頭看到急得快喊啞嗓子的丈夫的時候，牠游到牠身邊伸長脖子吻牠的蹼，拚命叫牠下水，和牠一起洗浴。牠使出了勁連續高叫，看那個架勢，彷彿大雄不下水，牠就不洗澡。巴格納把大雄也慢慢放進水裡，讓牠倆面對面，前身並排貼靠在一起。兩隻大鵝的身體幾乎占滿了大木桶的水面，既蓬不開羽毛，又戲不了水。但是浮在水上，兩鵝很開心，互相親吻蹭頭、繞頸纏綿，像一對初戀的姑娘小伙鵝那樣幸福。

一對終生相愛幾乎凍在一起的「老鵝」，擠在無法洗浴的狹小水面，仍然想盡一切辦法來給愛侶洗澡，張翅和蓬羽都不可能了。但大雄鵝還是想出了一個辦法，牠把頭伸進水面的小空當裡，含了一口水，再淋在公主的羽毛上，淋了幾口以後，大公主也低頭含水，淋丈夫。然後雙雙再微微張開翅膀，用喙擼夾羽毛洗羽毛。不慌不忙，耐心細緻。四個人圍著大木桶靜下心來細細觀賞。

巴格納忽然像是有了主意，說道：我能讓牠倆痛痛快快地洗啦。說完，他彎腰伸出手，把兩個大手掌放在大公主的背部，然後稍稍用力，慢慢把牠的身體全部按進水裡。大公主很感意外，但驚喜地額額、叩叩亂叫。大雄看得也受不了了，也叫著喊著要他來按。

圖雅大笑道：別急，別急。我來按你，你脖子長，準保淹不死。我讓你的身子全泡進水裡。

巴格納說：大雄個兒大，你按不動牠，咱倆換換吧。

兩人換了位置，便像搓洗厚衣袍那樣慢慢按壓夫妻天鵝全身，上上下下，半身全身，按出的波浪一浪又一浪地蕩滌著鵝的羽毛，兩鵝享受著天下所有天鵝都不曾享受過的波浪浴，開心舒服得幾乎暈醉在澡桶裡。

其木格和莫日根的心和手都癢癢起來，也擠過來換下他倆，彎腰伸手，按壓天鵝，像天鵝那樣快樂幸福。

一直等到把牠倆該泡洗的地方都泡洗過了，巴格納抱住大雄說：你倆親熱也有好大一會兒了，該讓你的公主自個兒鬆鬆快快地洗了，好嗎？

大雄似乎聽懂了阿爸的話，便順從地讓他把自己抱出水面。

大公主終於洗完了最後一叢羽毛，馬上抬起頭呼喚丈夫。

圖雅把大公主抱出大木桶，擦乾羽毛後，讓牠到炕上的大氈上抖甩身上的殘水，然後牠張開巨大的翅膀，在暖屋子裡烘乾自己的羽毛。巴格納立即把大雄放到水裡，牠馬上就在水裡瘋狂扎猛子、翻跟頭，大洗特洗起來，濺起一片水花……

巴格納笑道：往後，咱們就常常給天鵝洗浴，那牠們跟咱們就會更親啦。以後，不管小鵝飛到多遠的天涯海角，都會飛回咱們家。

大雄也總算痛痛快快地洗完了，一對夫妻鵝在炕氈上快樂地邊吻邊烘。鵝毛上有油脂，不易沾水，容易烘乾，等到牠倆把翅膀收攏起來，兩人就一人抱一隻鵝，準備送回鵝房。這時，兩鵝不約而同、情不自禁地把天鵝最感恩的愛獻給了兩位家長：把整個長脖頸像圍圍脖一樣地圍住了他倆的大半脖子，從左邊的肩下一直纏繞到右邊的肩下方。而天鵝的腦袋就溫柔地掛在兩人的右胸上面，兩人都用右手掌托起鵝頭，激動得低頭狂吻。

巴格納看了看木桶裡的水，發現並不太渾，就對莫日根說：你換換水，換兩三桶井水就成，再兌些熱水。

莫日根笑道：待會兒你倆把小鵝抱來，就讓我和其木格來洗吧。給天鵝洗澡比給我的小侄子洗澡還要好玩。

這天下午，巴格納和圖雅又騎馬去給狼撈魚送魚，卻發現狼群並沒有像以往那樣把魚叼走。兩人順著河岸走了一里，突然看到不遠處葦叢旁邊有幾頭狼，那條狼王后還向他倆搖搖尾巴。圖雅高興地喊道：狼王后，你們為啥不叼魚啊？快去吃吧。狼們都搖了搖尾巴，轉過身去，很快消失在葦叢裡。

又過了三天，魚才不見了，旁邊都是狼的腳爪印。圖雅認為是部落車隊撈魚的動靜太大，來了那麼多人和車，歌宴時人們更是大叫高唱，所以狼群就不敢來了。而巴格納卻被狼群的警覺性所提醒。狼是從來不會因順利而得意忘形、鬆懈警惕的。難道狼還想告訴他什麼事情嗎？警覺和謹慎，也是巴格納家族四代人因災禍刻在骨子裡的天條。他立即從歌宴的歡樂和愛情的甜蜜中清醒過來。這些日子，他總隱隱感到白災的陰影重又籠罩下來，一場中等的白災曾毀滅了薩日娜與巴圖的愛，那這回降下來的如果真是一場大白災，他能抵抗住嗎？巴格納和圖雅急忙上馬往客棧走，他想，得加快趕製馬皮滑雪板，一定要在災禍到來之前，把蒙古西部所有的抗災辦法和器具都拿過來用，哪怕是一個小法子都不能放過。

圖雅問：莫日根把滑雪板做出來了嗎？

巴格納說：還沒有呢。前些天撈魚他太忙了。

為啥咱們這兒的人從來不用滑雪板呢？

聽老人們講，從古到今，蒙古東部草原冬季的雪量，一直比西部阿爾泰的要少很多。所以咱們這兒的畜群，在冬季不用幾百里遠途遷草場。只要在蘇木地盤內，短途遷到預留著草的冬季草場就能過冬了。這兒的冬天雪不太厚，夏秋季雨水多，草地肥沃，草又比較高。雪一般只能蓋住一半草，剩下的一半還露在雪面上。就算是白災，雪也不能把草完全蓋沒。多半的年份，看上去都是黃黃的一片牧草。草高了，牲畜能吃飽過冬，可滑雪板就滑不動了。在西部草原，草矮雪厚，一到冬季白雪茫茫，人們只能穿上滑雪板，在雪面上出行。咱們烏珠穆沁部落從西部蒙古遷到這兒來以後，遠途遷場、木欄草圈和滑雪板就沒啥用處，後來就放棄不用了。老傳統扔了一兩百年，很難再恢復。你也看到了，讓部落建木欄草圈和長途遷場多難啊。

圖雅問：這會兒的雪還不算太厚，要是今年大白災不來呢？

巴格納說：我相信米希格阿爸，相信天鵝報的信。天鵝飛得最高最遠，能看清好幾個國家的災情。牠一定知道北邊幾百里上千里的地方已經降下大雪。從大災區逃過來的天鵝，已經把那邊的災情提前告訴這邊的天鵝了。

你這麼一說，我也害怕了。那你和莫日根能做出滑雪板嗎？

應該能吧，我滑過那種滑雪板，是用松木做的，底面還蒙上馬皮，向前滑馬毛順溜，滑板更滑。在坡上停下來的話，逆茬馬毛還可以防止倒滑。馬皮最好用馬前腿上部的皮，咱們庫房裡還有一些收上來的生馬皮，莫日根正在屋子裡熟皮呢。等皮子熟好了，可以做四五副滑雪板。過些日子用開水泡軟松木板，再一點點把滑雪板的一頭別彎，然後蒙上馬皮，再繃緊。咋也得十幾天才能做出第一副，以後做得就會快起來。等做出來，我就可以滑雪了，等我練熟了再教你。我從前在阿爾泰那邊，用那種馬皮滑雪板滑過不少回呢。在雪地上滑起來快極了，下坡的時候跟飛一樣，能追上在厚雪裡跑不動的鹿。真到了大白災的那會兒，滑雪板就是救命板了。

38 守護

根據達爾扈特們的傳說，成吉思汗在一次戰敗以後，心情煩躁，他從自己的馬背上取下了馬汗沒干的鞍子，朝天反置，叩頭問道：「蒼天父親啊，您還幫我不幫？」這時候，空中突然傳來一聲巨響，一柄黑色神矛從天而降，落到了一棵枝葉繁茂的大樹上。成吉思汗認為這是長生天送來的神物，就命木華黎前去把神矛請下來……成吉思汗……說：「準備一千匹驛馬，並用一萬隻全羊供奉！」隨後便讓人把九九八十一匹棗騮公馬的鬃毛做成蓬鬆的纓子，將神矛裝飾起來。一萬隻全羊一下子來不及湊齊，供奉時先用九九八十一隻綿羊各帶一個蹄子代替，不足部分再由長生天的蒼狗（狼）到我們的畜群裡如數捕獲。這樣供奉之後，這柄黑色神矛就變成了我們民族的軍旗。

又是長生天的蒼狗！在這個與連成吉思汗都敬畏的黑色神矛有關的傳說中，成吉思汗把狼稱為上天的動物。由此可見，他多麼崇敬狼，把牠看成了蒙古人的圖騰。

——〔蒙古〕高陶布·阿吉木《藍色蒙古的蒼狼》

狂吼了三夜三天的白毛風終於停歇，幸好風很大，降雪卻較少。巴格納、圖雅和莫日根兩口子幹了一個早晨，把院內一層積雪鏟乾淨，然後回屋一起喝早茶、吃黃油餜子和手把肉。圖雅說：昨天下午我餵鵝的時候，看見兩隻小鵝也一個勁兒衝我猛搧翅膀，還又踮又跳又叫。牠倆也準保想到天上去飛呢。你說讓不讓牠倆飛呢？

巴格納答道：薩日娜說過，小鵝不懂事，單把小鵝放出去有危險。可是不讓牠倆飛，牠們就不好好吃食，也耽誤長身子骨……明天，咱們先不給小鵝吃飯，讓大雄鵝帶兩隻小鵝一起飛。牠倆飛個十幾圈準得餓，然後咱們再敲食盆叫牠倆下來吃食，大雄鵝一回來，牠倆也準保跟著回來。

圖雅說：我看成，有大鵝帶著，就不怕老鷹，小鵝膽兒小，準保跟大鵝飛。三隻鵝一同飛上天，那多好看啊。在冬天的客棧上空還能有三隻天鵝飛翔，這要是傳出去，那比炸魚的名聲還要叫得響，咱們客棧準得被改叫成「天鵝客棧」啦。

成。明兒就讓牠們飛。

其木格和莫日根也都叫好。

第二天上午，巴格納和莫日根先上馬廄頂，把棚頂上的雪鏟成大雪塊，拋到院牆和草圈的東北邊，鏟出空地和通道。他又警惕地抬頭仰望天空，查看天上有沒有老鷹，搜尋了幾遍，發現東北方向的上空有一個小黑點。他對莫日根說：你去庫房櫃檯拿兩管大爆竹，就是一點能炸兩響的那種大爆竹。

莫日根呵呵笑道：我玩過，準保管用！

過了一會兒，莫日根就拿來兩管大爆竹、一炷香、火鐮和幾片薄薄的刨花。巴格納背著風，彎腰伸手，從火鐮荷包裡掏出火絨和火石，用左手的食指和中指夾住一小團淡棕色的火絨，用拇指和無名指捏住火石。右手捏住刀背般厚重的帶齒火鐮，輕擦火石。一縷金黃色的火星細流直衝火絨，將火絨燒紅冒煙。圖雅對準吹了一口氣，火絨就冒出小火苗。巴格納立即將薄刨花湊上去，一片明火燒了起來。接著點著那炷香。

天上的老鷹還在慢慢悠悠地滑翔，越飛越近，巴格納手捏爆竹一頭，對準老鷹方向，點著火撚。「砰」的一聲炸上了天，又「叭」的一聲巨響，嚇得那隻鷹頓時向東北遠處逃飛，眨眼間就沒影了。貪玩的圖雅嚷嚷也要點，巴格納讓棚下的其木格扔上來半塊土坯，再敲成兩半，把爆竹夾放在土坯中間，固定在棚頂，對準可能出現老鷹的西北上空方向。圖雅戰戰兢兢伸出手，點了兩次才點著，同樣先後兩聲巨響，圖雅姑娘樂得雙腳直蹦。

巴格納笑道：好玩吧，要是薩日娜在的話，她就更喜歡為小鵝轟老鷹了，這回老鷹再也不敢飛到客棧頭上來了。

圖雅樂道：在馬廄頂上放鵝飛，真是個好玩法。在部落哪有這麼高的檯子啊。

等空中的硝煙散盡，鵝房裡的天鵝們以為雷聲過去了，又開始興奮和躁動。四個人接連登牛車，爬梯子，把大雄鵝和兩隻小鵝抱到馬廄頂上。莫日根下梯回屋繼續做滑雪板，其木格也下去照看大鵝公主。馬廄頂上只剩巴格納和圖雅兩人。馬廄比較長，大雄鵝已不用巴格納拋牠助飛，牠剛一站上長長的棚頂，就在馬廄頂鏟淨雪的通道上，搧翅助跑十幾步輕鬆飛上天。

兩隻小鵝看到大雄阿爸已經飛上天，急得亂叫。巴格納和圖雅兩人喊一、二、三——同時拋出小鵝，小鵝急忙搧了幾下翅膀，很快搧出了飛力，身體在半空沉下兩尺，但馬上活潑地飛上了天。一直盤旋等待的大雄鵝回頭飛過來接兩個孩子，帶牠倆低空繞飛了兩圈，讓愛妻清楚地看到以後，忽地直衝高空，兩隻小鵝立馬被甩下一大截，咋樣用力搧翅也追不上阿爸。小鵝又開始亂叫，不一會兒大鵝猛然收起翅膀俯衝下來，從兩隻小鵝中間忽地穿過，讓牠倆又驚又喜，快樂地大叫。大雄鵝逗玩了一陣小鵝以後，開始帶領小鵝平穩練飛，上下左右，拐彎繞飛，慢慢喚醒沉睡已久的翅膀。飛了一會兒，大鵝就帶小鵝和站在棚頂上的兩個恩人玩耍起來。牠還時不時帶小鵝低飛到巴格納和圖雅的頭頂，飛到圖雅跳起來就可以摸到小鵝肚皮的地方。圖雅開心得高叫：再飛下來一點，再讓我摸你一把，再摸一次嘛，待會兒給你好吃的。

巴格納不用跳，只要踮一下腳就能摸到飛過頭頂大鵝小鵝的肚皮和腳蹼，樂得他還抓住一次機會，撓到了小鵝的胳肢窩，讓牠癢癢得差一點縮了翅膀，拐了彎。大鵝小鵝看懂恩人鵝爸鵝媽的請求，一次又一次地飛上飛下，讓他倆摸肚皮摸腳蹼。有時大鵝還會叼一下兩人的皮帽，兩人第一次救上來的烏拉蓋小雄鵝，甚至還想用肚皮來蹭圖雅的皮帽。另一隻小雌鵝還從圖雅的腰部飛過，圖雅眼疾手快地摸到了小鵝的翅和背。她樂瘋啦，兩人三鵝玩得過癮、不分人鵝，都變成了淘氣調皮的小鵝。

大雄鵝任何時候都不會忘記妻子，只要在空中飛了一段後準保飛回來，帶領小鵝飛到愛妻的頭頂上，讓大鵝公主快樂地張翅踮腳起舞。大雄鵝有時還會突然衝下又飛起，給愛妻來一個蜻蜓點水似的空中飛吻，讓妻子驚喜得蹦起一尺多高，差一點就飛了起來。

天歡地樂之後，大雄鵝開始帶領小鵝們正規練飛。巴格納和圖雅回到地面，兩人各托舉起大鵝公主的一隻腳蹼，慢慢走，讓牠在兩人的頭頂上搧動翅膀轉了幾圈，也享受一下離開地面、在空中展翅飛翔的快樂。大公主快樂得不停地鳴叫。

巴格納看了看日頭，說：該讓大雄牠們回來吃飯了。

兩人放下大公主，從巴格納的房間外屋端出一大一小滿滿兩盆鵝食。三隻鵝爭先恐後呼地從天而降，準準地落在食盆旁邊。大鵝落在愛妻身邊，小鵝落在小盆旁邊。三隻鵝玩瘋了飛累了，低頭猛吃急吞，比平日快了許多。

巴格納一邊看，一邊笑道：薩日娜要是知道咱倆能用大木桶給鵝洗澡，能把小鵝放飛上天，還能摸到小鵝的肚皮和腳蹼，她沒準兒就更想早點搬到客棧來了。

圖雅得意地笑道：咱們又成功啦。薩日娜姐姐說得對，天鵝最通人性，只要人對鵝好，鵝就對人親。大夥都以為冬天客棧太冷清，哪能想到客棧這麼好玩。下午，咱倆再去和狼玩。等滑雪板做好了再玩滑雪。等下回薩日娜姐姐過來，她就玩得不想走啦。

巴格納總是喜歡去看客棧的木欄大草圈。巨大的草堆已被厚雪壓矮一尺，但高過圈欄的側面，還能看到兩尺多高的草。秋末冬初那會兒看上去還是淺黃色的乾草，此時在皚皚白雪世界裡，卻呈現出明顯的淡綠色。在牧人和牲畜的眼裡，那是比綠寶石光芒更美的色彩。所以，額侖草原冬季草圈裡的草料，被牧人叫作青乾草，而不叫乾草。這是冬季草原白災下牛羊的救命草啊。但是，打草儲草的成本太高了，草原人家儲夠牛羊一冬的青乾草，需要花費比一家人整個冬季肉食還要高的費用。

身材魁梧、寬臉紫紅、直鼻銳眼的東日布，樂呵呵地騎馬跑來了。他那匹坐騎一瞅見青乾草，聞到了濃郁的草香，連連踩蹄刨地，瞪大了眼睛，眼巴巴地望著巴格納掌櫃，懇求他給牠吃點青乾草。愛馬的巴格納連忙登上梯子，揪出一小抱青乾草，捧到牠的嘴邊，讓牠解解饞。大馬感激地連連點頭，大口吞吃。

東日布對巴格納說：我就不下馬啦，正放著羊呢。今兒不下雪，我來看看草圈就走。前天我碰見一個找馬的羊倌，他後悔壞了。原先札那也讓他建草圈堆草的，他說建草圈還得出幾十隻大羊才能雇得起人打草堆滿草圈。他覺著不划算，往年沒出這麼多的羊，不是也過來了嗎？這下可好，今年雪這麼厚，羊群每天只能吃個六七成飽。天又太冷，羊群天天掉膘啊。到明年開春，還指不定會凍死、餓死多少隻羊哪，準保比那幾十隻羊要多，真是虧大了。他還想在白災最厲害的時候，跟我借點草呢。可是，我這群羊數量大，又是全部落最好的一群羊，札那不許我借草給人。今兒，我就是想來看看草，聞聞草香我都能開心三天。就像富家牧主要常常打開錢櫃，看看他的銀元寶一樣。

巴格納問：你打算啥時候把羊群趕到客棧馬廄裡？

東日布說：再過些日子吧。我那片草場還有些草。我的羊比別人家的羊個頭大，蹄子有勁，還能刨雪吃到草，雪底下盡是好草。我要等羊群刨不動雪了，再搬過來。這樣就不怕草不夠了。到時候要是有多餘的話，還可以幫幫別人家。我來這兒也想問問，你啥時候能抱上天鵝姑娘大美人啊？讓我和部落的馬倌們喝上喜酒。

圖雅上前斥道：你一過來，全身都是馬尿味。快去放羊吧，小心狼把你的羊叼走。把羊群扔在那麼遠的地方，回頭我要告訴阿爸。

東日布說：嗨，也真怪了，自打搬到客棧這邊來，能聽到不少狼嗥聲，可我的羊群從來就沒被狼掏過，牛和散放的幾匹馬也從來沒被狼咬傷過。這兒的狼群好像跟你家有緣分。好了，我走啦。有啥事叫我一聲，別的我沒有，就有力氣，我能扛動一頭兩歲的母牛。要有出力氣的活兒，就找我吧。

說罷，撥轉馬頭，跑出院門，向兩三里以外的羊群奔去。

巴格納問圖雅：薩日娜以前常會碰到這種人吧？他們會不會對女人動手動腳？

圖雅說：你沒在草原上長期住過不知道，這種男人不少，我也常碰到。他說話算是乾淨的。有的人說的話髒得都能招來一大群蒼蠅。可是草原蒙古男人對部落女人，只動嘴，不動手。晚上就是睡在你身邊，只要你不碰他，他就不會動你一下。這是成吉思汗那時候傳下來的草原老規矩，可嚴了。蒙古老規矩規定蒙古男人不准打女人、打妻子、打兒媳、打女兒。誰也不敢破，誰破，部落首領準得狠狠收拾他，罰他「一九」，就是九頭牛或羊。再犯，就罰「二九」「三九」，就是十八頭或是二十七頭牛羊。還有就是，蒙古女人也不是好惹的，惹火了，一腳就能把男人給廢了。蒙古男人都知道蒙古女人的厲害。打起仗來，蒙古女人個個都敢揮刀上陣。有的暴脾氣的蒙古女歌手會突然大喊，嗓門大得能把跑到跟前的敵人戰馬驚嚇得立起來，把敵兵摔下馬來。

巴格納笑道：我咋不知道蒙古女人的厲害呢，那天在酒宴上，我差點就讓蒙古姑娘給扒了，連扣子都被扯掉兩個。

圖雅歎道：小伙越來越少，寺廟裡的喇嘛越來越多，蒙古姑娘們還從來都沒遇見過這種世道……

39 危機重重

大體上講，中亞和北亞的宗教在形態上與印歐地區的宗教相似……我們必須確定不同歷史時期的印歐人在多大程度上保留了可以和突厥—韃靼人的薩滿教相比較的薩滿教元素。

——〔美〕米爾恰・伊利亞德《薩滿教》

巴格納挑選的滑雪演練場，在客棧東北兩三里的地方，被商號車隊的牛馬駝吃光了草，雪地比較平坦，草茬完全被雪覆蓋。巴格納穿著秋冬二茬薄毛皮袍，一副冬季幹重活的輕便裝束。他小心地先練習撐著雪杖緩緩走步滑步。一隻腳利用滑板馬皮逆毛，穩住滑板和身體，然後撐雪杖，另一隻腳向前滑步。他滑出大半步，再穩住前腳，把後腳滑向前。雙腳交替往前滑走。雪杖撐得越有勁，走滑的速度就越快。

又走滑了一段，滑雪板才慢慢適應雪面。巴格納也越滑越順。等他收住滑板停下，慢慢走滑回來，對莫日根說：成，這副板子能用了。你把馬皮繃得真夠緊的，馬皮也是冬季的馬皮，馬毛比較厚，順溜得好像長在滑板上了。別擔心，過不了多一會兒我就能滑穩了，然後再慢慢加速。

這副滑雪板，是仿照巴格納記憶裡蒙古西部阿爾泰和科布多地區的雙板滑雪板做的，長度比他的身高還長半尺多，寬度與蒙古靴幾乎相同。滑板不到一指厚，底板中間比兩邊略厚一些。滑板的翹頭呈長圓尖形，與雪面有一拳半高的距離，緩緩翹起。滑板中間偏後部，穿有四個小眼，再穿兩根長牛皮條，拉出四根長度減半的皮條，用來綁靴。綁住以後，前腳牢牢綁在滑板上，鞋後跟卻可以抬起。滑板的觸雪面蒙著馬的前腿皮，馬皮是熟好後繃上去的，再把皮子翻到正面，用細皮條的對邊穿孔勒緊，再用細釘將馬皮與滑板緊緊釘在一起。兩根雪杖用榆木杆做成，與普通優酪乳缸的搗奶棍一般粗細。雪杖略尖的下端，插入一片比雪杖粗一圈的厚圓木片，中心圓孔再用小釘固定，用來撐雪，圓木片會越撐越緊。雪杖頂尖只有三四指長。

當時在蒙古西部阿爾泰山區流行一種寬幅單人單杆滑雪板，他也滑過，但覺得不如雙板好用，側著身體滑，總不如全身正滑舒服，看得開闊。而雪杖呢，無論是單板單杆和雙板單杆，都是一根長木棍。而阿爾泰東部的科布多地區，還有一種雙板雙雪杖。巴格納覺得雙雪杖比單木棍更容易掌控，滑起來也更快更穩。所以他決定採用雙板雙雪杖，讓莫日根把雙滑板全都配上雙雪杖。

這是一副極其古老、略加改造的蒙古滑雪板，很穩很實用，是西部草原的牧人嚴冬的出行工具。巴格納覺得他和莫日根仿造的這副滑雪板，與原滑板不會有太大的差別。兩人試改了多次，總算能合腳地穿上了。這是額侖草原第一副來自蒙古西部草原的滑雪板。雖然是從蒙古西部阿爾泰烏珠穆山區遷來，但烏珠穆沁額侖草原人卻已經完全不認得這是啥玩意了。東日布說，他只是聽一個薩滿老人說起過祖上的滑雪板。

巴格納走滑了一會兒，覺得自己已經慢慢恢復了原來的滑雪本領，於是就雙手撐杖，雙腳雙板交替向後蹬滑，慢慢滑行。這樣的滑速，就已經比厚雪中的馬走得快了。他又滑了一段，開始雙腿雙板輪流加力向側後踏蹬滑板。左一蹬，右一蹬，每一蹬加上雙杆的撐力，就能滑出一個身長的距離，比馬快得多。

圖雅姑娘驚喜地在雪地裡雀躍蹦跳，大聲叫好：太好玩兒啦。我看滑雪不太難，活的烈馬我都敢騎，死的滑雪板我就更敢踩啦。巴格納哥哥最會玩，他總能弄出些我從來沒玩過的花樣，一個比一個好玩。

然後轉頭問莫日根：還有幾副滑雪板啥時候能做出來？我想快一點跟他一起滑。

莫日根說：還得過些日子。要把開水澆濕的半截板烘乾，要不滑板就重，還容易斷。

圖雅焦急地說：你再趕緊做兩副。

板子倒不太難做，兩三天就能做出來。庫房裡的好松木料有的是，馬皮也夠。就是得花工夫熟皮子，烤板子。

再做兩副，一共五副。等薩日娜過來以後，咱們五個人一人一副。平時玩，災時救災。你要回部落看阿爸看女兒，我看一天就能打個來回。

我做，我做。這活我還真樂意幹，反正冬天閑著也是閑著。做了一副，我也摸出門道了，我看這副板子還成。待會兒再問問巴掌櫃，還有哪些地方有毛病，再改改。

圖雅樂道：那我就能見到阿爸額吉啦。滑雪板來得太是時候了。這會兒的雪那麼厚，往後還要厚，下部落誰敢騎馬啊。要是半道遇見白毛風，馬邁不開步，那非得凍死在雪地裡不可。有了滑雪板，再大的雪都不怕了。部落一看咱們飛滑過去，那更得傻眼。這下，巴格納哥哥又得被姑娘們拽掉扣子啦。

巴格納越滑越穩越快，半個時辰下來，已經滑得像個蒙古西部的牧人了。他又在平地上滑了十幾個來回，然後朝一個小山包頂加速衝滑過去，一直衝到撐不動的時候，便橫住板，用雪杖撐住雪，喘了幾口氣，再往山包頂「步行」。滑板比較重，走起來比較慢，也彆扭。但滑板被雪面托住，不會深陷。人用滑板在雪地上爬坡，比步行踩深雪走還是省勁得多。他又走爬了十幾步，才慢慢熟練起來。一直快到坡頂，才停下。然後舉手揮杆向圖雅、莫日根和其木格大聲呼喊：我要飛到你們那兒去啦。等著看，我飛啦。

圖雅等人嗷嗷亂叫，都盼著他飛到他們的身邊。巴格納的腿有些發痠發抖，他在俯衝之前，先細細地查看了雪坡路線。他還不會在下衝時繞開雪堆、雪坑、高草窩等障礙，只能選一條平整的下降坡面。他用雪杖比畫了幾下，終於選定路線，然後躬身彎腰，輕輕一撐雪杖，向坡底衝滑了下去，像一隻俯衝抓野兔的老鷹那樣緊貼著山坡，朝目標飛追。古老的蒙古滑雪板又穩又滑，還比較容易駕馭。巴格納只用了大半個上午就恢復到幾年前的滑雪水準了，雖然那時的技藝也就是入門不久的水準。如今有時間，有自己的滑雪板，又有現成的、就在家門口的滑雪場，他相信自己會在較短的時間裡熟練掌握滑雪技術，那他抗大白災的能力就又長了一大截。他飛快地衝了下去。

圖雅、莫日根和其木格全都高叫起來：啊，真的飛下來了。

好快呀，比馬快好幾倍啊。

摔了也不怕，有那麼厚的雪哪。太好玩啦。

話音未落，巴格納已經衝滑到平地，降速依然如俯衝之鷹。等快衝到幾人面前的時候，來了一個側身剎車，稍稍有些晃動地停在圖雅身旁。圖雅興奮地漲紅了臉，上來就對他一通亂拳，大喊：

我要滑！讓我滑！

巴格納急叫：小心，小心別踩壞滑板翹頭。

莫日根問：板子咋樣？

還真不錯，就是有點兒重，上坡走要費點勁。咱倆還行，要是圖雅和薩日娜就不容易了。給她倆做的板子還得短點兒、窄點兒、薄點兒。馬皮毛也得刮勻點兒。咱倆用的板子也可以改得再窄一點。那就更省勁了。

成，這個不太難改，就是還要多花幾天時間。圖掌櫃還讓我再做兩副，等我做好手頭那副男人用的板子，再做兩副女人用的。

那就加緊做吧。

圖雅姑娘還在不停地要求試滑。巴格納只好解開皮條，脫下滑板，給圖雅穿上滑板。再解下她的腰帶，讓她提起皮襖下端，再用腰帶束腰，既露出小腿皮褲，又把一部分厚皮袍的重量抬到腰以上，給肩膀分擔重量，圖雅換成了一副草原男人的冬季裝束。然後，巴格納一條一條地給她講滑雪的動作。再帶著她走滑，走一步又撐一步，他在旁邊步步不離。小姑娘穿大滑板走起來比較費力，當她慢慢走穩以後，開始雙手撐雪杖滑行時，居然能滑出不短的距離了。巴格納停下來，讓她自己慢慢撐滑。圖雅有高超的馬術功底，只摔了一個跟頭就能獨立撐滑了。她很快樂，但也有點失望，說：要想飛起來，得費多大勁啊。

巴格納滿意地說：很好啦，等小板子出來，你再換一身薄皮襖，就能滑得更快啦。這些天我還要天天練，等熟練了，就容易教你了。好吧，今天算成功，回家。

一天上午，巴格納和圖雅給天鵝們洗完澡、餵完食以後，又到了給狼撈魚餵魚的時分。兩個人剛一出院大門，就聽到冰河方向傳來狼群歡樂盼望的群嗥，嗥聲中有雄渾的、柔和的、粗獷的、潤亮的嗓音，好像有狼王的、狼王后的、大狼們的，還有小狼的聲音，大小狼們一律運足氣、拖長音、激情地嗥。兩人很感驚奇，從來都是靜悄悄、神秘秘的狼，咋就如此縱情放肆了呢？圖雅猛然醒悟，便用手掌攏住嘴向葦塘冰湖高喊：狼王、狼王后。我們這就來，這就來。

兩人下馬以後，那條狼王后馬上親熱地跑到圖雅身邊，親她的手，還快速地搖尾巴，而且目光越來越快樂溫和。圖雅連忙蹲下身，輕輕撫摸狼王后的頭和背，圖雅終於和狼王后親密無間了。巴格納也急忙走來撫摸了狼王后的頭和背，高興地連說：謝謝，謝謝你信任我。五條小狼已經全長大了，也第一次大膽地圍了過來，親圖雅和巴格納的手，向他倆猛搖尾巴，看那樣子好像還沒吃夠，還想吃魚。圖雅和巴格納馬上打開冰氈蓋，敲碎新結的冰層，用抄網抄起一網魚，扣在冰面上。小狼們和狼王后看傻了眼，樂得亂蹦亂轉亂搖尾巴，人還可以這樣容易地抓魚吃？然後開心地一擁而上搶魚。兩人笑得連忙抓住幾條魚挨個餵小狼，還挨個摸了幾下小狼的腦袋。狼們退後兩步，側頭攔腰把魚咬斷，再咔嚓咔嚓幾口猛吞下肚。那條大公狼則叼著魚就走，把魚扔給其他的狼再回來叼魚。兩人退後兩三步，開心地看著小狼們和狼王后搶魚吃。而巴格納四處張望，尋找狼王。然後朝著一叢高草呼喊道：我是巴格納，我求您了，您就出來見我一面吧。

突然，高高的蘆草叢裡，那頭雄壯威武，鬃毛蓬鬆得像獅子似的狼王，倏然伸出半個身子，半張著嘴。初夏秋冬，大半年來，千盼萬盼，巴格納總算盼到真正的狼王現身。狼王站在草叢裡，像蒙古草原人自古崇拜的蒼狼神降臨在他倆的面前。此刻，巴格納和圖雅不由自主地向騰格里，向烏拉蓋母親河，向狼王三鞠躬，當面向狼王表示感謝。

狼王仍然親切地望著巴格納和圖雅，巴格納和圖雅彎下身，虔誠地抓起魚一條一條地往狼王那裡拋扔。狼王竟然放下尊嚴，像個老相識、老朋友那樣躍起來，在半空中用嘴接住，再把魚一條一條地放到草叢裡。不一會兒，草叢裡其他大狼趁狼王大口吃魚的時候，也跳躍起來爭搶兩人拋給牠們的魚。巴格納又用抄網撈出滿滿一網魚，再挨個朝狼王和大狼們扔魚。狼群又是一通快樂地瘋搶。

兩個人繼續向狼王和大狼們扔魚，可是狼王仍然不往前走一步，也不希望人接近他。只要巴格納向狼王走幾步，狼王就會後退幾步；他再後退幾步，狼王又會向前走幾步。一直到三四網魚全被吃光，狼群的肚子吃得鼓起來，狼王才率領狼群集體搖了搖尾巴，一步三回頭地走進高草叢，隨後快速消失。

巴格納、圖雅激動地直喘氣。半年多的願望終於實現：終於當面拜謁了狼王，還替客棧、部落、商號，替薩日娜和米希格阿爸，替吃魚長胖了的天鵝們謝了大恩；他倆終於撫摸到狼王后和小狼們的頭，終於和烏拉蓋河狼群交上了朋友。一通感歎之後，兩人乾脆坐在雪地上，望著狼走的方向久久遐思。圖雅愉快地聞著自己摸過狼頭的手，似乎從魚腥中聞出了狼王后和小狼們腦袋的氣味，一邊咯咯地傻笑，一邊回想著剛才發生的好玩而又神秘的草原故事；而巴格納在想另一件重要的事情，也是米希格阿爸提醒他要留心的事情……

自從鑿冰撈魚餵狼以來，巴格納每次到冰河邊，只要有機會看到母狼、大狼和小狼，都會仔細觀察狼的肚子和毛色。他深知自主獨立和食物就是狼的命。如此高寒多雪的冬季草原，狼的食物越來越少了，主要的食源旱獺、野鼠早已冬眠。野兔不冬眠，但肉不多，狼也搶不過老鷹。野魚已冰封在河裡。攻擊人的畜群又要付出慘重代價，蒙古人高超的騎射和圍獵本領，讓狼群不敢妄動。入冬以後，雖然巴格納很少能見到狼，但每次碰巧在近處或不遠處見到母狼和小狼的時候，卻發現狼的肚子總是飽滿的，有時還會鼓脹起來，像是吃得很撐的樣子。毛色也油潤發亮，一身健康的氣色。他覺得奇怪，就騎馬去蒙古包請教東日布。好獵手東日布告訴他，額侖烏拉蓋草原是北部草原的大群黃羊冬季遠途遷草場的必經之路，這就給額侖草原狼群帶來充足的肉食。

東日布還告訴他，狼有許多在厚雪地裡獵捕黃羊的絕招。狼王或頭狼會在厚雪地跳躍，壓出一個又一個雪坑。頭狼跳到厚雪裡拱不了幾下，就能後腿著地，然後喘口氣，再猛地發力蹬地，跳躍出去半丈多遠，在雪坑裡踩著硬地再跳躍。後面的狼就像跳棋的棋子那樣，順著跳坑飛快地跳躍，這樣就能追上尖蹄細腿、插入雪殼難以拔足的黃羊，直到躥跳到黃羊的背上。狼還會把一整群黃羊圈趕到能陷住牠們的深雪中。所以額侖的狼群冬季不愁吃喝，肚子總是鼓鼓的。巴格納樂了，他沒想到神秘狡猾的狼群還是雪地之王。

巴格納想，狼吃魚主要不是因為饑餓，而可能因為魚身上有某種羊肉裡沒有的東西，狼必須常常補充。他從前在商號商隊的時候，聽呼倫貝爾草原的老人說，魚身上有鱗片，狼吃魚鱗可以助消化，對眼睛也有好處。他又想，也可能狼就是饞嘴愛吃魚，像圖雅愛吃甜食一樣。當然，春夏秋季狼有時候抓不到獵物，也可以捕魚充饑。還有可能是狼想跟這幾個知道感謝狼、與其他的人不太一樣的人交往。好像狼很想知道，這幾個人為啥給狼拔箭療傷，為啥還這麼長時間一直送魚答謝。狼是一種有很強好奇心、愛琢磨並懂得感恩的神奇動物。巴格納也越來越對狼產生好奇，越來越想琢磨狼了。

可是一往下琢磨，一個個更需要琢磨的事情就都冒了出來：連黃羊都知道雪太大就得遠途遷草場，可是為什麼額侖的蒙古人卻不懂這個道理呢？狼的肚子和東日布的解釋，使巴格納恍然悟到了一個大白災預警的標誌。那就是，只要發現狼群的肚子癟了下去，就說明黃羊已經離開此地，遷到雪薄的草場去了。越往南部走，人越多，黃羊被捕殺的危險就越大，因此，黃羊是不會輕易離開還能看到草梢草尖，並能用蹄子刨雪吃草的額侖烏拉蓋草原的。只有到真正的大白災降臨，斷食的威脅遠遠超過南部人群的捕殺危險時，黃羊群才會冒險離開額侖，狼群的肚子也才會癟下去。這樣，一個預告大白災的信號旗，就出現在烏拉蓋河的蘆葦旁了。米希格阿爸提醒得對，確實，狼也會像天鵝那樣預報大白災。天鵝已經準確地預報了白災，因為現在已經是白災了，那麼當狼群再次預報的時候，必定是大白災。此刻黃羊群還沒有走，大白災暫時就不會來。以後他應該更加緊盯這群狼。

圖雅看到巴格納怔怔的目光，好奇地問道：你也在想詩啊？

巴格納慢慢從思索中醒來，說：一個大事壓身、白災黑災重劍懸頂的人，哪會有那些興致啊。我這會兒只能拚命去做那些生死攸關的實事。剛才我發愣，是因為我又發現了一個預告大白災的信號，才想明白。太重要了，我的心還在怦怦急跳呢。

於是他把發現報警信號的過程像講故事一樣，詳詳細細講了一遍。愛聽故事的圖雅，聽得有滋有味又全身緊張，聽完後，也覺得這是一個重要發現，與部落、客棧、巴格納和薩日娜的命運緊緊相扣。若是在部落和蒙古包駐地，根本不會有這樣近、可以頻繁細看的一群報警狼。

40 天鵝的心諾

薩滿教的研究者奧・普日布先生……給狼取了一個「山爸爸」的忌諱名稱，還寫了一首類似禱告詞的詩，他常低聲地禱告道：

「我的山爸爸，貂尾加鋼牙。
貂尾請朝我，鋼牙銜著牠。」

這首詩與在蒙古其他地區流行的禱告詞很相似。那句禱告詞是：「請把貂尾指向我！請把金牙對著他！」

——〔蒙古〕高陶布・阿吉木《藍色蒙古的蒼狼》

飄動的柔雲像大團大團的蘆花天鵝絨，高懸在天空，有時膨脹得像幾十隻龐大的巨鵝，翼翅蔽日；有時又幻化為千鵝群飛的鵝陣，慢慢向東南方向飛翔。陽光從雲隙中傾泄下來，把天空變成無數天光瀑布群，又像層層疊疊的帷幔，遮擋著遙遠天邊的仙女們群舞沐浴。有時白雲鵝群飛得無影無蹤，只剩下水晶藍的透亮天空。不一會兒，又有一群輕靈的天鵝白雲，緩緩飛進潔白的雪山，再慢慢從雪谷中飛飄出來，與雪山連成一片。大地母親春夏秋三季吐綠、開花、結籽，疲倦了、冬眠了，騰格里天父為她蓋上了厚厚的雪被。可是草原大地的化身——白雲仙女，卻仍然輕衫薄裙、溫柔飄舞。在冰封寒冬還像飛天的春姑娘，美得自信自由、美得千嬌百媚、千變萬化……薩日娜仰頭歎道：蒙古草原的柔弱白雲，有著天鵝傲視寒冷的稟性。在這酷寒的草原，只有像天鵝一樣有蓬鬆的絨毛和緻密的羽翅，才能抗寒保暖，天鵝絨比草原上的狼絨、駝絨、雁絨和山羊絨更能抵禦高寒。

薩日娜騎著巴圖大黃馬，帶著大白狗，吃力地蹚著厚雪，向巴圖的哥哥家，也曾經是巴圖的家走去。兩年來，小巴圖憂傷擔心的眼神攔住了她的步履，她不敢再去那個家。她相信，如果那時自己去了那個到處都留有他氣息的家，就會追隨他的氣影一起飄走，那小巴圖和弟弟如何生存……

巴圖的家窄小擁擠，額侖草原寒冷潮濕易病，普通人家的老人壽命都不長，巴圖的父母比自己的阿爸額吉去世更早。巴圖走後，家中還有哥哥嫂子和他的一個妹妹、一個弟弟，以及哥嫂的四個孩子。全家人靠給部落放羊為生，共有一千四五百隻，其中有一百多隻羊屬於自家放牧所得和省吃儉用攢下來的，每隻自家羊的耳朵上都剪有一條標記。一家人精打細算，日子還過得去，也沒有欠債。但就是那個舊蒙古包快住不下這麼多的人口了。

薩日娜打算自己嫁到客棧以後，就把自家的蒙古包、傢俱和過冬的肉食，全送給巴圖的哥哥家。她自己出生在這個蒙古包，在這裡和小鵝們一起長大。也是在這個蒙古包裡，阿爸教她讀書寫歌，然後自己寫歌唱歌……就讓這個蒙古包代替她，庇護巴圖家的血脈吧。大弟弟額利和三個其他家的孩子已經被送到寺院。她和小弟弟搬到客棧以後就不用蒙古包和這些家什了，如果巴格納以後萬一遭遇什麼不測，那她就更不需要任何一樣東西了。小弟弟、小巴圖、巴圖黃馬和大白狗，就請圖雅妹妹收養吧。她答應了巴格納的求婚後，就決定把這個刻著無數痛苦的蒙古包留給巴圖家，他們一定會珍惜這個包的，這是寄託她對巴圖思念的最好辦法了。

一見到那個熟悉的蒙古包和牛車，眼前就出現了巴圖的身影。巴圖黃馬驀然抬頸哀傷地長嘶起來，薩日娜俯下身抱住巴圖馬的脖頸從馬鞍上滾下，跪倒在雪地上。大白狗低著頭衝到狗群裡，抱住一條背毛灰白的老狗哀哀地舔吻，但老狗已經認不得這個兒子了。

薩日娜把馬韁繩拴在從前每次拴韁繩的那輛牛車的軲轆上。黃馬輕輕聞著、嗅著軲轆，薩日娜站起來，又蹲下身，一遍一遍地撫摸巴圖摸過的車轅和坐過的橫板。

見到嫂子、弟弟和妹妹，四人擁抱哭泣。進門時，薩日娜伏下身，撫摸那扇舊門，在那上面留有巴圖的手印和手心汗。她把臉貼在門上，淚水滲進老木門的裂縫裡，與巴圖的汗融合在一起。然後，又彎腰親吻紅漆剝落的門楣。在這門楣下，自己和巴圖進出過多少次？兩人的頭和身體在此重疊過多少回？進包後，薩日娜將巴格納和圖雅送給她的綢緞布料送給大嫂和妹妹，又把一包糖果送給弟弟和四個侄子侄女。薩日娜講明來意後，大嫂馬上讓妹妹騎上薩日娜的馬，到羊群去把大哥喚回來。半個時辰後，大哥騎著薩日娜的馬趕了回來。兄妹兩人抱頭痛哭。

薩日娜啜泣道：大哥大嫂，我對不住巴圖，也對不住你們。原本我是不想再嫁了，把我家的蒙古包並到你家，就跟你們一塊兒過了。可是，我又怕我家的債太重，我和蒙古包、牛車早晚都會被抵債，還是要拖累你們……就在大半年前，騰格里又給我送來一隻雄鵝，他是一個值得我愛的人，也像巴圖那樣愛我，我已答應嫁給他了……大哥大嫂，你們不要怪我呀。

大哥擦乾眼淚說：我咋能怪你啊。這兩年全家一直怕你還不清那個高利債，生怕商號把你抓走，天天為你捏著一把汗。這回好了，騰格里和天鵝神來救你了，巴格納幫你還清了今年的債，全部落的人都說他也是個可以把生命給你的人，你應該嫁給他，巴格納是跟巴圖一樣的人。他每次來部落總要給我們送東西，還不讓我給你出羊幫你還債。你和他過一輩子，我們就放心了。早點去吧，再晚了，馬就走不動了。

薩日娜說：原本我想和巴圖在我家蒙古包結婚的，可是巴圖再也回不來了，這個蒙古包和三輛牛車就留給你們吧，我只把阿爸的一車櫃書送到巴格納那兒了。這個蒙古包雖然舊了些，可還很結實，巴格納還給換了新圍氈。你們家是該添一個包了。以後我也會來看望你們的。

大哥說：好吧，那我替巴圖謝謝你。我們家是太擠了，全家都盼著再有一個蒙古包呢。太謝謝你了。願你和巴格納好好過日子，全部落都說你倆一準會幸福的，像天鵝夫妻一樣。

薩日娜說：那好吧，等我和小弟弟去了客棧，我讓人告訴你。你就把我的蒙古包搬走吧。我已經跟米希格阿爸、十戶長和道爾基蘇木長說好了，他們都說該這麼做。

大嫂從櫃子深處找出一隻深棕色的木托銀碗，並用皮袍下襟仔細地擦拭了一遍，遞給她說：這是巴圖賽馬得獎得來的碗，送給你吧。往後，你每回吃飯的時候，就可以親他了。

薩日娜眼裡閃著感激的淚花，連連道謝：這是我最想要的東西，你送到我的心坎裡了。往後我就用這只碗吃飯喝茶，讓他天天陪著我。謝謝大嫂想得這麼細心。然後，她拿起碗，順著碗邊轉圈親了一遍，再小心地揣在懷裡，扣在自己的心口上。

薩日娜吻別巴圖的親人，按照在夢中與巴圖的約定，騎馬朝著可以大致看到巴圖升天地方的一個山坡走去。她知道巴圖是在那個天葬場走的，但那個真實的地點，遵循蒙古習俗的家族老人是不會告訴她這個女人的，只有巴圖家族的一兩個男性長輩才知曉。

茫茫雪原，沒有一縷炊煙，雪地上只有黃草和狼、沙狐、黃羊、野兔的足跡。一想起去年巴圖第一個忌日時的情形，她還會周身顫抖，冷徹骨髓。那天，她蹚著厚雪步行大半天走到那裡，渾身是汗，汗水慢慢在後背內衣上結成薄冰。她為巴圖堆雪上香，唱完五六首長歌哀歌，身子就凍僵了，倒在雪地上。只有大白狗臥在頭旁焐她的臉和手，焦急地像狼一樣嗥叫呼救，想奔回部落去報信，又怕她凍傷，牠只好不停地朝著家和米希格的蒙古包方向拚命長嗥……當她醒過來的時候，發覺自己躺在米希格阿爸的懷抱裡，裹著馬倌下夜穿的厚重拖地的巨大皮袍，阿爸正在給她餵氈套壺裡的牛奶。牛奶是溫熱的，還帶著阿爸懷裡的體溫。她喝了小半壺，身子漸漸感到凍僵又被焐暖後的疼痛，活了過來，淚水撲簌簌地落在皮袍上。阿爸說，他記得巴圖升天的日子，是蘇木一個大薩滿護送巴圖的靈魂升天的。早上他趕著一輛大犍牛拉的氈篷車到她家，準備送她去那兒。一聽額利說姐姐天不亮就不知道去哪兒了，他急得順著她的腳印一路追了過去，追到半路就聽到大白狗淒慘恐慌的哀嗥……阿爸說：再晚一個時辰，你就再也回不來了……

如果沒有小巴圖、巴圖黃馬、大白狗、米希格阿爸和巴格納，她就不能為巴圖祭奠第二個升天紀念日了。今年她沒有走出一身汗，替她出汗的是巴圖黃馬，而巴圖黃馬又是巴格納送給她的救命馬。薩日娜抬頭遙望烏拉蓋河方向，呼喊道：親愛的巴格納，謝謝你陪我走過了最煎熬、最痛苦的日子。你的愛像巴圖的愛、天鵝的愛一樣純真濃烈，化開了我心中誰也化不開的冰結。請再耐心等一些日子，我就永遠和你在一起了。

薩日娜走到去年她倒下的地方，下了馬。她看到巴圖黃馬流出哀傷自責的眼淚，輕輕嘶鳴，仔細嗅地，抬蹄刨雪，彷彿想把主人從雪裡面刨出來。她從懷中掏出銀碗，盛了滿滿一碗冒尖的白雪，拍整齊。又用火鐮點著了帶來的薄木片，再點著三炷香，然後插在銀碗的白雪裡。她摘掉皮帽，跪在香前，遙望巴圖升天之地，雙手扶雪，深深三拜。

薩日娜臉上冰淚條條，朝天呼喊：巴圖，我最親愛的巴圖。我知道你在等我，盼我，看我。你都看到了吧，這一年多的時光我活著比死了還要痛苦，我相信你比我更痛苦。我想飛到你身邊，所有的痛苦就沒有了。但一定是你去請騰格里和天鵝神出手相助，才給我送來了巴格納。他愛我，就像你愛我一樣。我聽騰格里的，聽天鵝神的，也聽你的：他就是你，你就是他……

說罷，站起身，佇立在雪地上，開始一首一首地唱這一年多她新作的歌：

……

摯愛是天鵝天命的唯一，

專一是天鵝天愛的心諾。

……

當所有的歌唱畢，薩日娜跪下來，伏下身，心中漲滿了苦痛和對巴圖的愛戀。然而，她靜靜地匍匐在雪地的冰殼上，感到自己心中的痛比起去年那時痛不欲生的痛，已經可以忍受。

等到三炷香熄滅，薩日娜把殘香和木碗中的雪挪到雪地上，然後又捧著碗吻了一圈，再把碗擦淨揣到懷裡，扣在心口上。她高舉雙手，仰天呼喊道：親愛的巴圖，再見了，明年我會和巴格納一起來看你的。他是永遠守護我倆愛情的人，他把載著咱倆愛情的芍藥大黃馬送給我了。他還幫米希格阿爸和我救上來一對老天鵝夫妻，讓老阿爸感動地謝了又謝。我相信，將來到了天堂，騰格里會把你和巴格納的靈魂裝在同一個人的身體裡的……

薩日娜回到家裡，天已昏暗，小巴圖還站在門外雪地上等她，一聽到巴圖黃馬粗重的喘息聲，便搧著半扇翅膀跑來迎接她倆。薩日娜卸了馬鞍，把馬牽到草高的地方絆上馬絆子，然後再走到家門口，蹲下身來與小巴圖擁抱親吻。在這個冬季，除了初冬與米希格阿爸到客棧葦塘冰湖去救老天鵝的那幾天，這對母子從來沒有分開過。額利說：小巴圖一整天都在雪地裡走來走去，望著你走的方向，連吃飯都沒心思。小花脖一開始也跟牠一塊兒等你，可只等了半個上午就凍得受不了，回蒙古包了。

此刻，媽媽終於回來了，小巴圖高興地把自己的長脖頸纏繞到媽媽的脖子上，在她胸前額額額地叫。薩日娜輕聲地說：我去祭拜你巴圖阿爸了，他問你好呢，讓你聽媽媽的話，還要你認下你的新阿爸。小巴圖似懂非懂地額額叫著，只要媽媽讓牠做的事情，牠都會愉快地去做的。

小花脖也聞聲跑出包，與媽媽擁抱親吻。

第二天，薩日娜把蒙古包的頂氈撤到雪地上，用小剪刀將縫在頂氈上的佛家厚布圖案小心拆下來，再捲起來。她準備把圖案帶到客棧，再縫在一塊舊大氈上，攤在巴格納的房頂固定好。好讓她的天鵝孩子們在春天飛回草原家鄉時，找到她烏拉蓋大葦塘邊的新家。

薩日娜井井有條地把出嫁前家中的事情都做完以後，便埋頭趕製手頭的針線活。她要把最後一件皮袍在白月節以前按時交出，大概再有十幾天就能完工了。

兩隻鵝吃飽喝足，在雪地上洗完雪浴，玩夠以後，小巴圖就會帶著小花脖靜悄悄地臥在媽媽的身邊，好奇地看她飛針走線。有兩個衣食無憂、美麗的生命陪伴著她，依戀著她，薩日娜覺得自己已經脫離半年前那朝不保夕的悽惶生活。

米希格阿爸已經和札那阿爸、額吉商量過兩個孩子的婚期，兩位老人和全部落上上下下都想早辦喜事，像辦大歌會和那達慕大會那樣操辦。但今年雪大，又怕被不定啥時候殺來的大白災衝了喜。全部落貴族和牧人商量後，還是決定等到天鵝飛回來的時候再辦。額侖烏拉蓋草原最光彩耀眼的一對天鵝結婚，咋能不等北歸的天鵝群和她的天鵝兒女們來賀喜呢？

薩日娜想，此刻巴格納會和她一樣，比任何時候都盼望著天鵝北歸。

烏拉蓋河的蘆葦被低低的一層薄霧揉來揉去，薄霧飄走後，葦梢葦葉葦稈上結了一層霜絨。巴格納抬頭仰望雲天和白雪覆蓋的遠山，往常巨大的山脈，此刻被陽光和輕雲淡化成了毛邊窗紙，貼在天邊，彷彿風一吹，就會把這層山形紙片吹捲上天，飄進雲層裡。綿延百里的大山在淡薄雲層的柔軟掌心裡竟然如此輕飄……

巴格納和莫日根來到客棧東牆外木欄草圈旁邊不太遠的地方，東日布前一天就已選好了兩個蒙古包的扎包點，並請莫日根幫忙清雪。巴格納為了建一個讓薩日娜感到舒適和安全的家費了不少心思，和客棧唯一的鄰居建立和睦關係尤為要緊。巴格納就同莫日根一起給兩兄弟幫忙。兩家的乾牛糞已經提前運來，堆在老糞堆旁邊。他們家在夏末就開始收集、翻曬商號車隊留下的新鮮牛糞，曬得半乾就堆成堆。到商號車隊回內地過冬的時候，牛糞已經堆得如蒙古包一般大了。老堆上蓋了一層厚雪，新堆上結了一層白霜。乾糞堆是蒙古遊牧草原人過冬最重要的依靠，也是這家女主人勤勞善持家的標誌。兩人見到這麼大的乾糞堆，也都感到了溫暖。

莫日根說：這堆乾牛糞，用到明年夏天也用不完。草原太冷，蒙古包哈那氈牆太薄，蒙古女人從小就把乾牛糞當寶貝。

兩人穿著輕便的舊皮袍鏟雪清雪，幹了小半個上午，才清出了兩個可扎蒙古包的圓盤空地。

下午，當東日布的羊群開始往客棧慢慢移動時，兩個蒙古包已經在新地點扎好，小半開的蓋氈天窗也已冒出白煙。東日布騎馬去替換十一歲的兒子，讓他回家喝熱茶。自己則慢慢收攏羊群往客棧趕。圖雅讓其木格和莫日根拎來半桶收拾過的魚，準備晚上在東日布暖暖的蒙古包裡辦炸魚宴。

當落日接近西面雪坡，東日布騎馬的身影在雪地上拉長到半里多的時候，巴格納和圖雅步行去迎接羊群。好多日子沒見到羊群了。蒙古人哪能離開羊群啊，馬背上的民族，也是被羊群養大的民族。這群羊更是不一般，牠可是札那部落最金貴、最純正和最高壯的一群西域阿爾泰種肥尾羊，也是部落起家的一群羊，部落幾乎所有的羊群都是從這群羊裡分出來的，養活了部落十幾代人。

兩人快樂得幾乎像是撲向慈愛的乳母和恩人一樣，踏著厚雪跑向羊群。但快接近羊群時，他倆都放慢腳步。這群羊有一千七八百隻，是札那部落的頭號大羊群，其中有一千二三百隻是懷孕母羊。歸圈時分，羊群已吃飽，此時的羊群決不能快轟猛趕，哪怕對牠們只有一點點驚擾，在蒙古草原人的眼裡，那就是犯罪，這是蒙古草原人和內地外來戶的根本區別。巴格納並非從小就生活在草原，但他的蒙古血液使他不由自主地、幾乎和圖雅同時放慢了腳步。

東日布滿意地笑道：看來，巴格納還真是咱們蒙古貴族的種啊。喜歡我這群羊的人，才是真正的蒙古人。每次大台吉伊登札布到咱們部落查檢畜情，回回都要專門來看我放的這群羊。要是我放羊的本事不大，札那敢把他的頭號羊群交給我放嗎？

龐大的羊群漸漸走近，真像是札那部落的「皇家部隊」，個個膘足體壯，羊尾如臉盆那樣巨大，羯羊和成年母羊的個頭也比一般羊群的羊高半頭，重小半倍。

巴格納由衷地讚道：你放羊的本事真是沒得說，這半個冬天，聽說別的羊群都掉了不少膘了，可你的這群羊好像一點膘也沒掉。不容易啊。

東日布笑道：巴掌櫃也誇我呀，那我更得好好放羊啦。等開春看吧，部落所有的羊群都會有不少母羊流產，也會有不少沒奶、不認羔子的母羊。可我的羊群，有多少懷孕母羊就會下多少羔子、活多少羔子，開春還能分出一千多隻。不過，這個功勞一大半是你的，一小半是札那的，我的功勞只有那麼一點點。

幾人圈著羊群慢慢走進客棧大院，趕進馬廄的東邊，大肥羊們稍稍有些好奇和興奮。馬廄除了給客棧的三匹馬留下了一間以外，其他空間已被隔成面積相同的兩部分，東部當羊圈，西部當牛圈。羊群進圈站穩以後，一隻隻都放鬆下來，立馬感到馬廄比只有擋風氈牆的露天羊圈暖和多了。刀把形的草圈在馬廄的北邊和東邊，僅一牆之隔，馬廄羊圈前的停車場充當餵羊空場。靠南的一半空場用來餵牛。梯子早已靠在草圈牆邊，靠近馬廄的草垛上的厚雪也已被清除。東日布拿起草叉，踏梯爬上草垛，叉草扔向空場，羊群頓時大亂，瘋搶青乾草。幾隻高大羯羊一口咬住一大把，連嚼都無法嚼，但立刻就被其他羊從牠的嘴邊咬住草，硬是把草從羊牙下拽走。東日布又了幾叉草，就踩梯下到地面，說：我先試試餵羊空場好不好用。今天羊吃得還算飽，明天再好好餵。還得計算好了，一天餵多少草才夠餵到雪薄的時候。

不一會兒，東日布的弟弟嘉木撒，也把一百多頭牛趕進靠馬廄的西部，有些牛則停在馬廄前面的空地。牛群聞到草香，都瞪大牛眼、抬頭望著青乾草垛亂吼，恨不得撞開牆衝進去猛嚼一通。

晚上，四家人圍享炸魚宴，又吃又喝又唱。東日布大講他的養羊訣竅，講春天如何砍蘆葦給帶羔羊群搭暖棚，保證羊羔一隻也不凍死，別人家就不願費那個勁；初夏如何讓羊多出汗，讓一小半羊的舊羊毛自個兒脫開羊皮，人上去一拽，一整張厚羊毛就像脫皮襖一樣地脫下來了，不用費力氣剪羊毛，還能讓羊涼快舒服，上膘快；秋天如何挑草籽最多的草坡抓油膘；冬季如何找到雪軟的陽面草場讓羊能容易刨雪吃草。這讓愛羊的圖雅和巴格納聽得入迷。

在部落，羊放得越好的羊倌，每年接羔的分紅就越多，自家的財產也就更多。這大群羊裡就有三四百隻羊屬於東日布兄弟家。

然而，在當前，巴格納最擔心的是他們兩家的狗，狗和狼是天生的死敵，生怕兩家人的十幾條大猛犬，與河邊的狼群發生血戰，不僅會破壞大半年來他們和狼的友誼，更可能打亂他抵禦大白災的計畫。於是巴格納就把狼送魚和他們一直撈魚餵狼、感謝狼，以及狼可能會預報大白災的故事講了一遍。兩家人聽後這才明白為啥自打入冬搬來這兒，羊群牛群還有幾匹用馬絆子散放的馬，無論白天黑夜從來沒被狼群襲擊過。

東日布很贊同巴格納的想法，說：人感恩，狼也感恩啊。狼不掏羊，狗也感恩。怪不得有一天，我瞅見我家的一條大狗在野地裡跟一條狼在碰鼻子呢。你說狼還能預報大白災，我估摸還真能預報。在部落就不能這樣近地看到狼群，還能摸狼腦袋。那河邊這群狼就是寶貝了。成。咱們四家說好了，往後誰也不准打這群狼，不准給狼下毒下夾子，更不准帶狗去攆狼。

東日布兄弟兩家人都點頭答應。

東日布家的老額吉說：巴格納，你好好愛護這群狼和這些天鵝吧。能跟你們有這樣交情的狼群，就不是普通的狼。

直到搬家搬累了的女人們開始打哈欠了，炸魚宴才散。

41 壓不彎的天鵝戀

成吉思汗聽到這個消息，降旨道：「（乃蠻人）人數多，（作戰時）要（讓他們）多損失……」

……

說罷，成吉思汗親自擔任先鋒，命合撒兒（成吉思汗的胞弟——引者注）率領中軍，命斡惕赤斤（成吉思汗的親叔叔——引者注）掌管後備換騎的戰馬。

——余大鈞譯注《蒙古秘史》

整個天空如同額侖烏拉蓋秋季的天鵝湖般清亮，白色雲朵宛如在天湖裡游弋的天鵝。大部分的雲層已退到天邊，把遠山的雪頂變為雲海上一個個亮閃閃的小島。風力微弱，已吹不動黃蘆草的草穗。大雄和牠的公主親熱了好大一會兒，才帶著兩隻小鵝到天空去練飛，越飛越高，高到巴格納稍不注意就會跟丟鵝影。大鵝小鵝的食物又好又充足，吃得牠們好像有使不完的力氣供其揮霍和練藝。兩個小傢伙特別依戀牠們的空中阿爸，緊跟不放，死死黏住，像親生寵兒那樣纏人。巴格納和圖雅也不用怎麼管，隨牠們去飛。飛餓了，三隻鵝自然就會落到客棧場院，大聲額額高叫道，阿爸阿媽，我們回來啦。巴格納、圖雅和其木格就會把早已剁好拌好的鵝食，從暖屋子裡端出來，鵝們胃口大開，吃得很快很爽，等到吃光，盆底的幾粒殘食才凍得啄不進口。

這些日子，巴格納在馬廄頂上放飛了三隻鵝以後，會下到場院再把大鵝公主抱到馬廄頂上。他盤腿坐下，抱著大鵝，讓牠在高高的檯子上更清楚地觀賞大雄鵝帶領小鵝飛翔。果然大公主喜歡凌空的感覺，牠開心地伸長脖頸，高昂著頭，不斷地向空中的丈夫和小鵝發出羨慕和讚美的叫聲，然後便靜悄悄地盯著飛鵝看。巴格納低下頭，專心地按摩公主背上的羽翅和翅膀連接處，讓牠的羽翅在翅膀的肉裡長得更結實、更牢固一些。只有讓牠的翅膀更長壽，才能讓美麗的公主活得更長久。

巴格納更加思念薩日娜。又過了近一個月，客棧早已成為雪原上的一座孤島，成為四隻天鵝的避難所和遊樂園。幾乎再沒有一個牧人來客棧購物，他只是從東日布那裡聽到親戚傳來的消息，蘇木有幾個家長送孩子到長思寺當小喇嘛了。他很捨不得懂事、愛姐姐的大弟弟額利離開自己的家，開春以後他會馬上去看望他的。看來，作為一家之長的薩日娜有許許多多的事情要做，而祭奠巴圖則是她這一年最重要的大事。他擔心她會被巨大的哀傷擊倒，她悲戚絕望的情歌和悼念歌，連天性快樂的圖雅聽了都會哭，更何況是歌者自己。他又哼唱了她的幾首歌，曲調和歌詞像鋒利的裂冰在劃他的心。眼看就要進入草原可怕的隆冬，家中又少了一個能幹懂事的大弟弟，她那顆被凍傷的心還能跳得動嗎？在空空的蒙古包裡，只有小巴圖能給她貼身的關心和溫暖了。他盼望她早日安排好家中的事，早一點下最後的決心。他仍然擔憂她在情感上還深陷在她的天鵝哀歌裡。但願她和他新生的愛，能給她帶去抵禦寒潮的最強暖流。

他幾次都想騎馬下部落去她家蒙古包，陪她一段日子。但客棧庫房裡存儲著滿滿的貴重貨物，他擔負著守護客棧的主責。客棧只有四個人，他要照顧圖雅妹妹，餵養寶貝夫妻天鵝和小鵝們，還要花費很多工夫給牠們洗浴，又要做滑雪板、練滑雪。讓他不敢離開客棧的更大緣由，是他必須按時查看烏拉蓋冰河旁的大白災「信號旗」，那是萬萬不可出差錯的大事情。所以他實在脫不開身……直到一天，白依拉大哥騎馬踏厚雪跑來告訴他，兩位阿爸、蘇木幾位首領和部落親友們，已經為他倆的婚事選定好了日子——天鵝歸來的春天。薩日娜也感到滿意，兩家人已經開始為他倆準備婚服了。巴格納這才稍稍放下心來。開春時湖冰消融，當大群天鵝和她的兒女們飛回來時，正是薩日娜最快樂的時光。

忽然一陣歡叫，大雄帶著兩隻小鵝從天而降，搧起棚頂的浮塵，落到他和公主的身旁。巴格納連忙鬆開胳膊，讓公主與大雄擁抱繞頸、耳鬢廝磨。兩隻小鵝額額叫著跑來抱他的雙腿。

圖雅和其木格一聽到鵝們回來了，就把滿滿兩盆鵝食端到停車場，三隻鵝呼地飛了下去。其木格登梯去接大鵝公主下來。又是一頓好飯，四隻鵝高興得像是生活在陽光明豔的春天，忘記了草原的冰雪。

午茶後，天空依然晴朗，太陽曬到臉上，還能讓人感到皮膚舒展的溫熱。穿著厚厚的皮袍，只要在雪地上多走幾步，渾身就會微微出汗。巴格納和圖雅又騎馬拉著帶筐的扒犁，順著雪薄的老道去河邊給狼撈魚餵魚，並把人和鵝吃的魚運回客棧。狼王后和小狼們見到他們更加親熱，又有一條大狼加入到狼王后和小狼的圈子裡來。圖雅最偏愛狼王后，馬上給她和小狼們撈了一網魚，然後開心地看狼搶魚吃。狼吃東西的時候人是不能接近牠們的，但是狼王后還是不斷向她搖尾巴。圖雅不停地笑著說：別急，別搶，慢慢吃。

狼王和其他幾條大狼仍站在草叢裡，然而，對他倆投來更加信任、友善的目光。巴格納悄悄地觀察狼，沒有發現狼的肚子癟下去，才鬆了一口氣。他馬上也撈出滿滿一網魚，然後就站在原地一條一條向狼王和大狼們拋魚。過了一會兒，巴格納便故意越扔越近，把魚扔到草叢外面，想慢慢把狼王引近一點。可是狼王和大狼們猶豫了一下，還是沒有走出草叢。他就只好繼續往草叢裡面扔，直到把魚全部扔完。此時，狼王后和小狼也吃完了魚，全都上前親吻圖雅的手。圖雅又挨個摸了摸小狼們的頭，還撫摸了狼王后的頭，牠也高興地舔了一下她的下巴。圖雅深感意外，開心地笑個不停。不一會兒，狼王后帶領小狼們迅速跑回草叢的狼王身邊，狼王向巴格納和圖雅投來感謝的目光，一聲輕叫，便率領狼群悄無聲息地撤離了。

兩人快樂地喘著氣，目送狼群遠走。

巴格納說：今天又長進了一步，狼王越來越相信咱們了。我真想抱抱狼王和每一條狼，都親牠們一口。可是又怕牠們跟我們太親近，就會放鬆對所有人的警惕，那就害了牠們。咱們還是像狼王那樣，對朋友也要保持一定的安全距離。往後，狼王不主動走近，咱們就不要引牠再走近了。

兩人又撈了一筐魚，巴格納跨上馬拉著扒犁回客棧。他一路上算著日子，既高興又緊張。已到深冬，可是這些日子幾乎天天風和日麗，都快忘記白毛風和大白災了。他又開始擔心自己草圈儲的草太多了，按這段日子的天氣來看，興許只要儲夠牛羊吃兩個月的草就夠了，可自己儲了三個月的草，似乎有些浪費。不過，部落儲的草還是不夠。蒙古草原的天氣神秘莫測，不到雪化，巴格納始終兩頭擔心。

第二天，巴格納、圖雅和莫日根扛著自己的滑雪板，興致勃勃走向新選的滑雪場。莫日根費神費心地將兩副滑雪板又改又修，做得出乎意料的好。又用了八九天做出了兩副精巧的小滑雪板。陷於思念和焦慮的巴格納，拚死拚活地練了一個月，總算接近了蒙古西部阿爾泰山區滑手的水準。想念阿爸額吉和哥嫂的圖雅，也著了魔似的苦學苦練。她脫掉了笨重寬厚的大皮袍，換上了初冬穿的薄毛皮袍，提袍束腰，男裝打扮，輕裝上陣，不到兩三天就學會雙手撐杖，雙腿輪流倒腳向後蹬雪滑行，六七天就可以滑上小山坡了。但她的雙臂雙肩、雙腿雙膝，痠疼得連走路都困難。其木格端上桌犒勞他們的炸魚羊肉、蘑菇牛肉、餃子餡餅一頓比一頓多。在巴格納的帶動和手把手指教下，圖雅和莫日根的滑雪技術一天好似一天，玩得也越來越上癮。

看到圖雅姑娘用滑雪板在雪地上滑行比騎馬快得多，東日布兄弟兩家人都看得心癢眼饞，連老額吉都出了門，走到雪地上，招手讓他們滑到跟前讓她細看。

她說：聽祖上說過馬皮滑雪板。成吉思汗的大軍中還有滑雪傳令兵和滑雪探子兵哪，都立過大功。咱是該把滑雪板拿回來用，在冬天，這玩意省馬力，有白災的時候，能送急信送救命藥。平常日子，孩子們還能練身子骨，孩子整天待在蒙古包裡，不冬訓冬練，長大咋能成馬倌和勇士？

兩兄弟和他們的孩子也都想在雪原上飛起來，把滑雪板用來玩耍、用來回部落串門兒，甚至用來追捕黃羊。他們紛紛懇求莫日根再給他們做兩副滑板。但莫日根練滑雪練得正上癮，不肯再做，便把最後做出來的一副板子借給他們兩家。不久，東日布也滑得像那麼回事了。有一天竟然慢慢滑著雪去放羊。

額侖草原連日風平雪靜的天氣，讓一些部落年輕人開始嘲笑巴格納像一個疑神疑鬼的老人，而額侖的老人們卻越來越坐立不安。老牛倌羊倌都不會忘記薩滿古訓：「隆冬豔陽是凶兆。」

一個安寧無風的晚上，客棧的四個人吃過晚飯，下了一會兒棋，正準備休息。突然，院外近處傳來一片恐怖驚慌的狼嗥聲，四個人嚇得穿上皮袍，蹬上氈靴衝了出去，巴格納急忙和莫日根架木梯攀上院牆往外看。明亮的月光下，只見院門外六七步的地方，狼王和狼王后率領狼群，像是焦急地在向他們長嗥警告，並衝著西北方向不安地嗥叫，彷彿那裡將要有惡魔撲過來。月光下，巴格納驚恐地看到，狼王和整個狼群成員的肚子已經深深地癟陷下去。巴格納向狼王和狼群應了一聲，立馬下到雪地，並連忙打開客棧的門。四個人跑出門，都看見了狼群癟塌的肚子，狼王后急得竟然跑過來叼住圖雅的皮袍下襟，往東南方向拽。

巴格納蹲下身，手掌顫抖，感激地撫摸狼王后的頭，連說：謝謝、謝謝你們來給我們報警。你們再等等，等吃飽以後再逃命去吧。然後一邊和圖雅安撫著狼王后和整個狼群，一邊急忙讓莫日根兩口子去多弄些魚和肉來。兩人跑到庫房用扒犁拉來一筐凍肉、骨頭肉和一麻袋凍魚。四人一起動手將食物拋獻給狼群，為狼群長途遷場躲災餞行。飢餓的狼群咔嚓咔嚓一通狼吞虎嚥，飽餐一頓之後，狼王和狼王后向客棧的老朋友投來感謝和催促的目光，便轉身快速地消失在茫茫的月下雪原。

大白災，整個額侖蘇木和巴格納為之擔心恐慌了大半年的滅頂大災，即將砸下。四人的臉色驚嚇得像雪人一樣慘白。

圖雅哆哆嗦嗦地叫道：看狼王和狼王后急慌慌的樣子，這回來的準保是最大白災。咋辦啊？咱們住在客棧沒事，可部落和家裡準保不知道大白災立馬就要下來！

莫日根急吼吼地說：我得趕緊滑雪回部落，告訴阿爸。讓他們快把羊群趕到草圈，再架臨時大棚，要不就不趕趟了。

圖雅嚷道：巴格納哥哥，你得趕緊先去阿爸那兒！這大半個月天氣太好了。大夥準保大意，不會想到大白災會來。你不去說誰都不會相信的，馬上就得走，越快越好，我跟你一起去。

巴格納深吸了一口氣，定了定心說：別慌，別慌，咱們先去東日布兄弟家，向老額吉請教這會兒該咋辦，咱們誰都沒經歷過大白災，就老額吉見過，知道祖輩是咋對付大災的。莫日根你留在家裡，把你我的兩副滑雪板準備好。

巴格納、圖雅和其木格一起向東日布家快步跑去。巴格納急得似乎斜在頭頂上的冰山就要開裂，半座山將要崩砸下來。他最擔心的是薩日娜，真應該不顧一切早點把她接到客棧。一場巨雪降下，沒有人力來拚命鏟刮蒙古包頂上的厚雪，她的舊蒙古包會被雪壓塌；如果來的是能刮倒牛的狂猛白毛風，那連蒙古包都會被刮翻，而大雪災中失去了蒙古包這唯一禦寒的住所，人和鵝還能活嗎？但她那兒就她一個虛弱的女人、一個小弟弟，啥工具也沒有，怎能頂得住？即使撐住了蒙古包，可雪厚搬不了家，隨包攜帶的一車乾牛糞用光了怎麼辦？在大雪災下沒有燃料，就跟沒有蒙古包一樣絕望。還有全蘇木的牛羊馬群，還有辛辛苦苦建起來的客棧，還有好不容易救活的老小天鵝，還有……他越想心就越發抽緊。

進了東日布的家，全家人急著問：狼群是不是來給你們報信了？狼群叫得真夠嚇人的。狼王牠們走了嗎？

走了。巴格納快速回答，並把剛才發生的事快講了一遍，然後問：額吉，您看這會兒該咋辦？

我馬上就得滑雪去蘇木報警，您看，我還要做些什麼？

老額吉盤腿坐在地毯上，沉著地說：這群狼報的信，準是個大信，不能不信。我估摸這場白災小不了，時辰不多了，頂多一兩天，大災就要下來。今兒我的兩條腿疼得厲害，部落多半老人都會信的。我看這麼辦：巴格納，你們兩個滑雪滑得好的男人，趕緊先去蘇木長道爾基那兒，把狼王報信的事兒跟他說，你也把我的話告訴他。然後讓他下令，先把全蘇木的馬群牛群趕緊往南邊遷，從大葦塘東邊河道，穿過烏拉蓋冰河再往南走，越遠越好。再派人騎快馬，跟冬初遷過去的三成牛羊和三個十戶組碰頭。那兒有自己部落的人接應，人畜吃住就好辦得多；留在部落的人趕緊把部落的羊群往大草圈趕，再派人快點把樺木氈子大棚搭起來。要是雪太大，就狠狠心殺掉一些老牛、病牛、羯羊、小羊和老羊，只留下懷崽母牛母羊，把草省下來留給母牛母羊吃。牛最怕大白災，會死得最多。殺掉的牛羊，皮子和肉到開春還可以賣。好了，你和莫日根趕緊走吧，天亮前一定要趕到蘇木長那兒，客棧就讓圖雅、其木格和我們兩家照看吧。

巴格納說：我記住了，這就走，一準能在天亮前趕到道爾基蘇木長那裡。

三人回到客棧，巴格納對莫日根說：咱們就按老額吉說的做。我先滑雪到薩日娜家，讓她趕緊收拾一下，準備撤到客棧，再直奔道爾基蘇木長家。莫日根，你背上滑雪板、騎我的大白馬走，騎到薩日娜家，把大白馬交給薩日娜，讓她姐弟兩人帶上鵝，騎馬趕到客棧，一定要在大雪下來以前趕到。然後，你再滑雪到蘇木長那兒跟我碰面。

圖雅叫著也要一塊兒去。巴格納說：你還小，滑雪滑得也不熟練，萬一遇上大風雪，把你刮跑咋辦？看守客棧，餵養天鵝，沒你這個掌櫃也不成啊。

圖雅只得作罷，說：好吧，這回你得千萬小心。為了薩日娜，為了我，你也得平安回來。

巴格納說：我是薩日娜的未婚夫，我這會兒是一個人，兩條命。我保不住自己，咋能保得住她呢？好妹妹別擔心。

說罷，在圖雅額頭上深深親了一下。圖雅淚水汪汪，抱住巴格納吻別。

稍作準備，兩人急急上路。巴格納輕裝滑雪，但以防大風雪突襲，還是背了一卷厚羊毛寬大短襖。莫日根厚裝騎馬，再帶了一件二茬皮袍，捲起來拴在馬鞍後面，背上斜背著綁緊的滑雪板和雪杖。晴空的月亮把雪地照得如同白晝，兩人沿著無草的牛車道急行。

巴格納說：災情緊急，我得先走。我到道爾基那兒報信以後，馬上再趕到咱們部落。你可能要被道爾基派到別的地方去了。

莫日根說：看樣子，這回咱們倆都要留在部落抗大災了，全蘇木就咱們兩個會滑雪。

巴格納艱難地翻過客棧北部的一座山梁，一撐雪杖向道爾基部落薩日娜的蒙古包飛滑過去。

深夜，薩日娜還朦朦朧朧沉浸在愛戀的思念中，盼望著來年開春天鵝從南方飛回來，那就是她和巴格納歡樂的天鵝節，無數天鵝將佈滿婚禮大歌會的上空，歌舞齊飛，雲鵝一色。其中，一定會有巴圖雄鵝，他一定會來祝賀她和巴格納新婚的。她喃喃道：巴圖，謝謝你，只有真正愛我的人才會這樣對待我……

突然，她被一陣凶猛的狗吠聲驚醒，緊接著聽到他的聲音：大白，大白，是我，是我啊。

她的心狂跳起來，猛然掀開山羊大皮被，裹著皮袍，穿上短靴衝出門。巴格納也剛剛解開皮條，把脫下的滑板靠在蒙古包氈牆上。他正要上前敲門，卻和薩日娜撞在一起，兩人立即擁抱在一起，狂吻在一起，旋即進門關門。薩日娜脫掉他的皮袍和氈靴，抱住他，倒在溫暖的羊皮褥上，用自己的暖皮袍，把他和自己裹在一起。再把山羊大皮被蓋蒙住了兩人，又用自己的熱吻堵住了他的嘴。黑暗的蒙古包裡，兩個發熱發燙的身體摟貼在一起，彷彿沉入了陌生又熟悉的夢境，積蓄已久的苦愛終於漫頂決堤。兩人忘掉了一切：忘掉了即將壓頂的大白災、忘掉了哀傷的天鵝情歌、忘掉了說話問候、忘掉了點燈、忘掉了小巴圖和小弟弟還睡在蒙古包裡……此刻，只有比百年一遇的暴風雪更加猛烈的、一浪接一浪的狂濤。

幾次喘息以後，薩日娜用手臂擦乾了他胸脯上的汗，伏在他心口上不住地親吻。

巴格納喘道：親愛的寶貝天鵝，你總算緩過來了，真想抱著你親你三天三夜啊。我是來娶你的，要把你接回家。

說罷，急忙扶她起身說：對不起……快起來吧，為了咱倆的永遠，趕緊離開這兒，再晚就來不及了。

他給她披上皮袍，自己一邊穿衣蹬靴，一邊說：河邊的狼王剛給我報了信，大白災馬上就要砸下來……

然後，簡略地把經過和要辦的事講了一遍。薩日娜穿好衣袍，點亮了羊油燈，當看清了巴格納的面孔，她臉頰上微微泛起羞紅。她的感覺還沒有從巴圖那裡完全調換過來，但很快鎮靜下來說：大半夜的，你一來我就猜到了一半，就只好吻你，不讓你說話……成，你快去道爾基那兒報警吧。

等莫日根一到，我立馬和弟弟騎馬帶上小巴圖和小花脖去客棧。我怕大白災，一個人真頂不住。可是，我更怕你路上遇到危險的白毛風……

巴格納一邊紮著腰帶，一邊說：別怕，我會滑雪。大白災一下來騎馬才危險，可滑雪不怕大雪。我倒擔心你能不能在大雪下來前趕到客棧。不過，你也別怕，回去是順風，大白馬有長勁又認道。兩匹馬都知道客棧有青乾草，準保玩命往回跑。

薩日娜說：謝謝你第一個先救我、弟弟和小巴圖。報完信你就趕緊回客棧，我盼你早點回家……

巴格納為難地說：可蘇木和部落要靠滑雪板傳令救災，保住全蘇木和部落的牲畜，才能保住客棧、保住你我、保住咱倆的天鵝。

薩日娜抽泣道：那你一定要答應我，先保住你自己。我不能再失去第二隻雄鵝……

好的，我答應你。我一個人，兩條命，保我的命就是保你的命。還有一件事，你走了可你的蒙古包咋辦？大風會把這個包刮散架的，這是你阿爸留給你的家啊。

我走以前會請塔娜家幫忙拆包。我的包東西少，好拆，再堆起來用大氈蓋好，就先存在這裡。我已經把這個蒙古包送給巴圖的大哥家了，我會讓塔娜家告訴巴圖的大哥。只要我和弟弟一走，他會來取走的。

巴格納說：這樣我就放心了。

天鵝天性睡覺警覺，總是半睡半醒地睡，此刻小巴圖已完全醒了。見到巴格納，走過來高興地額額叫，用頭頸來蹭摩巴格納的頭和臉，像見到親阿爸一樣。薩日娜含淚微笑道：我還有點不習慣你，可小巴圖已經把你認作牠的親阿爸啦。牠親你就像親巴圖一模一樣。你這會兒已經是我的好丈夫了……

弟弟還在睡夢中，天還沒有亮。蒙古包門外，薩日娜借著門內的羊油燈光，驚奇地看巴格納忙著綁滑板綁背包，連連稱讚：你總是拿出新東西來驚嚇我，滑板真快啊，莫日根還沒到，可你就要走了。到了客棧我也要學滑雪。

兩人長長地吻別之後，薩日娜指了指方向說：這次道爾基的大蒙古包離我家比較遠，你快去報急信吧。巴格納點了點頭，又蹲下身摟抱向他搧翅告別的小巴圖，吻了牠的頭和眼睛，對牠說：謝謝你認我當阿爸，好好照顧阿媽。說罷，便朝道爾基家飛快滑去。

薩日娜看著他矯捷熟練的身影，稍稍放下心來。然後下跪，雙手合十舉過頭頂，再落到心口，又雙手扶雪，向騰格里、向天鵝神三叩首，請求天神保佑自己的夫鵝巴格納。小巴圖看到阿爸不騎馬卻比騎馬跑得更快，驚得昂頭搧翅大聲叫，把巴特爾都叫醒了。

莫日根還沒有到，薩日娜也不生爐火了，簡單地收拾了一下需要帶走的東西，特別是蒙古包頂的佛家圖案，緊緊地捲起來，與所有東西打了一個大包。再仔細檢查了一遍，最寶貴的書櫃早已送到自己的新家，最後縫製的一件富家皮袍也已交出，再沒有什麼可帶走的家什了。她拿出半盆麥粒餵小巴圖和小花脖，並把大半盆手把凍肉全倒給大白狗，然後跑到塔娜家，急敲門，把大災警報告訴了全家，並請他們幫助她拆包。

她對塔娜家人說：巴格納已經滑雪去蘇木長那兒了，莫日根馬上就要給我送馬來，然後我就帶弟弟和兩隻天鵝騎馬趕到客棧。請你們告訴巴圖的哥哥，請他來運走我家的蒙古包和牛車。

一家人驚慌地急忙起來點燈穿衣，點火熱茶吃肉。天已微微亮。塔娜的一個哥哥急忙騎馬到十戶長家去報警，塔娜和她的父親、另一個哥哥和其他女人都去幫薩日娜拆包，把蒙古包的拆件、哈那牆、頂蓋頂氈、圍氈、傢俱和炊具堆在一起，用幾塊舊氈地氈蓋嚴，再用三輛牛車圍起來，然後用車轅壓住。此時天已亮，莫日根騎馬趕到，薩日娜帶他和弟弟到塔娜家一起吃早茶手把肉。茶後，她到雪草甸把大黃馬牽回備鞍，再和莫日根一同把弟弟扶上冰汗淋淋的大白馬，把那一大包衣物拴在鞍後。薩日娜把巴圖的銀碗揣在懷裡，扣在自己的心口上。然後把小巴圖和小鵝分別包起來，掛在前鞍鞽的兩邊，再用繩子把兩個布包結頭綁緊固定在鞍鞽上。小花脖從未被包過，驚慌地縮頭縮頸，小巴圖連忙笑呵呵地伸頭過去安慰牠，好像說：媽媽只要一包咱們，就會帶咱們去一個好地方。小花脖才慢慢安靜下來。

到客棧的厚雪路途有五六十里，大雪興許說來就來，薩日娜不敢耽誤片刻，高聲謝了塔娜全家和莫日根，就帶著弟弟，帶著兩隻鵝，順著莫日根來時踏出的馬蹄印，朝客棧方向急行。吃得飽飽的大白狗，像一個忠實的老衛兵，也緊跟兩馬一路小跑。

莫日根滑雪火速趕往道爾基家。塔娜全家人都對滑雪板連聲稱讚。莫日根沿途看到蘇木的傳令騎手和馬倌都行色匆匆，神情緊繃。半個蘇木已經進入大災前的緊張戰備之中，但驍勇善戰的蒙古遊牧部落忙而不亂，一切都在嚴格的軍令下行動。

42 抵抗大白災

車隊看來很威風
犍牛肥壯無阻擋
可是到了山溝時
雪深齊腰無法行
車夫搖鞭催牛緊
吆喝聲聲汗滿身
無奈溝深積雪多
連牛帶車全陷進
……

——《東烏珠穆沁旗志・民間文學》

當巴格納像飛雁一樣滑到道爾基大蒙古包的時候，蘇木長和附近幾個蒙古包的官員還有一些壯士，正在冬訓晨練。摔跤的摔跤，射箭的射箭，舞刀的舞刀。巴格納的滑板飛行引起一片驚歎好奇，人們全都跑來看熱鬧，連蘇木長道爾基也走了過來，把巴格納圍了個寸步難行，誇獎聲、問話聲、求教聲把他的聲音淹沒。巴格納急得大喊道：我是來報警的，大白災馬上就要撲下來了，你們先讓一讓，我得先向蘇木長報告。然後脫了滑雪板讓大夥端在手裡看，並用簡單幾句話告訴大家是從哪兒學來的，咋做出來的。

眾人突然從巴格納連夜火急趕來的行動和口氣中，感到了大禍即將臨頭，才慌忙讓出一條道。巴格納和蘇木長快步走進大蒙古包，幾位蘇木官員和一個十戶長也一同進包。巴格納一坐下，就把狼王狼群報警和老額吉的話報告給道爾基，蒙古包內頓時陷入像畜群被厚雪深埋般的死寂。但只過片刻，道爾基就喚人把幾個傳令騎手和另外幾個老人叫進大蒙古包，然後他像一個蒙古部落的將領般開始沉著下令：命二兒子那森巴雅爾，立即帶領所有馬倌，將本部落的五群馬趕往南邊，從烏拉蓋河中下游踏冰過河，並為後續的牛群踏雪開道；命大兒子派人讓部落各十戶組，只留下當年下牛犢的母牛和牛犢，把整個牛群圈攏集中，向南開拔，等到馬群踏出南遷的通道以後，立即將牛群趕進馬道，儘快趕路；命兩個傳令騎手，火速命令四個十戶組立即拆包搬家，並把本組的羊群趕往木欄草圈；命所有青壯牧人立即騎馬趕往草圈，用堆在草圈旁邊的樺木杆和木頭，搭建防大白災的臨時大棚；命留下的牛倌在搬完家以後，立即卸牛車，再把給十戶組各家搬家的大犍牛合成群，去追趕南遷的大牛群；命沒有建草圈的十戶長索海淖力布，將他們組立即遷往白音窩拉迎風坡草場和針茅高草甸；命一個傳令騎手將大致相同的命令下達給古茨楞部落。

兩個兒子和傳令騎手急奔而去。道爾基對巴格納說：前天傍晚，那森巴雅爾和一個馬倌，在我們和東邊那個蘇木的交界處，發現了幾大群黃羊的蹄印，像是白天留下的，少說也得有六七萬隻黃羊，往南邊衝過去了。每年黃羊遷場大多在入冬不久，這個時候北邊黃羊群第二次大遷場，多半是北邊的大白災已經下來了。你送來的這個狼王警報太重要，連狼王都帶著全家逃命去了，天鵝提前南飛也早就警告咱們了。這幾個兇信合在一塊，那後面就準是大白災，我就敢狠心下令了。你的滑板快，趕緊去札那部落，把我的命令傳給他，他一聽就會明白。等莫日根來了以後，我再派他去古茨楞部落傳我的令。他的滑板興許比騎馬傳令手更快。你喝完茶就趕緊去吧，全蘇木三個部落五六萬牲畜能不能保住，就看這一兩天。啥時候殺些牛和羊，保母牛母羊，還要看災的大小，讓部落首領自個兒定。這節骨眼上，我真想把你留在我身邊。我也沒想到你居然整出蒙古西部的滑雪板來，雪再大點，馬就沒啥用了，你真行。我去過阿爾泰那兒，見過這玩意。你連夜雪中滑板送急信，搶出來的是全蘇木三個部落的命啊。

巴格納一邊大口快吃快喝，一邊說：那就把莫日根留在您身邊當傳令兵吧。蘇木長，還有一件事要告訴您，我已經把薩日娜接回客棧了。我讓莫日根騎馬到她家，把馬留給她，再讓她和弟弟騎馬去客棧。這會兒應該在路上了。

道爾基誇道：你還真是隻雄鵝，大難臨頭先救妻。是該把她接到客棧。部落搬家，還要搭建臨時大棚，人手不夠啊。她家沒有牛車，等人家搬完了再回頭接她，那時候要是大風大雪一下來，興許就接不成了。那她們姐弟倆孤孤單單住在那兒就有大危險。這事你做得對。你把她接回家，你倆就結婚成家吧，我准了。讓東日布兩家人幫你倆辦個簡單婚禮。等大災過去，開春以後再補辦正式婚禮，快走吧。

巴格納萬分感激，謝過蘇木長，在蒙古包外穿上滑雪板，朝札那部落飛速滑去。道爾基和家裡的女人以及眾官員，望著他的背影，又是一片嘖嘖稱奇、誇獎和感激。然後，各家主人招呼家人和僕人拆包搬家。

巴格納滿身冒汗滑行六七十里，趕到札那大蒙古包的時候，札那、白依拉、部落三個十戶長和幾個大家長，正聚在包裡緊急商議。這兩天，各路馬倌、牛倌和老人們傳來的消息，都是大白災。部落首領們和十戶長們誰也沒有想到，巴格納會滑雪飛過來，而且傳來狼王的警報和蘇木長抗大災的幾項急令。

札那立即大聲說：別議了，也先別看滑雪板了，你們趕緊回去，就按蘇木長的命令辦，越快越好。還有，入冬前遷走的那個十戶組的草圈，分給你們三個組，每個組派一群羊和一些牛去那個草圈。

十戶長們高興地說：

太對了。

咱們部落原先一個十戶組一個大草圈，要供四群羊，這會兒減了一群，只供三群羊，那就好多了。

這樣，每個草圈省點用，加上九千斤馬料糧食摻著吃，挖雪掏草拽草，再殺掉一些牛羊，興許能扛過大白災。

說罷，白依拉、三位十戶長和大家長們跨馬急奔而去。

札那稍稍舒展了眉頭，對巴格納說：幸虧你來了，要不我們幾個還想再等一天看看，那就真要誤大事了。當初要是聽你的再多建一個木欄草圈，就不怕了。

斯琴高娃遞給巴格納一碗盛有黃油塊、奶豆腐、炒米和紅糖的滾燙奶茶，笑道：你會滑雪，還能做出滑雪板。我還是第一次見到滑雪板哪，你真厲害。你能背著薩日娜滑嗎？

巴格納說：滑雪背個小孩子還成，背她可就滑不動了。我已經讓莫日根給她送去大白馬。這會兒她和弟弟正騎著馬，帶著兩隻天鵝往客棧趕哪。道爾基已經讓我倆先結婚，後補辦婚禮了。

額吉微笑道：你真是個好丈夫，大災下來，頭一個就去救未婚妻，越來越像隻雄天鵝啦。薩日娜真有福氣，你的福氣也不小，把額侖的天鵝女歌王給娶走了……圖雅好嗎？

她也會滑一些雪了，她非要跟我一塊兒來，可我不敢讓她來。萬一遇上大白毛風，那我就沒法向阿爸和您交代了。我把她留在客棧看家，餵養天鵝。客棧這會兒是全蘇木最安全的地方。您和阿爸就放心吧。

那就好。謝謝你照顧我的寶貝女兒。

斯琴高娃說：我該收拾東西搬家了，就不給你添茶了。

札那一邊安排拆包搬家，一邊對巴格納說：待會兒，你幫我去接應一下部落的四群馬，幫白依拉把馬群趕到道爾基馬群開出的雪道，讓馬群省點力，跑快點，也好讓後面的牛群好走快走。這些天，你就留在我身邊吧。

成。阿爸，我聽您的。我給您當傳令兵。

說著，巴格納起身幫家人拆包搬家。

蒙古遊牧部落以速戰聞名天下，習慣於動盪，善於應對戰爭和天災。不到半個時辰，札那部落的四群馬、十二群牛、十二群羊、三十多個牛車隊、二百多輛牛車，已浩浩蕩蕩分頭踏上遷場或搬家的路途。此時還不到正午，暴烈的陽光把雪原照得如同巨大的雪鏡那般刺目，所有人都瞇起了眼睛。額侖草原人都感到了隆冬豔陽後面的可怕。巴格納仰頭看天，算了算時辰，薩日娜應該走了一半的路程，看來下午就能安全到家。到晚上，自己的新娘就睡到自家的暖炕上了。新婚之夜，新郎卻不在她的枕旁，但空守婚房的薩日娜，準保是天下最安全、最不會埋怨新郎的孤獨新娘。

巴格納嗖嗖飛滑，終於追上了白依拉大哥。他倆帶領六七個馬倌，趕著四群總共近兩千匹馬，向東南方向快速行進。馬群後面還跟著兩輛輕便馬車，上面裝著糧食、肉食、鍋碗、馬糞爐、打成捆的簡易棚形氈包和幾筐乾牛糞。馬倌們從未見過滑雪板和滑雪的人，紛紛跑過來看新鮮。有個騎著快馬的小馬倌，要跟巴格納比賽，大夥也一個勁嗷嗷叫喚。結果，巴格納幾下撐滑，就把小馬倌甩得老遠。一到下坡，巴格納更是像鷹一樣飛下去，把草原上腿兒最快的馬倌，看得全都像牛倌那樣泄了氣。可轉眼又笑著向巴格納央求學滑雪。巴格納痛快允諾：等大災過去吧，到明年準讓你們學會滑雪。

但馬倌們個個是控馬高手，立馬使出雪原長途驅趕馬群的絕技，讓巴格納看得自歎不如。為了加快行進，白依拉和眾馬倌把兩千匹馬，趕成十二三匹馬胸寬，一百三四十個馬身長的一長溜縱隊，並把最強壯的大騸馬和兒馬子放到馬隊前，踏厚雪打頭陣。再把母馬小馬老馬放到馬隊後面，走已經踏平的雪路。馬倌左、右、後三面驅趕，馬群中速小跑，也為後面部落的牛群，迅速開出一條更加平坦堅硬的道路，原先一尺多厚的雪，很快被巨大的馬群踏成了三寸薄的硬雪路。為了保持馬速，馬倌們只要一看前鋒馬稍顯疲態，立即就把第二撥強馬頂上去替換。四里一換，五里再換，頻頻輪換，讓包括母馬、小馬和老馬在內的整個馬隊始終保持均勻中快速行進。巴格納連連向馬倌們翹大拇指。

白依拉大哥調轉馬頭奔過來，對巴格納說：你的滑板快，趕緊向東南斜插過去，去找道爾基部落馬群踏出的馬道。找到了，再回來領咱們的馬隊過去，那馬群和馬倌就省大勁了。

眾馬倌喊道：謝謝啦。

明白，不用謝。

巴格納說罷，便向東南方向飛滑過去。滑了三十多里，當找到嶄新平整的馬道之後，立即往回滑了二十多里，再爬到一個坡頂。當看到跑近的馬群後，便脫下皮帽，抓在手裡掄大圈，再來回朝一個方向揮動帽子，指引遠處的馬隊抄近道，幫部落馬倌和馬群節省了半個多時辰和寶貴的體力。而且還搶在道爾基部落的大部分牛群之前，先跑進馬道，這又省去了擠牛群、繞牛群和踏厚雪的大麻煩。

札那部落的大馬群終於踏上了雪原坦途，早已嗅出白災氣息的兒馬子們，都想早點帶領家族逃離厚雪帶，此刻，頭馬們高興地引頸長嘶，四群馬一片歡騰，噴出一層白霧。以後的路，就沒有絆腿的厚雪，要省一大半的力。按此速度，天黑以前應該能越過烏拉蓋河中下游，再行走大半夜，就能逃離額侖丘陵草甸的厚雪區，與初冬遷場的畜群及蒙古包接上頭了。

巴格納向白依拉和眾馬倌揮手告別，又向後面的牛群滑去。滑了二三十里，才遇見第一撥牛群。這是札那所在的十戶組的四群牛合起來一起走的大牛群，已經走進本部落馬群踏出的平整馬道。牛群由大牛、半大牛和不帶牛犢的母牛組成。顯然，當年出生的牛犢和帶犢母牛，還有走不動遠路的牛都留在部落了。一些弱牛老牛即將面臨被宰殺的命運。部落馬群踏出的雪道比較好走，牛倌們趕牛趕得也不慢。牛群後面跟著兩輛牛車，裝著牛倌還場的必備食物和家什。札那正在和兩三個牛倌交代著什麼。

巴格納報告了部落馬群已走進道爾基部落馬隊踩踏出來的馬道。札那欣慰地說：太好了，比我預想得要快，你的滑板準保又使上了勁，幫上了忙。咱們牧場的烏珠穆沁馬是蒙古名馬，從前是專門供大汗怯薛軍（近衛軍）騎兵的軍馬，這會兒也是大清蒙古騎兵的主要用馬。能保住馬群，額侖蘇木就立大功了，你也有功啊。我估摸其他蘇木的馬群多半也正往南遷呢。

札那似乎對部落的牛群更加擔憂。按照牛群當前的速度，很難在一天一夜逃出大災。但是，不逃準死；逃，又沒準逃不掉，餓死凍死在半道。除非騰格里再給牛群一天的時間。唯一讓札那感到幸運的是，天空晴朗，夜裡準保出來大月亮。明亮的月光下，還沒怎麼掉膘的牛群就能走得快些。何況，蒙古牛群很聰明，一旦被集群驅趕夜行，老牛們準保明白是為了避災，還往能吃飽肚子的草場去。頭牛就會帶領牛群甘願忍饑挨餓長途跋涉。

札那憂心地說道：要是大白災一下來，死得最多最慘的就是牛。牛不會刨雪吃草，只會用舌頭捲雪面上的草，雪只要蓋沒了草，牛準得死。我把木欄草圈建在牧草最高的地方，也是為了保牛群，這回我讓部落在家的牛群大半還場，再加上初冬還走的牛群，總共七八成的牛還走了。要是牛群全留下，草就不夠吃，只能拿這些牛冒險賭一把了。幸虧你又幫部落存了九千斤糧食馬料啊，要是再多一點就好了。

巴格納焦急地問：那還有沒有別的法子呢？

札那說：我想來想去，還有一個法子。我已經告訴牛倌了，要是遷場的牛群逃不出去的話，把這四群牛就近趕到客棧旁邊去。客棧的草圈儲草多，你們還存了不少糧食馬料，那邊又有大葦塘。牛群到了客棧，你們再想想法子，讓牛群吃上乾葦葉，再摻點青乾草，那就有救了。春夏時候，牛群愛吃蘆葦嫩芽和青葦葉。我年輕的時候，有幾年白災也很厲害，羊餓得啥都吃，啃馬糞，啃樺木杆枯皮，連殺羊後從胃包裡倒出來的殘食，羊也啃，還互相啃吃身上的羊毛。可憐啊。到那種時候，乾葦葉就是寶貝了，雖然比不上雪地裡的上等乾牧草，可是比普通牧草養分更多，也更有嚼頭，牛羊愛吃，算是冬季牛羊馬的好草料了。

有一年冬天，來了一場不大不小的白災。我用旱葦搭羊圈的擋風牆，結果葦葉、細葦稈，還有被風刮掉的蘆花的殘花穗，全讓牛羊給吃了，只好再用大氈搭羊圈的擋風牆。

從前雪薄的時候，有些牛倌會把牛群趕進附近的旱葦地裡，去吃葦葉和殘花穗。可大白災一下來，那麼厚的雪，牛倌們咋能趕得動牛？部落的冬季草場大多遠離大葦塘。有些十戶組就算離葦塘近，那葦葉葦穗也不好弄，葦塘裡的雪有半人多深，人畜咋能走進葦塘啊？每個浩特兩家人都有一百多頭牛，蒙古包人手少，咋能弄來能讓這麼多牛羊吃飽的葦葉啊？客棧家什多，你來想想法子吧。

巴格納說：我也從來沒弄過。雪底下壓的葦葉都是枯爛乾葉，不能餵牛。只能割上半截的葦葉葦穗，那也難，人手太少。葦塘河邊都是窪地，雪準保齊腰深，人畜邁不動步，鬧不好陷在裡面出不來。不過，湖邊有一條坡稜，地勢比較高，雪也薄不少。我和圖雅去給狼送魚常常蹚這條道。可是有三里多遠哪。

老人說：要是實在不行，還有個法子，就是趁牛還沒有掉多少膘，殺掉一多半的牛，剝皮淨膛。等到開春，請商號的車隊再把牛肉牛皮拉到城裡農區賣，這樣還能減少些損失。凍餓死的牛，草原人是不吃的。那就一文錢也不值了。

巴格納說：我真捨不得殺牛啊，只能到萬不得已的時候才殺。我還是得想想咋弄葦葉，要是實在弄不到葦葉，就只好殺牛了。大盛魁商號的車隊最多，幾趟就能把牛皮牛肉拉走的。

札那說：殺多少牛，你再跟老額吉商量商量，她經的事多，辦法也多。但是你得狠狠心，果斷拿主意，要不，牛和草都保不住。

兩人邊說邊朝十戶組木欄草圈行進。半途又遇到本部落另外兩個十戶組的八群牛合成的兩個大牛群，札那向幾位牛倌囑咐道：到了烏拉蓋河南邊幾十里，有兩個法子能讓牛活下來，一是讓牛群跟馬群走，讓牛吃馬蹄刨出來的草；二是去找那邊的旱葦地，我走親戚去過那兒好多次，那邊的旱葦地比咱們蘇木的多，旱葦地裡的雪要比葦塘的雪薄不少，牛群能拱進去吃到葦葉。

牛倌連連點頭說：是，是。跟馬群，找旱葦地。

然後趕著牛群匆匆離去。

送走牛倌和牛群後，札那又擔心地說道：要是全部落的十二群牛，加上其他兩個部落的二十多群牛全都湧到客棧，草圈的那些草幾天就得吃光，那蘇木的所有牛群，還有客棧的牛羊就全完了。我已經讓牛倌拚了命，也得把牛群趕過烏拉蓋河去。

又走了二三十里，迎面碰到本部落的兩個十戶組的兩群牛，總共一百四五十頭，還有一輛跟群的牛車。這些一色兒的大牛壯牛，一看便知是搬完家剛卸下沉重牛車的大犍牛，走得比較吃力。見到這些部落最金貴的大犍牛，札那臉色鐵青，心情格外沉重。他說：這些給部落十戶組搬家的大犍牛最辛苦，剛剛在厚雪地拉著重牛車，往部落牛群逃命的相反方向走了幾十里，那些不拉牛車的牛群都在馬道平路上往南走了大半天了。大犍牛還在蹚厚雪，要比別的牛群多走六七十里路啊，到這會兒，才剛剛踏上朝南的逃命路。我最擔心的就是三個部落搬家的大犍牛，要是走不動了，就可能全得餓死凍死在路上。那往後部落搬家可就抓瞎了。遊牧遊牧，沒有大犍牛搬不了家，咋遊牧？

一個中年牛倌說：兩個十戶長想來想去，還是不敢把大犍牛全留在吃不到草的災區。草圈裡的青乾草不夠，大犍牛食量又最大，留下來不是餓死就得被殺掉，還是冒險往南逃吧。就是過不了烏拉蓋河，趕到客棧還興許有條活路，誰都知道客棧儲的草最多，還有糧食。咱們部落的客棧先得救咱們的大犍牛吧。還有一個十戶組不敢冒險，把幾十頭大犍牛留下了。他們說那邊有一片旱葦地，興許牛能活下來。

札那說：我就怕別的部落也跟你們一樣想，都把大犍牛趕過去。那客棧咋扛得住啊。

牛倌流著淚說：草真不夠的話，就只好在客棧幾家分攤著殺牛。客棧有住房有伙房，還有乾羊糞磚，在那兒殺牛，人能吃好睡好，不遭罪，才有力氣殺牛剝皮。

巴格納驚嚇得肩頭直打冷戰，薩日娜和天鵝咋能生活在血腥的屠場裡呢，血流成冰的地方還不把結婚的喜慶全沖跑？他急得對兩個牛倌說：你們最好還是快點趕，拚命趕，路這麼硬實，千萬要趕過烏拉蓋河去。那邊旱葦地更多。

另一個年輕牛倌惶恐地說道：牛是牛倌的命，誰捨得殺牛，我會豁出命趕牛的……

札那又叮囑道：要是雪太大，牛群實在走不動，你們就不要管牛了，趕緊騎馬逃到客棧去吧。保住人命更要緊！

大犍牛們瞪大驚慌的眼睛，悶頭趕路，似乎都感到了白色死亡正在逼近。在牠們的眼裡，天地皆白，雪原上能用舌頭捲進嘴裡的黃草越來越少了，一些牛也開始哞哞嗚嗚地哀叫起來。好在，再走不多遠，犍牛群就能走進更平整的馬道。

額侖草原所有踏上雪道的人畜，都在與死神拚搶時間和生命。

日落以後，札那和巴格納趕到自己的十戶組新營地，札那吩咐做的事情已大部分完成。皎潔冰寒的月光下，蒙古包天窗的氈蓋都打開了小半個開口，冒著輕柔的白煙。十一二個蒙古包呈半圓形分別扎在離木欄草圈不遠的西北邊，新營地距離去年冬季營盤堆好的牛糞長條大堆不太遠，經過一年的風吹日曬，大部分已經是上好的乾牛糞，即便大災下來，各家只要挖一條雪壕，就能取到活命的燃料。

搭建大棚的樺木杆和松木，早在入冬不久就已運到草圈旁邊。上午十幾個青壯牧人在搬家的車隊啟動之前，已拿上工具木鍁，騎馬趕到草圈，清完四周的積雪就開始建棚。幹到天黑時，依靠巨大木欄草圈搭建的東、北、西三面臨時防雪大棚，已經鋪蓋上了大氈，並圍綁住繩索。牧人們已將用做套馬杆的細樺木杆，三根一組的綁在一起，充當粗木使用，還間隔使用一些胳膊粗的樺木杆和碗口粗的松木。由於木杆結實，大棚的棚面也可以搭得更寬緩一些。

老羊倌們說：這兒風大，牛羊怕雪，但更怕風。要把大棚搭得扁一些，這樣棚內的地盤就更大，才能裝下兩群羊，再加上留下來的弱牛、老牛、帶牛犢的母牛和牛犢。貼近草圈的一邊是大棚裡面的最高處，大牛、母牛住在裡面，一點也不顯憋屈。

額吉、大嫂和姑娘們，在棚內還把大氈與大氈的交接處捏起來，用粗針和駝毛線縫連在一起，不給大風留下一點點空子。為了防止羊和牛犢把頭伸進圍欄裡去吃青乾草，牧人們又用粗樺木杆密密地加綁了幾道圍欄，讓牛羊只能聞到草香，就是吃不到草。這樣一來，不光能保住草，也能穩住牛羊的心。身旁有草，牛羊不慌。姑娘們等札那與幾個中年老年羊倌挨個檢查大棚木杆的時候，又趁著大棚裡羊油燈光較暗，把巴格納圍了起來，又是擁抱又是親吻。

歌手嘎森笑道：聽說你是撐著滑雪板滑過來的，已經先把薩日娜娶回家啦，真讓姑娘們羨慕啊。

另一個姑娘說：每次你一來，姑娘們的心就亂啦。

一個善唱長調的歌手說：我還是怕你報來的信不準，那你就把三個部落害慘啦。這麼大的折騰，得死多少牲畜啊？可是大夥又都不敢不信。要是你報錯信，姑娘們非得狠狠地罰你不可……

巴格納說：去年秋冬，成千上萬的天鵝報信，這兩天狼王和幾萬隻黃羊又一塊兒報急信，能不準嗎？全蘇木的老人都相信，你們咋就不信呢。那可不是鬧著玩的，耽誤一天，幾萬頭牲畜就完了。

姑娘們笑道：信！信！就怕薩日娜往後會像雌天鵝那樣把你看得死死的，你更是整天黏著她，我們就再也親不著你啦。

姑娘們大笑，繼而又唉聲歎氣。

兩群羊、大部分母牛和牛犢，已進入建在草圈周圍三面的大棚，圈內被隔斷分成兩半，兩群牛羊各占一半大棚。圈門入口都開在南邊，一個在東南，一個在西南。

草圈附近的八九戶人家又給十戶組的另外一群羊和部分牛，搭建了一個像烘蘑菇大棚那樣的棚子，地點在大草圈南面半里多的地方。棚面用大氈代替柳條和糊泥，三角棚的一個坡面迎著西北來風的方向，棚裡用足夠結實的松木支柱支撐，要比木欄草圈大棚用料更多更結實，但幾乎用光了十戶組儲備的所有木料。一個羊倌說，要是不利用木欄草圈來大量減少用料，部落一下子是拿不出足夠的木料的，虧得建了大草圈。第三群羊和這家的母牛、牛犢，也已進入南面獨立的三角大棚，母牛佔據大棚中間高寬的位置，羊群臥在兩邊低矮的地方。從外面看，大棚的「牆根」都被壓了厚厚的堆雪，羊棚牛圈看上去似乎被雪半埋，不招風，很牢固。

大草圈的較遠處，還有老羊倌老牛倌自己搭建、打草儲草的兩個小草圈，尤顯珍貴。草圈附近的山坡草甸，長滿齊腰高、白色微黃的針茅草，草稈草穗大半露在雪面外隨風飄動，在月光下閃著老人銀髮一樣的柔光。

札那說：針茅草長得很密，到雪最厚的時候，可以鏟出雪溝，用鐮刀貼地割草，雙手大把抓住草的下邊，再往後走兩步用力把一大叢乾草從深雪裡拽出來，把雪撣乾淨，把拽到雪溝裡的雪鏟走，就能弄到不少乾草料。可是得費不少勁兒。那兩個十戶組和專門放養全部落的羊爬子（種羊）的人家，也應該像咱們這兒一樣，有棚有草圈了。總算搶在大雪下來以前，把臨時大棚都建起來了。今兒晚上，在長途路上的馬倌牛倌、馬群牛群可就受凍遭大罪了，最後上路的三個部落的犍牛群，最讓人揪心。

夜裡，巴格納思念著薩日娜，此刻她一定躺在他的暖炕上牽掛著他。她有很長時間沒有在大木盆裡洗熱水澡了，下午她到達客棧以後，一準會和其木格一起用她和老張家的兩個大灶燒熱水。然後，像天鵝那樣痛痛快快地洗浴，再乾乾淨淨地成為掌櫃房的女主人。她也一定看到了那個專門給天鵝洗浴的大木桶，也準保想給小巴圖和小花脖洗澡，可是莫日根和他這兩個大男人不在家，打滿這麼大的半木桶水太難了，只好等暴風雪過去以後再做了……

但是，他倆也和全蘇木的人一樣一夜恐慌不安，都在擔心馬群牛群，尤其是最後上路的犍牛群。還有那些一路夜行夜戰，疲憊不堪、提心吊膽的馬倌牛倌。幸好，到半夜也沒有聽到風聲。巴格納長途勞累了一夜一天，很快睡死過去。但他仍然保有在長期的遊商生活中練就出來的，像蒙古牧人和狼一樣的警覺睡功，能聽到札那阿爸半夜兩次出門去查看有沒有下雪。聽薩滿老人說，從前在草原，有時悄無聲息的大雪，一夜就能將老舊蒙古包壓垮，把羊群蓋沒。

第二天早晨，天空陰寒，烏雲低沉厚重，飄起了稀疏的小雪花。所有人家都在鏟雪、加固蒙古包和臨時大棚。人們在蒙古包內火撐子爐旁一尺多的地方，斜釘一杆鐵釺，釘進土裡，深達兩尺多，留在地面的部分只有不到一尺長。然後在天窗橫木上拴上馬鬃粗繩，再把繩子的另一端，牢牢拴勒在地上的鐵釺上，就像船員給船下錨，以防蒙古包被狂風掀翻。

有些人家還把家裡最沉重的幾輛儲肉筐車和櫃子車，橫擋在蒙古包西北面的氈牆外，像幾個鎮河的大石牛，用以抵擋草原上最狂的強風。各家在加固臨時大棚上，也都想盡各種辦法：在大棚的迎風面，堆起厚厚的斜面雪牆，可以把刮來的雪引上天，越過棚；用繩子把樺木杆和松木，一根一根地拴連在草圈的粗木欄上；給獨立的三角大棚加支柱、釘鐵釺、加綁幾道繩索等等。札那又召集一些會木工活的人，趕製長杆加橫木板的雪刮子，用來刮蒙古包和大棚頂上的積雪。

蒙古草原冬日奇短。巴格納大半天都在滑雪奔忙，將札那吩咐的幾件事，傳給駐紮在四五十里遠的另外兩個十戶組，又把各包想出來的好法子推薦給大家。還按照札那的要求仔細檢查了每家蒙古包和每個大棚。他還特地在莫日根家多停留了一會兒，誇讚莫日根這一年成了客棧的台柱子和他的好幫手，這半個冬天還幫他做出了滑雪板。巴格納告訴老阿爸，這會兒他兒子被蘇木長重用，當他最快的傳令兵。老人和全家人很感自豪。

巴格納巡查完兩個十戶組，滑雪回到家，坐下來準備吃飯，講述他傳話和檢查的結果。但還沒吃完飯，突然，所有人都聽到空中傳來彷彿天魔撕裂千萬張牛皮般的恐怖風聲，蒙古包驟然劇烈抖動，並一張一縮，一股海嘯般的暴風雪橫掃了過來。

札那和巴格納衝出門外，借著包內光亮，看到天地間全是橫飛的團團駝毛大雪，幾乎看不到空隙。整個額侖草原已被狂風巨雪埋沒，頭頂上肩膀邊就是波濤洶湧的雪海雪浪。兩人能互相摸得到，卻已看不到聽不到。鼻中吸到的全是雪，幾乎吸不到空氣了。整個部落好像已經沉入雪海，晃晃悠悠往下飄沉。一場札那一生從未見過的大白災突然飛砸下來，老人雙膝下跪，絕望地呼叫。巴格納斷斷續續聽到最後一句：最後上路的犍牛群……完了、完了，騰格里保佑……大棚。

黑暗中，老人被風暴刮倒在地，巴格納用了全身的力氣才將他扶起，然後躬身將老人扛進包內，全家人都被札那痛苦的表情驚呆了，繼而又被更加可怕的聲音嚇蒙。蒙古包發出吱吱嘎嘎、像是要被刮散架的響聲，拽著頂蓋的粗繩已繃得像弓弦那樣緊，似乎隨時都會繃斷。

西北角的哈那牆不時被暴風刮得離地半尺，再重重落下，已落不到原位。全家人驚叫，急忙都靠坐到哈那牆邊，雙手握住木格用力往下撐壓，用幾個人的身體重量來壓住牆根，以防蒙古包再次被抬起。只要狂風從蒙古包底部刮進來，那整個家就將被掀翻。巴格納也衝過去加壓，斯琴高娃嚇得全身發抖，一把將他抓到自己身邊，摟住他兩人一起壓。札那急命兩個僕人再加兩股拴綁天窗的粗繩，拚命地勒絞在地上的鐵釬上，才總算穩住了蒙古包。

札那緩過氣來，對巴格納說：真沒想到，會有這麼大的暴風雪，幾百年不遇啊，我從來沒見過。這會兒道爾基那個沒搭建木欄草圈的十戶組就慘嘍……家裡的事你別管了，你趕緊去看看臨時大棚。

札那的兩個兒子，此時都在巨雪風暴的野外，和饑寒交迫的牛馬在一起，巴格納就是阿爸身邊唯一的兒子。他應了一聲，衝出包，抄了一根長棍做撐杆，順風蹚著沒膝的厚雪走向木欄草圈。走近一看，在微弱的雪光下，大棚斜面的下半截，幾乎已經與地上的雪面齊平，大棚斜頂上半部卻沒有積下多少雪，都被狂風刮飛了。大棚腳重頭輕，棚子弧形的拐角不阻風擋雪，整個大棚依靠龐大厚重的草圈，結結實實地頂住了風雪。

巴格納亦悲亦喜，不住地呼喊騰格里、天鵝神和狼神，感謝天帝天神們賜予他和整個蘇木兩天一夜的備戰時間。他跟隨一個羊倌從大棚的東南門走進大棚裡面，見到幾個羊倌牛倌和他們的家人，都驚喜地大聲對他說：沒事沒事，大棚很結實。

棚裡點著羊油燈，巴格納看到棚裡靜悄悄，擠得密不透風的羊群正在相依取暖，靠草圈臥下的母牛和牛犢，半閉雙眼安安靜靜地反芻。看來搬家過來的一路上和到達針茅草場以後，大牛和母牛們吃得很足，給小牛犢餵奶也餵得很飽。大棚裡一片安詳，巴格納甚至感到了一股股牛羊臊氣的暖意，與外面狂風酷寒的世界相比，宛若雪窖暖房。

一個中年羊倌說：我們幾個盯著哪，只要棚上面的雪厚了，我們就刮雪。棚子斜，估摸雪站不住，都被風刮走了。棚裡暖，牛羊容易保膘保胎，還能省不少草料哪。這兒你就甭管了。回去告訴札那蘇木長，草圈大棚和三角大棚都扛得住這場大白災，我剛去三角棚那邊看過。你累了幾天幾夜了，早點休息吧。

巴格納躬身頂風，抬腿跨雪往家走，雪還在狂落，風仍在怪叫。回到家，拉開門，斯琴高娃急忙跑到門口，拿了把蒙古掃帚在巴格納身上和氈靴上一陣抽掃，把雪除淨。

札那阿爸忙問：大棚咋樣？牛羊沒事吧？

巴格納連忙說：兩個大棚都挺結實，能扛住風雪，沒事。羊圈裡暖和，羊群、大牛、母牛和牛犢也都沒事。可是，幾個老羊倌說，一圈草不夠三群羊和母牛吃的，還差三成草哪。

札那說：等雪停了再看。實在不行，就只好再殺些牛羊了。不過，我估摸，你的這兩個法子，還是能幫蘇木保住多半的牛羊。要不，咱們蘇木和部落扛不住這場大白災，就真要破產啦。

巴格納說：可是，那個沒搭建木欄草圈的十戶組是扛不過去了。

老人歎氣道：索海淖力布騎馬打仗行，管牛羊就不成。我和道爾基兩人幾次勸他搭建木欄草圈，他就是不聽。那十家人弄不好都要像薩日娜家那樣借債了……

暴風雪中，各家的女人已經開始用長杆刮子，刮蒙古包頂南側積到半尺多厚的雪，刮完雪，狂風只要稍稍減弱，雪就會又積上一層。隔上小半個時辰又要再刮。守在大棚旁的男人們，也在刮漸漸漫上大棚斜面的雪。札那部落男女老少包裡包外齊上陣，一夜苦拚。但還是有一家的破舊蒙古包被突然的颶風掀翻，捲上天散了架，飛到再也找不到的地方。

一個三歲的孩子被狂風捲出去幾十步，幾乎滾成雪人，哭聲也被風吹跑，旋即陷入深雪被大雪半埋，急得一家人在黑暗裡亂找了好大一會兒，才用腳蹚到。被摳出來時，孩子的臉已經憋紫，差點就被雪悶死……全家人只得擠到另一家暫住。

43 新婚之夜

圖魯罕斯克的通古斯族有一個……「首位薩滿」創造了自己。他從自己的圓頂帳篷上的洞飛出去，之後又在天鵝的陪伴下返回。

——〔美〕米爾恰・伊利亞德《薩滿教》

蘇木長道爾基在巴格納滑雪走後，通盤想了一圈，還是最擔心索海淖力布十戶組。在全蘇木遷場的第二天上午，他派莫日根滑到這個十戶組，讓他們到蘇木舊營盤拉樺木杆，再搭建獨立大棚。莫日根走了不久，道爾基仍怕他們還抱僥倖，便調了蘇木的七八輛牛車到舊營盤，把蘇木剩餘的樺木杆和部分碗口粗的松木，全部運到索海淖力布組。並親自押運牛車，滿載三千斤馬料糧食趕到那裡。他怒氣沖沖強令他搭建。索海說他的草場好，不僅草高草密，迎風草場的雪站不住，用不著搭棚。但他還是讓四五戶願意試一試的人家搭棚。蘇木長便讓莫日根幫他們搭建，自己騎馬回部落，去督促各個十戶組搭建抗災大棚、分配糧食馬料。

這個十戶組的七八個男人，顯然是被莫日根說服了。草原牧人都敬拜的天鵝和狼，先後預報了大白災要來，能不當回事嗎？於是幾家人在不到兩個時辰，就搭建起能裝下兩個浩特的兩群羊、母牛和牛犢的三角大棚。為了防風，他們把棚子搭得矮了些，像個地窩地堡，裡面還撐了八九根木柱，並在迎風處堆起斜坡厚雪牆，既壓棚固棚，又可引風雪上天。而其他兩群羊的羊圈依然是老樣子，只有用牛車、活動柵欄和大氈搭的半圓形露天擋風牆，只擋風，不擋雪。羊圈內的一尺多厚的雪也已經清了出來，堆在圈外，雪高齊腰。

當第二天晚上強白毛風突然猛掃過來時，三角大棚內的兩群牛羊安然無恙。幾家人甚感後怕，深深感謝蘇木長和莫日根。但是，索海淖力布家的羊群卻遭到草原罕見的滅頂之災。呼嘯而來的暴雪越過羊圈擋風氈牆，大部分雪團雪片猛地下沉到羊群裡，迅速把羊群蓋沒半尺多厚，羊群憋悶得無法吸氣。那些大羊壯羊拚命往其他瘦羊弱羊身上爬，把頭伸到能喘氣的高處。壓在壯羊身下的羊又竭力掙扎站起來，上面的羊又掉下去，然後再往更弱的羊身上爬。

羊群裡千羊拱動暴動，狂喊亂吼，互踩互踏，然而風暴把所有聲音都淹沒在黑暗和風聲之中。一通拚搶後，弱羊小羊實在爬不上去，只好往外爬，可是，羊群外面全是人們清鏟羊圈堆起的三尺多的厚雪，一爬就陷進深雪，更吸不著活命的氣。只好拱出雪窩，回身再去爬踩硬實的羊身，又是一輪瘋狂的生死拚搶。雪越下越大，雪層越來越厚，羊周圍的空氣也越來越稀薄。可憐的小羊、弱羊和老羊，幾番死拚苦爬後，終於全身力竭、拱不動半步，淪為最底層的墊腳羊，身邊已無空氣，身上是還在拚鬥的沉重羊群。不一會兒，這層羊便沒了聲息，成為草原大白災的第一批陣亡者。

然而，小羊老羊弱羊們用死亡和屍體奉獻的一層高度，仍然追不上落雪的厚度。第二輪攀登繼續殘酷拚殺，爬、擠、蹬、踹、撞、頂，不論母女兄弟，親疏遠近，一律有你無我，你死我活。擠得臊氣烘烘，頂得頭破血湧；呼叫聲被風刮碎，救命聲無羊理睬。不大一會兒，無力爭鬥的弱羊老羊，又成為第二層祭壇的祭品。

羊屍層在增高，落雪層增得更快。正常年景很實用的傳統舊式氈牆羊圈，到了大白災的時候卻成為阻擋暴風雪的障礙。擋風牆的後面，竟成了平坦草原上最易積雪的堆雪場，這裡積聚起的雪，要遠遠超過平地上的雪層。經過兩輪的弱肉強食，第三輪競鬥拚殺更加凶狠無情，倖存下來的大多是身強力壯的大羊、大角騸羊和尖角山羊。牠們把羊屍鬥獸盤變成了殘殺同類同伴親友的屠場。常常會有三四隻大羊同時壓趴一隻羊，壓得牠再也翻不了身。可是，不等大羊在倒下的羊身上站穩，馬上就會擠過來更多的羊，撞開羊身上的羊搶佔高位，但又會被更凶更狠的羊頂下來。

羊群怕狼，一見狼就嚇得走不動道，或玩命地逃，可是大災下的羊對同類卻無比狠毒。此刻，羊群內鬥惡鬥片刻不停，爬上滾下，滾下爬上，一隻羊最多只能倒下兩次，第三次倒下，就再也沒有力氣爬起來。有時會有五六隻狠羊，合夥把幾隻最大的頭羊頂出羊屍盤，頂到屍山外滅頂的深雪裡，墜落雪坑的頭羊很難再爬出來了，但也有最強壯的羊，仍然能憋住一口氣，瘋狂地踏著同伴的屍體台階，重新拱上屍盤。再把剛才把自己頂出羊屍盤的那些羊，一隻隻地全部頂進深雪裡。然而，屍盤上的惡鬥更加殘酷，即使是帶角的頭羊壯羊，如果不小心一腳踩進羊屍縫裡拔不出來，同樣也會淪為墊腳石。

雪層在加厚，羊屍在堆高。直到羊屍塔一層一層摞到與羊圈擋風牆頂齊平的時候，這場羊群的窩裡惡鬥、自相殘殺才暫告停歇。到這個高位才沒有擋風牆了，風雪可以暢通無阻地衝過去，活下來的羊終於可以呼吸了。但是，風一小，大雪直落，當最頂層的一批羊又被雪層蓋得不能呼吸，殘酷的拚搶重又開始，幾隻大羊被頂出屍山，滾進深雪，被雪活埋。而被踩倒的羊，也被最高大凶狠的羊壓死，被厚雪憋死……

當第一浪風暴過去，等到索海焯力布一家拚全力一次一次地加固了劇烈抖晃的蒙古包，出來看羊群時，全家人和莫日根完全被眼前的詭異景象弄蒙了：在暴風雪的黑暗中，羊群似乎沒有臥在羊圈的地上，好像突然變成了一個巨大雪堆，索海焯力布和莫日根嚇得急忙用木鍬鏟雪開道，再向前蹚了幾步，上前去摸，摸到的竟然就是大雪堆，還摸到露在雪堆外面的凍羊頭和羊蹄。更讓人恐怖的是，在雪堆的上面傳來了羊的求救聲。

為了看清這一家人從來沒有見過的可怕雪堆，索海焯力布和家人在羊群邊上深雪裡，挖了一個有兩個矮桌大小的雪坑，又挖了個豁口對準羊群，然後找來一些碎舊木頭，趁著風雪稍小的間隙，在雪坑頂上的迎風處斜插幾塊薄木板擋風，並快速點起一堆火，終於照亮了「大雪堆」。

全家人和莫日根都驚嚇得全身劇烈顫抖，十幾隻大角羊，竟然站得比人還要高，那些大羊們全都踩在羊屍上，但羊腿已被雪埋沒，而羊頭上的雪被狂風刮走。天黑前還是肥壯的一大群羊，第一輪暴雪過後就像被雪妖魔怪的巨爪堆成了一個龐大的羊屍堆。再挖雪走近看，羊屍下的雪縫隙裡還冒出騷烘烘的白氣，那是羊群堆在一起焐出來和拚出來的熱氣和汗氣……索海焯力布和全家人跪地拍雪大哭。幾乎轉眼間，他家幾代人上百年積攢起來的一千三四百隻羊的家業，就剩下十幾隻了。而十幾頭牛犢全都被雪埋死，母牛也被雪埋得只露出小半個牛身和整個牛頭。幸虧大部分牛跟著部落的大牛群提前逃亡到了南邊。老額吉哭得昏死過去。

擋風的木板被狂風刮倒，火堆很快被越來越密集的駝毛大雪澆濕壓滅。

另一戶沒搭建大棚的人家，由於家庭人口多，一部分人固守蒙古包，一部分人照看羊群、母牛和牛犢。幾個大男人一看風雪來勢如雪山壓頂，嚇得把大半羊群、母牛和牛犢，猛擠硬塞進鄰居們的大棚，甚至急得兩個男人合力把羊和牛犢一隻隻地扔進棚內，擠得大棚裡牛騎羊、羊摞羊，幾乎擠爆了棚。留在家裡的人加固好了蒙古包，聽到呼叫，也都跑出來用木鍁拚命挖雪，給塞不進大棚的大羊，開出一條可以透氣的雪溝，再把一部分小羊牛犢抱進蒙古包裡，才總算保下了七八成家產。

搭建了三角臨時大棚的人家，羊群、母牛和牛犢全都活了下來。

第二天中午，風雪稍小了一些的時候，莫日根趕緊冒雪趕回蘇木長那裡報信。全部落上層和家人們震驚得說不出一句話來，女人們慌得連連向騰格里磕頭。蒙古薩滿中流傳的草原大白災時「羊屍山」的傳說，已不再是傳說了。那一千三四百隻羊摞起來的雪屍山，就凍結在額侖草原索海淖力布十戶組的雪草場上。

暴風雪加白毛風，狂吼肆虐了兩夜一天才慢慢減弱。早晨，札那新營地大棚內的三群羊和母牛餓得全站了起來，但看著大棚氈門外深達大羊脖子、兩尺半多的厚雪，牛羊都嚇傻了眼。在額侖牛羊的記憶裡，還從未有過這樣白的世界。羊群和母牛開始搶啃木欄樺木杆上的白樹皮了，你爭我奪，不一會兒，白卷紙似的樺樹皮被剝光，露出棕紅色的木杆。上午風雪稍稍小了一點，各家男人女人開始鏟雪，一直鏟到下午雪停。木欄草圈南邊的餵羊餵牛的場地已經清出來，大約有三四個普通羊圈大小，牧人把從厚雪溝裡割斷拽出來的大堆針茅草鋪成一長溜。兩個羊倌放出一群羊，羊瘋了一樣狂吃起來。然後人們按照札那的指令分三個方向鏟雪，各鏟出兩丈寬的雪草場。鏟起雪就堆在一旁，堆成一溜一溜齊胸高的雪壕牆，並用鐮刀割草，再把高草拽出來，扔在已經鏟出來的一條條草道上。牛羊剛剛遷來，這是一片牧草最好的冬季草場，還從未動用過，雪下有的是好牧草。當人們拽不動草的時候，就只能鏟去雪層上半部一尺半的雪，讓牛羊見到密密麻麻的草團，母牛就可以用舌頭捲草吃，羊也可以自個兒刨雪吃牛吃剩下的草和雪底下的草。青乾草太寶貴，糧食馬料更金貴，只能節省地慢慢投放，才能堅持到冬末雪薄的時候。羊倌牛倌們和他們的家人全都成為鏟雪工，木鍬成為部落此時抗白災的主要工具。能不能保住更多的牛羊，就看牧人花費的力氣了。牛羊都陸陸續續從棚裡放出來，跟在鏟雪的人後面吃草。人們只有不停地鏟雪、挖草、割草和拽草，人畜才能活命。只有到大夥實在鏟不動時，才挑一些草圈裡的青乾草給牛羊吃。

幹了一天後，札那、十戶長和牛羊倌們慢慢摸索出辦法：把草圈裡的草分層投放，幾天投一層，把草層一直劃分到雪化時。如不夠，就全力鏟雪給牛羊吃黃草；只有在最危急的時候才給牛羊投放馬料糧食。這樣大夥才可以均勻出力，輪流歇息，頂抗到底。

大夥一直忙到前半夜才回包吃晚飯，札那對巴格納說：到這會兒，我和大夥都明白咋抗這場災了。大家都說還是多費點力氣鏟雪挖草，少殺一些牛羊。要是沒有這一大圈青乾草和糧食馬料，大夥再怎麼拚命鏟雪也救不了牛羊。可是有了這大圈青乾草和糧食就值得拚命鏟雪了。只要大夥吃飽牛羊肉，齊心合力玩兒命幹，多半是能扛到雪薄的時候的。只有到實在鏟不動雪，才能殺一些牛羊。

巴格納說：殺掉辛辛苦苦養了這麼多年的牛羊，我真心疼啊。

札那放下筷子，忽然冷靜果斷、又有點捨不得地說：巴格納，明兒一早，你得趕緊回客棧去。我估摸蘇木三個部落最早走的那撥馬群牛群，能過烏拉蓋河，走到雪薄的地方。可是三個部落最後那批搬完家才上路的大犍牛群，晚走了大半天，一路上路旁的草也早就讓前面的馬群牛群吃光了，又累又餓。我看這撥牛群多半過不了烏拉蓋冰河，要是都被牛倌趕到客棧去，那客棧就要出大事了。我和幾個老人最擔心的就是三個部落的幾百頭大犍牛，去跟咱們客棧的牛羊搶草吃。客棧這會兒只有圖雅、薩日娜和其木格三個女人，你們兩個大男人都不在。要是一下子湧來這麼多胃口最大的犍牛，沒你這個客棧大掌櫃，圖雅準保頂不住，就是加上東日布兄弟也頂不住，弄不好幾百頭寶貝大犍牛保不住，連咱們的頭號羊群和一群牛都得賠進去。你明兒一早趕緊回客棧！

巴格納長舒一口氣說道：阿爸，那天您說您最怕三個部落的犍牛群湧到客棧，這兩天我也一直在為客棧擔心，要是犍牛群真被趕到客棧，那客棧就要被衝垮了，損失就太大了……我也急著想飛回去。可是雪這麼厚，災這麼大，您要是沒有我這個傳令兵，咱們和那兩個十戶組，還有咱們部落和蘇木長就全斷了聯繫，弄不好也會出大事的啊。

札那說：那兩個十戶長都很能幹，我能想到的他倆都能想到。蘇木長道爾基那兒不是還有莫日根嗎，蘇木長會派他來跟我聯繫的。你就趕緊走吧。客棧那邊的事更重要，沒你撐著，非出大亂子不可。今晚雲厚沒月亮看不清道，我不敢讓你走，怕你迷路出事。可是，明兒你一早就得走，還得要快滑。

額吉說：快回去吧。這兒的事有大夥哪。客棧的事才最讓人揪心。你有滑板，這會兒只有你能趕回客棧……

札那說：幾個老人和十戶長都說客棧可不能被犍牛群衝垮，讓你趕緊回去守客棧，也讓你和薩日娜早點結婚，喜酒啥時候喝都成。

巴格納說：成。我明兒天不亮就走。我真擔心圖雅和薩日娜頂不住啊。

額吉說：這會兒，薩日娜比誰都更盼望你回客棧。

巴格納說：阿爸額吉，我想明天再早走一點，回去的路上稍稍繞點道去看看索海淖力布組的災情，真怕見到四群牛羊全被雪埋死。我去看看，幫他們想想法子。草原遊牧真苦真難，百年的財產積蓄，一夜就能全賠光。一個好好的部落，一場大白災，說完一夜就完。

札那說：索海淖力布組的災情蘇木會管的，各部落也會出些牛羊來幫他們。最後他又叮囑道：你這次回去，要想盡一切法子，讓大犍牛吃上葦葉。要是實在吃不上，你就殺牛。殺多少你說了算！

第二天天還未亮，巴格納在羊油燈下吃過了斯琴高娃為他準備好的奶茶、黃油餜子和手把肉後，告別了兩位老人和斯琴高娃，背上額吉送給薩日娜的一套冬季新娘緞面皮袍，還有裝有一套首飾的扁木盒，順著札那阿爸指的方向，飛快滑向索海淖力布十戶組。到了那裡，天已大亮，他看到了恐怖的羊屍山，狂風已刮走屍山上的浮雪和羊屍間的夾層雪，露出羊群絕望掙扎、壓死悶死憋死的慘景。羊屍層層疊疊、七扭八歪，羊腳亂支。他望著羊頭上半張的嘴、半吐出的凍舌頭和一對對瞪出血、凍成黑冰球似的羊眼，嚇得如同見到了草原血腥古戰場的屍堆。但看到這個讓人最擔心的十戶組竟然保下了近三群的羊和一多半的母牛和牛犢，還是稍稍感到慶幸。雖然他們沒有草圈，但他們迎風草場的雪確實不算太厚，和大災前相比，只厚了半尺多。大災第二天的狂風颶風把前一天鋪蓋的厚雪刮走了一多半，草場露出雪的草依然高而密。但牛羊踏雪吃草仍很費勁。一些牧人正在殺快要餓死凍死的病弱牛羊，大棚斜面鋪了不少攤開的牛羊皮，雪地上一片片冰血和紅雪，分外刺眼。

索海淖力布流淚道：不信天鵝神和狼神的警報，真要遭報應啊……這兒是迎風草場，全組剩下的羊群牛群能不能活下來，還得靠再來一場大風，刮去一層雪。眼下大夥正全力鏟雪，雪中掏草拽草，興許還能保住一多半牲畜。但是，我的十戶組連一點青乾草也沒有，只有道爾基蘇木長送來的三千斤馬料糧食，不夠啊。看來我只能多殺一些牛羊，開春，就靠賣牛羊皮，賣牛羊肉來度春荒了。

巴格納安慰道：札那說，蘇木三個部落會幫你們的。別洩氣，加緊鏟雪。再趕緊殺掉一批牛羊，再不殺，凍死的牛羊是賣不出價錢的。

他感到眼前這座恐怖的羊屍山，必將永遠壓在他和所有額侖草原人的心上。蒙古草原太殘酷，專門懲罰不敬天和不懂草原的人。

巴格納大事在身，不敢久留，匆匆喝了一碗茶，便告別索海淖力布，順風快速滑向客棧。茫茫大雪原，厚厚的雪層上只能看到幾根黃蘆草的草梢。雪面乾淨得沒有一點牛群可食的東西。又滑了一段，滑到馬群牛群遷場的路旁邊，馬群牛群踩出來的平整雪道已被雪掩蓋，但還能看到雪道的凹痕。再往前滑了一段，巴格納看到兩隻老鷹在低空飛旋打架，爭搶雪地上一頭不知是累死還是餓死的兩歲牛，牛眼已被掏成黑窟窿，另一隻老鷹還停在牛頭上不停地啄撕。牛皮還沒有全部被鷹的利喙撕開，但大腿根部肚皮最薄的地方，有兩個撕開的小口子，露出鮮紅扎眼的血冰。看來這頭牛是在白天倒在雪地上的，要是在夜裡凍死的，到天亮凍成了大冰坨，老鷹就撕不開牛皮了。他繼續滑行了十幾里，沿途時不時能看到倒斃的弱牛。又滑了一段，路邊不遠處原來一些黃草比較高的地方，連馬糞和牛糞也看不到，兩夜一天的暴雪已把牧草和牛羊馬糞全埋沒了。越往南走，雪面越平滑光亮，連一串串野兔的腳爪印也找不到了。

巴格納的心緊繃起來，還有兩個月的酷寒，牛羊吃不到足夠的草，兩三天就會被餓死凍死。再過些時日，與許草原上牛羊屍體多得再也不會出現老鷹打架的場面……前景是一層又一層的半透明冰牆，能隱約望到頭，但是真不知道能不能讓此時還活著的牛羊衝出冰牆，活到開春。一路上，巴格納焦慮得如燃燒的羊糞磚，濃煙巨焰，急火攻心，心中哀痛，苦無頭緒。他把唯一的希望寄放在怎樣能獲取盡可能多的烏拉蓋河蘆葦葉上。可是湖邊窪地三尺多齊腰深的雪，三四里遠的路，人牛怎能進得去？那條地勢高、雪較薄的坡稜老道又太窄了，最多只能並排走兩三匹馬，容不得幾百頭大犍牛前行。就算到葦塘邊，也進不去、吃不著葦葉啊。他抬頭向騰格里呼喊：長生天，騰格里，請您伸出胳膊，幫幫可憐的牛羊、幫幫額侖蘇木和部落、幫幫我和薩日娜吧。

他在心中又向烏拉蓋母親河呼喊：烏拉蓋母親河，請您再慷慨地幫幫您的兒子吧。我剛剛把您的兒媳天鵝姑娘接到客棧。我真怕客棧變成牛羊的屠宰場。我和天鵝公主怎能在遍地鮮血成冰的屠場地獄裡結婚啊。親愛的烏拉蓋母親河，親愛的阿媽，您幫了我許許多多次，懇求您，再幫我一回吧。

少頃，腦中隱隱閃出一點點亮色。他猛然間換了個思路：打通雪道，運葦子出來！他想起客棧庫房角落裡，還有商號車隊最後運來的十幾把新木鍬。他差一點以為已經賣掉，被部落拉走了。畢竟，木鍬是抗擊大白災不可缺少的主要工具，有了木鍬興許就能救活牛羊……這幾天他在部落裡也見到牧人們都在用木鍁鏟雪，而且許多人手裡拿的就是新木鍁。但是他想了再想，終於斷定那十幾把新木鍁還在庫房的角落裡，部落來拉糧食、大氈和樺木杆的時候，木鍁被幾捆苫布和麻袋擋住了。他全身的血液驟然像賽馬場上的駿馬一樣奔騰……他接著往下回想，那條地勢較高的坡稜小道，雪比較薄，一直通到湖邊，應該能挖出雪道；庫房裡還有五六把打草用的普通鐮刀和大釤鐮；客棧還有牛車，東日布家還有壯牛；自己的腳下還踩著滑雪板……他朝天呼喊道：感謝騰格里和天鵝神的提醒。

正午，巴格納借著北風滑回客棧。眼前的場景讓他的心猛地一沉：東牆外草圈上站著三四個人，正在大聲喊叫；牆下的厚雪地，擠著大約四五百頭凍了三天三夜、餓瘋了的大犍牛，聞著草圈裡青乾草的香氣，噴出大團白霧，一片憤怒的牛吼聲。但是，草圈下部的橫欄又密又牢固，牛舌根本捲不到欄裡的草。一些餓牛竟然在啃食客棧南面草泥牆上露出來的一點點枯草，連草帶土一塊兒吃。蒙古包旁邊的雪地上，攤著三張剛剝了不久的牛皮，兩個牛倌正在卸牛肉，雪地上的牛血凍成紅冰，不遠處是人們來不及收拾而丟棄的牛腸肚，兩家人的七八條大狗吃得正歡。

草垛上，東日布兄弟舞著木叉大吼。圖雅和其木格也在那裡哭著喊叫。老額吉、薩日娜、兩家的媳婦和孩子則擋在木欄草圈前面，與六七個急紅了眼的牛倌爭吵論理。札那阿爸所預料的搶草大戰已經爆發。

忽然，草垛上的圖雅擦著眼淚激動地大叫：大夥別爭啦！巴格納掌櫃回來啦！巴格納哥哥回來啦！

叫罷，就找一處雪厚的地方跳了下來。牆上的人全都跳了下來。誰也沒想到，遠在部落救災現場的大忙人巴格納，會忽然像雄鵝那樣急飛回客棧救火。當帽上積霜、臉上流汗的巴格納箭一般地滑到眼前，大夥兒大喜過望，圍了上來。巴格納徑直朝自己的新娘滑過去，薩日娜跑向自己的新郎，兩人喜淚泉湧，擁抱狂吻。

過了一會兒，巴格納急不可待地對著薩日娜說：道爾基蘇木長批准咱倆結婚了，他讓咱倆先結婚，大災以後再補辦婚禮。

大夥叫道：

那晚上就辦婚禮吧，喝喜酒，沖沖大災的晦氣啊。

大夥早就盼著你回來啦。太好啦！快快！再不給牛吃草，牛就要餓死了。牛要是凍成冰坨，連牛皮都剝不下來了。

我們剛把餓得快走不動的一頭犍牛和兩頭母牛殺掉，是前面還場掉隊的牛。還有幾頭兩歲小牛走不動了，趕不過來，被雪埋了。

牛吃草的事，就聽大掌櫃的，全都不要爭了。他說咋辦就咋辦。

對啊，對啊。

巴格納最公平。

東日布說：昨兒晚上，我和嘉木撒守了一夜草圈，可還被他們搶走不老少草呢。你快定吧，再不定，他們還得搶。

圖雅和其木格跑來。巴格納脫下滑板，又和兩個妹妹擁抱親吻，再把背包、滑板和雪杖交給其木格和圖雅，對其木格說：莫日根被蘇木長留在身邊當傳令兵，一時半會兒回不來。

巴格納讓她趕緊回家準備酒肉炸魚，再去請東日布家裡的人過來幫忙。又轉身對大夥說：晚上我和薩日娜結婚，我請大夥喝喜酒。

眾人高興得嗷嗷叫。

巴格納說：但這會兒，咱們先得把大犍牛的事兒趕緊定下來。你們先把這幾天的事兒簡單地說一說。

大夥在牛群踩矮的雪地上圍了個圈子，再略略踩平了雪，蹲坐下來。

東日布說：昨兒晚上，牛倌給牛群和他們的六匹馬搶了不少草，牛馬一時半會兒還餓不死。可是，你得快點拿出主意，再晚，牛就要倒下了。

三個部落的牛倌簡略地講了情況，巴格納得知三個部落的所有馬群、第一撥走的牛群和部分大犍牛群，都已經在兩天一夜內先後過了烏拉蓋冰河。估摸能和初冬長途遷場過去的十戶組接上頭了。可是，三個部落搬家以後上路的一大部分犍牛群，趕不及過河。眼看天上已經飄起雪片，白毛風就要下來，就只好拚了命，把四五百頭累得快走不動的牛，就近趕到客棧來想辦法，三個部落的首領事先都是這樣交代的。

一個道爾基部落的中年牛倌說：是殺是留，殺多少，留多少？道爾基讓我們跟客棧商量。可是你不在客棧，圖雅和額吉也拿不定主意。我們說先讓餓了三天三夜的牛吃點草吧，要是牛全餓死了，連賣牛肉牛皮的錢都得不著了。可東日布、圖雅和他們部落的牛倌，死活不幹。說反正要殺牛，還餵幹啥？客棧的青乾草得留著餵札那部落的牛。這咋辦啊？

圖雅哭道：大犍牛都是牛群裡最棒的牛，部落遊牧搬家全得靠大犍牛，誰捨得殺啊。可是不殺掉大部分牛，咱們客棧所有的牛羊都得餓死。那部落還不把我罵死啊，我都快發瘋了。

東日布急得瞪出了半個眼珠子，說：我這群羊是部落頭號羊群，還懷著一千二三百隻羊羔呢。要是母羊餓死，那我的罪孽就比地獄還大，我也不想活了，自個兒殺了自個兒算了……我看客棧這圈草，最多只能再餵養一百多頭牛。那三四百頭牛只能殺了，再不殺就不趕趟了。可是就咱們這幾個人咋殺得過來？剝牛皮淨膛可是個力氣活，一個人一天最多才能剝三四張牛皮。我看多半的牛還得餓死，要留下的牛，咱們部落的牛得多留一些。

其他部落的牛倌都急紅了眼，爭吵起來。

巴格納頓感自己心上像壓了一座巨大的冰山，但又必須立即決斷。他橫下一條心說道：大夥別吵了！札那副蘇木長對我說了，你們到了客棧全得聽我的！你們都要按我說的辦，大家聽好了：一是，馬上給所有的牛餵一些草，只給吃個小半飽，能一天不餓死就成；二是，三個部落的九個牛倌和嘉木撒全家能幹活的人，都到客棧庫房去領大木鍬，一人一把，然後馬上就去挖雪開道，一直挖到葦塘邊。雪道不用太寬，能過牛車就成。葦塘邊窪地裡的雪齊腰深，三天也挖不到葦子地。但是，湖邊有一條地勢高的坡棱小道，一直通到湖裡，坡棱上的雪比窪地裡的雪淺一半多，要是拚命幹，一天多應該能打通雪道。雪道路線待會兒我來指給你們看。你們一定要在明兒下午以前挖通；三是，我、圖雅和東日布三個會滑雪的人，帶上鐮刀和雪扒犁，去葦塘割葦子葦葉。我們三個再把葦子運到岸邊；四是，雪道開通後，東日布家出兩輛牛車到岸邊裝葦子，再拉到東牆草圈外餵牛。明天下午以前，必須讓牛吃上葦葉，到晚上再摻上一些青乾草，等到最冷的日子才能給牛吃點馬料糧食；五是，打通雪道以後，一半的牛倌到客棧的南牆外，先鏟淨雪，再用木頭、樺木杆和蘆葦粗稈搭建臨時牛棚，和東日布家的臨時馬棚連起來。讓牛有個擋風擋雪的暖棚，牛少受凍，才能少掉膘、慢掉膘；六是，東日布再減少一些餵他家牛羊和馬的青乾草，也要給羊和馬餵一些葦葉，省出些草來餵牛，但一定要保住母羊的胎。牛倌們的六匹馬也放到東日布家的臨時馬棚裡養。

我說完了。大夥都快去幹吧！東日布，你帶上幾個牛倌趕緊去給牛餵草。其他牛倌都跟我去庫房領木鍬。

老額吉點頭誇道：我看這些法子能成，大夥兒就照巴格納掌櫃說的去幹吧。

牛倌們如釋重負，全都高呼：太好啦！太好啦！然後滿心歡喜地站起身向草圈快步走去，紛紛讚道：

不殺牛，真沒想到啊。聽巴掌櫃的！用這些法子，還沒準真能扛到開春哪。

那部落該高興壞了。大白災下能保住四五百頭搬家拉車的大犍牛，從來沒有過啊。那咱們就立大功啦。

前幾天在趕牛過來的路上，我們也盤算用葦葉餵牛，可雪太深，咋進得去？再說葦塘太遠，我們沒車沒鐮刀沒木鍬。不等把雪道鏟到河邊，牛早就餓死了。真沒想到客棧有木鍬、鐮刀，還有滑雪板和牛車，這就有指望啦。

東日布一邊走一邊對巴格納說：只要能保住我的羊不流產，還不殺牛，叫我再讓出一些草，我也願意。不過，每天牛羊馬用草，你得親自管。誰都不能胡來。

巴格納對牛倌說：給牛餵草的數量，你們都得聽東日布哥倆的。

牛倌們異口同聲答應道：成。

兩個牛倌飛快爬上草圈，往下叉草。雪地裡的幾個牛倌抱著大抱的草蹚雪走，撒出四五條長長的草帶，讓所有牛不用搶都能吃上草。大犍牛們樂瘋了，瞪大牛眼大口吞咽，知道自個兒不會變成餓死凍死在路邊厚雪裡的那些同伴了。還有兩個牛倌抱草去餵自己的馬。

薩日娜還沒有從天大的驚喜和激動中平靜下來，她抱住巴格納的胳膊，把頭緊緊地貼靠上去，在通往客棧的雪道中一邊走，一邊感慨道：我真沒想到你能趕回來，原以為你要在部落再待上個把月呢，那這兒的天就要塌下來了。我真怕牛羊餓死、凍死、殺死一大片啊，那明年誰家的日子都沒法過了。

巴格納抽出胳膊摟住新娘的腰，一邊走一邊說：還是阿爸厲害，他估摸最後上路的大犍牛過不了烏拉蓋河，客棧這兒要出大事，讓我趕緊滑回來，還告訴我可以用葦葉摻草餵牛。

回到家，巴格納對薩日娜說：額吉和斯琴高娃送了你一套冬季婚服，還有首飾。你們先看看婚服和首飾，讓圖雅幫你打扮一下。我呢，外面那些大事都等著我去做。這會兒我就不能陪我的新娘了，對不起，時辰耽誤不起啊。

薩日娜說：你快去吧，那些事兒最重要，我也擔心咋能儘快打到葦葉。

巴格納吻了一下新娘，便帶牛倌們去庫房。

大白災下的婚禮酒宴，在巴格納和圖雅的兩個房間舉行，由老額吉主持，簡單、擁擠又隆重。連日的緊張、恐懼和勞累，大夥兒也都無力走完傳統蒙古婚禮繁多的禮儀程序和唱歌祝福了。酒過幾巡，吃飽喝足之後，巴格納便請大夥早點回房休息，以備第二天的苦戰。九個牛倌中，兩個本部落的人吃住在東日布兄弟的兩個蒙古包，其他七個住在客棧的兩間客房，自個兒用伙房開夥。他們有隨車自帶的糧食、肉食和剛剛殺出來的三頭牛的牛肉，多得吃不完。圖雅和其木格迅速收拾清掃完婚房，與一對新人祝福吻別後，圖雅把小弟弟領到她的房間睡覺，其木格帶上了門。

一對人間天鵝，終於在大白災下的草原客棧築了巢。

新婚之夜，難忘舊情的薩日娜拿出巴圖的銀碗，向新郎巴格納講明了碗的來歷。巴格納恭恭敬敬地雙手接過碗，珍惜地捧起，鄭重地親吻了一下，說：巴圖，我會愛你倆一輩子，也會守護你倆一輩子的。你倆的愛已深深地浸透到薩日娜的天鵝歌裡了。

薩日娜往銀碗裡斟滿酒，說：巴格納，我的好丈夫，謝謝你，咱倆一起喝了這碗酒吧。說罷，兩人臉貼臉，嘴靠嘴，一同小心地慢慢飲完銀碗裡的酒。

薩日娜說：婚宴前，我已經讓其木格用一個大灶燒了熱水。你這回下部落滑了那麼遠的路，出了那麼多的汗，還是去洗個澡吧，然後乾乾淨淨地當我的新郎，好嗎？

巴格納笑道：好。要不，愛乾淨的天鵝新娘會把髒鵝趕出巢的。

當巴格納洗完澡回到新房，把新娘抱上炕，猶疑了一下才問道：還是像上次在你的蒙古包裡那樣，不點燈嗎？

薩日娜微笑道：今夜我是你的正式妻子，就不要吹燈了……我也想亮亮地看著我的巴格納丈夫。客棧婚房比蒙古包暖和，就咱們兩個，還有這麼厚的牆……

44 小天鵝的新家

黃鵠（天鵝——引者注）飛兮下建章，
羽肅肅兮行蹌蹌，
金為衣兮菊為裳；
唼喋荷荇，出入蒹葭，
自顧菲薄，愧爾嘉祥。
——漢昭帝劉弗陵《黃鵠歌》
（引者注：漢武帝之少子劉弗陵八歲即帝位時，有天鵝飛到建章皇宮內的太液池中。劉弗陵作此天鵝歌，自慚德才菲薄，有愧於神鳥帶給他喜慶嘉祥。）

早晨，又有幾頭大犍牛去啃草泥牆裡的乾草，再不給牛吃飽肚子，怕是連客棧的圍牆都得被饑餓的牛群啃塌。兩個蒙古包的孩子又打又轟，才趕走這些牛。吃飽了新鮮牛肉手把肉的牛倌、嘉木撒和他們兩家的女人，沿著前一天下午已經挖出的雪道繼續向前挖。兩尺多深的坡稜小道上，已經有近一里長的雪道挖了出來。他們兩三個人為一組，分段鏟雪開道。大夥都憋著勁要讓寶貝大犍牛早點吃上葦葉。牛倌們用木鍬把雪切成像蒙古包矮桌大小的長方雪塊，鏟到雪道外邊，或拋出雪壕。為了加快進度，牛倌們減少了挖雪量，在雪道底部還留下半尺多厚的雪，只要能過牛車就成。

巴格納和薩日娜一早醒來，不敢相信他倆的幸福竟與大白災一起降臨。禍福同降，幸福尤顯珍貴。大災壓在頭上，兩人無法專心享受幸福，只纏綿了一會兒就起來，看到外屋的其木格正在煮奶茶、給鵝們切鵝食，兩人和她問過好後，馬上去看小巴圖。

薩日娜住到客棧巴格納的掌櫃房以後，小巴圖也住了進來。但是喜歡涼爽的天鵝不習慣熱炕暖屋，她只好在外屋的角落裡給牠做了一個窩，窩是用客棧裝貨用的舊木箱做的，箱的一面鋸出一個進出口，箱底鋪墊了一層青乾草，箱外包上了氈子。小窩既安全又溫和，小巴圖這才能安穩舒服地睡覺。前一天晚上的婚宴來人太多，薩日娜就只得同其木格一起，把箱窩和小巴圖暫時安放到工具房去。

薩日娜說：原來的鵝房是大鵝夫妻和兩隻小鵝的家。大鵝夫妻可以再收養一隻落單的小鵝小花脖，但決不允許身為大鵝的小巴圖進入自己的家，尤其是那隻大雄鵝，只要一見小巴圖進門就會上去啄趕。小巴圖知道天鵝世界的規矩，也不願意住到牠不該去住的地方。在院子裡，這三隻大鵝還能相安無事，只是小巴圖要與大鵝公主離得遠一點。

巴格納笑道：往後我要是見到來糾纏你的人，我也上去猛啄。

薩日娜邊笑邊打開工具房的門，把小巴圖放到屋外一小片清除過厚雪的地上，讓牠曬太陽玩耍。牠見到巴格納很是快樂，側彎著頭，用一隻眼睛盯著他，張喙叫了幾聲，好像在問，阿爸，這是你的家呀，咋這麼大呀？還有那麼多的鵝。

小巴圖似乎已經喜歡上了這個新家，畢竟，這兒有那麼多的同伴，吃的東西也更好，魚肉多，還有合牠口味的水草哪。

巴格納笑著對牠說：兒子啊，我和你阿媽結婚成家啦，這會兒是你真正的阿爸了。你往後就由親阿媽阿爸來照顧。這些日子太忙了，等稍稍空下來，我還要讓你享受享受大木桶裡的溫水澡哪。

兩人又去看鵝房，大鵝小鵝們看見阿爸回來了，都歡叫著、搧著翅膀圍過來，鵝頸高昂，吻他親他，還請求放牠們飛翔。巴格納蹲下身挨個擁抱親吻了一番後，一邊鼓起腮幫子，「嗚——嗚——嗚」地學著大風雪的聲音，用手比畫著厚雪，一邊耐心地說：今兒還不能飛，外面餵牛餵羊的空場和馬廄頂上的雪還沒有清完，你們飛上天還行，飛下來，落哪兒啊？白鵝陷進白雪裡，我咋找你們啊？再等幾天吧。

薩日娜逗樂了，笑道：你是鵝們的好阿爸，這群天鵝跟你真親啊，像親兒女一樣親。米希格阿爸要是見到了，不定有多高興呢。這群鵝可聰明了，那天刮著那麼猛的白毛風，牠們還想出去飛。我打開門讓牠們去看大風雪，牠們剛出門走了幾步，立馬被大風雪嚇得乖乖轉身回屋了，也明白媽媽為啥不放牠們出去了。我帶來的那隻小花脖雖然在部落的時候就能單獨飛，可是膽子最小，不敢出屋飛，兩隻大鵝夫妻很疼愛牠。

巴格納說：咱得常跟天鵝說說話，再比畫比畫，慢慢牠們就會猜出你的意思啦。咱倆剛結婚就有了這麼多美麗可愛又懂事的天鵝兒女，真幸福啊。

薩日娜說：好了，回家喝奶茶。喝完吃完你快去弄葦葉吧，我也想牛早點吃到葦葉。從前在冬天，我見過牛吃旱葦地裡的葦葉和殘花穗，那時候的牛還是飽牛，也那麼愛吃，可這會兒的大犍牛都是快要餓死的牛，那牠們一準吃得更歡了。要是能保住這麼多犍牛，我該高興死了，全蘇木的人更高興。

巴格納說：我昨天去葦塘看過了，還挑了一片好葦子地，正好能跟我選的雪道對上。那條道原先是一條坡稜，雪比較薄，我用雪杖戳了戳雪，比兩旁窪地裡三四尺的雪淺一半，就看牛倌們能不能按時把雪道打通。

薩日娜說：應該能吧，我聽咱們部落的牛倌說，他們幹得很快。牛是牛倌的心肝寶貝，他們一準拚命幹。今兒我和其木格就來鏟馬廄頂上的雪。我還沒有看到過大雄鵝帶小花脖飛哪。明兒咱倆一塊兒放。

巴格納、圖雅和東日布把兩把長杆小鐮刀和一把長杆大釤鐮，刀尖衝下放進雪扒犁，綁結實，扒犁裡面還裝上繩索和長杆鉤子。然後，巴格納把拉扒犁的繩子一端拴在自己的腰上，向他選好的一處葦林滑去。滑到冰湖邊，三人看到大片大片的蘆葦，在微風中輕輕搖擺，搖掉了飄落在葦葉上的零星雪花，風一停，大片蘆葦依然在雪中挺立。葦葉茂密，顏色淡黃，被風雪洗刷得一塵不染。深秋時蓬鬆漂亮的白蘆花早已被風刮得乾乾淨淨，留下來的細細密密的葦穗有一尺多長，像沒有紮緊的掃帚一樣，這是牛很愛吃的冬食，要比粗糙的葦葉更細軟可口。還有一些更茂密的葦葉葦子被厚雪壓倒。葦叢裡的雪很深也很空，雪下是厚厚的落葉。冰湖裡的雪比較薄一些，有些地方被狂風刮出了冰面。眼前的葦巷擋風，裡面的雪比坡岸窪地裡的雪更深。三人見到觸手可及的葦海都很高興，像是見到了天大的草料場。

巴格納把兩人帶到離客棧最近、葦子茂密高壯的葦巷，說：我昨天在葦巷裡轉了一圈，就數這兒的葦葉葦穗最密，越靠近葦塘北邊迎風處的葦子，被白毛風洗得越乾淨。

東日布笑道：這麼多的葦葉葦穗，就是十個部落的牛羊來吃也吃不完。

巴格納說：不是啥葦葉都能餵牛羊的，咱們就割那些露在雪面外的乾淨葦子、葦葉和葦穗，沒被風刮掉的葦葉葦穗才是好草料。

說罷，他解下鋒利的大釤鐮，鉤住一叢長滿葉子的細葦子腰部，用力一拽，柔軟晃動的一小抱葦子順勢倒了過來。但釤鐮的刀口吃不上勁，沒割斷幾根。他又換成長杆小鐮刀試了幾次，發現雪下的葦稈堅挺不晃動，就把鐮刀插進雪裡一尺的地方割，鋒利的鐮刀能吃上勁。他用力一拽，一叢四五尺長的葦子就被齊刷刷地割斷。再用鐮刀一勾，一小抱長滿又寬又長又厚的葦葉的葦子就被勾到雪地上，割下來的葦葉、葦花穗比一釤刀打下來的牧草多幾倍。用這種割法，割葦子又多又快。三人大喜。

圖雅樂道：不太難啊。一會兒就能割下一大堆，兩三刀割下來的葦葉，就夠一頭牛吃個小半飽。

巴格納讓東日布用長杆鐮刀按照他的法子割葦子，兩人割得又快又利索，不一會兒，幾大抱一人多長、帶有新鮮乾淨葦葉、葦穗的細葦枝就堆了出來。

東日布笑道：看來草圈的青乾草能保住了，母羊能保住胎，大犍牛也不用殺啦。咱倆快點幹，用一個上午就能把幾百頭牛一天的草料打下來。

圖雅說：你們兩人割，我來裝運。

兩個男子漢越幹越起勁，只幹了一個時辰，葦巷裡就堆滿了葦子葦葉。兩人稍稍休息後，又幫著圖雅裝車，再拉到冰湖岸邊卸下。幾個來回以後，巴格納和東日布又想出了更省力的辦法。他倆把葦子裝滿扒犁以後，然後用長繩拴住扒犁，兩人滑十幾步滑到岸邊，用滑雪手杖固定好自己的滑板，再拽繩子，把扒犁拽到岸邊，大大加快了運速。快到中午，葦塘岸邊已經堆起了幾個蒙古包大小的葦子堆。

巴格納說：走，回去吃飯，下午再接著幹。我要先帶回去一扒犁的葦子葦葉先給牛餵一些，可以穩住牛群的心。

三人裝了滿滿一扒犁葦子，兩人拉，一人用長杆鉤子推，向牛群慢慢撐滑。快到客棧東邊，圖雅高叫：葦葉拉回來啦，河邊還有一大堆哪。

九個牛倌和東日布兄弟的幾個家人，正在用木鍁鏟挖雪道，已艱難地推進了兩里多，越往湖邊挖，雪就越深，雪道兩邊的雪面上，被鏟拋出的雪塊又加高了兩尺多，雪道成了雪地上的胡同，有的路段裡面走人，外面根本看不到。鏟雪的牛倌們聽到圖雅的喊聲，才知道三人已經把葦子拉回來了，於是都放下木鍁，激動地跑來幫忙卸葦子餵牛。薩日娜、其木格，還有兩個蒙古包的人全都聞聲走過來看。

巴格納三人和幾個牛倌，每人抱了一小抱葦葉葦穗，走向客棧東牆的草圈外。當他們剛把葦子拉開距離放到牛群面前，四五百頭餓癟肚皮、直翻白眼的大犍牛都瘋了似的搶起來。前擁後擠，你爭我奪，狂吞急咽。搶不到地上的，就搶人手上的；搶不到人手上的，就搶牛嘴裡的。一根葦枝會招來五六頭牛同時搶，各咬住一長片葉子和葦穗，把葦枝撕成碎絲。那個瘋狂勁兒，就像巴格納在關內見過的饑民瘋搶糠菜餅子一樣。一會兒工夫，滿滿一扒犁葦枝葦葉，連同雪地上的葦葉碎片都被搶光。大夥看得又高興又心痛，在豐饒的額侖草原，從來都是好吃好喝、富態悠然的大犍牛，竟然淪落到如此可憐可悲的境地。不過，到下午，愛牛的牛倌和牧人們，就能讓寶貝的大犍牛吃個肚兒圓啦。

巴格納看著可憐巴巴望著他，向他乞求葦葉的幾百頭哞哞輕吼的饑牛，心疼地說道：咱們再去拉兩趟葦子餵牛，然後再吃飯。

圖雅、東日布和牛倌們都說：

好啊，先讓每頭牛肚裡墊巴墊巴，讓牛心安，咱也心安。

三人轉身快速向葦堆滑去。

午茶後，全客棧人的士氣更加旺盛，拚出了蒙古人決一死戰的勇力。牛倌和東日布的家人們，先鏟雪開小路，人走過去以後，幾人一段地繼續往河邊鏟。這樣分段開挖，每人都有幹活面，不會有一點點窩工，大大加快了雪道的進展。也虧得每人手上都有一把客棧的新木鍬。愛牛如命的蒙古牛倌們，全都成為能夠連續苦戰的蒙古武士，他們脫掉上身的厚皮袍，把皮袍掛在腰間，只穿坎肩，一刻不停地鏟雪拋雪踩雪，終於到下午為大牛群搶挖出了生命一般寶貴的深雪通道。當許多大犍牛餓得站都站不穩的時候，雪道雪巷總算掘進到湖邊的葦子大堆旁邊，並鏟挖出一個可以讓牛車轉身掉頭的圓場。東日布家兩頭健壯飽牛拉的牛車也及時趕到，牛倌們很快將葦子葦葉順茬裝得有一人高，並用長繩拴緊，一些人跟車回到牛群，快速卸下葦子，又堆了三四十小堆。每頭饑牛總算可以不爭不搶地大吃猛嚼了。牛倌們都累得癱倒在雪地上大口喘氣。不多會兒，第二輛滿載葦子的牛車又到了，牛倌們再把牛的食堆加高……

巴格納讓圖雅回家休息，去跟薩日娜一起餵鵝，自己和東日布繼續磨刀、割葦、運葦和堆葦。兩輛牛車不停地拉葦餵牛，兩個牛倌還站在岸邊，幫巴格納和東日布用長繩拉扒犁和葦子捆。

餵完天鵝以後，薩日娜像真正的客棧女主人那樣，帶著弟弟和兩個蒙古包的女人們來照看牛群，哪個葦堆的葦子快吃完，就給哪堆添幾抱葦子葦葉。薩日娜還插空和女人們把前幾天幾百頭大犍牛留下的、大盤大坨的凍牛糞分別碼堆，既清理了場地，又收集了寶貴的牛糞。蒙古女人最喜歡冬季的牛糞：深棕色，有光澤，圓柱形，柱上有手指寬一稜一稜的紋印，像一摞摞油光光的餡餅，又漂亮，質地又緊密。到春天曬乾風乾後，是伙房最好的燃料，與硬實經燒的羊糞磚合著用再好不過了。

五六個牛倌也早已主動去客棧南牆外鏟雪、運木和搭建擋風擋雪的牛棚。傍晚時分，其他牛倌在牛群旁邊堆起了半天都吃不完的葦垛。大犍牛們見到這麼大的食物堆，都心滿意足地安靜下來細嚼慢嚥，並時不時地吃口雪補水潤食。

東日布和嘉木撒兄弟倆，看到塌癟了三天半的牛肚皮已經微微鼓脹起來，便和女人們給牛群裡各個葦子堆添加了一些青乾草。牛們開始有力氣地爭搶起來。東日布還和三個牛倌從馬廄裡抬來一個馬槽，放了大半袋畜用食鹽，供大犍牛們舔食，牛吃點鹽更下飯。牛倌們一直忙到天黑才收工。他們打算第二天就把牛棚搭建完成，晚上就把牛群全趕進牛棚睡覺。背風擋雪的舒服長棚定能幫牛群防寒保膘，平安度過大白災。牛倌們對自己蘇木這個要啥有啥的客棧讚不絕口，感歎遊牧部落擁有一個固定的商駐點太重要了，都埋怨大清朝廷不讓蒙古人長途經商、遠途遷場放牧。最後也都猛誇巴格納掌櫃，招數多，還事事領頭幹。

晚飯後，累了幾天的圖雅連打哈欠，便帶小弟弟回房睡覺。巴格納和薩日娜吻過小巴圖後，也可以早早地享受新婚的甜蜜。雖然疲勞困乏，但是兩人依舊興致勃勃，大災中的幸福似乎更甜、更加醉人……

45 歡舞的天鵝們

內蒙古札魯特族薩滿祈禱文：
「馭駕兮狂狼，吞餐兮火蟒，
鋼鞭霹靂揚，神刀威無疆。」
——富育光《薩滿論》

清晨，巴格納和薩日娜溫存纏綿了許久，起來後忙著去看犍牛群，發現部分牛已經臥在鏟過雪、但尚未搭建完成的牛棚裡，神情已與災前相仿，悠然自得地反芻著胃裡的葦葉、葦穗和青乾草。饑餓恐慌，差一點被殺掉、餓死、凍斃的大犍牛們，又呈現出一副草原驕子的模樣。牠們大大的眼睛裡流露出對恩人的感謝之情。蒙古牛通人性，在一望無際、白雪深厚的草原，主人們居然弄來這麼多的救命食物。牛也知道草原人愛牛，牛羊的性命就是牧人的性命啊。

薩日娜愉快得眼睛閃出春季草原的綠色光彩，說：哈，這些逃難的災民，成了牛老爺了。不幹活，不拉車，不受凍，吃飯有人伺候，吃得也很不差呀。剩下這兩個月，我估摸牠們還會上些膘呢。蒙古女人比男人更愛牛，擠奶、搬家、運水、撿牛糞、運牛糞、走親戚和買賣東西，哪件家務事兒離得開牛啊。

巴格納笑道：要不，我咋會這麼為牛拚命啊。我知道你比其他蒙古女人更愛牛。要是這兒變成冰血淋淋的大屠場、堆屍場，天鵝姑娘哪能有好心情跟我結婚呢，哭都要哭死了。

薩日娜微笑道：昨兒你們打了那麼多的葦子，今兒你可以晚點出工。昨晚圖雅已經跟東日布他們說了，這些天大夥太累了，明兒晚點起來，讓大夥休息休息。走，你先幫我做些事吧。

巴格納說：好的。

薩日娜微笑道：我還是急著想給小巴圖和小花脖洗大木桶溫水澡。早上一起來見到其木格，我就讓她請一個咱們部落的牛倌幫她到井台打水，燒了一大鍋熱水。走，咱倆先去放飛天鵝。昨天上午，我和其木格已經把馬廄頂上的雪鏟得差不多了，東日布家的人也把停車場上的雪鏟了一大半，大災以前那兒是餵牛羊的場地，沒有雪。

巴格納笑道：小巴圖能乾乾淨淨融入鵝群，那牠和咱倆開心死了。我也想早點給兒子小巴圖洗個澡，牠準得樂瘋了。

兩人回到外屋，小巴圖的木箱窩早已從工具房搬回來，薩日娜把牠叫出來，牠高高興興地順著雪牆夾道走向鵝房。客棧院內，房與房之間都由雪牆夾道連通，雪牆齊胸高，是用鏟通道的雪堆出來的。薩日娜和其木格在鵝舍前面和餵牛羊空場的西北面，鏟出了不大不小的一片空場，供大鵝小鵝們在牛羊吃草佔用停車場的時候活動和曬太陽。小巴圖挺著胸，昂著頭，一瘸一拐走得很自豪。那勁頭似乎在說，大雄鵝不讓我進鵝房，我還不稀罕呢。六隻鵝，只有我才能跟阿媽阿爸住在一個屋，跟阿爸阿媽一桌吃飯，你們成嗎？

趁著客棧的羊群牛群還沒有出圈吃青乾草和葦葉，停車場還空著，兩人打開了鵝房門。大雄鵝高叫著，搧著翅膀，助跑十幾步就呼地飛出了院牆，飛上了天空。兩隻烏拉蓋小鵝也快樂地叫著，跟著阿爸振翅飛上天。

三隻鵝越飛越高了，可是新來的小鵝小花脖卻不敢飛，好像怕撞上雪牆、院牆或房子。但牠一看見門口的小巴圖阿爸，便高興地張開翅膀撲過去，親熱地問候，開心叫著、蹭牠的脖頸。但是小花脖還是很想飛，不斷抬頭看飛鵝。大鵝公主也走出房，羽翅緊緊服貼在身，精緻整潔，一絲不苟，保持著公主般的妝容和風度走向停車場。然後，伸長脖子仰頭看丈夫飛，還是一臉的羨慕。

薩日娜抱起小花脖，同巴格納走向馬廄。兩人一人登牛車，一人登梯，把牠放到馬廄頂上。小花脖聽到大雄阿爸在頭頂上繞著圈邊飛邊叫，也張喙叫起來。這裡眼界開闊，沒有院牆和雪牆。未等兩人拋牠，小花脖自己就搧翅在棚頂上快步助跑飛上天空，加入了鵝隊。兩人驚喜地揮舞雙手，大聲叫好。大雄這回沒有再往高處飛，也不變換花樣，只是一圈一圈不快不慢地飛，好讓小花脖跟上。

薩日娜看了一會兒說：**大雄在教牠學會天鵝互相借力省勁的飛法。讓她懂得一隻孤單的天鵝，只憑自個兒的力氣，是飛不遠、逃不脫北方嚴寒冰雪的。天鵝南飛北歸，全靠鵝隊集體的力量，靠天鵝們天性中的愛。**

巴格納說：怪不得天鵝全是集群南飛，真沒見過單隻天鵝南飛北歸的。

兩人坐在棚上，依偎著仰頭看鵝。看著看著，巴格納感到脖頸有些發痠，便扶住薩日娜的肩膀往後慢慢一仰，兩人就平躺在馬廄棚頂看鵝飛翔了。薩日娜把頭枕在巴格納的肩頭，眼睛牢牢地盯著大雄和小花脖。又飛了幾圈，大雄開始加速往更高處飛去，當發現小花脖有點跟不上，就會馬上慢下來。

薩日娜說：小花脖剛到我家的時候那麼弱，好不容易才活下來。後來牠吃了糧魚好食，才長壯了一些，可是牠在那兒的第一個阿爸老師小巴圖，是隻不會飛的鵝。在部落的時候，沒有天鵝阿爸阿媽教牠，牠一直自己瞎飛、亂飛，是一隻飛不遠的鵝。到了客棧見到了大雄阿爸能張開兩隻大翅膀，牠高興壞了，成天跟在牠後面，一心想學飛。你看牠學得多認真，牠有點會借大雄阿爸、小哥哥和小姐姐的力了。往後當牠真正嘗到天鵝長途飛翔的訣竅和甜頭，牠才會真正知道什麼是天鵝的家和愛。

天上的四隻鵝慢慢地飛著轉著，越飛越高，越飛越遠。但飛速依然不快不慢，三隻鵝耐心地陪練陪飛，像一家人一樣，薩日娜說：這四隻鵝來自四個離得很遠的鵝家庭，而且都差一點凍成冰坨啊。

不一會兒，大雄鵝怕妻子寂寞，又帶著小鵝們飛回來，在妻子頭頂上繞圈飛。天鵝丈夫從來不會飛離妻子很久。大雄每天用半天時間帶小鵝飛，其他時候都寸步不離地守在公主身邊……

薩日娜說：我救養的天鵝，最少已經有第四五代的後代了。我夢想的日子，就是和自己愛的人、和天鵝，安安靜靜在烏拉蓋河旁邊，過著簡簡單單的生活。可我知道，這安靜簡單的生活，來得多麼不容易，是你用全部的心血換來的。

巴格納說：你為了天鵝付出的心血，要比我付出的多得多，都拚了十幾年了。今年是大白災，是累了點，驚險了一點。等以後安穩了，咱倆就和天鵝、和狼一起過安安靜靜、簡簡單單的生活，這也是我最嚮往的日子。到那時候，你還是多寫些歌吧，我最喜歡聽你的歌，那是我無論拚出多少心血，也寫不出來的。

薩日娜微微一笑道：好的，我寫。

其木格大聲喚他倆喝奶茶，兩人才下到地面。小巴圖一聽到喝奶茶，連忙跑進屋。兩人進屋，薩日娜給小巴圖擦乾淨腳蹼，抱上炕，放在專門為牠鋪的一大塊厚氈墊子上。再給牠端上一盆上好的鵝食，也放在墊子上。小巴圖吃得很舒服滿意。

等到五個人喝完奶茶，吃過奶豆腐、黃油餜子和手把肉，四隻鵝才飛回來。一落地一起大聲嗚叫。小巴圖挺著吃飽的胸脯出了門，也善意地幫著叫。巴格納、薩日娜、圖雅、其木格和小弟弟全都出了門。前三個人端著三盆鵝食，巴格納端的一大盆是給大鵝夫妻的；圖雅端的稍小一點的盆是給兩隻烏拉蓋小鵝的；薩日娜讓巴特爾端的一個小盆，是給膽子還小的小花脖的。三個盆分開放好。小巴圖像個稱職的鵝阿爸，牠知道媽媽最心疼小花脖，就守在小花脖的食盆旁邊走來走去，不讓別的鵝靠近。大雄阿爸也不計較，反正上了天，小花脖更認牠這個會飛的阿爸。大小鵝們都飛累了，胃口大開，一通狂吞急咽，把盆裡的食物吃得乾乾淨淨。

其木格把空盆收走後，巴格納、薩日娜和圖雅走進洗澡間，大木桶裡的水已半滿，灶上的大鍋冒著熱氣，其木格馬上從小木桶裡舀熱水，往大木桶裡兌。薩日娜和巴格納像真正的天鵝父母般激動，薩日娜笑道：咱倆總算能像鵝阿爸阿媽一樣，給兒子孫女洗個澡啦。

巴格納走向場院，雙手抱起小巴圖，把臉貼在牠的頭頸上，往洗澡間走去。然後對薩日娜說：等小巴圖洗完了再給小花脖洗吧。

當小巴圖進了暖烘烘的洗澡間，看到一潭清水的時候，狂喜地驚叫起來，像是一頭撞進了春天的大門，還未等牠做出撲水的動作，巴格納就快速把牠放進水裡，然後鬆開手。讓牠驚上加驚，喜得不知所措，以至牠身體浮在水面上愣了一會兒，才想起了幾個月前的洗澡動作。然後又是扎猛子，又是蓬羽毛，又是用喙往自己身上撩水，恨不得把自己的整個身體都和清水捲在一起。

薩日娜歎道：天鵝水鳥，幾個月不見水，都快成旱獺啦。我養了十幾年的鵝，到今年，才算真正找到冬天裡鵝的家。

巴格納笑道：那也是你讓我用大木桶給鵝洗澡的啊，沒有你哪有鵝真正的家……

說罷，便施展出了雙手上下按鵝背、水蕩鵝毛的技法，看得薩日娜驚笑得合不攏嘴，也連忙伸出雙手幫他一起按，頓時，一家三口開心得像比登上天堂還要歡樂。

然後圖雅和其木格換下巴格納和薩日娜，給小巴圖按背蕩浴。

四個人總算給小巴圖洗完澡，烘了會兒羽毛，當巴格納抱起小巴圖的時候，他馬上就得到了兒子獻上來的珍貴「圍脖」。四人全都笑了。

薩日娜和巴格納把小巴圖留在大氈上繼續烘羽毛，又到場院把小花脖抱來洗澡。當牠喜出望外地洗完澡、烘乾羽毛以後，興奮得給阿媽阿爸一人獻了一次「圍脖」，最後繞賴在媽媽的脖子上再也不鬆開了。薩日娜和巴格納將兩隻鵝放回院內鵝群。大鵝小鵝們一看乾淨雪白的兩隻鵝，都知道阿爸阿媽給牠倆洗澡了，好在牠們不久以前洗過，過幾天阿爸阿媽們還會給牠們洗的。天鵝們對明顯乾淨了許多的兩隻新來的鵝增添了好感。

阿媽搬到客棧來了，阿爸離開幾天又回來了，小巴圖和小花脖終於和阿媽阿爸團聚了，大鵝夫妻和烏拉蓋小鵝的鵝朋友又多了兩個，六隻天鵝太高興啦，大鵝小鵝們情不自禁開始跳舞。天鵝媽媽笑得比天鵝花還要美麗。她情意濃濃地第一次向巴格納招了招手，他慌忙輕輕走向她。快一年了，他終於可以走進花心，成為花蕊，成為第二個巴圖。天鵝兒女們也都歡迎阿爸進入花心。薩日娜摘掉了兩人的皮帽，扔到雪地上，雙手勾住他的脖子長久親吻。巴格納將她抱在懷裡，吻了又吻。看得懂愛的天鵝們都圍著雙蕊展翅歡歌歡舞，一會兒把他倆包裹起來，一會兒又把他倆亮展開來，不斷地大開大合，開放著草原上最美的愛之聖花……

東日布和幾個牛倌來招呼巴格納和圖雅割葦子蓋牛棚，巴格納三人滑到葦巷開口處，用長把鐮刀割葦子，牛倌們再趕著牛車把葦捆運到新建的牛棚，將葦子蓋在剛搭建好的棚頂上，然後用繩子綁在樺木杆上。到下午，客棧和堆木場的南牆外，一長溜擋風遮雪的牛棚就搭建完成。牛倌們歡喜地在雪地上跳起舞、摔起跤來。

一個中年牛倌說：當了半輩子牛倌，還從來沒見過這麼氣派的暖牛棚哪，再刮大風下大雪也不怕啦。往後，額侖要是再遇上大白災，只要把牛群往客棧一趕，守著這麼大的一個葦塘，就啥事不怕啦。牛倌還能住進客棧的好房子，吃喝燒柴啥啥不愁，真想把老婆孩子一起接來住。

巴格納和東日布繼續到葦巷割運細葦和葦葉，兩三個牛倌也幫著他倆用長繩拉扒犁。一兩天後，葦塘邊和牛群旁的葦堆越來越大，兩人可以休息一天了。第二天晚上，巴格納辦了一個炸魚酒宴，犒勞連日辛苦勞累的大夥，慶賀保牛群成功，但大夥仍然為全蘇木的牲畜擔憂。

第三天下午，莫日根從部落滑回客棧，看到牛倌和大犍牛還活著，大喜過望。他捎來蘇木長道爾基和札那的話，兩位首領說最先走的馬群牛群，多半能逃出重災地帶。他們和全部落最擔心的，是三個部落最後走的幾個牛倌和幾百頭大犍牛是不是還活著，急得要死。要是人和牛還活著，那些大犍牛能保儘量要保，能少殺儘量要少殺。這些牛倌和大犍牛可是額侖遊牧部落搬家的主力。

所以，風雪停了以後，部落抗災剛有了頭緒，兩位首領就急忙派莫日根回來打探實情。巴格納立即帶他看了深雪牛車通道、割葦場、餵牛場地和新牛圈。

莫日根吃驚得連聲說：沒想到，真沒想到。人牛都還好好的。兩個蘇木長和大夥都以為大犍牛能剩下一百頭就算幸運了。哪想到竟然全保下來了，要是全蘇木的人知道這個天大的好消息，都該喝酒慶賀啦。我真想馬上滑回去告訴他們啊。

兩人回到東日布家的蒙古包，莫日根又向大夥講了三個部落的情況：札那和古茨楞部落都已殺掉了幾百隻騸羊、老母羊和弱羊，還殺掉了幾十頭老弱病牛。儘量保留懷崽母羊。道爾基部落的幾個十戶組也是這樣。索海淖力布的十戶組最慘，一個組就被雪埋死、凍餓死了差不多兩千隻羊、幾十頭牛。後來幸虧刮了一場狂風，刮掉了一層雪，露出不少草，剩下的牛羊大概能活到開春了。除了索海淖力布十戶組外，三個部落還算好，大部分殺掉的牛羊都剝下了皮，也淨了膛、碼了堆。等開春請咱們商號的車隊拉走賣掉。

大夥聽後神色黯淡，都說跟估摸的差不離。然後又算了算，除去遷場走的，靠草圈、糧食和雪掏草活下來的，客棧保留下來的，全蘇木的牲畜總共能保下九成的樣子。再除去還會凍餓死的一些牛羊，應該能保下八成多的牲畜。這麼厲害的滅頂大災，能保下這麼多的牲畜，從來沒有過。額侖應該算是打了一場抗大白災的大勝仗了。今年別的蘇木的牲畜，要不是旗府強令三成牛羊長途遷場，那些沒有搭建木欄草圈和打草儲草的部落，準保連兩成牲畜也保不下來。可是他們的馬群應該能逃出來。

莫日根說：蘇木長和札那讓我告訴大夥兒別慌別怕，咱們全部的馬群和八成牛羊都能保住。還有，大災以後，別的蘇木死了那麼多的牛羊，開春的牛羊價錢準保大漲，咱們靠掙漲價漲出來的錢，就能把牲畜的損失補回來，還能賺上一筆呢。再說，咱們的老弱牛羊殺得及時，還沒咋掉膘。牛羊肉能賣不少銀子哪。牛皮羊皮也都是中上等貨，還能賣上好價錢。別的蘇木死的牛羊太多，準保不趕趟殺，大部分都是凍死餓死的，全都糟踐了。到時候，咱們得拿出一些好牛羊肉幫他們。

大夥聽後寬下心來，並連連點頭稱是。但是都為遭大災的兄弟部落深深感到心痛，那裡有他們的許多親戚朋友。大夥都說應該把開春賺的錢，折成牲畜送給受大災的親戚部落。

巴格納點頭說：是應該幫親戚部落，咱們蘇木的首領準保會這麼做的。又問莫日根：你這些日子在蘇木忙些啥？

莫日根說：頭一件事，是傳令殺牛羊。讓各個十戶組一邊用青乾草餵老弱牛羊，一邊趕緊把該殺的弱畜殺掉，剝皮淨膛。第二件事，是查看各家鹽茶糧的存貨，把存貨多的人家的貨調給存貨少的。各家過冬的存貨早就備足了，缺貨的人家不多；第三件事，是給病人送藥；第四件事，就是教傳令兵滑雪。道爾基已經下令，讓我明年給蘇木三個部落所有傳令兵，每人做一副滑雪板。還說要讓客棧開一個專賣滑雪板的小店，誰想滑雪就去買，客棧還要管教滑雪。再就是幫著鏟雪掏草拽草，人人都在起早貪黑地幹，我幹的事就是這些。我回客棧歇兩天，就得回蘇木報喜去。

晚上，巴格納和其木格專門辦了一桌烤魚家宴，為莫日根接風洗塵。薩日娜、圖雅和其木格詳細詢問了部落家人和親友的近況。薩日娜得知巴圖的大哥在遷場的第一天，剛把自家的蒙古包扎好，就返身把她留在部落的蒙古包、牛車、肉食和傢俱搬走了。她長吁了一口氣說：我總算給巴圖做了一件他想做但沒做成的事。他太想給這個擁擠的家添一個蒙古包了。他在天上看到，一定會很高興的。這下，我這隻鵝就算真正搬到烏拉蓋客棧的巢啦。巴格納，我真喜歡這個天鵝天堂旁邊的巢，小巴圖也喜歡。

巴格納樂道：我盼望咱倆早點有自個兒的小鵝，我一準能當個好阿爸的。

四個人都說：我信，我信。

46 天鵝飛婚禮

世界語專家CH.道格蘇倫也對我講過這樣一件趣事：那是在南戈壁省，有一個牧民外出尋找走失的駱駝……突然看見一峰紅駱駝從水面上走過來，駱駝的前面還有一個東西在隱隱約約地移動……於是翻身上馬徑直朝著那峰駱駝馳去。還沒等靠近駱駝，就看見一隻狼從駱駝的前面飛快地跑掉了。牧民再到駱駝的旁邊一看，駝背上騎著一隻母狼，牠用兩條前腿緊抱著駝峰，兩條後腿已經被打狼夾子打斷了。原來是公狼把失去雙腿的母狼放到駝背上，牠在前面牽著駱駝行進……牧民沒有殺掉那隻為了生存而這樣騎駱駝的母狼，而是把牠留在了原地。這時候，母狼流著眼淚向前爬行。牧民看牠可憐，又給牠留下了一條羊腿，然後才帶著駱駝離開了。

——〔蒙古〕高陶布‧阿吉木《藍色蒙古的蒼狼》

保住牛群的喜悅和新婚的幸福，使薩日娜生出荒疏已久的玩性。

輕鬆下來的牛倌們已經把牽牛車、運葦子、餵牛和撿牛糞等輕活全都接了過去，可是他們看巴格納掌櫃還是天天忙著割葦運葦，幹著牛倌的活，而且一人幹的活比三四個牛倌幹的活還要多，他們很是過意不去。於是，牛倌們想出了自己割葦子的法子，雖然他們不會滑雪進葦巷割葦子，但他們沿著原先的雪通道繼續往葦塘裡面開挖一里多，並用木鍬加砍刀打通了一道厚葦牆，直接把通道開到了一個冰湖裡。湖上的雪比較薄，許多地方的雪被大風刮走，露出平鏡般的冰面，因此在冰湖周圍割蘆葦要比在葦巷裡割更快更方便，只要站在冰上和薄雪上就能割到葦子，即便有的地方雪厚，也可以用木鍁鏟挖過去。割下來的葦子就堆到冰上或雪上，再讓牛車來拉走。這樣牛倌們就有了用武之地，他們接過了巴格納和東日布的兩把長柄鐮刀和東日布家的兩輛牛車，又做了兩把長杆鐮刀。把割葦運葦餵牛這些本是牛倌分內的活全都接了過去。勞累了多日的巴格納、東日布和圖雅也很高興，當然，巴格納依舊時常要到湖裡去幫牛倌割葦和挑選葦地。不過，這樣一來他的空餘時間大大增多，就可以和薩日娜更多地照顧天鵝，餵食、定期給牠們洗浴，也可以常常教新婚妻子滑雪了。教過幾次後，薩日娜還能單獨一人到雪地裡練滑雪。巴格納也喜歡陪新娘到客棧西邊的山坡後面去練滑。這裡離客棧近，又看不見客棧。在白雪世界裡，兩人享受著天鵝情侶般的甜蜜和恩愛。

一天，放飛的天鵝忽然飛尋過來，在鵝阿媽阿爸的頭頂繞飛助興。薩日娜找到一塊雪殼比較硬的地方，把四隻鵝叫下來。天鵝們一落到厚厚硬硬的白雪上，就在雪面上快跑，在雪面上起飛，洗雪沙浴，跳雪地舞，像白鵝公主那樣快樂，並和他倆一起玩，一起跳。兩人解下滑板綁帶，抱住大鵝小鵝在雪面上打滾，讓鵝樂得狂喊大叫。薩日娜還把小花脖放在滑板上，讓牠側著身子雙腳站立，再用雪杖推著滑板滑，小鵝大鵝高興地爭著想玩滑雪。兩人用滑板挨個推著牠們滑雪，還把大鵝和小鵝並排放在滑板上推著滑，享受南飛天鵝從來享受不到的歡樂，兩人兩鵝彷彿都回到了快樂的童年時光。

玩累了，兩人便躺在晶晶閃亮的雪地上望著藍天白雲，遐想飛翔。四隻鵝也安安靜靜地或臥或站在他倆身旁的雪面上，聽媽媽和阿爸說話。

不一會兒，小公鵝又跑到巴格納身邊。這隻小鵝是他親自從冰湖裡救上來的第一隻鵝，他格外憐愛牠。小鵝跑來是為了讓阿爸給牠撓癢癢，巴格納連忙用一隻手扶住牠的頭，另一隻手從小鵝的咽喉一直到牠的胸脯，慢慢地一遍一遍地撓牠的長脖頸，這些地方的上半段，大多是鵝自己撓不到的癢癢處，只要巴格納一撓到最癢處，小鵝就舒服快樂地全身抖動、縮緊羽毛，並把脖子越伸越長。那三隻鵝看到小公鵝舒服的樣子，也都伸長脖子圍攏過來，爭著讓阿爸給牠撓。巴格納給大雄鵝花費更多的時間，給牠更多的快樂享受。牠是三隻小鵝的好教頭，又特別真心真意地照顧牠的妻子，所以，巴格納總會對牠特別關照。

薩日娜也輕輕撓著小花脖的喉嚨，笑著對丈夫說道：你真厲害，第一次養鵝就成了六隻天鵝的阿爸，比我厲害。要是再過個十年八年，你就會成為整個烏拉蓋河天鵝的阿爸了，那往後就可以接過米希格天鵝阿爸的名號啦，米希格阿爸最喜歡你這個兒子了，這大半年是他一直在我面前誇你。

巴格納說：你是天鵝們公認的天鵝媽媽，可我很難成為烏拉蓋天鵝公認的阿爸，米希格阿爸是薩滿法師，他有那麼高明的醫術和那麼多的良藥，又救了無數的大小病鵝傷鵝，我哪能比得了啊，等以後他冬天住過來，我一定要跟他學醫，興許再過個十年八年，我才能接上他的班。

薩日娜笑道：怪不得阿爸喜歡你，大夥都喜歡你，你真像天鵝那樣，本事很大，但從不誇口……今年是大白災，客棧來的人比較多，到以後的冬天，客棧沒啥人了。就咱們幾個和一群天鵝生活在一起，餵天鵝、放飛天鵝，同天鵝唱歌跳舞。再讀讀書、寫寫歌，這裡才是咱們的天堂。

巴格納微笑道：你就是我的天堂。

兩人一個教，一個練，到下午才回家。

半個月後，薩日娜的滑雪技藝越來越熟練。一天上午，餵過天鵝以後，兩人又要去滑雪，並要帶領天鵝一塊兒去。圖雅也纏著要去，於是三個人滑向客棧西北邊一條不高也不矮的山梁。這回，巴格納打算帶她倆嘗嘗飛滑的滋味。從開始做滑雪板以來，他一直盼著能有一天讓薩日娜像天鵝那樣飛起來。聲名這樣響亮的天鵝姑娘和天鵝歌王，無論如何也得讓她在草原和眾人面前飛一飛啊，哪怕只飛一小段，飛一個下坡。也只有如此才能使她的名號成真，飛翔的夢想成真。這也是他送給她的一件最寶貴的新婚禮物。他倆的婚禮還沒有正式舉行，何不在正式婚禮之前，為她和自己先舉辦一個天鵝飛翔婚禮呢？讓她開心得忘掉過去所有的悲痛哀傷，全身心地快樂起來。他為自己的這一奇思妙想暗暗激動。

巴格納帶她倆扛著滑雪板走上了一個小高坡，一直走到坡頂，停下來說：咱們這麼愛天鵝，愛飛翔，薩日娜又是天鵝歌王、天鵝新娘，不會飛哪成啊？今兒我要做一件大事，就是教你倆飛起來。

啊！薩日娜驚喜道：教我倆飛？飛翔，這可是我從小就藏在心裡的夢想啊，真的啊？

真的。你倆先看我飛，然後你倆再飛。

說罷，跟她倆詳細地講了兩遍動作，再擺好身姿，然後一撐杆，就像老鷹抓野兔那樣，貼著山坡飛滑了下去。薩日娜看得驚叫起來：呀，真的像天鵝那樣飛啊。你看他腳下都有雲霧啦。

巴格納在山坡下朝她倆招手。薩日娜大聲喊道：我要飛下來啦。說罷，便細心地按照巴格納教的動作，擺順滑板、屈膝、前傾，然後一撐杆，再用胳膊夾杆，毫不猶疑地飛滑了下去。好在坡不太陡，坡道平，一次便成功。兩人激動地抱在一起狂吻。她喘道：我能飛啦，能像天鵝那樣飛了！

接著，膽子更大的圖雅也飛滑了下來。三人抱在一起又笑又叫，把飛到遠處的天鵝都逗引得飛落下來。結果大雄身子重，雙蹼陷進雪裡。牠的腳下是一塊被幾天前的西側狂風掀掉雪殼的雪面，新雪殼剛結成，還比較薄，經不住大雄的體重，就被牠的腳蹼踩破了。薄雪殼還能托住大鵝的肚皮，可是牠的腳蹼蹬到的都是雪殼下鬆軟的雪，失去了起飛的蹬力，又不能助跑，嚇得牠亂叫亂撲翅，就是飛不起來。驚得三隻小鵝不敢落地，重又飛起。三人大笑，巴格納滑過去，把大雄鵝抱起來，放到硬雪殼的雪面上，讓牠搧翅助跑飛上天。巴格納對天上的大雄說：往後，我們不在旁邊，你千萬別帶小鵝落到雪地上，那可不是鬧得玩的。

天鵝們終於知道了雪地的厲害，沒有阿爸阿媽的招呼，再也不敢隨便降落在雪面上了。

天鵝們似乎聽明白了，大雄乖乖地應答了一聲，帶領小鵝們在天空慢慢繞圈練飛，一會兒又飛向客棧，去看望大鵝公主。然後在牠頭頂上低飛了幾圈，才在客棧附近的天空慢慢飛翔。有時鵝們還會落在馬廄頂上休息，大雄還會飛到院內場地陪陪大公主。四隻鵝休息了一會兒又會上天飛翔，但還是在客棧附近的天空飛。

薩日娜和圖雅飛滑過一次以後，姐妹倆內心的飛翔熱望被燒旺。三人又在山坡爬上飛下，飛下爬上，起飛時撐杆越來越用力，飛滑得也越來越快。三四次以後，薩日娜開始嫌這個坡太矮太短了，她用手杖指了指客棧北邊的那道山梁說：走，咱們去飛那道大山梁去，山越高，才能飛得越快越遠。

三人足足花費了半個多時辰，才爬到山梁頂。累得坐在雪上喘白氣。等歇夠了勁，巴格納望著北面說：這個坡長，上半段有些陡，下半段比較緩。今兒咱們飛兩次，先飛北坡，飛到底以後，再爬回到這兒，然後飛南坡，回客棧。

然後，又望了望較遠較高的天鵝，說：新娘子，你嗓子亮，快把天鵝叫過來，我想讓天鵝跟咱們一起往下飛，要是你能跟天鵝一塊兒飛上一段，那你就是真正的天鵝公主和天鵝媽媽啦。

薩日娜好似被從天而降的一道佛光點閃了一下，興奮得全身一激靈，瞪大眼睛叫道：這真是個神主意啊！

說罷，立即把雪杖插在雪地上，向客棧方向揮舞雙手，大聲呼叫天鵝。天鵝們聽到媽媽的聲音，立刻掉頭急飛而來。

巴格納說：等天鵝飛過來了，咱們三個人別一塊兒下，要不容易撞在一起。還是一個一個地下，圖雅打頭，先讓天鵝看你飛。等牠們看明白，非樂壞了不可。然後，薩日娜再下，天鵝們準保會跟鵝媽媽一塊飛下去的。我最後下。

圖雅高聲笑道：太好啦！可是，我也想跟天鵝一起飛啊。

巴格納笑道：我哪能忘記你，我還想跟天鵝一起飛呢。咱們回去的時候，就讓天鵝跟咱們三個人一起飛。南面的那面大坡很寬，可以三個人一起飛下去。能跟四隻天鵝一起飛，那真就立地成佛，飛翔成仙啦，多帶勁啊。

兩姐妹興奮激狂地揮動手臂，大聲叫好。

當四隻天鵝飛到頭頂上盤旋的時候，巴格納說：圖雅你下吧，先想想下坡的動作。

蒙古草原人都有快馬衝下坡的膽量和本事，再加上與天鵝同飛的天大願望，讓三人血脈僨張。

圖雅姑娘大聲說道：這個坡就是高點長點，越高越長越帶勁兒。看我的，準保飛得漂亮。大鵝小鵝準得傻眼。

說罷，雙手握雪杖，抬頭高叫：大雄，小鵝，快來看我，我要飛啦。然後一撐雪杖，像一隻草原百靈鳥般輕盈地飛滑下去。梁陡坡高，圖雅身後飛起陣陣雪沫白霧，真像一隻貼地展翅的空中飛鳥。天鵝們驚詫得合不上喙，翅膀亂搧，隊形大變，繼而高叫起來。牠們還從來沒見過會飛的人哪，誰也沒想到鵝阿媽會飛。鵝們樂得瘋癲了，也想跟圖雅一起飛下去。但看見阿媽阿爸還在山梁頂上，便急得團團轉，對他倆大聲叫喚催促，讓他們也趕緊飛。

薩日娜激情難抑，雙手微微發抖，兩眼放出比新婚時還要快樂的綠寶石光彩，說道：天鵝們都急著要跟我飛哪。咱倆新婚，哪能單個飛，你一定要陪我雙雙飛。

巴格納笑道：我原來想，等你先跟天鵝飛成功了，兩人再一起跟天鵝飛。我想給咱倆舉辦個讓天鵝伴飛的飛婚禮，這才是咱倆的正式婚禮呢。成，就跟你雙雙飛。南面還有那一個坡哪，飛兩次總能成功一次。這是我最想送給你的新婚禮物。

薩日娜激奮衝動地拍著心口，有些結巴地說：我……一聽到要跟……天鵝一起飛，心跳得到這會兒都慢不下來。原來你還想為咱倆舉辦天鵝飛婚禮哪。

說罷，抬頭向天空呼喚巴圖，讓他來觀看她和巴格納的天鵝飛婚禮。然後再向天鵝們揮動雙手，高叫道：快跟阿爸阿媽一塊兒飛，快來當阿爸阿媽飛婚禮的伴娘伴郎啊。

天鵝們似乎都聽懂了，興致勃發，在空中撲翅拐彎，昂頭撒歡，額額亂叫。

兩人擁抱，在只有兩個人的婚禮上深深一吻，再握緊滑雪手杖，同時撐雪。一對新婚天鵝，像從空中飛落湖面新巢那樣，快速優雅地雙雙俯衝飛下。滑雪板飛濺起的四道雪霧，像一對天鵝飛翔中的四隻翅膀，在陽光下的雪霧雪沙中，神奇地閃現出半道霓虹的七彩絢麗光芒。天上的大鵝小鵝驚得大呼小叫，全都急忙跟隨著俯衝下來，在新娘新郎的頭頂和身旁，伴飛伴唱，快速衝飛。薩日娜激動得忍不住，就用右手拇指食指握杆，伸出三個手指撫摸了一下身旁小花脖的翅膀。兩人越飛越快，那飛速連天鵝們都得使點勁兒搧翅才能追趕上。天鵝兒女們興奮得發瘋發狂，誰也沒料到平時慢慢吞吞的阿媽阿爸會飛得這樣快、這麼猛，陣勢這麼大。甚至擔心阿媽阿爸再飛衝一段就要起身抬頭飛上雲端，把牠們甩在身後啦。身體最弱的小花脖居然發出了懇求聲，好像在叫，媽媽，媽媽，等等我，慢點飛，我都快跟不上啦……

圖雅衝滑到平路，又慢慢溜滑了好長一段，才剎住滑板，樂得直喘。然後慢慢轉身，一抬頭，看到兩人正滑到半山腰，小群天鵝也相伴飛追而下。雪霧迷濛，霓虹閃亮，人鵝同飛，人鵝難辨，比仙境還仙境，比神話還神話。她驚蒙了，忍不住高叫：太美了，真的變成一對天鵝啦。

叫聲未消，天鵝已落，緩緩滑行，穩穩地停在她面前。三人擁在一起叫啊、笑啊、親啊、吻啊。薩日娜滿面紅霞，忘情地抱住她的雄鵝說：這是天下獨一無二的天鵝飛婚禮，比世上所有的皇家婚禮更神美、更高貴、更有詩意。

圖雅驚歎道：啊！這是巴格納哥哥送給你的天鵝飛婚禮啊？那我就是天下親眼看到你倆飛婚禮的人，太幸運啦。我真羨慕死你倆了，將來我的婚禮，也想讓天鵝伴飛，就是不知道有沒有你倆的運氣了。

巴格納笑道：明年你出嫁，你只要教會你丈夫滑雪，你倆啥時候滑過來，我、薩日娜和天鵝們就啥時候陪你倆飛，給你倆辦一個更加隆重的天鵝飛婚禮，非得把你丈夫和你們全家驚呆了不可。

圖雅揮杆大叫：太棒了！我心裡也有個好夢可做啦！

天鵝們也紛紛落下，在三人身邊撲翅唱叫。

巴格納也一隻一隻地抱住牠們親吻，說：謝謝你們啊，要不是你們一起伴飛，我就不能送給你們阿媽這場飛婚禮啦。

三個人還沉浸在雪原飛翔的興奮中，慢慢往回滑，大鵝小鵝看到又變得慢吞吞的阿媽阿爸，很感失望，只好在天空繞圈飛翔，半開心半遺憾地叫著。大雄鵝又慢慢飛了一會兒，便帶著三隻小鵝飛到山梁頂上，找了一片被狂風刮光了積雪的碎石沙草地飛落下來等他們，似乎還想跟阿爸阿媽一起再飛一次。

雪原上，三人喘著白霜氣，慢慢地滑，不一會兒就滑到長坡的起坡處，又歇了一會兒，開始往山上爬。中途歇了四五次，花費了比下滑多十幾倍的力氣，終於爬到可以望到客棧的坡頂。眼前是一片白燦燦、平展展的下降大雪坡。天鵝們也忽地助跑飛了起來，在他們頭頂三四尺高的半空歡樂地繞飛高叫，催促他們再飛。面對腳下這片漂亮的雪坡大飛場，三人飛心膨脹得大喊大叫，引起一陣陣的狗吠，將兩個蒙古包的大人和孩子全都吸引出包，也把正在餵牛的牛倌們的目光吸引過來。

薩日娜挺拔地站在山頂，襯著深青藍的天空和在她頭頂盤旋飛翔的天鵝，像一座高高矗立在潔白雪坡頂上的天鵝女神雕像，又像是一座鐫刻著優美天鵝詩篇的詩碑。她目光凝視著天空和天鵝，嘴角微微抖動。

巴格納欣喜地說：看你的樣子，心裡又湧出新詩了吧？

圖雅看著薩日娜笑道：剛才爬坡的時候，看你一直不說話就知道你在想詩，今天咱們跟天鵝飛得這麼神奇帶勁，巴格納又送給你「飛婚禮」，準保把你的詩興激出來了。咱們三個就來個三三飛，我跟天鵝一樣當你倆的伴娘，咱倆就一人唱一首新歌，一路爬我也爬出了一首歌。今兒咱姐妹倆不飛出兩首新歌來，就對不住巴格納哥哥送給咱倆的驚喜，也對不住陪咱們飛翔的天鵝寶貝，更對不住你倆這麼神奇的「飛婚禮」啦。

薩日娜笑道：好的，咱們就來個三三飛，咱倆一人唱一首新歌成。

薩日娜揮動雪杖，招呼了幾聲天鵝，又比畫了飛翔的動作。大鵝小鵝看到阿媽阿爸又要飛，歡樂激昂地狂叫起來，鉚足了勁準備衝飛。三個人在山梁頂一字排開，一起喊：一、二、三。

一隻百靈、一對天鵝和伸展真正羽翅的天鵝群，同時從山梁頂上一起衝飛下去。全客棧的人都驚呆了，彷彿看見人鵝同飛的奇景，連古老薩滿的神話傳說中都沒講過啊，蒙古人只知道薩滿會騎著天鵝帶著善良靈魂飛上天堂，可是誰也沒有親眼看見過。這樣天神般的飛翔卻真真地出現在眾人的眼前。大夥拚命揮動手臂驚呼起來。

圖雅百靈和薩日娜天鵝在飛翔中神思飛動，激動地高唱起來。

圖雅唱道：

草原情侶滑板雪上飛，
恰似大鵝護救小鵝啄狐追。

飛濺雪沙如展霓虹雙飛翼，
驚得白翅天鵝相信人會飛。

蒼鷹自愧翅黑羽不美，
哪能與雪上飛侶比彩輝。
誰說雪山飛滑不算飛？
天鵝都說與阿媽阿爸同飛最心醉。

與此同時，薩日娜也已開口成歌：

歌神、舞神、草原保護神，
愛神、美神、自由高飛神，
更是帶給草原喜樂平安的吉祥女神。
天鵝神，草原人。
沒有天鵝，
草原怎會顯露天堂美？
沒有天鵝，
牧人怎能成為靈魂飛天的自由人？

低飛、高飛，超越喜馬拉雅的頂峰飛，
短飛、長飛，穿越南國北國的通天飛，
更是薩滿世界的天飛、地飛、冥界飛。
把善良的靈魂送上天堂，
把邪惡的靈魂拋入地獄永世黑。
天鵝飛，草原牧人千年萬代叩拜跪。

想飛、盼飛、夜夜夢中飛，
想雙飛、盼雙飛，
渴望今生來世與君始終雙雙飛。
想與天鵝飛、盼與天鵝飛，
自幼救鵝養鵝放鵝羨鵝飛，
願用我的一生換鵝一日飛。

驚獲夫君贈我蒙古西部滑雪翼，
秘藏天鵝情侶一飛到底之真髓。
再獲夫君送我空中飛婚禮，
竟喚天鵝伴娘伴郎伴我飛。

我與情郎雙雙飛在鵝群裡，

恍若雙臂羽化已與天鵝換輪迴。

薩日娜意猶未盡，站在雪地上，喘了一口氣，說道：這首歌的歌名是《天鵝飛婚禮之歌》。我還有一首《滑雪歌》哪，就把它一氣兒唱完吧：

草原情侶要想雪上飛，

須踏深雪攀頂頭不回，

雪山飛板直下三千尺，

宛如天鵝雙雙俯衝戲烏騅。

草原先祖即可雪上飛，

滑板本是蒙古英豪飛馬腿。

誰說蒙古只憑騎射威天下？

誰說蒙古沒有抗勝天災的大智慧？

巴格納在雪地上穩穩站住傾聽兩姐妹的即興新歌，直到兩姐妹唱罷，才抱住薩日娜親吻不止。少頃，狂喜道：太好啦！好久沒有聽你唱新歌了。唱出了你心中的天鵝神和天鵝飛，薩日娜，我的天鵝新娘，你終於又飛起來了，我也終於盼到了這一天。

然後又急忙抱住圖雅妹妹，吻了一下額頭，說：謝謝好妹妹，送給我倆這麼美的新婚賀禮。

三人回到客棧，鵝們已經吃過下午餐，正在自己的小雪場上梳理羽毛。巴格納、薩日娜和圖雅喝過奶茶，又像往常一樣，開始玩他們幾天一次的開心遊戲。巴格納到庫房取來小半袋馬料。薩日娜和圖雅把馬料分四堆倒在馬廄長長的食槽裡，每小堆有兩三斤。三個人各自看著自己的愛馬，巴特爾則看姐姐的芍藥大黃馬吃草原馬最愛吃的美食。其木格也來了，客棧的公用馬已經把她和莫日根當作自己真正的主人了。四匹馬開心得瞇眼睛、打響鼻、甩尾巴，享用美餐。

人與馬一親近，一餵料，大雄鵝必定聞聲來蹭食。牠帶領五隻鵝走到馬槽旁邊。此時，小巴圖就會對老朋友大黃馬高聲喊叫，大黃馬總會笑呵呵地向牠點頭打招呼，並用大嘴唇抿住一些乾麥粒，再拋到馬槽外給大鵝小鵝吃，鵝們歡快地上來一通哄搶。天鵝幾乎天天飛翔，食量也越來越大，每天兩頓好食吃飽以後，仍然饞那些沒被水草泡軟的乾硬麥粒。只要聽到馬朋友咯嘣咯嘣地吃馬料，就忍不住跑過來撿便宜、吃零食，從地上一粒一粒地啄撿乾麥粒。就像蒙古孩子吃飯後嚼乾奶渣那樣開心。薩日娜和巴格納故意讓馬來給麥粒，以養護天鵝和馬的感情，也好讓小巴圖在鵝群裡有更高的地位，讓大鵝夫妻高看牠一眼。其他的三匹馬，只有巴格納的大白馬捨得將自己的美食分出一些給天鵝吃。通人性的大白馬早就明白，雖然牠是圖雅家馬群裡的馬，但是自己的女主人，不是圖雅，而是薩日娜。所以，女主人的那匹大黃馬怎樣做，牠也會跟著怎樣做。

薩日娜笑著把袋裡剩餘的馬料都倒給芍藥大黃馬和大白馬，並在大黃馬的芍藥花瓣上、大白馬的鼻樑上各親了一下。然後，兩匹馬又分出一些麥粒拋給鵝們。大白狗看在眼裡，也知道自己的女主人已經是大客棧的女主人了。忠心的大白已跟隨薩日娜擺脫了從前半饑半飽的生活，到客棧後不愁吃喝，身子骨也越來越壯。巴格納還在掌櫃房旁邊的大雪堆裡，給牠挖了一個背風的狗窩，裡面用生馬皮拱起來隔雪，窩底還用厚厚的舊氈和破碎的生羊皮鋪墊。

落在地上的麥粒不均勻，大雄鵝總是霸佔麥粒最多的地盤，只讓大鵝公主進來吃，還護著她吃。其他的鵝，誰也不讓靠近，就連跟馬討來麥粒的小巴圖也不讓。小巴圖打不過大雄鵝，護妻的雄鵝不好惹，當初牠有自己的公主的時候也是一樣。此刻只能避開牠，啄食週邊零零散散的麥粒。大雄鵝得意地昂頭張翅高叫。

薩日娜笑問：我的雄鵝也像這隻大鵝這麼護妻嗎？

巴格納笑答：我有本事找到和弄來更多的鵝食，讓鵝兄弟姐妹都有得吃，不用搶。要是弄不來，那我就是牠。

四人大笑。但是小弟弟巴特爾看到跟他最要好的朋友小巴圖受欺負，很想去轟趕大雄鵝，可是他知道大雄是姐姐、姐夫和米希格阿爸最優待的貴客，不好出手，於是只好到馬槽抓了圖雅和其木格的馬的一把麥粒，用雙手捧著遞到小巴圖和小花脖的面前，讓兩個好朋友也美美地吃起來。

快樂好玩的遊戲結束，大鵝小鵝又回到自己的場地梳理羽毛。

其木格說：有一件事要跟你倆說。咱們的水草只夠吃一個月了。往後只能往鵝食裡摻菜葉子。可是鵝更愛吃水草，菜窖裡的白菜也不太多，大蔥和雞腿蔥天鵝又不吃。咋辦？

薩日娜說：不要緊，咱們就用青乾草。先放在井水裡泡，泡一夜，泡脹了，除去老葉，只留嫩葉和草芯。第二天切碎了拌在鵝食裡，鵝們準愛吃。除掉的老葉還可以餵牛。每天只要有兩大把青乾草就夠了。

其木格說：這主意好。今兒晚上我就用井水泡。

薩日娜又對其木格說：聽說你跟客棧大師傅學會了包餃子，那你就請我們吃頓白菜羊肉餡的餃子吧。這些天，我的胃口可好了。

其木格笑著答應道：好啊，你倆新婚，兩人這麼黏糊，聽圖雅說你倆還自個兒辦了個天鵝飛婚禮，胃口能不好嗎？我馬上就給你們做，我學會了用木匠鉋子刨凍羊肉，再把羊肉刨花剁一會兒就成餡兒了。過一會兒我再教你們咋樣包。

晚上，全家人美美地吃了一頓白菜羊肉餡餃子。都說比大蔥羊肉餡餅還好吃。

夜裡，薩日娜的臉龐微微漲紅，說：今兒回來，我只要一閉上眼睛，就像還在天上，身邊是你和四隻真正的天鵝在飛翔，還有白雲和霓虹，好像還在天鵝伴飛的飛婚禮中，太美啦。謝謝你，你把我的愛火燒得更旺了，從來沒這樣旺過，我想把你也燒旺起來，燒得像我一樣旺。

真的啊，那我能不能跟你提一個請求呢？

提吧，今兒夜裡你提啥要求，我都答應。

那年秋天你和巴圖在花海裡，衝花浪、淋花雨、吃花瓣，圖雅告訴我後，我好羨慕。後來又聽了你唱給他的花浪情歌，我就更羨慕巴圖了。那你能不能把給巴圖的火燙的愛，也分給我一點呢？

我正想給你呢。我是你的天鵝新娘啊，你送給我天上的天鵝飛婚禮，要比地上衝花浪的「婚禮」更火燙，更對我的心意和夢想。我當然更愛天鵝飛婚禮啦……

47 蒙古包的小太陽

烏珠穆沁……索諾木喇布坦親王，那時候他是錫林郭勒盟的盟長……我第一次見到他的時候是甲子年（一九二四年），那時他到北京去參拜班禪大師，我也是去那裡參拜這位大師的。聽說索王這個人事母至孝。那次他母親也和他一同去的。當她在街頭看見人力車的時候，心裡非常難過，認為怎麼可以拿人當牲畜用呢？一個人坐在車上，叫另一個同樣的人去拉車，這是多麼大的罪孽。於是她就吩咐她兒子，叫所有的隨員不許再坐人力車……她的這種看法，正代表一般畜牧地區蒙古人的看法。甚至就是對於漢地虐待牲畜的事情，也是看不慣的。

——札奇斯欽、海爾保羅《一位活佛的傳記》

酷寒的夜晚漸漸減少。額侖烏拉蓋草原冬末的月亮，明亮得可以讓人在月下看書讀詩。薩日娜、巴格納、圖雅等五人吃過晚飯後，終於可以到院子裡賞月了，又情不自禁地去馬廄看東日布家的牛羊。許多牛竟然跑出牛圈，臥到露天的停車場慢慢反芻，一片吱吱嘎嘎碾磨葦葉草食的聲音。大牛小牛滿身的牛毛，每一根都微微閃著月亮的反光。牛毛能反光是牛肥壯的標誌，是牧人最覺美麗的光，尤其是在大白災的年景下。

小弟巴特爾說：今天晚上，伸出手都不覺得冷，連皮帽子都不用戴啦。

薩日娜微笑道：這個魔鬼冬天快要過去了，東日布家的牛羊還是這樣肥壯，母羊準保都能保住胎，開春就要變成兩群羊了。羊群牛群真美啊，多虧這一大圈草和擋風雪的馬廄。

圖雅也笑道：好姐姐結婚後越來越美啦，就像月光下湖面上的天鵝那樣美。

巴格納說：這麼美的月光夜晚，兩位姐妹歌手難道不想唱一首新歌嗎？

圖雅說：是想唱。可我還是想先看牛羊。這個冬天我還沒有在這麼亮的月光下，好好看牛羊呢。一個冬天每次走過馬廄的時候，都聞不到牛羊糞的氣味，凍得啥味兒都沒了，這會兒總算能聞到點牛糞羊糞的氣味啦。我覺得牛糞羊糞有股特別的味兒，從小聞慣了這些味道，要是忽然聞不到了，那就好像不在草原生活一樣。這下好了，客棧有了牛羊，夜裡能聽到牛羊輕輕的叫聲。我每天都可以像住在蒙古包裡一樣，天天看肥壯的牛羊出圈歸圈，心裡感到特別富裕踏實。咱住的房子有暖炕，有菜窖，有凍肉凍魚，有牛羊，把客棧和草原兩頭的好處全占上了。

薩日娜微笑道：我跟圖雅妹妹的感覺一模一樣，草原人真不能離開牛羊。我有巴格納，有書、有歌、有詩、有天鵝、有芍藥黃馬、有大白狗，再有牛羊和那麼多的牛羊糞燒柴，客棧真是天堂啦。而且旁邊湖裡還有一個天鵝天堂，這樣的地方上哪兒去找啊。

圖雅姑娘忽然咯咯笑個不停。巴格納和薩日娜忙問：笑啥呢？

圖雅笑道：我又快有一首兒歌啦，名字就叫牛糞歌。為啥小鳥、百靈、天鵝、羊羔、狼崽可以唱成歌，牛糞就不可以呢？還從來沒有人專門為牛糞寫過詩和歌。我愛牛糞，就要作一首牛糞歌。薩日娜的阿爸說，寫詩寫歌，就是要寫別人從來沒寫過的。天底下還從來沒有糞歌哪，我就要讓牛糞登上歌台。等我再好好想想，明天唱給你們聽。

巴格納深感驚訝，說：圖雅妹妹越來越神了。我倒要看看你的糞歌會臭遍草原，還是會香遍草原。不過，光聽到你的歌名，我就想聽。牛糞是咱草原人一天也離不開的好東西。

薩日娜也忽然詩情湧動，微笑道：真是個好主意啊。詩貴奇絕。圖雅，你把我的詩興也燎著了。不成，我也要給你們唱一首。

巴格納笑道：你倆的詩興一上頭，準能出好歌。

只過了一會兒，薩日娜詩興勃發地說：呀呀，一首牛糞歌也要從我的詩歌地裡冒出來了，牠比別的幾棵詩苗苗躥得還要快。

巴格納驚得叫道：這還得了。等等，等等，你今兒晚上先別唱，等明天圖雅妹妹唱完了你再唱。要不然，你就搶了圖雅的名頭了。

薩日娜說：其實，我剛才聞著牛羊糞氣味的時候，跟圖雅妹妹一樣，心裡也冒出一棵詩苗，我想再等等，想等長大些再告訴你們的，結果讓她搶了先。

巴格納大喜道：那明天就有熱鬧看了，兩位女歌王要鬥歌啦。

第二天，喝過早茶吃過牛肉手把肉，四個人都靜悄悄地盼著圖雅姑娘開口唱她的牛糞歌。圖雅卻嘻嘻哈哈自個兒先笑個不停，然後說：我這首牛糞歌，還真是不好唱，自己都覺著上不了歌台。牛糞羊糞再好，蒙古人再咋樣熱愛牠，可是歌詞裡只要一有個糞字，眼前就會出現老牛的屁股，然後就是牛糞落地的聲音。擠奶的蒙古女人和姑娘，誰沒被黏著濕牛糞的牛尾巴掃過臉啊？唉，昨晚我在屋裡憋了大半夜，怎麼唱怎麼彆扭，咋唱咋不對頭。估摸我只要在那達慕會上一張口唱到糞字，台下的人就會走掉一半，要不就會罵我糟踐蒙古歌。我真的唱不了了，被人熱愛的東西並不是都能唱成歌的。怪不得草原上從來沒有糞歌啊。算了，這次我就不唱啦，下次再補吧。

巴格納和其木格都很失望，但也覺著糞與歌實在難以相融。

薩日娜說：我也試了好幾遍。圖雅妹妹說得沒錯，這糞字咋也不能唱進歌裡的。一出糞字，詩意全毀，讓人張不開口。可是蒙古人實在是愛牛糞啊，那咋辦呢？我不甘心，又想了小半夜。我忽然想起阿爸教給我的「兵貴藏計，詩貴藏意」「詩中藏詩」的法子，一下子就想通了。我在詩裡把牛糞全都藏了起來，沒多會兒就把詩作出來了。一直到這會兒，我的心還激動得怦怦跳呢，你們聽了準保喜歡。只是歌的名字咋也想不出來。

四人驚得叫起來。圖雅拍手道：快唱，快唱。還是好姐姐厲害。把糞藏起來，可咋藏啊？我特想聽。

巴特爾樂道：我也想聽，我還從來沒聽過牛糞歌哪。

其木格笑道：難道在歌裡，你用大氊子把牛糞蓋起來？

巴格納滿面笑容，說道：我的新娘說作完這首歌她的心怦怦直跳，那一定就是首好歌了。妹妹想出題目，姐姐唱，要是成功了，你倆我都重重獎。這日子過得都讓人不相信是真的啦，我的心也要跟著薩日娜的一起跳出來了，唱吧。

薩日娜微笑著喝了小半杯奶茶，站在地上靠西牆的大箱櫃前面。她深深的眼窩裡那雙碧綠的大眼睛，散發著迷人的光芒，她放聲高歌：

你是蒙古包裡小太陽升起的地方，
你是蒙古草原人火神的額娘。
你可以天天夜夜進入成吉思汗的金帳，
你可以把大汗王妃的美麗照亮。

你是草原白災中蒙古人的救星，
你是草原蚊災中蒙古人驅蚊的魔杖。
你是蒙古騎兵長途奔襲時的燃料保障，
你是蒙古部落長途遠征時取暖的仰仗。

你可以撒遍草原讓牧草生長茁壯，
你可以把白板皮袍熏上好看的棕黃。
你可以把樺木校正成筆直的套馬杆，
你可以成為治病的蒙古偏方。

你讓蒙古女人為你彎腰一生撿拾裝筐，
你給勤勞的蒙古女人增添榮光。
你讓蒙古人吃到熟肉喝上奶茶熱湯，

你讓遠嫁而來的蒙古新娘熱淚盈眶。

你的芬芳蓋過短暫的春秋花香，
你的芬芳讓我知道已回到久別的故鄉。
你的氣息飄蕩在草原的四季，
沒有你，
我會感到不知身在何處久久惆悵。

草原人心中都在為你歌唱，
蒙古人時時都在表達對你的敬仰。
可我卻難以把你的名字唱進歌中，
只想為你的名字換件新衣裳。

歌畢，四人已是熱淚盈眶。

巴格納抱住新娘吻了又吻，然後驚歎道：太出人意料了。只有愛草原愛到骨子裡去的蒙古才女才能唱出來呀。**你竟然能把「糞」這個難以唱出口的字，藏得乾乾淨淨，一絲不露，卻把蒙古草原人千百年來對牛糞的愛唱了出來。**

巴格納越說越興奮：沒想到你這麼快又唱出了一首好歌。竟然只用了一夜的工夫。你以前的歌，唱的是一個蒙古女人的愛。而這首歌，卻唱出了整個草原民族的大愛啊。

其木格不斷地擦淚，說道：真想不到，蒙古人熱愛的牛糞，也有自己的歌啦，千百年來咋就沒有一首蒙古長歌來讚頌它呢，蒙古人自己都覺著對不住它了。沒有牛糞，蒙古人咋活啊？蒙古女人花在牛糞上的工夫最多，背筐撿牛糞的是女人，曬牛糞、運牛糞、堆牛糞、蓋牛糞的是女人，燒火添牛糞的是女人，蒙古女人養活一家人，哪一天離得開牛糞啊。蒙古女人對牛糞的感情最深。薩日娜這些年日子過得苦，沒少撿牛糞，她歌裡寫的那麼多牛糞的句子，一準是在她撿牛糞燒牛糞的時候就想出來了。蒙古女人總算能放開喉嚨歌唱牛糞了，我真想和全部落的女人哭一場，再痛痛快快地同聲高唱這首歌。

圖雅叫道：這首歌真好，蒙古草原的男女老少準保都喜歡。薩日娜好姐姐，你太狡猾啦。這首歌每一句寫的都是「糞」，可整首歌一個糞字都沒有。我真服了你了，我咋就沒想到可以這樣唱啊。這首歌更要唱遍蒙古草原了。

圖雅說罷，下炕走上前摟住薩日娜姐姐親個不停，巴格納拿出了酒，眾人舉杯，慶賀這首蒙古草原的新讚歌誕生。

薩日娜對巴格納說：我從前背筐撿牛糞的時候，就在琢磨牛糞。在大雪封山的冬天，牠給了蒙古人多少溫暖啊，這種情感早就在我心裡，但就是沒有想到可以把它唱成歌，多虧圖雅妹妹一提醒，這才變成了歌。也幸虧你把我接到客棧來，要不哪會有這幾首新歌啊。

巴格納笑道：這都是天意啊，但你的才華和情感最重要。圖雅也提醒了我，那我咋就寫不出來呢？

圖雅姑娘一邊聽，一邊還在歪著頭望著頂棚想著什麼，忽然問道：這首歌的名字咋定啊？我想來想去，覺著還是不能用糞字。藏詩就要藏到底。寫這首詩難，可定這首歌的名字也不容易啊。

巴格納說：那你想用啥歌名呢？

圖雅說：我想了有五六個名字了，沒一個滿意的。比如：「沒有你就沒有火」「我們愛你」「草原的寶」，等等，都不好，好姐姐你也一定不喜歡吧？

薩日娜點點頭說：是的，不夠好。昨天夜裡歌想出來以後，就是歌名咋也想不出來。花在歌名上的工夫，比寫歌的工夫還要多。巴格納你點子多，幫我想一個唄。

巴格納看了幾遍剛抄下來的歌詞，又想了好一會兒，說：圖雅說得對，藏詩就要藏到底。那歌名咋藏呢？我發現，你這首歌每句都有「你」字，我覺得歌名應該就叫《你字歌》，這樣就可以從歌名到歌尾藏得乾乾淨淨了，咋樣？

太好啦！薩日娜和圖雅都贊同地喊了起來。

快開春了，雪層漸漸鬆軟酥空，已矮下去了半尺多，一腳就能踩到底。莫日根也被道爾基派回客棧，全蘇木的人都很感謝他，蘇木長還獎勵他一匹馬。他一回到客棧又開始忙於雜活。巴格納受蒙古貴族傳統家風的薰染，喜歡整齊乾淨，並讓客棧始終保持軍營般的井井有條、強弓繃緊、隨時迎擊的臨戰感。他領著莫日根、其木格和東日布的家人把房頂上的積雪推下地，一起鏟雪堆雪，再用牛車往院外坡地拉雪，以防春天雪化之後院內泥濘，被大量商隊的牛車馬車壓出無數大坑爛溝，破壞寬闊平整的停車場。他最怕自己的客棧變得像泥濘髒亂的窮村，讓清爽整潔的愛妻和愛鵝們看得不舒服。遊牧的蒙古人喜歡剛搬到新草地時的美麗和潔淨，長途飛還的蒙古天鵝也最喜歡清清的湖水，用清水洗浴。

莫日根說：白災以前那大半個冬天，我常常到西南邊那個冰窟窿去撈魚，每次都要拉滿滿一扒犁魚回來。這會兒已經堆了大半間屋子的凍魚了，有六七百斤。店員們一回來，咱們就給他們連吃三天炸魚。這一冬剩下的牛羊肉也不少，再給他們多吃些肉吧。我聽他們講老家的生活，飯都吃不飽，一年都見不著幾根肉絲，太苦了。我就想給這些窮兄弟姐妹們出點力，給他們補補身子，到時候你能不能讓伙房多給點羊油牛油？

巴格納說：能，我讓伙房給。這一冬天，咱們也沒用多少羊油，還剩下不少牛羊肉。牛倌殺的那三頭牛的牛油還沒怎麼動過呢。他們準保不帶走，你都拿來用吧。以後只要對客棧對大夥有好處的事，你就去做，告訴我一聲就行。開春後商隊就該來了，給客人的炸魚，每盤要再加一成分量。那麼多凍魚可別放化了，還得多鑿點冰塊，在伙房後面做一個小冰窖放魚，再拿氈子蓋上，爭取能撐到接上春魚。凍魚還是比春魚肥。

成。清完雪我就弄冰窖。西院的背陰處有個現成的深雪坑，把雪挖出來就是冰窖，不用鑿冰，好弄。

莫日根牽著裝滿雪的牛車走出院子，兩人一起卸車。院外牛圈南面坡地處的雪堆得越來越多，越來越長。如果春暖雪化，雪水便可順坡流到河裡。

又過了幾天，薩日娜把從自己老蒙古包頂拆下來的佛家圖案，縫在一大塊舊氈子上，然後讓巴格納和莫日根架梯上房，把大氈鋪到婚房頂上，再用繩子和釘子固定住。

薩日娜說：春天天鵝飛回來，只要在額侖草原上空飛上一圈，就能知道我搬到這來啦。只不過這兒是房子，不是蒙古包，我的鵝可能要多飛幾圈才會飛落下來的。

巴格納樂道：我特別想念小小巴圖他們一家，還有小花脖的阿媽阿爸們。再見到小小巴圖的時候，牠準保還認得我。我得多多準備好吃的招待牠們。

雪悄悄融化到一尺多厚的時候，牛的舌頭可以捲到露出雪面的牧草了。巴格納和莫日根同牛倌們清理牛糞，把臨時堆在牛棚旁邊和餵牛場地的大堆大堆的凍牛糞，用牛車搬挪到羊糞磚大堆的旁邊，又堆起一個巨大的牛糞堆。等到春夏風吹日曬之後，牛糞堆就會變成乾牛糞堆，能為客棧增添幾乎半年的燒柴。巴格納又和莫日根、其木格一起把馬廄羊圈和停車場裡的羊糞也鏟出來，運到院外菜地旁邊堆起來漚肥，供春夏菜地使用。

巴格納、莫日根和牛倌們拆了院外南牆的臨時牛棚，把粗木和樺木杆放回堆木場。六七天以後，客棧恢復了從前的整潔。薩日娜和圖雅帶著大鵝小鵝在乾淨平整、寬敞無雪的停車場漫步跳舞的時候，很是開心舒暢。

東日布家的牛羊也開始早出晚歸，正常牧放了。

雪層漸漸變薄，客棧北邊和西邊不遠處，一些黃草已經露出雪面。冬季草場的牧草更高更密，露出來的草也就更多。部落草圈的青乾草已經用盡，牛羊也該還草場了。部落搬家需要用大犍牛，離開部落近兩個月的牛倌們，都急著要回部落。巴格納、薩日娜和圖雅為牛倌們辦了炸魚告別酒宴，兩姐妹還為他們唱了半個晚上的歌。牛倌們也再三感謝巴格納和客棧幫他們保住了犍牛群。第二天早上，當巴格納起來以後，發現客棧院外冷冷清清，四五百頭牛和九個牛倌已經上路回部落了。

早茶時，其木格笑道：這四五百頭牛，都是不用老婆的大犍牛，可牛倌們都是想老婆的大男人呀。

五人大笑。

48 攝人的高壓

節選尼瑪查氏（楊姓）神詞：

……

宴請有斑花紋的天鵝佛爺神……

——富育光《薩滿論》

這年額侖草原的春天，是從遠在南邊一多百里的荒山草場開始的。去年秋末冬初，三個部落三個十戶組遠途遷場而來的牛羊，以及大白災降臨前僥倖逃出來的馬群牛群，平安地度過了薄雪草場的冬季。能用大蹄刨雪吃草的馬群，已經返回額侖草場，牛群羊群開始慢慢挪往家鄉草原。雖然這裡的荒山草場不如額侖草原的草密、高、品質好，但是由於雪層比較薄，馬群羊群可以刨雪吃到草。即使不會刨雪吃草的牛，也可以吃到露出雪面的高草梢、旱葦葉和馬群羊群刨出來的草，反而比大白災下額侖的牛羊吃得更多。牛羊保住的膘也比未遷場的牛羊要厚。

在額侖草原陰坡的雪殼還是邦邦硬、能經得住一個人重量的時候，這裡的雪已開始消融，雪線漸漸北抬。畜群和蒙古包也慢慢跟隨雪線朝北移動。在蒙古的遊牧草原，冬牧場無井，河湖封凍後，人畜飲水全靠雪，所以早春雪化以後，人畜必須跟著雪走。跟雪走的更大好處是，被雪覆蓋一冬的秋季牧草全都重見陽光，乾淨滋潤，草香撲鼻。牛羊異常歡喜，用不了大半天就可以把肚子填得鼓鼓的。牛群吃飽喝足後臥地反芻的場景也頻繁出現。此時畜群吃的草都是即將被春草覆蓋的陳草，不吃也浪費。各方都已打過招呼，沿途的草場主人也願意送個順水人情，還能得到牛羊糞尿施肥草場的好處。

遠途遷場得到大台吉伊登札布的鼎力相助，也得到烏珠穆沁東西兩旗王爺和親王的贊同。東西烏旗原本就是親戚旗，雖然清廷不允許越旗放牧，但在大災年可網開一面。所以此次越旗避災遷場沒有遇到阻攔。長途遷場搬家很是辛苦，但是保住了牛羊和早春母羊下羔餵奶所不可缺失的膘情。

雪線緩緩地退，人畜慢慢地跟。快要生產的母羊不能快趕，以免流產。當雪線快退到額侖老家春季接羔草場的時候，遠遷回來的羊群正好可以在那兒待產下羔。接羔草場都是部落的黃金寶地，大多是暖坡肥地，一年保留下來的矮壯優質秋草最多，甚至還留有油性草籽。那裡還有井有河有水泡子，春草春芽也發得最早。

對遊牧業懷有深情、兢兢業業的伊登札布，馬上就騎馬南下來視察返場的畜群。他在札那的二兒子布赫朝魯、三個十戶長和幾位老牛倌羊倌的陪同下，一連查看了五六群羊和三四群牛，十分滿意地說道：這膘情真不賴，牛群跟往年差不離，母羊的肥尾巴只比秋末小了一半，保住胎沒啥問題。下羔後，母羊的奶水也準保夠，到接羔草場，上年剩下來的秋草也足夠吃到接上青草了。我估摸，最北邊的白災重災區能活下來的母羊就要少得多。去年秋初我讓他們建木欄草圈，可是只有一小半的部落和十戶組建了，還儲夠了草。大部分的十戶組都說來不及準備足夠的樺木杆和木頭，也雇不到打草工，就沒建草圈，那些勉強活下來的母羊尾巴可能瘦得只剩下兩層皮了。這場大白災的損失太大了，百年未有啊。咱們旗的多半蘇木和漠北的幾個旗災情最重，要不是去年冬初王爺下令，各蘇木必須調三成牛羊長途遷場，那咱們旗除了馬群，大半牲畜就被埋死了。咱們旗是皇家貢羊和烏珠穆沁軍馬的主產區，這次大災的損失怕是五六年也補不回來了，連朝廷都很吃驚。北邊各旗早就把災情上報。雪太大，後半個冬天災區已經和上面斷了音訊。京城已經取消了咱們旗三年的貢羊數，讓剩下的牛羊早點恢復起來，還要從臨近旗盟調些牛羊過來。一開春朝廷就要下災區賑災了。萬幸的是全旗的馬群保了下來。

伊登札布繼續說：可是，我真沒想到你們額侖蘇木，竟然逃過了這麼大的災。大白災的前一天晚上，從蘇木跑來的白依拉就到旗府報告，詳細講了道爾基、札那和巴格納是咋抗災的。旗府也連夜派傳令兵到各蘇木警報災情。到第二天晚上，大白災真的下來的時候，你們蘇木所有的馬群、一大半的牛群逃出了重災區。留在蘇木的人給所有羊群搭建了臨時抗雪大棚，還儲備了十幾個草圈的青乾草和三萬多斤糧食馬料，再鏟雪掏草。我和王爺算了算，估摸你們蘇木最少也能保下八成多的牲畜啊，太了不起了。王爺和旗府已經把額侖蘇木抗大白災的功績，上報給京城理藩院了，並為道爾基、札那和巴格納請功哪。王爺打算今年接完春羔牛犢馬駒以後，用朝廷的賑災銀，高價買下你們蘇木一半牲畜，補給其他受災嚴重的蘇木。你們蘇木這回可是立了大功。雪一化，我就去看，把你們的抗災法子在全旗推廣開。

布赫朝魯感謝道：這次多虧您親自下部落調配，王爺和西烏旗親王，還有部落首領一起出力，要不我們人生地不熟，哪敢到人家的草場去啊。那兒的部落對咱們長途遷場的新法子也很感興趣，他們說要是成功了，他們也想試試。萬一遇上旱災，就借用咱們河邊、泡子邊的草場。他們幫了我們不少忙，我也交了一些朋友。

伊登札布說：過些日子，我還要去其他幾個蘇木查看災情。雪太厚了，一冬天沒去成，也怕去看啊，準保屍橫遍野。雪薄以後有幾個傳令騎手跑到旗裡報告，那兒竟然連百年不見的「羊屍山」也被暴風雪堆出來不少啊。

伊登札布揮了揮手，讓隨員和其他的人停步，然後同布赫朝魯走了一段，神色嚴峻地對他說：你趕緊先回額侖一趟，告訴巴格納和圖雅他們，千萬別再聚會唱歌了。去年入冬不久，哈斯高娃、蘇木的幾個小吏，還有小勝奎商號合夥向京城理藩院密報，說罪臣之後巴格納和我勾結，聚眾辦歌會辦商貿會，動靜鬧得很大，犯了聚眾罪。開春化了雪說不定就要來抓人，查抄客棧，然後讓小勝奎來接管客棧分店，再把薩日娜強行帶走抵債。小勝奎商號最恨我，他們最想弄到手的兩個有漂亮眼睛的蒙古女人，娜仁其其格和薩日娜，都被我給攔下來了。他們打壓巴格納主要是為了整垮我。要不是去年冬天的大白災，興許早就把人給抓走了。巴格納過去一直不願接客棧這個攤子，就是怕幹紅火了招來災禍。罪臣之後最怕出大名。大清朝廷怕有聲望的蒙古貴族罪臣之後，又在蒙古民眾中得到擁戴。像巴格納這樣的罪臣之後，朝廷是容不下的。我也沒想到，巴格納不到一年就幹得這樣惹人注目，對於別人來說是大功，對於他來說就是大禍。

伊登札布扭頭看了看後面，看到人群離得較遠，繼續說：這個冬天，我也差點被小勝奎商號和哈斯高娃告倒。他們向朝廷和理藩院密報，說我打著為漢人旅蒙商提供食宿和庫房的旗號，鼓勵蒙古部落經營客棧，壯大蒙古勢力，圖謀不軌。打算以此為據點，慢慢奪回大元時期蒙古人的草原長途經商權，還勾結庇護罪臣之後，支持蒙古叛逆勢力，聚會唱歌，頌揚蒙古薩滿，聲名遠播。朝廷最怕蒙古人不跟自己一條心，這些罪名一旦坐實，都是殺頭之罪。幸虧我這些年辦皇差抓貢羊和軍馬有功，跟一些皇族和在京的蒙古王公的交情比較深，送了他們那麼多草原稀貨特產，上面有人給我透露內情，替我說話，才逃過一劫。我也才敢上書向上面擔保巴格納，讚揚他為保護草原和貢羊立了大功，幫助額侖蘇木扛住了這場大白災，保住貢羊主產地額侖蘇木的八九成牲畜。蘇木和部落的首領，還有我和王爺都為他向朝廷請功哪。事情興許還會有一點轉機。

大台吉神情稍稍舒緩，說道：還有，去年秋末冬初，薩日娜和圖雅的歌也傳到旗盟了。很多蒙古貴族和福晉都很喜歡，還把歌帶到京城。有位駐京蒙古王公的福晉聽了以後，還想請她倆去京城給他們唱歌。薩日娜的歌受到蒙古王公貴族的喜歡，小勝奎商號也有些心虛。可是，他們的老闆和後台不死心，一心想獨霸這條商道，都主張嚴查速辦。你回去一定要告訴他們千萬小心。這事不能讓別人知道。我和娜仁其其格還在想辦法。你去客棧再問問還有沒有上上等的蘑菇釘，要是有，就給我多拿些來，打通關節這玩意好使。大臣一聽說我帶來額侖蘑菇釘，都會見我的，我就可以當面向他們解釋求情。還有，你回來的時候趕緊到我這兒來一趟，把額侖的災情告訴我。

布赫朝魯嚇得面色如殘雪，連說：是，是，我這就快馬回客棧和部落。謝謝您這麼費心搭救。請您再多想想辦法，我懇求您千萬救救巴格納，要是沒有他，整個蘇木都躲不過這場大白災啊。我知道他還留了不少蘑菇釘呢，我一定全給您拿來。我快去快回，您千萬要等我。

送走伊登札布之後，布赫朝魯立即騎一匹、牽一匹，雙馬輪騎，十萬火急奔向額侖烏拉蓋客棧。

接羔的大忙季節即將到來，客棧突然熱鬧起來了。在接羔的那一個多月的時光，牧人全家上陣，一群羊將分為兩群羊：下羔羊群和帶羔羊群。原本一群羊只需一個羊倌，可到接羔時變成兩群羊，就需要三四個羊倌。早春天寒風硬，餘雪尚未完全融化。母羊每下一隻羔，等母羊舔淨羊羔以後，羊倌馬上就要把羔子裝在大氈袋裡，等裝夠三四隻就騎馬背回家，放到遮風暖地，由家裡人精心照料，否則小羊羔就會被凍死。一群下羔羊群有一千多隻待產母羊，每天總有幾十隻羊羔降生，最多的時候一天可產下上百隻羊羔，跟著下羔羊群的兩個羊倌一天不知要跑多少趟運羔。如果傍晚羊群歸圈，有些母羊沒奶不認羔，或頭胎下羔的小母羊不懂餵奶，就又要給母羊唱勸奶歌；每天帶羔羊群的羊倌，和一個來羊群幫忙的人，共同給羊群對羔。把羊群趕著走起來，兩人再從兩邊把住羊群，讓母羊從幾百隻羊羔中找到自己的寶貝，一天對兩次羔，上午下午各一次，對一次羔就是餵一遍奶。一直要到接羔季節過去半個多月，才不用給羊群對羔。當懷孕母羊全部產完羊羔以後，兩群羊重新合併，成為增添了幾百上千隻羊羔的大羊群。

接羔季節是草原最忙碌、決定部落當年「收成」的季節。到那時就絕無閒置時間出來採購生活生產物品了。一時間，來客棧採購的牧人、女人、姑娘、小伙突然多了許多。即便家裡沒有羊群的人家，經過一個冬季的耗費，也需要補充生活生產用品了。然而，商路還沒有開通，商隊還在等雪化路乾，店員還未回來。於是，留守客棧的巴格納、薩日娜、圖雅等五個人，只好全部當起了售貨員，連小弟弟巴特爾也忙裡忙外給姐姐、姐夫遞送東西。招待牧人食宿的雜務，就請東日布兄弟的家人代勞。好在草原部落是一個大家庭，每個人都會動手幹自己能幹的事情：吃，自己就到伙房用大鍋煮手把肉，用不沾油膩的專用鍋煮奶茶；睡，打開通鋪房和幾間客房，裹住大皮袍一躺就成。臨走前，女人們都會把房間收拾乾淨。

晚飯後，在巴格納的房間，大夥跟著薩日娜唱《草原花浪情歌》、《天鵝之死》、《落單的雪鵝》、《垂死的天鵝》、《天鵝飛婚禮之歌》和《你字歌》。雖然大部分人已經聽一些歌手在部落裡唱過幾首，但薩日娜後來作的新歌還是第一次聽到，又引起一片驚呼聲和喝彩聲。熱愛草原花海、高貴天鵝和對滑雪甚感興趣的歌手們，被這幾首歌深深打動，紛紛誇獎，一致認為這些歌是天鵝歌王的詩歌中最好的幾首。男女歌手們一邊唱，一邊歡笑，一邊流淚，情感衝動愛意濃烈。有的情侶一邊唱，一邊擁抱親吻。越來越多的姑娘小伙們騎馬跑來聽歌學歌，沒幾天，這些新歌比天鵝飛得還要快，飛出額侖蘇木、飛到旗盟、飛向草原四面八方。

當布赫朝魯趕到客棧時，正好趕上小歌會，擠得連外屋都站滿了人。他正想高喊讓圖雅和巴格納制止聚會歌會，但他站在外屋聽了一遍以後，卻被歌手們的狂熱和歌聲震在原地。他想，這樣美麗動人的情歌哪能禁得住，只會飛遍草原，於是他也不由自主地跟著學唱起來。直到圖雅在裡屋聽到了二哥的聲音，急忙擠到外屋找他，布赫朝魯這才中斷學歌，兩人高興地拉著手走出屋。圖雅領他到其木格房裡去喝奶茶、吃手把肉，再讓莫日根給他的兩匹馬卸鞍飲水餵青乾草。兄妹兩人一冬未見，聊得親熱，布赫朝魯這才弄清，他所崇拜的美麗女歌手薩日娜，竟然已經是巴格納的妻子了。而且，那幾首新歌就出自她的手。他覺著事情似乎有幾分轉機，緊張恐慌了一天的心稍稍鬆弛了下來。

等到歌會散了，屋中只剩下四個人的時候，布赫朝魯便將伊登札布的話複述了一遍。三人頓時驚嚇得臉色慘白，說不出話來，像是聽到官府騎兵隊的馬蹄聲和鐵鍊條的嘩嘩聲。

圖雅姑娘全身一陣陣地發抖，她驚恐地重複伊登札布的話：要不是去年的大白災，興許早就把人給抓走了。她雙手哆嗦地抱住巴格納說：這可咋辦啊？誰能想到他們真想霸佔客棧，還想整死你。你倆趕緊逃命去吧。聽阿爸說，四五年前，有一對牧奴夫妻偷了主人的兩匹好馬，逃到索岳爾濟山裡去，到這會兒還沒有抓到呢。你倆放心走吧，小弟弟和小巴圖讓我來撫養吧。

天鵝新娘薩日娜的臉頰像天鵝一樣白，也緊緊地摟住巴格納，極力控制嘴唇的顫抖，問道：伊登札布說事情可能還有轉機，你看會不會有啊？

巴格納像一匹頭狼，咬緊了剛硬的牙。他漸漸恢復了神志和冷靜，輕輕拍著新娘的背，吻了一下她的頭髮，安慰道：別怕，別怕。這會兒還不到逃命的時候呢。事情確實還有轉機。你們看，伊登札布還不知道你又作了那麼多首歌，還一首比一首好，已經在草原上傳唱開了，這些歌再傳到旗盟和京城的蒙古王公那裡，他們會更喜歡你和你的歌。從古到今，蒙古人上到皇族王公，下到僕人牧奴，都愛歌如命，更熱愛像你這樣的草原歌手。滿蒙聯姻是當今王朝的主要國策，駐京的蒙古王公都是當今皇上的重臣或皇親，是朝廷重要的依靠力量，只要他們肯幫你，他們說的話是很管用的。

巴格納轉身向布赫朝魯解釋道：薩日娜的歌誰聽了都會喜歡。只要歌好，那麼辦歌會也不會有大事。雖然聚眾，但不是聚眾鬧事，是大夥唱情歌，那麼聚眾鬧事的罪名也不好扣在我的頭上。我一沒有寫詩寫歌，二沒有聚眾鬧事。沒有這兩條罪狀，連伊登札布都敢替我上書據理力爭，旗府王爺也會替我說話的。而且，這次抗大白災，我出的那些主意和做的事情，幫助蘇木保住了八九成的貢羊和全部的馬群，這些事情全蘇木全旗上上下下都能看得見。所以，我覺著事情很可能會有轉機。

薩日娜的臉色開始轉為淡淡的紅潤，說：那眼下該做些什麼？

巴格納想了想說：一是，這兩天你和圖雅趕緊把你倆的歌教給布赫朝魯，教最主要的幾首歌就成，要把你寫的歌詞先抄給他一份；二是，布赫朝魯趕緊回部落一趟，把伊登札布的話告訴札那阿爸；三是，把我這兒存在庫房裡的上上等和上等蘑菇釘全部用馬馱走，再把大半的蘑菇釘交給伊登札布；四是，布赫朝魯回到旗裡，趕緊到伊登札布和他的哈敦娜仁其其格那裡，把歌唱給他們聽，再請他們把歌傳得更遠，多給蒙古王爺、貴族王公和福晉聽；五是，布赫朝魯你到旗裡以後，到大盛魁分店打聽秦川大哥的消息，他是這條商道的主管。快開春了，他現在不是在西烏旗就是在東烏旗，西烏旗也有他的一個分店。你把這些消息告訴他，再把另一小半的蘑菇釘交給他。如果找不到他，就先寄放在分店掌櫃那裡請他再轉交；六是，薩日娜、圖雅，你倆要做好準備，隨時接受邀請出去唱歌。薩日娜，你的名聲越大，你就越安全。他們會把無名的綠眼睛漂亮姑娘悄悄地弄到那種地方去，出了大名的歌手他們還不敢搶呢。要是哪位蒙古王公突然要請你唱歌，那惡商號不就該慌了手腳了嗎？布赫朝魯，你回旗以後還要請伊登札布儘快到客棧和部落來一趟，查看部落抗災的成效。

巴格納又想了想說道：還有一件事，你一定要派一個最可靠的親戚守在旗裡，保持和伊登札布、娜仁其其格的聯繫。只要官府一有要動手抓人的苗頭，就趕緊連夜快馬跑來客棧告訴我……我們只能做這些了。布赫朝魯，這回就要麻煩你辛苦幾天了。你再把你的馬換成我和圖雅的馬，越快越好。

布赫朝魯與巴格納核對了一遍要做的事情，又回想了一遍，說：好，我都記住了。一家人有啥麻煩不麻煩的。明天一早我就學那些歌，一路上還可以背唱。等學會了就馬上去阿爸那裡。回到部落，我跟大哥再換兩匹快馬，拚命趕回伊登札布那裡。

圖雅說：歌太多，一天準保學不完的。只能挑最主要的教你。你在路上就自個兒慢慢背唱吧。到了旗裡，你就直接照著紙上寫的歌詞唱給娜仁聽。

布赫朝魯說：好的。我是歌手，學歌可快了。剛才你倆教歌的時候，我跟學了兩遍，就差不離能把兩首天鵝歌唱下來。你倆再給我抄寫歌詞，我就更容易背下來了。

薩日娜說：你要是見到娜仁其其格，請代我向她問好，她是我的好朋友，也是大夥都知道的好歌手。就說我和巴格納已經結婚了，我很幸福。請她一定幫幫我和巴格納。

布赫朝魯說：好，你的歌真好，不要怕。我也覺得這事還有救。又說：這會兒我得趕緊補覺。

巴格納立即領布赫朝魯去客房休息。

巴格納回來後，圖雅的肩膀還時不時地激靈哆嗦一下，說：我越想越後怕，後怕得心都快凍住了，到這會兒還沒緩過來呢。你的客棧幫大盛魁搶了小勝奎的生意，幫薩日娜姐姐還清了去年的債，還娶她當了妻子，把他們快要弄到手的大買賣給砸了，能不恨你嗎？我想你倆真是命大，真有狼命和天鵝命啊，準是狼神天鵝神請騰格里給額侖降了一場大白災，把那幫惡魔堵在路上，一冬天過不來。要是你倆真有狼命，最後被咬死的還指不定是誰呢。

巴格納說：我相信，只要薩日娜的歌飛遍草原，只要大家都知道客棧幫額侖蘇木扛住了大白災，我和薩日娜都會平安。我也相信，天鵝女歌王的歌，比屠刀更厲害。

一場溫暖浩蕩的春風低低掠過額侖草原，河湖開始解凍泛光。越過被牛倌們割過的葦地和白毛風刮倒伏的蘆葦，可以看到烏拉蓋葦塘的冰面上，已出現一層薄薄的水波，一些大泡子也已經融化成通透的池塘，倒映著白亮的雲朵，像浮游著大群大群的天鵝。

一天，圖雅姑娘臉蛋通紅、激動得跌跌撞撞地衝進屋說：天鵝飛回來啦！剛才我聽見天上有天鵝的叫聲，抬頭一看，有一群天鵝正往烏拉蓋河上空飛呢。咱們該放小鵝了吧？

薩日娜和巴格納狂喜得蹦起來，急忙跑出院大門，天空似乎瞬間放亮。這年第一撥北歸的天鵝果真飛回來了，在烏拉蓋河茂密的葦林上空盤旋鳴叫高唱，給被大白災壓抑了一個冬天的額侖草原，帶來了天仙般的歌聲、舞蹈和美麗。草原上所有花草蘆葦的根芽都開始甦醒，冬眠的跳鼠、旱獺睜開了蒙矓的睡眼，草原百靈也跟著天鵝回到草原，懸停在藍天歡唱，又落下來，忙不停地在黃草叢中搭窩……草原上飄蕩著春天冰融之後濕潤的泥土芬芳。

天鵝群在烏拉蓋葦塘上空繞飛盤旋，有一小隊天鵝像是發現了什麼，朝著客棧上空飛來，低頭驚奇地察看屋頂大氈上的那幅佛家圖案，互相高聲叫，似乎在詢問：是媽媽家嗎？是她嗎？咋搬到這兒來了？咋不是蒙古包呢？

三人又急忙跑回大院。薩日娜激昂地揮動雙臂高叫：是我，是我呀。小鵝，小鵝，媽媽在這兒，快飛下來，飛下來。然後又對巴格納和圖雅說：回來了，回來了，是烏拉蓋的天鵝，是小小巴圖牠們。興許我們部落天鵝湖的花脖姑娘也路過這兒啦。牠們認識房上的圖案，繞著飛哪。太好啦。咱們把小鵝放飛吧。

幾個人都跑向天鵝房。薩日娜剛跑了幾步就叫道：等等我。然後猛地轉身跑回了家，飛快地脫掉了天鵝們從來沒見過的華美閃亮的緞面新婚皮袍，換上了天鵝認得的舊皮袍。又從家裡的灶台上拿起一大盆剛剛拌好的麥粒魚肉碎白菜，打算給大雄和三隻小鵝餵一頓美餐，然後再放飛。可是鵝們已經聽到天空上的天鵝叫聲，急狂得大喊大叫，根本不看食盆一眼。薩日娜、巴格納和圖雅只好連忙一人抱起一隻小鵝，緊緊摟在懷裡，再不斷發出鵝媽媽的聲音，輕輕撫摸牠們的頭頸。三人又想放又捨不得放。可小鵝們不斷張喙大叫、扭頸、搧翅、蹬蹼，不顧一切地想飛上天。而大雄鵝早已趁亂逕自衝出門，快步助跑飛上藍天。

薩日娜像媽媽一樣親了一下小花脖，叫道：好好好，這就放你去見阿爸阿媽、兄弟姐妹吧。

兩人走到場院，三隻小鵝見到門外刺眼的陽光、白雲、藍色的天空和飛翔高叫的大天鵝，便像越獄囚犯見到阿爸阿媽那樣激狂大叫。天上的大鵝們聽到小鵝的叫聲，飛得更低，叫得更響，透出意外驚喜，沒想到在這兒碰見自己或其他大鵝的孩子，又像是回想起牠們童年時有過的經歷和場景。薩日娜、巴格納和圖雅激動得湧出淚水，呼喊一、二、三，然後用盡全身的力氣，把小鵝拋向天空。三隻小鵝在半空沉了一下，然後迅速撲翅，在空曠的停車場上空撲出了升力，飛向佛家圖案上空的大鵝，並跟隨大鵝翻飛舞蹈、追逐狂歡，親熱得像小狼見到失散已久的狼媽媽一樣，把扁尖的尾羽搖抖得像小狼尾。

薩日娜讓其木格和莫日根把自己外屋另外兩盆鵝食端過來，又急忙從天鵝房裡拿來麥粒拌魚肉的大食盆，用一根小鐵棍「噹噹、噹噹」地使勁敲。然後她又快速摘掉皮帽，放在牛車上，露出濃黑的頭髮、光潔白亮的額頭和寶石般閃爍的綠眼睛。嘴裡大聲發出「額額、額額，叩叩、叩叩」的鵝媽媽的聲音，向大小天鵝不斷招手、敲盆、示意，並高聲叫道：小鵝，小鵝，媽媽在這裡！媽媽在這裡！你們飛下來吧，有好吃的給你們。

那些從來沒有停落過陌生客棧大院的天鵝有些猶豫，但媽媽的聲音卻又那麼熟悉和清晰，鵝們開始慢慢飛旋下降，當一隻大鵝認出了薩日娜美麗的、不易記錯的綠眼睛後，立即發出了驚動天地的歡叫聲，倏地飛落到她的腳下，張開大翅膀擁抱鵝媽媽的雙腿，然後用長長的頭頸不停地蹭摩媽媽的腿，左一下、右一下、上一下、下一下。又發出唱歌一樣低一聲、高一聲的叫聲，一聲一聲地傾訴著天鵝們久別重逢的感恩之情。薩日娜一眼認出牠是小小巴圖，歡喜的眼淚頓時一串串滾落胸襟。她連忙蹲下身，擁抱撫摸小小，親吻牠的頭和喙，又把臉貼在牠的頭頸上，不斷地說：好孩子啊，媽媽總算又見到你啦，把全家都帶回來了啊。

薩日娜轉著頭，一邊叫著「花脖姑娘，花脖姑娘」，一邊仔細辨認擁擠在自己身旁大鵝的長脖頸。聽到媽媽的叫聲，有一對大鵝格外興奮地高叫著，用力擠開其他的鵝，衝到薩日娜的面前。夫妻倆雙雙用長脖頸從左到右，繞在鵝媽媽的脖子上，獻上了雙「圍脖」。薩日娜被兩條天鵝脖頸纏繞得幾乎直不起腰來。她用手稍稍鬆開一隻鵝的脖頸，激動地對巴格納喘道：我還是第一次被兩隻鵝的脖頸一塊兒纏住脖子哪，準是花脖姑娘和牠的丈夫，牠倆一定是在部落營地沒找到我的蒙古包，才找到這兒來的。快快，快幫我看看，那隻小一點的鵝的喉嚨下面，有沒有兩片淺棕色的羽毛？

巴格納急忙走到她身邊，蹲下，把那隻美麗雌鵝的脖頸解下來，看了一眼，開心地說：有，有，有你說的那兩片羽毛。然後對花脖姑娘說：啊，你就是小花脖的阿媽啊。總算見到你啦，怪不得你媽媽天天念叨你呢，你真漂亮啊。

然後抱住牠猛親，又站起來，把擠不進來的小花脖抱到鵝媽媽的身邊。薩日娜連忙把三隻鵝的脖頸摟在一起，吻了又吻，說道：你們一家鵝總算團聚啦，媽媽這就把你的小女兒交還給你。三隻天鵝的眼睛裡也感激地溢出一層薄薄的、淺乳色的眼淚，閃著柔和的淚光。

薩日娜一邊笑，一邊抹淚，站起來把一大盆美食端到牠們的面前，圖雅和其木格也把另外兩盆鵝食盆端過來，讓越過千山萬水、遠途歸來的天鵝孩子飽餐家鄉的味道。剎那間，又有幾隻大鵝也都認出了牠們的救命恩人，全都快速飛落到薩日娜的身旁，側著頭，單眼盯看著她的綠眼睛，圍著她蹭頸、繞頸、搧翅、跳舞、歡唱，然後啄食媽媽的美餐。薩日娜一隻一隻地撫摸天鵝背上的白羽，天鵝們快樂地抖動尾部羽毛，享受著媽媽的愛撫。頃刻，三盆美食就要見底，食盆發出鵝喙啄盆幫噹噹的聲音。

見到人鵝母女母子再次相逢的巴格納，如處仙境，恍在夢中。他聽到食盆的聲音，猛然從眼前的夢幻中驚醒，急忙招呼莫日根奔向庫房。兩人抬來大半麻袋麥粒，又讓莫日根端來一大盆半化凍的野魚和菜刀砧板，讓其木格拿來幾棵白菜。五人在平平展展的停車場，剁魚、撕菜、揚食。一場草原稀有的天鵝盛宴就地鋪陳開來。越來越多聞聲趕來的天鵝，像眾神女下凡，從天飄然而降，圍在他們五六步遠的地方飛快啄食。這些鵝雖然大多不是薩日娜父女和巴圖救養過的天鵝，但也許是去年秋天接受過薩日娜和巴格納投食的鵝，還有其他草原薩滿、僧人、牧人和愛鵝人救養的天鵝。牠們雖然還不敢太靠近，但知曉草原人都是愛牠們的人。漸漸地，這些天鵝認出了牠們的天鵝媽媽，歡欣地放鬆下來。天鵝遠途歸來，胃囊空空，饑腸轆轆，可湖邊的冰還沒有化透，水中的草還不能吃到。這些善良的草原朋友送上的美食是多麼及時和珍貴。

天鵝們越吃越開心，離人也越來越近了。就連好不容易飛上藍天的烏拉蓋小鵝，也想起自己興奮得忘記吃飯了，看到滿院的大鵝小鵝在搶吃牠們的飯，也急忙飛下來吃。兩隻烏拉蓋小鵝和已經先落地的小花脖，對這六位親人太熟悉了，牠們馬上在大群天鵝面前炫耀自己在這裡的特殊地位：跑到莫日根的菜刀砧板旁邊搶魚肉，從巴格納手裡啄馬料，在薩日娜和圖雅的手掌上鏟麥粒，再從其木格和巴特爾手上叼嫩白菜。讓大鵝們看得好生羨慕，也紛紛靠近人，像貴族小姐和先生那樣彬彬有禮、卻還有些拘束地走近魚和菜。

直到三四十隻大小天鵝，把鵝阿爸阿媽一次次拿來的美食清掃一空，吃得再也吃不下，這場天鵝家宴才告結束。那些還有點認生的大鵝小鵝，陸陸續續地起飛。但都不會忘記在好客主人們的頭頂上空有禮貌地鳴叫並繞飛幾圈表示謝意，也再次記住了烏拉蓋河旁那對讓鵝們難忘的明亮綠眼睛，然後才飛向烏拉蓋河塘水面。而被薩日娜救助過的大小天鵝，還在鵝媽媽和恩人們的身旁繞膝纏綿，依依不捨，好像回到了自己的家。薩日娜情不自禁地一遍又一遍唱起她的天鵝歌。在她的歌聲中，天鵝們和聲展翅揚頸、翩翩起舞，那是蒙古草原薩滿們、也是薩日娜最膜拜的天鵝舞，米希格阿爸說過，許多薩滿舞就源於天鵝舞。

巴格納感慨萬千地對薩日娜說：人性惡，有點權力就腐化；人心叵測，一部分人總想統治、欺騙和奴役另一部分人。那種能奴役他國和他人的世界，才是他們的天堂。依人的本性構築人間天堂的想法多半會落空。我這輩子還是和你、部落，還有天鵝、狼這些本性永善的珍禽貴獸親人，一起搭建和守衛我們自己的小天堂吧。

薩日娜說：咱的小天堂已經成功大半了，就差邁過最後一道關卡。騰格里、狼神和天鵝神會保佑咱們的。天鵝是騰格里的使者，她們飛落到咱們家，就是來傳遞騰格里的天意的。

49 草原逆襲

黃鵠（天鵝——引者注）之一舉兮，知山川之紆曲。
再舉兮，睹天地之圜方。
……
黃鵠後時而寄處兮，鴟梟群而制之。
神龍失水而陸居兮，為螻蟻之所裁。
夫黃鵠神龍猶如此兮，況賢者之逢亂世哉。
——賈誼《楚辭・惜誓》

當額侖草原大片大片的黃草，再次感到藍天陽光溫暖的時候，東日布的羊群即將遷往他家的接羔草場。他的羊群中待產的母羊依然膘肥體壯，肥尾巴只瘦下去三成，居然沒有一隻母羊流產。馬上就要搬家了，羊群已經吃了多天去年留下來的秋草。但是草圈裡還剩下一大角落的青乾草，他想讓羊群再吃一些能嚼出綠汁的草料，就繼續給羊添一些草，然後再把羊群放出客棧場院。

巴格納、薩日娜和圖雅又一次跑到客棧大門外，提心吊膽地站在路旁苦苦盼望，看著東南方向空無一人一馬的商道。一天三四趟，望眼欲穿，但又擔心官府騎兵馬隊揚塵而來。巴格納和薩日娜兩人，就像在天堂與地獄鐵門之間徘徊穿梭，一天無數次美夢噩夢交替浮現，美不堪言，苦痛更不堪言。全靠著緊緊相擁的天鵝之愛來承受、來支撐。為了以防萬一，兩匹馬已備好鞍，整裝待發；那只小木船已裝上食物和備用物品悄悄下水，隱蔽在蘆葦巷裡……真要是官府馬隊出動，布赫朝魯派駐旗府附近的人，也一定會單騎快馬最先趕來通報的。一向謹慎的巴格納仍然擔心哪個環節會鬆扣。

承受過苦難和死亡折磨的薩日娜安慰道：心有天鵝，不懼死亡，就是被他們燒死在葦塘裡，也是幸福的。我已經是你的妻子了，大不了咱倆一塊兒飛上天堂，會有很多天鵝兒女護送咱倆去的。

巴格納也像雄鵝那樣安慰妻鵝：我不會讓他們燒死咱們的。咱倆還可以騎馬繞道走，先躲進索岳爾濟山裡去。我還準備了一生羊皮袋的牛肉粉，是去年商號車隊請部落牛倌做的，存在我這兒。車隊長途幾千里，這可是路上備用的救命糧，也是從前蒙古騎兵、貴族首領最上等的戰時乾糧。一袋六七斤的牛肉粉是用一頭大犍牛的精瘦肉做出來的，要煮熟、曬乾、碾磨成粉，再篩出筋皮碎渣，只留下牛肉乾的精粉。一天只要吃上一兩口，就像吃了一大塊牛肉，能扛過一天。兩人省點吃，再打打獵，套套獺子，挖野韭菜，用魚罐抓魚，咱倆可以撐上個小半年。等風聲過去，我帶你到一處荒涼偏僻的商道，等咱們商號的車隊。車隊的人跟我特別好，咱們還有不少銀子呢，只要有銀子，就沒有過不去的關卡。咱倆逃到西部的祖地去，路上要帶的東西我早就準備妥當了。你放心，西邊的路線和關係我最熟。可是，我還是捨不得烏拉蓋母親河、圖雅、小弟弟、小巴圖、小花脖、大鵝夫妻、狼群、客棧和部落親人。這可是咱倆和天鵝的天堂啊，不到哨馬跑來報兇信，我是不會帶你飛走的。

薩日娜說：我也捨不得走，也怕走。我一走，小巴圖找不到我，會急死的，要不就會不吃不喝傷心死的。可是真要是大禍臨頭，我只能跟你一起走了。唯一的希望寄託在小弟弟巴特爾身上，弟弟跟小巴圖像親兄弟一樣，但願巴特爾和圖雅能照顧好牠。好吧，我騎巴圖芍藥黃馬跟你一起走，不論生死，咱倆像天鵝夫妻一樣永不分離。咱們就把弟弟和小巴圖託付給圖雅妹妹撫養。米希格阿爸以後在冬天會住到客棧，他和部落其他愛鵝的人，一定會把大鵝夫妻和小鵝們照顧好的。

兩人緊緊擁抱。巴格納還是憂慮地說：你身子還比較弱，我怕你經不住幾千里的風餐露宿啊。

我有你，就能挺下來。

天鵝群一兩天就會飛落客棧一次，放飛的大雄鵝每天都到湖裡洗浴、會友和玩耍，但牠心裡總是放心不下妻子，在外待不了多大工夫，就會飛回家和愛妻一起吃住，一起慢慢散步，一起靜靜依偎。細心的薩日娜發現，與春天飛回來的年輕雄鵝們相比，自家的大雄鵝顯得老了，牠的飛翔也有些吃力和緩慢。也許大雄鵝也看到了自己與年輕雄鵝的差別，牠似乎已經感到，過不了幾年，牠就不能長途飛行，也會像妻子那樣飛不動了。將來，牠倆都要在客棧依靠阿爸阿媽過冬。薩日娜看到兩隻老鵝越老越相依為命，常常默默無語，互相靜靜聽著對方的心跳和呼吸，讓人看得心痛。唯一使人感到欣慰的是，兩隻鵝體格依然健康，能吃能睡。在陸地和水面上，看不出與其他鵝有太大的差別。而且大鵝公主似乎也已經可以慢慢忍受不能飛翔的生活，牠身邊的那隻不能飛的傷殘雄鵝小巴圖，在阿媽阿爸的愛護照料下，不是也勇敢快樂地生活著嗎？

三隻小天鵝也會按時飛回家吃美食。大雄鵝和小鵝們越來越漂亮乾淨，牠們可以在湖裡天天洗澡了。隨著河裡塘裡的冰漸漸消融，天鵝長頸可夠到的水下食物越來越多，天鵝飛來的數量和次數慢慢減少。小鵝們有時也不回家過夜，開始喜歡在水波搖籃上睡眠。

這天下午，小弟弟巴特爾帶著小巴圖到院外暖坡去吃第一茬春芽，但是細小嫩芽夾雜在密密的秋草裡，小巴圖的喙很難把嫩草擇出來，再吃進嘴裡。巴特爾就趴在地上用手指扒開黃草，把青草嫩芽一根根地揪出來，採了一小撮就餵給小巴圖，這可是天鵝開春以後最喜歡的草原時令鮮食。可不一會兒，巴特爾扔下小巴圖，讓牠自己吃草，著急忙慌地跑回來報信：東南方遠處有幾個騎馬的人跑過來了，我好怕。

三人急忙跑到大門探頭看，終於看到遠處商道上四人四馬的身影——既不是報兇信的單騎哨馬，也不是捲起煙塵的騎兵馬隊。三人帶著弟弟狂喜呼喊著迎了上去——竟是大台吉伊登札布和老秦大哥，各自帶著一個隨員騎快馬來到客棧。老上司、老屬下、老朋友們，一個漫長的白災寒冬未見，分外親熱。又是擁抱，又是高叫，又是慶賀。巴格納連忙將伊登札布的馬牽到手，圖雅又把老秦大哥的馬牽到手，兩人將馬牽到院內，交給跑來迎候的莫日根和其木格。薩日娜眼中噙滿淚水，走在巴格納的身旁。

伊登札布說：去年冬季是一場百年不遇的大白災，上面催著要大白災詳情，我已經跑了四個蘇木，親眼看到了那些慘不忍睹的「羊屍山」啊。幸虧旗府去年採用了一些有用的預防辦法，全旗總算還保下了四五成的牲畜。朝廷賑災的官員和銀兩馬上就下來。我先去看看東日布的羊群。回頭咱們再好好敘敘，我有好消息告訴你們。

三個人一聽到「好消息」，抽緊勒絞了五六天的心臟驟然放鬆了一半，轉而又慌亂快速地跳動起來。圖雅姑娘結結巴巴地吩咐其木格去熱奶茶和做炸魚。

大台吉和東日布一起走到馬廄羊圈前的空場。羊群還在拚命搶吃最後剩下的乾青草，你爭我奪，還像秋季肥羊那樣有勁。

啊。伊登札布吃驚地說：這是我在這個冬季看到的最棒的一群羊。全旗沒有一群羊的尾巴還能跟秋羊的肥尾巴差不離。這麼大的白災都能保住七八成的膘，神羊倌啊。東日布，你的羊回回都讓我高興。

東日布笑笑說：大台吉，您過獎了。神的不是我，是巴格納掌櫃和札那蘇木長。是巴格納掌櫃想出利用冬季客棧的空馬廄當羊圈，防寒擋風，又能保膘保胎。他還在旁邊建了個大草圈，儲滿了草。我的這群羊是部落的頭號羊群，要特別關照。札那蘇木長就讓我來了這個好地方。沒他們倆，這群羊哪能這麼棒。

伊登札布對巴格納說：看來建木欄草圈太對了，是抗白災的好法子。等明天我下部落，還要再親眼看看木欄草圈咋樣。

巴格納說：也很管用，這次三個部落能保住羊群，主要靠草圈和臨時防雪大棚。

伊登札布說：我已經聽道爾基和布赫朝魯說過臨時防雪大棚，你再給我好好講講。

巴格納說：那我這就做給您看，您就能知道做起來有多快。

然後就和莫日根、圖雅、薩日娜把存在庫房裡的樺木杆和大氈拿出來，迅速架起小半面牆的臨時大棚。

精通牧業的伊登札布馬上就看明白了，歎道：巴格納，你真行啊，我一看就知道這是個好法子，怪不得你們能扛住最大的白災啊。我記住了。這樣，我一直死命護著的草原遊牧就能保全下來了。我和王爺，咱們旗盟所有貴族的一個心病，讓你給治好了。我真要感謝你啊，王爺和旗府准得重重獎你了。我聽布赫朝魯講，你把蒙古西部的馬皮滑雪板也用到這兒了，札那還讓遷場的馬倌向我推薦這種抗災的新法子呢。

莫日根連忙一路小跑拿來一副滑雪板，伊登札布越看越感興趣。

巴格納說：這是我跟莫日根按照我在蒙古西部滑過的板子一起琢磨出來的。這回河邊的狼王向我們報警以後，我就是用滑雪板下部落報告大白災警報的。

老秦拿起滑雪板仔細看了看，誇讚道：不錯不錯，跟我讓人從阿爾泰買來的差不離。又對伊登札布說：去年秋天我給他定了兩副西部馬皮雪滑板，貨到晚了，雪又下得太大，就一直送不過來，沒想到他自個兒做出來了。巴格納這樣的人才確實難得啊。您向上面給他報功的時候，最好說得再細一些。把這些新東西一塊報上去。要是連抗災英雄都要被整肅，那蒙古部落的民心就穩不住了。

伊登札布說：我一準詳細報。這次我去京城，要向理藩院大臣當面報告額侖蘇木和巴格納的全部抗災功勞呢。

一行人走進客棧小餐廳，坐下喝奶茶。伊登札布一定要兩姐妹坐在他左右的兩把椅子上。

伊登札布笑道：巴格納，你厲害啊。才一個冬天，你就把薩日娜天鵝姑娘娶到自己的家啦。讓蒙古小伙眼熱，我也眼熱得不行。要是你救不了薩日娜，我就要來救她了。哪想到薩日娜也好厲害，居然寫出唱出了那麼多首新歌好歌。這會兒她的歌已經飛遍草原，全旗誰都知道薩日娜女歌王的大名啦。薩日娜，你不用別人救，你自個兒就把自個兒給救了。現如今誰敢動你啊。那天布赫朝魯快馬跑到我家，把你的新歌一首一首地唱給我和娜仁其其格聽，聽得娜仁直掉眼淚，說這是她聽過的最好的歌。你們倆的本事可真不小，神了神了，一定是騰格里在保佑你倆啊。

巴格納說：我也沒想到。還是額侖草原好，大台吉您管得好。是騰格里、河神、狼神和天鵝神在保佑和賜福給我，把薩日娜天鵝歌王賜給了我，我真是受之有愧啊。

伊登札布說：騰格里最公平，可不會亂賜福給人的。我估摸騰格里準保是覺著有啥地方虧待你了，或是覺著你對草原、對狼、對天鵝、對妻子，最誠心最捨命，他人難比，這才賜福給你的。巴格納，好小伙好掌櫃，你真是屈才了啊。

然後，拉著圖雅的手，拍拍她的手背，笑道：圖雅長成大姑娘了，越來越美啦。一登台唱歌，還不把歌手們驚呆了，歌都聽不全啦。準保呼著喊著讓你再唱一遍。娜仁其其格還讓我向你問好呢。她也很喜歡你的歌，特別是《小羊兒乖乖吃狼奶》和《小羊羔和騰格里》，唱了一遍又一遍，唱得她的童心開了花。開春後，娜仁其其格想請你們三個到旗裡去玩，那裡有一大幫歌迷想聽你們唱歌。我原以為你將來會是個好掌櫃，沒想到你也成了小歌王了。也好也好，草原特別缺女掌櫃，更缺女歌王。就兩個天鵝翅膀一塊兒飛，給咱們東烏旗多爭光吧。

圖雅笑道：謝謝您的誇獎。我想問您，為啥不把娜仁其其格哈敦變成您的福晉啊。

伊登札布笑道：不忙不忙。福晉的事沒那麼好辦。有個滿族大貴族家的老姑娘還想當呢。不好推啊，再等等看吧。

然後又雙手上下捂著薩日娜的一隻手說：半年不見，更美了，比天鵝神女還要美，就是瘦了些。為了你的情郎，把命都快寫掉一半了吧？可是值啊。娜仁其其格受過苦，她最愛你的兩首天鵝悲歌，唱一遍哭一遍。我還從來沒有聽過這麼打動人心的天鵝歌哪。

大台吉越說越神採飛揚，他誇道：薩日娜，你的歌真是百聽不厭啊，啥時候都在耳邊飛響。熱愛你的歌的蒙古草原歌手都會豁出命來保護你的，也都會祝福你倆幸福美滿。

薩日娜感激地說：謝謝您對巴格納和我的照顧和保護。沒有您，我去年秋末就被他們用鐵鍊子鎖走了，哪還會有這些歌呢？沒有您，巴格納就當不上客棧掌櫃，那他哪能保住那麼多的牲畜，保住我倆的愛啊？您的大恩我倆永世不忘。

其木格把剛出鍋的炸魚端了上來。伊登札布和老秦大為驚奇，誰也沒想到一開春就能吃上這麼肥的新鮮炸魚。圖雅笑道：這些魚是巴格納在冬天鑿冰窟窿撈上來的。很好撈，一抄網下去，就是大半網魚。春天的魚哪有這麼肥。

伊登札布讓隨員留在小餐廳喝奶茶吃炸魚。然後與巴格納、薩日娜和圖雅走進兩位新人的婚房。不一會兒，其木格又端來香噴噴的鮮奶奶茶、新鮮炸魚和奶豆腐。五人脫靴上炕，又吃又喝，親親熱熱地密談起來。

伊登札布一邊嚼著他最喜歡的炸魚，一邊又看了看房間說：你倆的婚房還蠻乾淨敞亮的嘛，還有暖炕哪。別過得太舒服了，要不就寫不出歌來了。

薩日娜苦笑道：哪能呢？巴格納前些日子還說過，這間房子是我倆的天堂，也可能是下地獄的門房，弄不好我倆就要在這裡生離死別……

伊登札布神情怵然又轉為肅然，感慨萬千，連連點頭：明白，明白了。你倆還真是背水一戰、絕命一拚啊。這麼大的白災，總算拚了出來。驚險、驚險。你倆還真有當年大汗和貴族的血性。可是如果你倆骨子裡面沒有才幹和才華，光有血性也是拚不出來的……

大台吉停了一會兒，微笑道：不說這些讓人後脊樑冒冷汗的事了。好了，我要告訴你們幾件大事。過幾天我和娜仁其其格就要帶著我的上書和災情報告去京城，還要把你們兩姐妹的十幾首歌也帶上，娜仁上一年跟我去了一趟京城，送蘑菇釘、牛蹄筋、狐皮羔皮，唱草原民歌，拜訪了一些皇親、駐京蒙古王公和福晉。這回她還會去拜見他們，並給他們唱你倆的新歌。這樣你倆的聲望就更大，為你說話的人也就更多。他們聽了以後，沒準兒會請你倆進京，要親耳聽你倆唱呢。要是真能去，那往後誰也不敢動你和巴格納了。天下的冤案，一多半是惡勢力一手遮天造成的。只要讓他們的手遮不住天，冤案就能躲過。你的天鵝情歌本身就是長著翅膀通天的歌啊。

伊登札布又停頓了一下，彷彿下戰書一般地說道：還有一件事更重要。這大半年，老秦一直在花高價請人密查小勝奎商號的罪惡勾當。他們利用高利貸在皇家貢羊和蒙古軍馬的主要產地，逼良為娼、販賣眼睛顏色漂亮的蒙古姑娘，建立秘密莊園「逍遙窟」，供京城達官貴人和他們的子弟享樂。娜仁和薩日娜都差點被他們弄到那個地方去，所以娜仁特別恨這幫傢伙。她幫你們，也是為了幫自己出這口惡氣，報這個仇。她這大半年找到幾家受害人家，拿到不少小勝奎利用幾倍十幾倍的高利貸抓人的鐵證。她也一直讓我幫著老秦密查。清廷嚴禁官員嫖娼，已經有人給上面呈遞密奏，朝廷對這件事也有所察覺。老秦密查的東西證據確鑿，很有分量，我這回去京城通過關係把這份罪狀書呈上去，只要朝廷派人按照這份東西中詳細標明的地點人員查抄，準保能扳倒他們。

薩日娜歎道：我真不知道怎樣感謝您和娜仁了，您這次回去，一定要代我好好謝謝她。然後，又對老秦說：我也沒想到您花這麼大的氣力來幫我，也太感謝您了。

老秦苦笑道：謝啥啊，你們的歌能打動蒙古王公上層，也幫了我和我們商號的大忙，我還要謝謝你呢。再說，我年輕時候也追求過一個美麗的蒙古女人，但清廷嚴禁滿漢通婚、蒙漢通婚，我沒這個福氣啊。

老秦又說：這一年我是查到了不少能定罪的證據，可我還是沒法子做得更好，更高的上層有一幫人很眼紅小勝奎的紅火生意。他們打算用我的這份東西來搞垮小勝奎，再把這份生意轉到他們手裡。結果，我還是搞不掉這份罪惡買賣。不過，能為大盛魁商號除掉一個凶惡的對手，能為你們三個人和娜仁除掉一個大禍害，我還是很高興的。我搞到這份東西花了不少銀子，買通知情人的價碼很高，可我商號的大老闆很願意出這筆銀子。但是上面的人馬上花了雙倍價錢把這份東西買走了。我不能透露是什麼人，反正比小勝奎後台的權位更高……

啊？圖雅輕聲叫道：大清京城的官場這麼黑啊。

老秦大哥又說：薩日娜，我賣給他們這份東西，只提了一個額外條件，就是一筆勾銷你們家的全部債務，他們答應了，這對他們來說只是一個小零頭而已，他們會守約的。巴格納早就給我唱過你的歌，說過你倆的事。為我敬佩的天鵝歌王做點事情，我高興啊。

薩日娜感激地說：老秦大哥，真太謝謝您了。巴格納一直跟我和圖雅說，這麼多年來，您是他的恩人和知己朋友。客棧沒有您的幫助絕不會這麼紅火。我也不能成為巴格納的妻子。

老秦說：我們做生意的人，一年到頭在外面跑，看到的盡是些烏七八糟的東西。只有到了草原，才能聽到純美的歌，每次見到蒙古朋友和我的老弟巴格納，我的心情才舒暢一些，要不然我怎麼總想往草原跑。

伊登札布笑道：這也是我老是往草原跑的緣由啊。這回我和娜仁帶上你倆的歌，進京見蒙古王公，再加上老秦那份東西，兩下一起出手，多少能讓他們不敢再像從前那麼囂張，要是能扳倒那幫傢伙就更好了。等這些事慢慢消停了，我給你倆補辦正式婚禮，到時候我來給你們主婚，同時辦一場大歌會，把整個烏珠穆沁草原的歌手都請來。然後再帶你們姐妹倆到旗盟的那達慕大會去巡唱，那蒙古草原就將變成歌的草原啦。

三人都高興地說：太好了！

老秦說：商隊這幾天就要把客棧的店員和一些貨送來。你們準備一下吧。去年客棧的底子打得很結實，我想有你們三個，今年的客棧會更加紅火。

伊登札布笑呵呵地說：這會兒，我和老秦最盼望的事情，就是親耳聽兩位歌王的歌了。

圖雅咯咯笑道：為你倆唱歌，我倆最高興。我是小歌手，我先唱。薩日娜姐姐是大歌王，她的歌又多又棒，放在後面唱。那我就先唱第一首啦。

伊登札布說：等等，把那兩個跟我們來的人也叫來一起聽。這可是咱們東烏旗的驕傲啊，聽到的人越多越好。

巴格納連忙起身穿靴出門。當兩位隨員在房間的椅子上坐穩後，圖雅便飽含深情高唱《百靈鳥歌》……直到薩日娜淚水滾動，唱她的《天鵝天愛之歌》、《草原花浪情歌》、《天鵝飛婚禮之歌》和《你字歌》……

50 美麗或悲傷的天鵝故事

薩滿……神衣雙肩及雙袖上，披掛有綴飾的圖騰物件，日、月、星、雷、飛鳥等造型。在這些動物造型中，「天鵝居首位」。

——富育光《薩滿論》

當藍天白雲、黃葦碧水的草原春天重新展現在愛鵝人面前的時候，巴格納撐著小船，載著米希格老人和薩日娜，還有一大桶上好的鵝食，慢慢向烏拉蓋葦塘深處的天鵝王國行進。薩日娜舒暢快樂地一路長調短歌，招呼著頭頂上繞飛的天鵝，小小巴圖和花脖公主各自率領自家的天鵝群，呼應飛舞，和聲歡唱。小船兩旁是三隻鵝，左邊是大鵝夫妻，右邊是小巴圖，都為重返春季天鵝湖而奮力凫水。兩隻烏拉蓋小鵝和小花脖也高興地叫著從天鵝群裡飛出來，在低空中盤旋了幾圈以後，就落到小船旁邊游水，陪伴阿媽阿爸、爺爺和養父養母。

薩日娜跪在船頭，俯身撫摸六個鵝兒女的頭頸，這是她盼望了一個冬天的好日子。辛辛苦苦撫養得很健壯的六隻天鵝終於返回牠們的天鵝王國。薩日娜滿心喜悅地對巴格納說：小巴圖早已習慣了半年冬季和媽媽吃住在一起，半年春夏秋再回到大湖裡的生活。兩種生活牠都喜歡，各有各的樂處。每到改換地方生活的時候，牠就非常開心，尤其是在開春。又可以天天在清清的湖水裡洗浴戲水，夜夜在水波搖籃上睡覺。也可以自食其力，吃嫩草，掘草根，抓小蟲小魚吃，還可以和單身未成家的雄鵝一起玩。除了不會飛，牠過的還是天鵝的生活。在春夏秋三季，天鵝在水面的時光，原本就遠遠多於飛行的生活嘛，一天洗浴和吃食要花費多少時辰啊。再說，我也會經常來湖邊看望牠，給牠吃好東西。搬到這裡就更好了，阿媽阿爸可以常常撐船進湖來看牠，還能給牠帶來更多好吃的。雖然這裡不是牠原來住的天鵝湖，可是花脖姑娘一家也搬來了，好在我和阿爸，還有巴圖救養的天鵝很多，到處都有牠認識的天鵝朋友啊。

巴格納樂得像是在天鵝湖上過那達慕節，笑道：我真是有些不勞而獲，這麼容易就享受了你們幾十年救養天鵝的辛勞成果啊，讓我一下子成為這麼多天鵝的阿爸，心裡真是美死啦。

米希格老人笑道：可不能這樣說，你來額侖的時間雖然短，可你那麼愛天鵝，本事又大，弄來那麼多的糧食和魚，弄來這麼寶貴的小船，還建了這麼結實暖和的養鵝房。你給我們救養天鵝的人帶來的方便和好處，是所有額侖人都做不到的。

大雄鵝和牠的公主更是滿意開心，兩鵝歡愉地高昂著頭，輕快地划動雙蹼，經常快速凫水游到小船的前面，再回頭催促他們快走，好像是天鵝王國的主人帶領貴客到家來做客遊玩一樣。

薩日娜微笑道：大雄，公主，到這會兒應該知道阿媽阿爸和爺爺的心思了吧。你倆還年輕，一個不會飛不要緊，兩個都不會飛也不要緊，只要你倆相親相愛，我們會一直幫你們快樂地生活下去，再相愛二十年。你倆幸福，阿媽阿爸和爺爺會更加感到幸福的。

兩鵝似乎能聽明白，感激地張喙應答著。牠倆也向最主要的救命恩人，向老人不斷點頭問好。

米希格老人滿面笑容，樂道：這麼大的白災過去了，可老天鵝夫妻活得很健康快樂，咱們總算完全成功了，也能給天鵝作些報答了。我的薩滿老師在天上準保高興啊。

小船與小巴圖緩緩行進，薩日娜擔心小巴圖的殘蹼太吃力，又怕大鵝夫妻急著進天鵝天堂，於是把小巴圖抱上小船，擦乾肚皮和腳蹼，讓牠和阿媽阿爸一起乘船而行。小傢伙站在船頭昂頸挺胸，額額叩叩直叫，神氣活現得像個船長似的。巴格納用力撐船，小船終於快速穿出葦巷，進入寬廣的天鵝王國。額侖草原深處隱秘的天鵝湖早春，天空像被春霧濾過、春風漂過、春雨淋過一樣透明清澈，陽光與湖光相互照射反射，光亮加倍增強到稍稍睜大眼睛，就彷彿會感到眼前所有景物都是由光塑成：光雲、光山、光水、光葦、光鵝、光雁……一切都在光的世界裡，滿天滿湖都是草原春天的強光。

天上的兩群天鵝終於把阿媽阿爸、薩滿爺爺和在冰雪世界飽暖一冬的老鵝夫妻、傷鵝和小鵝們，送回天鵝天堂。湖中的天鵝群驚呆了，整個天鵝湖沸騰了。近千隻天鵝親友在天空的呼喊聲響成一片，似乎在傳、在問、在議論，只有米希格老人和天鵝歌手薩日娜能聽懂和意會：

是牠倆嗎？

沒錯，是牠倆。

原以為牠倆去年沒南飛，以後再也見不到牠倆了。

……

無數天鵝，尤其是與大雄夫妻有近二十年友情的「老鵝們」，都爭先恐後地飛到大雄和大公主身旁辨認詢問。蒙古天鵝的記性最好，大雄和大公主快樂平安地出現在湖裡，就是最好的回答。

老鵝們驚訝地叫著，似乎在叫問：是牠倆，是牠倆，咋可能啊？大雄夫妻倆彷彿快樂自豪地高聲答道：是啊，是啊。沒錯，是我倆，就是我倆……

當天鵝們確信無誤時，「老天鵝」情侶們全被感動了。老鵝們率領所有的天鵝群在小船、阿爸和薩滿老爺爺身邊飛得遮天蔽日，米希格老人和天鵝阿媽阿爸揮灑熱淚、招手回謝。

小船終於停靠到天鵝湖東邊的沙洲旁，巴格納小心地扶老人和薩日娜下船，然後拎著桶在地上倒出兩長溜鵝食，讓每隻降落的鵝都能吃上幾口，記住阿爸阿媽的美食。烏拉蓋大葦塘裡最隱秘的天鵝王國，已成為人鵝的樂土。越來越多的天鵝撲來擁抱三位親人，再品嘗他們的食物，尋求他們的幫助。

一隻大鵝，腿腕上深深地纏勒了幾根漁網線，腿腕腫脹，像是很疼的樣子，一歪一歪地向薩日娜媽媽走來。她立即抱住牠，翻過身，再叫來巴格納，用蒙古刀尖小心地把漁網線挑斷並剔出來，並用雙手反覆揉搓，疏通血液，大鵝感激地連連用翅膀擁抱巴格納阿爸；一隻長脖頸還沒有完全換成白色羽毛的小鵝，也快快地走到三人身旁，牠胸部的傷口滲著血，像是被老鷹抓傷。老人撥開羽毛看了看，從懷裡掏出幾個藥包，用草原馬勃止血粉，一遍一遍地按在傷口上，直到傷口的血凝住；一隻瘦瘦的大雄鵝在另一隻大雌鵝的陪護下，也晃晃蕩蕩地走來，雄鵝的下巴竟然錯了位，合不上喙，無法吃東西，看上去已經餓了好多天，好像是伸長脖頸在湖底掘草根時拽過了勁，使下頜關節脫位，再不趕快復位，牠就要餓死了。老人急忙用一隻手掌托住牠的下喙，另一隻手慢慢摸準關節，再猛地使了一下巧勁，便讓大鵝的喙恢復了原樣。薩日娜急忙捧來一捧好鵝食餵牠，大雄鵝感動地一邊慢慢吞吃，一邊頷頷、頷頷地輕輕哭。妻鵝雙翅抱住老阿爸大聲連叫……大小天鵝和被薩日娜及老人救養過的天鵝，則像眾星捧月一樣圍在恩人旁邊，看他咋樣救治受傷親友，越看越驚奇和敬佩。

巴格納再也不感到被冷落了，他救養的兩隻小鵝、一對大鵝，還有小巴圖和許許多多認識他、吃過他餵食的大小天鵝，也一直圍在他的身旁，與他相擁相吻。他終於完全融入千年天鵝王國，成為鵝們新接受的鵝阿爸……

夕陽西落，晚霞映紅雲海、蘆葦和湖水，整個天空、湖泊、葦塘都彷彿燃燒起來，天鵝們飛翔在紅霞裡，宛如涅槃佛光中的火神鳥那樣翩翩起舞。霞光滿面的薩日娜站起身，用一隻手臂模仿天鵝的頭和長頸，溫柔地纏繞住巴格納的脖子，把另一隻手臂放在背後腰下，張開五指模仿天鵝的羽翅，並輕柔地搧翅，還半轉過身體讓他看到。她笑道：我這會兒是你的妻鵝啦，像不像？

像，太像啦。你不模仿已經是天鵝，一模仿就完全是天鵝啦。

快側過點頭來，鵝妻要親你啦。

薩日娜纏繞到巴格納脖子一側的那隻手，模仿成了一個鵝頭，她用拇指和食指捏成了一個天鵝的喙，不斷地輕輕啄吻、輕咬他的面頰和嘴唇，像水中熱戀中的雌鵝那樣。

巴格納喜不自禁，也學著薩日娜，伸出長臂模仿雄天鵝用長頸纏繞妻鵝的脖子，並啄吻她的面頰和嘴唇。兩人一遍遍地鵝親鵝吻。周圍幾十隻大鵝看見阿媽阿爸模仿牠們，都看呆了，但很快就開心地一起圍著他倆歡呼高叫起來。眾大鵝老鵝又圍成大圈，一塊兒張開巨大的翅膀，然後像鼓掌喝彩一樣猛烈搧動，多達五六十扇大鵝翅膀，從四面八方向阿媽阿爸搧過去熱烈賀喜的天鵝大風……

天鵝風刮了許久才漸漸消停，他倆鬆開自己的單臂，又伸出雙臂緊緊擁抱，深深親吻……

米希格老人看著，也像天鵝那樣拍手呵呵笑：天鵝們真愛你們倆啊。十面天鵝風，是愛風。我活了這把年紀，也是頭一回見著啊。

薩日娜微笑地對巴格納說：太謝謝你啦，那我就再送你一首天鵝歌吧，這是我幾次來到天鵝王國以後寫出來的，歌名叫《天鵝雲海飛天之歌》。我唱啦：

滿天白雲滿天鵝，
滿湖天鵝滿湖白雲朵。
鵝飛鵝展白雲羽，
雲橫雲伸鵝頸脖。

白雲，如須彌冰峰眩目，
天鵝，如天山雪仙傾國。
愛得，如雲蒸霧騰巍峨，
舞得，如風捲鵝絨漩渦。

愛得，如晚霞燎原，天火連地火。
舞得，暈不辨是霓虹彩鵝，

抑或火燒雲坨？
愛得，忘卻今生來世，天堂地獄。
舞得，如天鵝繞拜佛陀，
願你我六道輪迴，每道都成鵝。

天神，贈整個天空作舞場，
水神，獻另一個天空慶賀。
與君並翅縱情飛天飛歌，
永沐無邊無岸天愛天河。

薩日娜的歌聲在烏拉蓋天鵝湖上久久飄動，巴格納想起一年前在部落草場的天鵝湖邊，第一次見到她與天鵝兒女們哀歌哀舞的場景，還有那時自己的絕望悲歌，不禁淚流滿面，如早春天鵝冰湖上的溪流。

尾聲

半年後，小勝奎商號的莊家及後台一千人等，全被抄沒家產，受到重刑嚴懲。其「紅火生意」落入別家，繼續隱蔽紅火。

到了額侖草原百里花海再度花浪滾滾的時節，在天鵝們歌唱盤旋飛舞的天空下，巴格納與薩日娜的正式婚禮，在客棧東北邊的秋花草甸舉行。薩日娜的蒙古姑娘髮辮，由主婚母散開梳順，再用象牙筷子從頭頂中間分開，梳成了蒙古新娘的髮式。她戴上全套金銀瑪瑙製成的頭飾、額箍、鏈垂和耳環，如蒙古王妃般高雅美麗，被眾歌手和仰慕者圍得水泄不通。二十幾個蒙古包把婚禮會場圍得像是熱鬧歡騰的那達慕大會。烏珠穆沁草原的大半歌手，其他旗盟的一些著名歌手都踴躍而來，使得婚禮更像是一場盛大的歌會。

伊登札布高調主婚，但婚禮從簡，只行拜天拜火、拜札那阿爸額吉、米希格阿爸和遙拜生身父母的叩拜之禮，而把眾人的目光引向歌會的重頭大戲上。歌會的主角是新娘薩日娜和新娘的伴娘圖雅，兩位大小歌王除了獻唱原來所作的十幾首歌以外，又唱出幾首新作的歌。然後，歌手們輪番從十幾首歌中，挑選自己喜歡的歌再唱，再由眾歌手評判。娜仁其其格被評為天鵝歌手，她所唱的幾首哀傷的天鵝情歌不僅感動了眾歌手，而且還感動了歌的作者薩日娜，感動了新郎巴格納；額侖歌手烏蘭其其格、嘎森和一個附近蘇木的歌手被評為百靈歌手，她們所唱的幾首歌不但感動了歌的作者圖雅和薩日娜，還感動了眾歌手。在歡騰的花浪歌會婚禮上，薩日娜的《草原花浪情歌》、《天鵝飛婚禮之歌》和《天鵝雲海飛天之歌》是被眾歌手唱得最多最響的草原情歌。

三堆杏木松木柴火熊熊燃燒。額侖草原傳統婚禮上的烤全羊油光火紅地亮相了。鐵火架上的烤全羊，烤熟以後擺成跪臥狀，放在長方形的大紅漆盤上，再抬到主人和貴客桌前，吃光再烤；大盤大盆的金黃炸魚，川流不息地送到客人和歌手面前。驚呼聲、尖叫聲、喝彩聲傳遍整個會場。跳躍的火焰，焦香的烤煙，嗞嗞響的炸魚，將歌會婚禮烘托得如烈火烹油、花浪激撞，歌聲、掌聲、歡呼聲一浪高過一浪。札那、額吉、道爾基、米希格、畢力貢法師等老人樂得醉倒不醒，過了一天一夜才能坐起來。

飲宴歌會婚禮持續了三天兩夜才散。薩日娜和巴格納在圖雅、娜仁其其格、伊登札布、白依拉、斯琴高娃等親友，以及嘎森、烏蘭其其格等草原歌手的齊聲請求下，把他們帶到誕生《草原花浪情歌》的花路上，眾人騎馬在花海狂奔瘋叫，迎風猛衝花浪。當花瓣暴雨從天而降之時，整個額侖草原沸騰了。人們瘋狂地奔馬飛旋，淚珠飛灑，激情飛濺，爭食花餐聖宴，在馬背上同聲高唱天鵝天愛之歌、人間天鵝之歌，沐浴在草原天堂的七彩霓虹花雨之中。

當人們騎馬盡興地往回走的時候，烏蘭其其格和嘎森等女歌手突然大叫起來了：大夥聽著，薩日娜說了，草原花浪中的「婚禮」還不是草原最美的婚禮，天鵝飛婚禮才是天下最神美最高貴的婚禮哪。今年大雪封山以後，咱們都去學滑雪，學會以後，再滑雪到客棧，讓天鵝歌王和巴格納帶著天鵝群，帶著大夥好好享受享受有天鵝伴飛的飛婚禮！像她歌裡唱得那樣美。

眾人驚叫高呼：太對啦！太美啦！薩日娜，你定好日子，一準要告訴大夥啊。千萬別忘記！

薩日娜笑道：等我和巴格納給圖雅和她的新郎舉辦天鵝飛婚禮的時候，我一準提前告訴大夥。

巴格納說：哪位也想在那天結婚或補辦婚禮，要提前告訴我。我們會把所有客房的火炕提前燒暖，迎候大夥的。

大白災後便是大利之年，額侖草原更加水草豐美，牛羊馬群的牛犢羊羔馬駒大豐收。雖然被賑災銀買走了大量牲畜以幫助其他受災的蘇木，但額侖草原被免除了三年的貢羊重負，自己的畜群快速擴大，依然興旺。客棧繼續紅火。牧、商、林三商道匯成通暢大道之後，又匯入一條更加火旺的歌道。薩日娜把客棧變成了半個歌棧，慕名而來的歌手越來越多。客棧的客房和炸魚生意持久火爆，巴格納不得不在客棧東面的草甸上，支起五六個半永久性的蒙古包，作為各蘇木各旗詩人歌手聚會演唱、鬥詩鬥歌、切磋交流的場所。薩日娜除了夏末那達慕大會盛季被邀請外出巡迴演唱外，還經常在客棧外的草甸和客棧新建的歌室給來訪的歌手、貴客和部落親友們唱歌。客人們點的最多的還是她寫的那些天鵝情歌、《花浪歌》和《你字歌》。她像天鵝那樣戀窩、戀家、戀河、戀湖、戀蘆葦、戀草原。

薩日娜和巴格納後來有了三個小鵝小狼般可愛的孩子，兩男一女，從小在天鵝群和狼群裡長大。據傳，他倆養育出的具有自由精神的後代，積極參與了推翻清朝封建專制獨裁政權的武裝起義，與孫中山領導的南方起義幾乎同時發起，是中國北方最早的一支反清義軍。

當數十年的小冰期寒潮慢慢離開蒙古東部草原，雪薄了，草高了，一切重又恢復到原先的年景。畜群遠途遷場、木欄草圈、打草儲草、滑雪板、防大白災的臨時大棚又漸漸變得多餘而被棄之不用，慢慢淡出了額侖草原人的視線。兩代以後，蒙古東部額侖草原人又不知道這些東西為何物了。

在這期間，清廷統治下的蒙古草原發生了許多重大變化，除了東烏旗額侖烏拉蓋等少數草原部落外，許多官商勾結的旅蒙商所推行的一倍、數倍，甚至十幾倍年利率的高利貸，已遍佈蒙古大草原，徹底瓦解了蒙古經濟。許多草原牧人家庭、甚至五六成以上的草原蒙古王公、活佛和高僧都陷入永難償還的債務深淵。

清廷儘管與蒙古貴族聯姻，但暗中始終防範蒙古勢力坐大，為了抑制蒙古人口增長，加緊實行鼓勵大量蒙古青年人脫產當喇嘛、不娶妻的畸形宗教政策，兩百多年來產生了嚴重惡果：一是導致蒙古女人可嫁的青壯男人急劇減少，嬰兒出生率大幅下降；二是由於蒙古女性人口過剩，導致性生活紊亂，蒙古地區性病氾濫成災，進一步加速人口減少。到辛亥革命時，蒙古人口較明末時期數量減少大半。古老蒙古帝國的氣數最終被清廷摧殘殆盡。由於滿蒙聯姻是清政權生存的基礎，一榮俱榮，一損俱損。當清政權成功地重創了蒙古的元氣之後，它也就滅亡了自己。清專制王朝最終被辛亥革命推翻。

當汽車進入草原，公路取代了古老商道，更改了路線，傳統客棧也漸漸減少。額侖蘇木的老客棧只得遷到新址。原有的石基土坯房漸漸傾頹坍塌，牆垣朽敗，又與草地融為一體，長出新草。烏拉蓋葦塘的濕地面積漸漸縮小、湖岸線後退。然而在二十世紀上半葉，額侖草原百里花海花浪依然翻滾，烏拉蓋大葦塘依然茂密壯闊，千年天鵝王國裡依然天鵝成群飛翔，野魚群密集，狼群以漁獵為生。深幽的蘆葦塘裡依舊掩藏著許許多多天鵝美麗或悲傷的愛情故事。

後記一

一九六七年十一月，在上山下鄉的號召發佈一年之前，天性酷愛自由的姜戎，自願到錫林郭勒盟東烏旗滿都寶力格牧場插隊。早在一九五六年，西烏旗的一半土地包括額吉淖爾鹽池等數個蘇木，以及浩齊特左旗和右旗的部分地域已劃歸東烏旗。在一九四五年，旗府所在地附近氣勢宏大的長思寺，被日軍諜報機關佔領，遭到蘇聯紅軍飛機大炮轟炸，被夷為平地，東烏旗首府後來就搬遷到原址西邊三四百里的烏里雅斯太鎮，位於西烏旗首府的西北邊。那裡曾有一座全蒙古三大寺院之一的宏偉的喇嘛庫倫廟。姜戎當年路過東烏旗首府的時候，這座蒙古草原著名的大廟剛剛被紅衛兵全部搗毀。但整個東西烏珠穆沁兩旗的大草原，還保持著千年遊牧的原貌。姜戎有幸成為蒙古原始草原遊牧生活的親歷者，對於曾經天堂般美麗的邊境遊牧草原，終生愛戀並深深懷念。

第二年，他在自己放牧和生活的陶森生產隊旁邊的額仁高畢生產隊，見到一位三十多歲的蒙古族女人，她有一雙碧綠翡翠般美麗的大眼睛，長著新疆女人的臉型和漆黑眉毛，美若西域壁畫中的神女。他當時深感驚奇。他只知道世上有高貴美麗的藍眼睛，可從來不知道天下還有更奇美的綠眼睛。那時他剛從中央美術學院附中「畢業」，深受俄羅斯和西方美術色彩的薰陶，對美麗的色彩異常敏感，對人身體上的奇異色彩更是著魔。他像欣賞西方博物館中珍貴油畫頭像名作一樣看了許久。那神美迷人的綠光，在他心中烙下了深深隱痛的「夢想傷痕」，對他的審美觀產生了顛覆性的改變，使他對東烏珠穆沁旗的歷史和蒙古族文化源流產生了濃厚興趣，也成為他心中始終青翠的一株詩苗。這株詩苗後來與草原上許許多多愛情故事、天鵝傳說素材以及詩歌殘存片段一起，共同緩慢生長成為他的第二部小說——《天鵝圖騰》。留下了兩部遊牧民族精神圖騰的作品，但是姜戎仍然難以告慰他所深愛的蒙古草原、天鵝、蒼狼和草原朋友們，難以告慰歷代為自由獻身的華夏兒女，更難以撫慰自己自由孤獨的靈魂。

一九七二年冬，駐扎在烏拉蓋河邊的內蒙古生產建設兵團六師某團某連的炊事班，在河邊開鑿了一個冰窟窿，撈滑子魚餵豬。每天打開厚氈，用抄網撈出魚就扣在冰窟窿旁邊，讓一大群豬搶吃活魚，吃飽為止。每頭豬都吃得膘肥肉壯，黑毛發亮。該炊事班被評為先進集體，受到兵團表彰。

一九七三年夏，兵團的一個基建隊，在烏拉蓋河西南部一座水泥橋旁比較寬闊的河裡，用超大漁網，一網打上來兩萬多斤魚，用了許多輛卡車才運走，分給機關和連隊，還賣了一些給供銷社。

一九七四年，姜戎回北京探親。在西單菜市場櫃檯上，看到一個筒狀的大玻璃瓶，裡面裝著又碎又髒的口蘑乾，比他在草原上自己採揀晾曬出來的真正口蘑乾，差了兩三個等級，可標價卻是每兩九元八角，每斤九十八元。當時，北京普通青年工人的月工資只有三十元出頭。一斤低等級的口蘑乾價錢竟然等於三個青年工人一個月的工資。當時他插隊的草原牧場，一隻額侖肥尾羊才十元左右，一斤低等口蘑乾竟相當於十隻羊的價錢，讓他深感意外，留下難以磨滅的印象。他帶回家的口蘑乾成為親朋好友讚不絕口的草原美食，那奇異鮮香讓很多人忍不住開口索要，他只好一兩半兩地送。

一九九七年，姜戎在插隊二十周年之際，與同住一個蒙古包、曾一起掏狼崽養狼，也是美院附中同班同學的知青老友陳繼群，返回滿都烏拉蓋草原看望草原牧民朋友，可是再也沒有見到一百七八十斤重的大羯羊和一百四五十斤重的母羊了。烏珠穆沁皇家貢羊已嚴重退化和矮化，個頭和重量比建國初期記錄的羊體重幾乎減少一半。據《東烏珠穆沁旗志•人物》記載：「棟日布，蒙古族，現東烏珠穆沁旗敦達高畢蘇木人。一九五七年東烏珠穆沁旗選育烏珠穆沁肥尾羊時，他培育的羯羊重一一〇公斤（肥尾十一公斤），母羊九十公斤，羔羊重五十七點五公斤。他在一九五九年、一九六〇年連續兩年被評為內蒙古自治區勞動模範。」

而且，讓他倆更遺憾的是，再也沒有見到一個綠眼睛姑娘。遙遠西域阿爾泰的烏珠穆和烏拉蓋天女般的美麗，也只能到草原記憶和詩歌中去尋覓了。讓姜戎唯一感到欣慰的是，這個能歌善舞的馬背上的民族，像崇拜圖騰那樣崇拜歌的牧民們，已重新將內蒙古草原變成了歌的海洋。他插隊時被嚴禁歌唱的那些蒙古民歌情歌終於可以公開高唱了，他倆和牧民在蒙古包裡喝酒敘舊，聽歌手朋友們從中午一直唱到晚上，蒙古牧民個個都是天生的歌手，不亞於都市舞台上的歌星。

但是牧民說，十年禁歌，再加上老歌手大多離世，老歌好歌已流失無數。草原民歌中的愛和美沒有變，但草原已大變，變得礦坑累累，沙塵滾滾，鼠洞遍地，狼群絕跡，定居點的磚瓦房隨處可見，像絆馬索一樣的鐵絲網遍佈。幾千年的草原遊牧生活，在短短的二三十年內被分割草場的家庭承包制和定居徹底終結。那麼，當草原變成沙地時，還能生長出草原民歌嗎？曾經天堂般美麗的內蒙古大草原也許只能活在詩歌和小說裡了。

深愛遊牧草原的姜戎，只能用小說、詩歌、美術眼光和記憶，來盡力幫助草原人恢復古老美麗的圖騰。但想恢復到他剛插隊時那草浪滾滾、花浪如潮、羊群如雲、狼嗥如歌、天鵝百靈雙雙飛的草原自由遊牧狀態，則已是烏托邦的夢想了。不愛也不懂草原、滿腦子農耕思維的人管理草原，必定會厭惡和消滅草原古老的圖騰和草原本身，並把在農村適用的家庭承包制生搬硬套到牧區，走上先「開發」後「治理」，最後遷出人畜，把沙地一封了之的邪路。不過，一些深知遊牧真諦的牧民，已經拆掉水泥樁鐵絲網，重新組建遊牧合作社，開始新的遊牧生活。

一九七五年九月，只存在了六年的內蒙古生產建設兵團被撤銷，同時自治區革委會決定在烏拉蓋地區設內蒙古農牧場管理局烏拉蓋分局。一九七八年，當地主管在烏拉蓋河上游修建大壩水庫，蓄水總量達二點八二億立方米。後被洪水沖毀，泥沙淤塞覆蓋了大片優良草場。二〇〇四年，當地主管為了招商引資和保障分局（原兵團師部）人口用水，又在烏拉蓋河上游修建起更堅固的水庫大壩。同年，姜戎的小說《狼圖騰》出版。許多草原老朋友都說這部小說出晚了，自由縱橫東烏旗滿都寶力格蘇木千萬年的野生狼群，這一草原生態的健康指標，已在這短短二十多年裡絕跡。中國傳統「民以食為天」的農耕文化，還有許許多多愚昧的國民，本能地排斥狼和天鵝這兩大值得仰慕的自由神和草原保護神，從而很大程度上導致中國北方草原生態的破壞。

二〇〇五年，流淌了千萬年的內蒙古最大最長的內陸河——烏拉蓋河斷流（後來在環保人士的極力呼籲下，才「計畫」性地少量放水）。水庫上游還能保持清水綠坡，但是烏拉蓋中下游的湖泊、葦塘和濕地陸續乾枯消失。據錫林郭勒盟的記者報導：「東烏旗的前烏拉蓋高畢曾經是一大片藍色水域，然而如今，記者來到烏拉蓋高畢的南岸，站在懸崖邊，看到的是一望無際的鹽鹼灘，四處可見揚沙和堿塵。」

二〇〇九年夏，為拍攝電影《狼圖騰》，姜戎陪同法國著名導演讓－雅克・阿諾，前往錫林郭勒盟東烏旗滿都寶力格和烏拉蓋草原採訪和採景。在路過一家漢人飯館的時候，有夥計悄悄上來推銷油炸百靈鳥，當他憤怒地說要去找飯館老闆時，夥計馬上改口說是油炸麻雀。姜戎沒有想到，自己和草原人心目中的神鳥歌鳥，在許多國人眼裡卻依然是「食」。這種被列為國家二級保護動物的珍貴鳴禽，被古人稱之為「告天子」、「告天鳥」，被西方人稱之為雲雀，被丹麥、法國奉為國鳥的珍禽，竟然在中國百靈鳥的故鄉，淪落到被油炸、被小販叫賣的境地。

到達曾經產生過無數情愛詩歌和故事的烏拉蓋葦塘湖泊舊址，姜戎抬頭仰望騰格里，仰望終生敬拜的天鵝圖騰和百靈神女，心如死灰，無淚默哀，眼前連一滴水、一片羽毛和一棵蘆葦也見不到了。千百年來，蒙古薩滿老人、草原僧人、天鵝歌手詩人、天鵝姑娘和愛鵝的孩子，冒著掉入冰窟的危險、忍饑挨餓救養下來的天鵝後代們，一隻也見不到了。天鵝圖騰——草原民族和他心目中的自由圖騰、愛與美的圖騰，只有閉上眼睛到自己青春時期油畫般清晰的記憶中去拜見了。他木木地望著前方，千萬年的歲月裡，空中飛翔著天鵝百靈，河邊活躍著狼群，那寄託著自由靈魂、愛與美之夢想，如歌如詩如畫的滿都烏拉蓋西南部草原大葦塘，已落得個白茫茫的鹼地真乾淨。

後記二

一九七一年至二〇一四年腹稿於內蒙古錫林郭勒盟東烏旗滿都寶力格牧場及烏拉蓋草原——北京。

二〇一五年五月初稿於北京。

在該年前後一段時間，洞庭湖、鄱陽湖、北京圓明園、上海崇明縣、武漢東湖、包頭、三門峽黃河濕地、山西平陸縣黃河濕地、榆林水庫、丹江口水庫、江西九江市東湖、內蒙古赤峰、新疆石河子等地發生大量毒殺天鵝事件。

二〇一六年六月二稿於北京。

同年十月，天津市武清區上馬台鎮禹某，雇人在內蒙古錫林郭勒盟正藍旗洪圖淖爾（天鵝湖）毒殺天鵝兩百六十多隻。起因是天津郊區某些餐館每隻野生天鵝售價數千元。以吃天鵝肉為榮的蟾蜍國人甚多。

二〇一七年十月三稿於北京。

當年七月十四日，發生在正藍旗的毒殺天鵝一案，七人獲刑，首犯禹某被錫林郭勒盟正藍旗人民法院判處有期徒刑十六年。

二〇一八年十二月四稿於北京。

同年二月六日《錫林郭勒日報》報導，東烏珠穆沁旗森林公安局民警，在東烏旗烏里雅斯太鎮北一公里處，發現疑似野生鳥屍體八七〇隻，其中，疑似百靈鳥屍體七九五隻，疑似角百靈十三隻，短趾百靈六二隻。二月六日，該案犯罪嫌疑人，吉林省長嶺縣王某、郝某等三人被抓捕歸案。罪犯毒殺百靈鳥的目的，仍然是供應餐館的眾多食客。

同年三月十六日，據東烏旗森林公安資訊網報導：「直至氣溫回升，野外積雪融化，後又陸續從現場發現三六一四隻野生鳥類屍體……歷史上從未出現過的累計毒殺四四八四隻野生鳥類的惡性非法狩獵案件成功告破。」

當姜戎接到草原老友憤怒的微信，點擊搜索「內蒙古錫林郭勒盟正藍旗天鵝毒殺案」和「內蒙古錫林郭勒盟東烏旗百靈鳥毒殺案」的詞條和照片，看到民警攤列在天鵝湖邊數百隻高貴美麗潔白的天鵝公主王子的遺體，以及警務大廳地面上數千隻珍貴「告天子」百靈鳥抽縮僵硬的屍體，猶如目睹奧斯維辛集中營。

深夜，姜戎遙望北方上空那天鵝圖騰般美麗的長十字形「天鵝座」，這個星座就在北極星附近。「天鵝座」的主星距地球的北極點僅六點六度，是北極星旁邊最亮的一顆星，將來很有可能取代北極星。

據說近年來，天文學者發現，在這個龐大的天鵝星座中，有一顆行星的自然環境與地球的高度相似，有水、有植被，是一個適宜人類生存的新家園。而且，姜戎發現這個北十字形的天鵝座與薩滿神衣上鑲綴的一排十字形天鵝圖符非常相像。他彷彿找到了自己靈魂的指路星，在夢中，他似乎能接收到從那裡發出的像天鵝情侶雙頸纏繞般的呼叫聲。神鵝們告訴他，外星頂級文明的宇宙超人將把天鵝、蒼狼、白鹿、仙鶴等珍禽貴獸，以及熱愛、敬拜牠們的人，接到「天鵝座」中伊甸園般美麗的新家園，而遠離即將淪為水球、冰球、火球或碎球的地球。

姜戎眼前浮現烏拉蓋天鵝天堂的幻影，耳畔響起從少年起一直縈繞在他心扉的聖桑《天鵝》那憂傷深痛的旋律。熱愛遊牧的自由靈魂，終將遊牧太空，飛向天鵝星系，飛向愛與美之神……

二〇一九年十二月定稿於北京

天鵝圖騰

作者： 姜戎
發行人：陳曉林
出版所：風雲時代出版股份有限公司
地址：10576台北市民生東路五段178號7樓之3
電話：(02) 2756-0949
傳真：(02) 2765-3799
執行主編：劉宇青
美術設計：吳宗潔
行銷企劃：林安莉
業務總監：張瑋鳳

初版日期：2021年6月
版權授權：姜戎
ISBN：978-986-352-924-8

風雲書網：http://www.eastbooks.com.tw
官方部落格：http://eastbooks.pixnet.net/blog
Facebook：http://www.facebook.com/h7560949
E-mail：h7560949@ms15.hinet.net
劃撥帳號：12043291
戶名：風雲時代出版股份有限公司

風雲發行所：33373桃園市龜山區公西村2鄰復興街304巷96號
電話：(03) 318-1378
傳真：(03) 318-1378
法律顧問：永然法律事務所 李永然律師
北辰著作權事務所 蕭雄淋律師

行政院新聞局局版台業字第3595號 營利事業統一編號22759935

定價：650元

國家圖書館出版品預行編目資料

天鵝圖騰 / 姜戎著. -- 初版. -- 臺北市：風雲時代出版股份有限公司, 2021.01
面； 公分
ISBN 978-986-352-924-8 (平裝)
857.7 109019832